D0770617

Policía

Policía

Jo Nesbø

Traducción de
Carmen Montes Cano

ROJA Y NEGRA

Para Knut Nesbø,
futbolista, guitarrista,
amigo, hermano

Primera parte

Prólogo

Dormía allí dentro, detrás de la puerta. El interior de la rinconera olía a madera vieja, a restos de pólvora y lubricante para armas. Cuando el sol iluminó la habitación a través de la ventana, se materializó en el agujero de la cerradura del armario una luz con forma de reloj de arena; y, cuando el sol alcanzó el ángulo exacto, le arrancó un débil destello a la pistola que había en el estante, en medio del armario.

La pistola era una Odessa rusa, una copia de la más conocida Stetchin. Aquella arma había llevado una existencia errabunda, había viajado con los *kulakí* de Lituania hasta Siberia, se había desplazado entre los distintos cuarteles generales de los *urki* en el sur de Siberia, había sido propiedad de un atamán, de un líder cosaco, al que había matado la policía con la Odessa en ristre, antes de ir a parar a las manos de un director de prisiones de Tagil, que era coleccionista de armas. Al final, aquella pistola tan fea y llena de aristas llegó a Noruega con Rudolf Asáiev que, antes de desaparecer, y gracias al opioide llamado «violín», parecido a la heroína, monopolizó el mercado de estupefacientes de Oslo. La misma ciudad en la que el arma se encontraba ahora, y más en concreto, en la calle Holmenkollveien, en la casa de Rakel Fauke. La Odessa tenía un cargador para veinte balas del calibre Makarov 9 × 18 mm, y con ella se podían efectuar tanto disparos aislados como ráfagas. Le quedaban doce balas en el cargador.

Tres de las que faltaban las habían disparado contra traficantes albanokosovares de la competencia, pero solo una había dado en un cuerpo. Las otras dos mataron a Gusto Hanssen, un joven ladrón y traficante que había malversado el dinero y la droga de Asáiev.

La pistola aún olía a las tres últimas balas, que habían hecho impacto en la cabeza y el pecho del antiguo policía Harry Hole, precisamente durante la investigación del asesinato de Gusto Hanssen. Y, además, en el mismo lugar, la calle Hausmann, número 92.

La policía aún no había resuelto el caso de Gusto, y el chico de dieciocho años al que detuvieron en primer lugar fue puesto en libertad. Entre otras razones porque no lograron encontrar el arma homicida ni vincularlo con ella. El muchacho se llamaba Oleg Fauke y todas las noches se despertaba y se quedaba con los ojos abiertos en la oscuridad, oyendo los disparos. No aquellos con los que mató a Gusto, sino los otros. Los que disparó contra el policía que había sido como un padre para él durante su infancia. El policía que él soñó en su día que podría casarse con su madre, Rakel. Harry Hole. Su mirada brillaba ante Oleg en la oscuridad, y pensaba en la pistola que estaba lejos, en un armario, con la esperanza de no volver a verla nunca más en la noche. De que nadie volviera a verla nunca más. De que siguiera durmiendo eternamente.

Él dormía allí dentro, detrás de la puerta.

La habitación de hospital que mantenían bajo vigilancia olía a medicamentos y a pintura. El aparato que había a su lado registraba los latidos del corazón.

Isabelle Skøyen, la concejal de asuntos sociales del gobierno municipal, y Mikael Bellman, el nuevo jefe provincial de la policía, tenían la esperanza de no volver a verlo nunca más.

De que nadie volviera a verlo nunca más.

De que siguiera durmiendo eternamente.

1

Había sido un día de septiembre cálido y largo, con esa luz que transforma el fiordo de Oslo en plata derretida y hace que las pinceladas otoñales que ya tienen las colinas se vean refulgentes. Uno de esos días que impulsan a la gente de la ciudad a prometer que nunca, nunca se van a mudar de allí. El sol iba descendiendo detrás del barrio de Ullern, y los últimos rayos incidían horizontales sobre el paisaje, sobre casas sencillas y bajas, testimonio de los orígenes modestos de Oslo, sobre lujosos áticos cuyas terrazas hablaban de la aventura petrolífera que, de repente, había convertido al país en el más rico del mundo, sobre los drogadictos del parque Stensparken de aquella ciudad mediana y organizada donde se producían más muertes por sobredosis que en ciudades europeas ocho veces más grandes. Sobre jardines cuyas camas elásticas estaban aseguradas con redes, y los niños no saltaban más que de tres en tres, tal y como recomendaban las instrucciones de uso. Y sobre las colinas y el bosque que rodeaba la mitad de la llamada «Olla de Oslo». El sol no quería abandonar la ciudad, alargaba los rayos convirtiéndolos en dedos, como una despedida interminable a través de la ventanilla de un tren.

El día había empezado con un aire frío y claro, y con una luz intensa, como la de las lámparas de un quirófano. A medida que pasaban las horas, la temperatura fue subiendo, el cielo adquirió un azul más intenso y el aire, esa textura suave que hacía de septiembre el mes más agradable del año. Y cuando llegaba el atardecer, blando y cuidadoso, el ambiente en las zonas residenciales de la pendiente que desembocaba en el lago de Maridalsvannet olía a manzanas y a pinar tibio.

Erlend Vennesla se acercaba a la cima de la última colina. Ya notaba el ácido láctico, pero se concentró en la correcta presión vertical sobre los pedales para mantener las rodillas ligeramente hacia dentro. Porque era importante seguir la técnica correcta. Sobre todo cuando uno empezaba a cansarse y al cerebro le entraban ganas de cambiar de postura y cargar músculos más descansados pero menos eficaces. Podía sentir la rigidez del cuadro de la bicicleta, cómo absorbía y utilizaba cada vatio que le descargaba al pedalear, cómo imprimía velocidad cuando cambiaba a una marcha más larga, se ponía de pie y trataba de mantener la misma frecuencia, más o menos noventa pedaleos por minuto. Miró el indicador del pulso. Ciento sesenta y ocho. Dirigió la linterna que llevaba en la cabeza hacia la pantalla del GPS que tenía fijado en el manillar. Mostraba un plano detallado de Oslo y alrededores, y tenía un emisor activo. La bicicleta y el equipamiento adicional habían costado más de lo que un investigador de asesinatos recién jubilado debería haber gastado, quizá. Pero era importante mantenerse en forma ahora que la vida ofrecía otros retos.

Retos menores, para ser sincero.

El ácido láctico le quemaba en los muslos y en las pantorrillas. Una promesa dolorosa pero agradable de lo que le esperaba. Un banquete de endorfinas. Músculos doloridos. La conciencia tranquila. Una cerveza con su mujer en el balcón, si la temperatura no bajaba drásticamente después de la puesta de sol.

Y de pronto, allí estaba, en lo alto. La carretera se allanó y, ante su vista, se extendía el lago Maridalsvannet. Redujo la velocidad. Estaba en el campo. En realidad, resultaba absurdo pensar que después de quince minutos en bicicleta desde el centro de una capital europea uno pudiera verse de repente rodeado de granjas, campos sembrados y bosques densos atravesados por senderos que se perdían en la oscuridad de la noche. Le picaba el cuero cabelludo por el sudor debajo del casco gris oscuro de la marca Bell; solo eso le había costado tanto como la bicicleta infantil que había comprado para el sexto cumpleaños de su nieta Line-Marie. Pero Erlend Vennesla no se quitó el casco. La mayoría de los casos de muerte de ciclistas se debía a lesiones en la cabeza. Miró el pulsómetro. Ciento setenta y cinco. Ciento setenta y dos. Una brisa bienvenida le trajo el júbilo de la ciudad, allá abajo. Debía de provenir del estadio de Ullevaal, donde se celebraba un encuentro internacional, con Eslovaquia, o Eslovenia. Erlend Vennesla se imaginó por unos segundos que los vítores eran por él. Hacía ya tiempo de la última vez que alguien lo había aplaudido. Debió de ser en la ceremonia de despedida en la sede de Kripos, la policía judicial, en Bryn. Tarta, un discurso del jefe, Mikael Bellman, que continuó luego con rumbo estable hacia el puesto de jefe provincial de la policía. Y Erlend aceptó el aplauso, los miró a los ojos, les dio las gracias e incluso notó que se le hacía un nudo en la garganta cuando llegó el momento de pronunciar su breve discurso de agradecimiento basado en datos, tal y como es tradición en el seno de Kripos. Había tenido sus éxitos y sus fracasos como investigador de asesinatos, pero había evitado cometer grandes errores. Al menos, que él supiera, de esas respuestas uno no podía estar seguro al cien por cien. Es decir, ahora que las técnicas de reconocimiento de ADN habían llegado tan lejos y que desde la jefatura habían señalado que pensaban recurrir a ellas para revisar unos cuantos casos antiguos, corrían el riesgo de obtener precisamente eso: respuestas. Respuestas nuevas. Resultados. Mientras se tratara de casos abiertos, le parecía bien; pero Erlend no comprendía por qué había que invertir recursos en hurgar en casos cerrados hacía ya mucho tiempo.

La oscuridad se volvía más compacta y, a pesar de las luces de las farolas, estuvo a punto de pasarse el indicador de madera que señalaba el acceso al bosque. Pero allí estaba. Tal y como él lo recordaba. Dejó la carretera y giró hacia un blando sendero que se adentraba en el bosque. Iba pedaleando tan despacio como podía sin perder el equilibrio. El haz de luz de la linterna del casco bañaba el sendero y se perdía en la oscura pared de abetos que flanqueaban el camino. Las sombras corrían ante él, temerosas

15

y raudas, se transformaban y se escondían. Así se lo imaginaba él cuando trataba de ponerse en el lugar de ella. Corriendo, huyendo con una linterna en la mano, encerrada y violada durante tres días seguidos.

Y cuando, en ese mismo instante, Erlend vio la luz que se encendía ante él en la oscuridad, pensó primero que se trataba de su linterna, que allí estaba ella corriendo otra vez, y que él iba en la moto que la perseguía, y que la atrapaba otra vez. La luz que había delante de Erlend se movió de un lado a otro antes de quedarse fija en su persona. Se paró y se bajó de la bicicleta. Enfocó el pulsómetro con la linterna del casco. Ya iba por debajo de cien. No estaba mal.

Soltó la tira de la barbilla, se quitó el casco y se rascó la cabeza. Madre mía, qué gusto. Apagó la linterna, colgó el casco en el manillar y llevó la bicicleta rodando hacia la luz de la linterna. Notaba cómo el casco iba balanceándose y le iba dando en la muñeca.

Se detuvo ante la linterna, cuya luz se elevó. La intensidad del resplandor le escoció los ojos. Y, así, cegado como estaba, atinó a pensar que aún se oía respirar tranquilamente, que era extraño que tuviera el pulso tan lento. Intuyó un movimiento, algo que se elevaba por detrás del gran círculo de luz temblorosa, oyó un silbido en el aire y, entonces, se le vino a la cabeza una idea extraña. Que no debería haber hecho aquello. Que no debería haberse quitado el casco. Que la mayoría de los casos de muerte de ciclistas…

Fue como si el pensamiento mismo tartamudeara, como una alteración en el tiempo, como si la transmisión de las imágenes se hubiera interrumpido un instante.

Erlend Vennesla se quedó atónito mirando al frente y notó una gota de sudor cálido que le rodaba por la frente. Dijo algo, pero con unas palabras sin contenido, como si se hubiera producido un error en la conexión entre el cerebro y la boca. Volvió a oír el mismo silbido débil. Luego, desapareció. Se esfumaron todos los sonidos, ya ni siquiera oía su respiración. Y se dio cuenta de que estaba de rodillas, y de que la bicicleta caía despacio en la cuneta. Allí delante bailaba aquella luz amarilla, pero desapareció cuando la gota de sudor le alcanzó la nariz, le cayó en los ojos y lo cegó. Y entonces comprendió que no era sudor.

Sintió el tercer golpe como un témpano que le estuviera atravesando la cabeza, la garganta y el cuerpo. Todo se le estaba helando.

No quiero morir, pensó tratando de levantar el brazo para protegerse la cabeza pero, dado que no podía mover un solo miembro, comprendió que estaba paralizado.

El cuarto golpe no llegó a registrarlo, pero por el olor a tierra mojada, supo que estaba tendido en el suelo. Parpadeó varias veces y recobró la vista en un ojo. Delante mismo de la cara vio un par de botas enormes y sucias en el barro. Levantaban los talones y las botas se elevaban un poco del suelo, como si quien golpeaba saltara un poco. Saltaba para tener más fuerza aún en cada golpe. Y el último pensamiento que le cruzó la cabeza fue que tenía que recordar cómo se llamaba su nieta, no podía olvidar su nombre.

2

El inspector Anton Mittet cogió la taza de plástico medio llena de la Nespresso D290 roja, se agachó y la plantó en el suelo. No había ningún mueble donde colocarla. Luego volcó la caja alargada y atrapó con la mano otra cápsula, comprobó con un gesto automático que la fina tapa de papel de aluminio no estaba perforada, que de verdad estaba nueva, antes de colocarla en la cafetera. Puso una taza de plástico debajo del surtidor y presionó uno de los botones iluminados.

Miró el reloj mientras el aparato empezaba a borbotear y protestar. Pronto sería medianoche. Cambio de guardia. En casa lo estaban esperando, pero él pensó que antes debía ponerla en antecedentes, después de todo, solo era una estudiante de la Escuela de Policía. ¿Cómo se llamaba, Silje? Anton Mittet miraba el grifo. ¿Habría ido por café si no fuera una colega, sino un colega? No lo sabía, y tanto daba, había desistido de tratar de responderse a ese tipo de preguntas. Se había quedado todo tan en silencio que podían oírse las últimas gotas, casi transparentes, mientras caían en la taza. No había más color ni sabor que arrancarle a aquella cápsula, pero era importante que cayera todo, aquella sería una larga guardia nocturna para la muchacha. Sin compañía, sin acontecimientos, sin nada más que hacer que contemplar las paredes de cemento desnudas y sin pintar del Rikshospitalet. De modo que pensó que se tomaría una taza con ella antes de marcharse. Cogió las dos tazas y volvió. Las paredes le devolvían el ruido de sus pasos. Fue dejando atrás puertas y puertas cerradas con llave. Sabía que no había nada ni nadie tras ellas, solo más paredes desnudas. Con el Rikshospitalet, los noruegos habían conseguido por una vez en la vida construir para el futuro, conscientes de que seríamos más, más viejos, más enfermos, más exigentes. Pensado a largo plazo, tal y como los alemanes hicieron con sus autopistas y los suecos con sus aeropuertos. Pero los escasos automovilistas que cruzaban la campiña alemana totalmente solos por aquellas mastodónticas carreteras de asfalto en los años treinta, o los pasajeros suecos que recorrían nerviosos los vestíbulos sobredimensionados del aeropuerto de Arlanda en los años sesenta, ¿no tendrían la sensación de que aquello estaba poblado de fantasmas? Que, a pesar de que era totalmente nuevo, inmaculado, de que nadie hubiese muerto todavía en ningún accidente de tráfico terrestre o aéreo, aquello estaba poblado de fantasmas. Que, en cualquier momento, los faros del coche podían captar a una familia entera parada en el arcén mirando las luces con expresión imperturbable, ensangrentados todos, pálidos; el padre apuñalado, la madre con la cabeza mirando hacia atrás, un niño con las articulaciones de un lado amputadas. Que, de la cortina de plástico que cubre el agujero de salida de la cinta del equipaje en la sala de llegadas de Arlanda, podían salir de pronto cadáveres carbonizados, aún ardiendo, fundiéndose con la goma, profiriendo gritos mudos de aquellas bocas abiertas y humeantes. Ninguno de los médicos había sabido decirle para qué utilizarían finalmente aquella ala del edificio, lo único seguro era que, detrás de aquellas puertas, moriría gente. Ya flotaban en el aire, cuerpos invisibles de almas desasosegadas ya estaban allí ingresados...

Anton giró una esquina y entró en otro pasillo que se extendía ante él, escasamente iluminado, tan desnudo y rectangularmente simétrico que creaba una extraña ilusión óptica: la chica uniformada que había sentada en la silla al fondo del pasillo parecía una imagen pequeñita en una pared lisa allí delante.

—Toma, te he traído un café —dijo cuando la tuvo delante. ¿Veinte años? Algo más. Puede que veintidós.

—Gracias, pero me he traído el mío —dijo, y sacó un termo de la mochila que había dejado al lado de la silla. Había en su voz un tonillo casi imperceptible, los restos de un dialecto norteño, probablemente.

—Este es mejor —dijo sin retirar la mano.

Ella asintió. Lo aceptó.

—Y es gratis —dijo Anton, y se puso la mano discretamente a la espalda para frotarse los dedos quemados en el fresco material de que estaba hecha la cazadora—. Lo cierto es que tenemos una cafetera para nosotros solos. Está en el pasillo de…

—La he visto al entrar —dijo la chica—. Pero tengo órdenes de no abandonar el puesto a la puerta del paciente en ningún momento, así que me he traído café de casa.

Anton Mittet tomó un trago.

—Bien pensado, pero solo hay un pasillo que conduzca hasta aquí. Nos encontramos en la cuarta planta y no hay ninguna puerta que lleve a otros tramos de escalera ni a otras entradas entre este lugar y la máquina de café. Es imposible pasar sin ser visto aunque hayamos ido por café.

—Resulta tranquilizador, pero creo que me atendré a las órdenes. —Le dedicó una sonrisita. Y luego, tal vez para compensar la reconvención implícita de sus palabras, tomó un sorbo de la taza.

Anton sintió un punto de irritación, y estuvo a punto de decir algo sobre el pensamiento autónomo que da la experiencia, pero no había conseguido terminar de formularlo mentalmente cuando se dio cuenta de algo que había al fondo del pasillo. Aquella figura blanca parecía acercárseles levitando a unos palmos del suelo. Oyó que Silje se levantaba. La figura adquirió una forma más concreta. Se convirtió en una mujer rellenita, rubia, con el uniforme del hospital. Anton sabía que tenía turno de noche. Y que estaría libre la noche siguiente.

—Buenas noches —dijo la enfermera con una sonrisa traviesa, les enseñó dos jeringas, se dirigió a la puerta y puso la mano en el picaporte.

—Un momento —dijo Silje, y dio un paso al frente—. Me temo que tengo que pedirte que me enseñes la identificación. Y que me digas si tienes la contraseña de hoy.

La enfermera miró a Anton sorprendida.

—A menos que mi colega pueda responder por ti —dijo Silje.

Anton asintió.

—Claro, entra sin más, Mona.

La enfermera abrió la puerta y Anton se la quedó mirando. A la escasa luz de la habitación, vio los aparatos que rodeaban la cama y los dedos de los pies, que sobresalían por debajo de la sábana. El paciente era tan alto que tuvieron que buscarle una cama más larga. La puerta se cerró.

—Bien hecho —dijo Anton sonriéndole a Silje. Y le vio en la cara que no le había gustado, que lo veía como a un machista que acababa de calificar a una colega, no solo mujer, sino también más joven. Pero joder, la chica era estudiante, y esa era la idea, que, durante el año de prácticas, aprendieran de los colegas con experiencia. Se quedó allí balanceándose sobre los talones, sin saber muy bien cómo poner fin a aquella situación. Ella se le adelantó.

—Como ya te he dicho, he leído las órdenes. Y supongo que en casa te espera la familia.

Anton se llevó la taza a la boca. ¿Qué sabía ella de su estado civil? ¿Estaba insinuando algo? ¿Sobre Mona y él, por ejemplo? ¿Que la había llevado a casa en coche varias veces después del turno y que la cosa no había quedado solo en eso?

—La pegatina del osito Bamse que llevas en el maletín —dijo ella sonriendo.

Anton dio un trago largo de café. Carraspeó un poco.

—Tengo tiempo. Dado que es tu primera guardia, deberías aprovechar para preguntar si tienes alguna duda. No todo está en las órdenes, ¿sabes? —Cambió el peso del cuerpo al otro pie. Esperaba que la joven hubiera tomado nota y hubiera comprendido el mensaje subliminal.

—Como quieras —dijo con esa irritante confianza en uno mismo que solo te puedes permitir cuando tienes menos de veinticinco años—. El paciente de ahí dentro. ¿Quién es?

—No lo sé. Eso también está en las órdenes. Es anónimo y así debe seguir.

–Pero seguro que tú lo sabes.

–¿Ah, sí?

–Mona. No habrías utilizado el nombre de pila si no hubierais hablado más de una vez. ¿Qué te ha contado?

Anton Mittet se la quedó mirando. Era bastante guapa, pero sin calidez y sin encanto. Demasiado flaca para su gusto. El pelo de cualquier manera y parecía que un tendón demasiado tirante le levantara el labio superior, dejando al descubierto dos incisivos centrales un tanto desiguales. Pero era joven. Firme y musculosa debajo del uniforme negro, eso lo sabía él perfectamente. Así que si le contaba lo que sabía, ¿sería porque, de alguna forma, contaba con que su actitud solícita aumentaría en un cero coma cero uno por ciento las probabilidades de acostarse con ella? ¿O porque las chicas como Silje llegan a inspectoras de policía o investigadoras especiales en el transcurso de cinco años; porque podía convertirse en su jefe, puesto que él seguiría siendo policía, un policía mediocre, dado que el caso de Drammen siempre estaría ahí, como un muro, una mancha imposible de borrar?

–Intento de asesinato –dijo Anton–. Perdió mucha sangre, dicen que, cuando llegó, apenas tenía pulso. Lleva todo el tiempo en coma.

–¿Por qué la vigilancia?

Anton se encogió de hombros.

–Testigo potencial. Si sobrevive.

–¿Qué es lo que sabe?

–Cosas de drogas. A gran escala. Si se despierta, se supone que posee información con la que condenar a personas clave en el tráfico de heroína en Oslo. Además de que podrá contar quién trató de matarlo.

–Es decir, creen que el asesino podría volver a terminar el trabajo.

–Si se enteran de que está vivo y dónde, sí. Por eso estamos aquí.

Silje asintió.

–¿Y sobrevivirá?

Anton meneó la cabeza.

—Creen que pueden mantenerlo con vida unos meses, pero las posibilidades de que salga del coma son ínfimas. En todo caso… —Anton volvió a cambiar de pie; la mirada escrutadora de la joven resultaba incómoda a la larga—. Hasta entonces, hay que vigilarlo.

Anton Mittet dejó a Silje con una sensación de derrota, bajó la escalera a la altura de la recepción y salió a la noche otoñal. Y cuando se sentó en el coche, aún en el aparcamiento, se dio cuenta de que le estaba sonando el móvil.

Era de la central de operaciones.

—Maridalen, asesinato —dijo el cero-uno—. Ya sé que has terminado el turno, pero necesitan refuerzos para acordonar la zona. Y ya que todavía estás con el uniforme…

—¿Cuánto tiempo?

—Te relevarán en un plazo de tres horas, como máximo.

Anton se quedó atónito. Últimamente hacían cualquier cosa por evitar que la gente trabajara horas extra; la combinación de unas reglas de lo más rígido y los presupuestos impedían hasta la aplicación práctica de las reglas. Ya se figuraba él que algo de particular debía de tener aquel asesinato. Esperaba que no fuera un niño.

—Vale —dijo Anton Mittet.

—Te mando las coordenadas del GPS. —Era el nuevo GPS con un plano detallado de Oslo y alrededores y con emisor activo, gracias al cual la central de operaciones podía localizar a los agentes. Y seguramente por eso lo habían llamado a él, sería el que se encontraba más cerca.

—Bueno —dijo Anton—. Tres horas.

Laura ya se había ido a la cama, pero a ella le gustaba que no tardara en llegar a casa después del trabajo, así que le mandó un mensaje de texto antes de arrancar el coche y poner rumbo al lago Maridalsvannet.

Anton no necesitaba mirar el GPS. A la entrada de Ullevålseterveien había aparcados cuatro coches de policía y, algo más allá, indicaban el camino las cintas policiales de color naranja y blanco.

Cogió la linterna de la guantera y se dirigió al agente que había fuera del cordón. Vio las linternas que vacilaban en el bosquecillo, pero también los focos del equipo de la Científica que investigaba el escenario del crimen, que siempre le recordaban al rodaje de una película. Lo cual no andaba muy lejos de la verdad. Hoy por hoy, no solo hacían fotos, sino que utilizaban cámaras de vídeo HD que captaban tanto a la víctima como todo el escenario, de modo que podían revisar las imágenes, congelar, ampliar detalles que, en su momento, no apreciaron como relevantes.

—¿Qué tal va la cosa? —le dijo al policía que temblaba cruzado de brazos delante del cordón policial.

—Asesinato. —El policía tenía la voz pastosa. Los ojos rojos en una cara de una palidez antinatural.

—Eso me han dicho. ¿Quién está al mando?

—El equipo de la Científica. Lønn.

Anton oyó el rumor de las voces procedentes del bosque. Eran muchas.

—¿Todavía no hay nadie de Kripos o de Delitos Violentos?

—Irán viniendo más poco a poco, acaban de descubrir el cadáver. ¿Me vas a sustituir tú?

Van a venir más. Y, a pesar de todo, lo han mandado a hacer horas extra. Anton miró bien al colega. Llevaba un abrigo grueso, pero no paraba de tiritar. Y ni siquiera hacía frío.

—¿Fuiste el primero en llegar?

El colega asintió con la cabeza. Pisoteó el suelo con fuerza.

Mierda, pensó Anton. Un niño. Tragó saliva.

—Hombre, Anton, ¿te ha enviado el cero-uno?

Anton levantó la vista. No había oído a aquellos dos, a pesar de que salían de un denso matorral. Ya lo había visto en otras ocasiones: los técnicos se movían por un lugar del crimen como bailarines algo torpes, se agachaban y evitaban el contacto con todo lo que los rodeaba, iban poniendo los pies en el suelo como si fueran astronautas en la luna. O quizá fueran los monos de color blanco los que le inspirasen esas asociaciones.

—Sí, tenía que sustituir a alguien —le dijo Anton a la mujer. Sabía perfectamente quién era, como todo el mundo. Beate Lønn, jefe de la Científica, tenía fama de ser una especie de versión femenina de Rain Man, gracias a su capacidad para reconocer caras, que utilizaban para identificar a delincuentes en las imágenes granuladas y entrecortadas de los vídeos de las cámaras de vigilancia. Decían que era capaz de identificar incluso a ladrones enmascarados, si los habían condenado con anterioridad, que tenía una base de datos de varios miles de fichas policiales almacenada en aquella cabecita de rubia cabellera. Así que aquel asesinato tenía que tener algo fuera de lo común: al jefe no lo mandaban a medianoche así como así.

Al lado de la cara pálida, casi transparente, de la mujer, la del colega parecía más bien rubicunda. Las mejillas pecosas quedaban enmarcadas entre las dos penínsulas rojísimas que tenía por patillas. Tenía los ojos un tanto saltones, como si hubiera mucha presión allí dentro, lo que le otorgaba cierta expresión de asombro. Pero lo más llamativo era el gorro que apareció cuando se quitó el casco blanco: un gorro enorme de rastafari, en verde, amarillo y negro, los colores de Jamaica.

Beate Lønn le puso una mano en el hombro al policía que no paraba de tiritar.

—Vete a casa, Simon. No digas que te lo he dicho yo, pero te recomiendo que te tomes un buen trago de algo fuerte y luego, a la cama.

El policía asintió y, tres segundos después, la oscuridad engulló aquellos hombros encogidos.

—¿Está fea la cosa? —preguntó Anton.

—¿No quieres un poco de café? —preguntó el gorro rastafari, y abrió un termo. Esas pocas palabras bastaron para que Anton supiera que no era de Oslo. Del campo, bueno, pero como la mayoría de la gente de ciudad de la parte de Øslandet, ni sabía dónde se hablaban los distintos dialectos ni le interesaban demasiado.

—No —dijo Anton.

—Nunca es mala idea llevarse café de casa a una escena del crimen —dijo el gorro rastafari—. No es fácil prever cuánto tiempo tendrás que quedarte.

–Vamos, vamos, Bjørn, que Anton ha trabajado antes en casos de asesinato –dijo Beate Lønn–. En Drammen, ¿verdad?

–Eso es –dijo Anton, y se balanceó un poco sobre los talones. Que *apenas* había trabajado en casos de asesinato habría sido más correcto. Y, por desgracia, Anton sospechaba por qué Beate Lønn se acordaba de él. Respiró hondo–. ¿Quién ha encontrado el cadáver?

–Él –dijo Beate Lønn, señalando al policía que, en ese momento, ponía en marcha y aceleraba el motor.

–Quiero decir, quién encontró el cadáver y denunció el hallazgo.

–La mujer de la víctima llamó al ver que no volvía del paseo en bicicleta –dijo el gorro rastafari–. Se suponía que iba a estar fuera un máximo de una hora, y estaba preocupada porque tenía algo de corazón. Llevaba un GPS con emisor activo, así que lo encontraron enseguida.

Anton asintió despacio, se lo imaginó perfectamente. Dos policías que llaman a la puerta, una mujer y un hombre. Unos policías que carraspean nerviosos, miran a la mujer con esa expresión seria que refleja lo que van a decirle con palabras, unas palabras imposibles. La cara de la mujer, que se resiste, se niega a dar crédito pero que, a pesar de todo, se desencaja, deja al descubierto lo que hay debajo, lo deja todo al descubierto.

La imagen de Laura, su mujer, se le representó enseguida.

Una ambulancia se les acercó deslizándose sin sirenas ni luces de emergencia.

Anton lo vio claro. Una reacción tan rauda ante una denuncia de desaparición. El GPS con emisor. Aquel gran despliegue. Las horas extra. El colega, que estaba tan afectado por el hallazgo que hubieron de enviarlo a casa…

–Es un policía –dijo en voz baja.

–Apuesto a que aquí la temperatura es un grado y medio más baja que en el centro –dijo Beate Lønn, y marcó un número en el móvil.

–Lo suscribo –dijo el gorro rastafari, y tomó un sorbo de café de la taza del termo–. Aún no presenta decoloración de la piel, así que, más o menos, ¿entre las ocho y las diez?

–Policía –repitió Anton–. Por eso están todos aquí, ¿verdad?

–¿Katrine? –dijo Beate–. ¿Podrías comprobar una cosa? Se trata del caso de Sandra Tveten. Exacto.

–¡Joder! –exclamó el gorro rastafari–. Si les había dicho que esperasen hasta que llegara el saco para el cadáver.

Anton se giró y vio a dos hombres que salían como podían de los arbustos acarreando una de las camillas del equipo de la Científica. Por debajo de la manta asomaba un par de zapatillas de ciclista.

–Él lo conocía –dijo Anton–. Por eso iba temblando, ¿verdad?

–Dijo que fueron compañeros en Økern antes de que Vennesla empezara a trabajar en Kripos –dijo el gorro rastafari.

–¿Tienes la fecha? –dijo Lønn al teléfono.

Se oyó un grito.

–Pero ¡qué demonios…! –dijo el gorro rastafari.

Anton se dio la vuelta. Uno de los porteadores de la camilla había resbalado y se había caído en la cuneta. El haz de luz de su linterna se deslizó sobre la camilla. Sobre la manta, que se había caído… Sobre… ¿sobre qué? Anton miraba perplejo. ¿Era una cabeza? Aquello que se veía en el extremo superior de lo que, indudablemente, era un cuerpo humano, ¿era una cabeza? Los años que Anton estuvo trabajando en Delitos Violentos, antes de su gran fallo, vio muchos cadáveres, pero ninguno como aquel. Aquella sustancia en forma de reloj de arena le recordó a Anton el desayuno familiar de los domingos, los huevos cocidos de Laura con algún resto de la cáscara aún colgando, resquebrajados en el agua de manera que la yema se había salido y luego se había solidificado por fuera de la clara, endurecida pero aún blanda. ¿De verdad que aquello era… *una cabeza?*

Anton se quedó parpadeando en la oscuridad mientras veía alejarse las luces traseras de la ambulancia. Y comprendió que aquello eran repeticiones, que lo había visto antes. Las figuras vestidas de blanco, el termo, los pies que sobresalían de la manta, acababa de verlo en el Rikshospitalet. Como si hubiera sido un presagio. Aquella cabeza…

–Gracias, Katrine –dijo Beate.

—¿Qué pasa? —preguntó el gorro rastafari.

—Yo estuve trabajando con Erlend aquí mismo —dijo Beate.

—¿Aquí? —dijo el gorro rastafari.

—Aquí exactamente. Él dirigía la investigación. Hará diez años. Sandra Tveten. Violada y asesinada. Una niña.

Anton tragó saliva. Niños. Repeticiones.

—Recuerdo el caso —dijo el gorro rastafari—. Qué extraño es el destino, mira que morir en un lugar del crimen que has investigado, ¿te imaginas? ¿No fue ese el caso también en otoño?

Beate no respondió, asintió en silencio, sin más.

Anton no paraba de pestañear. No era verdad, él *había visto* un cadáver exactamente con el mismo aspecto.

—¡Joder! —imprecó en voz baja el gorro rastafari—. ¿No estarás pensando que…?

Beate Lønn le quitó la taza del termo. Tomó un trago de café. Se la devolvió. Asintió.

—Mierda —susurró el gorro rastafari.

3

–*Déjà vu* –dijo Ståle Aune, y contempló la densa nevada que se extendía sobre la calle Sporveisgata, donde la oscuridad de una mañana de diciembre estaba a punto de dar paso a un breve día. Luego se volvió hacia el hombre que ocupaba la silla, delante del escritorio–. *Déjà vu* es la sensación de estar viendo algo que ya hemos visto antes. No sabemos lo que es.

Al decir «sabemos» se refería a los psicólogos en general, no solo a los terapeutas.

–Hay quienes consideran que, cuando estamos cansados, se produce una ralentización en las vías de información que conducen a la parte consciente del cerebro, de modo que, cuando la información llega por fin, ya la hemos visto un instante en el subconsciente. Y por eso lo vivimos como un reconocimiento. Lo del cansancio puede explicar por qué los casos de *déjà vu* son más frecuentes al final de la semana. Pero eso es, más o menos, lo que puede aportar la investigación. Que los viernes son el día del *déjà vu*.

Es posible que Ståle Aune se esperase una sonrisa. No porque la sonrisa significara nada en sus intentos profesionales por conseguir que la gente se curase a sí misma, sino porque a aquella consulta le hacía falta.

–No me refiero a ese tipo de *déjà vu* –dijo el paciente. El usuario. El cliente. La persona que, al cabo de veinte minutos, pagaría en recepción, contribuyendo así a cubrir los gastos comunes de los cinco psicólogos que tenían la consulta en aquel edificio de cuatro plantas tan anónimo como anticuado de la calle Sporveisgata, en el elegante barrio oeste de Oslo. Ståle Aune echó una ojeada al reloj que había en la pared, detrás de la cabeza del hombre. Dieciocho minutos.

—Es más bien como un sueño que se repite continuamente.

—¿Como un sueño? —La mirada de Ståle Aune se deslizó nuevamente por el periódico que tenía desplegado en el cajón abierto del escritorio, de modo que el paciente no podía verlo. La mayoría de los terapeutas atendían hoy por hoy sentados en una silla frente al paciente, y cuando metieron aquella mesa maciza en la consulta de Ståle, sus colegas le salieron con que la teoría terapéutica moderna decía que lo mejor era tener el menor número posible de obstáculos entre uno mismo y el paciente. La respuesta de Ståle fue breve: «Mejor para el paciente, seguro».

—Es un sueño. Lo veo soñando.

—Los sueños repetitivos son algo frecuente —dijo Aune, y se pasó la mano por la boca para disimular un bostezo. Pensó con añoranza en su querido y viejo sofá que habían sacado de la consulta y que ahora se encontraba en la sala común, donde junto con unos soportes y sujeciones para pesas de gimnasio, funcionaba como una broma interna psicoterapéutica. Y es que, en el sofá, los pacientes facilitaban más aún la lectura desenfrenada del periódico.

—Pero es que este es un sueño que yo no quiero tener. —Una sonrisa escasa, altiva. Un pelo escaso, con buen corte.

Bienvenido al exorcista de los sueños, pensó Aune, y trató de sonreírle con la misma escasez. El paciente llevaba un traje de raya diplomática, corbata gris y roja y unos zapatos negros relucientes. Aune, por su parte, llevaba una americana de tweed, una alegre pajarita debajo de la papada y unos zapatos marrones que llevaban tiempo sin ver un cepillo.

—Pues quizá quieras contarme en qué consiste ese sueño.

—Si es lo que acabo de hacer.

—Claro. Pero podrías contármelo con más detalle.

—Empieza, como te decía, igual que termina «Dark side of the Moon». Se van oyendo los tonos finales de «Eclipse» cuando David Gilmour canta... —El hombre frunció los labios antes de pasar a hablar en un inglés tan amanerado que a Aune casi le pareció ver la taza de té en dirección a los morritos– *and everything under the sun is in tune but the sun is eclipsed by the moon.*

–¿Y eso es lo que tú sueñas?

–¡No! Bueno, sí. O sea, el disco termina así en la realidad también. De forma optimista. Después de tres cuartos de hora de muerte y locura. Así que uno se figura que todo va a terminar bien. Que vuelve a imperar la armonía. Pero mientras el disco va terminando, se oye de fondo una voz débil que murmura algo. Tienes que subir el volumen para poder distinguir las palabras. Claro que entonces se oyen perfectamente: *There is no dark side of the moon, really. Matter of fact, it's all dark.* Todo es oscuridad. ¿Comprendes?

–No –dijo Aune. Según el manual, él debería preguntarle al paciente: «¿Es importante para ti que yo lo comprenda?», o algo parecido. Pero no tuvo fuerzas.

–El mal no existe, puesto que todo es malvado. El espacio es oscuridad. Nacemos malvados. El mal es el punto de partida, lo natural. Aunque a veces se ve una lucecita, una luz pequeñísima. Pero es una cosa transitoria, enseguida volvemos a la oscuridad. Y eso es lo que sucede en el sueño.

–Continúa –dijo Aune, giró la silla y miró por la ventana con una expresión reflexiva. La expresión era para ocultar el hecho de que lo que realmente le apetecía era mirar algo que no fuera la cara del otro, que era una mezcla de autocompasión y autocomplacencia. Al parecer, aquel hombre se veía como un ser único, como una oportunidad de oro para un psicólogo que quisiera hincarle el diente de verdad. Sin la menor duda, había ido a terapia con anterioridad. Aune vio a un vigilante de aparcamiento que se balanceaba caminando por la calle con las piernas abiertas como un sheriff, y se preguntó a qué otras profesiones podría haberse dedicado él, Ståle Aune. Enseguida averiguó la respuesta. Ninguna. Además, le encantaba la psicología, le encantaba navegar por la zona existente entre lo que sabíamos y lo que no sabíamos, combinar su pesada carga de conocimientos objetivos con la intuición y la curiosidad. Por lo menos eso era lo que él se decía a sí mismo todas las mañanas. Pero entonces ¿qué hacía allí sentado con el solo deseo de que aquel individuo cerrara el pico y saliera de su consulta, de su vida? ¿Era por la persona o era por el trabajo de terapeuta? Fue el ultimátum expreso, mal disimulado de Ingrid de que empezara a trabajar menos y a estar más disponible para ella y para su hija Aurora lo que provocó los cambios. Había abandonado la investigación, que tanto tiempo le exigía, el trabajo de consultoría para Delitos Violentos y las clases en la Escuela Superior de Policía. Se había convertido en un terapeuta puro y duro, con un horario fijo. Le pareció una forma adecuada de priorizar. Porque, ¿qué tenía que añorar en lo que había dejado de lado? ¿Echaba de menos elaborar perfiles de almas enfermas que mataban a otras personas, con acciones tan terribles que le robaban el sueño, y −cuando al final conseguía dormirse−, al comisario Harry Hole, que lo despertaba exigiéndole respuestas rápidas a preguntas imposibles? ¿Echaba de menos el modo en que Hole lo había transformado a su imagen y semejanza, en un cazador monomaníaco hambriento, desvelado, que le echaba la bronca a todo aquel que lo molestaba en el trabajo, lo único que consideraba importante y que, lento pero seguro, iba apartando de su lado a los colegas, la familia y los amigos?

Pues claro que sí, joder. Echaba de menos *lo importante* que era todo aquello.

Echaba de menos la sensación de salvar vidas. Y, en este caso, no la vida del pensador racional suicida que, a veces, podía impulsarlo a formularse la pregunta: «Si la vida le es tan dolorosa y no podemos cambiarla, ¿por qué este hombre no puede morir simplemente?». Echaba de menos ser el elemento activo, el que interviene, el que salva al inocente del culpable, hacer aquello que nadie más podía hacer, puesto que él, Ståle Aune, era el mejor. Así de sencillo. Y sí, echaba de menos a Harry Hole. Echaba de menos que aquel hombre alto, huraño, alcoholizado y de gran corazón apareciera al otro lado del hilo telefónico para pedirle −o mejor dicho, para ordenarle− a Ståle Aune que acudiera a servir a la sociedad, la cual exigía que él sacrificara la vida familiar y el descanso nocturno para poder capturar a alguno de los desahuciados sociales. Sin embargo, Harry Hole ya no estaba en Delitos Violentos, y ningún otro lo había llamado. Recorrió de nuevo las páginas del periódico con la mirada. Habían celebrado una conferencia de prensa. Hacía casi tres meses del asesinato de aquel agente en Maridalen y la policía seguía sin pistas y sin sospechosos. Era uno de esos casos en los que, en otro tiempo, habrían recurrido a él. Habían cometido el asesinato en el mismo lugar y fecha que un caso antiguo que quedó sin resolver. La víctima era un policía que participó en su día en aquella investigación.

Pero eso ya pasó. Ahora se trataba de curar el insomnio de un hombre de negocios extenuado por el exceso de trabajo y que a él no le gustaba. Aune no tardaría en empezar a hacer las preguntas que por fin descartarían los síntomas de estrés postraumático; el hombre que tenía delante no había visto limitadas sus funciones a causa de las pesadillas, lo único que le interesaba era elevar de nuevo al máximo su productividad. Después, Aune le daría una copia del artículo «Imagery Rehearsal Therapy», de Krakow y... ya no recordaba los otros nombres. Le pediría que le escribiera la pesadilla y que se la llevara el próximo día. Entonces crearían los dos juntos para esa pesadilla un final feliz alternativo que practicarían mentalmente de tal modo que el sueño o bien se atenuara y se convirtiera en algo más agradable o bien desapareciera por completo.

Aune oía el rumor monótono y soporífero de la voz del paciente y pensó que el asesinato de Maridalen se había atascado desde el primer día. Ni siquiera al detectar las extrañas coincidencias con el caso Sandra Tveten, la fecha, el lugar y la persona implicada, consiguieron los de Kripos ni los de Delitos Violentos avanzar ni un paso. Y ahora animaban a la gente a reflexionar más a fondo y llamar si tenían soplos o sugerencias, por irrelevantes que les parecieran. De eso había tratado la conferencia de prensa del día anterior. Aune sospechaba que se trataba de cubrir las apariencias, que la policía necesitaba demostrar que estaban haciendo algo, que no estaban paralizados. *Por más que*, naturalmente, eso era lo que se veía: una dirección de la investigación impotente y duramente criticada que, llena de resignación, se dirigía a la opinión pública con un «ya veremos si vosotros sabéis hacerlo mejor».

Observó la foto de la conferencia de prensa. Reconoció a Beate Lønn. A Gunnar Hagen, el jefe de Delitos Violentos, que cada vez se parecía más a un monje, con ese pelo recio y abundante como una corona de laurel sobre la calva reluciente de la mollera. Estaba incluso Mikael Bellman, el nuevo jefe provincial de la policía. Después de todo, se trataba del asesinato de uno de los suyos. Con expresión muy seria. Más delgado de lo que Aune lo recordaba. Aquellos rizos que tan bien solían quedar en los medios de comunicación, y que por muy poco no resultaban demasiado largos, habían desaparecido al parecer en algún punto entre el trabajo como jefe de Kripos y de OrgKrim, y por último, el despacho de sheriff. Aune pensó en la belleza casi femenina de Bellman, subrayada por unas pestañas larguísimas y una piel morena salpicada de sus características manchitas blancas. Nada de aquello se apreciaba en la foto. El asesinato sin aclarar de un policía era, lógicamente, el peor arranque en el puesto para un jefe provincial de la policía que había basado su carrera meteórica en el éxito. Había hecho limpieza entre las bandas de narcotraficantes de Oslo, sí, pero eso podía olvidarse fácilmente. Cierto era que, desde un punto de vista formal, el jubilado Erlend Vennesla no había muerto en acto de servicio, pero la mayoría consideraba que, de un modo u otro, su muerte guardaba relación con el caso Sandra. De ahí que Bellman hubiera movilizado también a todos sus hombres y todos los recursos externos. Pero no a él, no a Ståle Aune. A él lo habían borrado de sus listas. Naturalmente, cuando él mismo así lo había solicitado.

Y ahora se adelantaba el invierno y, con él, la sensación de que la nieve se posaría sobre las pistas. Pistas frías. Adiós pistas. Eso fue lo que Beate Lønn dijo en la conferencia de prensa, una ausencia casi extraña de pruebas técnicas. Evidentemente, habían comprobado las que de un modo u otro aparecieron en el caso Sandra. Sospechosos, familiares, amigos, incluso colegas de Vennesla que trabajaron en el caso. Tampoco eso dio resultado.

34

Se había hecho el silencio en la consulta y, por la cara del paciente, Ståle Aune supo que acababa de hacerle una pregunta y que esperaba una respuesta del psicólogo.

—Ajá —dijo Aune, apoyó la barbilla en el puño y miró al otro a los ojos—. ¿A ti qué te parece?

Desconcierto en la mirada del paciente; por un instante, Aune temió que le hubiera pedido un vaso de agua o algo así.

—¿Qué me parece que me sonría? ¿O qué me parece el brillo intenso?

—Las dos cosas.

—A veces creo que me sonríe porque le gusto. Otras me da la impresión de que lo hace porque quiere que yo haga algo, pero cuando deja de sonreír, el brillo desaparece de sus ojos y entonces ya es tarde para averiguarlo, porque deja de querer hablar conmigo. Así que yo creo que quizá sea el amplificador, ¿no?

—Mmm... ¿el amplificador?

—Sí. —Pausa—. Del que te he hablado antes. El que mi padre solía apagar cuando entraba en mi cuarto y me decía que ya había puesto bastante aquel disco, que ya era una cosa rayana en la locura. Y entonces yo le decía que podía verse que la lucecilla roja que había al lado del botón iba debilitándose cada vez más hasta desaparecer. Como un ojo. O una puesta de sol. Y entonces pensaba que la perdía. Y por eso ella enmudece al final del sueño. Ella es el amplificador que calla cuando mi padre lo apaga. Y entonces no puedo hablar con ella, claro.

—¿Escuchabas discos mientras pensabas en ella?

—Sí. Continuamente. Hasta que cumplí los dieciséis. Y no eran discos. Era el disco.

—¿«Dark side of the Moon»?

—Sí.

—Pero ella no te quería, ¿no?

—Eso no lo sé. Seguramente, no. Entonces.

—Ya. Bueno, se ha acabado la sesión. Te vas a llevar una lectura para la próxima. Y quiero que le demos otro final al relato del sueño. Ella tiene que hablar. Tiene que decirte algo. Lo que tú quieras

35

que ella te diga. Que le gustas, quizá. ¿Podrías pensar en ello para la próxima vez?

—Vale.

El paciente se levantó, cogió el abrigo del perchero y se dirigió a la puerta. Aune volvió a sentarse al escritorio, observó el calendario que brillaba en la pantalla del ordenador. Estaba de un lleno deprimente... Y de pronto se dio cuenta de que había vuelto a ocurrir, había olvidado por completo el nombre del paciente. Lo encontró en el calendario. Paul Stavnes.

—La semana que viene, a la misma hora, ¿verdad, Paul?

—Claro.

Ståle lo anotó. Cuando levantó la vista, Stavnes ya se había marchado.

Se levantó, cogió el periódico y se acercó a la ventana. ¿Qué puñetas ha pasado con el calentamiento global que nos habían prometido? Bajó la vista hacia el periódico, pero, de repente, no tuvo fuerzas, lo dejó a un lado, semanas y meses con la misma tabarra en los periódicos, ya estaba bien. Muerto a golpes. Ataque violento en la cabeza. Erlend Vennesla deja mujer, hijos y nietos. Amigos y colegas conmocionados. «Una persona cariñosa y amable.» «Imposible no apreciarlo.» «Agradable, honrado y paciente, no tenía enemigos, desde luego.» Ståle Aune respiró hondo. *There is no dark side of the moon, not really. Matter of fact, it's all dark.*

Se quedó mirando el teléfono. Tenían su número, pero el aparato seguía mudo. Exactamente igual que la joven del sueño.

4

Gunnar Hagen, el jefe de Delitos Violentos, se pasó la mano por la frente y siguió subiendo por el acceso a la laguna. El sudor que se le acumuló en la palma de la mano y siguió por la laguna que se le abría en el pelo quedó atrapado en el denso cerco de pelo de la nuca. Tenía delante al grupo de investigación. En un caso normal de asesinato serían unas doce personas. Pero el asesinato de un colega no se contaba entre lo normal, y la sala K2 se había llenado hasta el último hueco, casi cincuenta personas. Contando a las que estaban de baja por enfermedad, el grupo se componía de cincuenta y tres. Y pronto se producirían más bajas, la presión de los medios empezaba a dejarse notar. Lo mejor que podía decirse de aquel caso era que había acercado un poco a los dos grandes grupos de investigación de asesinatos de Noruega, Delitos Violentos y Kripos. Habían dejado de lado toda rivalidad y, por una vez, habían colaborado como un solo grupo, sin otro punto en la agenda que el de encontrar a aquel que había asesinado a su colega. Las primeras semanas, con una intensidad y un entusiasmo que convenció a Hagen de que esclarecerían el caso con rapidez, a pesar de la falta de pruebas, testigos, móvil posible, sospechosos posibles y pistas posibles o imposibles. Sencillamente, porque actuaban con una voluntad formidable, la red tan densa, los recursos de los que disponían, casi ilimitados. Y aun así.

Aquellas caras cansadas y grises lo miraban con una apatía cada vez más evidente en las últimas semanas. Y la conferencia de prensa de ayer —que, para horror general, parecía una rendición, con aquella súplica de ayuda de quienquiera que fuese— no levantó la moral combativa del equipo. Hoy le habían llegado otras dos bajas, y los solicitantes no eran personas que tirasen la toalla por una chorrada. Aparte del caso Vennesla, tenían el de Gusto Hanssen, que había pasado de resuelto a pendiente después de que liberasen a Oleg Fauke y de que Chris «Adidas» Reddy retirase su confesión. En fin, el caso Vennesla sí que tenía algo positivo, después de todo: el asesinato del policía había dejado en segundo plano el del traficante Gusto hasta el punto de que la prensa no había escrito una palabra de que se hubiera reabierto.

Hagen miró el documento que tenía delante en el atril. Contenía dos renglones. Eso era todo. Una reunión matinal de dos renglones.

Gunnar Hagen se aclaró la garganta.

–Buenos días, buena gente. Como la mayoría de vosotros sabe, hemos recibido una serie de soplos después de la conferencia de prensa de ayer. En total, ochenta y nueve, algunos de los cuales ya estamos investigando.

No tenía que decir lo que todos sabían, que después de cerca de tres meses, habían tocado fondo, que el noventa y cinco por ciento de los soplos eran basura, los típicos chiflados que siempre llamaban, borrachos, gente que quería que las sospechas recayeran sobre alguien que le había robado el novio o la novia, un vecino que no limpiaba su rellano, *practical jokes* o, lisa y llanamente, personas que reclamaban un poquito de atención, alguien con quien hablar. Al decir «algunos de los cuales» se refería a cuatro. Cuatro soplos. Y cuando decía «estamos investigando» era falso, ya estaban investigados. Y no los habían conducido… a ninguna parte.

–Hoy tenemos la visita de todo un personaje –dijo Hagen, y se dio cuenta enseguida de que aquello podía interpretarse como un sarcasmo–. El jefe provincial de la policía ha querido venir a decirnos unas palabras. Mikael…

Hagen cerró la carpeta y la mostró en alto, bajó el borde hacia la mesa, como si contuviera un nuevo documento de gran interés sobre el caso, en lugar de aquel único folio, con la esperanza de haber rebajado un poco lo de «todo un personaje» al utilizar el nombre de pila de Bellman, y le hizo una señal al hombre que aguardaba junto a la puerta al fondo de la sala.

El joven jefe provincial de la policía se apoyó en la pared con los brazos cruzados, esperó un instante hasta que todos se hubieron vuelto hacia él antes de deslindarse de la pared con un movimiento potente y ágil, y con pasos rápidos y resueltos empezó a caminar hacia el atril. Sonrió como si estuviera pensando en algo divertido y, cuando, con agilidad y soltura, se dio media vuelta a la altura de la tribuna, plantó en ella los codos y se inclinó hacia delante mirando a la concurrencia para dejar claro que no llevaba ningún discurso escrito. Hagen pensó que más valía que Bellman les ofreciera lo que prometía una entrada como aquella.

–Algunos de vosotros sabéis que practico escalada –dijo Mikael–. Y cuando me despierto en días como este, miro por la ventana y no hay ninguna visibilidad, y oigo que se avecinan más nevadas y que arreciará el viento, pienso en una montaña que tengo planes de coronar un día.

Bellman hizo una pausa y Hagen tomó nota de que tan inesperada introducción había funcionado: Bellman había captado su atención. Por el momento. Pero Hagen sabía que el nivel de tolerancia de paridas de un grupo que ya estaba muy desgastado se encontraba bajo mínimos, y que no se esforzarían por ocultarlo. Bellman era demasiado joven, llevaba muy poco tiempo en el puesto de jefe y había llegado a él demasiado rápido para que le permitieran que pusiera a prueba su paciencia.

–Lo cierto es que esa montaña se llama igual que esta sala. El mismo nombre que algunos de vosotros le habéis dado al caso Vennesla: K2. Es un buen nombre. La segunda montaña más alta del mundo. *The Savage Mountain.* La de escalada más difícil. Por cada cuatro personas que han conseguido coronarla, una ha muerto en el intento. Planeamos escalar la cara sur de la montaña, también llamada *The Magic Line.* Solo se ha conseguido dos veces hasta ahora, y muchos lo consideran un suicidio ritual. Un pequeño cambio en el tiempo o en el viento y te ves envuelto, junto con la montaña, en un manto de nieve y a una temperatura a la que ninguno de nosotros sería capaz de sobrevivir, al menos, no con menos oxígeno por metro cúbico del que necesitamos debajo del agua. Y puesto que se trata del Himalaya, todo el mundo sabe que el tiempo y el viento *cambiarán*.

Breve pausa.

–Entonces ¿por qué querría yo escalar esa montaña?

Otra pausa. Algo más larga, como si esperase que alguien respondiera. Aún con aquella sonrisita… Fue una pausa larga. Demasiado larga, pensó Hagen. Los policías no son por lo general partidarios de los golpes de efecto forzados.

–Porque… –Bellman golpeó con el dedo índice la superficie de la tribuna–. *Porque* es la más difícil del mundo. Física y mentalmente. No hay un solo segundo de felicidad mientras escalas, solo problemas, trabajar como un mono, angustia, vértigo, falta de oxígeno, diversos grados de pánico y, más peligroso aún, de apatía. Y cuando alcanzas la cima, no se trata de disfrutar del instante del triunfo, sino solamente de conseguir la prueba de que uno ha estado allí, una foto o dos, no engañarse pensando que ya ha pasado lo peor, no dejarse llevar por ese sopor agradable, sino mantener la concentración a tope, llevar a cabo las tareas necesarias, de forma sistemática, como un robot programado, pero sin dejar de valorar la situación al mismo tiempo. Hay que valorar la situación *todo el tiempo*. ¿Qué tiempo hace? ¿Qué señales envía el cuerpo? ¿Dónde estamos? ¿Cuánto tiempo llevamos aquí? ¿Cómo están los demás miembros del equipo?

Dio un paso atrás y se apartó de la tribuna.

–La K2 es cuesta arriba y obstáculos hasta el final. Incluso cuando vuelve a ser cuesta abajo. Cuesta arriba y obstáculos. Y *por eso* queríamos intentarlo.

Reinaba el silencio en la sala. Un silencio absoluto. Ningún bostezo elocuente ni ruido de pies rozando el suelo bajo las sillas. Por Dios, pensó Hagen, los tiene en el bote.

–Dos palabras –dijo Bellman–. No tres, solo dos. Resistencia y cohesión. Había pensado incluir la ambición, pero esa palabra no es lo bastante importante. No es lo bastante grande, en comparación con las otras dos. Y puede que os preguntéis de qué valen entonces la resistencia y la cohesión si no hay un objetivo, una ambición. ¿La lucha por la lucha misma? ¿Honor sin recompensa? Pues sí, exactamente, la lucha por la lucha. Honor sin recompensa. Cuando dentro de unos años se hable del caso Vennesla, será por las adversidades. Porque parecía imposible. Porque la montaña era demasiado alta, el tiempo demasiado adverso, el aire demasiado escaso. Porque lo teníamos todo en contra. Y ese relato, el de las *adversidades*, será el que convierta este caso en mítico, en uno de los que sobreviven para contarlo alrededor de la hoguera. Al igual que la mayoría de los escaladores del mundo, que ni siquiera se acercan al pie de la K2, también podemos vivir toda una vida como investigadores sin tener nunca la oportunidad de participar en un caso como este. ¿Habéis pensado que si este caso se hubiera resuelto durante las primeras semanas, dentro de unos años habría caído en el olvido? Porque ¿qué tienen en común todos los casos de asesinato legendarios de la historia?

Bellman esperaba. Asintió, como si le hubieran dado la respuesta que esperaba.

−Llevó *tiempo* resolverlos. Hubo *adversidades*.

Al lado de Hagen se oyó una voz susurrante: *Churchill, eat your heart out*. Se volvió y vio a Beate Lønn, que sonreía socarronamente.

Hagen observó a los allí reunidos. Un viejo truco, seguramente, pero todavía funcionaba. Allí donde, hasta hacía unos minutos, no se veía más que un montón de negro carbón muerto, Bellman había logrado insuflar vida en las ascuas. Pero Hagen sabía que no podían arder por mucho tiempo si seguían sin obtener resultados.

Tres minutos después, Bellman había terminado su rollo motivador y dejó la tribuna con una amplia sonrisa y entre aplausos. Hagen aplaudía también como era su deber, lleno de angustia ante la perspectiva de tener que volver al atril. Como un verdadero aguafiestas, para anunciar que el grupo iba a reducirse a treinta y cinco personas. Órdenes de Bellman, pero habían acordado que no sería él quien lo dijera. Hagen se adelantó, dejó la carpeta en el atril, carraspeó, fingió que hojeaba unos papeles. Levantó la vista. Volvió a aclararse la garganta y los miró sonriendo a medias.

—*Ladies and gentlemen, Elvis has left the building.*

Silencio. Nada de risas.

—Bueno, pues nada, tenemos mucho que hacer. A algunos de vosotros os asignaremos otros cometidos.

Mutis. Apagón.

Al salir del ascensor en el vestíbulo de la Comisaría General, Bellman atisbó una figura que se coló en el ascensor contiguo. ¿Sería Truls? Qué va, todavía estaba en cuarentena después del caso Asáiev. Bellman salió por la puerta principal y fue abriéndose paso como pudo en medio de la nevada hasta el coche que lo estaba esperando. Cuando tomó posesión de la jefatura, le contaron que, en teoría, disponía de un chófer, pero que sus tres predecesores habían prescindido de ese servicio, porque consideraban que daba una imagen equivocada. Después de todo, debían afrontar recortes en todos los terrenos. Bellman cambió la praxis y dejó muy claro que él no pensaba permitir que esa miopía socialdemócrata impidiera que sus jornadas de trabajo fueran lo bastante eficaces, y que más importante le parecía indicar a quienes se hallaban más abajo en el escalafón que el trabajo duro y el esfuerzo por ascender conllevaban ciertas ventajas. El jefe de información se lo llevó luego aparte y le sugirió que, si le preguntara la prensa, que más valía que acotara la respuesta y lo dejara en la eficacia de las jornadas laborales y eliminara lo de las ventajas.

—Al Ayuntamiento —dijo Bellman mientras se acomodaba en el asiento trasero.

El coche se alejó del borde de la acera, rodeó la iglesia de Grønland y puso rumbo a Plaza y al edificio de Correos que, a pesar de todo lo que habían construido alrededor de la Ópera, aún dominaba el horizonte de Oslo. Sin embargo, hoy no había horizonte, solo nieve, y Bellman pensó tres pensamientos sin conexión alguna entre sí. Joder con diciembre. Joder con el caso Vennesla. Y joder con Truls Berntsen.

No había hablado con Truls ni lo había visto desde que se vio obligado a suspender a su subordinado y amigo de la infancia a primeros de octubre. O sea, Mikael creía haberlo visto delante del Grand Hotel la semana pasada, en un coche que había allí aparcado. Lo que condujo a aquella cuarentena fueron las imposiciones de grandes sumas de dinero en la cuenta de Truls. Al no poder –o no querer– este explicar su procedencia, a Mikael, que era su jefe, no le quedó elección. Naturalmente, él conocía bien la procedencia del dinero, de los trabajos de destrucción de pruebas que Truls había realizado como quemador –trabajos de sabotaje de pruebas– por cuenta del cártel del narcotráfico de Rudolf Asáiev. Un dinero que aquel idiota había ingresado en su cuenta sin más. El único consuelo era que ni el dinero ni Truls podían conducir hasta Mikael. Solo dos personas en el mundo entero podían desvelar la colaboración de Mikael con Asáiev. Una estaba en asuntos sociales en el consejo municipal y era cómplice; y la otra estaba en coma en una planta cerrada del Rikshospitalet, y allí yacía moribunda.

Subieron por el barrio de Kvadraturen. Bellman contempló fascinado el contraste entre la piel negra de las prostitutas y la blancura de la nieve que les cubría el pelo y los hombros. Además, observó que nuevos grupos de camellos habían venido a llenar el vacío que dejó Asáiev.

Truls Berntsen. Un hombre que había seguido a Mikael desde la infancia en Manglerud igual que las rémoras siguen al tiburón. Mikael, con su cerebro, su capacidad de liderazgo, con el don de la palabra, con el físico. Truls «Beavis» Berntsen con la temeridad, la fuerza de los puños y aquella lealtad suya casi pueril. Mikael, que conseguía hacer amigos donde quiera que llegara. Truls, al que costaba tanto apreciar que todo el mundo lo evitaba directamente. Aun así, habían seguido juntos a lo largo de los años, Berntsen y Bellman. En el colegio, al pasar lista, los llamaban consecutivamente, igual que en la Escuela Superior de Policía; primero Bellman, Berntsen inmediatamente después. Mikael se emparejó con Ulla, pero allí seguía Truls, dos pasos por detrás. A medida que fueron pasando los años, Truls fue quedándose rezagado, no experimentó ninguno de los triunfos naturales para Mikael ni en la vida privada ni en la carrera profesional. Por lo general, Truls era persona fácil de mangonear y se lo veía venir. Normalmente, cuando Mikael decía salta, él saltaba. Sin embargo, también podía ocurrir que se le ensombreciera la mirada, y en esas ocasiones, era como si se convirtiera en un desconocido para Mikael. Como aquella vez, con un detenido, el chico al que Truls dejó ciego a golpes con la porra. O el tío de Kripos que resultó que era marica y trató de ligar con Mikael. Los colegas fueron testigos, así que Mikael tuvo que reaccionar para que no pareciera que él dejaría pasar sin más ese tipo de cosas. Así que cogió a Truls y lo llevó a la casa del tío, lo convenció para que bajaran al garaje, donde le dio una tunda con la porra. Al principio, con cierto control, pero luego cada vez más rabioso mientras la negrura se le extendía por la mirada hasta que ya empezó a parecer que estaba conmocionado, con los ojos negros abiertos de par en par, y Mikael tuvo que pararlo para que no matara a aquel hombre. Sí, desde luego, Truls era leal. Pero también era imprevisible, y eso tenía preocupado a Mikael Bellman. Cuando Mikael le contó que el Consejo de Personal había decidido suspenderlo hasta haber averiguado de dónde había salido el dinero que aparecía en cuenta, él se limitó a repetir que era un asunto privado, se encogió de hombros, como si no tuviera la menor importancia, y se marchó. Como si Truls «Beavis» Berntsen tuviera algún sitio al que ir, una vida aparte del trabajo. Y Mikael le vio aquella sombra negra en los ojos. Fue como encender una mecha, verla arder en el negro túnel de una mina sin que ocurra nada. Solo que no sabemos si es porque la mecha es larga o porque se ha apagado, así que seguimos esperando en tensión, porque algo nos dice que cuanto más tiempo pase, peor será el estallido.

El coche llegó a la parte trasera del Ayuntamiento, Mikael se apeó y subió la escalera hacia la entrada. Había quien decía que aquella era la verdadera entrada principal, tal y como la concibieron los arquitectos Arneberg y Poulsson allá por la década de 1920, y que el cambio de sentido de los planos fue una confusión. Pero cuando lo descubrieron en los años cuarenta, habían avanzado tanto con las obras que lo silenciaron todo e hicieron como si nada, con la esperanza de que quienes llegaban navegando por el fiordo de Oslo hacia la capital de Noruega no se dieran cuenta de que era la entrada del servicio la que los recibía.

Las suelas de piel italiana emitían un sonido suave sobre el suelo de mármol mientras Mikael Bellman se dirigía a la recepción, donde la mujer del mostrador le dedicó una sonrisa radiante.

–Buenos días, señor. Lo están esperando. Décima planta, último despacho del pasillo a la izquierda. –Bellman examinó su aspecto en el espejo del ascensor mientras subía. Y pensó que eso era precisamente lo que estaba haciendo, subir. A pesar de aquel caso de asesinato. Se ajustó bien la corbata de seda que Ulla le había comprado en Barcelona. Nudo Windsor doble. Ya en el instituto le enseñó a Truls a hacerse el nudo de la corbata. Pero solo el sencillo, el fácil. La puerta del fondo del pasillo estaba entreabierta. Mikael la empujó.

Era un despacho austero. El escritorio, despejado; las estanterías, vacías y en el papel pintado se veían partes más claras donde antes habían colgado unos cuadros. Ella estaba sentada en una de las ventanas. Poseía el tipo de belleza convencional que las mujeres llaman «vistosa», pero sin encanto ni dulzura, a pesar de la rubia cabellera de muñeca que llevaba recogida en cómicas guirnaldas. Era alta y atlética, de hombros anchos y caderas no menos anchas que en aquel momento cubría una ajustada falda de cuero. Las piernas cruzadas. Su rostro masculino –subrayado por aquella nariz ganchuda y unos ojos de lobo–, en combinación con la mirada socarrona, cómplice y segura de sí misma, llevaron a Bellman a hacer un par de rápidas suposiciones la primera vez que la vio. Que Isabelle Skøyen era un puma con iniciativa y una amante del riesgo.

–Cierra con llave –dijo.

Mikael no se había equivocado.

Cerró la puerta y giró la llave. Se acercó a una de las otras ventanas. El Ayuntamiento se alzaba por encima de la modesta capa de edificios de cuatro o cinco plantas que poblaban Oslo. Al otro lado de la plaza del Ayuntamiento se imponía la fortaleza de Akershus, de setecientos años de antigüedad, sobre un terreno elevado y rodeado de viejos cañones de guerra que apuntaban al fiordo, que parecía tener la piel de gallina y como si tiritase al sentir las gélidas ráfagas de viento. Había dejado de nevar y, bajo las nubes plúmbeas que cubrían el cielo, la ciudad se bañaba en una luz blanquiazul. Como el color de un cadáver, pensó Bellman. La voz de Isabelle resonó entre las paredes vacías.

–Bueno, querido, ¿qué me dices del panorama?

–Impresionante. Si no recuerdo mal, el anterior concejal de asuntos sociales tenía un despacho más pequeño y en una planta más baja.

–No ese panorama –dijo–. Este.

Se volvió hacia ella. La nueva concejal de asuntos sociales y protección de drogodependientes se había abierto de piernas. Tenía las bragas a su lado, en la ventana. Isabelle había dicho en varias ocasiones que nunca había comprendido el encanto de un coño totalmente rasurado, pero Mikael pensaba que debía de existir algo intermedio mientras clavaba la mirada en aquel matorral y repetía en un murmullo la característica del panorama: sencillamente impresionante.

Ella se bajó, clavó los tacones en el parquet y se le acercó. Le retiró una mota invisible del cuello de la americana. Incluso sin los tacones de aguja, habría resultado un centímetro más alta, pero con ellos se imponía claramente por encima de él. Nada que a él lo intimidase. Al contrario, las dimensiones físicas y la personalidad dominante de Isabelle constituían un reto interesante. Exigía más de él como hombre que la figura amable y la suave docilidad de Ulla.

–Es que me parece de lo más adecuado que seas tú quien inaugure mi despacho. Sin tu… voluntad de colaboración, jamás habría obtenido el puesto.

–Y viceversa –dijo Mikael Bellman. Aspiró el aroma de su perfume. Le resultaba familiar. Era el de… ¿el de Ulla? Ese de Tom Ford, ¿cómo se llamaba? Black Orchid. Que tenía que comprarle cuando iba a París o a Londres, porque era imposible de conseguir en Noruega. Se le antojó una coincidencia extraordinaria.

Bellman vio cómo se le alegraba la mirada al advertir su sorpresa. Ella le rodeó la nuca con las manos y se echó hacia atrás riendo:

–Lo siento, no me pude resistir.

Sí, joder. Después de la fiesta de inauguración de la nueva casa, Ulla se quejó de que le había desaparecido el frasco de perfume, alguna de las celebridades invitadas debió de robarlo, simplemente. Él estaba casi seguro de que habría sido alguno de los vecinos de Manglerud, por ejemplo, Truls Berntsen. Porque él no ignoraba que Truls estaba perdidamente enamorado de Ulla desde la juventud. Hecho que, lógicamente, jamás había mencionado ni ante Ulla ni ante Truls. Y tampoco mencionó el tema del frasco de perfume. Después de todo, era mejor que le robara el perfume que las bragas.

–¿Te has planteado que puede que ese sea tu problema? –dijo Mikael–. ¿Que no te puedes resistir?

Ella se rió bajito. Cerró los ojos. Descruzó los dedos largos y gruesos que le rodeaban la nuca, los bajó por la espalda y los introdujo cuidadosamente por el interior del cinturón. Lo miró con cierto asombro.

–¿Qué pasa, campeón?

–El médico dice que no se va a morir –dijo Mikael–. Y la última noticia es que da muestras de querer despertar del coma.

–¿Cómo? ¿Es que se ha movido?

–No, pero están viendo cambios en el electro, así que han empezado a hacerle pruebas neurofisiológicas.

–¿Y qué? –Tenía los labios pegados a los suyos–. ¿Es que le tienes miedo?

–No le tengo miedo *a él,* sino a lo que va a decir. De nosotros.

–¿Y por qué iba a cometer semejante tontería? Está solo, no ganaría nada con ello.

–Te lo diré de otra forma, cariño –respondió Mikael, y le apartó la mano–. La sola idea de que haya alguien ahí fuera que pueda testificar que tú y yo hemos colaborado con un traficante de drogas para favorecer nuestra carrera profesional…

—Escúchame —dijo Isabelle—. Lo único que hicimos fue intervenir cautelosamente para impedir que las fuerzas del mercado lo controlaran solas. Es política socialdemócrata de la buena más que probada, querido. Permitimos que Asáiev tuviera el monopolio del mercado de los estupefacientes y detuvimos a todos los demás barones de la droga, puesto que la de Asáiev provocaba menos muertes por sobredosis. Cualquier otra cosa habría sido una mala política antidroga.

Mikael no pudo por menos de sonreír.

—Ya veo que has afinado la retórica durante los cursos de debate.

—¿Por qué no cambiamos de tema, querido? —Le pasó la mano por la corbata.

—Supongo que comprendes cómo podría utilizarse en un juicio, ¿verdad? Que yo obtuve la jefatura de la policía y tú el puesto de concejal de asuntos sociales porque parecía que tú y yo, personalmente, habíamos limpiado las calles de Oslo y reducido el número de muertes. Mientras que lo que hicimos en realidad fue permitir que Asáiev destruyera pruebas, liquidara a los de la competencia y vendiera una droga que es cuatro veces más potente y adictiva que la heroína.

—Ya… Oírte hablar así me pone cachonda… —Tiró un poco de él, le metió la lengua en la boca y Mikael empezó a oír el frufrú de la media al frotarse el muslo con su pierna. Fue retrocediendo y llevándolo consigo hasta el escritorio.

—Si llega a despertarse en el hospital y empieza a largar…

—Cierra el pico, no te he llamado para charlar contigo. —Los dedos manipulaban la hebilla del cinturón.

—Tenemos un problema que resolver, Isabelle.

—Sí, ya me doy cuenta, pero ahora que eres jefe provincial de la policía tu sector es el de las prioridades, encanto. Y en estos momentos, tu ayuntamiento le da prioridad a *esto*.

Mikael consiguió pararle la mano.

Ella soltó un suspiro.

—Vale, venga, dime qué has pensado.

—Que hay que amenazarlo de muerte. De un modo convincente.

—¿Por qué *amenazarlo*? ¿Por qué no matarlo directamente?

Mikael se echó a reír. Hasta que comprendió que hablaba en serio. Y que ni siquiera había tenido que pensárselo un instante.

—Porque... —Mikael captó su mirada y comenzó con voz firme. Trataba de tener la misma superioridad del Mikael Bellman que, hacía media hora, se había dirigido al grupo de investigación. Trataba de dar una respuesta. Pero ella se le adelantó.

—Porque no te atreves. ¿Vemos si encontramos a alguien en «Eutanasia», en las Páginas Amarillas? Tú ordenas que interrumpan la vigilancia en el hospital, despilfarro de recursos y bla-bla-bla, y luego el paciente recibe una visita inesperada. Inesperada para él, claro. O no, mejor todavía, puedes enviar a la sombra. Beavis. Truls Berntsen. Ese hace cualquier cosa por dinero, ¿no?

Mikael meneó la cabeza con escepticismo.

—De entrada, fue Gunnar Hagen, el jefe de Delitos Violentos quien ordenó la vigilancia. Si el paciente muere inmediatamente después de que yo me pase por el forro a Hagen, quedaré en muy mal lugar, por así decirlo. Y además, aquí no vamos a matar a nadie.

—Pero querido, un político es todo lo bueno que sean sus asesores. De ahí que la premisa para alcanzar la cima sea rodearse siempre de gente más lista que uno. Y yo estoy empezando a dudar de que tú seas más listo que yo, Mikael. Para empezar, no has conseguido atrapar al asesino del policía. Y ahora no sabes cómo resolver un problema sencillo de un hombre que está en coma. Y, dado que tampoco quieres follar conmigo, tengo la obligación de hacerme la siguiente pregunta: ¿para qué me sirves, en realidad? ¿Puedes responderla?

—Isabelle...

—Lo tomaré como un no. Vamos a ver, escúchame, anda, esto es lo que vamos a hacer...

Solo cabía admirarla. Aquel rasgo profesional frío y casi controlado pero, al mismo tiempo, amante del riesgo, impredecible, que hacía que sus colegas se sentaran en el filo mismo de la silla. Algunos la consideraban caprichosa, pero no habían comprendido que el juego de Isabelle Skøyen consistía en crear inseguridad. Ella era del tipo de personas que llega más lejos y más alto que nadie en el menor tiempo posible. Y de las que, si sucumbía, caería mucho más bajo y mucho peor. Y no era que Mikael Bellman no se reconociera en Isabelle Skøyen, solo que la veía como una versión extrema de sí mismo. Y lo extraño era que, en lugar de arrastrarlo consigo, lo hacía ser más cuidadoso.

—Por ahora, el paciente no se ha despertado, así que no haremos nada —dijo Isabelle—. Conozco a un enfermero anestesista de Enebakk. Un tío de lo más turbio. Me suministra unas pastillas de esas que un político no encuentra en la calle, precisamente. Como Beavis, hace casi cualquier cosa por dinero. Y por sexo, cualquier cosa. Y a propósito…

Se sentó en el borde del escritorio, levantó y separó las piernas y le desabrochó de un tirón los botones de la bragueta. Mikael le agarró fuerte las muñecas:

—Isabelle, vamos a esperar al miércoles en el Grand.

—*No* vamos a esperar al miércoles en el Grand.

—Sí, sí, yo voto por eso.

—Ajá —dijo Isabelle, se soltó las manos y le abrió el pantalón. Miró hacia abajo. La voz le sonó gutural:

—La votación da dos contra uno, querido.

5

La oscuridad y la temperatura habían caído, y la palidez de la luna entraba por la ventana del cuarto de Stian Barelli, cuando oyó a su madre gritar desde el salón:

—¡Stian, es para ti!

Había oído sonar el teléfono y esperaba que no fuera para él. Dejó el mando de la Wii. Estaba a doce bajo par con tres agujeros por jugar, es decir, lo tenía súper a huevo para clasificarse para el campeonato. Jugaba como Rick Fowler, porque era el único jugador del Tiger Woods Masters que era guay y que tenía más o menos su edad, veintiuno. Y a los dos les gustaba Eminem y Rise Against, y vestir de naranja. Claro que Rick Fowler podía permitirse un apartamento propio, mientras que Stian aún vivía en aquel cuarto infantil. Pero aquello era algo transitorio, hasta que le dieran la beca para la Universidad de Alaska. Todos los esquiadores noruegos medio decentes entraban por los resultados en el campeonato nórdico junior y otros así. El problema, lógicamente, era que, por ahora, nadie había mejorado solo por esquiar allí pero, ¿y qué? Mujeres, vino y esquí. ¿Qué podía ser mejor? Quizá incluso un título académico, si quedaba tiempo. Unas calificaciones que le permitieran conseguir un buen trabajo. Dinero para un apartamento. Una vida mejor que aquella, dormir en aquella cama corta de más, con las fotos de Bode Miller y Aksel Lund Svindal, comer las hamburguesas caseras de mamá y seguir las reglas de papá, que entrena a niñatos bocazas que, según los obsesos de sus padres, tenían el talento suficiente para convertirse en un Aamodt o un

Kjus. Encargarse del telesilla de Tryvann por un salario de mierda a la hora que no se atreverían a pagar ni a los niños de la India. Y por eso Stian sabía que era el presidente del club de slalom el que llamaba. Él era la única persona que conocía que evitaba llamar a la gente al móvil porque era *un poco* más caro, y que prefería obligarlos a bajar la escalera de las cuevas paleolíticas en las que aún tenían teléfono fijo.

Stian cogió el auricular que le daba su madre.

—¿Sí?

—Hola, Stian, soy Bakken. —Así se llamaba, sí—. Acaban de llamarme para decirme que el ascensor de Kleiva está funcionando.

—¿Ahora? —dijo Stian, y miró el reloj. Las once y cuarto. Y el cierre era a las nueve.

—¿Podrías subir a ver qué es lo que pasa?

—¿Ahora?

—A menos que estés ocupadísimo, claro.

Stian optó por no reaccionar a la ironía del tono del presidente. Sabía que había tenido dos temporadas malas y que el presidente pensaba que no era por falta de talento sino por un exceso de tiempo que Stian hacía todo lo posible por llenar de pereza, decadencia física e inactividad pura y dura.

—No tengo coche —dijo Stian.

—Coge el mío —se apresuró a responder su madre. No se había ido, se había quedado allí plantada con los brazos cruzados.

—*Sorry*, Stian, pero lo he oído —dijo el presidente con tono seco—. Seguro que es algún *skater* del parque de Heming que ha forzado la entrada y está haciendo la gracia.

A Stian le llevó diez minutos recorrer la carretera que subía serpenteando hasta el salto de Tryvann. La antena de la tele se erguía como una lanza de 118 metros que hubieran clavado en el suelo en la cara noroeste de las colinas de Oslo.

Dejó el coche en el aparcamiento nevado y tomó nota de que el único coche que había allí, aparte del suyo, era un Golf de color rojo. Sacó los esquís, se los puso y se deslizó por delante del edificio principal y luego subió hacia el lugar donde Tryvann Ekspress, la pista principal, marcaba la cima de la estación de esquí. Desde allí veía hasta el lago, y la pequeña subida de Kleiva, con el arrastre. A pesar de que había luna, estaba demasiado oscuro para apreciar si se movían las barras con los asientos en forma de T, pero sí podía oírlo. El zumbido de la maquinaria allá abajo.

Y cuando se lanzó al descenso deslizándose en largos pases lentos, se dio cuenta de pronto del extraordinario silencio que reinaba allí arriba por la noche. Era como si la primera hora después del cierre siguiera inundándolo todo el eco de los gritos alegres de los niños, los chillidos forzados de miedo de las chicas, los cantos de acero contra la nieve apelmazada y contra el hielo, las voces cargadas de testosterona de muchachos que reclamaban atención. Incluso cuando apagaban los focos era como si la luz siguiera brillando un poco más. Luego, al cabo de un rato, se quedaba todo más en calma. Y más oscuro. Y más silencioso. Hasta que el silencio llenaba todas las oquedades del terreno, y la oscuridad se acercaba sigilosamente desde el bosque. Y entonces era como si Tryvann se convirtiera en otro lugar, un lugar que, incluso a Stian, a quien tan familiar le resultaba, le parecía otro planeta. Un planeta frío, oscuro y deshabitado.

La falta de luz lo obligó a bajar despacio tratando de prever cómo la nieve y el terreno sobresaldrían o se hundirían bajo los esquís. Pero en eso precisamente consistía su talento, lo que le permitía hacerlo mejor que nadie cuando había poca visibilidad, nieve, bruma, cuando la iluminación era escasa: él era capaz de *presentir* lo que no podía ver, poseía ese tipo de clarividencia que unos esquiadores tienen y otros —la mayoría— no tienen. Iba acariciando la nieve, deslizándose despacio para prolongar aquella sensación placentera. Hasta que llegó abajo y se detuvo delante del edificio del telesilla.

Habían forzado la puerta.

Se veían restos de listones de madera en la nieve y la puerta negra abierta de par en par. Y solo entonces cayó en la cuenta de que estaba solo, de que era medianoche y se encontraba en un lugar que, en ese momento, se hallaba desierto y donde acababa de cometerse un delito. Seguramente no se trataba más que de una gamberrada, pero de todos modos… No podía estar del todo seguro. De que solo era una gamberrada. De que estaba solo de verdad.

—¡Hola! —gritó Stian para hacerse oír pese al zumbido del motor y el ruido de los arrastres que iban pasando sobre él deslizándose por el cable de acero. Y se arrepintió en el acto. El eco rebotó desde la montaña y trajo consigo el sonido de su propio miedo. Porque tenía miedo. Ya que su pensamiento no se había detenido en las ideas de «delito» y «solo», sino que había ido más allá. Hasta aquella historia de antaño. No era nada en lo que pensara en pleno día, pero a veces, cuando tenía el turno de noche y casi no había esquiadores, aquella historia se le imponía sigilosamente en el recuerdo surgiendo del bosque junto con la oscuridad. Era una noche de invierno sin nieve. Al parecer, a la chica la habían drogado en algún lugar del centro y luego la habían llevado hasta allí. Con esposas y capucha. Trasladada desde el aparcamiento y después allí abajo, donde forzaron la puerta y la violaron. Stian había oído contar que la chica, que tenía quince años, era tan menuda y tan bajita que, si estaba inconsciente, el violador —o los violadores— podrían haberla llevado hasta allí en brazos fácilmente desde el aparcamiento. Ojalá estuviera inconsciente todo el rato, cabía esperar… Pero Stian también había oído decir que a la chica la habían clavado a la pared con dos clavos enormes, atravesándole los hombros por debajo de las clavículas, de modo que él o ellos pudieron violarla de pie con un mínimo de contacto corporal con las paredes, el suelo y la niña. Que por eso la policía no obtuvo ADN ni huellas ni rastros de fibras. Pero a lo mejor no era verdad. Lo que sabía era que habían encontrado a la niña en tres sitios. En el fondo del Tryvann estaban el tronco y la cabeza. En el bosque, al pie de la pista de Wyllerløypa, una mitad de los órganos genitales. En la playa de Aurtjern, la otra mitad. Y, como las dos últimas partes las encontraron tan alejadas entre sí y también del lugar en el que la violaron, los agentes esbozaron la teoría de que fueron varios violadores. Pero eso fue lo único que hicieron, esbozar teorías. Los autores de los hechos —si es que eran hombres, porque no hallaron ningún esperma que lo confirmara— nunca aparecieron. Pero al presidente y a otros entendidos les encantaba contar a los jóvenes miembros del club en su primera noche de guardia en las instalaciones de Tryvann que la gente decía que, en el silencio nocturno, habían oído ruidos. Gritos que casi disimulaban el otro ruido. El que hacían al clavar los clavos en la pared.

Stian soltó los esquís de las botas y se acercó a la puerta. Dobló un poco las rodillas, presionó las piernas hacia atrás en las botas intentando no hacer caso del pulso, que se le estaba acelerando.

Madre mía, pero ¿qué creía que iba a encontrarse allí? ¿Sangre y vísceras? ¿Fantasmas?

Metió la mano por la abertura de la puerta, encontró el interruptor, encendió.

Se quedó mirando la habitación iluminada.

En la pared de pino sin pintar, de un clavo, colgaba una chica. Estaba casi desnuda, un bikini amarillo le cubría las partes que podríamos llamar estratégicas de un cuerpo bronceado. Era el mes de diciembre, y el calendario era del año anterior. Hacía unas semanas, una tarde de mucha tranquilidad, Stian incluso se masturbó con esa foto. Era una foto lo bastante cachonda, pero lo que más lo excitó fueron las chicas que se deslizaban al otro lado de la ventana, desde el edificio del arrastre hasta la pista. Pensar que allí estaba él, con la erección en la mano, a tan solo medio metro de ellas. Sobre todo, de las chicas que cogían el arrastre solas, que, con mano experta, se colocaban el rígido tubo entre los muslos y apretaban. El ancla, que les levantaba las nalgas. La espalda arqueada cuando el muelle entre el tubo y el cable se encogía otra vez y las alejaba de él, fuera de su vista, por la subida del arrastre.

Stian entró en el edificio. No cabía duda de que allí había entrado alguien. El interruptor de plástico que utilizaban para encender y apagar el arrastre estaba roto. Estaba en el suelo, partido en dos, y lo único que sobresalía en el panel de control era la cabeza metálica. Sujetó la fría cabeza de metal entre el índice y el pulgar y trató de girarlo, pero se le resbaló entre los dedos. Se dirigió al cuadro de luces de la esquina. La puerta metálica estaba cerrada y la llave, que solían tener colgada de un cordel en la pared, allí mismo, no estaba. Qué raro. Volvió al panel de control. Trató de quitar la funda de plástico del interruptor que encendía los focos o la música, pero comprendió que lo único que conseguiría sería romperlo también, pues estaba pegado con pegamento o soldado. Necesitaba algo con lo que apretar bien el botón metálico, unos alicates o algo así. Al abrir el cajón de la mesa que había delante de la ventana, Stian tuvo un presentimiento. El mismo que cuando esquiaba a ciegas. Pudo *presentir* lo que no podía ver, que allí fuera, en la oscuridad, había alguien que lo estaba mirando.

Levantó la vista.

La clavó en una cara que lo miraba con los ojos grandes, desorbitados.

Su propia cara, sus ojos aterrados en la imagen especular de la ventana que se veía como en doble exposición.

Stian respiró aliviado. Joder, qué cagueta era.

Pero entonces, cuando el corazón había empezado a latirle otra vez y bajó la vista hacia el cajón, percibió un movimiento, una cara que se desprendía de la imagen del espejo y desaparecía rápidamente hacia la derecha, fuera de su vista. Volvió a levantar la vista. Allí seguía su imagen reflejada, pero ya no aparecía en doble exposición como antes. ¿O sí?

Siempre tuvo mucha imaginación. Eso fue lo que Marius y Kjella le dijeron cuando les contó que lo ponía cachondo pensar en la chica a la que habían violado. No porque la hubieran violado y la hubieran matado, claro. O bueno, sí, lo de la violación era… algo en lo que sí que pensaba, les dijo. Pero sobre todo porque era muy bonita, muy bonita y muy mona, vamos. Y pensar que ella había estado en el edificio, desnuda, con una polla en el coño, eso… bueno, era una idea que podía ponerlo cachondo. Marius le dijo que estaba «eenfeermoo», y Kjella, el muy cerdo, se dedicó a difundirlo, claro, y cuando la historia llegó otra vez a oídos de Stian, sonaba como si él hubiera podido participar en aquella violación. Eso sí que es un amigo, se dijo Stian mientras revolvía en el cajón. Pases de telesilla, tampones, almohadillas, lápices, cinta adhesiva, unas tijeras, un cuchillo para tallar madera, un bloc de recibos, tornillos, tuercas. ¡Vaya mierda! Continuó en el siguiente cajón. Ni alicates ni llaves. Y entonces cayó en la cuenta de que lo único que tenía que hacer era utilizar el bastón con el freno de emergencia que tenían siempre clavado en la nieve delante del edificio, para que quien estuviera vigilando no tuviera más que pulsar el botón rojo del extremo para detener el arrastre si pasaba algo. Y siempre pasaba algo: a un niño le daba la percha en la nuca, un principiante se caía hacia atrás por el tirón, pero no se soltaba y seguía arrastrándose colgado del enganche… O idiotas que se ponían a hacer virguerías y enganchaban el freno con la rodilla y se arrimaban al borde de la pista para mear en el lindero del bosque mientras subían.

Rebuscó entre los armarios. La barra debía de ser fácil de encontrar, de un metro de largo más o menos, metálica y terminada en punta, para poder clavarla en la nieve dura. Stian revolvía entre guantes, gorros y gafas de slalom olvidadas. Siguiente armario, extintores. Cubos y bayetas. El armario de primeros auxilios. Una linterna. Pero ni rastro de la barra.

Claro que se la podían haber dejado olvidada fuera.

Cogió la linterna y salió, rodeó el edificio.

Ni rastro de la barra. Mierda, ¿la habrían robado? ¿Y se iban a dejar allí los pases para el telesilla? Stian creyó oír algo y se volvió hacia el lindero del bosque. Enfocó la linterna hacia los árboles.

¿Un pájaro? ¿Una ardilla? A veces los alces bajaban hasta allí, pero no trataban de esconderse. Si pudiera parar el puto arrastre, le sería más fácil *oír*.

Stian volvió dentro, tenía la sensación de que estaba mejor allí. Recogió del suelo los dos trozos del interruptor de plástico, trató de presionarlos alrededor de la cabeza de metal y girarla, pero se soltaban.

Miró el reloj. Pronto sería medianoche. Le gustaría terminar la partida de golf en Augusta antes de irse a la cama. Se planteó llamar al presidente. ¡Joder, si lo único que había que hacer era girar aquella cabeza metálica media vuelta!

Levantó la cabeza automáticamente y se le paró el corazón.

Había pasado tan rápido que no estaba seguro de haberlo visto. Y daba igual lo que fuera pero, desde luego, no era un alce. Stian tecleó el nombre del presidente en el móvil, pero los dedos le temblaban tanto que falló varias veces.

—¿Sí?

—Soy Stian. Aquí ha entrado alguien, han roto el interruptor y el freno de emergencia ha desaparecido. No puedo pararlo.

—El cuadro de man...

—Cerrado, y la llave no está.

Oyó que el presidente soltaba un improperio por lo bajo. Luego un suspiro de resignación.

—Quédate ahí, salgo para allá.

—Tráete unos alicates o algo.

—Unos alicates o algo —repitió el presidente sin ocultar el desprecio que sentía.

Hacía tiempo que Stian había comprendido que el respeto del presidente era directamente proporcional al puesto que uno ocupara en la lista de resultados. Se guardó el teléfono en el bolsillo. Contempló la oscuridad exterior. Y comprendió que, al tener la luz encendida dentro del edificio, todos podían verlo a él, mientras que él no podía ver a nadie. Se levantó, cerró la puerta con fuerza y apagó la luz. Esperó. Las perchas vacías que bajaban de la pista por encima de él parecían acelerar cuando giraban al final del arrastre y antes de reemprender la subida.

Stian parpadeó.

¿Cómo no se le había ocurrido antes?

Giró todos los interruptores del panel de control. Y, al mismo tiempo que se encendían los focos en la pista, resonó en los altavoces «Empire State of Mind» de Jay-Z e inundó el valle. Eso es, aquello era mucho más agradable.

Se puso a tamborilear con los dedos, volvió a mirar la cabeza metálica. Tenía un agujero en el extremo. Se levantó y cogió el cordel que había al lado del cuadro de luces, lo puso doble y lo pasó por el agujero. Rodeó con él la cabeza y tiró un poco. Aquello podía funcionar, la verdad. Tiró un poco más. El cordel aguantaba. Un poco más. La cabeza se movió. Stian se llevó un sobresalto.

El ruido de la maquinaria se extinguió con un gemido prolongado y se convirtió en un chirrido.

—*There, motherfucker!* —gritó Stian.

Cogió el teléfono para llamar al presidente y comunicarle que había cumplido la misión. Cayó en la cuenta de que al presidente no le gustaría ni un pelo que tuviese puesto rap sonando por los altavoces a todo volumen en plena noche, y apagó la música.

Se oían los tonos de llamada, ahora era el único ruido, de repente reinaba un gran silencio. ¡Cógelo de una vez! Y entonces lo notó otra vez. Aquella sensación. La sensación de que allí había alguien. De que alguien lo estaba observando.

Stian Barelli levantó la vista despacio.

Y notó el frío que se le extendía desde algún punto próximo a la nuca, como si se estuviera petrificando, como si estuviera mirando la cara de Medusa. Pero no era ella, era un hombre que llevaba un abrigo largo de cuero negro. Tenía los ojos desorbitados de un loco y la boca abierta de un vampiro, con dos hilillos de sangre que corrían hacia abajo por las comisuras de los labios. Y parecía que estuviera flotando en el aire.

—¿Hola? ¿Eh? ¿Stian? ¿Estás ahí? ¿Stian?

Pero Stian no podía responder. Se había levantado y había volcado la silla, retrocedió y se quedó pegado a la pared, de donde arrancó del clavo a la chica del mes de diciembre, que cayó al suelo.

Acababa de encontrar la barra del freno de emergencia. Sobresalía de la boca del hombre, al que habían ensartado encima de uno de los arrastres.

—¿Dices que iba dando vueltas en el arrastre? —preguntó Gunnar Hagen; ladeó la cabeza mientras examinaba el cadáver que tenían colgado allí delante. Algo le pasaba a la forma del cuerpo, era como una figura de cera que se estuviera derritiendo y se viera atraída hacia el suelo.

—Eso es lo que nos ha dicho el chico —dijo Beate Lønn; dio unos zapatazos en el suelo y levantó la vista hacia la subida del arrastre, donde sus colegas, vestidos de blanco, casi se confundían con la nieve.

—¿Algún rastro? —preguntó el jefe de grupo con un tono de saber ya la respuesta.

—Montones —dijo Beate—. El rastro de sangre discurre cuatrocientos metros hacia arriba, a lo alto del arrastre, y cuatrocientos metros hacia abajo.

—Me refiero a rastros que indiquen algo distinto de lo evidente.

—Bueno, las pisadas en la nieve desde el aparcamiento, por el atajo y directamente hasta aquí —dijo Beate—. El dibujo encaja con los zapatos de la víctima.

—¿Llegó hasta aquí con *zapatos*?

—Sí. Y llegó solo, sus huellas son las únicas que hay. En el aparcamiento hay un Golf de color rojo, estamos comprobando quién es el dueño.

—¿Ni rastro del asesino?

—¿Tú qué dices, Bjørn? —preguntó Beate, y se volvió a Holm, que, en ese preciso momento, apareció caminando hacia ellos con un rollo de cinta policial en la mano.

—Por ahora, nada —dijo sin resuello—. No hay más pisadas. Pero hay montones de huellas de esquís, naturalmente. Ninguna huella dactilar visible, ni pelos ni fibras, por el momento. Quizá encontremos algo en el mondadientes. —Bjørn Holm señaló la barra que sobresalía de la boca del cadáver—. Y si no, habrá que confiar en que el forense encuentre algo.

Gunnar Hagen tiritaba arrebujado en el abrigo.

—Parece que hayáis perdido la esperanza de encontrar nada de interés.

—Bueno —dijo Beate Lønn, un «bueno» que Hagen conocía bien: era la expresión con la que Harry Hole solía introducir las malas noticias—. En el otro escenario del crimen tampoco había ADN ni huellas dactilares.

Hagen se preguntó si era la temperatura, el hecho de que acababa de salir de la cama o lo que acababa de decirle la jefa de la Científica, pero sintió un escalofrío.

—¿Qué quieres decir? —dijo preparándose para lo peor.

—Quiero decir que sé quién es —dijo Beate.

—Pero ¿no decías que no llevaba identificación?

—Eso es. Y me ha llevado unos instantes reconocerlo.

—¿A ti? Y yo que creía que nunca olvidabas una cara…

—El giro fusiforme se despista cuando los dos pómulos están deprimidos. Pero es Bertil Nilsen.

—¿Y ese quién es?

—Por eso te he llamado. Es… —Beate Lønn tomó aire. No lo digas, pensó Hagen.

—Policía —dijo Bjørn Holm.

—Trabajaba en la policía comarcal de Nedre Eiker —dijo Beate—. Antes de que tú llegaras a Delitos Violentos tuvimos un caso de asesinato. Nilsen se puso en contacto con Kripos, le parecía que el caso presentaba ciertas semejanzas con una violación con la que él había trabajado en Krokstadelva, y se ofreció a venir a Oslo a echar una mano.

—¿Y?

—Un patinazo. Vino, pero en el fondo solo sirvió para retrasar el asunto. Nunca atrapamos al asesino o los asesinos.

Hagen asintió.

—¿Dónde…?

—Aquí —dijo Beate—. Violada en el edificio del telesilla y descuartizada. Una parte del cuerpo apareció en el agua, otra a un kilómetro de aquí en dirección sur y una tercera a siete kilómetros, en dirección contraria, hacia Aurtjern. De ahí que supusieran que se trataba de varios agresores.

—Claro. Y la fecha…

—… la misma de hoy.

—¿Hace cuánto…?

—Nueve años.

Se oyó el carraspeo en un transmisor de radio. Hagen vio que Bjørn Holm se lo llevaba a la oreja, hablaba en voz baja. Lo apartaba de la oreja.

—El Golf del aparcamiento está registrado a nombre de una tal Mira Nilsen. En la misma dirección que Bertil Nilsen. Tiene que ser su mujer.

Hagen soltó el aire con un lamento y el aliento se quedó helado flotando delante de la boca como una bandera blanca.

—Tendré que informar al jefe provincial —dijo—. Nos callaremos lo del asesinato de la niña.

—La prensa se va a enterar.

—Lo sé. Pero pienso recomendarle al jefe que esas especulaciones corran por cuenta de la prensa hasta nueva orden.

—Sensato —dijo Beate.

Hagen le sonrió fugazmente, en agradecimiento por unos ánimos que de verdad necesitaba. Miró hacia la ladera que conducía hasta el aparcamiento y el camino de vuelta que se extendía ante él. Levantó la vista hacia el cadáver. Se estremeció otra vez.

—¿Sabes en quién pienso al ver a un hombre tan alto y tan delgado?

—Sí —dijo Beate Lønn.

—Me gustaría contar con él ahora.

—Él no era alto y delgado —dijo Bjørn Holm.

Los otros dos se volvieron hacia él.

—¿Harry no era…?

—Me refiero a este —dijo Holm, y señaló el cadáver que colgaba del cable—. Nilsen. Se ha alargado en el transcurso de la noche. Si le tocáis el cuerpo os daréis cuenta de que parece gelatina. Lo he visto antes en gente que ha caído desde muy alto y se ha roto todos los huesos del cuerpo. Con el esqueleto destrozado, no hay nada que lo sujete y la carne se estira, cede a la fuerza de la gravedad hasta que el *rigor mortis* lo frena. Curioso, ¿no?

Se quedaron observando el cadáver en silencio. Hasta que Hagen se volvió rápidamente y se alejó.

—¿Demasiada información? —preguntó Holm.

—Puede que algo más detallada de la cuenta —dijo Beate—. Y a mí también me gustaría tenerlo aquí.

—¿Tú crees que volverá algún día? —preguntó Bjørn Holm.

Beate meneó la cabeza. Bjørn Holm no supo si como respuesta a la pregunta o a toda la situación. Se dio media vuelta y atisbó con el rabillo del ojo una rama que se mecía suavemente en el lindero del bosque. El grito helado de un ave llenó el silencio.

Segunda parte

6

Una campanilla resonó estresante encima de la puerta cuando Truls Berntsen dejó el frío helador de la calle y entró en aquel ambiente de calor húmedo. Olía a pelo rancio y a loción capilar.

—¿Corte? —dijo el joven de reluciente melena negra que, seguramente, sospechaba Truls, se había agenciado en otra peluquería.

—¿Doscientas? —preguntó Truls mientras se retiraba la nieve de los hombros. Marzo, el mes de las esperanzas frustradas. Señaló por encima del hombro con el pulgar para asegurarse de que el letrero de la puerta seguía diciendo la verdad. Caballeros, 200. Niños, 85. Jubilados, 75. Truls había visto entrar allí gente con el perro.

—Como siempre, tronco —dijo el peluquero con acento de inmigrante, y señaló una de las dos sillas libres que había en el salón. La tercera la ocupaba un hombre que Truls catalogó enseguida como árabe. Mirada oscura de terrorista debajo de un flequillo recién lavado, que tenía pegado a la frente. Una mirada que se escabulló al encontrarse en el espejo con la de Truls. A lo mejor notó el olor a beicon, la forma de mirar del madero. En ese caso podía ser uno de los que vendían en la calle Brugata. Solo maría, los árabes se andaban con cuidado con las drogas más duras. ¿Equipararía el Corán el espid y la heroína con la carne de cerdo? Un proxeneta, quizá, la cadena de oro lo sugería, tal vez. Un pez chico, en ese caso; Truls se sabía la jeta de todos los gordos.

Le ajustó el babero.

—Te ha crecido la melena desde la última vez, tronco.

A Truls no le gustaba que los inmigrantes de mierda lo llamaran «tronco», sobre todo si eran inmigrantes maricones y mucho menos si era un inmigrante maricón que estaba a punto de ponerle la mano encima. Pero la ventaja con los maricones que cortaban aquí era que no te restregaban la cadera contra el hombro, ni ladeaban la cabeza, ni te pasaban la mano por el pelo mientras, mirándote en el espejo, te preguntaban si lo querías de esta manera o de aquella. Estos se ponían manos a la obra sin más. Ni siquiera preguntaban si tenían que lavarte aquel pelo grasiento, sino que lo rociaban con el líquido de un espray, hacían como que no habían oído las posibles instrucciones y se empleaban con el peine y las tijeras como si estuvieran en un concurso austral de esquilado.

Truls miraba la primera página del periódico que había en el estante, delante del espejo. El mismo estribillo: «¿Cuál era el móvil del llamado "carnicero de policías"?». Según la mayoría de las especulaciones, se trataba de un chiflado que odiaba a los policías, o de un extremista anarquista. Alguien mencionó el terrorismo extranjero, pero ellos solían atribuirse el mérito de sus acciones cuando tenían éxito, y nadie había reivindicado aquellos crímenes. No cabía ninguna duda de que los dos asesinatos estaban relacionados, la fecha y el lugar lo descartaban y la policía estuvo un tiempo buscando a algún delincuente al que tanto Vennesla como Nilsen hubieran detenido, interrogado u ofendido de cualquier otra forma. Pero no existía ningún vínculo así. De modo que por un tiempo también trabajaron con la teoría de que el asesinato de Vennesla era una venganza personal de alguien por una detención, por celos, por una herencia o por cualquiera de los demás móviles habituales. Y que el asesinato de Nilsen era obra de otro asesino con otro móvil, pero que había sido tan listo que había copiado el asesinato de Vennesla para que la policía cayera en el error de pensar que estaban ante un asesino en serie y no fuese a buscar allí donde era lógico. Pero resultó que eso exactamente fue lo que hizo la policía, buscar allí donde era lógico, como si se tratara de dos casos de asesinato normales. Y tampoco así encontraron nada.

Así que volvieron al punto de partida. Un asesino de policías. Y lo mismo hizo la prensa, que no paró de insistir: «¿Por qué no lograba la policía atrapar a la persona que había matado a dos de los suyos?».

Truls sentía tanta satisfacción como rabia al leer aquellos titulares. Seguramente, Mikael esperaba que, en Navidad y Año Nuevo, la prensa se centrara en otros temas, que olvidarían los casos de asesinato, los dejarían trabajar en paz. Le permitirían seguir siendo el nuevo y flamante sheriff de la ciudad, *the whiz kid,* el guardián de la ciudad. Y no aquel que no hacía más que quedarse corto, que no llegaba, que se ponía delante de los flashes con jeta de perdedor irradiando incompetencia y resignación, igual que los servicios de ferrocarriles noruegos.

Truls no tenía que hojear los periódicos, los había leído en casa. Se echó a reír ante las torpes declaraciones de Mikael acerca de la marcha de la investigación. «En la fase actual no es posible decir…», y «No tenemos datos de que…» Eran frases copiadas directamente del capítulo de tratamiento de los medios de comunicación del libro *Métodos de investigación,* de Bjerknes y Hoff Johansen, que había sido el manual de referencia en la Escuela Superior de Policía y donde decía que los policías debían recurrir a esas semisentencias genéricas en lugar de al «sin comentarios», que tanto frustraba a los periodistas. Y también decía que los agentes de la policía en general debían evitar el uso de adjetivos.

Truls había tratado de encontrarlo en las fotos: la expresión desesperada de Mikael, la que solía mostrar cuando los chicos mayores del barrio de Manglerud decidían que había llegado el momento de cerrarle el pico a aquel pimpollo fanfarrón, y Mikael necesitaba ayuda. La ayuda de Truls. Y, naturalmente, Truls se ponía a su disposición. Él era el que volvía a casa lleno de cardenales y con el labio partido, no Mikael. No, él conservaba la cara incólume, se conservaba guapo. Guapo para Ulla.

—No quites *demasiado* —dijo Truls. Observaba en el espejo el pelo que le caía de la frente pálida, alargada y algo sobresaliente. La frente y aquella mandíbula inferior tan potente hacían que la gente a veces lo tomara por tonto. Lo que, de vez en cuando, era una ventaja. De vez en cuando. Cerró los ojos. Trató de decidir si advertía aquella expresión desesperada de Mikael en las fotos de la conferencia de prensa o si era algo que él veía solo porque quería verlo. Cuarentena. Suspensión. Expulsión. Repatriación.

Seguía cobrando el sueldo. Mikael le dijo que lo sentía. Le puso una mano en el hombro y le dijo que era lo mejor para todos, incluso para Truls. Hasta que los juristas averiguasen qué consecuencias podría tener el hecho de que un policía hubiera recibido dinero de cuya procedencia no quería o no podía hablar. Mikael había procurado incluso que Truls pudiera conservar algunos de los extras salariales, así que no era que ahora tuviera que acudir a peluqueros baratos. Él siempre había ido a cortarse el pelo allí. Pero ahora le gustaba más todavía. Le gustaba que le hicieran exactamente el mismo corte que al árabe de la silla de al lado. Corte de terrorista.

–¿De qué te ríes, tronco?

Truls se calló enseguida al oír el gruñido de su propia risa. La que le había valido el apodo de Beavis. No, bueno, el apodo se lo había puesto Mikael, durante la fiesta del instituto, cuando todos se echaron a reír al comprobar que sí, joder, Truls Berntsen tenía la misma pinta y sonaba igual que ese muñeco de dibujos animados de la MTV. Y Ulla, ¿estaba allí en aquella ocasión? ¿O era otra chica a la que Mikael estaba abrazando? Ulla, con aquella mirada dulce, con ese jersey blanco, con aquella mano delgada que una vez le puso en la nuca para acercarlo un poco y gritarle al oído en medio del fragor de los motores de las Kawasaki un domingo en Bryn. Solo quería preguntarle si sabía dónde estaba Mikael. Pero Truls aún recordaba el calor de aquella mano, sintió como si fuera a derretirlo, a abatirlo allí mismo en el puente de la autovía, bajo el sol de la mañana. Y su aliento en la oreja y la mejilla… Allí estaba él, con todos los sentidos en alerta máxima de modo que incluso allí, en medio del olor a gasolina, a humo y a la goma quemada de las motos que conducían, pudiera identificar la pasta de dientes, que el brillo de labios sabía a fresa, que había lavado la camiseta con

Milo. Que Mikael la besó. Que la tenía. ¿O eso también fueron figuraciones suyas? En todo caso, recordaba que le respondió que no sabía dónde estaba Mikael. A pesar de que sí lo sabía. A pesar de que una parte de él quería contárselo. Quería destrozar aquel velo suave, puro, inocente y confiado de su mirada. Quería destrozarlo a él, a Mikael.

Pero, lógicamente, no lo hizo.

¿Por qué iba a hacer algo así? Mikael era su mejor amigo. Su único amigo. ¿Y qué habría conseguido él contándole a Ulla que Mikael estaba con Angelica? Ulla podía tener a quien quisiera, y a él, a Truls, no lo quería. Y mientras ella estuviera con Mikael, él tendría la oportunidad de, por lo menos, encontrarse cerca de ella. Tenía razones para hacerlo, pero no un móvil.

Entonces.

—¿Así, tronco?

Truls se miró la nuca en el espejo redondo de marco de plástico que el marica de las tijeras sujetaba detrás de él.

Corte de terrorista. Peinado de bomba suicida. Soltó un gruñido. Se levantó, dejó doscientas coronas encima del periódico para no arriesgarse al contacto de la mano. Salió al mes de marzo reinante que por el momento seguía siendo un rumor de primavera por confirmar. Echó una ojeada al edificio de la Comisaría General. Cuarentena. Empezó a andar en dirección a la estación de metro de Grønland. El corte le había llevado nueve minutos y medio. Levantó la cabeza, apretó el paso. No había nada esperándolo. Nada. O bueno, sí, algo sí tenía. Pero no exigía gran cosa, solo aquello que él ya tenía: tiempo para planificar, odio, estar dispuesto a perderlo todo. Miró fugazmente el escaparate de una de las tiendas asiáticas de comida que había en la calle. Y constató que por fin tenía el aspecto que le correspondía.

Gunnar Hagen contemplaba desde la silla el papel pintado de la pared que había detrás del escritorio y el asiento vacíos del jefe provincial. Contemplaba las superficies más oscuras que habían dejado unos cuadros que habían colgado allí desde que le alcanzaba la memoria. Eran fotografías de los anteriores jefes de policía cuya intención era ser fuente de inspiración, pero, al parecer, Mikael Bellman podía vivir sin ellas. Sin la mirada inquisidora y censora con la que observaban a sus sucesores.

Hagen tenía ganas de tamborilear los dedos en el brazo del asiento, pero el asiento no tenía brazo sobre el que tamborilear. Bellman había cambiado también las sillas. Por sillas bajas de madera dura.

Llamaron a Hagen y el ayudante de la antesala lo acompañó y le dijo que el jefe provincial no tardaría en llegar.

Se abrió la puerta.

—¡Hombre, hola!

Bellman rodeó el escritorio y se sentó tranquilamente en la silla. Cruzó las manos detrás de la nuca.

—¿Alguna novedad?

Hagen se aclaró la garganta. Sabía que Bellman sabía que no había ninguna novedad, puesto que Hagen había dado la orden de transmitirle cualquier suceso, por pequeño que fuera, relacionado con los dos asesinatos. Así que no podía ser esa la razón por la que lo habían llamado. Pero él hizo lo que le pedían, explicó que aún no había encontrado ninguna pista para ninguno de los dos casos, ni ningún vínculo que relacionara los dos asesinatos, más allá del obvio, que las víctimas eran policías que habían aparecido en escenarios de delitos sin esclarecer y en cuya investigación ellos habían participado.

Bellman se levantó en mitad del informe de Hagen, se colocó delante de la ventana, de espaldas a él. Se balanceó sobre los talones. Hizo como que escuchaba un instante, antes de interrumpirlo.

—Tienes que arreglar esto, Hagen.

Gunnar Hagen guardó silencio. Esperó a que continuara.

Bellman se dio la vuelta. Las pecas blancas que le cubrían la cara habían adquirido un tono rojizo.

—Y tengo que cuestionar que concedas prioridad a tener veinticuatro horas de vigilancia en el Rikshospitalet cuando están asesinando a policías decentes. ¿No deberías poner a todos los hombres al servicio de la investigación?

Hagen miró a Bellman sorprendido.

—Allí no están mis hombres, sino los de la comisaría de Sentrum y estudiantes en prácticas de la Escuela Superior de Policía. No creo que la investigación esté sufriendo por eso, Mikael.

—¿Ah, no? —dijo Bellman—. De todos modos, quiero que te plantees una vez más lo de la vigilancia. No veo que exista ningún riesgo de que nadie vaya a matar al paciente, después de tanto tiempo. De todos modos, no va a poder testificar.

—Pues dicen que hay indicios de mejoría.

—Ese caso ya no es prioritario. —La respuesta del jefe provincial resonó con rapidez, casi con irritación. Luego, respiró hondo y activó automáticamente el encanto de su sonrisa—: Pero lo de la vigilancia es decisión tuya, naturalmente. Yo en eso no me voy a meter. ¿Comprendes?

Hagen estuvo a punto de responder con un sincero no, pero se las arregló para contenerse y asintió mientras trataba de dilucidar qué querría Mikael Bellman.

—Bien —dijo Bellman, y dio una palmadita en señal de que la reunión había terminado. Hagen estaba a punto de levantarse, igual de desorientado que cuando llegó. Pero se quedó sentado.

—Hemos pensado probar con otra forma de proceder.

—¿Ajá?

—Sí —dijo Hagen—. Dividir el grupo de investigación en varios grupos más pequeños.

—¿Y eso por qué?

—Porque así habrá espacio para ideas alternativas. Los grupos numerosos tienen capacidad, pero no son tan apropiados a la hora de pensar fuera del molde.

—Ya, ¿y hay que pensar fuera… del molde?

Hagen hizo caso omiso del sarcasmo.

—Hemos empezado a caminar en círculos y ya miramos sin ver nada.

Hagen se lo quedó mirando. Como antiguo investigador de

73

homicidios, Bellman conocía el fenómeno, naturalmente: el grupo se aferraba a los puntos de partida iniciales, las suposiciones se consolidaban como hechos y perdía la capacidad de crear otras hipótesis. Aun así, Bellman negó con la cabeza.

—Con grupos pequeños pierdes la capacidad de ejecución, Hagen. Se atomiza la responsabilidad, la gente se entorpece mutuamente y hace el mismo trabajo varias veces. Un grupo de investigación grande, bien coordinado, es mejor siempre. Por lo menos, siempre que tenga un jefe fuerte y eficaz...

Hagen notó las irregularidades de la superficie de las muelas cuando apretó los dientes con la esperanza de que no se le notara en la cara el efecto de la insinuación de Bellman.

—Es que...

—Cuando un jefe empieza a cambiar de táctica, es fácil interpretarlo como desesperación y, en cierto modo, como una confesión de que ha fracasado.

—Pero es que *hemos fracasado,* Mikael. Estamos en marzo, es decir, hace seis meses del asesinato del primer policía.

—Nadie quiere seguir a un líder que fracasa, Hagen.

—Mis colaboradores no son ni ciegos ni necios, saben que nos hemos atascado. Y también saben que un buen líder debe tener capacidad para cambiar de rumbo.

—Un buen líder sabe cómo inspirar a sus hombres.

Hagen tragó saliva. Se tragó lo que tenía ganas de decir. Que él había impartido clases de liderazgo en la Escuela Militar mientras que Bellman corría por ahí con el tirachinas. Que si tan bueno era a la hora de inspirar a sus subordinados, que por qué no le infundía algo de inspiración a él, Gunnar Hagen. Pero estaba demasiado harto, demasiado frustrado para tragarse aquellas palabras que sabía que más irritarían a Mikael Bellman:

—Aquel grupo independiente que dirigía Harry Hole era excelente, ¿te acuerdas? Los asesinatos de Ustaoset no se habrían resuelto si no...

—Yo creo que me has oído, Hagen. Más bien consideraría un cambio en la jefatura del grupo. La jefatura es responsable de la

74

actitud de sus subordinados, y ahora no parece lo bastante centrada en los resultados. Si no querías nada más, tengo una reunión dentro de nada.

Hagen no podía dar crédito. Se levantó con las piernas entumecidas, como si la sangre no le hubiera estado circulando en el poco tiempo que llevaba sentado en aquella silla tan baja y estrecha. Se encaminó vacilante a la puerta.

—Por cierto —dijo Bellman a su espalda, y Hagen lo oyó ahogar un bostezo—. ¿Alguna novedad en el caso Gusto?

—Como tú mismo has dicho… —respondió Hagen sin volverse, sino que continuó hacia la puerta para no tener que mostrarle a Bellman la cara, donde las venas, al contrario que en las piernas, trabajaban a toda presión. Pero le tembló la voz de rabia—: Ese caso ya no es prioritario.

Mikael Bellman esperó hasta que la puerta se hubo cerrado y oyó al jefe de grupo despedirse de la secretaria en la antesala. Luego se desplomó en el alto sillón de piel y se hundió. No había llamado a Hagen para preguntarle por los policías asesinados, y sospechaba que Hagen se había dado cuenta. Fue la conversación telefónica que había mantenido hacía una hora con Isabelle Skøyen. Como es natural, ella le había insistido en que aquellos asesinatos sin resolver los hacía parecer un par de inútiles impotentes. Y que, a diferencia de él, ella dependía del favor de los votantes. Él se limitó a asentir y a esperar para colgar, pero antes Isabelle le dejó caer la bomba.

—Se está despertando.

Bellman tenía los codos apoyados en la mesa y la frente apoyada en las palmas de las manos. Con la vista clavada en la brillante superficie lacada donde veía una imagen distorsionada de sí mismo. Las mujeres decían que era guapo. Isabelle se lo dijo abiertamente, que era por eso, que a ella le gustaban los hombres guapos. Que por eso se había acostado con Gusto. Aquel chico tan guapo… Guapo a lo Elvis. La gente se equivocaba a veces con los hombres

75

guapos. Mikael pensó en el tío de Kripos, el que había intentado darle un beso. Pensó en Isabelle. Y en Gusto. Se los imaginó a los dos juntos. A los tres juntos. Se levantó raudo de la silla. Se acercó otra vez a la ventana.

Estaba en marcha. Eso fue lo que dijo. *En marcha.* Lo único que tenía que hacer era esperar. Eso debería tranquilizarlo, animarlo a ser más amable con el entorno. Pero entonces ¿por qué le había clavado a Hagen el cuchillo, y además lo había retorcido? ¿Para verlo sufrir? ¿Solo para poder contemplar otra cara tan atormentada como la que había visto reflejada en la mesa? Pero pronto habría pasado todo. Ahora, todo estaba en las manos de ella. Y una vez hecho lo que había que hacer, podrían continuar como antes. Podrían olvidar a Asáiev, a Gusto y a Harry Hole, de quien parecía que la gente no podía dejar de hablar. Así eran las cosas, todo y todos caían tarde o temprano en el olvido con el tiempo, incluso aquellos policías asesinados.

Todo volvería a ser como antes.

Mikael Bellman habría comprobado si era eso lo que quería. Pero decidió no hacer comprobaciones. Porque él sabía que eso era lo que quería.

7

Ståle Aune respiró hondo. Aquella era una de las encrucijadas de la terapia en las que él debía elegir. Y eligió:

—Puede que en tu sexualidad haya algo sin definir.

El paciente levantó la vista. Sonrisa breve. Ojos rasgados. Levantó aquellas manos delgadas de dedos anormalmente largos, como si quisiera ajustarse bien el nudo de la corbata compañera del traje de raya diplomática, pero se abstuvo. Ståle ya había observado otras veces el mismo movimiento en aquel paciente, y le recordaba a pacientes que habían logrado perder el hábito de algún tipo de acto compulsivo, pero que aún repetían el ritual inicial, la mano que piensa hacer algo, una acción inconclusa que, en sí misma, es más absurda que la original, involuntaria pero, al menos, interpretable. Como una cicatriz, una cojera. Un eco. Un recuerdo de que nada desaparece del todo, de que todo queda almacenado de algún modo, en alguna parte. Como la infancia. Personas a las que hemos conocido. Algo que comimos y que no nos sentó bien. Una afición que tuvimos en su día. Memoria celular.

La mano del paciente volvió a caer sobre la rodilla. Carraspeó brevemente y habló con voz amortiguada y metálica:

—¿De qué demonios estás hablando? ¿Vamos a empezar ahora con esa basura freudiana?

Ståle se lo quedó mirando. Había seguido por encima una serie policíaca que daban en la tele donde leían la vida sentimental de las personas en sus gestos. El lenguaje gestual estaba bien, pero lo que los delataba era la voz. Los músculos de las cuerdas vocales y la garganta están tan finamente ajustados que pueden crear ondas sonoras en forma de palabras identificables. Cuando Ståle impartía clase en la Escuela Superior de Policía, siempre les subrayaba a los estudiantes el milagro que aquello constituía. Pero también que existía un instrumento humano más sensible aún, el oído humano. El cual no solo era capaz de descifrar las ondas sonoras como vocales y consonantes, sino detectar la temperatura, los niveles de tensión, los sentimientos de quien hablaba. Que, en un interrogatorio, era más importante escuchar que ver. Que un leve ascenso, un temblor apenas perceptible de la voz eran señales más significativas que unos brazos cruzados, un puño cerrado, el tamaño de las pupilas y todos esos factores a los que la nueva ola de psicólogos tanta importancia concedía, pero que, según la experiencia de Ståle, solía desconcertar y despistar a los investigadores. Cierto era que el paciente que tenía delante había recurrido a la invectiva, pero lo que le decía a Ståle que el paciente estaba en guardia y se había enfadado era sobre todo la presión en la membrana del oído. En condiciones normales, aquello no habría inquietado al experto psicólogo. Al contrario, cuando intervenían sentimientos fuertes, significaba que se hallaban ante un giro en la terapia. Pero el problema con aquel paciente era que se había producido en el orden equivocado. A pesar de varios meses de encuentros regulares, Ståle no había conseguido establecer contacto, no había intimidad, confianza. De hecho, aquello había sido tan infructuoso que Ståle se había planteado proponer que interrumpieran el tratamiento, quizá incluso remitir al paciente a otro colega. En un ambiente de confianza y de intimidad, la rabia era positiva; pero en este caso podía significar que el paciente se atrincherara más aún, que cavaba un foso más profundo.

Ståle dejó escapar un suspiro. Al parecer se había equivocado en su valoración, pero ya era tarde y decidió seguir por ese camino.

—Pål —dijo. El paciente había insistido en que su nombre no debía pronunciarse «Pæul», sino «Pål». Y no como en el Pål noruego, sino con una ele inglesa, aunque Ståle era incapaz de oír la diferencia. Gracias a aquello, junto con las cejas, pulcramente depiladas, y las dos cicatrices diminutas de la barbilla, que apuntaban a un *lifting,* Ståle lo catalogó a los diez minutos de la primera sesión de terapia.

—La homosexualidad reprimida es muy común incluso en una sociedad en apariencia tolerante como la nuestra —dijo Aune, y observó al paciente para ver la reacción—. La policía recurre a mis servicios con frecuencia, y uno de los agentes que venía a terapia conmigo me contó que, ante sí mismo, era abiertamente homosexual, pero que en el trabajo le era imposible, que le harían el vacío. Le pregunté si estaba seguro de ello. El entrenamiento consiste a veces en qué expectativas tenemos de nosotros mismos, y qué expectativas creemos que tienen en nuestro entorno. Sobre todo, los más cercanos, los amigos y los colegas.

Y guardó silencio.

No se apreciaba ninguna dilatación en las pupilas del paciente, ningún cambio de color en la piel, ningún rechazo al contacto ocular, ni volvió hacia otro lado ninguna parte del cuerpo. Al contrario, a aquellos labios tan finos había aflorado una sonrisita desdeñosa. Pero, para su sorpresa, Ståle Aune comprobó que a él sí le había subido la temperatura de las mejillas. Madre mía, ¡cómo aborrecía a aquel paciente! Cómo aborrecía aquel trabajo.

—¿Y el policía? —dijo Paul—. ¿Siguió tu consejo?

—Se nos ha acabado el tiempo —dijo Ståle sin mirar el reloj.

—Es que tengo curiosidad, Aune.

—Y yo estoy sujeto al silencio profesional.

—Bueno, pues llamémoslo X. Y ya me he dado cuenta de que no te ha gustado la pregunta. —Paul sonrió—. Siguió tu consejo y la cosa acabó mal, ¿a que sí?

Aune soltó un suspiro.

—X fue demasiado lejos, malinterpretó una situación y trató de besar a un colega en los servicios. Y le hicieron el vacío. La cuestión es que *pudo* haber ido bien. ¿Podrías reflexionar al respecto para la próxima vez?

—Pero es que yo no soy marica. —Paul se llevó los dedos al cuello, los bajó otra vez.

Ståle Aune asintió brevemente.

—¿La semana que viene a la misma hora?

—No lo sé. Es que no estoy mejorando, ¿no?

—Va lento, pero avanza —dijo Ståle. Una respuesta que le salía de forma tan automática como el movimiento del paciente de llevarse la mano al nudo de la corbata.

—Ya, eso has dicho más de una vez —dijo Paul—. Pero la verdad, yo tengo la sensación de que estoy pagando por nada. Que eres tan inútil como los policías, que no son capaces ni de atrapar a ese homicida, violador y asesino en serie… —Ståle registró con cierto asombro que la voz del paciente se había vuelto más grave. Más tranquila. Que tanto la voz como el lenguaje gestual comunicaban algo distinto a lo que de hecho estaba diciendo. Como con el piloto automático, el cerebro de Ståle empezó a analizar por qué el paciente utilizaba precisamente ese ejemplo, pero la solución era tan obvia que no tuvo que profundizar mucho. Los periódicos de todo el otoño, que Ståle siempre tenía encima de la mesa. Siempre estaban abiertos por las páginas de los asesinatos de los policías.

—No es tan sencillo cazar a un asesino en serie, Paul —dijo Ståle Aune—. Yo sé bastante de asesinos en serie, de hecho, es mi especialidad. Igual que esta otra. Pero si prefieres dejar la terapia o, mejor, probar con alguno de mis colegas, tú decides. Tengo una lista de psicólogos excelentes y puedo ayudarte a…

—¿Estás rompiendo conmigo, Ståle? —Paul había ladeado un poco la cabeza, se le habían cerrado ligeramente los párpados de pestañas incoloras y le sonreía más aún. Ståle era incapaz de decidir si era una ironía en alusión a la propuesta de la homosexualidad, o si Paul estaba mostrando un atisbo de su verdadero yo. O las dos cosas.

—No me malinterpretes —dijo Ståle, aunque sabía que no lo había malinterpretado. Quería quitárselo de encima, pero un terapeuta profesional no echaba a los pacientes difíciles. Se emplean más a fondo aún, ¿verdad? Aune se ajustó la pajarita—. No tengo nada en contra de tratarte, Paul, pero es importante que exista confianza mutua. Y en estos momentos me está pareciendo que…

—Es que he tenido un mal día, Ståle. —Paul hizo un gesto de resignación—. Lo siento. Sé que eres bueno. Estuviste trabajando con asesinos en serie en Delitos Violentos, ¿verdad? Tú participaste en la detención de aquel que pintaba pentagramas en la escena del crimen. Tú y aquel comisario.

Ståle observó al paciente, que se había levantado y se estaba abotonando la americana.

—Pues claro que sí, tú eres más que bueno para mí, Ståle. La semana que viene. Y, mientras tanto, me dedicaré a pensar si soy marica.

Ståle se quedó sentado. Oía a Paul tararear algo en el pasillo mientras esperaba el ascensor. Le resultaba familiar aquella melodía.

Exactamente igual que algunas de las cosas que le había dicho Paul. Utilizaba jerga policial, habló de *homicidio,* no solo de la expresión más normal de *asesino en serie.* Llamó a Harry Hole comisario, y la mayoría de la gente no tenía ni idea de la denominación de los grados en la policía. Por lo general recordaban las particularidades más sangrientas de los reportajes de asesinato de los periódicos, no detalles insignificantes como un pentagrama pintado en una viga, al lado del cadáver. Pero lo que más le había llamado la atención —porque podía ser importante para la terapia— era el hecho de que Paul lo hubiera comparado con «... los policías que no son capaces ni de atrapar a ese homicida, violador y asesino en serie...».

Ståle oyó que el ascensor llegaba y se iba. Pero ya había caído en la cuenta de qué melodía se trataba. Es que había estado escuchando «Dark Side of the Moon» para averiguar si había allí alguna pista sobre el sueño de Paul Stavnes. La canción se llamaba *Brain Damage.* Hablaba de los locos. Los locos que están en el césped, que están en el pasillo. Que se acercan.

Violador.

A los policías asesinados no los habían violado.

Claro que podía ser que Paul tuviera tan poco interés en el caso que por eso había mezclado los policías muertos con las víctimas antiguas atacadas en los mismos lugares. O a lo mejor suponía que los asesinos en serie eran violadores así, como una verdad general. O a lo mejor soñaba con policías violados, lo cual, naturalmente, confirmaba la teoría de la homosexualidad reprimida. O a lo mejor…

Ståle Aune se quedó helado en mitad del movimiento, se miró perplejo la mano, que iba camino de la pajarita.

Anton Mittet tomó un sorbo de café y observó al hombre que dormía en la cama del hospital. ¿No debería haber sentido él también cierta alegría? ¿La misma alegría que Mona había expresado y había llamado «uno de esos milagros cotidianos gracias a los cuales vale la pena dejarse la piel como enfermera»? Sí, claro, por supuesto que estaba bien que un paciente en coma, cuya muerte daban casi por segura, de repente se arrepintiera, volviera arrastrándose a la vida y se despertara. Pero la persona que estaba en la cama, aquella cara pálida y estragada no significaba nada para él. Lo único que aquello quería decir era que aquel trabajo iba tocando a su fin. Claro que eso no tenía por qué implicar también el fin de su relación. De todos modos, no era allí donde habían compartido las horas más intensas. Al contrario, ya no tendrían que preocuparse por si los colegas advertían la miradas cariñosas que se lanzaban cada vez que ella entraba o salía de la habitación del paciente, las conversaciones largas de más que mantenían, la forma brusca de más de concluir esas conversaciones cuando aparecía alguien… Pero Anton Mittet tenía la inquietante sensación de que precisamente aquello era una condición indispensable para su relación: el secreto; lo prohibido. La tensión de ver, pero no tocar. Tener que esperar, tener que escabullirse de casa, soltarle a Laura la mentira de que tenía otra guardia extra, una mentira cada vez más fácil de pronunciar pero que le crecía en la boca y que, como él sabía muy bien, acabaría por asfixiarlo. Sabía que la infidelidad no lo convertía en un hombre mejor a ojos de Mona, que, seguramente, se lo imaginaba largándole a ella las mismas excusas en el futuro. Ella le había contado que ya le había ocurrido antes con otros hombres, que le habían sido infieles. Y entonces era más delgada y más joven que ahora; así que si él quería deshacerse de aquella mujer gorda y vieja en la que se había convertido, ella no se llevaría ninguna sorpresa. Él intentó convencerla de que no debía hablar así, de que no debía decir aquello si no lo pensaba de verdad. Que eso la afeaba. Que lo afeaba *a él*. Lo convertía en ese tipo de hombre que coge lo que se le ofrece, por así decirlo. Pero, en fin, se alegraba de que lo hubiera dicho de todos modos. Aquello tenía que terminar y así le resultaba más fácil.

—¿De dónde has sacado el café? —preguntó el nuevo enfermero, y se encajó bien las gafas redondas mientras leía la historia clínica que había sujeta a los pies de la cama.

—Hay una máquina en el pasillo. Soy el único que la utiliza, pero si quieres…

—Gracias por la oferta —dijo el enfermero. Anton notó algo raro en la forma de decir aquellas palabras—. Pero no tomo café. —El enfermero había sacado un documento de la funda, y leyó en voz alta—. Vamos a ver… hay que ponerle propofol.

—Yo no sé lo que querrá decir eso.

—Quiere decir que va a estar durmiendo un buen rato.

Anton examinó al enfermero mientras este clavaba una aguja de jeringa en la película metálica de un frasco que contenía un líquido transparente. El enfermero era menudo y flacucho y se parecía a un actor famoso. No uno de los guapos. Uno de los que había triunfado de todos modos. Ese que tenía los dientes tan feos y un nombre italiano imposible de recordar. Igual que Anton ya había olvidado el nombre con el que se había presentado el enfermero.

—Los pacientes que despiertan del coma son complicados —dijo el enfermero—. Son extremadamente vulnerables y hay que llevarlos al estado consciente con sumo cuidado. Una inyección mal puesta y corremos el riesgo de enviarlos al lugar de donde venían.

—Comprendo —dijo Anton. El hombre le había mostrado la identificación, le había dicho la contraseña y esperó hasta que Anton llamó al puesto de guardia y recibió la confirmación de que la persona en cuestión tenía asignado ese turno—. Entonces, tú tienes mucha experiencia en anestesia y esas cosas, ¿no?

—Estuve muchos años trabajando en el servicio de anestesia, sí.

—¿Y ya no?

—Es que he estado viajando unos años. —El enfermero dirigió la aguja hacia la luz. Presionó y salió un chorrito que se pulverizó en una nube de gotas microscópicas—. Parece que este paciente ha llevado una vida muy dura. ¿Por qué no figura su nombre en la historia clínica?

—Tiene que ser anónimo. ¿No te lo han dicho?

—A mí no me han dicho nada.

—Pues deberían haberlo hecho. Es víctima potencial de intento de asesinato. Por eso estoy yo vigilando en el pasillo.

El otro se inclinó hacia la cara del paciente. Cerró los ojos. Como si estuviera respirando su aliento. Anton se estremeció.

—Yo lo he visto antes —dijo el enfermero—. ¿Es de Oslo?

—Estoy sujeto al secreto profesional.

—Pues lo mismo que yo. —El enfermero le subió al paciente la manga del camisón. Pellizcó la cara interna del brazo. Había algo en la forma de hablar del enfermero…, algo que Anton no era capaz de identificar. Se estremeció otra vez al ver cómo la punta de la aguja atravesaba despacio la piel y, en aquel silencio total, creyó que podía *oír* el crujido de la fricción con la carne. El flujo del líquido que se inoculaba a través de la cánula a medida que iba empujando el émbolo.

—Vivió en Oslo varios años, hasta que huyó al extranjero —Anton tragó saliva—. Pero luego volvió. Dicen que fue por un chico. Un drogadicto.

—Qué historia más triste.

—Sí. Pero ahora parece que va a tener un final feliz.

—Bueno, es un poco pronto para decirlo —dijo el enfermero, y sacó otra vez la jeringa—. Muchos pacientes en coma sufren recaídas repentinas.

Y Anton lo oyó. Oyó lo que le llamaba la atención de la forma de hablar. Era apenas audible. Pero allí estaba, la forma de arrastrar las eses. El enfermero ceceaba.

Cuando salieron, y después de que el enfermero se alejara por el pasillo, Anton entró otra vez en la habitación del paciente. Observó la pantalla que indicaba los latidos. Oyó el pitido rítmico, como las señales de sonar de un submarino en las profundidades. No sabía qué lo impulsó a hacer aquello, pero hizo lo que el enfermero, se acercó a la boca del paciente. Cerró los ojos. Y notó el aliento en la cara.

Altman. Anton miró bien la chapa con el nombre antes de que se fuera. El enfermero se llamaba Sigurd Altman. Fue una sensación, nada más. Pero ya había tomado la decisión de que mañana comprobaría sus datos algo mejor. Esta vez no le pasaría como en el caso de Drammen. Esta vez no cometería ningún error.

8

Katrine Bratt estaba sentada con los pies en el escritorio y el teléfono encajado entre el hombro y la oreja. Gunnar Hagen le había pedido que esperase. Los dedos surcaban volando el teclado que tenía delante. Sabía que, a su espalda, al otro lado de la ventana, Bergen se extendía bañada por el sol. Que las calles relucían húmedas por la lluvia, que había estado cayendo desde la mañana hasta hacía solo diez minutos. Y que, con la previsibilidad berguense, pronto empezaría a llover a mares otra vez. Pero en aquellos momentos reinaba un breve período de sol, y Katrine Bratt esperaba que Gunnar Hagen no tardara en terminar con la otra conversación, para así poder continuar con la que estaba manteniendo con ella. Lo único que quería era darle la información que tenía y luego irse de la comisaría de Bergen. Salir al aire libre del Atlántico, cuyo sabor era mucho mejor que el que su antiguo jefe estaba inspirando en aquellos momentos en el este, en la capital. Antes de espirarlo otra vez en forma de grito furibundo:

—¿Qué quieres decir con que todavía no podemos interrogarlo? ¿Se ha despertado del coma o no? Ya, ya comprendo que está débil, pero… ¿Qué?

Katrine esperaba que aquello que había invertido varios días en averiguar pusiera a Hagen de un humor algo mejor que el que era obvio que tenía ahora. Fue pasando las páginas, solo por volver a comprobar lo que ya sabía.

—Me importa *una mierda* lo que diga el abogado —dijo Hagen—.

Y me importa *una mierda* lo que diga el jefe de servicio del hospital. ¡Quiero que lo interroguéis *ya*!

Katrine Bratt oyó cómo colgaba de golpe el teléfono fijo. Y por fin volvió con ella.

—¿Qué pasa? —preguntó.

—Nada —dijo Hagen.

—¿Es él? —preguntó ella.

Hagen soltó un suspiro.

—Sí, es él. Está despertándose del coma, pero no paran de sedarlo y dicen que tenemos que esperar dos días por lo menos para poder hablar con él.

—¿Y no es sensato ir con cierta precaución?

—Seguro que sí. Pero como sabes, necesitamos obtener algún resultado pronto. Los asesinatos de los policías están acabando con nosotros.

—Dos días más o menos...

—Ya lo sé, ya lo sé, pero alguna bronca tengo que poder montar. Es la mitad de la gracia de tomarse la molestia de ser jefe, ¿no?

A eso concretamente no tenía Katrine Bratt nada que responder. Nunca había sentido el menor deseo de ser jefe. Y, aunque hubiera querido, tenía la sospecha de que los agentes con una estancia en un psiquiátrico a sus espaldas no figuraban entre los primeros de la lista a la hora de repartir los grandes despachos. El diagnóstico había ido cambiando de maníaco-depresiva pasando por casi bipolar hasta alcanzar el estado de sana. Por lo menos, mientras tomara aquellas pastillitas color rosa que la mantenían en su sitio. Ya podían condenar cuanto quisieran el uso de fármacos en la psiquiatría, para Katrine significaba una nueva vida, una vida mejor. Sin embargo, se daba cuenta de que el jefe le echaba un ojo extra y que no le encomendaba más trabajo de campo del necesario. Pero no estaba mal, a ella le gustaba pasar el tiempo sentada en aquel despachito con un ordenador potente, contraseñas y acceso exclusivo a motores de búsqueda que ni siquiera los policías conocían. Indagar, buscar, encontrar. Rastrear a personas que parecían haberse esfumado de la faz de la tierra. Ver patrones donde otros solo veían coincidencias. Esa era la especialidad de Katrine Bratt, que tan útil había sido a Kripos y a Delitos Violentos de Oslo en más de una ocasión. Así que tendrían que aguantar que fuera una psicosis ambulante *waiting to happen*.

—Decías que tenías algo para mí.

—La cosa ha estado tranquila por aquí estas últimas semanas, así que he estado echándole un vistazo al caso de los policías asesinados.

—¿Te ha pedido el jefe de la comisaría de Bergen que...?

—No, no. Es que me pareció que era mejor que ver Pornhub y hacer solitarios.

—Soy todo oídos.

Katrine oyó que Hagen trataba de parecer animado, pero no pudo ocultar la resignación. Seguramente estaría harto después de meses de alimentar la esperanza una y otra vez para verla siempre defraudada.

—Pues he revisado los datos para ver si había algunas personas que aparecieran en las violaciones antiguas de Maridalen y Tryvann.

—Te lo agradezco mucho, Katrine, pero nosotros también lo hemos hecho, naturalmente, del derecho y del revés, puedes jurarlo.

—Lo sé. Pero yo trabajo de una forma algo distinta, ¿entiendes?

Hondo suspiro.

—Venga.

—He visto que el personal fue distinto en los dos casos, solo dos técnicos de la Científica y tres investigadores estuvieron en los dos. Y ninguno de los cinco pudo tener control absoluto de a quiénes llamaron a interrogatorio. Puesto que ninguno de los casos se resolvió, se prolongaron en el tiempo, y el material se fue amontonando.

—Una barbaridad, diría yo. Y sí, claro, es lógico que nadie pueda recordar todo lo que ocurrió durante la investigación, pero todos aquellos a los que interrogaron figuran lógicamente en el registro Strasak.

—Pues ese es el tema, exactamente —dijo Katrine.

—¿Cuál, exactamente?

—Pues que cuando llaman a alguien a interrogatorio, lo registran, y el interrogatorio se archiva en el caso para el que lo han interrogado. Pero a veces ocurre que las cosas se quedan a medio camino. Por ejemplo, si el interrogado ya está en prisión; entonces el interrogatorio se realiza en la celda, y la persona en cuestión no queda registrada puesto que ya está en el registro.

—Pero la copia del interrogatorio sí se archiva en el caso correspondiente.

—Normalmente, sí. Pero no cuando el interrogatorio trata en primera instancia de otro caso en el que el interrogado es el sospechoso principal; y, por ejemplo, el asesinato con violación de Maridalen fue una parte de todos los interrogatorios, un *longshot* rutinario. En esos casos, todos los interrogatorios se archivan con el primer caso, y una búsqueda por el nombre de la persona nunca la vincularía al segundo caso.

—Interesante. ¿Y tú has encontrado…?

—A una persona a la que interrogaron como principal sospechoso en un caso de violación en Ålesund mientras cumplía condena por agresión e intento de violación de una menor en un hotel de Otta. Durante esos interrogatorios le preguntaron también por el caso de Maridalen, pero luego ese interrogatorio se archivó en el caso de la violación de Otta. Lo interesante es que a esa misma persona también la interrogaron en relación con el caso de Tryvann, pero entonces, por la vía normal.

—¿Y…? —Por primera vez advirtió indicios de interés sincero en la voz de Hagen.

—Tenía coartada para los tres casos —dijo Katrine, que, más que oírlo, sintió cómo se desinflaba el globo que acababa de inflar.

—Vaya. ¿Algún otro chiste de Bergen que consideres que deba escuchar hoy?

—Hay más —dijo Katrine.

—Tengo una reunión dentro de…

—He comprobado las coartadas del interrogado. Es la misma para los tres casos. Una testigo que aseguraba que estaba en casa, en la comuna en la que vivían los dos. La testigo era una joven que, en aquel momento, se consideró fiable. Nada en el registro de pecados, ninguna relación con el sospechoso, aparte de que vivían en la misma comuna. Pero si seguimos el enlace de su nombre en el tiempo, ocurren cosas interesantes.

—¿Por ejemplo?

—Por ejemplo, apropiación indebida, venta de estupefacientes y falsificación de documentos. Si examinamos sus interrogatorios más de cerca, hay algo que se repite. Adivina qué.

—Declaraciones falsas.

—Por desgracia, rara vez se usa ese tipo de cosas para arrojar nueva luz sobre un caso antiguo. Al menos, no para casos tan antiguos y tan inabordables como Maridalen y Tryvann.

—Qué coño, ¿cómo se llama esa mujer? —Otra vez se le oía la energía en la voz.

—Irja Jacobsen.

—¿Tienes su dirección?

—Sí. Está en el registro de antecedentes penales, en el registro civil y en algún otro registro…

—Qué coño, ¡vamos a citarla ahora mismo!

—… como por ejemplo, el de personas desaparecidas.

En Oslo se hizo el silencio un rato. Katrine tenía ganas de dar un buen paseo hasta los barcos del puerto de Bryggen, comprar una bolsa de cabezas de bacalao, ir a casa, al piso de Møhlenpris y preparar la cena tranquilamente viendo *Breaking Bad* mientras seguramente empezaba a llover otra vez.

—Ya —dijo Hagen—. Pero por lo menos nos has dado algo con lo que trabajar. ¿Cómo se llama el chico?

—Valentin Gjertsen.

—¿Y dónde se encuentra?

—Pues ese es el tema —dijo Katrine, y oyó que se repetía. Los dedos volaban sobre el teclado—. Que no lo encuentro.

—¿También desaparecido?

—No está en la lista de personas desaparecidas. Y es extraño, porque parece que se haya esfumado de la faz de la tierra. Ni dirección, ni llamadas de teléfono registradas, ni tarjeta de crédito, ni siquiera una cuenta bancaria. No votó en las últimas elecciones, ni ha viajado en tren ni en avión este último año.

—¿Has mirado en Google?

Katrine se echó a reír, hasta que comprendió que Hagen no hablaba en broma.

—Relájate —dijo—. Seguro que lo encuentro. Lo haré con el ordenador de casa.

Y colgaron. Katrine se levantó, se puso el chaquetón, quería darse prisa, las nubes ya se acercaban por Askøy. Estaba a punto de apagar el ordenador cuando recordó algo. Una cosa que Harry Hole le dijo una vez. Que muchas veces uno se olvida de comprobar lo más obvio. Tecleó rápido. Esperó a que la página se abriera.

Se percató de que las cabezas del fondo del diáfano despacho se volvían al oír la retahíla de tacos en el dialecto berguense. Pero no tuvo fuerzas para tranquilizarlos diciéndoles que no estaba a punto de sufrir un brote psicótico. Como de costumbre, Harry tenía razón.

Cogió el teléfono y marcó la tecla de rellamada. Gunnar Hagen respondió al segundo tono.

—Creía que tenías una reunión —dijo Katrine.

—Aplazada, estoy poniendo gente tras la pista del tal Valentin Gjertsen.

—No hace falta. Acabo de encontrarlo.

—¿Ah, sí?

—No es de extrañar que esté como desaparecido de la faz de la tierra. Quiero decir que, de hecho, está *desaparecido* de la faz de la tierra.

—¿Quieres decir que…?

—Está muerto, sí. Eso dice con letra más que clara en el registro civil. Perdona tanto atolondramiento desde Bergen. Me voy a casa a consolarme comiendo basura y cabezas de pescado.

Cuando colgó y levantó la vista, había empezado a llover.

Anton Mittet levantó la vista de la taza de café cuando Gunnar Hagen hizo su aparición en la cafetería casi desierta de la sexta planta de la Comisaría General. Anton llevaba un rato sentado contemplando el paisaje. Pensando. En cómo podría haber sido. Y reflexionó sobre el hecho de que había dejado de pensar en cómo podría llegar a ser. A lo mejor en eso consistía hacerse viejo. Uno cogía las cartas que le habían tocado, las observaba. No iban a repartirte otras, así que solo quedaba jugar las que tenías lo mejor posible. Y soñar con las cartas que *podrían* haberte tocado.

—Perdona el retraso, Anton —dijo Gunnar Hagen, y se sentó en la silla de enfrente—. Un gracioso que llamaba de Bergen. ¿Cómo va todo?

Anton se encogió de hombros.

—Trabajo y más trabajo. Veo pasar a los jóvenes que van ascendiendo. Trato de darles algunos consejos, pero supongo que no ven por qué iban a escuchar a un hombre de mediana edad que todavía es inspector. Parece que se han creído que la vida es una alfombra roja que van a extender solo para ellos.

—¿Y la familia? —dijo Hagen.

Anton repitió el gesto y se encogió de hombros otra vez.

—Bien. Mi mujer se queja de que trabajo mucho. Pero cuando estoy en casa, se queja exactamente igual. ¿Te suena?

Hagen emitió un sonido neutral que podía significar lo que el receptor quisiera.

—¿Tú recuerdas el día de tu boda?

—Sí —dijo Hagen, y echó una ojeada discreta al reloj. No porque no supiera qué hora era, sino para mandarle a Anton Mittet una indirecta.

—Lo peor es que cuando estamos ahí y decimos que sí a toda esa eternidad, lo decimos en serio. —Anton sonrió meneando la cabeza.

—¿Querías hablar conmigo de algo en concreto? —dijo Hagen.

—Sí. —Anton se pasó el dedo índice por el puente de la nariz—. Ayer se presentó un enfermero durante la guardia. Me pareció que olía a chamusquina. No sé qué fue exactamente, pero ya sabes que los lobos viejos como nosotros notamos esas cosas. Así que lo he estado comprobando. Resulta que estuvo involucrado en un caso de asesinato hará tres o cuatro años. Lo declararon inocente, fuera de toda sospecha. Pero de todos modos…

–Comprendo.

–He pensado que sería mejor decírtelo. Podrías hablar con la dirección del hospital. A lo mejor conseguir que lo trasladen discretamente…

–Me encargaré de ello.

–Gracias.

–Soy yo quien te da las gracias. Buen trabajo, Anton.

Anton Mittet se inclinó a medias. Contento de que Hagen le hubiera dado las gracias. Contento porque aquel jefe de grupo con aspecto de monje era el único hombre de toda la policía con el que se sentía en deuda de gratitud. Fue Hagen en persona quien sacó a Anton a flote después del Caso. Fue él quien llamó al jefe de policía de Drammen para decirle que estaban castigando a Anton con excesiva dureza, que si en Drammen no les era útil su experiencia, lo sería en la Comisaría General de Oslo. Y así ocurrió. Anton empezó a trabajar en la judicial de guardia en Grønland, aunque sin mudarse de Drammen, que era la condición que le impuso Laura. Y cuando Anton cogió el ascensor para bajar otra vez a la unidad de emergencias, en la segunda planta, sintió que caminaba con un paso un poco más ágil, con la espalda un poco más erguida e incluso con una sonrisa en los labios. Y sintió –en verdad que lo sintió– que aquello podía ser el principio de algo bueno. Debería comprarle flores a… Lo medító un instante. A Laura.

Katrine miraba por la ventana mientras tecleaba el número. Su piso era lo que se llama un primero alto. Lo bastante alto como para no tener que ver a la gente que pasaba por delante de la ventana. Lo bastante bajo para poder ver los paraguas que llevaban abiertos. Y, detrás de las gotas que temblaban sobre el cristal de la ventana movidas por el viento, veía el puente de Puddefjord, que unía la ciudad con un agujero en la montaña por la parte de Laksevåg. Aunque en aquel preciso momento estaba viendo el televisor de cincuenta pulgadas que tenía delante, donde un profesor de química enfermo de cáncer fabricaba metanfetamina. Lo encontraba de lo más entretenido. Había comprado la tele con el eslogan: «¿Por qué los hombres solteros tienen siempre las teles más grandes?»; y tenía los DVD divididos y ordenados de un modo totalmente subjetivo en dos estantes debajo del reproductor Marantz. En el primero y segundo lugar por la izquierda del estante de clásicos se encontraban *El crepúsculo de los dioses* y *Cantando bajo la lluvia,* mientras que las películas más recientes, en el estante inferior, tenían un nuevo líder sorprendente, *Toy Story 3.* El tercer estante estaba reservado para los CD que, por razones sentimentales, no había donado al Ejército de Salvación, y los conservaba aunque los había copiado en el disco duro del ordenador. Tenía un gusto limitado: allí no había más que *glam rock* y pop progresivo, preferiblemente británico, y más bien de tipo andrógino, David Bowie, Sparks, Mott the Hoople, Steve Harley, Marc Bolan, Small Faces, Roxy Music y Suede, como punto temporal de cierre.

El profesor de química estaba en una de las escenas retrospectivas en las que discutía con su mujer. Katrine pulsó el botón para pasar más rápido mientras llamaba a Beate.

—Lønn. —Era una voz clara, casi de niña. Y la respuesta no desvelaba más de lo necesario. Cuando la gente respondía al teléfono solo con el apellido, ¿no indicaba una familia grande, no quería decir que quien llamaba tenía que especificar con qué Lønn quería hablar? En este caso, Lønn era solamente la viuda Beate Lønn y su hija.

—Soy Katrine Bratt.

—¡Katrine! ¡Cuánto tiempo! ¿Qué haces?

—Ver la tele. ¿Y tú?

—Arruinarme al Monopoli con la princesa. Comer pizza para consolarme.

Katrine pensó un instante. ¿Cuántos años tendría la princesa? Desde luego, los suficientes para aplastar a su madre al Monopoli. Un recordatorio más de lo rápido que pasaba el tiempo. Katrine estaba a punto de seguir el hilo diciendo que ella había intentado animarse comiendo unas cabezas de bacalao. Pero cayó en la cuenta de que eso se había convertido en un cliché femenino, una de esas frases autoirónicas y mediodeprimentes que se suponía que tenían que decir las mujeres solteras, en lugar de decir la verdad, que no estaba segura de poder vivir sin aquella libertad. A lo largo de los años había pensado más de una vez que debería llamar a Beate solo para hablar. Hablar igual que solía hacer con Harry. Beate y ella eran dos policías adultas sin marido, habían crecido en un hogar con un padre policía, eran más inteligentes que la media, realistas sin ilusiones ni deseos de que llegara un príncipe en un caballo blanco. Bueno, quizá exceptuando el caballo, si las llevaba allí donde ellas querían.

Habrían podido tener mucho de qué hablar.

Pero Katrine nunca llamaba. Salvo que fuera por trabajo, naturalmente.

Y seguramente, también en eso eran iguales.

–Se trata de un tal Valentin Gjertsen –dijo Katrine–. Delincuente sexual muerto. ¿Lo conoces?

–Espera –dijo Beate.

Katrine oyó el repiqueteo ansioso de las teclas y tomó nota de otra característica que tenían en común: siempre estaban conectadas.

–Ah, sí, ese –dijo Beate–. Lo he visto varias veces.

Katrine comprendió que Beate Lønn acababa de encontrar una foto. Decían que su giro fusiforme, la parte del cerebro que reconoce las caras, albergaba las de todas las personas que había visto en su vida. Que, en su caso, se cumplía literalmente aquello de «nunca olvido una cara». Naturalmente, había sido objeto de investigación por parte de los neurólogos, puesto que era una de las treinta y tantas personas que se sabía que tenían esa capacidad en todo el mundo.

–Lo interrogaron tanto en relación con el caso Tryvann como con el caso Maridalen –dijo Katrine.

–Sí, lo recuerdo vagamente –dijo Beate–. Pero también creo recordar que tenía coartada para los dos.

—Una de las personas que vivían con él en la comuna juraba que esa noche estuvo en casa con ella. Lo que me estaba preguntando es si le tomaron el ADN.

—No lo creo, si tenía coartada. En aquel entonces, los análisis de ADN eran un proceso caro y difícil, solo se hacían con sospechosos principales y solo si no había otras pruebas.

—Lo sé, pero desde que tenéis vuestra propia sección de análisis de ADN en medicina legal, analizáis muestras de ADN de casos antiguos y sin resolver, ¿no?

—Sí, pero en la práctica no había rastros biológicos de ningún tipo en los casos de Maridalen y Tryvann. Y si no recuerdo mal, Valentin Gjertsen recibió de sobra el castigo que merecía.

—¿Cómo?

—Pues sí, lo mataron de una paliza.

—Sabía que había muerto, pero no…

—Ya lo ves. Mientras cumplía condena en Ila. Lo encontraron en su celda. Lo hicieron picadillo. A los internos no les gustan los tíos que se emplean con niñas pequeñas. Nunca encontraron al culpable. Y tampoco es seguro que lo intentaran a fondo.

Silencio.

—Siento no haber podido ayudarte —dijo Beate—. Y, además, acabo de caer en «Suerte», así que…

—Pues nada, a ver si nos viene.

—¿El qué?

—La suerte.

—Eso.

—Una última pregunta —dijo Katrine—. Me habría gustado hablar con Irja Jacobsen, la que le facilitó la coartada a Valentin. Figura como desaparecida. Pero he estado haciendo unas búsquedas en la red…

—¿Ajá?

—Ni cambios de dirección ni pago de impuestos ni cobro de ayudas ni compras con tarjeta de crédito. Ni viajes ni móvil. Cuando la actividad de una persona es tan insignificante, normalmente va a parar a una de dos categorías. La más numerosa es la de aquellos que están muertos. Pero mira tú por dónde, encontré algo. Un registro en los archivos de la lotería. Una única apuesta. Veinte coronas.

—¿Ha jugado a la lotería?

—Seguramente espera que cambie la suerte. En todo caso, eso significa que Jacobsen pertenece a la otra categoría.

—¿Que es…?

—La de quienes tratan de esconderse por todos los medios.

—Y lo que quieres es que te ayude a encontrarla.

—Tengo su última dirección conocida en Oslo, y la dirección del quiosco donde rellenó el boleto de lotería. Y sé que se drogaba.

—De acuerdo —dijo Beate—. Lo comprobaré con nuestros infiltrados.

—Gracias.

—Vale.

Pausa.

—¿Algo más?

—No. O bueno, sí. ¿Qué te parece *Cantando bajo la lluvia*?

—A mí no me gustan los musicales, ¿por qué?

—Es difícil encontrar tu alma gemela, ¿no crees?

Beate rió bajito.

—Pues sí. Algún día podemos hablar de eso.

Colgaron.

Anton esperaba con los brazos cruzados. Escuchaba el silencio. Miró al fondo del pasillo.

En esos momentos, Mona estaba dentro, con el paciente, y no tardaría en salir. Le lanzaría una sonrisa pícara. Puede que le pusiera la mano en el hombro. Le acariciaría el pelo. Puede que lo besara fugazmente, que lo dejara sentir la lengua, que siempre sabía a menta, y luego se iría por el pasillo. Movería provocadora aquel trasero generoso. A lo mejor no era esa su intención, pero a él le gustaba pensar que sí. Que tensaba los músculos, se balanceaba, correteaba como una gallina para él, para Anton Mittet. Sí, la verdad, Anton tenía mucho que agradecer, como decían todos.

Miró el reloj. Faltaba poco para el relevo. Estaba a punto de bostezar cuando oyó un grito.

Pero fue suficiente, ya estaba en pie. Abrió la puerta de un tirón. Echó un vistazo a derecha e izquierda y comprobó que en la habitación solo estaban Mona y el paciente.

Mona estaba junto a la cama, con la boca abierta y la mano en alto. No había apartado la vista del paciente.

—¿Está…? —Comenzó Anton, pero no había terminado la frase cuando se dio cuenta de que aún se oía: el ruido del aparato que marcaba los latidos era tan penetrante —y el silencio, por lo demás, tan absoluto— que podía oír los cortos pitidos incluso desde su puesto en el pasillo.

Mona tenía los dedos en el punto en que se unen la clavícula y el esternón, en lo que Laura llamaba «el hoyuelo del colgante», puesto que ahí lucía ella el corazón de oro que él le había regalado uno de esos aniversarios de boda que nunca celebraban, pero que señalaban a su manera. A lo mejor también era el lugar hasta el que se les subía el corazón a las mujeres cuando se asustaban, cuando se ponían nerviosas o les faltaba el aire, porque Laura se ponía los dedos exactamente en el mismo punto. Y fue como si aquella pose, tan parecida a la de Laura, reclamara toda su atención. Incluso cuando Mona le sonrió radiante y le susurró como si temiera despertar al paciente, como si las palabras vinieran de otro lugar.

—Está hablando. Está *hablando*.

A Katrine no le llevó ni tres minutos colarse por los atajos del sistema informático de la policía del distrito de Oslo, que tan bien conocía; sin embargo, a la hora de encontrar los interrogatorios del caso de violación del Otta Hotell, la cosa se complicaba. En aquellos momentos estaban digitalizando a marchas forzadas todas las grabaciones de imagen y sonido que tenían en cinta magnetofónica, pero con la indexación iban muy retrasados. Katrine lo había intentado con todas las palabras de búsqueda que se le ocurrían, Valentin Gjertsen, Otta Hotell, violación y muchas más, sin resultado; y estaba a punto de darse por vencida cuando la voz de un hombre surgió de los altavoces e inundó la habitación.

—Es que ella lo estaba pidiendo.

Katrine notó un escalofrío por todo el cuerpo, como cuando iba en el barco con su padre y él, con toda la tranquilidad del mundo, le decía que habían picado. No sabía por qué, pero sí que aquel era él, aquella era su voz.

—Interesante —decía otra voz. Baja, casi seductora. La voz de un policía que quería resultados—. ¿Por qué dices eso?

—Es que lo piden, ¿no? De una forma u otra. Y luego les da vergüenza y lo denuncian a la policía. Pero eso vosotros ya lo sabéis, claro.

—O sea, la chica de Otta Hotell te lo estaba pidiendo, ¿eso es lo que quieres decir?

—Me lo habría pedido.

—Si tú no te hubieras adelantado, ¿no?

—Si yo hubiera estado allí.

—Pero si acabas de confesar que estuviste allí esa noche, Valentin.

—Solo para que me describieras la violación con más lujo de detalles... Estar encerrado en la cárcel es muy aburrido, ¿sabes? Uno tiene que... animarse como puede.

Silencio.

Luego, la risa clara de Valentin. Katrine se quedó helada en la silla y se cerró un poco más la chaqueta de punto.

—Bueno, olvidemos por un momento el caso Otta. ¿Cómo fue lo de la chica de Maridalen, Valentin?

—¿Qué pasa con ella?

—Fuiste tú, ¿verdad?

Esta vez, una risotada estridente.

—Eso tendrías que ensayarlo un poco más, inspector. Esa fase del interrogatorio, la de la confrontación positiva, tiene que ser como un mazazo, no como una mera bofetada.

Katrine observó que el vocabulario de Valentin era más amplio que el del interno corriente.

—O sea que niegas ser el autor.

—No.

—¿No?

—No.

Katrine pudo oír el temblor y la ansiedad en el suspiro del policía que, haciendo un esfuerzo por mantener la calma, dijo:

—¿Significa eso que te confiesas autor de la violación y el asesinato de septiembre en Maridalen? —Por lo menos tenía experiencia suficiente para expresar con toda claridad aquello a lo que esperaba que Valentin respondiera «sí», y que fuera una declaración suficiente para que el abogado defensor no pudiera alegar después que, durante el interrogatorio, el acusado malinterpretó de qué estaban hablando o de qué caso en concreto. Pero también oyó el regocijo en la voz del interrogado al responder:

—Eso significa que no tengo por qué decir que no.

—¿Qué es lo que...?

—Empieza por ce y termina por a.

Pausa breve.

—¿Y cómo puedes decir sin pestañear que tienes coartada para aquella noche, Valentin? Ha pasado mucho tiempo.

—Porque lo pensé cuando él me lo contó. Pensé en lo que estaba haciendo justo entonces.

—¿Quién te lo contó?

—El que violó a la chica.

Pausa larga.

—¿Te estás quedando con nosotros, Valentin?

—¿Tú qué crees, inspector Zachrisson?

—¿Qué te hace pensar que ese es mi nombre?

—Calle Snarliveien, 41, ¿no?

Otra pausa. Otra carcajada, y la voz de Valentin:

—No te pagaron, ¿no es eso? El material, vendido y...

—¿Qué es lo que sabes de las violaciones?

—Esta es una cárcel para pervertidos, inspector. ¿Tú de qué crees que hablamos aquí, eh? *Thank you for sharing,* solemos decir. Naturalmente, él pensaba que no estaba desvelando demasiado, pero yo leo la prensa y recuerdo el caso perfectamente.

—Entonces, ¿quién, Valentin?

—Entonces, ¿cuándo, Zachrisson?

—¿Cuándo?

—¿Cuándo se supone que podré salir de aquí si me chivo?

A Katrine le entraron ganas de pasar la cinta hacia delante en las pausas que se repetían.

—Ahora vuelvo.

Se oyó el arrastrar de la silla. El clic de una puerta. Katrine esperó. Oía cómo respiraba el hombre. Y notó algo extraño. Que a ella misma le costaba respirar. Que era como si los jadeos que se oían por los altavoces absorbieran el aire de la habitación en la que se encontraba.

El policía no pudo estar fuera más de dos minutos, pero a ella se le antojaron como media hora.

—De acuerdo —dijo, y volvió a oírse la silla.

—Qué rapidez. ¿Y en cuánto se reduce mi condena?

—Valentin, sabes que no somos nosotros quienes decidimos la duración de las condenas, pero vamos a hablar con un juez, ¿vale? Así que dime, qué coartada tienes y quién violó a la chica.

—Estuve en casa toda la noche. Con mi casera. Y, a menos que tenga Alzheimer, lo confirmará sin dificultad.

—¿Y cómo es posible que te acuerdes?

—Yo me fijo en las fechas de las violaciones. Si no encontráis enseguida al afortunado, ya sé que, tarde o temprano, vendréis a preguntarme a mí que dónde estaba el día de los hechos.

—Ya. Y ahora, la pregunta del millón. ¿Quién lo hizo?

Pronunció la respuesta despacio y articulando exageradamente.

—Ju-das Jo-hansen. Un viejo conocido de la policía, como suele decirse.

—¿Judas Johansen?

—¿Trabajas en Delitos Sexuales y no conoces a un violador tan notorio, Zachrisson?

Ruido de pies que se arrastran.

—¿Qué te hace pensar que no conozco ese nombre?

—Tienes la mirada vacía, parece un abismo en miniatura,

Zachrisson. Johansen posee el mayor talento de violador, después… bueno, después del mío. Y lleva un asesino dentro. Él todavía no lo sabe, pero es cuestión de tiempo que ese asesino despierte, créeme.

Katrine creyó poder oír el chasquido cuando la mandíbula inferior del policía perdió el contacto con la superior. Escuchó el crepitar de aquel silencio. Le pareció que podía oír cómo se le disparaba el pulso al policía, cómo le corría el sudor por la frente mientras trataba de ocultar el ansia y el nerviosismo ahora que sabía que se hallaba ante el gran momento, el giro decisivo, la gran hazaña del investigador:

—¿Do… dónde…? —balbució Zachrisson, pero lo interrumpió un alarido que resonó en los altavoces, un ladrido que, según comprendió Katrine al cabo de unos instantes, era una risa. La risa de Valentin. Al final aquellos aullidos penetrantes se transformaron en jadeos húmedos.

—Me estoy quedando contigo, Zachrisson. Judas Johansen es marica. Está en la celda de al lado.

—¿Qué?

—¿Quieres que te cuente una historia más interesante que la que tú me has largado? Judas se estaba follando a un chico jovencito, y la madre los pilló in fraganti. Por desgracia para Judas, el chico todavía no había salido del armario, y era de familia rica y conservadora. Así que denunciaron a Judas por violación. Judas, que nunca había matado una mosca. ¿O se dice un gato? Mosca, gato. Gato. Mosca. Bueno, lo que sea. ¿Qué te parece que se revise ese caso a cambio de cierta información? Puedo darte algunos datos de a qué se ha dedicado ese chico desde entonces. Y cuento con que sigue en pie la oferta de la reducción de mi condena, ¿verdad?

El ruido al arrastrar la silla. El golpe de una silla al caer al suelo. Un clic, y silencio. Se cortó la grabación.

Katrine se quedó mirando la pantalla del ordenador. Se dio cuenta de que fuera había caído la noche. Se le habían enfriado las cabezas de bacalao.

–Ya, ya –dijo Anton Mittet–. ¡Está *hablando*!

Anton Mittet estaba en el pasillo, con el teléfono en la oreja, mientras comprobaba la identificación de los dos médicos que se habían presentado. En su cara había una mezcla de asombro e irritación, ¿es que no se acordaba de ellos?

Anton les indicó que podían pasar y ellos se apresuraron a ver al paciente.

–Pero ¿qué ha dicho? –preguntó Gunnar Hagen por teléfono.

–La enfermera ha oído que murmuraba algo, pero no qué exactamente.

–¿Y ahora está despierto?

–No, ha sido solo eso, que ha murmurado algo, luego se ha dormido otra vez. Pero los médicos dicen que, a partir de ahora, puede despertarse en cualquier momento.

–Ya –dijo Hagen–. Mantenme informado, ¿de acuerdo? Llámame a la hora que sea. A la hora que sea.

–Sí.

–Muy bien, muy bien. Es verdad que en el hospital también tienen órdenes de informarme, pero… en fin, ellos tienen otras cosas en las que pensar.

–Naturalmente.

–¿Verdad que sí?

–Claro.

–Eso.

Anton escuchaba el silencio. ¿Había algo que Gunnar Hagen quisiera decir?

El jefe de grupo colgó.

9

Katrine aterrizó en Gardermoen a las nueve y media, se sentó en el tren del aeropuerto y dejó que la llevara a través de toda Oslo. O más bien, por debajo de Oslo. Ella había vivido allí, pero los pocos recuerdos que tenía de la ciudad no invitaban al sentimentalismo. Un horizonte poco entusiasta. Colinas bajas, agradables, un paisaje domesticado. En los asientos del tren, caras herméticas, inexpresivas, nada de aquella comunicación espontánea y poco provechosa entre extraños a que estaba acostumbrada de su vida en Bergen. De pronto se oyó una vez más la señal de que había un fallo en las vías de uno de los tramos ferroviarios más caros del mundo, y se quedaron parados y totalmente a oscuras en uno de los túneles.

Había justificado la solicitud de viajar a Oslo aduciendo que, en Hordaland, su propio distrito policial, tenían tres casos de violación sin resolver, y que los tres eran muy parecidos a los casos en los que podría estar implicado Valentin Gjertsen. Había argumentado que, si pudieran relacionar esos casos con Valentin, ayudarían indirectamente a Kripos y al distrito policial de Oslo a resolver los asesinatos de los policías.

—¿Y por qué no dejar que lo haga la policía de Oslo? —le preguntó Knut Müller-Nilsen, el jefe de Delitos Violentos y Personas Desaparecidas de la policía de Bergen.

—Porque ellos tienen un porcentaje de resolución de casos del 20,8 por ciento, mientras que el nuestro es del 40,1.

Müller-Nilsen soltó una risotada, y Katrine supo que aquel billete de avión era suyo.

El tren arrancó de golpe y el vagón se llenó de suspiros de alivio, de enojo, de resignación. Se bajó en Sandvika y allí cogió un taxi a Eiksmarka.

El taxi se detuvo en el número 33 de Jøssingveien. Katrine echó a andar por la nieve pisoteada y grisácea. Aparte de la alta valla que rodeaba el edificio de piedra rojiza, no había mucho en el reformatorio y prisión de Ila que revelase que allí tenían alojados a algunos de los asesinos, traficantes y violadores más peligrosos del país. Entre otras variantes. En los estatutos de la prisión decía que era una institución nacional para prisioneros masculinos con «... necesidades de ayuda específica».

Ayuda para no fugarse, pensó Katrine. Ayuda para no mutilar. Ayuda para alcanzar aquello que los sociólogos y los criminólogos, por alguna razón, pensaba que era un deseo que toda la especie humana compartía: el deseo de ser buenas personas, de contribuir a la manada, de funcionar ahí fuera, en la sociedad.

Katrine había pasado el tiempo suficiente en la planta de psiquiatría de Bergen como para saber que incluso los enfermos que no habían cometido ningún delito mostraban por lo general un desinterés absoluto por el bien de la sociedad, y que no se sentían parte de ninguna comunidad que no fuera la que ellos mismos tenían con sus demonios. Aparte de eso, lo único que les importaba era que los dejaran en paz. Lo cual no implicaba necesariamente que ellos estuvieran dispuestos a dejar en paz a los demás.

La pasaron dentro, mostró su identificación y la carta con el permiso de visita que había recibido por correo electrónico, y siguió avanzando hacia el interior a través de las distintas oficinas.

El vigilante la esperaba con las piernas un poco separadas, los brazos cruzados y con un llavero tintineando en la mano. Con algo más de fanfarronería y falsa seguridad de lo habitual, dado que la visitante era policía, la casta de los brahmanes en el sector de la seguridad y el orden; de los que siempre conseguían que los vigilantes de prisiones, los de Securitas e incluso los de aparcamiento compensaran exagerando los gestos y el tono de voz.

Katrine hizo como siempre hacía en esos casos, era más educada y amable de lo que su naturaleza le pedía.

—Bienvenida a la cloaca —dijo el vigilante, una frase que, Katrine estaba segura, no utilizaría con las visitas normales, pero que seguramente habría planeado con mucha antelación, un saludo que indicaba la mezcla adecuada de humor negro y cinismo realista en relación con el trabajo.

Aunque la imagen no andaba tan descaminada, pensó Katrine mientras recorrían las galerías de la cárcel. O quizá debería calificarse más bien de aparato intestinal. Un lugar en el que el aparato digestivo de la ley digería a los condenados hasta convertirlos en una masa marrón y apestosa que, en algún momento, debía salir otra vez. Todas las puertas estaban cerradas; las galerías, desiertas.

—La sección de los pervertidos —dijo el vigilante mientras abría otra puerta metálica al final del corredor.

—¿Quieres decir que tienen sección propia?

—Sí. Mientras estén reunidos en un mismo lugar, hay menos riesgo de que se los carguen los vecinos.

—¿De que se los carguen dices? —dijo Katrine fingiendo sorpresa, haciendo como si no lo supiera.

—Sí, aquí aborrecen a los violadores igual que fuera, entre el resto de la sociedad. Si no más. Y aquí tenemos asesinos que controlan sus impulsos peor que tú y que yo. Así que, si tienen un mal día… —Se pasó la llave que tenía en la mano por el cuello, con un movimiento lleno de dramatismo.

—¿Los *matan?* —exclamó Katrine con un tono de horror, y se preguntó por un instante si no se habría pasado un poco. Pero el vigilante no pareció darse cuenta.

—Bueno, matarlos a lo mejor no los matan. Pero les cae una buena. Siempre hay pervertidos con los brazos o las piernas fracturadas en la sala de curas. Dicen que se han caído por las escaleras, o que se han resbalado en la ducha. Porque claro, tampoco se atreven a chivarse. —Cerró la puerta por la que acababan de pasar y aspiró el aire—. ¿Notas el olor? Es el esperma en los radiadores. Se seca en el acto. El olor impregna el metal y es que es imposible eliminarlo, oye. Parece carne humana quemada, ¿verdad?

—*Homunculus* —dijo Katrine, y aspiró el olor. Solo olía a paredes recién pintadas.

—¿Qué?

—En el siglo XVII creían que el esperma contenía personas diminutas —dijo. Al ver que el vigilante bajaba la vista, comprendió que había sido un paso en falso, que debería haberse limitado a fingir que estaba escandalizada.

—En fin —se apresuró a añadir—. De modo que Valentin estaba seguro aquí, con sus hermanos.

El vigilante negó con la cabeza.

—Empezó a circular el rumor de que había violado a las niñas de Maridalen y Tryvann. Y con los internos que han atacado a menores las cosas son de otra manera. Incluso el violador más peligroso aborrece a un follaniñas.

Katrine dio un respingo, y esta vez no fue fingido, al oír esa forma tan cruda de expresarlo.

—Así que a Valentin le tocó pasarlas canutas, ¿no?

—Puedes jurar que sí.

—Y, en cuanto a ese rumor, ¿tienes idea de quién empezó a difundirlo?

—Sí —dijo el vigilante mientras abría la siguiente puerta—. Vosotros.

—¿Nosotros? ¿La policía?

—Un tío de la policía estuvo aquí, hizo como que interrogaba a los internos sobre los dos casos, pero la verdad es que reveló más de lo que preguntó, según me han dicho.

Katrine asintió. Ya lo había oído antes: en los casos en que la policía estaba segura de que un interno era culpable de agresión sexual a un menor, pero no podía demostrarlo, trataba de conseguir que lo pagara de otra forma. No tenían más que informar a los demás presos. A los que más poder ostentaban. O a los que peor capacidad tenían de controlar los impulsos.

—¿Y vosotros lo aceptasteis?

El vigilante se encogió de hombros.

—¿Qué podemos hacer nosotros, simples vigilantes? —Y añadió en voz baja—. Y, precisamente en este caso, igual tampoco teníamos nada en contra…

Dejaron atrás una sala de recreo.

—¿Qué quieres decir?

—Valentin Gjertsen era un puto enfermo. Una mala persona, sencillamente. A saber lo que Dios tenía en mente cuando puso a un ser así sobre la faz de la tierra. Aquí tuvimos a una policía a la que…

—Hombre, ya estás aquí.

Era una voz suave y Katrine se volvió automáticamente hacia la izquierda. Había dos hombres delante de una diana. Se encontró con la mirada divertida del que había hablado, un tipo delgado, cerca de los treinta, quizá. Los últimos cabellos que le quedaban los llevaba peinados hacia atrás sobre la calva colorada. Una enfermedad de la piel, pensó Katrine. O quizá allí tuvieran solario, dado que necesitaban una ayuda específica.

—Creí que no llegarías nunca. —El hombre sacó despacio uno de los dardos de la diana, sin apartar la vista de ella. Cogió el dardo, lo clavó en el punto rojo del centro, *bull's eye*, en el blanco. Sonrió burlón mientras movía el dardo de arriba abajo, lo clavaba más a fondo. Lo sacaba. Y chasqueaba los labios. El otro hombre no se reía, tal y como Katrine esperaba que hiciera, sino que miraba a su adversario de juego con la preocupación en la cara.

El vigilante cogió a Katrine del brazo para llevarla consigo, pero ella se soltó y levantó el brazo mientras el cerebro funcionaba a toda pastilla en busca de una respuesta ocurrente. Rechazó todas las obvias, relacionadas con los dardos y el tamaño del miembro.

—Creo que lo suyo es una gomina con menos sosa cáustica.

Dicho esto, se fue a toda prisa, aunque le dio tiempo de ver que si no había dado en el blanco, le había faltado poco. El hombre se puso colorado antes de sonreír abiertamente y hacerle algo así como el saludo militar.

—¿Había alguien aquí con quien hablara Valentin? —preguntó Katrine mientras el vigilante abría la puerta de la celda.

—Jonas Johansen.

—¿Ese es al que has llamado Judas?

—Sí. Cumplía condena por violar a un hombre. Esos no son muchos, desde luego.

—¿Dónde se encuentra ahora?

—Se fugó.

—¿Cómo?

—No lo sabemos.

—¿Que no lo sabéis?

—Mira, aquí hay encerrados muchos tíos repugnantes, pero esto no es una cárcel de alta seguridad como Ullersmo. En esta sección, además, la gente tiene condenas limitadas. En el caso de la de Judas, concurrían varias circunstancias atenuantes. Y Valentin estaba aquí por intento de violación. Los agresores en serie están en otro sitio. Así que no malgastamos los recursos vigilando a los que están en esta sección. Los contamos todas las mañanas y, muy rara vez, falta alguno, entonces tienen que volver todos a la celda para que podamos comprobar quién falta. Pero si el número es el que tiene que ser, la cosa sigue rodando como de costumbre. O sea, detectamos que faltaba Judas Johansen e informamos de ello a la policía. La verdad, no le dediqué mucho tiempo al asunto, porque inmediatamente después se nos vino encima el lío del otro caso.

—¿Te refieres a…?

—Sí. Al asesinato de Valentin.

—O sea que Judas no estaba aquí cuando ocurrió.

—Eso es.

—¿Tú quién crees que lo mató?

—No lo sé.

Katrine asintió. Había respondido de forma automática, con demasiada prontitud.

—Esto no va a trascender, te lo aseguro. O sea, la pregunta es quién *crees tú* que mató a Valentin.

El vigilante se pasó la lengua por los dientes mientras observaba a Katrine. Como para comprobar si había algo que no hubiera visto tras una primera inspección.

—Aquí eran muchos los que aborrecían a Valentin y le tenían un miedo atroz. A lo mejor a alguno se le ocurrió que él o ellos... Valentin tenía mucho por lo que pagar. Desde luego, el que lo mató debía de odiarlo con cojones. El cadáver estaba... ¿Cómo decirlo? —Katrine vio cómo el bocado de Adán le subía por la garganta y asomaba por el cuello del uniforme—. Se le había quedado el cuerpo como la gelatina, nunca he visto una cosa igual.

—Lo golpearon con algún objeto romo, ¿no?

—Yo de esas cosas no sé nada, pero lo habían agredido hasta dejarlo irreconocible. Le dejaron la cara hecha papilla. De no haber sido por aquel tatuaje tan espantoso que tenía en el pecho, no sé si habríamos conseguido identificarlo. Yo no soy especialmente impresionable, pero después de ver aquello tuve hasta pesadillas.

—¿Qué clase de tatuaje era?

—¿Que *qué clase?*

—Sí, qué... —Katrine se dio cuenta de que estaba a punto de abandonar el papel de simple policía, así que se serenó un poco para ocultar la irritación—. ¿Qué representaba el tatuaje?

—Pues, a saber. Era una cara. Feísima, por cierto. Estaba como alargada por los lados. Como si tratara de despegarse de donde estaba.

Katrine asintió despacio.

—Como si quisiera despegarse del cuerpo en el que estaba atrapada, ¿no?

—Sí, eso es. ¿Conoces a...?

—No —dijo Katrine. *Pero sí reconozco la sensación*—. Bueno, entonces, no encontrasteis a Judas, ¿no?

—No, *vosotros* no encontrasteis a Judas.

—Ya. ¿Y por qué crees tú que no lo encontramos?

El vigilante se encogió de hombros.

—Y yo qué sé. Pero supongo que un tío como Judas no figura el primero en la lista de vuestras prioridades. Como te decía, había circunstancias atenuantes, y el peligro de que reincidiera era mínimo. Además, no le faltaba mucho para terminar la condena, pero se ve que al muy idiota le entró la fiebre.

Katrine asintió. La fiebre de la liberación. La que hacía que, cuando la fecha se acercaba, el recluso empezara a pensar en la libertad y, de repente, le resultaba imposible seguir encerrado un solo día más.

—¿Hay alguien más que pueda hablarme de Valentin?

El vigilante negó con la cabeza.

—Aparte de Judas, siempre andaba solo. Y nadie quería tener nada que ver con él. Joder, si el tío asustaba a todo el mundo… Cuando entraba en una habitación era como si algo cambiara en el aire.

Katrine se paró y siguió haciendo preguntas hasta que se dio cuenta de que lo único que hacía era tratar de justificar el tiempo invertido y el billete de avión.

—Antes has empezado a contarme algo de lo que hizo Valentin —dijo.

—¿Seguro? —dijo el vigilante, y echó una ojeada al reloj—. ¡Huy, tengo que…!

Por el camino de vuelta, cuando llegaron a la sala de recreo, Katrine solo vio al hombre delgado de la calva colorada. Estaba allí plantado sin más, con los brazos colgando a ambos lados y mirando la diana vacía. De los dardos no había ni rastro. Se volvió despacio, y Katrine no pudo por menos de devolverle la mirada. La sonrisa se había esfumado, y tenía los ojos grises y sin brillo, como medusas.

Estaba gritando algo. Cuatro palabras que se repetían. Alto y con voz chillona, como un pájaro que advierte de un peligro inminente. Luego se echó a reír.

—No le hagas caso —dijo el vigilante.

La risa se fue alejando a sus espaldas mientras ellos se apresuraban pasillo abajo.

Finalmente, salió del edificio y respiró hondo el aire helado y cargado de lluvia.

Cogió el teléfono, apagó la grabadora, que había tenido encendida desde que llegó, y llamó a Beate.

—Lista con Ila —dijo—. ¿Tienes tiempo?

—Pongo la cafetera eléctrica.

—¿Qué? ¿No has…?

—Katrine, eres policía. Y tomas café colado, ¿vale?

—Oye, que yo iba a comer al Café Sara, en la calle Torggata. Y además, tú tienes que salir del laboratorio. Almorzamos. Yo invito.

—Pues sí, invitas tú.

—¿No me digas?

—La he encontrado.

—¿A quién?

—A Irja Jacobsen. Sigue viva. Por lo menos, si nos damos prisa.

Quedaron en verse al cabo de tres cuartos de hora y colgaron. Mientras Katrine esperaba un taxi, se puso a escuchar la grabación. La parte del teléfono donde se encuentra el micrófono sobresalía por el bolsillo, y constató que, con un buen par de auriculares, podría descifrar lo que le había dicho el vigilante. Pasó la grabación hasta el final y puso aquello para lo que no necesitaba auriculares. El grito de advertencia que repetía el de la calva colorada:

—Valentin vive. Valentin mata. Valentin vive. Valentin mata.

—Se despertó esta mañana —dijo Anton Mittet mientras recorría rápidamente el pasillo junto con Gunnar Hagen.

Silje se levantó de la silla en cuanto los vio llegar.

—Ya puedes irte, Silje —dijo Anton—. Yo me encargo.

—Es que tu turno no empieza hasta dentro de una hora.

—Te digo que puedes irte. Tómate esa hora libre.

La joven observó a Anton. Luego al otro hombre.

—Gunnar Hagen —dijo, y le dio la mano—. Jefe de Delitos Violentos.

—Sé quién eres —dijo la joven, y le estrechó la mano—. Silje Gravseng. Espero poder trabajar para ti un día.

—Muy bien —dijo Gunnar Hagen—. Pues entonces podrías empezar por hacer lo que te ha dicho Anton.

La joven asintió.

—En la orden que tengo está tu nombre, así que, por supuesto...

Anton se la quedó mirando mientras recogía sus cosas en la bolsa.

112

—Por cierto, es mi último día de prácticas —dijo—. Así que tengo que empezar a pensar en el examen final.

—Silje es aspirante a policía —dijo Anton.

—Ahora se llama estudiante de la Escuela Superior de Policía —dijo Silje—. Hay una cosa a la que no paro de dar vueltas, comisario.

—¿Ajá? —dijo Hagen con media sonrisa, al oír cómo se expresaba la joven.

—Aquella leyenda que trabajaba para ti, Harry Hole…, dicen que no quedó en ridículo ni una sola vez. Que resolvió todos los asesinatos cuya investigación llevó. ¿Es verdad?

Anton soltó un carraspeo de advertencia y se quedó mirando a Silje, pero ella no le hizo ni caso.

La media sonrisa de Hagen se convirtió en sonrisa completa.

—Para empezar, uno puede tener casos sin resolver sobre su conciencia sin que eso signifique que *ha quedado en ridículo,* ¿no crees?

Silje Gravseng no respondió.

—En cuanto a Harry, los casos sin resolver… —Hagen se rascó la barbilla—. Bueno, sí, es verdad. Pero depende de cómo se mire.

—¿De cómo se mire?

—Vino desde Hong Kong para investigar el asesinato por el que estaba detenido su hijo adoptivo. Y aunque consiguió que Oleg saliera libre y a pesar de que hubo otro joven que confesó, el asesinato de Gusto Hanssen no se resolvió nunca, en realidad. Al menos, no oficialmente.

—Gracias —dijo Silje, y sonrió fugazmente.

—Suerte con la carrera —dijo Gunnar Hagen.

El comisario se la quedó mirando mientras ella se perdía por el pasillo. No tanto por aquello de que los hombres siempre están dispuestos a mirar a una joven guapa como por retrasar un par de segundos más lo que le esperaba, pensó Anton. No le había pasado inadvertido el nerviosismo del jefe de grupo. Al final, Hagen se volvió hacia la puerta cerrada. Se abrochó la chaqueta. Se empinó como un jugador de tenis que espera que sirva el contrincante.

—Bueno, pues voy a entrar.

—Adelante —dijo Anton—. Yo me quedo aquí vigilando.

—Claro —dijo Hagen—. Claro.

Cuando iban camino del restaurante Beate le preguntó a Katrine si ella y Harry se habían acostado aquella vez.

A guisa de introducción, Beate le explicó que uno de los policías encubiertos reconoció la foto de la mujer de las declaraciones falsas, Irja Jacobsen. Dijo que, esencialmente, se pasaba el tiempo en casa, en aquella especie de comuna situada cerca de la plaza de Alexander Kielland, que la policía tenía más o menos vigilada, puesto que vendían anfetaminas. Sin embargo, no estaban interesados concretamente en Irja, ella no vendía, más bien y en el peor de los casos, era cliente.

Luego, el tema de la situación laboral y la situación personal hizo que la conversación derivase hacia los viejos tiempos. Katrine empezó a protestar, como era lógico, cuando Beate aseguró que a la mitad de la sección de Delitos Violentos le dio tortícolis el día que apareció recorriendo los pasillos. Al mismo tiempo que se sorprendía al darse cuenta de que aquella era la forma que tenían las mujeres de ponerse en su sitio, de subrayar lo guapas que *habían sido*. Sobre todo cuando la que lo recordaba no había sido ninguna belleza. Sin embargo, aunque Beate nunca le provocó tortícolis a nadie, tampoco era el tipo que lanzaba dardos envenenados. Era callada, tímida, trabajadora, leal…, alguien que peleaba con armas blancas. Pero era evidente que algo había cambiado. Quizá fue por la única copa de vino blanco que se habían permitido tomar comiendo. Beate no solía hacer preguntas tan directas.

En todo caso, Katrine se alegró de tener la boca llena de pan de pita, de modo que solo pudo negar con la cabeza.

—Pero, bueno —dijo después de tragar—. Reconozco que se me pasó por la cabeza. ¿Harry te mencionó algo?

—A mí Harry me lo contaba casi todo —dijo Beate, y levantó la copa con el último trago—. Es solo que tenía curiosidad por saber si estaba mintiendo cuando negó que tú y él…

Katrine pidió la cuenta.

—¿Por qué creías que estábamos juntos?

—Hombre, es que veía cómo os mirabais… Oía cómo os habla-bais…

—Harry y yo nos *peleamos,* Beate.

—A eso me refiero.

Katrine se echó a reír.

—¿Y Harry y tú?

—Harry, imposible. Demasiado buenos amigos. Y luego empe-cé la relación con Halvorsen…

Katrine asintió. El compañero de Harry, un joven investigador de Steinkjer que dejó a Beate embarazada y, poco después, murió en acto de servicio.

Pausa.

—¿Qué pasa?

Katrine se encogió de hombros. Cogió el teléfono y le puso a Beate el final de la grabación.

—Mucho chiflado en Ila —dijo Beate.

—Yo he estado ingresada en el psiquiátrico, así que los veo venir a la legua —dijo Katrine—. Pero lo que me pregunto es cómo supo que yo estaba allí por Valentin.

Anton Mittet estaba sentado en la silla viendo cómo Mona se le acercaba. Disfrutaba de la vista. Pensó que tal vez fuera una de las últimas veces.

Ella empezó a sonreírle desde lejos. Orientaba el paso directa-mente hacia él. Él la veía poner un pie delante del otro, como si fuera andando por una cuerda. A lo mejor es que andaba así. O a lo me-jor andaba así por él. Por fin llegó a su lado, miró sin pensarlo hacia atrás para comprobar que no había nadie. Le pasó la mano por el pelo. Él se quedó sentado, le rodeó los muslos con los brazos, levantó la vista.

—¿Tú por aquí? —dijo—. ¿Te han dado este turno también?

—Sí —respondió ella—. Nos hemos quedado sin Altman, lo han vuelto a enviar al servicio de oncología.

—Entonces te vamos a ver más todavía —dijo Anton sonriendo.

—No es seguro —dijo ella—. Los resultados indican que el tipo de ahí dentro se está recuperando muy rápido.

—Pero bueno, podemos vernos de todos modos.

Lo dijo en tono jocoso, pero no era ninguna broma. Ella lo sabía perfectamente. ¿Sería por eso por lo que se puso rígida, la sonrisa se convirtió en una mueca, se apartó de él y miró atrás para demostrarle que era por si alguien los veía? Anton la soltó.

—El jefe de Delitos Violentos está con él ahora mismo.

—¿Y qué ha venido a hacer?

—Hablar con él.

—¿De qué?

—No te lo puedo decir —respondió. En lugar de decirle «no lo sé». Por Dios, era patético.

En ese mismo momento se abrió la puerta y salió Gunnar Hagen. Se paró en seco, miró a Mona, luego a Anton, luego a Mona otra vez. Como si tuvieran mensajes en clave pintados en la cara. Lo que sí tenía Mona, desde luego, era cierto rubor en las mejillas cuando entró pasando por detrás de Hagen.

—Bueno, ¿qué? —dijo Anton, tratando de parecer indiferente. Y enseguida comprendió que la mirada de Hagen no era la de alguien que comprendía, sino la de alguien que no comprendía. Miraba a Anton como si fuera un marciano, era la mirada confusa de un hombre cuya representación del mundo acabaran de poner patas arriba.

—El tío que hay ahí dentro… —dijo Hagen, y señaló con el pulgar por encima del hombro—. A ese tío no le puedes quitar ojo, Anton. ¿Me oyes? No le puedes quitar ojo.

Anton lo oyó repetir nerviosamente las últimas palabras mientras se alejaba a toda prisa por el pasillo.

10

Cuando Katrine vio la cara que asomó por la puerta pensó al principio que se habían equivocado de sitio, que aquella mujer mayor con el pelo cano y la cara surcada de arrugas de ninguna manera podía ser Irja Jacobsen.

—¿Qué queréis? —preguntó mirándolas suspicaz con el ceño fruncido.

—Yo soy la que ha llamado antes —dijo Beate—. Queremos hablar con Valentin.

La mujer cerró la puerta.

Beate esperó hasta que dejó de oírse el arrastrar de pies al otro lado. Luego, bajó el picaporte y abrió la puerta.

En las perchas de la entrada había colgados unos chaquetones y varias bolsas de plástico. Siempre aquellas bolsas de plástico. ¿Por qué se rodeaban siempre los drogadictos de todas aquellas bolsas de plástico?, pensó Katrine. ¿Por qué se empeñaban en almacenar, guardar y transportar cuanto poseían en el envoltorio más endeble y menos duradero que había? ¿Por qué robaban motocicletas, percheros y juegos de té, cualquier cosa, pero nunca bolsos o maletas?

El piso estaba sucio, pero no tanto como la mayoría de los agujeros de drogatas que había visto. Tal vez porque la mujer, Irja, pusiera algún tipo de límite y también algo de trabajo personal. Porque Katrine daba por sentado que ella sería la única que haría tal cosa. Siguió a Beate hasta el salón. En un diván antiguo pero aún de una pieza vio a un hombre que estaba durmiendo. Sin lugar a dudas, bajo los efectos de la droga. Olía a sudor, a humo y a madera marinada en cerveza, y también a algo dulzón y pringoso que Katrine ni podía ni quería detectar. Apoyada en la pared se veía la consabida montaña de mercancías robadas, pilas y pilas de tablas de surf de niño, todas embaladas en plástico transparente y con la misma marca, un tiburón blanco con cara de glotón y, encima, las huellas negras de una dentellada, que debían dar a entender que el tiburón se había llevado un trozo de un mordisco. Solo los dioses sabían cómo las iban a convertir en dinero.

Beate y Katrine continuaron hasta la cocina, donde Irja ya se había sentado y se estaba liando un cigarro. En la mesa había un tapete pequeñito y, en el alféizar, un azucarero con unas flores de plástico.

Katrine y Beate se sentaron enfrente de la mujer.

—No paran de pasar —dijo señalando el tráfico abundante de la calle Ueland, que pasaba por delante de la casa. Tenía en la voz exactamente esa ronquera rasposa que Katrine se esperaba después de haber visto la casa y la cara de aquella anciana de algo más de treinta años—. Venga a pasar y venga a pasar coches, ¿adónde va todo el mundo?

—Van a casa —propuso Beate—. O salen de casa.

Irja se encogió de hombros.

—Tú tampoco estás en casa, ¿no? —dijo Katrine—. La dirección que figura en el censo…

—He vendido la casa —dijo Irja—. La había heredado. Era demasiado grande. Era demasiado… —Sacó la lengua, reseca y blanquecina, la pasó por el papel de liar mientras Katrine terminaba la frase mentalmente: «demasiado tentador venderla cuando el subsidio no alcanzaba para el consumo diario de drogas».

—… demasiados recuerdos desagradables.

—¿Qué clase de recuerdos? —preguntó Beate, y Katrine dio un respingo. Beate era técnico criminalista, no experta en interrogatorios, y ahora mismo acababa de pasarse preguntado de una vez por la tragedia de toda una vida. Y a nadie se le daba mejor exagerar y aderezar esas cosas que un adicto autocompasivo.

—Fue Valentin.

Katrine se puso derecha. A lo mejor Beate sabía lo que hacía, a pesar de todo.

–¿Qué fue lo que hizo?

Irja se encogió de hombros otra vez.

–Alquilaba el apartamento del semisótano. Y estaba… allí.

–¿Estaba allí?

–Vosotras no conocéis a Valentin. Él es diferente. Él… –Hacía clic con el mechero, que no se encendía–. Él… –Clic y más clic.

–¿Estaba loco? –sugirió Katrine con impaciencia.

–¡No! –Irja tiró el mechero con rabia.

Katrine soltó un taco para sus adentros. Ahora era ella la que actuaba como una aficionada, con una pregunta que limitaba la información que podrían haber obtenido.

–¡Todo el mundo dice que Valentin está loco! ¡No está loco, no! Es solo que hace una cosa… –Miró por la ventana, a la calle. Bajó la voz–. Es que no sé qué le hace al ambiente. Asusta a la gente.

–¿Te pegaba? –preguntó Beate.

Otra pregunta capciosa. Katrine trató de conseguir contacto visual con Beate.

–No –dijo Irja–. No me pegaba. Me asfixiaba. En cuanto le llevaba la contraria. Era tan fuerte que podía agarrarme del cuello con una mano y apretar. Y quedarse así hasta que todo me daba vueltas, era imposible hacer que quitara la mano.

Katrine supuso que la sonrisa que se le dibujó en la cara respondería a algo parecido al humor negro. Hasta que Irja continuó:

–… y lo más extraño es que me colocaba y me ponía cachonda.

Katrine puso cara de asco sin querer. Había leído que había personas que podían reaccionar así ante la falta de oxígeno en el cerebro pero, si estabas ante un violador…

–Y entonces os acostabais, ¿no? –preguntó Beate, se agachó, cogió el mechero del suelo. Lo encendió, le ofreció fuego a Irja. Ella se apresuró a ponerse el cigarro entre los labios, se inclinó y aspiró aquella llama tan sospechosa. Soltó el humo, se retrepó en la silla y casi hizo implosión, como si su cuerpo fuera una bolsa cerrada al vacío y el cigarro acabara de hacerle un agujero.

–No siempre quería follar –dijo Irja–. Entonces se iba a la calle. Mientras yo me quedaba aquí esperando, confiando en que no tardaría en volver.

Katrine tuvo que contenerse para no resoplar o demostrar su desprecio de alguna forma.

–¿Y qué hacía en la calle?

–No lo sé. Nunca lo decía y yo… –Se encogió de hombros, una vez más. Recurrir al hecho de encogerse de hombros como una forma de vida, pensó Katrine. La resignación como analgésico–. Supongo que no quería saberlo.

Beate carraspeó un poco.

–Tú le diste coartada para las dos noches en que asesinaron a aquellas niñas, la de Maridalen y…

–Sí, sí, bla, bla, bla… –la interrumpió Irja.

–Pero Valentin no estaba en casa contigo, tal y como dijiste en los interrogatorios, ¿verdad?

–¿Cómo puñetas me voy a acordar de eso? Yo tenía órdenes, ¿vale?

–De qué.

–Valentin me lo dijo la misma noche que estuvimos juntos…, en fin, ya sabes, la primera vez. Que la policía me haría la misma pregunta cada vez que violaran a alguien, solo porque él había sido sospechoso de un caso por el que no consiguieron condenarlo. Y que si se daba un caso nuevo y él no tenía coartada, que tratarían de condenarlo entonces, fuera o no inocente. Dijo que la policía suele hacer eso con la gente que se libra de la condena. Así que yo tenía que jurar que había estado en casa, con independencia de la hora por la que preguntasen. Que nos ahorraría un montón de problemas y un montón de tiempo. *Makes sense*, pensé.

–¿Y tú creías de verdad que era inocente de todas esas violaciones? –dijo Katrine–. ¿A pesar de saber que había violado con anterioridad?

–¡Yo qué coño iba a saber! –gritó Irja, y oyeron un leve gemido procedente del salón–. ¡Yo no sabía nada!

Katrine estaba a punto de presionarla un poco más cuando

notó que Beate le daba un ligero apretón en la rodilla con la mano por debajo de la mesa.

—Irja —dijo Beate con voz suave—. Si no sabías nada, ¿por qué has accedido a hablar con nosotros ahora?

Irja se la quedó mirando, mientras se quitaba briznas de tabaco imaginarias de la punta de la lengua blanquecina. Sopesaba qué hacer. Terminó por decidirse.

—Al final lo condenaron. Y fue por intento de violación, ¿no? Y luego, un día que estaba limpiando el piso para buscar otro inquilino a quien alquilárselo, encontré estas… estas… —Era como si la voz, sin previo aviso, se hubiera estampado contra una pared y no pudiera seguir adelante—. Estas… —Y aquellos ojos enrojecidos se llenaron de lágrimas.

—Estas fotos.

—¿Qué fotos?

Irja se sorbió la nariz.

—De chicas. Chicas muy jóvenes, casi niñas. Atadas y en la boca un…

—¿Una cuerda? ¿Una mordaza?

—Eso, una mordaza. Aparecen sentadas en una silla o en una cama. En las sábanas se ve sangre.

—Y Valentin —dijo Beate—. ¿Está en las fotos?

Irja negó con la cabeza.

—O sea, que pueden estar trucadas —dijo Katrine—. En la red hay fotos de violaciones que ha trucado algún profesional para la gente a la que le interesan esas cosas.

Irja volvió a negar con un gesto.

—Las niñas estaban demasiado asustadas. Se les veía en los ojos. Yo… reconocí el miedo de cuando Valentin se ponía… quería…

—Katrine se refiere a que no tuvo que ser Valentin quien hizo las fotos.

—Los zapatos… —sollozó Irja.

—¿Qué?

—Valentin tenía unas botas puntiagudas de esas de vaquero, con unas hebillas en el lateral. En una de las fotos se ven las botas al lado de la cama. Y entonces comprendí que podía ser verdad. Que fuera un violador, como decían. Pero eso no era lo peor...

—¿Ah, no?

—Se ve también el papel pintado que hay detrás de la cama. Y era ese papel, el mismo dibujo. Habían hecho la foto en el apartamento del semisótano. En la cama en la que él y yo habíamos... —Cerró los ojos con fuerza, le salieron dos lágrimas minúsculas.

—¿Y qué hiciste? —dijo Katrine.

—¿Tú qué crees? —le soltó Irja, y se secó la nariz con el brazo—. ¡Acudí a vosotros! ¡A vosotros, que se supone que tenéis que protegernos!

—Y... ¿qué te *dijimos*? —preguntó Katrine, sin poder ocultar la antipatía que le inspiraba.

—*Dijisteis* que ibais a comprobarlo. Así que fuisteis con las fotos a ver a Valentin, pero, naturalmente, él se las arregló para convenceros de que no tenía nada que ver con ellas. Dijo que había sido un juego voluntario, que no se acordaba del nombre de las chicas, que no había vuelto a verlas en la vida y preguntó si es que alguna lo había denunciado. Como no era el caso, se acabó el asunto. Es decir, se acabó para la policía, *para vosotros*. Para mí, acababa de empezar...

Se pasó discretamente los nudillos por los ojos: al parecer, creía que se había maquillado.

—¿Y luego?

—En Ila tienen permiso para llamar por teléfono una vez por semana. Me avisaron de que Valentin quería hablar conmigo. Así que fui a verlo.

Katrine no necesitaba oír el resto.

—Me senté a esperarlo en la sala de visitas. Y cuando entró, nada más mirarme fue como si otra vez me estuviera asfixiando con sus propias manos. No podía respirar. Se sentó y dijo que me mataría si le decía a alguien una palabra de las coartadas. Que me mataría si hablaba con la policía de lo que fuera, de cualquier cosa. Y que si me había creído que iba a pasar mucho tiempo en la cárcel, que estaba muy equivocada. Que mientras yo supiera lo que sabía, me mataría a la primera ocasión que le diera un motivo, cualquiera que fuese. Me fui derecha a casa, cerré todas las puertas y me pasé tres días llorando muerta de miedo. El cuarto día me llamó una supuesta amiga que quería que le prestara dinero. Me pide prestado de vez en cuando, estaba enganchada a una especie de heroína, una droga nueva, que luego bautizaron con el nombre de violín. Y yo solía colgarle sin más, pero esa vez no le colgué. La noche siguiente vino a mi casa y me ayudó a meterme el primer chute de mi vida. Y, madre mía, vaya si me ayudó. El violín… lo arreglaba todo…

Katrine podía ver el brillo de un antiguo amor en la mirada de aquella mujer rota.

—Y desde ese día, estabas enganchada —dijo Beate—. Vendiste la casa…

—No solo por el dinero —dijo Irja—. Tenía que huir. Tenía que esconderme de él. Tenía que deshacerme de todo lo que pudiera conducirlo hasta mí.

—Dejaste de usar tarjetas de crédito, no notificaste el cambio de dirección … —dijo Katrine—. Incluso dejaste de solicitar la ayuda social.

—Por supuesto.

—Ni siquiera volviste a pedirla después de la muerte de Valentin.

Irja no respondió. No pestañeaba. Se quedó inmóvil mientras el humo de la colilla ya requemada ascendía en volutas entre los dedos amarillos por la nicotina. Katrine pensó en un animal atisbado en el resplandor de los faros de un coche.

—Sentirías un gran alivio al oír la noticia, ¿no? —dijo Beate con un tono discreto.

Irja negó con la cabeza mecánicamente, como si le hubiera dado un pasmo.

—Valentin no está muerto.

Katrine se dio cuenta enseguida de que hablaba en serio. ¿Qué fue lo primero que dijo de él? *Vosotros no conocéis a Valentin, él es diferente.* No era. Es.

–¿Por qué creéis que os estoy contando todo esto? –Irja apagó el cigarro en la mesa–. Se está acercando. Cada día más, lo siento. Hay mañanas en que noto sus manos alrededor del cuello.

Katrine estuvo a punto de decirle que eso se llamaba paranoia, y que era compañera inevitable de la heroína. Pero, de repente, no se sentía tan segura. Y cuando la voz de Irja resonó como un simple murmullo, mientras escudriñaba los rincones con la mirada perdida, también ella lo sintió: la mano alrededor del cuello.

–Tenéis que encontrarlo. Por favor. Antes de que él me encuentre a mí.

Anton Mittet miró el reloj. Las seis y media. Bostezó. Mona se había pasado varias veces a ver al paciente con uno de los médicos. Por lo demás, no había pasado nada. Estando allí sentado tenía mucho tiempo para pensar. Demasiado, en realidad. Porque, al cabo de un rato, los pensamientos tenían la tendencia de volverse negativos. Y eso habría estado bien si él hubiera podido hacer algo para arreglar lo negativo. Pero no podía cambiar lo del caso Drammen, sobre la decisión de no hablar de la porra que encontró aquel día en el bosque, al pie del lugar del crimen. Tampoco podía volver atrás en el tiempo y deshacer lo hecho todas las veces que había hecho daño a Laura. Ni repetir la primera noche con Mona. Ni la segunda tampoco.

Se sobresaltó. ¿Qué había sido aquello? ¿Un ruido? Sonaba como si viniera de lejos, del fondo del pasillo. Prestó mucha atención. Ahora no se oía nada. Pero se había oído algo y, aparte de los sonidos recurrentes del monitor cardíaco del paciente, no *tenía que haber* ningún otro sonido.

Anton se levantó en silencio, soltó la correa que sujetaba la empuñadura del arma reglamentaria, sacó la pistola. Le quitó el seguro. *A ese tío no le puedes quitar ojo, Anton.*

Esperó, pero no apareció nadie. Así que echó a andar por el pasillo. Tiró del picaporte de todas las puertas a medida que avanzaba, pero estaban cerradas, como tenía que ser. Dobló la esquina, vio cómo se extendía el pasillo. Todo estaba iluminado, y allí no había nadie. Se detuvo otra vez y aguzó el oído. Nada. No habría sido nada. Se guardó otra vez la pistola en la funda.

¿Que no había sido nada? Pues claro que sí. *Algo* había generado en el aire unas ondas que habían alcanzado la sensible membrana de su oído, la habían agitado solo un poco, pero lo suficiente para que los nervios lo percibieran y enviaran la señal al cerebro. Era un hecho como cualquier otro. Pero claro, podrían haberlo provocado mil cosas. Un ratón o una rata. Una bombilla que se hubiera roto con un estallido. La temperatura, que, al caer por la noche, hacía que se contrajese la madera del edificio. Un pájaro, que se hubiera estrellado contra una de las ventanas.

Solo entonces —cuando ya se había tranquilizado—, se dio cuenta de lo mucho que se le había acelerado el pulso. Debería volver a entrenar. Ponerse en forma. Recuperar el tipo, aquel tipo que, en realidad, *era él*.

Estaba a punto de regresar cuando se le ocurrió que, ya que estaba allí, bien podía ponerse un café. Se encaminó a la máquina roja y puso boca abajo la caja de las cápsulas. Y de ella cayó una única cápsula de color verde donde se leía «Fortissio Lungo». Entonces se le ocurrió la idea. ¿Podría proceder el ruido de alguien que se hubiera colado allí para robarles el café? Aquella caja estaba llena el día anterior… Colocó la cápsula en la máquina, pero de pronto notó que estaba perforada. O sea, que la habían utilizado. No, qué va, cuando se usaba, quedaba aplastada y se quedaban en la tapa unas marcas. Puso en marcha la máquina. Empezó el zumbido, y entonces cayó en la cuenta de que, los próximos veinte minutos, ese sonido acallaría todos los demás sonidos más o menos débiles. Dio dos pasos atrás, para no estar tan cerca de la fuente del ruido.

Una vez llena la taza, se quedó mirando el café. Negro y con una pinta estupenda, la cápsula estaba nueva.

Cuando la última gota cayó en la taza, creyó oírlo otra vez. Un ruido. El mismo ruido. Pero, en esta ocasión, por el otro lado, cerca de la habitación del paciente. ¿Se le había pasado algo por el camino? Anton se pasó la taza a la mano izquierda y volvió a sacar la

125

pistola. Volvió con paso largo y firme. Trataba de mantener derecha la taza sin mirarla, pero notaba cómo le chorreaba por los dedos el café ardiendo. Dobló la esquina. Nadie. Respiró hondo. Continuó hacia la silla. Estaba a punto de sentarse. Cuando se quedó de una pieza. Se acercó a la puerta del paciente, la abrió.

Era imposible verlo, el edredón se lo impedía.

Pero la señal del monitor se oía perfectamente, y se veía la línea que se deslizaba de izquierda a derecha en la pantalla verde, y daba un saltito cada vez que pitaba.

Iba a cerrar la puerta.

Pero algo lo hizo cambiar de idea.

Entró, dejó la puerta abierta, rodeó la cama.

Miró la cara del paciente.

Era él.

Frunció el ceño. Se inclinó sobre la boca. ¿No respiraba?

Sí, claro que sí, acababa de notarlo. El movimiento del aire y ese olor tibio y dulzón, que se debería a los medicamentos.

Anton Mittet volvió a salir. Cerró la puerta. Miró el reloj. Se tomó el café. Volvió a mirar el reloj. Se dio cuenta de que estaba contando los minutos. Que quería que aquella guardia se terminara lo antes posible.

—Estupendo que haya accedido a hablar conmigo —dijo Katrine.

—¿Que haya accedido? —dijo el vigilante—. La mayoría de los tíos de esta sección habrían dado la mano derecha por pasar unos minutos a solas con una mujer. Rico Herrem es un presunto violador, ¿estás segura de que no quieres que haya nadie más contigo?

—Creo que sé cuidarme sola.

—Eso mismo dijo la dentista. Pero bueno, por lo menos tú llevas pantalones.

—¿Cómo?

—Ella llevaba falda y medias. Colocó a Valentin en la silla de dentista cuando no había vigilancia. Y te puedes imaginar…

Katrine trató de imaginárselo.

126

–Pagó caro vestirse como… Bueno, pues aquí estamos. –Abrió con la llave la puerta de la celda–. Estaré aquí fuera, si pasa algo, llámame.

–Gracias –dijo Katrine, y entró.

El hombre de la calva colorada estaba sentado ante el escritorio dando vueltas en la silla giratoria.

–Bienvenida a mi humilde morada.

–Gracias –dijo Katrine.

–Siéntate aquí. –Rico Herrem le pasó la silla, retrocedió y se sentó en el borde de la cama, que estaba hecha. Una buena distancia. Katrine se sentó, notó el calor de su cuerpo en el asiento. Katrine acercó un poco la silla y él se sentó más en el centro de la cama, y Katrine pensó que tal vez fuera uno de esos que tenían miedo de las mujeres. Que por eso no las violaba, solo las miraba. Se exhibía delante de ellas. Las llamaba por teléfono y les decía todo lo que le apetecía hacerles, pero que, naturalmente, jamás se atrevería a hacer. La lista de pecados de Rico Herrem daba más asco que miedo.

–Cuando me iba, decías a gritos que Valentin no está muerto –dijo, y se inclinó un poco hacia delante. Él retrocedió un poco más. Su lenguaje corporal era defensivo, pero la sonrisa seguía siendo la misma, descarada, llena de odio, indecente.

–¿Qué querías decir?

–¿Tú qué crees, Katrine? –Voz nasal–. Pues que está vivo.

–A Valentin Gjertsen lo encontraron muerto aquí, en la cárcel.

–Eso es lo que creen todos. ¿Te ha contado el vigilante que está ahí fuera lo que le hizo Valentin a la dentista?

–Algo de una falda y unas medias. Se ve que a vosotros esas cosas os ponen calientes.

–A Valentin lo ponen caliente. Y lo digo literalmente. La dentista venía dos días por semana. En aquel entonces, muchos se quejaban de dolor de muelas. Valentin usó uno de sus taladros para obligarla a quitarse las medias y ponérselas en la cabeza. Se la folló en la silla de dentista. Pero, tal y como él explicó después: «Es que se quedó allí como una res en el matadero». Se ve que no le habían dado muy buenos consejos sobre cómo actuar en caso de que ocurriera algo. Así que Valentin cogió el encendedor y, bueno, le prende fuego a las medias. ¿Has visto cómo se derrite el nailon cuando se quema? Se puso a chillar como una condenada. Gritos y alaridos salvajes, ¿sabes? El olor a cara quemada en el nailon tardó semanas en desaparecer de las paredes. No sé qué habrá sido de ella, pero yo creo que ya no tiene que temer que vayan a violarla otra vez.

Katrine se lo quedó mirando. Calvorota, pensó. Uno de esos que se ha llevado tantos palos en la vida que la sonrisita se ha convertido en una defensa automática.

—Si Valentin no ha muerto, ¿dónde está? —preguntó.

Sonrió aún con más ganas. Y se tapó las rodillas con el edredón.

—Rico, si estoy perdiendo el tiempo, te agradecería que me avisaras —dijo Katrine con un suspiro—. He pasado tanto tiempo en psiquiátricos que los locos me aburren. ¿Vale?

—Pero no creerás que voy a facilitarte gratis esa información, ¿verdad, agente?

—El título es investigador especial. ¿Cuánto cuesta? ¿Reducción de la condena?

—Salgo la semana que viene. Quiero cincuenta mil coronas.

Katrine se echó a reír con toda el alma. Y vio cómo se le inundaba la mirada de rabia.

—Pues entonces hemos terminado —dijo, y se levantó.

—Treinta mil —dijo Rico Herrem—. Estoy sin blanca y, cuando salga, necesito un billete de avión que me lleve lejos de aquí.

Katrine negó con un gesto.

—En la policía pagamos a los soplones solo cuando se trata de información que arroja nueva luz sobre un caso. Sobre un caso *de los grandes.*

—¿Y si este es de esos?

—Aun así, tendría que hablar con mi jefe. Pero yo creía que tú querías contarme algo, no he venido a negociar con aquello que no tengo. —Se fue hacia la puerta y levantó el puño para llamar.

—Espera —dijo el de la calva colorada. Con la voz apagada. Ya se había tapado con el edredón hasta la barbilla.

—Puedo contarte una cosa…

—Yo no tengo nada que darte a cambio, ya te lo he dicho. —Katrine llamó a la puerta.

—¿Sabes lo que es esto? —El hombre sostenía en la mano un instrumento de color cobre que hizo que a Katrine se le parase el corazón un instante. Porque lo que ella había tomado durante un nanosegundo por la empuñadura de una pistola era un aparato para hacer tatuajes, y lo que tomó por el cañón, era el tubo al final del cual sobresalía la aguja.

—Yo soy el tatuador de este establecimiento —dijo—. Y además, de puta madre. Y supongo que sabes cómo identificaron el cadáver que encontraron aquí, ¿verdad?

Katrine se lo quedó mirando. Aquellos ojos entornados, llenos de odio. Los labios finos, húmedos. La piel rojiza que brillaba bajo el escaso cabello. El tatuaje. La cara del demonio.

—Sigo sin tener nada que ofrecerte, Rico.

—Si pudieras… —Hizo una mueca.

—¿Sí?

—Si te desabrocharas un poco la blusa, para que pudiera verte…

Katrine miró hacia abajo con escepticismo.

—¿Te refieres a estas?

Cuando se sujetó los pechos con las manos, casi notó el calor que irradiaba el cuerpo del hombre que estaba en la cama.

Oyó el ruido de las llaves al otro lado de la puerta.

—Guardia —dijo en voz alta, sin apartar la vista de Rico Herrem—. Danos unos minutos más, por favor.

El bocado de Adán que tenía enfrente parecía un alien diminuto que subía y bajaba por el cuello tratando de salir.

—Continúa —dijo Katrine.

—No antes de que…

—Esta es la oferta. La blusa se queda como está. Pero me apretaré un pezón para que veas cómo se pone duro. Si lo que me cuentas vale la pena…

—¡Sí!

—Si te tocas tú, no hay trato, ¿vale?

—Vale.

—Venga, pues cuenta.

—Yo fui el que le tatuó la cara del demonio en el pecho.

—¿Aquí? ¿En la cárcel?

Rico sacó un papel de debajo del edredón.

Katrine se le acercó un poco.

—¡Para!

Ella se detuvo. Lo miró. Levantó la mano derecha. Se buscó el pezón bajo la fina tela del sujetador. Lo cogió entre el índice y el pulgar. Apretó. No trató de hacer caso omiso del dolor, al contrario. Se quedó así. Encorvó la espalda. Sabía que la sangre acudía al pezón. Que ahora le había aflorado a la superficie. Dejó que él lo viera. Oyó que aumentaba la frecuencia de su respiración.

Él le alargó el folio y ella lo agarró enseguida. Se sentó en la silla.

Era un dibujo. Y Katrine lo reconoció por la descripción del vigilante. La cara del demonio. Alargada hacia los lados, como si tuviera unos ganchos que le tirasen de las mejillas y la frente. Como si gritara de dolor, como si gritara para liberarse.

—Yo creía que se trataba de un tatuaje que Valentin tenía desde mucho antes de morir —dijo.

—Yo no diría eso, precisamente…

—¿Qué quieres decir? —Katrine examinaba las líneas del dibujo.

—Pues que ese tatuaje es de después de que hubiera muerto.

Ella levantó la vista. Se fijó en la mirada, aún clavada en la blusa.

—¿Le hiciste el tatuaje a Valentin *después* de muerto? ¿Es eso lo que estás diciendo?

—¿Es que estás sorda, Katrine? Que Valentin no está muerto.

—Pero… ¿quién…?

—Dos botones.

—¿Qué?

—Desabróchate dos botones.

Katrine se desabrochó tres. Se apartó un poco la blusa. Lo dejó ver el sujetador, y el pezón todavía duro.

—Judas. —Estaba susurrando, pero se le quebraba la voz—. Tatué a

Judas. Estuvo tres días en la maleta de Valentin. En la maleta simplemente, ¿te imaginas?

—¿Judas Johansen?

—Todo el mundo creía que se había fugado, pero Valentin se lo había cargado y lo había escondido en la maleta. Nadie busca a un hombre en una maleta, ¿no? Valentin lo hizo papilla, hasta el punto de que incluso yo me preguntaba si de verdad era Judas. Carne picada. Podía haber sido cualquiera. Lo único que quedaba más o menos entero era el pecho, donde yo debía hacerle el tatuaje.

—Judas Johansen. El cadáver que encontraron era el suyo.

—Y ahora que te lo he dicho, yo también soy hombre muerto.

—Pero ¿por qué mató a Judas?

—Aquí todo el mundo odiaba a Valentin. Por haberse pasado diez años abusando de niñas. Luego fue lo de la dentista. Aquí les gustaba a muchos. Incluso a algunos de los vigilantes. Era solo cuestión de tiempo que sufriera un oportuno accidente… Una sobredosis. A lo mejor parecía que se había suicidado… Así que tomó medidas.

—Pero podría haber huido simplemente, ¿no?

—Lo habrían encontrado. Tenía que conseguir que pareciera que estaba muerto.

—Y, para eso, el bueno de Judas le resultó…

—Útil. Valentin no es como nosotros, Katrine.

Katrine no se dio por enterada de aquel «nosotros» en plural sociativo.

—¿Y por qué querías contarme todo esto? Después de todo, fuiste cómplice suyo.

—Solo he tatuado a un muerto en mi vida. Pero la cuestión es que tenéis que coger a Valentin.

—¿Por qué?

La calva colorada cerró los ojos.

—He soñado tanto últimamente, Katrine… Está en camino. Está a punto de volver al mundo de los vivos. Pero antes tiene que deshacerse de todo lo anterior. De todo lo que le estorba. De todos los que lo saben. Y yo soy uno de ellos. La semana que viene salgo de aquí. Tenéis que cogerlo…

–… antes de que te coja él –concluyó Katrine, y se quedó mirando fijamente al hombre que tenía delante. Es decir, se quedó mirando un punto en el aire, justo delante de su frente. Porque era como si ahí, precisamente, se estuviera desarrollando la escena que Rico acababa de desvelarle y en la que él tatuaba el cadáver de un preso que llevaba tres días muerto. Y aquello era tan inquietante que no se percató de ninguna otra cosa, ni oyó ni vio nada. Hasta que no notó una gota diminuta que le salpicaba en la garganta. Oyó el ronroneo de Rico y miró hacia abajo. Entonces se levantó de un salto. Fue dando trompicones hasta la puerta y sintió que iba a vomitar.

Anton Mittet se despertó.

El corazón le latía con violencia y le faltaba el aire.

Parpadeó desconcertado hasta que consiguió enfocar la vista.

Miró el pasillo blanco que se extendía ante él. Seguía sentado en la silla, con la cabeza apoyada en la pared. Se había dormido. Se había dormido estando de servicio.

Eso no le había ocurrido nunca. Levantó la mano izquierda. Era como si pesara veinte kilos. ¿Y por qué le latía así el corazón, como si hubiera corrido media maratón?

Miró el reloj. Las once y cuarto. ¡Había estado durmiendo más de una hora! ¿Cómo era posible? Notó que el corazón se le iba serenando poco a poco. Debía de ser por todo el estrés de las últimas semanas. Las guardias, la alteración del ritmo diario. Laura y Mona.

¿Qué lo habría despertado? ¿Otra vez el ruido?

Prestó atención.

Nada, salvo un vibrante silencio. Y ese vago recuerdo del sueño de que el cerebro había registrado algo que le resultaba inquietante. Era como cuando dormía en la casa de Drammen, junto al río. Sabía que, justo debajo de su ventana abierta, pasaban los barcos de motor con aquel traqueteo rabioso e incesante, pero el cerebro no lo registraba. En cambio, se levantaba de un salto si la puerta del dormitorio emitía un crujido apenas perceptible. Laura decía que aquello había empezado a pasarle después del caso Drammen, René Kalsnes, el joven que habían encontrado junto al río.

Cerró los ojos. Volvió a abrirlos de par en par. Madre mía, ¡había estado a punto de dormirse otra vez! Se levantó. Fue tal el mareo que tuvo que sentarse otra vez. Parpadeó unas cuantas veces. Vaya niebla puñetera que se le había extendido como una membrana sobre los sentidos.

Dirigió la vista a la taza de café vacía que estaba al lado de la silla. Tendría que ir a prepararse un expreso doble. No, mierda, si no quedaban más cápsulas... Tendría que llamar a Mona y pedirle que le llevara una taza, ya no faltaba tanto para su próxima visita. Cogió el teléfono. La tenía grabada como GAMLEM-CONTACTO RIKSHOSPITALET. Una medida de seguridad pura y dura, por si a Laura se le ocurría comprobar la lista de llamadas de su móvil y descubría cuántas había a aquel número. Los mensajes los borraba sobre la marcha, naturalmente. Anton Mittet estaba a punto de pulsar el botón de «Llamada» cuando su cerebro logró identificarlo.

El sonido que faltaba. El crujido en la puerta del dormitorio.

Era el silencio.

Era el hecho de que el sonido *no* se oyera lo que no encajaba.

El pitido del sonar. El sonido de la máquina que registraba los latidos.

Anton se levantó. Se acercó tambaleándose a la puerta, la abrió de un tirón. Trató de despejarse parpadeando una y otra vez. Se quedó mirando fijamente el brillo verdoso de la pantalla del aparato. La línea recta y muerta que la atravesaba de un lado a otro.

Se acercó corriendo a la cama. Observó aquella cara pálida.

Oyó el ruido de unos pasos presurosos que se acercaban por el pasillo. Debió de saltar una alarma en la sala de vigilancia cuando la máquina dejó de registrar los latidos. Anton le puso al hombre la mano en la frente por instinto. Todavía estaba caliente. Aun así, había visto lo suficiente como para estar seguro. El paciente estaba muerto.

Tercera parte

11

El entierro del paciente fue un asunto breve y eficaz, con poquísima asistencia. El pastor ni siquiera tuvo que insinuar que el hombre del ataúd había sido un ser muy querido, que había llevado una vida ejemplar o que tenía buenas calificaciones para el Paraíso. Por eso habló directamente de Jesús, que había dado vía libre a todos los pecadores.

No había personas suficientes ni para llevar el ataúd, que se quedó delante del altar mientras los presentes salían bajo la nevada que caía delante de la iglesia de Vestre Aker. La mayor parte de los que habían acudido –cuatro, exactamente– eran policías, que se metieron en el mismo coche y se fueron al bar Justisen, que acababa de abrir, y donde los aguardaba un psicólogo. Se sacudieron la nieve de las botas, pidieron una cerveza y cuatro botellines de agua que ni estaba más limpia ni tenía mejor sabor que la que salía de los grifos de Oslo. Brindaron, maldijeron al muerto, según la costumbre, y bebieron.

–Murió prematuramente –dijo el jefe de Delitos Violentos, Gunnar Hagen.

–Pero no tan prematuramente –dijo la jefe de la Científica, Beate Lønn.

–Ojalá arda mucho y muy seguido –dijo el técnico criminalista pelirrojo de la cazadora de ante con flecos, Bjørn Holm.

–Como psicólogo, os daré el diagnóstico de personas que sufren falta de conexión con sus propios sentimientos… –dijo Ståle Aune, y alzó el vaso de cerveza.

—Gracias, doctor, pero el diagnóstico es *policía* —dijo Hagen.

—¿La autopsia? —preguntó Katrine—. No sé si lo pillé todo.

—Murió de infarto cerebral —dijo Beate—. Apoplejía. Cosas que pasan.

—Pero si había despertado del coma… —dijo Bjørn Holm.

—Algo que puede pasarnos a todos en cualquier momento —dijo Beate en voz baja.

—Pues muchas gracias —dijo Hagen con una sonrisita—. Bueno, y ya que hemos acabado con el muerto, propongo que miremos al futuro.

—La capacidad de superar los traumas con rapidez caracteriza a las personas con escasa inteligencia. —Aune tomó un trago de cerveza—. Para que lo sepáis.

Hagen descansó la mirada un instante en la persona del psicólogo, antes de continuar:

—Me ha parecido bien que nos viéramos aquí, y no en la Casa.

—Sí, pero, en realidad, ¿qué hacemos aquí? —dijo Bjørn Holm.

—Para hablar de los asesinatos de los policías. —Se volvió—. ¿Katrine?

Katrine Bratt asintió. Carraspeó un poco.

—Un breve resumen, para que nuestro psicólogo también esté al corriente. Han asesinado a dos policías. Y a los dos en lugares donde se habían cometido asesinatos no resueltos y en cuya investigación ellos participaron. Por lo que a los asesinatos de los policías se refiere, no tenemos, hasta ahora, ni pistas, ni sospechosos ni ningún punto de partida en cuanto al posible móvil. Por lo que se refiere a los asesinatos antiguos, hemos partido de la base de que estaban relacionados con un delito sexual en los que se encontraron algunos rastros, ninguno de los cuales señalaron a ningún sospechoso en concreto. Es decir, hemos interrogado a varios, pero al final ha habido que descartarlos, bien porque tenían coartada o bien porque no encajaban en el perfil. Sin embargo, uno de esos sospechosos ha visto renovada su candidatura recientemente…

Sacó algo del bolso y lo puso encima de la mesa, para que pudieran verlo todos. Era la fotografía de un hombre con el torso desnudo. La fecha y el número indicaban que era una fotografía tomada en la cárcel por la policía.

—Este es Valentin Gjertsen. Delitos sexuales. Hombres, mujeres y niños. La primera denuncia es de cuando tenía dieciséis años, estuvo toqueteando a una niña de nueve años a la que se llevó engañada en un bote de remos. Al año siguiente, la vecina lo denunció por haber intentado violarla en el lavadero de la comunidad, que estaba en el sótano.

—¿Y qué lo vincula a Maridalen y a Tryvann? —preguntó Bjørn Holm.

—Hasta ahora, solo que el perfil coincide, y que la mujer que le proporcionó la coartada para los dos asesinatos nos ha contado que era falsa en ambos casos. Que dijo lo que él le pidió que dijera.

—Valentin le dijo que la policía trataba de conseguir que lo condenaran, a pesar de que era inocente —dijo Beate Lønn.

—Ajá —dijo Hagen—. O sea que puede haber motivos para odiar a los policías. ¿Qué dices tú, doctor? ¿No te parece posible?

Aune saboreó aquello sonoramente.

—Por supuesto. Pero la regla general por la que yo me guío en lo que a la psique humana se refiere es que todo, absolutamente todo aquello que puede imaginarse, es posible. Además de alguna que otra cosa inimaginable.

—Mientras Valentin Gjertsen cumplía la condena por agresión a menores, violó y agredió a una dentista en Ila. Temía la posible venganza y decidió que debía largarse. Huir de Ila no supone mayor dificultad, que digamos, pero Valentin quería que pareciera que había muerto, para que nadie fuera en su busca. Así que mató a otro preso, Judas Johansen, lo apaleó hasta dejarlo irreconocible y escondió el cadáver; al ver que Judas no se presentaba a revista, lo dieron por huido. Luego, Valentin amenazó al tatuador local para que reprodujera el tatuaje de la cara del demonio que él tenía en la única parte del cuerpo de Judas que había quedado entera, el pecho. Le promete al tatuador y a su familia una muerte pronta si un día se le ocurre contárselo a alguien y, la noche en que él mismo se da a la fuga, le puso su ropa a Judas Johansen, lo tumbó en el suelo de su celda, dejó la puerta abierta, de modo que cualquiera habría podido entrar. Cuando encontraron el cadáver a la mañana siguiente, creyeron que era Valentin y a nadie le sorprendió, era un asesinato esperado, era el preso más odiado de la sección. Así que ni se plantearon comprobar las huellas, y mucho menos hacer una prueba de ADN.

Se hizo el silencio un rato alrededor de la mesa. Otro cliente entró con la idea de sentarse a la mesa vecina, pero una mirada de Hagen lo animó a buscar un sitio más al interior del local.

—O sea, lo que estás diciendo es que Valentin se ha escapado y está vivo y coleando —dijo Beate Lønn—. Que está detrás de los primeros asesinatos y también de los asesinatos de los policías. Y que el móvil de estos últimos es su deseo de vengarse de los policías en general. Que utiliza los escenarios antiguos para cobrarse esa venganza. Pero ¿de qué quiere vengarse exactamente? ¿De que la policía haga su trabajo? Porque, de ser así, no quedaríamos muchos con vida.

—No estoy segura de que el objetivo sean policías en general —dijo Katrine—. El vigilante me dijo que en Ila recibieron la visita de dos policías que estuvieron hablando con algunos de los internos sobre los asesinatos de las niñas de Maridalen y Tryvann. Que hablaron con los asesinos corrientes y que tenían más cosas que contar que preguntas que hacer. Señalaron a Valentin como... —Katrine tomó aire— follaniñas.

Vio que todos se sobresaltaban, incluso Beate Lønn. Era curioso cómo una palabra podía surtir más efecto que las peores fotografías de escenarios del crimen.

—Y si eso no era sentenciarlo a muerte directamente, no estaba muy lejos.

—¿Y esos policías eran...?

—El vigilante con el que hablé no lo recuerda, y sus nombres no figuran en ninguna parte, pero es fácil adivinarlo.

—Erlend Vennesla y Bertil Nilsen —dijo Bjørn Holm.

—Empieza a formarse una imagen, ¿no os parece? —dijo Gunnar

140

Hagen—. Ese tal Judas sufrió la misma violencia física extrema que vimos en los asesinatos de los policías. ¿Doctor?

—Sí, claro —dijo Aune—. Los asesinos son animales de costumbres que se atienen a métodos de asesinato seguros. O siempre al mismo método, para dar rienda suelta al odio.

—Pero en el caso de Judas, tenía una intención muy concreta —dijo Beate—. Camuflar la fuga.

—Si es que fue así como ocurrió —dijo Bjørn Holm—. No puede decirse que el interno con el que habló Katrine sea el testigo más fiable del mundo.

—No —dijo Katrine—. Pero desde luego yo sí lo creo.

—¿Por qué?

Katrine sonrió a medias.

—¿Qué era lo que solía decir Harry? La intuición no es más que la suma de un montón de detalles concretos a los que el cerebro no ha podido poner nombre todavía.

—¿Por qué no exhumar el cadáver para comprobarlo? —preguntó Aune.

—Adivínalo —dijo Katrine.

—¿Incinerado?

—Valentin había hecho testamento la semana anterior, y en él disponía que debían incinerarlo sin la menor dilación.

—Y luego nadie supo nada de él —dijo Holm—. Hasta que mató a Vennesla y a Nilsen.

—Esa es la hipótesis que me ha presentado Katrine, sí —dijo Gunnar Hagen—. Por ahora es una hipótesis osada, por decirlo suavemente, pero, después de todo el tiempo que nuestro grupo invierte en llegar a alguna parte con otras hipótesis, me apetece darle una oportunidad a esta. Por eso os he reunido hoy aquí. Quiero que constituyáis una unidad especial y que sigáis esa… línea. El resto se lo dejáis al grupo más numeroso. Si aceptáis la misión, debéis informarme a mí y… —Le dio un golpe de tos, breve y áspera, como un disparo— a nadie más.

—Ya —dijo Beate—. ¿Quiere eso decir…?

—Sí, quiere decir que trabajáis en secreto.

—¿Secreto para quién? —preguntó Bjørn Holm.

—Para todos —dijo Hagen—. Absolutamente para todo el mundo, menos para mí.

Ståle Aune carraspeó un poco.

—¿Y para quién en particular?

Hagen enrollaba entre el índice y el pulgar un extremo de la bufanda. Tenía los párpados medio caídos, como un lagarto a plena luz del sol.

—Bellman —declaró Beate—. El jefe provincial.

Hagen hizo un gesto de resignación.

—Lo único que quiero son resultados. Cuando Harry aún estaba entre nosotros, aquel grupo reducido e independiente fue un éxito. Pero el jefe provincial ha dicho aquí estoy yo. Quiere un grupo numeroso. Puede que esto parezca un poco a la desesperada, pero ese grupo sufre sequía de ideas, y es que *tenemos que* coger a ese matarife de policías. De lo contrario, todo se vendrá abajo. Si llegara a producirse una confrontación con el jefe provincial, yo asumiré toda la responsabilidad, como es lógico. En ese caso le diría que no os había informado de que él no estaba al corriente de la existencia del grupo. Sin embargo, comprendo perfectamente en qué situación os estoy poniendo, así que sois libres de participar o no.

Katrine notó que tanto ella como los demás dirigían la vista a Beate Lønn. Todos sabían que aquello dependía principalmente de ella. Si ella entraba, ellos entrarían. Si decía que no…

—La cara de demonio que tenía en el pecho —dijo Beate. Había cogido la fotografía de la mesa y estaba examinándola—. Parece la cara de alguien que lucha por salir. De la cárcel. De su propio cuerpo… O de su propio cerebro. Exactamente igual que el Muñeco de Nieve. A lo mejor es uno de ellos. —Los miró a todos. Sonrió fugazmente—. Entro.

Hagen miró a los demás. Todos fueron asintiendo brevemente.

—Perfecto —dijo Hagen—. Yo dirigiré el grupo de investigación ordinario como hasta ahora, mientras que Katrine se encargará de este. Dado que ella pertenece al distrito policial de Bergen y Hordaland, desde un punto de vista formal no tenéis que informar al jefe provincial de la policía de Oslo.

—Trabajamos para Bergen —dijo Beate—. Pues sí, ¿por qué no? ¡Un brindis! ¡Por Bergen!

Todos alzaron la copa.

Ya estaban en la acera, delante del Justisen, cuando empezó a caer una fina lluvia que reforzó el olor a grava, gasolina y asfalto.

—Permitidme que aproveche para daros las gracias por haberme llamado otra vez —dijo Ståle Aune, y se abrochó el abrigo Burberry.

—Los invencibles cabalgan de nuevo —sonrió Katrine.

—Esto va a ser exactamente igual que antes —dijo Bjørn, y se dio en el estómago una palmadita de satisfacción.

—Casi —dijo Beate—. Falta uno.

—¡Oye! —dijo Hagen—. ¿No habíamos quedado en que no hablaríamos más de él? Ya no está, y punto.

—Nunca estará del todo ausente, Gunnar.

Hagen suspiró. Miró al cielo. Se encogió de hombros.

—Puede que no. Una estudiante de la Escuela Superior de Policía que estuvo de guardia en el Rikshospitalet me preguntó si había algún asesinato que Harry Hole *no* hubiera resuelto. Primero pensé que sería curiosidad, porque se trataba de una persona cerca de la cual ella pasaba parte de su tiempo. Respondí que el caso de Gusto Hansen nunca se resolvió. Y hoy he oído que alguien ha llamado a mi secretaria, era de la Escuela Superior de Policía y le han pedido copias de los documentos de ese caso, precisamente. —Hagen sonrió tristón—. A lo mejor se convierte en una leyenda, después de todo.

—A Harry lo recordaremos siempre —dijo Bjørn Holm—. Insuperable, inigualable.

—Puede —dijo Beate—. Pero los cuatro que estamos aquí no andamos muy lejos que digamos, ¿no?

Se miraron. Asintieron. Se despidieron con un apretón de manos firme y breve y se alejaron del lugar poniendo rumbo a tres puntos cardinales distintos.

12

Mikael Bellman vio la figura por encima del punto de mira de la pistola. Guiñó un ojo hasta la mitad, presionó despacio el gatillo mientras notaba cómo le latía el corazón. Lenta pero pesada, notó la sangre bombeándole en las yemas de los dedos. Aquel ser no se movía, esa era la sensación, ni más ni menos. Puesto que él mismo estaba inmóvil. Dejó el gatillo, tomó aire, enfocó de nuevo. Localizó otra vez a la figura en el punto de mira. Disparó. Vio que la figura se estremecía. Se estremecía como tenía que ser. Caía muerta. Mikael Bellman sabía que le había dado un tiro en la cabeza.

—Trae el cadáver para que le hagamos la autopsia —gritó, y bajó la Heckler & Koch P30L. Se quitó los cascos y las gafas protectoras. Oyó el zumbido eléctrico y cómo resonaba el cable y vio que la figura se acercaba hacia ellos balanceándose. A medio metro de él se paró de golpe.

—Bien —dijo Truls Berntsen, soltó el interruptor y el zumbido cesó.

—Bastante bien —dijo Mikael, examinando los agujeros que la diana de papel presentaba en el torso y en la cabeza. Señaló la diana de la pista contigua, que tenía la cabeza destrozada—. Pero no tanto como el tuyo.

—Lo bastante bien como para superar la prueba. Dicen que este año ha fallado un diez coma dos por ciento. —Truls cambió su diana con pericia, pulsó el interruptor y un nuevo blanco se deslizó hacia atrás con un soniquete. Se detuvo al llegar a la plancha de metal salpicada de manchas verdes que había al fondo, a unos veinte metros. Varias pistas más allá, a la izquierda, Mikael oyó a unas mujeres que reían alegremente. Vio a dos jóvenes que cuchicheaban mirando hacia ellos. Seguramente serían estudiantes de la Escuela Superior de Policía, que lo habían reconocido. Allí dentro todos los sonidos tenían su propia frecuencia e incluso durante el disparo, Mikael era capaz de oír el latigazo contra el papel y el impacto del plomo en la plancha de metal. Seguido de ese clic metálico que producía la bala al caer en la caja que había debajo de la diana, y que recogía los proyectiles aplastados.

—En la práctica, más del diez por ciento de los miembros del cuerpo son incapaces de defenderse o de defender a otros. ¿Qué tiene que decir al respecto el jefe provincial?

—No todos los policías pueden practicar tiro tanto como tú, Truls.

—O sea, no todos disponen de tanto tiempo, ¿verdad?

Truls rió con aquel gruñido suyo tan irritante mientras Mikael Bellman contemplaba a su subordinado y amigo de la infancia. Aquellos dientes equinos, colocados como al azar, que sus padres nunca se habían preocupado por arreglar, aquellas encías rojas. Todo seguía igual en apariencia y, sin embargo, algo había cambiado. Sería por el corte de pelo que acababa de darse. ¿O sería por la suspensión? Ese tipo de cosas afectaban incluso a aquellos que no eran muy sensibles. Puede que precisamente más a ellos, que no tenían costumbre de airear sus sentimientos continuamente, que se lo guardaban todo y esperaban que se les pasara con el tiempo. Ese era el tipo de personas que podían venirse abajo. Que podían pegarse un tiro en la sien.

Pero Truls parecía satisfecho. Se reía sin parar. En una ocasión, cuando eran jóvenes, Mikael le hizo saber a Truls que su forma de reír sacaba de quicio a la gente. Que debería cambiarla. Practicar una risa más normal, más simpática. Y Truls se rió con más ganas todavía. Y señaló a Mikael con el dedo. Lo señaló sin decir una palabra, solo con el resoplido insoportable de aquella risa.

—¿No me vas a preguntar por el tema? —dijo Truls mientras metía los cartuchos en el cargador.

—¿Qué tema?

—El dinero que tengo en mi cuenta.

Mikael cambió de pie.

—¿Por eso me has invitado a venir aquí? ¿Para que te preguntara por el dinero?

—¿No quieres saber de dónde salió?

—¿Por qué iba a darte la tabarra con eso ahora?

—Eres el jefe provincial de la policía.

—Y tú has tomado la decisión de no decir nada. Yo creo que es una tontería por tu parte, pero lo respeto.

—¿Seguro? —Truls encajó los cartuchos en su sitio—. ¿O no me das la tabarra porque ya sabes de dónde salió, Mikael?

Mikael Bellman miró a su amigo de la infancia. Y entonces lo vio. Vio qué era lo que había cambiado. Era ese fulgor enfermizo. El que recordaba de su juventud, el mismo que siempre aparecía cuando se enfadaba, cuando los chicos mayores de Manglerud iban a apalear a Mikael, aquel guaperas tan bocazas que le había robado a Ulla, y que no tenía más remedio que mandar primero a Truls. Azuzar contra ellos a la hiena. Aquella hiena sarnosa y apaleada que tantas palizas llevaba en el cuerpo. Tantas que una más no se notaba. Pero, tal y como comprobaron después, apalearla dolía más de lo que valía la pena. Porque cuando a Truls le afloraba aquel fulgor en los ojos, aquel brillo de hiena, significaba que estaba dispuesto a morir, que si te hincaba el diente, estaba dispuesto a no soltarte nunca en la vida. Mordería y cerraría las mandíbulas hasta que uno estuviera dispuesto a arrodillarse o a dejar que te arrancara el bocado. Con el correr de los años, cada vez pasaba más tiempo entre los episodios en los que Mikael detectaba aquel fulgor. La vez anterior fue, naturalmente, el día que se emplearon a fondo con aquel marica en el garaje. Y ahora, últimamente, cuando Mikael le comunicó la suspensión. Pero el cambio radicaba en que ese fulgor ya no desaparecía. Seguía allí continuamente, como una fiebre.

Mikael meneó despacio la cabeza, como sin dar crédito.

—Pero, Truls, ¿de qué me estás hablando?

—Puede que el dinero procediera de ti indirectamente. Puede que fueras tú quien me estuviera pagando todo el tiempo. Puede que fueras tú quien puso a Asáiev en mi camino.

—Truls, yo creo que has respirado más pólvora de la cuenta. Yo nunca tuve nada que ver con Asáiev.

—¿Por qué no le preguntamos?

—Rudolf Asáiev está muerto, Truls.

—Sí, muy oportuno, ¿verdad? Que todos los que podían contarlo terminaran muertos.

Todos, pensó Bellman. Menos tú.

—Menos yo —dijo Truls con una sonrisita.

—Tengo que irme —dijo Mikael, sacó la diana del cable y la enrolló.

—Claro —dijo Truls—. La reunión de los miércoles.

Mikael se quedó de piedra.

—¿Qué?

—Nada, pero recuerdo que siempre tenías que dejar el despacho los miércoles, sobre esta hora.

Mikael lo observó detenidamente. Eso era lo extraño, que, aunque hacía veinte años que conocía a Truls Berntsen, no estaba seguro de si era un idiota o, al contrario, un tío muy listo.

—Ya. Bueno, te voy a decir una cosa, Truls, yo creo que lo mejor será que te guardes para ti esas especulaciones. Tal y como están las cosas, solo pueden perjudicarte. Y a lo mejor lo que más te conviene es no contarme demasiado a mí. Puedes ponerme en una situación delicada si me llaman como testigo. ¿Comprendes?

Pero Truls ya se había tapado los oídos con los cascos y miraba a la diana. Con los dos ojos abiertos de par en par detrás de las gafas. Un destello. Dos. Tres. Parecía que la pistola quisiera liberarse de las manos, pero el puño de Truls la agarraba con fuerza. Con la fuerza de una hiena.

Ya en el aparcamiento, Mikael notó la vibración del móvil en el bolsillo del pantalón.

Era Ulla.

—¿Has hablado con los del control de plagas?

—Sí —dijo Mikael, a quien no se le había pasado por la cabeza siquiera, y mucho menos había llamado a nadie.

—Dicen que el olor que crees notar en la terraza puede deberse a un ratón o una rata que haya muerta por allí. Pero que como es cemento, no puede pasar nada, salvo que termine de pudrirse y que el olor desaparezca sin más. No nos recomiendan que levantemos la terraza, ¿vale?

—Deberías haberle encargado la construcción de la terraza a gente cualificada, no a Truls.

—Lo hizo a medianoche, sin que yo se lo pidiera, ya te lo he dicho. ¿Dónde estás, cariño?

—He quedado con una amiga. ¿Llegarás a casa para la cena?

—Pues claro. Y no pienses más en la terraza, ¿de acuerdo, cariño?

—De acuerdo.

Y colgó. Pensó que le había dicho «cariño» dos veces, y que era demasiado. Que así parecía que era mentira. Arrancó el coche, pisó el acelerador, soltó el embrague y notó la agradable presión del reposacabezas en la nuca cuando el flamante Audi recién comprado se abría paso acelerando por el aparcamiento. Pensó en Isabelle. Esperó un poco. Enseguida notó el flujo de sangre. Y la extraña paradoja de que no era ninguna mentira. De que su amor por Ulla nunca era más concreto que justo antes de ir a follarse a otra mujer.

Anton Mittet estaba sentado en la terraza. Tenía los ojos cerrados y sentía cómo el sol le calentaba la cara. La primavera estaba en camino, pero todavía reinaba el invierno. Abrió los ojos, que fueron a dar en la carta que tenía delante, encima de la mesa.

El logotipo, que pertenecía al centro de salud de Drammen, aparecía estampado en azul.

Sabía lo que era, el resultado del análisis de sangre. Tenía ganas de abrirlo enseguida, pero lo dejó, levantó la vista y contempló el río Drammenselva. Cuando vieron los folletos de los nuevos bloques de pisos en la zona del Elveparken, al oeste del barrio de Åssiden, no se lo pensaron dos veces. Los chicos ya se habían ido de casa y el paso de los años no facilitaba el trabajo de domeñar aquel jardín tan rebelde que tenían, y de mantener a punto la casa de madera, vieja y demasiado grande, que habían heredado de los padres de Laura en Konnerud. Venderla y comprar una vivienda moderna y fácil de mantener les proporcionaría más tiempo y más dinero para hacer aquello de lo que tantos años llevaban hablando: viajar. Visitar países lejanos. Vivir las cosas que este paso breve por la tierra nos ofrece, pese a todo.

Entonces ¿por qué no habían hecho ningún viaje? ¿Por qué fueron posponiendo eso también?

Anton se encajó bien las gafas de sol, apartó la carta. Sacó el móvil del amplio bolsillo del pantalón.

¿Sería porque los días de diario iban tan acelerados que pasaban volando? ¿Sería por las vistas del Drammenselva, tan relajantes? ¿Sería por la idea de pasar tiempo juntos, la angustia de lo que podrían averiguar de ellos dos, de su matrimonio? ¿O sería por el Caso, aquella investigación que le había robado toda la energía y la iniciativa, que lo había aparcado en una existencia en que la rutina diaria se materializaba como la única salvación de un colapso absoluto? Y luego, ocurrió Mona...

Anton miró la pantalla. GAMLEM-CONTACTO RIKSHOSPITALET.

Debajo se leían tres opciones.

«Llamar.» «Enviar mensaje.» «Editar.»

«Editar.» La vida también debería tener un botón así. Lo diferente que podría haber sido todo entonces... Habría dicho lo de la porra. No habría invitado a Mona a café. No se habría dormido.

Pero *se había dormido.*

Se había dormido durante la guardia, en una dura silla de madera. Él, que por lo general apenas pegaba ojo en la cama después de una larga jornada. Era incomprensible. Y además, después, se pasó un buen rato delirando medio adormilado, ni siquiera la cara del muerto y el jaleo posterior lograron despertarlo; al contrario, allí se quedó, como un zombi, con el cerebro nebuloso, incapaz de hacer nada ni de responder a las preguntas con claridad. Y no es que eso hubiera salvado al paciente, si se hubiera mantenido despierto. La autopsia no había revelado nada más que el paciente habría muerto de un infarto de miocardio, seguramente. Pero Anton no había hecho su trabajo. Y tampoco es que nadie fuera a descubrirlo nunca, no había desvelado ningún detalle, pero él lo sabía. Sabía que, una vez más, no había hecho lo que debía.

Anton Mittet observó las teclas.

«Llamar.» «Enviar mensaje.» «Editar.»

Ya era hora. Era hora de hacer algo. De hacer algo bien hecho. Hacerlo, sin más, no posponerlo.

Pulsó «Editar». Se le ofrecieron otras opciones.

Y él eligió. Eligió la más acertada. «Eliminar.»

Luego cogió el sobre, lo abrió. Sacó la carta, la leyó. Había ido al centro de salud por la mañana temprano, después de que encontraran muerto al paciente. Dijo que era policía, que iba camino del trabajo y que había ingerido una pastilla cuyo contenido desconocía, que se sentía extraño y que temía ir a trabajar bajo los efectos de aquel fármaco. El médico quiso darlo de baja en un principio, pero Anton insistió en que le hicieran un análisis de sangre.

Paseó la mirada por la carta. No comprendía todas las palabras ni los nombres, ni tampoco qué implicaban las cifras que se leían a continuación, pero el médico había añadido dos frases aclaratorias que cerraban la breve misiva: «... el nitrazepam se encuentra en somníferos muy fuertes. NO debes volver a tomar esas pastillas sin consultar primero al médico».

Anton cerró los ojos y respiró hondo, apretando los labios.

Mierda.

Se confirmaban sus sospechas. Lo habían drogado. Alguien lo había drogado. Y sabía cómo. El café. El ruido al fondo del pasillo. El cilindro, donde solo quedaba una cápsula. Se preguntó si la tapa estaba perforada. Debieron de inyectar la sustancia en el café a través de la tapa. Luego, el sujeto no tuvo más que esperar a que Anton fuera y se preparase el somnífero él solito, expreso con nitrazepam.

Dijeron que el paciente había muerto por causas naturales.

O mejor dicho, que no había pruebas de que se hubiera cometido ningún acto delictivo. Pero gran parte de esa conclusión se basaba naturalmente en que creyeron a Anton, que juró y perjuró que nadie se había acercado al paciente después de la última visita médica, dos horas antes de que el corazón dejara de latir.

Anton sabía lo que tenía que hacer. Tenía que informar. Ya. Cogió el teléfono. Informar de otro fallo. Explicar por qué no dijo enseguida que se había quedado dormido. Miró la pantalla. En esta ocasión, ni siquiera Gunnar Hagen podría salvarlo. Dejó el teléfono. *Iba a llamar.* Pero no ahora.

Mikael Bellman se anudó la corbata delante del espejo.

—Hoy has estado bien —dijo la voz desde la cama.

Mikael sabía que era verdad. Vio cómo Isabelle Skøyen se levantaba detrás de él y se ponía las medias.

—¿Es porque está muerto?

Echó la colcha de piel de reno sobre el edredón. Encima del espejo colgaba una cornamenta impresionante, y las paredes estaban cubiertas de obras de artistas lapones. Las habitaciones de aquella ala del hotel llevaban el nombre de las artistas que las habían diseñado. Aquella, en concreto, el de una cantante de yoik. El único problema que se les había planteado era que los turistas japoneses se llevaban los cuernos de venado. Al parecer tenían una fe ciega en las cualidades del extracto de cuerno como potenciador sexual. Incluso Mikael había pensado en ello las últimas veces. Pero hoy no. A lo mejor ella tenía razón, a lo mejor era el alivio al saber que el paciente había muerto por fin.

—No quiero saber cómo ocurrió —dijo.

—De todos modos no habría podido contártelo —dijo ella, y se puso la falda.

—Bueno, lo mejor será que ni hablemos del tema.

Ella se había colocado detrás de él. Le mordisqueó la nuca.

—Venga, fuera esa cara de preocupación, anda —dijo con una risita—. La vida nos sonríe.

—A ti, puede. Yo todavía tengo ese infierno de los asesinatos de los policías.

—Tu trabajo no depende de que vuelvan a elegirte. El mío sí. Pero ¿tú me ves preocupada?

Mikael se encogió de hombros. Alargó el brazo en busca de la americana.

—¿Sales tú primero?

Sonrió cuando ella le daba una palmadita en la cabeza. Oyó los tacones repiquetear en dirección a la puerta.

—Puede que se me presente un impedimento el próximo miércoles —dijo Isabelle—. Han cambiado la reunión del consejo municipal.

—Está bien —dijo, y se dio cuenta de que sí, de que estaba bien. No, más aun, se sentía aliviado. Sí, sin lugar a dudas.

Ella se detuvo en la puerta. Prestó atención como de costumbre para cerciorarse de que el panorama estaba despejado en el pasillo.

—¿Me quieres?

Él abrió la boca. Se vio en el espejo. Vio el agujero negro en el centro de la cara del que debían surgir las palabras. La oyó reír en voz baja.

—Estoy de broma —le susurró—. No me digas que te he asustado… Diez minutos.

La puerta se abrió y se cerró con un suave clic cuando ella se fue.

Habían acordado que ninguno dejaría la habitación antes de que hubieran transcurrido diez minutos de la partida del otro. Ya no recordaba si había sido idea suya o de ella. En aquella ocasión pensarían seguramente que existía un peligro real de que se toparan en recepción con un periodista curioso o con alguna cara conocida, pero el hecho era que, por ahora, nunca había ocurrido, sencillamente.

Mikael cogió el peine y se peinó el pelo, un poco más largo de la cuenta. Aún tenía las puntas mojadas después de la ducha. Isabelle nunca se duchaba después de haberse acostado con él, decía que le gustaba ir por ahí oliendo a él. Miró el reloj. Hoy la cosa había funcionado bien en la cama. No había tenido que pensar en Gusto, y había logrado incluso prolongarlo. Tanto que, si esperaba allí los diez minutos del acuerdo, llegaría tarde a la reunión con el presidente del consejo.

Ulla Bellman miraba el reloj. Era un Movado, diseño de 1947, un regalo de Mikael el día de su boda. Las 13.20. Se retrepó en el sillón y recorrió el vestíbulo con la mirada. No sabía si lo iba a reconocer, en realidad, solo se habían visto dos veces. Una, el día que él le abrió la puerta cuando iba a pasar delante de Mikael en la comisaría de Stovner, entonces él se presentó. Un chico del norte, sonriente y encantador. La segunda vez, en la cena de Navidad de la comisaría de Stovner, estuvieron bailando, y desde luego, él la apretó un poco más de lo debido. Y no es que ella tuviera nada en contra, era un tonteo inocente, una confirmación que podía permitirse: después de todo, Mikael andaba por allí, en algún lugar de la sala, y las mujeres de los demás policías también bailaban con otros que no eran sus maridos. Y además, había allí otra persona que seguía sus pasos con mirada vigilante. Estaba al lado de la pista de baile con una copa en la mano. Truls Berntsen. En un momento dado, Ulla le preguntó si no quería bailar con ella, pero él dijo que no con una sonrisita, dijo que no era buen bailarín.

Runar. Hacía ya mucho que había olvidado que ese era su nombre. Después de aquella fiesta, nunca volvió a oír hablar ni a saber de él. Hasta que la llamó y le preguntó si podían verse hoy. Y le recordó que se llamaba Runar. Al principio, ella dijo que no, que no tenía tiempo, pero él le respondió que tenía algo importante que contarle. Ella le pidió que se lo dijera por teléfono, pero él insistió en que tenía que mostrárselo. Tenía la voz un tanto distorsionada, Ulla no la recordaba así, pero seguramente se debiera a la pugna entre su antiguo dialecto norteño y el dialecto oriental; era algo que solía ocurrirle a la gente de otras regiones cuando llevaban un tiempo viviendo en Oslo.

Al final dijo que sí, que un café le parecía bien, puesto que tenía pensado ir al centro esa mañana de todos modos. No era verdad. Tanto como la respuesta que le había dado a Mikael cuando él le preguntó que dónde estaba, y ella le dijo que había quedado con una amiga. No era su intención mentir, pero fue una pregunta de lo más inesperado y, en el mismo momento en que se la hizo, comprendió que debería haberle contado antes a Mikael que iba a verse con uno de sus antiguos colegas. Pero entonces ¿por qué no se lo dijo? ¿Porque en su fuero interno intuía que lo que iba a descubrir podía estar relacionado con Mikael? Ya se arrepentía de estar allí. Miró el reloj una vez más.

Notó que la recepcionista la observaba de vez en cuando. Se había quitado el abrigo y llevaba un jersey y unos pantalones que sabía que realzaban la esbeltez de su figura. No bajaba al centro tan a menudo, y le había dedicado algo de tiempo extra al maquillaje y a la larga melena rubia que hacía que los chicos de Manglerud la adelantaran por la calle para comprobar si la parte delantera cumplía lo que prometía la trasera. Y les veía en la cara que, por una vez, sí que lo cumplía. El padre de Mikael le dijo en una ocasión que se parecía a la guapa de The Mamas & The Papas, pero ella no sabía quién era y nunca intentó averiguarlo.

Miró a la puerta giratoria. No paraba de entrar gente todo el rato, pero ninguno que llegara buscando a alguien con la mirada, tal y como ella esperaba.

Oyó el pling suave de la puerta del ascensor y vio salir a una mujer alta envuelta en pieles. Pensó que si un periodista le preguntaba a la mujer si aquella piel era auténtica, ella diría que no, puesto que los políticos del Partido de los Trabajadores procuraban dar coba a la mayoría de los votantes. Isabelle Skøyen. La concejal de asuntos sociales. Estuvo en casa, en la fiesta que dieron después del nombramiento de Mikael. En realidad, era una fiesta de inauguración de la casa nueva, pero, en lugar de a los amigos, Mikael había invitado a una serie de personas importantes para su carrera. O para la carrera «de ambos», como él decía. Truls Berntsen era uno de los asistentes que ella conocía, y no se trataba precisamente del tipo

154

con el que una se pasa la noche hablando. Claro que, al ser la anfitriona, tampoco tuvo tiempo; no le dieron ni un respiro.

Isabelle Skøyen le echó una mirada y estaba a punto de continuar. Pero Ulla vio el instante de duda. Ese instante de duda que significaba que había reconocido a Ulla, y que ahora se encontraba con el dilema de si fingir que no la había reconocido o si acercarse e intercambiar con ella unas palabras. Y lo último era algo que preferiría evitar. Otro tanto le ocurría a Ulla. Por ejemplo, con Truls, precisamente. En cierto modo, le tenía aprecio, se conocían desde niños y era amable y leal. Pero aun así. Esperaba que Isabelle optara por irse, poniéndoselo más fácil a las dos. Y vio con alivio que ya dirigía los pasos hacia la puerta giratoria. Sin embargo, se ve que cambió de idea repentinamente, se giró del todo, con una amplia sonrisa y con chiribitas en los ojos. Se le acercó surcando el aire, sí, verdaderamente, surcando el aire, Isabelle Skøyen le recordaba a un mascarón de proa, gigantesco y dramático mientras se le acercaba.

—¡Ulla! —gritó desde varios metros de distancia, como si se tratara del reencuentro entre dos amigas del alma que llevaran tiempo sin verse.

Ulla se levantó, un tanto preocupada ante la idea de tener que responder a la pregunta casi inevitable de «¿qué haces aquí?».

—Gracias por la invitación, querida, fue una fiestecita encantadora.

Isabelle Skøyen le había puesto la mano en el hombro y le ofreció la mejilla, de modo que Ulla no pudo por menos de responder con la suya. ¿Una fiestecita? Eran treinta invitados.

—Siento que tuviera que irme tan pronto.

Ulla recordaba que Isabelle estaba un poco borracha. Que, mientras ella servía a los invitados, aquella concejal alta y elegante se fue un rato con Mikael a la terraza. Que, la verdad, durante unos minutos, se sintió un tanto celosa.

—No tiene importancia, nos alegró muchísimo que pudieras venir. —Ulla esperaba que su sonrisa no pareciera tan forzada como de hecho era—. Isabelle.

La concejal la miró condescendiente. Examinándola. Como si

estuviera buscando algo. La respuesta a la pregunta que todavía no había formulado: «¿Qué haces aquí, guapita?».

Ulla resolvió decirle la verdad. Igual que haría con Mikael cuando lo viera más tarde.

—Tengo que irme —dijo Isabelle sin hacer amago de ir a moverse y sin apartar la vista de Ulla.

—Claro, tú estás más ocupada que yo —dijo Ulla y, para irritación suya, se oyó reír aquella risita tonta que había decidido desterrar. Isabelle seguía mirándola, y Ulla pensó de pronto que era como si aquella mujer extraña quisiera obligarla a decirlo sin preguntar: «¿Qué haces tú, la mujer del jefe provincial, en el vestíbulo del Grand Hotel?». Madre mía, ¿creería que Ulla iba a encontrarse con un amante, y de ahí su discreción? Ulla notó que se le relajaba la sonrisa, que se volvía más ligera, que ahora sonreía como solía, como *quería* sonreír. Sabía que la sonrisa se le reflejaba en los ojos. Pronto empezaría a reír. Se reiría en la cara de Isabelle Skøyen. Pero ¿por qué iba a hacer algo así? Lo extraño era que parecía que Isabelle Skøyen también quería echarse a reír.

—Espero que volvamos a vernos muy pronto, querida —dijo, y apretó entre sus dedos grandes y potentes la mano de Ulla.

Acto seguido, se dio media vuelta y volvió a cruzar el vestíbulo hacia la salida, donde uno de los conserjes se apresuró a atenderla mientras hacía su salida. Ulla alcanzó a ver que sacaba el móvil y empezaba a marcar un número antes de perderla de vista en la puerta giratoria.

Mikael estaba delante del ascensor, que se encontraba a unos cuantos pasos de la habitación de la artista lapona. Miró el reloj. No habían pasado más de tres o cuatro minutos, pero tendría que darlo por bueno; después de todo, lo importante era que no los vieran *juntos*. Siempre era Isabelle la que reservaba la habitación, y llegaba diez minutos antes que él. Se tumbaba en la cama y lo esperaba preparada. A ella le gustaba así. ¿Y a él, le gustaba así?

Por suerte solo se tardaban tres minutos a buen paso en ir del

Grand al Ayuntamiento, donde lo esperaba el presidente del consejo municipal.

Se abrieron las puertas del ascensor y Mikael entró. Pulsó el botón de la primera planta. El ascensor se puso en marcha y se paró casi en el acto. Las puertas se abrieron.

—*Guten Tag.*

Turistas alemanes. Parejas mayores. Cámaras fotográficas antiguas en fundas de piel marrón. Se dio cuenta de que estaba sonriendo. Que estaba de buen humor. Se hizo a un lado para dejarles sitio. Isabelle tenía razón: estaba más animado ahora que el paciente había muerto. Notó una gota de uno de los largos mechones que le rodaba por la piel, notó cómo bajaba y le humedecía el filo del cuello de la camisa. Ulla le había sugerido que se cortara el pelo un poco ahora que tenía un nuevo puesto, pero ¿por qué? El hecho de que tuviera un aspecto juvenil, ¿no era parte de la gracia del asunto? Que él, Mikael Bellman, fuera el jefe provincial de la policía de Oslo más joven de todos los tiempos.

La pareja miraba los botones del ascensor con cara de preocupación. Era el mismo problema de siempre, el uno del botón, ¿indicaba la planta baja o la primera planta? ¿Cómo funcionaba aquello en Noruega?

—*It's the ground floor* —dijo Mikael, y pulsó el botón que cerraba las puertas.

—*Danke* —murmuró la mujer. El hombre cerró los ojos y empezó a respirar ruidosamente. Submarinos, pensó Mikael.

Descendieron en silencio por el edificio.

Cuando se abrieron las puertas y salieron al vestíbulo, Mikael notó un temblor en los muslos. La vibración del teléfono que recibía las señales después de haber estado sin cobertura en el ascensor. Cogió el móvil y vio que era una llamada perdida de Isabelle. Iba a devolverle la llamada cuando el aparato volvió a vibrar. Un mensaje.

Acabo de saludar a tu mujer, está en el vestíbulo. :)

Mikael se paró en seco. Levantó la vista. Pero ya era demasiado tarde.

Ulla estaba sentada en un sillón, justo enfrente. Estaba guapa. Se había esmerado un poco más de lo habitual. Guapa y de una pieza en el asiento.

—Hola, cariño —exclamó Mikael, y oyó enseguida lo chillón y lo falso que había sonado. Vio en la cara de Ulla cómo había sonado.

Ella no apartaba de él la mirada, aún con los restos de un desconcierto que ya estaba convirtiéndose en algo distinto. A Mikael Bellman le trabajaba el cerebro a toda marcha. Asimilaba y procesaba la información, buscaba contextos, sacaba conclusiones. Sabía que no podría explicar fácilmente por qué tenía el pelo mojado por las puntas. Que Ulla había visto a Isabelle. Que, exactamente igual que su cerebro, el de ella también estaba procesando la información a la velocidad del rayo. Que el cerebro humano es así. De una lógica implacable cuando reúne todos los fragmentos de información que, de pronto, encajan perfectamente. Y vio que ya había sustituido al desconcierto la otra sensación: la certeza. Bajó la vista, de modo que, cuando él se paró delante, quedó a la altura del estómago.

Mikael apenas reconoció la voz cuando le susurró:

—Así que el mensaje te ha llegado un poco tarde.

Katrine giró la llave en la cerradura y tiró de la puerta, pero estaba atascada.

Gunnar Hagen se acercó y la abrió de un tirón.

Una humedad tibia que olía a cerrado les dio en la cara a los cinco.

—Ya está —dijo Gunnar Hagen—. Está intacto desde la última vez que se utilizó.

Katrine fue la primera en entrar, pulsó el interruptor.

—Bienvenida al distrito policial de Bergen en Oslo —dijo con humildad.

Beate Lønn cruzó el umbral.

—Así que aquí es donde vamos a escondernos.

La luz azul y fría de unos fluorescentes caía sobre una sala cuadrada de cemento con el suelo de linóleo gris azulado y las paredes desnudas. En la habitación sin ventanas había tres mesas de escritorio con otras tantas sillas y ordenadores. En una de las mesas había una cafetera requemada y un dispensador de agua.

—¿Tenemos el despacho *en el sótano* de la Comisaría General? —dijo Ståle Aune sin dar crédito a lo que veía.

—En rigor, esto es propiedad de la cárcel de Oslo —dijo Gunnar Hagen—. El pasillo subterráneo que hay ahí fuera atraviesa el parque. Si subes las escaleras metálicas que se encuentran al otro lado de la puerta, vas a parar a la recepción de la cárcel.

En respuesta a sus palabras, se oyeron las primeras notas de *Rhapsody in Blue,* de Gershwin. Hagen sacó el móvil. Katrine se asomó por encima de su hombro. Vio el nombre de Anton Mittet iluminado en la pantalla. Hagen pulsó «Rechazar» y se guardó el teléfono en el bolsillo.

—Tenemos reunión del grupo de investigación ahora mismo, así que el resto os lo dejo a vosotros —dijo.

Los cuatro se quedaron allí plantados mirándose cuando Hagen se hubo marchado.

—Desde luego, aquí hace calor —dijo Katrine, y se desabrochó el chaquetón—. Pero no veo ningún radiador.

—Es que la caldera de la calefacción de toda la cárcel está en el cuarto de al lado —dijo Bjørn Holm riéndose, y colgó la chaqueta de ante en el respaldo de una silla—. Lo llamamos «el Horno».

—Tú has estado aquí antes, ¿no? —preguntó Aune aflojándose la pajarita.

—Pues claro. Entonces el grupo era más reducido todavía. —Señaló las mesas—. Tres, como veis. De todos modos resolvimos el caso. Pero entonces Harry era el jefe…— Miró fugazmente a Katrine—. O sea, no es que yo diga…

—No pasa nada, Bjørn —dijo Katrine—. Yo no soy Harry, y tampoco soy jefe de esto. Está bien que, formalmente, sea a mí a quien debáis informar, para que Hagen pueda lavarse las manos. Pero yo tengo más que de sobra con organizarme a mí misma. El jefe aquí es Beate. Ella tiene méritos y, además, experiencia en la jefatura.

Todos miraron a Beate. Que se encogió de hombros.

—Si todos estáis de acuerdo, puedo asumir la dirección, si es que hubiera necesidad de dirigir algo.

—*Habrá necesidad,* ya lo verás —dijo Katrine.

Aune y Bjørn asintieron.

—Bueno —dijo Beate—. Pues vamos a empezar. Tenemos cobertura de telefonía móvil. Conexión a internet. Tenemos… tazas de café. —Cogió una taza blanca que había detrás de la cafetera. Leyó lo que habían escrito con rotulador—. ¿Hank Williams?

—La mía —dijo Bjørn.

Cogió la segunda.

—¿John Fante?

—La de Harry.

—Vale, vamos al reparto de tareas —dijo Beate, y dejó la taza—. ¿Katrine?

—Yo vigilo la red. Ni Valentin Gjertsen ni Judas Johansen han dado señales de vida hasta ahora. Mantenerse invisible a la mirada electrónica exige cierto ingenio, lo que subraya la teoría de que el fugitivo no fue Judas Johansen. Sabe que no es precisamente una prioridad para la policía, y parece inverosímil que haya puesto límites a su libertad para esconderse por completo bajo tierra solo por ahorrarse unos meses de cárcel. Lógicamente, Valentin tiene más que perder. Si alguno de los dos está vivo y realiza el menor movimiento en el mundo electrónico, yo voy tras ellos.

—Vale. ¿Bjørn?

—Yo revisaré los informes de todos los casos en los que hayan estado involucrados Valentin y Judas, a ver si encuentro algún vínculo con Tryvann o Maridalen. Nombres que se repitan, pruebas técnicas que hayamos conservado… Estoy haciendo una lista de gente que los conoce y que quizá pueda ayudarnos a encontrarlos. Aquellos con los que he hablado hasta ahora no tienen inconveniente por lo que a Judas Johansen se refiere. Sobre Valentin Gjertsen, en cambio…

–¿Tienen miedo?

Bjørn asintió.

–¿Ståle?

–Yo también revisaré los casos de Valentin y de Judas, pero para elaborar un perfil de cada uno de ellos. Escribiré un informe como posibles asesinos en serie.

Se hizo el silencio en la habitación. Era la primera vez que alguien pronunciaba aquella expresión.

–En este caso, la denominación de «asesino en serie» responde a un uso mecánico, es una etiqueta técnica –se apresuró a añadir Ståle Aune–. Se refiere a alguien que ha asesinado a más de una persona, y de la que cabe sospechar que vuelva a matar, ¿de acuerdo?

–De acuerdo –dijo Beate–. Yo revisaré todo el material gráfico procedente de las cámaras de vigilancia de las inmediaciones de los escenarios del crimen. Gasolineras, veinticuatro horas, cámaras de velocidad... Ya he visto parte de las grabaciones de los asesinatos de los agentes, pero no todo. Y lo mismo haré con los asesinatos antiguos.

–Hay trabajo –dijo Katrine.

–Hay trabajo –repitió Beate.

Los cuatro se quedaron mirándose. Beate cogió la taza de John Fante y la colocó otra vez detrás de la cafetera.

13

—Bueno, ¿y cómo te va? —dijo Ulla, y se apoyó en la encimera.

—Pues bien —dijo Truls; se balanceó en la silla y cogió la taza de café de la estrecha mesa de la cocina. Tomó un sorbito. La miró con esa expresión que ella tan bien conocía. Temerosa y hambrienta. Tímida y alerta. De rechazo y de súplica. No y sí.

Ulla se arrepintió nada más decirle que sí, que podía ir a verla. Pero no se esperaba que la llamara de pronto y le preguntara que cómo iba la nueva casa, que si había algo que arreglar... Los días se le hacían muy largos ociosa como estaba ahora que lo habían puesto en cuarentena. No, nada que arreglar, le mintió ella. ¿No? ¿Y un café? ¿Un rato de charla sobre los viejos tiempos? Ulla dijo que no sabía si..., pero Truls pareció no oírla, dijo que andaba por allí cerca, que le sentaría bien un café. Y ella respondió que por qué no, que se pasara.

—Yo sigo solo, como sabes —dijo—. En ese campo, ninguna novedad.

—Ya encontrarás a alguien. Bueno —dijo mirando el reloj, había pensado decir algo de que tenía que recoger a los niños, pero incluso un soltero como Truls sabía que era demasiado temprano.

—Puede —dijo. Miró el fondo de la taza. Y en lugar de dejarla en la mesa, tomó otro trago. Como tomando impulso, pensó Ulla angustiada.

—Como ya sabes, tú siempre me has gustado, Ulla.

Ulla se agarró a la encimera.

—Así que, ya sabes, si algo te preocupa y necesitas..., bueno, alguien con quien hablar, siempre puedes contar conmigo.

Ulla parpadeó. ¿Había oído bien? ¿Hablar?

–Gracias, Truls –dijo–. Pero como tengo a Mikael...

Él dejó la taza despacio.

–Ya, claro. Tienes a Mikael.

–Y a propósito, tengo que empezar a preparar la cena para él y los niños.

–Sí, claro, tendrás que empezar ya. Y mientras tú haces la comida, él... –Guardó silencio.

–¿Él qué, Truls?

–Cena en otra parte.

–No te entiendo, Truls.

–Yo creo que sí. Mira, yo solo he venido a ayudarte. Solo quiero lo mejor para ti, Ulla. Y para los niños, claro. Los niños son importantes.

–Pues he pensado prepararles algo rico, y esas cenas familiares se llevan su tiempo, Truls, así que...

–Ulla, solo quiero decirte una cosa.

–No, Truls. No, no lo digas, por favor.

–Tú eres demasiado buena para Mikael. ¿Sabes a cuántas mujeres ha...?

–¡No, Truls!

–Pero...

–Truls, quiero que te vayas. Y preferiría no verte por aquí durante una temporada.

Ulla se quedó delante de la encimera viendo cómo Truls salía por la verja y se encaminaba hacia el coche, que tenía aparcado en el sendero de grava que discurría entre las casas de Høyenhall. Mikael le había dicho que tiraría de algunos hilos, que haría algunas llamadas a las personas clave del ayuntamiento para que acelerasen el asfaltado, pero por ahora, nada. Oyó el breve trino que emitió la alarma al apagarse cuando Truls pulsó la llave electrónica. Lo vio meterse en el coche. Lo vio quedarse allí sentado con la vista clavada en el horizonte. Al final, vio cómo se estremecía y empezaba a golpear, golpeaba el volante con tanta fuerza que Ulla lo veía moverse con cada puñetazo. Incluso a aquella distancia resultaba tan violento que se estremeció. Mikael le había hablado de sus ataques de ira, pero ella nunca los había presenciado. Si Truls no fuera policía, se habría convertido en un delincuente, según Mikael. Cuando quería ponerse chulo, también lo decía de sí mismo. Ella no lo creía, Mikael era demasiado amable, demasiado… complaciente. Pero Truls… Truls estaba hecho para otra cosa, para algo más oscuro.

Truls Berntsen. El simple, ingenuo y fiel Truls. Ella tenía sus sospechas, naturalmente, pero le costaba creer que Truls pudiera ser tan calculador. Tan… imaginativo.

Grand Hotel.

Fueron los segundos más dolorosos de su vida.

No porque no se le hubiera pasado por la cabeza alguna vez que él pudiera serle infiel. Sobre todo, desde que había dejado de querer hacerlo con ella. Aunque podía haber otras explicaciones, el estrés por aquellos asesinatos de policías… Pero ¿Isabelle Skøyen? ¿Sobria, en un hotel y en pleno día? Y, naturalmente, comprendió que aquello lo había preparado alguien. El hecho de que alguien supiera que ellos dos estarían en ese hotel y a esa hora indicaba que eran unos encuentros recurrentes. Casi le entraban ganas de vomitar cada vez que pensaba en ello.

La repentina palidez de la cara de Mikael allí delante. Los ojos asustados, con el abatimiento de la culpa, como un niño al que hubieran sorprendido robando manzanas. ¿Cómo lo conseguía? ¿Cómo se las arreglaba aquel cerdo infiel para que pareciera que necesitaba una mano protectora? Él, que había pisoteado todo lo que era hermoso, padre de tres hijos, ¿por qué tenía que parecer que era él, precisamente, quien llevaba una cruz?

—Llegaré pronto a casa —le había susurrado en el vestíbulo del hotel—. Hablaremos de ello entonces, antes de que los niños… Tengo que estar en el despacho del presidente del consejo municipal dentro de cuatro minutos. —¿No tenía hasta una lágrima en la comisura de los ojos? ¿Se había permitido aquel cerdo soltar una lagrimita?

Cuando él se marchó, ella se recompuso con una rapidez sorprendente. Quizá sea así como reacciona la gente cuando sabe que no le queda más remedio. Cuando no existen alternativas, cuando el ataque de nervios no constituye una salida. Con una tranquilidad pasmosa, marcó el número desde el que la había llamado el hombre que se hizo pasar por Runar. Sin respuesta. Esperó otros cinco minutos, luego se marchó. Cuando llegó a casa, comprobó el número de teléfono con una de las mujeres a las que conocía en Kripos. Y ella le dijo que pertenecía a un número no registrado de una tarjeta de prepago. La cuestión era: ¿quién querría tomarse tantas molestias para mandarla al Grand, para que así ella lo viera con sus propios ojos? ¿Un periodista de la prensa del corazón? ¿Una amiga más o menos bienintencionada? ¿Alguien del entorno de Isabelle, un rival de Mikael, ansioso de venganza? ¿O alguien que no quería separarlo de Isabelle, sino de ella, de Ulla? ¿Alguien que odiaba a Mikael, que la odiaba a ella? ¿O alguien que la quería a ella, a Ulla? Alguien que creía que, si la separaba de Mikael, tendría una oportunidad. Ella solo conocía a una persona que la quería más de lo que era saludable para cualquiera de los dos.

No le había desvelado a Mikael sus sospechas cuando hablaron esa tarde. Seguramente, él creía que su presencia en el vestíbulo del hotel era una casualidad, uno de esos mazazos que nos da la vida, esa sucesión inverosímil de sucesos que algunos llaman destino.

Mikael no trató de mentir, no negó que se encontrara allí con Isabelle. Eso tenía que reconocérselo. No era tan tonto como para ignorar que ella lo sabía. Le dijo que no tenía que pedirle que pusiera fin a aquella aventura, que él acababa de hacerlo por iniciativa propia antes de que Isabelle abandonara el hotel. Utilizó concretamente esa palabra, «aventura». Seguramente, muy calculada, porque hacía que pareciera algo nimio, insignificante y sucio, algo que se podía barrer con una escoba, vamos. Una «relación», en cambio, habría sido algo distinto. Lo de que había puesto fin al asunto allí mismo, en el hotel, eso no se lo creyó ni por un momento: Isabelle parecía demasiado animada. Pero lo siguiente que le dijo era verdad: que si aquello salía a la luz, el escándalo no lo perjudicaría solo a él, sino también a los niños e, indirectamente, también a ella. Que, por si fuera poco, llegaría en el peor momento imaginable. Que el presidente del consejo municipal quería hablar con él de política. Que querían contar con él en el partido. Que lo veían a la larga como un candidato interesante para cometidos políticos. Que él era la persona que estaban buscando, ni más ni menos, joven, ambicioso, apreciado por la gente, triunfador. Hasta los asesinatos de esos dos policías, naturalmente. Pero cuando los hubiera resuelto, se sentarían a hablar de su futuro, si se encontraba en el seno de la policía o en la política, allí donde Mikael considerase que podía llegar más lejos. Y no es que él hubiera decidido ya lo que quería, pero era obvio que un escándalo de infidelidad le cerraría esa puerta.

Y luego estaban ella y los niños, naturalmente. Lo que ocurriera con su carrera profesional carecía de importancia comparado con lo que le supondría una pérdida así. Ella lo interrumpió antes de que la autocompasión alcanzara cotas demasiado elevadas, y le dijo que había reflexionado sobre el asunto y que había llegado más o menos a la misma conclusión. Su carrera. Los niños. La vida que tenían. Sencillamente, le dijo que lo perdonaba, pero que tenía que prometerle que nunca, nunca más volvería a ver a Isabelle Skøyen. Salvo como jefe provincial, en reuniones donde no estuvieran solos. Mikael se quedó casi decepcionado, como si se hubiera preparado para un duro golpe, y no para una reprimenda más bien floja que culminó en un ultimátum que no le costaría mucho cumplir. Pero aquella noche, después de que los niños se acostaran, él tomó la iniciativa en la cama por primera vez en varios meses.

Ulla vio cómo Truls arrancaba el coche y se alejaba de allí. No le había contado a Mikael sus sospechas, y tampoco tenía intención de hacerlo. ¿De qué serviría? Si ella estaba en lo cierto, Truls podía seguir siendo el espía que diera la señal de alarma si Mikael rompía el acuerdo de no verse con Isabelle Skøyen.

El coche desapareció y la tranquilidad del barrio residencial se extendió junto con la nube de polvo. Y entonces se le ocurrió una idea. Una idea disparatada y totalmente inaceptable, por supuesto, pero al cerebro no se le da bien la censura. Ella y Truls. En el dormitorio, allí mismo. Solo por venganza, naturalmente. Ulla desechó la idea tan rápido como se le había ocurrido.

El aguanieve que chorreaba como escupitajos grises en el parabrisas desapareció con la lluvia. Una lluvia densa y vertical. Los limpiaparabrisas empujaban desesperados la pared de agua. Anton Mittet conducía despacio. Era una noche oscura y, además, el agua hacía que todo flotara y se desfigurase, como si estuviera borracho. Miró de reojo el reloj del Volkswagen Sharan. Cuando compraron el coche, tres años atrás, Laura insistió en que fuera aquel modelo de siete plazas, y él le preguntó en broma si es que estaba pensando en tener familia numerosa, aunque ya sabía que era porque su mujer no quería ir en un microcoche si tenían un accidente. Anton tampoco quería tener un accidente. Conocía bien aquella carretera y sabía que el riesgo de encontrarse con un coche que fuera en sentido contrario a aquellas horas era mínimo, pero no pensaba correr riesgos.

El pulso le retumbaba en las sienes. Más que nada, por la conversación que acababa de mantener hacía veinte minutos, pero también porque todavía no había tenido tiempo de tomarse un café. Se le habían quitado las ganas de tomar café después del resultado de las pruebas. Una chorrada, naturalmente. Y ahora las venas, acostumbradas a la cafeína, se habían contraído, de modo que el dolor de cabeza se agazapaba aporreando como una música de fondo desagradable. Había leído que el síndrome de abstinencia de la dependencia de la cafeína desaparece al cabo de dos semanas. Pero Anton no quería librarse de la dependencia. Quería café. Quería que le supiera bien. Rico, como el sabor a menta de la lengua de Mona. Pero lo único que sentía ahora cuando tomaba café era el regusto amargo de los somníferos.

Se había armado de valor para llamar a Gunnar Hagen y contarle que alguien lo había drogado cuando murió el paciente. Que él estaba durmiendo mientras alguien entraba y, aunque los médicos dijeron que la muerte fue por causas naturales, eso era imposible. Que tenían que hacerle la autopsia otra vez, de forma aún más meticulosa. Dos veces lo había llamado. Sin obtener respuesta. No había dejado ningún mensaje en el contestador. Lo había intentado. De verdad que sí. Y pensaba intentarlo otra vez. Porque siempre volvía. Como ahora. Había vuelto a ocurrir. Habían matado a alguien. Frenó, giró y entró en al camino de grava que conducía a Eikersaga, volvió a acelerar y oyó cómo las piedras se estrellaban contra las llantas.

Allí estaba más oscuro todavía, y ya había agua en las hondonadas de la carretera. Pronto sería medianoche. La primera vez también ocurrió en torno a la medianoche. Puesto que el lugar se encontraba en la frontera con Nedre Eiker, el municipio vecino, un policía comarcal acudió el primero después de recibir una llamada de alguien que había oído un estruendo y que aseguraba que había un coche en el río. El policía no solo se había metido en el municipio que no era sino que, además, lo había embrollado todo de lo lindo, paseándose con el coche de aquí para allá, contaminando las posibles pruebas.

Anton pasó la curva donde la encontró. La porra. Era el cuarto día después del asesinato de René Kalsnes, y por fin tenía descanso, pero se encontraba inquieto y se dio una vuelta por el bosque por su cuenta y riesgo. Después de todo, no se les presentaba un asesinato todos los días −ni siquiera todos los años− en el distrito policial de Søndre Buskerud. Procuró moverse por fuera de la zona que ya habían peinado con una cadena de agentes. Y allí estaba, debajo de los abetos, en la curva misma. En la curva donde Anton tomó aquella decisión que lo mandó todo a la porra. Decidió no informar del hallazgo. ¿Por qué? Para empezar estaba tan lejos del lugar del crimen de Eikersaga que, seguramente, la porra no tenía nada que ver con el asesinato. Más tarde le preguntaron por qué fue a rebuscar allí si de verdad creía que el lugar se encontraba demasiado lejos para que el hallazgo tuviera relevancia. Pero en aquel momento, pensó que una porra de policía normal y corriente solo habría conseguido desviar innecesariamente la atención hacia la policía. Los golpes que había recibido René Kalsnes podría haberlos causado cualquier objeto pesado, y también la caída por el precipicio de cuarenta metros de altura, hasta ir a parar al río. Y, de todos modos, no era el arma del crimen. A René Kalsnes le dispararon en la cara con una pistola de 9 milímetros, y ahí acababa la historia.

Pero Anton le contó a Laura lo de la porra unas semanas después. Y ella fue quien, finalmente, lo convenció de que debía informar del asunto, de que él no era quién para valorar la importancia del hallazgo. «Un fallo de evaluación grave», lo llamó el jefe provincial. Y, en agradecimiento por haber dedicado un día libre a ayudar a esclarecer un caso de asesinato, lo quitaron del servicio activo en las calles y lo pusieron de telefonista en una oficina. Lo perdió todo de un plumazo. ¿Y por qué? Nadie lo decía en voz alta, pero a René Kalsnes lo conocía todo el mundo por ser un cerdo sin escrúpulos con propios y ajenos, una persona sin la cual el mundo estaba mejor, en opinión de la mayoría. Pero lo más irritante fue, pese a todo, que la Científica no encontró en la porra ninguna huella que la relacionara con el asesinato. Después de tres meses de cárcel en la oficina, Anton tuvo que elegir entre volverse loco, despedirse o procurar que lo trasladaran. Así que llamó a su viejo amigo y colega Gunnar Hagen, y él le buscó un puesto en la policía de Oslo. Lo que Gunnar Hagen tenía que ofrecerle era, desde un punto de vista profesional, un paso atrás en la carrera, pero Anton podría moverse entre la gente y los bandidos de la ciudad de Oslo, y cualquier cosa era mejor que el aire cerrado de Drammen, que trataban de convertir en una copia de Oslo, llamaban a aquel edificio diminuto «Comisaría» y hasta la dirección, Grønland 36, parecía un plagio de Grønlandsleiret, la dirección de Oslo.

Anton llegó a la cima de la pendiente y el pie derecho frenó instintivamente al ver la luz. Los neumáticos masticaron grava. Y el coche se quedo inmóvil. La lluvia repiqueteaba en la carrocería y casi disimulaba el ruido del motor. Bajaron la linterna que había a veinte metros de donde se encontraba. Los faros captaron el reflejo naranja y blanco del cordón policial, y el también el del chaleco amarillo reflectante de la policía que llevaba la persona que acababa de bajar la linterna. Le indicó que se acercara, y Anton avanzó con el coche. Fue allí, precisamente, justo detrás del cordón policial, donde el coche de René cayó al vacío. Utilizaron una grúa y cables de acero para sacar del río el coche siniestrado y llevarlo al aserradero cerrado, donde lograron dejarlo en tierra. Tuvieron que sacar el cadáver de René Kalsnes poco a poco, puesto que el bloque del motor se había empotrado en la cabina a la altura de las caderas.

Anton pulsó el botón y bajó la ventanilla. Un aire nocturno fresco y húmedo. Gotas de lluvia grandes y cargadas de agua cayeron en el borde superior de la ventanilla y le salpicaron en el cuello pulverizadas en otras más finas.

—Bueno —dijo—. ¿Dónde…?

Anton parpadeó. No estaba seguro de haber completado la frase. Era como si se hubiera producido un pequeñísimo salto temporal, un corte mal ejecutado en una película, no sabía lo que había ocurrido, solo que se había despistado. Se miró las rodillas, allí había fragmentos de cristal. Volvió a levantar la vista, descubrió que la parte superior de la ventanilla estaba rota. Abrió la boca, iba a preguntar qué estaba pasando. Oyó un silbido en el aire, se figuró qué era, quiso levantar el brazo, pero se movía con excesiva lentitud. Oyó el estrépito. Comprendió que procedía de su cabeza, que algo se había roto. Levantó el brazo, gritó. Puso la mano en la palanca de marchas, quería meter la marcha atrás, pero era como si la palanca no quisiera, todo había empezado a ir lentísimo. Quería soltar el embrague, acelerar, pero así avanzaría hacia delante. Hacia el borde. Hacia el precipicio. Al río. Cuarenta metros. Una pura… una pura… Tironeaba y trataba de manipular la palanca. Oía la lluvia con más claridad y sintió el frío aire nocturno por todo el costado izquierdo del cuerpo, alguien había abierto la puerta. El embrague, ¿dónde estaba el pie? Una pura repetición de la misma toma. Hacia atrás. Eso.

Mikael Bellman miraba al techo. Escuchaba el tamborileo relajante de la lluvia en el tejado. Piedra holandesa para cubiertas. Cuarenta años de duración garantizada. Mikael se preguntaba cuántos tejados extra vendían gracias a semejante garantía. Más que suficiente para pagar las compensaciones por los tejados que *no* duraban tanto. Si había algo que la gente deseaba en este mundo era la garantía de que las cosas iban a durar.

Ulla estaba a su lado con la cabeza apoyada en su pecho.

Habían estado hablando. Mucho y durante mucho tiempo. Por primera vez desde que le alcanzaba la memoria. Ella lloró. No con ese llanto negativo que él tanto aborrecía, sino con el otro, el suave, que significaba no tanto dolor como añoranza de algo que fue y que nunca volvería. El llanto que le revelaba que, en su relación con Ulla, había habido algo tan precioso que valía la pena echarlo de menos. Él no había sentido ninguna añoranza antes de que ella empezara a llorar. Como si hiciera falta ese llanto para mostrárselo. Retiraba el telón que siempre había estado allí, el telón que separaba lo que Mikael Bellman pensaba de lo que Mikael Bellman sentía. Ulla lloraba por los dos, siempre había sido así. Y reía por los dos también.

Él quiso consolarla. Le acarició el pelo. Dejó que sus lágrimas humedecieran la camisa celeste que ella le había planchado el día anterior. Luego, casi por error, la besó. ¿O fue consciente? ¿No fue por curiosidad? Por curiosidad de ver cómo reaccionaría ella, la misma clase de curiosidad que podía sentir cuando, siendo un joven agente de la policía judicial, interrogaba a los sospechosos según el modelo de interrogatorio en nueve pasos de Inbau, Reid y Buckley, aquel paso en el que presionan sobre los sentimientos, solo para ver cuál sería la reacción.

Ulla no correspondió al beso al principio, sino que se puso un poco rígida. Luego empezó a responder con cierta cautela. Él conocía sus besos, pero no aquel, ese beso alerta, vacilante. Así que la besó con más ansias. Y entonces ella no pudo contenerse. Lo llevó a la cama. Se quitó la ropa ansiosamente. Y allí, en la oscuridad, Mikael volvió a pensarlo. Que ella no era él. Gusto. Y se le pasó la erección incluso antes de que apareciera bajo las sábanas.

Él le dijo que estaba muy cansado. Que tenía demasiadas cosas en la cabeza. Que era una situación demasiado desconcertante, que la vergüenza que sentía por lo que había hecho lo abrumaba. Pero añadió enseguida que *ella,* la otra, no tenía nada que ver con aquello. Y eso sí que era verdad, podía decirse para sus adentros.

Volvió a cerrar los ojos. Pero era imposible dormir.

Era el desasosiego, el mismo con el que se había despertado los últimos meses, un sentimiento indefinido de que algo terrible había ocurrido o estaba a punto de ocurrir; y, por unos instantes, confiaba en que fuera el regusto de un sueño, hasta que se daba cuenta de lo que era en realidad.

Algo lo hizo abrir los ojos otra vez. Una luz. Una luz blanca en el techo. Surgía del suelo, al lado de la cama. Se volvió, miró la pantalla del teléfono. Sin sonido, pero siempre encendido. Había acordado con Isabelle que nunca se enviarían mensajes por la noche. Ni siquiera le preguntó cuáles eran sus razones para no querer recibir mensajes de noche. Y, al menos en apariencia, ella se lo tomó bien cuando él le dijo que tenían que dejar de verse un tiempo. A pesar de que estaba seguro de que ella lo había entendido perfectamente: que, de esa frase, podía borrar las palabras «un tiempo».

Mikael se tranquilizó al ver que el mensaje era de Truls. Lo sorprendió. Seguramente se lo mandaba borracho. O quizá se había equivocado y el destinatario era otro, quizá una mujer de la que no le había hablado. El mensaje solo contenía tres palabras:

Que duermas bien.

Anton Mittet volvió a despertarse.

Lo primero que registró fue el ruido de la lluvia, que ahora no era más que un rumor débil en el parabrisas. Se dio cuenta de que el motor estaba apagado, que le dolía la cabeza y que no podía mover las manos.

Abrió los ojos.

Los faros seguían encendidos. Iluminaban el suelo a través de la lluvia y luego hacia la oscuridad, donde enseguida desaparecía el suelo. El parabrisas mojado le impedía ver el bosque de abetos en la otra orilla del acantilado, pero sabía que estaba allí. Deshabitado. Silencioso. Ciego. En aquella ocasión no consiguieron encontrar ningún testigo. Esta vez, tampoco.

Se miró las manos. La razón de que no pudiera moverlas era que se las habían atado al volante con unas bridas de plástico. Casi habían sustituido por completo a las esposas tradicionales de la policía. Simplemente, rodeaban las muñecas del detenido con aquellas tiras de plástico y las ajustaban. Las bridas lo sujetaban más fuerte, lo único que conseguía un detenido al resistirse era que las tiras de plástico le atravesaran la piel y se le clavaran en la carne. Hasta el hueso, si no se rendían.

Anton agarró el volante, se dio cuenta de que había perdido la sensibilidad en los dedos.

—¿Despierto? —La voz sonaba extrañamente familiar. Anton se volvió hacia el asiento del copiloto. Se quedó mirando aquellos ojos que lo observaban desde los agujeros de un pasamontañas que cubría toda la cabeza. El mismo tipo que los que utilizaban en el grupo Delta.

—Entonces, vamos a soltar esto.

La mano enguantada agarró la palanca del freno que estaba entre los dos, lo levantó. A Anton siempre le había gustado el ruido rasposo del viejo freno de mano, le producía esa sensación mecánica, de ruedas dentadas y de cadenas, de lo que estaba ocurriendo en realidad. Ahora, la mano lo levantó y luego lo soltó sin un ruido. Solo un leve crujido. Las ruedas. Echaron a rodar hacia delante. Pero solo un metro o dos. Anton pisó el freno instintivamente. Tuvo que pisar a fondo, dado que el motor estaba apagado.

—Buena reacción, Mittet.

Anton se quedó mirando atónito por la ventanilla. La voz. Esa voz. Aflojó un poco la presión sobre el pedal. Emitió un chirrido, como unas bisagras sin lubricante, el coche se movió, y él volvió a pisar el freno. Esta vez lo mantuvo.

La luz del interior del coche se encendió.

—¿Tú crees que René sabía que iba a morir?

Anton Mittet no respondió. Acababa de atisbar su reflejo en el retrovisor. O por lo menos, él creía que era su reflejo. Tenía la cara cubierta del brillo de la sangre. La nariz le colgaba a un lado, debía de tenerla rota.

—¿Qué se siente, Mittet? ¿Qué se siente al saberlo? ¿Por qué no me lo dices?

—¿Por… por qué…? —La pregunta surgió por sí sola de la boca de Anton. Ni siquiera estaba seguro de querer saber por qué. Lo único que sabía era que tenía frío. Y que quería irse de allí. Que quería ir con Laura. Abrazarla. Que ella lo abrazara. Sentir su olor. Su calor.

—¿No has caído todavía, Mittet? Porque no resolvisteis el caso. Así os doy otra oportunidad. Una posibilidad de aprender de los errores cometidos.

—¿A… aprender?

—¿Sabías que las investigaciones psicológicas han demostrado que el mejor incentivo en el trabajo es una reacción un poco negativa? No una reacción muy negativa, ni una muy positiva, sino una *un poco* negativa. Castigaros matando solo a uno de los investigadores del grupo cada vez constituye una serie de reacciones negativas *pequeñas*. ¿No estás de acuerdo conmigo?

Se oyó un chirrido en las ruedas y Anton volvió a pisar el pedal. Se quedó mirando el borde. Sintió como si tuviera que presionar más a fondo todavía.

—Es el líquido de los frenos —dijo la voz—. He hecho un agujero, así que se está derramando. Pronto no servirá de nada lo mucho que pises el freno. ¿Crees que tendrás tiempo de pensar mientras estás cayendo? ¿De arrepentirte?

—¿Arrepentirme de q…? —Anton quería seguir, pero no le salía la voz, era como si tuviera la boca llena de harina. Caer. No quería caer.

—Arrepentirte de lo de la porra —dijo la voz—. De no haber ayudado a encontrar al asesino. Eso podría haberte salvado, ¿sabes?

Anton sintió como si, al pisar el freno, fuera expulsado el líquido, cuanto más fuerte pisaba, más rápido desaparecía del sistema el líquido de frenos. Levantó un poco el pie del pedal. Se oyó el crujido de la grava bajo los neumáticos y, aterrado, se pegó al respaldo del asiento y estiró las piernas apretando contra el suelo y el pedal del freno. El coche tenía un sistema de frenos con doble circuito hidráulico, quizá solo hubiera agujereado uno.

—Si te arrepientes, a lo mejor alcanzas el perdón de los pecados, Mittet. Jesús es magnánimo.

—Yo… sí, me arrepiento. Sácame de aquí.

Risa sorda.

—Pero Mittet, hombre, te estoy hablando del Reino de los Cielos. *Yo* no soy Jesús, de mí no obtendrás ningún perdón. —Breve pausa—. Y la respuesta es sí, he agujereado los dos circuitos del sistema.

Anton creyó por un momento que podía *oír* el gotear del líquido de frenos debajo del coche, hasta que comprendió que era su sangre, que le caía de la barbilla a las rodillas. Iba a morir. De repente lo vio como un hecho inevitable, el frío le inundaba el cuerpo y le dificultaba cualquier movimiento, como si ya hubiera empezado el *rigor mortis*. Pero ¿por qué seguía su asesino sentado allí, a su lado?

—Tienes miedo a morir —dijo la voz—. Es tu cuerpo el que despide ese olor, ¿lo notas? Adrenalina. Huele a medicina y a orines. Es el mismo olor que hay en las residencias de ancianos y en los mataderos. El olor al miedo a morir.

Anton tomó aire, era como si no hubiera bastante para los dos allí dentro.

—Yo, en cambio, no tengo ningún miedo a morir —dijo la voz—. ¿No es extraño? Que sea posible perder algo tan inherente al ser humano como el miedo a morir. Naturalmente está relacionado con las ganas de vivir, pero solo en parte. Mucha gente se pasa la vida en un lugar en el que no quieren estar por miedo a que la alternativa sea peor. Qué triste, ¿no?

Anton tenía la sensación de estar asfixiándose. Nunca había tenido asma, pero había visto a Laura cuando sufría sus ataques, había visto esa expresión desesperada y suplicante, había experimentado la angustia de no poder ayudarle, solo ser testigo de su lucha agónica por tomar algo de aire. Pero una parte de él también sentía curiosidad, quería saber, quería sentir cómo sería estar ahí, sentir que uno estaba a punto de morir, sentir que uno no podía hacer nada, que aquello era algo que sucedía *contra uno.*

Ahora lo sabía.

—En realidad, yo creo que la muerte es un lugar mejor —siguió salmodiando la voz—. Pero ahora no puedo acompañarte, Anton. Tengo un trabajo que hacer, ¿sabes?

Anton podía oír otra vez el crujido, como una voz burda que introdujera despacio una frase con ese sonido, y que pronto iría más rápido. Y ya no era posible empujar más el pedal del freno, lo tenía pisado hasta el fondo.

—Adiós.

Notó el aire que entraba por el lado del copiloto cuando se abrió la puerta.

—El paciente —dijo Anton con un gemido.

Tenía la vista clavada en el borde, en el punto en que todo desaparecía, pero notó que la persona que había en el asiento del acompañante se volvía hacia él.

—¿Qué paciente?

Anton sacó la lengua, se la pasó por el labio superior, notó algo húmedo que sabía dulce y metálico. Se impregnó la boca. Consiguió que le saliera la voz.

—El paciente del Rikshospitalet. Me drogaron mientras lo mataban. ¿Fuiste tú?

Hubo unos segundos de silencio en que solo oyó la lluvia. La lluvia que caía allá fuera, en la oscuridad, ¿existía un sonido más hermoso? Si hubiera podido elegir, se habría pasado la vida escuchando ese sonido, día tras día. Año tras año. Escuchando y escuchando y disfrutando de cada segundo que se le concediera.

Entonces se movió el cuerpo que tenía al lado, notó que el coche se elevaba un poco al verse libre del peso del otro, y la puerta se cerró suavemente. Se había quedado solo. Se movían. El ruido de las ruedas que se movían sobre la grava sonaba como un rumor apacible. El freno de mano. Lo tenía a cincuenta centímetros de la mano derecha. Anton intentó liberar las manos. Ni siquiera notó el dolor cuando se le rasgó la piel. El susurro ya empezaba a sonar más alto y más rápido. Sabía que era demasiado alto y estaba demasiado anquilosado para poder pasar un pie por debajo del freno de mano y tirar hacia arriba, así que se agachó. Abrió la boca. Logró atrapar el extremo del freno, notó cómo le presionaba la cara interna de los dientes de la mandíbula superior, tiró, pero se le resbaló. Lo intentó, y sabía que era demasiado tarde, pero prefería morir así, luchando, desesperando, viviendo. Se giró, volvió a atrapar el freno con la boca.

De repente se hizo un silencio absoluto. La voz callaba y la lluvia había cesado de pronto. No, no había cesado. Era él. Estaba cayendo. Ingrávido, pero dando vueltas en un vals lentísimo, como el que bailó con Laura en aquella ocasión mientras los miraban todos los amigos que estaban alrededor. Rotando sobre su propio eje, despacio, balanceándose, fuerte-débil-débil, pero ahora se encontraba completamente solo. Cayendo en aquel silencio extraordinario. Cayendo con la lluvia.

14

Laura Mittet se los quedó mirando. Cuando llamaron al piso, bajó hasta el portal del bloque, que daba al Elveparken, y ahora estaba allí en bata, muerta de frío y con los brazos cruzados. El reloj indicaba noche, pero fuera empezaba a clarear, ya veía los primeros rayos de sol espejeando sobre el río Drammenselva. Había ocurrido algo, un par de segundos en que no estaba allí, ni los oía ni veía nada más que el río detrás de ellos. Unos segundos en los que estaba sola y pensó que Anton nunca fue su hombre. Que ella nunca había conocido a su hombre o, al menos, no le tocó en suerte. Y el que le tocó, Anton, la engañó el mismo año que se casaron, aunque nunca supo que ella lo había descubierto. Tenía mucho que perder si se lo decía. Y, seguramente, ahora había tenido otro desliz. Venía con la misma cara de normalidad exagerada mientras le daba las mismas excusas pobres que en aquella ocasión. Horas extra, de repente. Caos en la carretera camino a casa. El teléfono apagado por falta de batería.

Eran dos. Un hombre y una mujer, los dos vestidos de uniforme, sin una sola arruga, sin una sola mancha. Como si acabaran de sacarlos del armario para ponérselos. Con la mirada seria, casi temerosa. La llamaban «señora Mittet». Nadie la llamaba así. Y a ella tampoco le habría gustado. Era el apellido de él, Laura se había arrepentido más de una vez de haberlo adoptado.

Carraspearon un poco. Tenían una noticia que darle. Ya, ¿y qué esperaban? Ella ya lo sabía. Ya se lo habían contado con aquella jeta absurda de tragedia exagerada. Estaba indignada. Tanto que

178

casi notaba cómo se le desencajaba la cara, cómo se le deformaba y se convertía en algo que no quería ser, como si también ella se hubiera visto obligada a representar un papel en aquella tragicomedia. Le dijeron algo. ¿Qué decían? ¿Le estaban hablando en su idioma? Aquellas palabras no tenían ningún sentido.

Ella nunca quiso tener un hombre. Y nunca quiso llevar su nombre.

Nunca, hasta ahora.

15

El Volkswagen Sharan de color negro ascendía despacio rotando hacia el cielo azul. Como un cohete a cámara superlenta, pensó Katrine, mientras veía la cola, que no era de fuego y humo, sino del agua que salía de las puertas y del maletero del coche siniestrado, una cola que se deshacía en gotas que lanzaban destellos al sol mientras caían al río.

—La vez anterior sacamos el coche hasta aquí —dijo el policía de la zona.

Se encontraban delante del antiguo aserradero, en cuya fachada se descascarillaba la pintura roja y cuyas ventanas tenían los cristales rotos. La hierba marchita se extendía sobre el suelo como un flequillo nazi que hubieran peinado hacia el lado en que el agua había estado corriendo la noche anterior. Allí donde había sombra se veían unas manchas grises de nieve encharcada. Un ave migratoria que había vuelto a casa demasiado pronto cantaba optimista aunque sentenciada a muerte, y en el río sonaba un chapoteo satisfecho.

—Pero aquel estaba encajado entre dos rocas, por eso fue más fácil izarlo en vertical.

Katrine siguió con la mirada cómo bajaban las aguas del río. Por encima del aserradero había una represa, allí el agua pasaba filtrándose entre los grandes bloques de granito contra los que se había estrellado el coche. Vio los destellos del sol sobre el cristal aquí y allá. Luego recorrió con la mirada la pared vertical de la roca. Granito de Drammen. Al parecer era un concepto. Atisbó la parte posterior de la grúa y el gancho amarillo que sobresalía más allá del borde del precipicio allí arriba. Esperaba que quien fuera hubiera hecho bien los deberes de física.

–Pero, si sois investigadores, ¿por qué no estáis ahí arriba con los demás? –preguntó el policía, que los había dejado pasar a la zona acordonada después de examinar atentamente su identificación policial.

Katrine se encogió de hombros. Claro, no podía responder diciéndole que habían salido a ver qué pescaban, cuatro personas sin licencia y sin competencias, con una misión de tal naturaleza que, por el momento, era mejor que se mantuvieran fuera del alcance del grupo de investigación oficial.

–Desde aquí vemos lo que nos hace falta –dijo Beate Lønn–. Gracias por dejarnos echar un vistazo.

–Faltaría más.

Katrine Bratt apagó el iPad, que aún tenía iniciada la sesión en el registro interno de las cárceles de Noruega, antes de apresurarse a seguir a Beate Lønn y a Ståle Aune, que ya habían saltado el cordón policial y avanzaban en dirección al Volvo Amazon de Bjørn Holm, que tenía más de treinta años de antigüedad. El propietario del coche bajaba desde la cima por la empinada pendiente de grava y los alcanzó al llegar a aquella antigualla de coche, sin aire acondicionado, sin airbags ni cierre centralizado, pero sí dos franjas de cuadros de tablero de ajedrez que cruzaban la carrocería hasta la parte trasera. Al oír su respiración dificultosa, Katrine concluyó que hoy, desde luego, Holm no superaría la prueba de ingreso en la Escuela Superior de Policía.

–Bueno, ¿qué? –dijo Beate.

–Tiene la cara parcialmente destrozada, pero dicen que lo más probable es que sea el cadáver de Anton Mittet –dijo Holm, se quitó el gorro de rastafari y lo utilizó para secarse el sudor de aquella cara redonda que tenía.

–Mittet –dijo Beate–. Naturalmente.

Los demás se volvieron hacia ella.

–Un policía de la zona. El que sustituyó a Sivert en la guardia en Maridalen, lo recuerdas, ¿verdad, Bjørn?

—No —dijo Holm, que no parecía muy avergonzado. Katrine supuso que se había acostumbrado a tener una superior que era marciana.

—Estaba en la policía de Drammen. Y estuvo involucrado de pasada en la investigación del otro asesinato que se cometió aquí.

Katrine meneó la cabeza sorprendida. Una cosa era que Beate reaccionara enseguida cuando vio en la web interna de la policía la noticia del coche que había caído al río, y les ordenara a todos que acudieran a Drammen, porque también se acordó enseguida de que era el mismo lugar donde asesinaron a René Kalsnes varios años atrás. Pero que recordara también el nombre de un tío de Drammen que había estado involucrado *de pasada* en la investigación era algo muy distinto.

—Bueno, era fácil de recordar, porque metió la pata a base de bien —dijo Beate, a quien, al parecer, no había pasado inadvertido el gesto de Katrine—. Encontró una porra y no dijo nada porque pensó que podía inculpar a la policía. ¿Han dicho algo sobre la causa probable de la muerte?

—No —dijo Holm—. Es obvio que habría muerto de la caída. Además, tenía el freno de mano metido en la boca y le salía por la parte posterior de la cabeza. Pero debieron de agredirle mientras aún estaba vivo, porque tenía la cara llena de marcas de golpes.

—¿Es posible que se saliera de la carretera? —preguntó Katrine.

—Puede ser. Pero tenía las manos atadas con bridas al volante. No había rodadas de frenazos y el coche se estrelló con las rocas más próximas a la pared, así que no debía de llevar mucha velocidad. Seguro que cayó rodando.

—¿El freno de mano en la boca? —dijo Beate con el ceño fruncido—. ¿Cómo puede ser?

—Tenía las manos atadas, y el coche iba rodando hacia el borde —dijo Katrine—. Puede que intentara tirar del freno con la boca, ¿no?

—Puede. En todo caso, es un policía, y lo han asesinado en un escenario en el que trabajó hace tiempo.

—Y en un asesinato que quedó sin resolver —añadió Bjørn Holm.

—Sí, pero hay varias diferencias notables entre este asesinato y los de las chicas de Maridalen y Tryvann —dijo Beate, blandiendo los informes de los asesinatos que habían impreso rápidamente antes de salir del despacho del sótano—. René Kalsnes era hombre, y no había signos de agresión sexual.

—Existe una diferencia más importante —dijo Katrine.

—¿Ah, sí?

Le dio una palmadita al iPad que llevaba debajo del brazo.

—Acababa de comprobar el registro de antecedentes penales y el registro interno antes de salir. Valentin Gjertsen cumplía una breve condena en Ila cuando mataron a René Kalsnes.

—¡Mierda! —Era Holm.

—Bueno, bueno —dijo Beate—. Eso no quita para que Valentin haya podido matar a Anton Mittet. Puede que aquí tengamos otro patrón, pero detrás de esto se esconde el mismo loco. ¿O tú qué dices, Ståle?

Todos se volvieron a mirar a Ståle Aune, que llevaba un rato más callado de lo normal. Katrine se había dado cuenta de que aquel hombre corpulento también estaba más pálido de lo normal. Se apoyó en la puerta del Amazon y el pecho le subía y le bajaba al respirar.

—¿Ståle? —repitió Beate.

—Perdón —dijo el psicólogo, con un intento fallido de sonrisa—. El freno de mano…

—Ya te acostumbrarás —dijo Beate con un intento igual de fallido por ocultar su impaciencia—. ¿Es este nuestro matarife de polis o no lo es?

Ståle Aune se irguió un poco.

—Los asesinos en serie pueden apartarse de su patrón, si es eso lo que quieres saber. Pero no creo que este sea ningún imitador que siga allí donde lo dejó el primer… eeh… matarife de polis. Como Harry solía decir, un asesino en serie es como una ballena blanca. Y un asesino en serie que mata policías es una ballena blanca con manchas de color rosa. No hay dos.

—Así que estamos de acuerdo en que se trata del mismo asesino —afirmó Beate—. Pero la condena nos fastidia la teoría de que Valentin esté visitando los antiguos escenarios de sus crímenes y repitiendo los asesinatos.

—Ya, pero con todo y con eso —dijo Bjørn—, este es el único asesinato que es una copia. Los golpes en la cara, el coche en el río... Y puede que eso tenga algún significado.

—¿Ståle?

—Puede significar que siente que ha mejorado, que perfecciona los asesinatos al convertirlos en verdaderas copias.

—Ya vale —lo cortó Katrine—. Tal y como lo describes, parece que estés hablando de un artista.

—¿Sí? —dijo Ståle, y la miró extrañado.

—¡Lønn!

Se dieron la vuelta. Desde la cima de la pendiente de grava se acercaba un hombre con una camisa hawaiana aleteando al viento, la barriga temblándole y los rizos bailándole al andar. El ritmo relativamente acelerado parecía depender más de la inclinación de la pendiente que del ímpetu del cuerpo.

—Vámonos de aquí —dijo Beate.

Ya se habían sentado en el Amazon, y Bjørn estaba en el tercer intento de arrancar el coche cuando el nudillo de un dedo índice dio unos toquecitos en la ventanilla de Beate, que iba en el asiento del copiloto.

La jefa de la Científica soltó un suspiro y bajó la ventanilla.

—Roger Gjendem —dijo—. ¿Tiene el *Aftenposten* alguna pregunta a la que yo pueda responder «sin comentarios»?

—Este es el tercer asesinato en que la víctima es un policía —jadeó el hombre de la camisa hawaiana, y Katrine constató que, en lo que a condición física se refería, Bjørn Holm había encontrado a quien superar—. ¿Tenéis alguna pista?

Beate Lønn sonrió.

—S-i-n-c-o-m-e-n... —fue deletreando Roger Gjendem mientras hacía como que tomaba notas—. Hemos estado preguntando por la zona. El propietario de una estación de servicio dice que Mittet repostó en su gasolinera ayer noche. Creía que iba solo. ¿Quiere eso decir...?

—Sin…

—… comentarios. ¿Creéis que el jefe provincial os va a exigir que, a partir de ahora, tengáis el arma cargada y lista para disparar?

Beate enarcó una ceja.

—¿Qué quieres decir?

—El arma reglamentaria que estaba en la guantera de Mittet. —Gjendem se agachó y los miró con suspicacia, para comprobar si era cierto que no estaban al corriente de una información tan básica—. Estaba vacía, aunque tenía una caja llena de cartuchos. Si la hubiera tenido cargada, habría podido salvarse.

—¿Sabes qué, Gjendem? —dijo Beate—. La verdad, puedes poner un signo de igualdad con la primera respuesta que te he dado. Y en realidad, preferiría que ni mencionaras este brevísimo encuentro.

—¿Por qué?

El motor se puso en marcha con un gruñido.

—Que lo pases bien, Gjendem. —Beate empezó a subir la ventanilla. Pero no lo bastante rápido como para no oír la siguiente pregunta:

—¿Lo echáis de menos, ya sabéis…?

Holm soltó el embrague. Katrine vio a Roger Gjendem cada vez más pequeño en el retrovisor.

Pero hasta que no pasaron Liertoppen no dijo lo que sabía que todos estaban pensando.

—Gjendem tiene razón.

—Sí —dijo Beate con un suspiro—. Pero es que ya no podemos contar con él, Katrine.

—Lo sé, pero ¡tenemos que probar!

—¿Probar el qué? —preguntó Bjørn Holm—. ¿Desenterrar en el cementerio a un hombre al que han declarado muerto?

Katrine se quedó mirando la monotonía del bosque que se deslizaba a ambos lados de la autovía. Pensó en aquella vez en que sobrevoló aquella zona en un helicóptero de la policía, la región con mayor densidad de población de Noruega, y en cómo le sorprendió que, incluso allí, casi todo era bosque y territorio deshabitado. Lugares a los que la gente no iba. Lugares en los que esconderse. Que, incluso allí, las casas eran puntitos luminosos en la noche, la autovía, una línea delgada que cruzaba aquella negrura impenetrable. Que era imposible verlo todo. Que uno tiene que olfatear. Escuchar. Saber.

Casi habían llegado a Asker, pero iban tan en silencio que, cuando Katrine respondió por fin, ninguno había olvidado la pregunta.

—Sí —respondió.

16

Katrine Bratt cruzó la plaza despejada que se extendía delante de Chateau Neuf, el cuartel general de la Asociación Noruega de Estudiantes. Fiestas de órdago, conciertos alucinantes, debates acalorados. Así recordaba ella que quería venderse aquel lugar. Y, a veces, cumplían las expectativas.

El código de la vestimenta había cambiado sorprendentemente poco entre los estudiantes desde que ella dejó de frecuentarlo, camiseta, pantalón largo, gafas de pasta, anoraks y botas militares con aire retro, una seguridad en el estilo con la que trataba de camuflar la inseguridad, el trepa mediocre tras del cual se ocultaba un holgazán listo, el miedo a fracasar en lo social y en lo profesional. Pero todos estaban encantados de no pertenecer a los pobres desgraciados que vivían en ese lado de la zona al que ahora se dirigía Katrine.

Algunos de aquellos desgraciados se acercaban ahora a donde ella se encontraba desde la puerta de la zona estudiantil, que se asemejaba a la puerta de una cárcel. Estudiantes con uniformes negros de policía, que siempre, por bien que les sentaran, parecían quedarles un poco grandes. Desde lejos podía ver quiénes eran los de primero. Se diría que trataban de situarse en el centro del uniforme y llevaban la visera de la gorra demasiado baja. Bien para camuflar la inseguridad con un gesto de intrepidez o para no ver las miradas un tanto despectivas o compasivas de los estudiantes que había al otro lado, los estudiantes de verdad, los que eran libres, independientes, críticos con el sistema, intelectuales. Que sonreían detrás de la melena grasa mientras, tumbados en la escalinata, tomaban el sol tan alto y tan bajo a la vez, aspirando lo que sabían que los estudiantes de policía sabían que *podía* ser un petardo.

Porque ellos eran los jóvenes de verdad, los mejores de la sociedad, con derecho a equivocarse, los que aún tenían por delante, y no a la espalda, el derecho a elegir en la vida.

A lo mejor era Katrine la única que tenía esa sensación al estar allí, la única que sentía la necesidad de gritarles que no sabían quién era, por qué había decidido ser policía, qué había pensado hacer el resto de su vida.

El viejo conserje, Karsten Kaspersen, seguía en su puesto, al otro lado de la puerta, pero ni con el menor gesto desveló si se acordaba de la alumna Katrine Bratt cuando ella le enseñó la identificación y él le dio paso con un gesto. Recorrió el pasillo, en dirección a la sala de conferencias. Pasó por delante de la puerta del escenario del crimen, organizado como un apartamento con las paredes de escayola y una galería donde podían verse unos a otros practicar el registro domiciliario, la localización de pistas, la lectura del curso de los acontecimientos.

La puerta del gimnasio, con aquel suelo alfombrado y el olor a sudor, donde se entrenaban en el refinado arte de abatir al suelo a la gente y de ponerles las esposas. Abrió la puerta despacio y entró en el aula 2. Estaban en plena clase, así que se encaminó discretamente hacia un sitio libre de la última fila. Se sentó tan silenciosamente que las dos chicas que no paraban de cuchichear no repararon en su presencia.

—No está buena de la cabeza, vamos. Tiene una foto suya en la pared de su habitación.

—¿No me digas?

—La he visto con mis propios ojos.

—Pero, por Dios, si es viejo. Y feo.

—¿Tú crees?

—¿Es que estás ciega? —Señaló hacia la pizarra, donde el profesor escribía de espaldas al auditorio.

—¡El móvil! —El profesor se había dado la vuelta y repitió la palabra que había escrito en la pizarra—. El precio psicológico de matar es tan elevado para el pensamiento racional y para quienes tienen unos sentimientos normales que es preciso tener un móvil extraordinario. Y, por lo general, resulta más fácil encontrar un móvil extraordinario que el arma del crimen, testigos o pruebas periciales. Y, por lo general, un buen móvil señala directamente al autor potencial de los hechos. De ahí que todo investigador deba empezar por hacerse esta pregunta: «¿Por qué?».

Hizo una pausa mientras contemplaba a la audiencia, más o menos como un perro pastor rodea al rebaño y lo mantiene unido, pensó Katrine.

Levantó el dedo índice.

—Haciendo una simplificación brutal: «encuentra el móvil y encontrarás al asesino».

A Katrine Bratt no le parecía feo. Tampoco guapo, claro, en el sentido convencional de la palabra. Más bien lo que los ingleses llamaban *acquired taste*. Y seguía teniendo la misma voz, profunda, cálida, con ese tono un tanto desgarrado y bronco que resultaba atractivo no solo para las estudiantes y admiradoras estrictamente jóvenes.

—¿Sí? —El profesor dudó un instante antes de conceder la palabra a la estudiante que tenía la mano levantada.

—¿Por qué enviamos grandes grupos de técnicos criminalistas, que tan costosos son, si un investigador operativo brillante como tú es capaz de resolver el caso con unas cuantas preguntas y algo de reflexión?

No había ironía perceptible en el tono de la alumna, solo una sinceridad algo infantil, además de un acentillo que delataba que debía de haber vivido por el norte.

Katrine vio la rápida sucesión de sentimientos en la expresión del profesor, vergüenza, resignación, irritación, antes de serenarse y responder:

—Porque nunca es suficiente con *saber* quién es el asesino, Silje. Durante la oleada de robos que sufrió Oslo hace diez años, la que entonces se llamaba Unidad de Atracos contaba con una policía que era capaz de reconocer a personas enmascaradas solo fijándose en la forma y la silueta de la cara.

—Beate Lønn —dijo la chica a la que había llamado Silje—. La jefa de la Científica.

—Exacto. Y en ocho de cada diez casos, la unidad de atracos sabía quiénes eran las personas enmascaradas que aparecían en el vídeo del robo. Pero no tenían pruebas. Las huellas son pruebas. Una pistola con la que se ha efectuado un disparo es una prueba. Un investigador convencido *no* es una prueba, por brillante que sea. Hoy he estado haciendo una serie de simplificaciones, pero esta es la última, la respuesta a la pregunta «¿Por qué?» no vale nada si no encontramos la respuesta al cómo, y viceversa. Pero ahora nos hallamos en un estadio más avanzado del proceso. Folkestad os dará clase de investigación técnica. —Miró el reloj—. Hablaremos más en profundidad sobre el móvil en la próxima clase, pero aún tenemos tiempo de un ejercicio de calentamiento. ¿Por qué se mata la gente?

Volvió a mirar al público como animándolo. Katrine vio que, además de la cicatriz que le describía una curva desde la comisura de los labios hasta la oreja, tenía otras dos que eran nuevas. Una parecía una cuchillada en el cuello; la otra, podía ser de un disparo, en un lateral de la cabeza, a la altura de la ceja. Pero, por lo demás, tenía mejor aspecto del que ella recordaba haberle visto nunca. Aquella figura de un metro noventa y tres centímetros se veía erguida y ágil, el pelo rubio cortado a cepillo aún no tenía rastro de gris. Y se notaba debajo de la camiseta que estaba bien entrenado, que había recobrado la musculatura. Y, lo más importante, tenía la mirada viva. Había recuperado aquel toque despierto, enérgico, rayano en lo obsesivo. Arrugas que indicaban que reía mucho y un lenguaje corporal relajado que no le había visto antes. Casi podía sospecharse que llevaba una buena vida. Lo cual, de ser así, sucedía por primera vez desde que Katrine lo conocía.

—Porque ganan algo matando —respondió una joven voz masculina.

El profesor asintió complacido.

—Sí, cabría pensar que es así, ¿no? Pero no es lo habitual que el motivo del asesinato sea que vayas a obtener algo, Vetle.

Una voz chillona de la región de Sunnmøre:

–¿Por odio al otro?

–Elling habla de crimen pasional –dijo–. Celos. Rechazo. Venganza. Sí, desde luego. ¿Algo más?

–¿Porque eres un enfermo mental? –Propuso un chico alto y encorvado.

–No se llama enfermo mental, Robert. –Era otra vez la chica. Katrine solo veía una cola de caballo rubia en forma de ese que asomaba por el respaldo de la silla, en primera fila–. Se llama…

–Está bien, hemos entendido lo que quiere decir, Silje. –El profesor se había sentado en la silla, estiró las largas piernas en el suelo y cruzó los brazos sobre el logotipo de la camiseta de Glasvegas–. Y, personalmente, me parece que enfermo mental es una expresión excelente. Pero, la verdad, no es una causa frecuente de asesinato. Naturalmente hay quienes piensan que el asesinato es, *per se,* una prueba de locura, pero la mayoría de los asesinatos son racionales. Igual que es racional buscar un beneficio material, es racional la búsqueda de la redención sentimental. El asesino puede tener la idea de que el asesinato paliará el dolor que conllevan el odio, el miedo, los celos, la humillación.

–Pero si el asesinato es tan racional… –intervino otra vez el primer chico– ¿podrías decirnos a cuántos asesinos satisfechos has conocido?

La lumbrera de la clase, supuso Katrine.

–Pocos –dijo el profesor–. Pero que el asesinato suponga una decepción no significa que no sea un acto racional, mientras el asesino *cree* que le permitirá alcanzar la salvación. Por regla general, la venganza es más dulce en la imaginación, el asesinato cometido en un ataque de celos viene seguido por el arrepentimiento, el *crescendo* que el asesino en serie construye de forma tan minuciosa se convierte casi en un anticlímax, y entonces tiene que probar otra vez. En pocas palabras… –Se levantó y volvió a la pizarra–. En cuestión de asesinatos, hay algo de verdad en la afirmación de que delinquir no es rentable. Para la próxima clase quiero que cada uno de vosotros traiga pensado un móvil que pudiera impulsarlo a matar. No quiero oír ninguna basura políticamente correcta, quiero que exploréis lo más negro de vuestro fuero interno. O bueno, quizá casi lo más negro también valga. Y también *os leéis* la tesis doctoral de Aune sobre las variedades de personalidad de los asesinos y la elaboración de perfiles, ¿vale? Y sí, haré preguntas para comprobar que lo habéis hecho. Así que estad preocupados, estad preparados. Y adiós.

Siguió el alboroto de las sillas al moverse.

Katrine se quedó sentada observando a los alumnos que pasaban a su lado. Al final, solo quedaban tres personas. Ella, el profesor, que estaba borrando la pizarra, y la cola de caballo en forma de ese que seguía justo detrás de él, con las piernas muy juntas y los apuntes debajo del brazo. Katrine vio que era delgada. Y que su voz sonaba ahora distinta a como había sonado en clase.

—¿No crees que el asesino en serie que atrapaste en Australia sentía satisfacción cuando mataba a las mujeres? —Con afectación de jovencita, como una niña que quiere impresionar a su padre.

—Silje…

—Quiero decir que las violaba. Lo cual debía de hacerlo sentir bastante bien.

—Léete la tesis y volvemos sobre ello el próximo día, ¿vale?

—Vale.

Pero se quedó allí plantada. Balanceando el peso del cuerpo de un pie a otro. Como si quisiera ponerse de puntillas, pensó Katrine. Llegar hasta él. Mientras, el profesor recogía sus papeles y los guardaba en un portafolios de piel sin prestarle ninguna atención. Entonces ella se volvió rápidamente y subió corriendo la escalera hacia la puerta. Redujo la velocidad al ver a Katrine y la miró de arriba abajo antes de apretar de nuevo el paso y esfumarse.

—Hola, Harry —dijo Katrine en voz baja.

—Hola, Katrine —dijo él sin levantar la vista.

—Se te ve muy bien.

—Lo mismo digo —respondió él, y cerró la cremallera del portafolios.

—¿Me has visto llegar?

—Te he *sentido* llegar. —Levantó la vista. Y sonrió. A Katrine siempre le había impresionado cómo se le transformaba la cara cuando se reía. Cómo eliminaba de un plumazo el toque duro, huraño y de cansancio vital que siempre llevaba puesto como un abrigo gastado. De repente parecía un niño grande y travieso desde el que brillaba el sol. Como un día de julio en el que hiciera buen tiempo en Bergen. Tan deseado como raro y breve.

—¿Y eso que significa?

—Que casi esperaba que vinieras.

—¿No me digas?

—Sí. Y la respuesta es no. —Se metió el portafolios bajo el brazo, subió hasta ella las escaleras de cuatro zancadas y la abrazó.

Ella le devolvió el abrazo, aspiró su olor.

—¿No a qué, Harry?

—No, no me vas a conquistar —le susurró al oído—. Pero eso ya lo sabías.

—Eh, oye —dijo ella, e hizo como si quisiera liberarse del abrazo—. De no haber sido por la fea, no habría tardado ni cinco minutos en conseguir que vinieras meneando la cola, muchacho. Y no he dicho que se te vea *tan* bien…

Él se echó a reír, la soltó, y Katrine pensó que podría haberla seguido abrazando un rato más. Nunca había tenido muy claro si quería acostarse con Harry o si ni se lo cuestionaba por el simple hecho de que era tan poco realista que no tenía por qué adoptar ninguna postura. Y, con el tiempo, se había convertido en una broma de contenido sin definir. Además, él había vuelto con Rakel. O «con la fea», como le permitía a Katrine que llamara a Rakel, dado que lo absurdo de la afirmación no hacía más que subrayar la belleza tan irritante de Rakel.

Harry se pasó la mano por la barbilla mal afeitada.

—Ya… Bueno, si lo que buscas no es este cuerpo irresistible, tiene que ser… —Levantó el dedo índice—. Ya sé. Este cerebro brillante que tengo.

—Tu sentido del humor ha mejorado con los años, por lo que veo.

—Pues la respuesta sigue siendo no. Y tú ya lo sabías.

—¿Tienes un despacho en el que podamos hablar del tema?

—Sí y no. Tengo un despacho, pero allí no podemos hablar de si puedo ayudaros con ese caso de asesinato.

—*Casos* de asesinato.

—Es un único caso, por lo que he visto.

—Fascinante, ¿verdad?

—Ni lo intentes. He dejado atrás esa vida, y lo sabes.

—Harry, es un caso que te necesita. Y un caso que tú necesitas.

En esta ocasión, la sonrisa no se le reflejó en los ojos.

—Yo necesito un caso de asesinato tanto como un trago, Katrine. *Sorry*. Ahórrate tiempo y ve a buscar la siguiente alternativa.

Ella se lo quedó mirando. Pensando que la comparación del caso con el trago le salió sin pensar. Que eso confirmaba lo que ella venía sospechando, que Harry tenía miedo, sencillamente. Tenía miedo de que, solo echarle un vistazo al caso, tendría las mismas consecuencias que una gota de alcohol. No podría parar sin dejarse engullir, sin dejarse consumir. Por un instante sintió cargo de conciencia, el ataque repentino de autodesprecio que puede sentir un camello. Hasta que recordó las fotos del lugar del crimen. El cráneo aplastado de Anton Mittet.

—No hay ninguna alternativa para reemplazarte, Harry.

—Puedo daros un par de nombres —dijo Harry—. Hay un tío con el que hice el curso del FBI. Puedo llamarlo y…

—Harry… —Katrine lo cogió del brazo y lo llevó hasta la puerta—. ¿En tu despacho hay café?

—Claro, pero ya te digo que…

—Olvídate del caso, vamos a charlar un rato de los viejos tiempos.

—¿Tienes tiempo de charlas?

—Necesito algo de distracción.

Harry se la quedó mirando. Iba a decir algo, se arrepintió. Asintió.

—Vale.

Subieron una escalera y recorrieron un pasillo con despachos a ambos lados.

—Tengo entendido que le robas ideas a Ståle Aune de sus clases —dijo Katrine. Como de costumbre, tenía que ir medio corriendo para mantener el ritmo de las zancadas kilométricas de Harry.

—Le robo todo lo que puedo; no en vano, era el mejor.

—Como lo de que la expresión «enfermo mental» es una de las pocas que, en medicina, resulta exacta, se comprende intuitivamente y, además, es poética. Lo que pasa es que las expresiones precisas siempre acaban en la basura porque un puñado de profesionales necios se empeña en decir que lo mejor para el bienestar del paciente es usar una cortina de humo lingüística.

—Exacto —dijo Harry.

—Por eso yo ya no soy maníaco-depresiva. Ni *borderline*. Soy bipolar dos.

—¿Dos?

—¿Lo ves? ¿Por qué no da clases Aune? Yo creía que le encantaba.

—Quería llevar una vida mejor. Más sencilla. Más tiempo de calidad con las personas a las que quiere. Una decisión sensata.

Katrine lo miró de reojo.

—Deberíais convencerlo. A nadie de esta sociedad debería permitírsele que renunciara a aplicar un talento tan superior allí donde resulta útil. ¿No estás de acuerdo?

Harry soltó una risita.

—No te rindes, ¿verdad? Yo creo que soy útil aquí, Katrine. Y la Escuela no llama a Aune porque quieren ver a más profesores de uniforme, no a civiles.

—Tú eres un civil.

—Pues a eso voy. Resulta que ya no estoy dentro de la policía, Katrine. Es lo que elegí. Una elección que significa que yo, nosotros, nos encontramos en otro punto.

—¿Cómo te hiciste esa cicatriz en la sien? —preguntó, y notó cómo Harry, de forma tan rauda como imperceptible, se encogía un poco. Pero antes de que pudiera responder se oyó una voz sorda en el pasillo.

—¡Harry!

Se pararon y se giraron los dos. Un hombre bajito con una barba roja salió de uno de los despachos y se les acercaba caminando con un ritmo irregular. Katrine siguió a Harry, que fue al encuentro de aquel hombre algo mayor.

—Tienes visita —dijo el hombre en voz alta, antes de que hubieran llegado a la distancia normal para mantener una conversación.

—Claro —dijo Harry—. Katrine Bratt. Te presento a Arnold Folkestad.

—Quiero decir que tienes visita en el despacho —dijo Folkestad, se detuvo, respiró hondo varias veces antes de ofrecerle a Katrine Bratt una mano grande y pecosa.

—Arnold y yo compartimos la asignatura de investigación de asesinatos —dijo Harry.

—Y puesto que a él le toca hablar de la parte entretenida de la profesión, es el más apreciado de los dos —protestó Folkestad—. Mientras que yo tengo que mantenerles los pies en el suelo hablándoles de métodos, la parte técnica, la ética, la normativa… No hay justicia en el mundo.

—Por otro lado, Arnold sabe mucho de pedagogía —dijo Harry.

—Pero el cachorro no me va a la zaga —susurró Folkestad.

Harry frunció el ceño.

—Esa visita, no será…

—Tranquilo, no es la señorita Silje Gravseng, son unos antiguos colegas. Además, les he puesto un café.

Harry dirigió a Katrine una mirada afilada. Luego se dio la vuelta y se dirigió a la puerta del despacho. Katrine y Folkestad se lo quedaron mirando.

—Madre mía, ¿he dicho algo malo? —preguntó Folkestad extrañado.

—Comprendo que esto puede interpretarse como un asedio —dijo Beate, y se llevó la taza a la boca.

—¿Quieres decir que *no es* un asedio? —dijo Harry, y se tumbó en la silla tanto como le permitía aquel despacho diminuto. Al otro lado del escritorio, detrás de las montañas de papeles, se apretujaban como podían Beate Lønn, Bjørn Holm y Katrine Bratt, cada uno en una silla. Despacharon enseguida la ronda de saludos. Un apretón de manos, nada de abrazos. Ningún intento patético de charla distendida. Harry Hole no invitaba a nada parecido. Invitaba a ir al grano. Que, lógicamente, y como ellos sabían, él ya sabía cuál era.

Beate tomó un sorbo, dio un respingo sin querer y dejó la taza de plástico en la mesa con expresión insatisfecha.

—Ya sé que has tomado la decisión de no dedicarte más a la investigación operativa —dijo Beate—. Y también sé que tienes mejores razones para ello que la mayoría de quienes toman esa decisión. Pero la cuestión es si, esta vez, no podrías hacer una excepción. Después de todo eres nuestro único especialista en asesinatos en serie. El Estado invirtió un dinero en proporcionarte una formación en el FBI que…

—… que tú sabes bien que he pagado con sangre, sudor y lágrimas —la interrumpió Harry—. Y no solo con mi sangre y mis lágrimas.

—No se me ha olvidado que Rakel y Oleg también se vieron expuestos en la línea de fuego en el caso del Muñeco de Nieve, pero…

—La respuesta es no —dijo Harry—. Le he prometido a Rakel que ninguno de los dos volverá a aquello. Y, por una vez en la vida, tengo pensado cumplir mi promesa.

—¿Cómo le va a Oleg? —preguntó Beate.

—Mejor —dijo Harry, y la miró un tanto alerta—. Como sabes, está en Suiza, en una clínica de desintoxicación.

—Me alegro. Y Rakel, ¿le dieron el puesto en Ginebra?

—Sí.

—¿Va y viene?

—La media es cuatro días en Ginebra, tres en casa. Y a Oleg le va muy bien que su madre esté cerca.

—Lo comprendo perfectamente —dijo Beate—. Pero, en ese caso y en cierto modo, ellos están fuera de la línea de fuego, ¿no? Y tú estás solo en casa durante los días laborables. Unos días en los que puedes hacer lo que quieras.

Harry se echó a reír.

—Beate, querida, se ve que no he sido lo bastante claro. Esto *es* lo que quiero hacer. Dar clases. Enseñar.

—Ståle Aune está con nosotros —dijo Katrine.

—Me alegro por él —dijo Harry—. Y por vosotros. Él sabe tanto como yo de asesinatos en serie.

—¿Seguro que no sabe más? —dijo Katrine, enarcando una ceja y con una sonrisita.

Harry se rió.

—Buen intento, Katrine. Vale. Pues sabe más.

—Madre mía —dijo Katrine—. ¿Qué se hizo de tu competitividad?

—La combinación de vosotros tres y Ståle Aune es la mejor para este caso. Y ahora tengo clase, así que…

Katrine meneó la cabeza.

—¿Qué te ha pasado, Harry?

—Cosas buenas —dijo Harry—. Me han pasado cosas buenas.

—Entendido —dijo Beate, y se levantó—. Pero me gustaría saber si podemos pedirte consejo de vez en cuando.

Vio que Harry pensaba decir que no.

—No respondas ahora —se apresuró a decirle—. Ya te llamaré luego.

En el pasillo, tres minutos después, cuando Harry ya se iba camino del aula donde esperaban los alumnos, Beate pensó que a lo mejor era verdad, que a lo mejor el amor de una mujer *podía salvar* a un hombre. Y, en ese caso, dudaba mucho de que el sentido del deber de otra mujer lograra devolver a ese hombre al infierno. Pero esa era su misión. Le asombró lo sano y lo feliz que parecía. Y le gustaría mucho dejar que siguiera así. Pero sabía que pronto volverían a aparecer los fantasmas de los colegas muertos. Y siguió el razonamiento: no son los últimos.

Llamó a Harry en cuanto llegó al Horno.

Rico Herrem se despertó de golpe.

Parpadeó en la oscuridad hasta que pudo enfocar la mirada hacia la pantalla blanca que había tres filas por delante de él, donde una mujer gorda se la chupaba a un caballo. Notó cómo el pulso se le normalizaba. No había razón para perder los nervios, se encontraba aún en la Pescadería. Fue la vibración de un recién llegado que se había sentado detrás de él lo que lo despertó. Rico abrió la boca, trató de aspirar algo del oxígeno del aire que apestaba a sudor, a humo de tabaco y a algo que podía ser pescado, pero que no lo era. Hacía cuarenta años que la pescadería de Moen vendía aquella combinación tan original de pescado relativamente fresco por encima del mostrador, y pornografía relativamente fresca por debajo del mostrador. Cuando Moen vendió el negocio y se jubiló para poder matarse bebiendo de un modo más sistemático, los nuevos dueños abrieron en el sótano un cine de sesión continua las veinticuatro horas donde podía verse porno normal. Pero cuando el vídeo y los discos compactos les robaron los clientes, se especializaron en poner películas de las que no podían encontrarse en la red, al menos no sin correr el riesgo de que te fichara la policía.

El sonido estaba tan bajo que Rico podía oír las pajas que se estaban haciendo a su alrededor. Le habían explicado que esa era la idea, que por eso lo tenían tan bajo. Él, por su parte, ya había superado la fascinación juvenil por la masturbación en grupo. No estaba allí por eso. No era por eso por lo que había ido allí directamente después de que lo soltaran, ni por lo que llevaba allí dos días enteros, interrumpidos solo por las rápidas visitas necesarias para comer, cagar y agenciarse más bebida. Todavía le quedaban cuatro pastillas de Rohypnol en el bolsillo. Tenía que procurar que le durasen.

Naturalmente no podía pasarse el resto de su vida en la Pescadería. Pero había conseguido convencer a su madre para que le prestase diez mil coronas y, hasta que la embajada tailandesa le tuviera listo el visado de turista, la Pescadería le brindaba la oscuridad y el anonimato que le permitían no existir.

Respiró hondo, pero era como si el aire solo contuviera nitrógeno, argón y dióxido de carbono. Miró el reloj. La manecilla fosforescente indicaba las seis. ¿De la tarde o de la mañana? Allí dentro era noche perpetua, pero debía de ser por la tarde. La sensación de asfixia iba y venía. A ver si no le iba a dar ahora claustrofobia. Antes de salir del país. Fuera de allí. Lejos de Valentin. Joder, qué ganas de estar en la celda. De estar seguro. En soledad. En una atmósfera que se pudiera respirar.

La mujer de la pantalla no paraba de currárselo, pero tenía que ir detrás del caballo, que dio unos pasos al frente y desapareció del plano un instante.

—Hola, Rico.

Rico se quedó helado. La voz le habló bajito, susurrante, pero sonó como si le hubieran metido un carámbano por la oreja.

—*Vanessa's friends*. Un verdadero clásico de los ochenta. ¿Sabías que Vanessa murió durante el rodaje? La pisoteó una yegua. ¿Celos o qué?

Rico quería darse la vuelta, pero lo detuvo una mano que le agarraba la parte superior de la nuca, como si se la sujetara con un torno. Quiso gritar, pero una mano enguantada ya le había tapado la boca y la nariz. Rico aspiró el olor a lana agria y húmeda.

—Es ridículo lo fácil que ha sido dar contigo. Un cine guarro. De lo más obvio, ¿no? —Risita—. Además, esa cabeza roja que tienes brilla como un faro aquí dentro. Parece que se te ha puesto histérico el eccema, Rico. Dicen que empeoran con el estrés, ¿verdad?

La mano aflojó la presión de la boca y Rico pudo respirar un poco. El aire sabía a polvo de cal y a cera para los esquís.

—Corre el rumor de que en Ila has estado hablando con una policía, Rico. ¿Hubo algo entre vosotros?

El guante de lana le desapareció de delante de la boca. Rico respiró trabajosamente mientras la lengua se esforzaba por fabricar saliva.

—No le dije nada —susurró—. Lo juro. ¿Por qué iba a decirle nada? Si iba a salir al cabo de unos días de todos modos…

—Dinero.

—Ya tengo dinero.

—Te has gastado toda la tela en pastillas, Rico. Supongo que ahora tienes el bolsillo lleno.

—¡Lo digo en serio! Me largo a Tailandia pasado mañana. Te prometo que no voy a causarte problemas.

Rico oyó que sonaba como la súplica de una persona aterrorizada, pero le dio igual. De hecho, estaba aterrorizado.

–Relájate, Rico. No voy a hacerle nada a mi tatuador, uno tiene que confiar en el hombre al que ha permitido que le perfore la piel con una aguja, ¿no?

–Puedes… puedes confiar en mí, desde luego.

–Estupendo. Pattaya me parece muy bien.

Rico no respondió. Él no había dicho que pensaba ir a Pattaya, ¿cómo…? Rico se balanceó hacia atrás cuando el otro tiró del respaldo para levantarse.

–Me largo, tengo un trabajo que hacer. Pero tú disfruta del sol, Rico. Es bueno para el eccema, o eso dicen.

Rico se volvió y levantó la vista. El tío iba medio enmascarado con un pañuelo que le tapaba la mitad inferior de la cara, y aquello estaba demasiado oscuro para poder verle bien los ojos. Se agachó de pronto hacia Rico.

–¿Sabías que, cuando le hicieron la autopsia a Vanessa, encontraron enfermedades venéreas de cuya existencia los médicos no tenían ni idea? Limítate a los de tu raza, es mi consejo.

Rico siguió con la mirada a la figura que se apresuraba hacia la salida. Lo vio quitarse el pañuelo. Y logró ver cómo le daba en la cara la luz verde del letrero de salida antes de que se esfumara detrás de la cortina negra. Fue como si el local volviera a llenarse de oxígeno, y Rico lo aspiró mientras parpadeaba mirando hacia el monigote del letrero que indicaba la salida.

Estaba desconcertado.

Desconcertado de pensar que seguía vivo y desconcertado por lo que acababa de ver. No porque, como buen pervertido, aquel tío se preocupara de despejarse las vías de escape, eso era algo normal. Pero es que no era él. Tenía la misma voz, y la risa también. Pero el hombre que había visto durante una décima de segundo a la luz del letrero *no era* él. No era Valentin.

17

—Así que te has mudado aquí, ¿no? —dijo Beate echando una ojeada a la amplia cocina. Al otro lado de la ventana se había extendido la oscuridad sobre Holmenkollåsen y las casas de alrededor. No había dos iguales, pero tenían una cosa en común, que era como mínimo el doble de grandes que la casa que Beate había heredado de su madre en la zona este de Oslo; los setos eran el doble de altos, los garajes eran dobles, y dobles y unidos por un guión eran los apellidos de los buzones. Beate sabía que tenía prejuicios con respecto a la zona oeste de Oslo, pero le resultaba extraño situar a Harry en ese entorno.

—Sí —dijo Harry, y sirvió dos tazas de café.

—¿No te resulta… solitario?

—Bueno. ¿No vivís solas también la niña y tú?

—Ya, pero… —No continuó. Lo que quería decir era que ella vivía en una casa agradable de color amarillo diseñada según el espíritu socialdemócrata de Gerhardsen en el período de reconstrucción después de la Segunda Guerra Mundial, sencilla y práctica, sin ese estilo romántico nacionalista que impulsaba a la gente con dinero a construirse castillos que parecían cabañas como aquella. Con vigas tintadas de negro y troncos enteros en las esquinas que, incluso en días soleados, otorgaban un aspecto de oscuridad perpetua a la casa que Rakel había heredado de su padre.

—Rakel llega para el fin de semana —dijo, y se llevó la taza a la boca.

—O sea que todo va bien, ¿no?

—Todo va de maravilla.

Beate asintió y se lo quedó mirando. Se quedó mirando el cambio. Alrededor de los ojos tenía arrugas de tanto reír, pero parecía más joven. La prótesis de titanio con la que le habían sustituido el dedo corazón tintineó un poco al tocar la taza.

—¿Y tú? —preguntó Harry.

—Bien. Agobiada. La niña se ha ido a Steinkjer a pasar una temporada con su abuela paterna.

—¿En serio? De verdad, cómo pasa… —Entornó los ojos y se rió en voz baja.

—Sí —dijo Beate antes de tomar un sorbo de café—. Harry, yo… quería verte para preguntarte qué pasó.

—Lo sé —dijo Harry—. Yo también he pensado en llamarte, pero tenía que arreglar lo de Oleg. Y lo mío.

—Cuéntame.

—Vale —dijo Harry, y dejó la taza—. Tú eres la única persona a la que se lo conté cuando ocurrió. Me ayudaste y te debo un favor enorme, Beate. Y tú eres la única que sabrá lo que voy a contarte. Pero ¿estás segura de que quieres saberlo? Te planteará cierto dilema.

—Me convertí en cómplice al ayudarte, Harry. Y nos libramos del violín. Es una droga que ha desaparecido de las calles.

—Estupendo. El mercado ha vuelto a la heroína, el crack y las *speedballs.*

—Y el hombre que trajo el violín ya no está, Rudolf Asáiev está muerto.

—Lo sé.

—¿Ah, sí? ¿Tú *sabías* que había muerto? ¿Sabías que estuvo en coma varios meses en el Rikshospitalet, con un nombre falso, hasta que ha muerto?

Harry enarcó una ceja.

—¿Asáiev? Yo creía que había muerto en una de las habitaciones del hotel Leon.

—Lo encontraron allí. El suelo estaba cubierto de sangre de pared a pared. Pero lograron mantenerlo con vida. Hasta ahora. ¿Tú cómo sabes lo del Leon? Todo eso se mantuvo en secreto.

Harry no respondió, se limitó a girar la taza entre las manos en silencio.

—Joder… —dijo Beate con un lamento.

Harry se encogió de hombros.

—Ya te dije que a lo mejor no querías saberlo.

—¿Fuiste tú quien lo acuchilló?

—¿Servirá de algo si te digo que fue en defensa propia?

—Encontramos un casquillo en la madera de la cama. Pero el agujero del cuchillo era grande y profundo, Harry. El forense dijo que debieron de retorcer la hoja varias veces.

Harry miró al fondo de la taza.

—Bueno, pero parece que rematé bien el trabajo, después de todo.

—Sinceramente, Harry… eres… eres… —Beate no estaba acostumbrada a levantar la voz, que le sonaba como cuando tiembla la hoja de una sierra.

—Convirtió a Oleg en un drogadicto, Beate. —Harry dijo aquellas palabras en voz baja y sin levantar la vista de la taza.

Se quedaron un rato callados, escuchando el valioso silencio de Holmenkollen.

—¿Fue Asáiev quien te disparó en la cabeza? —preguntó Beate por fin.

Harry se pasó el dedo por la nueva cicatriz que tenía en la sien.

—¿Por qué crees que fue un disparo?

—No, claro, yo qué voy a saber de heridas de bala, si solo soy técnico criminalista…

—Vale, bueno, fue un tío que trabajaba para Asáiev —dijo Harry—. Tres disparos, de cerca. Dos en el pecho. El tercero en la cabeza.

Beate miró a Harry. Comprendió que le estaba diciendo la verdad. Pero no toda la verdad.

—¿Y cómo sobrevive uno a eso?

—Llevaba dos días paseándome con un chaleco antibalas. Ya era hora de que sirviera de algo. Pero el disparo en la cabeza me tumbó. Y me habría matado si…

—Sí…

—Si el tío no hubiera ido corriendo hasta el servicio de urgencias de Storgata. Amenazó a un médico para que viniera y me salvara.

—Pero ¿qué me dices? ¿Cómo es que no he sabido nada de esto hasta ahora?

—El médico me curó *in situ* y quería que ingresara en el hospital, pero me desperté a tiempo y conseguí que me mandaran a casa.

—¿Por qué?

—No quería que se armara ningún escándalo. ¿Qué tal está Bjørn? ¿Tiene pareja?

—Y el tío ese… ¿Primero intenta matarte a tiros y luego te salva? ¿Quién…?

—No intentó matarme, fue un accidente.

—¿Un accidente? Tres disparos no son un accidente, Harry.

—Si tienes mono de violín y una Odessa en la mano, es posible.

—¿Una Odessa? —Beate sabía de qué arma se trataba. Una copia barata de la Stetchin rusa. En las fotos, la Odessa parecía un cacharro que hubiera soldado un alumno mediocre en clase de tecnología, un engendro entre una pistola y una metralleta. Pero era de uso frecuente entre los *urki* rusos, delincuentes profesionales, porque podía disparar un proyectil, pero también ráfagas. Una presión insignificante en el gatillo de una Odessa y podías disparar dos veces. O tres. En ese mismo instante, cayó en la cuenta de que la Odessa utilizaba ese calibre tan raro, 9 × 18 mm Makarov, el mismo calibre con el que habían matado a Gusto Hanssen.

—Me habría gustado ver esa arma —dijo despacio, y vio que Harry miraba instintivamente hacia el salón. Ella se giró. Allí no había nada más que una vieja rinconera de color negro.

—No me has dicho quién era el tío —dijo Beate.

—Carece de importancia —dijo Harry—. Hace mucho que está fuera de tu jurisdicción.

Beate asintió.

—Estás protegiendo a alguien que casi te mata.

—Más mérito tiene que me salvara la vida.

—¿Por eso lo proteges?

—Es un misterio cómo elegimos a quién queremos proteger, ¿no te parece?

—Pues sí —dijo Beate—. Si no, fíjate en mí. Yo protejo a los policías. Puesto que trabajo con reconocimiento facial, estuve en el interrogatorio del camarero del Come As You Are, el bar donde el camello de Asáiev murió a manos de un tipo rubio muy alto que tenía una cicatriz que le cruzaba la cara desde la comisura de los labios hasta la oreja. Le enseñé unas fotos al camarero y estuvimos hablando largo y tendido. Y, como tú bien sabes, la memoria fotográfica es facilísima de manipular. Los testigos ya no recuerdan lo que creían recordar. Al final, el camarero estaba seguro de que, después de todo, el hombre del bar no era el Harry Hole cuyas fotos yo le estaba enseñando.

Harry se la quedó mirando. Luego asintió despacio.

—Gracias.

—Había pensado decirte que no tienes nada que agradecerme —dijo Beate, y se llevó la taza a los labios—. Pero creo que sí. Y se me ha ocurrido cómo podrías darme las gracias.

—Beate…

—Yo protejo a los policías. Sabes que para mí es algo personal que un policía muera en acto de servicio. Jack. Y mi padre. —Beate notó que, instintivamente, se llevaba la mano al lóbulo de la oreja. Al botón de la guerrera de su padre con el que se había hecho un pendiente—. No sabemos a quién le tocará la próxima vez, pero pienso hacer cualquier cosa por detener a ese cerdo, Harry. Cualquier cosa. ¿Comprendes?

Harry no respondió.

—Perdona, por supuesto que lo comprendes —dijo Beate en voz baja—. Tú tienes tus propios muertos en los que pensar.

Harry se frotó el reverso de la mano derecha con la taza, como si tuviera frío. Luego se levantó y se acercó a la ventana. Se quedó allí un rato, antes de empezar a hablar.

—Como sabes, aquí vino un asesino que estuvo a punto de matar a Rakel y a Oleg. Y fue culpa mía.

—Eso pasó hace mucho tiempo, Harry.

—Eso fue ayer. Siempre será ayer. Nada ha cambiado. Pero yo lo intento. Yo trato de cambiar *yo*.

—¿Y funciona?

Harry se encogió de hombros.

—Con altibajos. ¿Te había contado que nunca me acordaba de comprar el regalo de cumpleaños de Oleg? A pesar de que Rakel me recordaba la fecha con semanas de antelación, siempre había algo que relegaba a un segundo plano esa información. Así que un día llegué y vi que estaba todo decorado para la fiesta de cumpleaños, y tuve que recurrir al viejo truco de siempre —dijo Harry medio sonriendo—. Me inventé que tenía que salir a comprar tabaco, me metí en el coche y salí como un loco a la gasolinera más próxima, compré unos discos y no sé qué más. Sabíamos que Oleg sospechaba lo que estaba pasando, así que Rakel y yo habíamos llegado a un acuerdo. Cuando llegué a casa, me encontré a Oleg con aquella mirada oscura y acusadora. Pero antes de que pudiera preguntarme, Rakel vino a abrazarme como si hubiera pasado fuera mucho tiempo. Y mientras me abrazaba, sacó los discos o lo que fuera que yo llevaba en la cinturilla del pantalón, los escondió y se fue mientras Oleg me abrazaba. Diez minutos después, Rakel había envuelto el regalo, con la etiqueta con el nombre y todo.

—Ya, ¿y…?

—Pues que hace poco que ha sido el cumpleaños de Oleg. Le mandé un regalo envuelto. Y me dijo que no reconocía la letra de la etiqueta. Le dije que no la reconocía porque era mi letra.

Beate sonrió vagamente.

—Una historia muy tierna, sí. Con final feliz y todo.

—Mira, Beate. Yo a esas dos personas se lo debo todo, y todavía las necesito. Y tengo la suerte inmensa de que ellos también me necesiten a mí. Como madre que eres, sabes perfectamente la bendición y la maldición que es que lo necesiten a uno.

—Sí. Y eso es lo que estoy tratando de decirte. Nosotros también te necesitamos.

Harry volvió. Se inclinó hacia ella sobre la mesa.

—No como ellos dos, Beate. Y nadie es imprescindible en el trabajo, ni siquiera…

—No, claro, seguro que podemos sustituir a los muertos. Uno de ellos estaba jubilado incluso. Y seguro que encontramos a quien sustituya al próximo al que se carguen.

—Beate…

—¿Has visto esto?

Harry observó las fotos que Beate sacó del bolso y puso encima de la mesa.

—Machacado, Harry. No tenía ni un hueso entero. Incluso a mí me costó identificarlos.

Harry se quedó inmóvil. Como un anfitrión que quiere dar a entender que se ha hecho tarde. Pero Beate seguía sentada. Tomó otro sorbo de café. No se movió. Harry soltó un suspiro. Ella bebió un poco más.

—Oleg ha pensado estudiar derecho cuando vuelva de la clínica de desintoxicación, ¿no? Y luego piensa solicitar el ingreso en la Escuela Superior de Policía.

—¿Y tú cómo sabes eso?

—Por Rakel. Hablé con ella antes de venir.

Los ojos azules de Harry se ensombrecieron de pronto.

—¿Que has hecho *qué*?

—La llamé a Suiza y le conté lo que estaba pasando. Estuvo mal, y lo siento. Pero, como te decía, estoy dispuesta a hacer cualquier cosa.

Harry soltó un taco en silencio.

—¿Y qué te dijo?

—Que tú decides.

—Ya, claro, seguro.

—Así que te lo ruego, Harry. Te lo ruego por Jack Halvorsen. Por Ellen Gjelten. Te lo ruego por todos los policías muertos. Pero, sobre todo, te lo ruego por los que siguen vivos. Y por los que un día llegarán a ser policías.

Beate vio que Harry apretaba los dientes rabioso.

—Yo no te pedí que manipularas a los testigos por mí, Beate.

—Tú nunca pides nada, Harry.

—Ya. Bueno, es tarde, así que tengo que pedirte que…

—… me vaya. —Beate asintió. Harry tenía aquella mirada que hacía que la gente se pusiera alerta. Así que se levantó y se dirigió al pasillo. Se puso el chaquetón, se lo abrochó. Harry estaba mirándola en el umbral.

—Siento estar tan desesperada —dijo—. No tenía derecho a meterme así en tu vida. Estamos trabajando. Esto es solo trabajo. —Oyó que estaba a punto de quebrársele la voz, y se apresuró a decir el resto—: Y, naturalmente, tú tienes razón, tiene que haber reglas y límites. Adiós.

—Beate…

—Buenas noches, Harry.

—Beate Lønn.

Beate ya había abierto la puerta, quería salir antes de que se le llenasen los ojos de lágrimas. Pero Harry estaba detrás y agarró la puerta con una mano. Beate lo oyó muy cerca:

—¿Habéis pensado en cómo consigue el asesino de policías que los agentes acudan voluntariamente a esos viejos escenarios, precisamente el mismo día en que se cometió el antiguo asesinato?

Beate soltó el picaporte.

—¿Qué quieres decir?

—Quiero decir que leo los periódicos. Decía que el inspector Nilsen fue a Tryvann en un Golf que estaba en el aparcamiento, y que las únicas huellas que había en la nieve eran las suyas hasta la casa. Y que tenéis un vídeo de la gasolinera de Drammen donde se ve a Anton Mittet solo, en el coche, poco antes del asesinato. Sabían que a los policías los habían matado así exactamente. Y, a pesar de todo, acudieron al sitio.

—Pues claro que nos lo hemos preguntado —dijo Beate—. Pero no hemos encontrado una buena respuesta. Sabemos que los han llamado por teléfono poco antes desde una cabina próxima al lugar del crimen, así que suponemos que todos sabían quién los llamaba y que aquella era su oportunidad de capturar al asesino ellos solitos.

—No —dijo Harry.

—¿Cómo que no?

—El grupo de la escena del crimen encontró un arma reglamentaria y una caja de munición en la guantera de Anton Mittet. Si creía que iba a ver al asesino, habría cargado antes la pistola.

—Puede que no se parase a hacerlo antes de ir y que el asesino atacara antes de que a él le diera tiempo de abrir la guantera y...

—Lo llamaron a las diez y trece minutos, y llenó el depósito a las diez y treinta y cinco. Tuvo tiempo de repostar *después* de haber recibido la llamada.

—Pues tendría el depósito casi vacío...

—Para nada. El *Aftenposten* ha colgado en su web el vídeo de la gasolinera con este titular: «Las últimas imágenes de Anton Mittet antes de su ejecución». Se ve a un hombre echando gasolina y, treinta segundos después, salta la boquilla del surtidor, lo que significa que ya tenía el depósito lleno. Es decir que Mittet tenía gasolina de sobra para ir al lugar del crimen y volver a casa, lo que significa que no tenía ninguna necesidad.

—Ya, claro, y entonces podría haber cargado la pistola, pero no lo hizo...

—Tryvann —dijo Harry—. Bertil Nilsen también tenía una pistola en la guantera del Golf. Una pistola que no llevaba consigo. O sea, tenemos a dos policías con experiencia en investigación de asesinatos que acuden al lugar de uno sin resolver, a pesar de que saben perfectamente que allí han matado a un colega recientemente del mismo modo. Habrían podido ir armados, pero no; y van con tiempo de sobra, según parece. Policías expertos que ya no se dedican a hacerse los héroes. ¿Qué conclusión sacáis de todo eso?

—Vale, Harry —dijo Beate, se dio media vuelta y apoyó la espalda en la puerta, que se cerró—. ¿Qué conclusión *deberíamos sacar*?

—Deberíais sacar la conclusión de que no creían que iban a atrapar a ningún asesino.

—Ajá, bueno, pues supongamos que no. Supongamos que creían que se trataba de un encuentro con una mujer guapa a la que le ponía hacérselo en el escenario de un crimen.

Beate lo dijo de broma, pero Harry respondió sin mover un músculo:

—Demasiado poco margen.

Beate reflexionó un instante.

—Pero ¿y si el asesino se presentaba como un periodista interesado en hablar de otros casos sin resolver igual que estos…? Y le dijo a Mittet que quería hacerlo por la noche para crear el ambiente adecuado para las fotos, por ejemplo…

—Llegar a los escenarios exige cierto esfuerzo. Al menos, a Tryvann. Por lo que entendí, Bertil Nilsen acudió en coche desde Nedre Eiker, más de media hora. Y un policía serio no trabaja gratis para que la prensa saque otro titular sensacionalista sobre un asesinato.

—Con eso de trabajar gratis quieres decir que…

—Exacto, eso es lo que quiero decir. Que supongo que pensaban que aquello estaba relacionado con su trabajo.

—O sea, que los llamó un colega, ¿no?

—Ajá.

—El asesino los llamó, se presentaba como un policía que estaba trabajando en ese escenario porque… porque es un lugar donde el asesino de policías podría atacar la próxima vez y… y… —Beate se tironeó un poco del botón del uniforme que llevaba en la oreja—. ¡Y les dijo que necesitaba su ayuda para reconstruir el asesinato original!

Notó que sonreía como una escolar que acabara de dar la respuesta correcta al profesor, y se sonrojó al oír cómo se reía Harry.

—Nos acercamos a la meta. Pero dadas las restricciones que hay para las horas extra, yo creo que Mittet se lo habría pensado un poco si lo hubieran llamado en plena noche, y no durante la jornada laboral, en pleno día.

—Me rindo.

—¿No me digas? —dijo Harry—. Vamos a ver, ¿qué llamada telefónica de un colega hace que uno acuda a donde sea en plena noche?

Beate se dio una palmada en la frente.

—Por supuesto —dijo—. ¡Menudos idiotas hemos sido!

18

—Pero ¿qué me dices? —dijo Katrine, tiritando en la fría corriente de la escalera, delante de la casa de Bergslia—. ¿Llama a sus víctimas y les dice que el asesino de los policías ha actuado de nuevo?

—Es tan sencillo como genial —dijo Beate, constató que la llave encajaba, la giró y abrió la puerta—. Reciben una llamada de alguien que se hace pasar por investigador. Les dice que quiere que acudan de inmediato, dado que conocen el anterior asesinato ocurrido en ese mismo lugar, que necesitan la información para ver si puede serles útil y así dar prioridad a las pistas interesantes mientras están recientes.

Beate entró primero. Naturalmente, ella conocía el sitio. Un técnico criminalista jamás olvida una escena del crimen, aquello no era solo un cliché. Se detuvo en el salón. La luz del sol entraba por la ventana y se posaba como rectángulos torcidos sobre el suelo de madera desnudo y descolorido por igual. Allí hacía muchos años que no había muebles. Al parecer, los familiares se lo habían llevado todo después del asesinato.

—Interesante —dijo Ståle Aune, que estaba delante de una ventana con vistas al bosque que había entre la casa y lo que suponía que debía de ser el instituto Berg—. El asesino utiliza como señuelo la histeria que él mismo ha creado en torno a los asesinatos.

—Si yo recibiera una llamada así, me la creería —dijo Katrine.

—Y por eso acuden desarmados —continuó Beate—. Creen que ha pasado el peligro. Que la policía ya está en el sitio, por eso pueden pararse a repostar por el camino.

–Pero –dijo Bjørn con la boca llena de Wasa con caviar– ¿cómo sabe el asesino que la víctima no ha llamado a otro colega, que le revele que no se ha producido ningún asesinato?

–Seguramente, el asesino les dice que no hablen del tema con nadie hasta nueva orden –dijo Beate, y miró con disgusto las migas de biscote que cayeron al suelo.

–Eso también me parecería creíble –dijo Katrine–. Un policía con experiencia en casos de asesinato no reaccionaría ante una advertencia así. Saben que tratamos de mantener en secreto el hallazgo del cadáver tanto como sea posible si nos parece importante.

–¿Y por qué iba a ser importante? –preguntó Ståle Aune.

–El asesino puede bajar la guardia mientras crea que no se ha descubierto el crimen –dijo Bjørn, y dio otro mordisco al biscote.

–¿Y todo eso se le ocurrió a Harry así, sin más? –preguntó Katrine–. ¿Solo después de leer los periódicos?

–Claro, si no, no sería Harry –dijo Beate, y oyó el traqueteo del metro que pasaba al otro lado de la carretera. Desde la ventana se veía el tejado del estadio de Ullevaal. Las ventanas eran demasiado finas para aislar del ruido de la circunvalación Ring 3. Y recordó el frío que había hecho, que pasaron frío incluso con los monos blancos con que se cubrían. Pero también que entonces pensó que lo que hacía imposible estar en aquella habitación sin morirse de frío no era solo la temperatura exterior. Que quizá era porque llevaba vacía demasiado tiempo, que los posibles inquilinos o compradores podían sentir aún el frío. El frío de la historia y los rumores de cuando aquello ocurrió.

–Bueno, vale –dijo Bjørn–. Ha deducido cómo atrae el asesino a las víctimas, pero nosotros ya sabíamos que acudían al sitio voluntariamente y por sus propios medios. O sea, que tampoco es un avance histórico en la investigación, ¿no?

Beate se acercó a la otra ventana y escudriñó la zona. Debería resultar fácil ocultar a los agentes del grupo Delta en el bosque, en las profundidades del terreno delante de las vías del metro y, probablemente, de las casas a ambos lados. En resumen, debería resultar fácil rodear aquella casa.

—A él siempre se le ocurrían las ideas más sencillas, de esas que uno pensaba que cómo no se nos habían ocurrido a los demás —dijo—. Las migajas.

—¿Qué? —dijo Bjørn.

—Las migas, Bjørn.

Bjørn miró al suelo. Otra vez a Beate. Luego cogió una hoja del bloc de notas, se agachó y empezó a recoger las migas en el papel.

Beate levantó la vista y se encontró con la expresión extrañada de Katrine.

—Ya sé lo que estás pensando —dijo Beate—. Por qué poner tanto cuidado si no se trata de un escenario. Pero sí lo es. Allí donde se ha cometido un asesinato que sigue sin resolver es y seguirá siendo siempre un escenario de un crimen, con cierto potencial de hallazgo de pruebas.

—¿Es que cuentas con encontrar aquí algún rastro del Aserrador? —preguntó Ståle.

—No —dijo Beate con la vista en el suelo. Seguramente lo lijarían. Había tales cantidades de sangre que había impregnado la madera tan profundamente que no habría servido de nada limpiarlo.

Ståle miró el reloj.

—Ya mismo tengo un paciente, ¿qué pasa con la idea de Harry?

—No llegamos a informar a la prensa —dijo Beate—. Pero cuando hallamos el cadáver en la habitación en la que ahora nos encontramos, tuvimos que cerciorarnos de que de verdad se trataba de una persona.

—¡Vaya! —dijo Ståle—. ¿Seguro que queremos oír más?

—Sí —dijo Katrine.

—Habían descuartizado el cadáver en trozos tan pequeños que, en un primer momento, fue imposible determinarlo. Había colocado los pechos en uno de los estantes de esa vitrina. La única pista que encontramos fue la hoja partida de una sierra caladora. Y… bueno, quien tenga interés, puede leer el resto en el informe, lo tengo aquí. —Beate se dio una palmadita en el bolso.

—¡Oh, gracias! —dijo Katrine con una sonrisa demasiado beatífica, quizá, y adoptó enseguida una expresión más seria.

—La víctima era una niña que estaba sola en casa —dijo Beate—. Y ya en aquella ocasión pensamos que el procedimiento guardaba cierto parecido con el asesinato de Tryvann. Pero lo más importante para nuestro caso es que se trata de un asesinato sin resolver. Y que se cometió el 17 de marzo.

Era tal el silencio que reinaba que podían oír los gritos alegres del patio de recreo al otro lado del lindero del bosque.

Bjørn fue el primero en hablar.

—Eso es dentro de cuatro días.

—Exacto —dijo Katrine—. Y Harry, ese hombre enfermo, propone que preparemos una trampa, ¿no?

Beate asintió.

Katrine meneó despacio la cabeza.

—¿Por qué no había pensado en eso *ninguno de nosotros?*

—Porque ninguno hemos atinado a comprender cómo atrae el asesino a las víctimas hasta el lugar del crimen —dijo Ståle.

—Bueno, puede que Harry esté equivocado —dijo Beate—. Tanto en lo que al procedimiento se refiere como al hecho de que este sea el próximo escenario. Desde el primer policía muerto, han pasado varias fechas de asesinatos sin resolver en Østlandet, sin que haya ocurrido nada.

—Pero —dijo Ståle— Harry ha detectado la similitud entre el Aserrador y los demás asesinatos. Una planificación controlada en combinación con una brutalidad aparentemente incontrolable.

—Él solía llamarlo sexto sentido —dijo Beate—. Se refería a…

—Análisis basado en hechos no estructurados —dijo Katrine—. También llamado «método Harry».

—O sea, según él, ocurrirá otra vez dentro de cuatro días —dijo Bjørn.

—Sí —dijo Beate—. Y, además, tenía otro presagio. Tal y como señalaba Ståle, también él cayó en la cuenta de que el último asesinato se parecía mucho más al original, dado que incluso había colocado a la víctima en un coche y lo había hecho rodar por un precipicio. Según él, el asesino seguirá perfeccionando los asesinatos. Que el próximo paso lógico era elegir exactamente la misma arma homicida.

—Una sierra caladora —dijo Katrine sin resuello.

—Sería típico de un asesino en serie narcisista —dijo Ståle.

—¿Y Harry estaba seguro de que iba a ser aquí? —dijo Bjørn, y echó una ojeada alrededor con una mueca de desagrado.

—Bueno, la verdad es que de eso es de lo que menos seguro estaba —dijo Beate—. A los demás escenarios, el asesino tenía libre acceso. Esta casa lleva vacía muchos años, puesto que nadie ha querido vivir donde estuvo el Aserrador. Pero la casa está cerrada con llave. Verdad es que también lo estaba el remonte de Tryvann, pero aquí hay vecinos. Conseguir que venga aquí un policía implicaría un riesgo mucho mayor. Así que, según Harry, puede que rompa el esquema y que lleve a la víctima a otro lugar. Pero nosotros vamos a ponerle la trampa aquí a ese matarife, y ya veremos si llama.

Se hizo un breve silencio en el que todos parecían estar asimilando el hecho de que Beate acababa de usar el término que le había dado la prensa: matarife de policías.

—¿Y la víctima…? —preguntó Katrine.

—Aquí la tengo —dijo Beate, con otra palmada al bolso—. Aquí están todos los que trabajaron con el caso del Aserrador. Les avisarán de que se queden en casa y tengan el teléfono encendido. El que reciba la llamada, tendrá que reaccionar con normalidad y confirmar que piensa acudir. Luego llamará a la Central de Operaciones, dirá de dónde le ha llegado la orden de acudir y entonces entramos nosotros en acción. Si es un lugar distinto de Berg, el equipo Delta tendrá que trasladarse.

—¿Quieres decir que los policías tendrán que hacer como si nada cuando un asesino en serie los llame para quedar con ellos? —preguntó Bjørn—. No sé si yo sería tan buen actor como para eso.

—La persona en cuestión no tiene por qué ocultar el nerviosismo —dijo Ståle—. Al contrario, sería sospechoso que a un policía *no le tiemble* la voz cuando recibe una llamada que le anuncia el asesinato de un colega.

—A mí lo que me preocupa es lo del grupo Delta y la Central de Operaciones —dijo Katrine.

—Ya, ya lo sé —dijo Beate—. Será demasiado aparatoso y no podrá llevarse a cabo sin que se enteren Bellman y el grupo entero de investigación. Hagen informará a Bellman *as we speak*.

—¿Y qué pasará con nuestro grupo cuando Bellman se entere?

—Bueno, si conseguimos algo, será un problema secundario, Katrine. —Beate se toqueteó con impaciencia el botón que llevaba por pendiente—. Vámonos, no tiene ningún sentido quedarnos para que nos vean. Y no os dejéis nada.

Katrine había dado un paso hacia la puerta cuando, de pronto, se paró en seco.

—¿Qué pasa? —preguntó Ståle.

—¿No lo habéis oído? —susurró.

—¿El qué?

Levantó el pie y miró a Bjørn con cara de advertencia.

—Un crujido.

Beate se echó a reír con esa risa suya que sorprendía de lo clara que sonaba mientras el vikingo de Skreiva soltaba un suspiro, cogía un papel y se agachaba otra vez.

—Anda —dijo Bjørn.

—¿Qué?

—Pues que no son migas —dijo, se inclinó y miró el tablero de la mesa por debajo.

—Es chicle reseco. Los restos están pegados aquí debajo. Y diría que está tan seco que se ha cuarteado y ha empezado a caerse a trocitos.

—A lo mejor es del asesino —sugirió Ståle bostezando—. La gente pega el chicle debajo del asiento del cine o del autobús, pero no en la mesa del comedor de su casa.

—Una teoría interesante —dijo Bjørn sujetando un fragmento delante de la ventana—. Seguro que habríamos podido encontrar ADN en la saliva del chicle meses después, pero ahora estará seco por completo.

—Anda, Sherlock —sonrió Katrine—. Mastícalo un poco y cuéntanos de qué marca…

—Venga, ya vale —los interrumpió Beate—. A la calle todo el mundo.

Arnold Folkestad dejó en la mesa la taza de té y miró a Harry. Se rascó la barba roja. Harry había visto cómo se quitaba agujas de pino al llegar al trabajo en bicicleta desde la cabaña que tenía en algún lugar del bosque y que, a pesar de todo, se encontraba extraordinariamente cerca del centro. Pero Arnold había dejado claro lo equivocados que estaban los colegas que lo catalogaban como activista medioambiental progresivo a causa de la barba, la bicicleta y el hecho de que viviera en una cabaña en el bosque. Porque él no era más que un bicho raro ahorrativo y amante del silencio.

—Tendrás que pedirle que se controle un poco —dijo Arnold en voz lo bastante baja como para que nadie más lo oyera en el comedor.

—Había pensado que se lo pidieras tú —dijo Harry—. Parecería más… —No encontraba el término. Ni siquiera sabía si existía. Pero en tal caso se encontraría entre «correcto» y «menos bochornoso para todas las partes implicadas».

—¿Harry Hole tiene miedo de una muchacha que se ha enamorado ligeramente de su profesor? —Arnold Folkestad soltó una risita.

—Sería más correcto y menos bochornoso para todas las partes implicadas.

—Esto lo tendrás que arreglar tú solito, Harry. Mira, ahí la tienes… —Arnold señaló la explanada que se veía al otro lado de la ventana del comedor. Silje Gravseng estaba sola, a unos metros de un grupo de alumnos que estaban hablando. Ella observaba algo en el cielo.

Harry dejó escapar un suspiro.

—Bueno, esperaré un poco. Según las estadísticas, esos enamoramientos pasan bastante rápido en el cien por cien de los casos.

—A propósito de estadísticas —dijo Folkestad—. Según he oído, dicen que el paciente que Hagen tenía bajo vigilancia en el Rikshospitalet murió por causas naturales.

—Eso dicen.

—El FBI sacó una estadística al respecto. Comprobaron todos los casos en los que el principal testigo de la fiscalía moría desde el momento en que lo llamaban a declarar oficialmente y hasta que empezaba el juicio. En casos graves en que el acusado se arriesgaba a que le cayeran más de diez años de cárcel, el testigo moría por supuestas causas naturales en el setenta y ocho por ciento de los casos. Y esa estadística los indujo a repetir las autopsias, y entonces la estadística subió al noventa y cuatro.

—Ya, ¿y qué?

—Pues que noventa y cuatro es mucho, ¿no te parece?

Harry miró hacia fuera. Silje seguía en actitud contemplativa, con el sol dándole en la cara.

Soltó un taco para sus adentros y apuró el resto del café.

Gunnar Hagen se balanceaba en una de las sillas del despacho del jefe provincial mientras lo miraba lleno de asombro. Hagen acababa de hablarle del reducido grupo de investigación que había organizado, totalmente en contra de sus órdenes. Y del plan de tender una trampa en Berg. La sorpresa se debía a que el buen humor un tanto anormal del jefe provincial no pareció verse afectado por la noticia.

—Excelente —lo interrumpió Bellman, y dio una palmada—. Por fin alguna actuación proactiva. ¿Me puedes enviar los detalles y un plano para que podamos ponerlo en marcha?

—¿Para que *podamos*? ¿Quieres decir que tú, personalmente…?

—Pues sí, yo creo que es algo natural que yo dirija esto, Gunnar. Una acción de tal envergadura implica el más alto nivel en la toma de decisión…

—Pero si es solo una casa y un hombre que…

—Así que lo mejor será que yo, que soy jefe, me involucre cuando hay tanto en juego. Es fundamental que sea una actuación totalmente secreta, ¿comprendes?

Hagen asintió. Secreta, siempre y cuando no dé fruto, pensó. Pero si acaba en éxito y en una detención, habrá que sacarla a la luz, y entonces Mikael Bellman se llevará todo el mérito, contarle a la prensa que fue él personalmente el autor de la operación.

—Comprendo —dijo Hagen—. Entonces me pongo en marcha. Y entonces entiendo que el grupo del Horno también puede seguir con su trabajo, ¿no?

Mikael Bellman se echó a reír. Hagen no sabía qué habría podido dar lugar a semejante cambio de humor. El jefe provincial parecía diez años más joven y diez kilos más delgado, y se había deshecho de aquella arruga de preocupación que lucía en la frente como un corte profundo desde el día en que tomó posesión del cargo.

—No me seas tan optimista, Gunnar. El hecho de que me guste la idea que se os ha ocurrido no significa que me guste que mis subordinados contravengan mis órdenes.

Hagen se encogió de hombros, pero trató de sostener la mirada risueña y fría del jefe.

—Congelo hasta nueva orden toda la actividad de tu grupo, Gunnar. Ya hablaremos cuando hayamos intervenido. Y si, entre tanto, averiguo que tu grupo ha hecho una búsqueda de ordenador siquiera, o una llamada telefónica sobre el caso…

Soy mayor que él, y soy mejor persona, pensó Gunnar Hagen. Le sostuvo la mirada y supo que la mezcla de desafío y de vergüenza le coloreaba las mejillas de rojo.

No son más que oropeles, se dijo, unos galones en el uniforme.

Luego bajó la mirada.

Era tarde. Katrine Bratt miraba el informe que tenía delante. No debería. Beate acababa de llamarla para decirle que Hagen les había pedido que interrumpieran el trabajo por orden directa de Bellman. Así que Katrine debería estar en casa. En la cama, con una buena taza de manzanilla y un hombre que la quisiera o, en todo caso, con una serie de televisión que ella quisiera ver. Y no estar sentada en el Horno, leyendo informes de asesinato y buscando posibles fallos, cualquier indicio de algo que chirríe, de un vínculo poco consistente. Y aquel vínculo era tan poco consistente que rayaba en la estupidez. ¿O no? Había sido relativamente fácil acceder al informe del asesinato de Anton Mittet a través del sistema de registro informático de la policía. El inventario de lo que encontraron en el coche era tan detallado como aburrido. Pero entonces ¿por qué se había atascado precisamente en aquella frase? Entre las pistas posibles que sacaron del coche de Mittet había un rascador de hielo para la luna del coche y un encendedor que había en el asiento del conductor, además de un chicle, que habían pegado debajo del asiento.

Los datos de contacto de Laura Mittet, la viuda de Anton Mittet, también figuraban en el informe.

Katrine dudó, marcó el número. La voz de la mujer que respondió parecía cansada, enturbiada por las pastillas. Katrine se presentó y le hizo la pregunta.

—¿Chicle? —repitió Laura Mittet despacio—. No, nunca mascaba chicle. Tomaba café.

—¿Alguna otra persona que condujera el coche y que mascara…?

—Nadie salvo Anton llevaba ese coche.

—Gracias —dijo Katrine.

19

Hacía una noche luminosa al otro lado de la ventana de la cocina de la casa amarilla de Oppsal donde Beate Lønn acababa de terminar su conversación diaria con su hija. Luego habló con su suegra y acordaron que, si la niña seguía tosiendo y con fiebre, tendrían que retrasar unos días su vuelta a casa; de mil amores se quedaban con ella en Steinkjer unos días más... Beate abrió una bolsa con restos de comida y la tiró en el mueble de debajo del fregadero, en una de las bolsas de basura blancas, cuando sonó el teléfono. Era Katrine. Fue derecha al grano.

—En el asiento del conductor del coche de Mittet había un chicle pegado.

—Ajá...

—Lo han recogido, pero no lo han enviado a ADN.

—Yo tampoco lo habría enviado si estaba debajo del asiento del conductor, era de Mittet. Si haces la prueba de ADN indiscriminadamente de cada cosa que encuentras en un escenario, habría una lista de espera...

—Pero Ståle tiene razón, Beate. La gente no pega un chicle debajo de su mesa de comedor. Ni del asiento de su coche. Según la mujer de Mittet, él no mascaba chicle. Y era el único que conducía el coche. Yo creo que quien pegó el chicle, se inclinó sobre el asiento para hacerlo. Y según el informe, lo más probable es que el asesino estuviera en el asiento del copiloto y se inclinó sobre Mittet cuando le ató las manos al volante. El coche ha estado en el río, pero según Bjørn, el ADN de la saliva del interior del chicle puede...

—Sí, ya comprendo adónde quieres llegar —la interrumpió Beate—. Tendrías que llamar a alguien del grupo de Bellman y contárselo.

—Pero ¿no lo entiendes? —dijo Katrine—. Esto puede llevarnos directos al asesino…

—Sí, creo que eso también lo comprendo, y el único sitio al que nos conduce esto es al infierno. Katrine, nos han retirado del caso.

—Yo podría darme una vuelta por el archivo de pruebas y enviar el chicle para analizar el ADN —dijo Katrine—. Comprobarlo en el registro. Si no hay coincidencia, nadie tiene por qué enterarse. Si hay coincidencia, ¡toma ya!, habremos resuelto el caso y nadie dirá nada de cómo lo hemos hecho. Y sí, claro, tengo el ego subido. Por una vez podremos llevarnos el mérito, Beate. *Nosotras.* Las mujeres. Y qué puñetas, nos lo merecemos.

—Sí, es muy tentador, y no interfiere en la investigación de los demás, pero…

—¡Nada de peros! Por una vez deberíamos permitirnos sacar un poco los codos. ¿O es que quieres ver cómo Bellman recibe otra vez sonriente el homenaje por nuestro trabajo?

Se hizo un silencio. Largo.

—Dices que no tiene por qué saberlo nadie —dijo Beate—. Pero toda petición de posibles indicios técnicos del archivo de pruebas e incautaciones debe quedar registrada en la ventanilla antes de retirar el material. Si descubren que hemos estado revolviendo en las pruebas del caso Mittet, el asunto irá derecho a la mesa de Bellman.

—Bueno, tanto como que se registre… —dijo Katrine—. Si no recuerdo mal, el jefe de la Científica —que, a veces, tiene que analizar pruebas fuera del horario habitual de apertura de la ventanilla del archivo— tiene llave.

Beate soltó un lamento.

—Te prometo que no habrá problemas —se apresuró a añadir Katrine—. Me paso por tu casa, me prestas la llave, busco el chicle, me llevo un trocito minúsculo, lo dejo en orden y, mañana temprano, estará en ADN para que lo analicen. Y si me preguntan, les digo que se trata de otro caso totalmente distinto. ¿*Yes*? ¿*Good*?

La jefa de la Científica sopesó ventajas e inconvenientes. No era difícil. Aquello no tenía nada de *good*. Respiró hondo antes de responder.

—Como Harry solía decir —dijo Katrine—, «hay que meter la pelota en la portería, joder».

Rico Herrem estaba en la cama viendo la tele. Eran las cinco de la mañana, pero había perdido la noción del tiempo y no podía dormir. El programa era una repetición de lo de ayer. Un dragón de Komodo se movía torpemente por una playa. Lanzaba fuera una lengua larguísima, la giraba, la replegaba otra vez. Estaba persiguiendo a un búbalo al que había dado un mordisco al parecer inofensivo. Llevaba así varios días. Rico bajó el volumen y lo único que se oía en la habitación del hotel era el zumbido del aire acondicionado, que no lograba enfriar lo suficiente. Rico había notado cómo se iba resfriando ya en el avión. Un clásico. El aire acondicionado y la vestimenta demasiado ligera en el viaje a zonas más cálidas, y las vacaciones se convierten en una combinación de dolor de cabeza, mocos y fiebre. Pero no tenía tiempo, no tenía pensado volver a casa en breve. ¿Por qué? Estaba en Pattaya, el paraíso de todos los pervertidos y condenados. Lo que más deseaba en la vida se encontraba, precisamente, fuera del hotel. A través de la mosquitera de la ventana oía el tráfico y las voces de la calle que parloteaban en una lengua extranjera. Tailandés. No entendía una palabra. No le hacía falta. Porque ellos estaban allí para él, y no al contrario. Las había visto cuando llegó del aeropuerto. Estaban alineadas delante de los bares de bailarinas. Jóvenes. Muy jóvenes. Y, hacia el interior de los callejones, detrás de las bandejas en las que vendían chicles, las que eran demasiado jóvenes. Pero todas seguirían allí cuando él se hubiera repuesto. Prestó atención en busca del rumor de las olas, aunque sabía que el hotel barato en el que se había alojado se encontraba demasiado lejos de la playa. Sin embargo, también estaba por allí cerca. El mar y el sol ardiente. Y las bebidas y los demás *faranes,* los europeos que habían llegado allí con la misma intención que él y a quienes podría pedir consejo sobre cómo abrirse camino. Y también estaba el dragón de Komodo.

Aquella noche había vuelto a soñar con Valentin.

Rico alargó la mano en busca de la botella de agua que tenía en la mesilla. Sabía a lo que le sabía la boca: a muerte y a enfermedad.

Le habían llevado prensa noruega de solo dos días de antigüedad junto con el desayuno continental que apenas había tocado. Los periódicos no decían nada de que hubieran atrapado a Valentin. Y no era difícil de comprender. Valentin ya no era Valentin.

Rico se había planteado si hacerlo o no. Llamar a aquella policía, Katrine Bratt. Contarle que Valentin estaba transformado. Rico había visto que allí te lo hacían por unos miles de coronas noruegas, en cualquiera de las clínicas privadas. Llamar a Bratt, dejar un mensaje anónimo diciendo que habían visto a Valentin en las proximidades de la Pescadería y que se había sometido a una operación de cirugía plástica general. No pedirle nada a cambio. Solo ayudar a que lo atrapen. Ayudarse a sí mismo a dormir sin tener que soñar con él.

El dragón de Komodo se había instalado a unos metros del charco de agua en cuyo barro se refrescaba el búbalo, ignorante al parecer de aquel monstruo de tres metros de longitud que lo esperaba con toda la paciencia del mundo.

Rico notó las náuseas y bajó las piernas de la cama. Le dolían los músculos. Mierda, había pillado una gripe de verdad.

Al volver del cuarto de baño, salió con la bilis aún ardiéndole en la garganta y con dos decisiones tomadas. Una, que iría a una de esas clínicas en las que poder hacerse con medicamentos que jamás te darían en Noruega. Otra, que, cuando se los hubiera tomado y se sintiera un poco más fuerte, llamaría a Bratt. Le daría una descripción. Luego se echaría a dormir.

Subió el volumen con el mando a distancia. Una voz entusiasta explicaba en inglés que, durante mucho tiempo, se creyó que el dragón de Komodo causaba la muerte con las bacterias de la saliva que inyectaba en las venas de la víctima cuando le mordía, pero que ahora habían descubierto que, en realidad, el reptil disponía de unas glándulas que segregaban un veneno anticoagulante, con lo que la víctima se desangraba paulatinamente a causa de una herida inofensiva en apariencia.

Rico se estremeció. Cerró los ojos con la intención de dormir. Rohypnol. Se le había pasado por la cabeza. Que no fuese una gripe, sino síndrome de abstinencia. Y el Rohypnol debían de tenerlo en Pattaya más o menos como parte del servicio de habitaciones. Abrió los ojos de par en par. No podía respirar. En un instante de pánico absoluto pataleó y manoteó como para detener a un atacante invisible. Fue exactamente igual que en la Pescadería, ¡no había oxígeno allí dentro! Hasta que los pulmones recibieron por fin lo que necesitaban y se desplomó de nuevo en la cama.

Se quedó mirando a la puerta.

Estaba cerrada con llave.

Allí no había nadie más. Solo él.

20

Katrine subía la pendiente en la oscuridad de la noche. Una luna pálida, anémica, colgaba baja en el cielo a su espalda, pero la fachada de la Comisaría General no reflejaba nada de la luz que daba pese a todo, sino que se la tragaba como si fuera un agujero negro. Le echó un vistazo al reloj neutro y compacto que había heredado de su padre, un policía fracasado al que, muy acertadamente, todos llamaban Rafto el de Hierro. Las once y cuarto.

Abrió la puerta de la Comisaría General, con aquel ojo de buey tan extraño y un peso que, verdaderamente, no invitaba a entrar. Como si la suspicacia empezara allí mismo.

Saludó al vigilante nocturno que estaba escondido sentado a la izquierda, pero que podía verla entrar. Abrió la puerta que daba al vestíbulo. Pasó por delante de la recepción, entonces vacía, hasta el ascensor, que la llevó a la primera planta del sótano. Salió y cruzó el suelo de cemento a la luz escasa del pasillo, oía sus propios pasos mientras trataba de distinguir los de otros.

Durante el horario de apertura, la puerta metálica del archivo de pruebas solía estar abierta y se veía dentro el mostrador. Cogió la llave que le había dado Beate, la metió en la cerradura, la giró y abrió. Entró. Prestó atención.

Luego cerró otra vez con llave.

Encendió la linterna, levantó la tapa del mostrador y entró en la oscuridad del archivo, que parecía tan compacta que era como si a la luz le costara trabajo atravesarla, encontrar la hilera de gruesos estantes llenos de cajas de plástico semitransparente cuyo contenido solo podía intuirse. Allí tenía que reinar una persona con un gran sentido del orden, porque las cajas estaban colocadas en los estantes en hileras tan perfectas que, vistas de lado, formaban una superficie homogénea. Katrine fue leyendo rápidamente los números de los casos, que estaban pegados por fuera en las cajas, numeradas por fecha y colocadas desde la izquierda hacia el interior de la sala, donde se acumulaban las pruebas antiguas que se devolvían al dueño o que se destruían.

Había llegado al fondo de la estancia, en la hilera central, cuando el haz de luz incidió sobre la caja que estaba buscando. Se encontraba en el estante inferior y raspó el suelo cuando ella tiró para sacarla. Levantó la tapa. El contenido coincidía con lo que enumeraba el informe. Un rascador de hielo. Una funda de asiento. Una bolsa de plástico con unos pelos. Una bolsa con un chicle. Dejó la linterna, abrió la bolsa, sacó el contenido con unas pinzas y estaba a punto de cortar un trozo cuando notó una corriente de aire húmedo.

Se miró el brazo, que destacaba a la luz de la linterna, vio la sombra del vello negro que sobresalía. Levantó la vista, cogió la linterna y la dirigió hacia la pared. En el techo se veía una rejilla de ventilación pero, dado que solo era una, no había razón para pensar que hubiera ocasionado lo que ella sabía perfectamente que había sido un movimiento de aire.

Aguzó el oído.

Nada. Nada de nada, tan solo el zumbido de la sangre que le latía en los oídos.

Se concentró otra vez en el duro trozo de chicle. Cortó un pedacito con la navaja suiza que llevaba. Y se quedó de piedra.

Procedía del lugar donde estaba la puerta, tan lejos que el oído no pudo identificar lo que era. ¿El tintineo de unas llaves? ¿El clac de la tapa del mostrador? A lo mejor no, quizá solamente los ruidos que se producen de noche en edificios grandes.

Katrine apagó la linterna y contuvo la respiración. Parpadeó en la oscuridad, como si así pudiera ver algo. Todo estaba en silencio. Tan en silencio como en un…

No quiso llegar al final de ese razonamiento.

A cambio, trató de pensar en lo otro, lo que haría que se le calmara el corazón: ¿qué era lo peor que podía pasar, en realidad? Que la descubrieran, que la considerasen demasiado ansiosa en el cumplimiento del deber y que le soltaran una reprimenda, que la enviaran a Bergen, en el peor de los casos... Una lástima, pero tampoco era motivo suficiente para que el corazón se le acelerase en el pecho como un taladro de aire comprimido.

Esperó, escuchó.

Nada.

Nada de nada.

Y entonces cayó en la cuenta. Oscuridad total. Si de verdad hubiera entrado alguien allí dentro, habría encendido la luz, naturalmente. Sonrió para sus adentros, notó que se le serenaba el corazón. Encendió otra vez la linterna, dejó las pruebas en la caja, la colocó en su sitio. Procuró que quedara perfectamente alineada con las demás y volvió hacia la salida. Pensó en algo. Una idea fugaz que se le presentó como por sorpresa. Que se alegraba ante la idea de llamarlo. Porque eso era lo que pensaba hacer. Llamarlo y contarle lo que había hecho. Se paró en seco.

El haz de luz se deslizó por algo.

El impulso siguiente fue el de seguir andando, una vocecilla cobarde le decía que debería salir de allí. Pero volvió a enfocar la linterna.

Una irregularidad.

Una de las cajas sobresalía un poco de las demás.

Se acercó. Iluminó la etiqueta.

Harry creyó oír una puerta al cerrarse. Se quitó los auriculares con la música del último disco de Bon Iver, que, por ahora, había cumplido todas sus expectativas. Escuchó. Nada.

—¿Arnold? —preguntó.

Sin respuesta. Estaba acostumbrado a tener aquella ala de la Escuela Superior de Policía para él solo a esas horas de la tarde. Claro que podría tratarse de alguien del personal de limpieza que hubiera olvidado algo. Pero una ojeada al reloj le confirmó que no era por la tarde, sino por la noche. Harry miró a la izquierda, al montón de ejercicios sin corregir que tenía encima de la mesa. La mayoría de los alumnos los habían impreso en el grueso papel de reciclado de la biblioteca, que desprendía tanto polvo amarillo que Harry llegaba a casa con las yemas de los dedos como manchadas de nicotina, y Rakel siempre le decía que se lavara las manos antes de tocarla.

Miró por la ventana. La luna brillaba grande y redonda en el cielo y su luz se reflejaba en las ventanas y en los tejados de las casas de Kirkeveien y Majorstua. Hacia el sur veía la silueta verdosa del edificio de la firma de abogados KPMG, al lado del cine Colosseum. No era ni grandioso ni hermoso ni siquiera pintoresco. Pero era la ciudad en la que llevaba trabajando toda su vida. Algunas mañanas, en Hong Kong, se mezclaba un poco de opio en el cigarro y se subía al tejado de Chungking para ver amanecer. Se sentaba allí a oscuras con la esperanza de que la ciudad que por fin se iluminara fuera la suya. Una ciudad pequeña, con edificios bajos y modestos, en lugar de aquellas torres de acero intimidantes. Ver las suaves colinas verdes de Oslo, en lugar de las laderas negras y brutales de roca dura de Hong Kong. Oír el traqueteo del tranvía al avanzar o frenar, o el transbordador danés que entraba silbando en el fiordo, contento de haber conseguido, un día más, cruzar el mar entre Frederikshavn y Oslo.

Harry contempló el ejercicio que quedaba justo debajo de la luz del flexo, la única que había encendida en la habitación. Naturalmente, habría podido llevárselo todo a Holmenkollveien. Café, la radio parloteando de fondo, el frescor del aroma del bosque entrando por la ventana abierta… Naturalmente. Pero había decidido no pensar en por qué prefería quedarse allí solo. Seguramente porque sabía cuál sería la respuesta: que allí no estaba solo. No del todo. La fortaleza de madera negra, con ventanas enrejadas y tres cerraduras no podía mantener fuera a los monstruos de todos modos. Los fantasmas se agazapaban en la oscuridad de los rincones y lo perseguían mirándolo con sus cuencas vacías. El teléfono le vibró en el bolsillo. Lo cogió y vio el mensaje en la pantalla encendida. Era de

Oleg, y no contenía ni una letra, solo una sucesión de números: 665.625. Harry sonrió. Naturalmente, aún faltaba mucho para el legendario récord mundial que alcanzó al Tetris Stephen Krogman en 1999, que era de 1.648.905 puntos, pero hacía mucho que Oleg había superado la puntuación de Harry en aquel juego ya antiguo. Ståle Aune decía que existía un límite en el que el récord del Tetris pasaba de ser impresionante a convertirse en aburrido. Y que Oleg y Harry hacía mucho que habían cruzado ya ese límite. Pero nadie más conocía el otro límite que también habían cruzado. El límite al otro lado de la vida, el límite del regreso de la muerte. Oleg en una silla, al lado de la cama de Harry. Harry ardiendo de fiebre mientras su cuerpo luchaba por vencer las heridas que le habían causado los disparos de Oleg. Oleg llorando entre las convulsiones de la abstinencia. Tampoco entonces se dijeron mucho, pero Harry tenía el vago recuerdo de que, en algún momento, se apretaron tanto la mano que se hicieron daño. Y aquella imagen, la de dos hombres aferrados entre sí sin querer soltarse, siempre lo acompañaría.

Harry escribió «I'll be back» y se lo envió. Tres palabras para responder a una cifra. Era suficiente. Lo bastante para saber que el otro *estaba ahí*. Podían pasar semanas hasta la siguiente vez. Harry se puso otra vez los auriculares y buscó las canciones que Oleg le había dejado en el Dropbox sin más comentarios. Era del grupo The Decemberists, y era más del estilo de Harry que de Oleg, que prefería cosas más duras. Harry oyó una Fender solitaria con esa distorsión limpia y cálida que solo consigue un amplificador de tubo y no uno de caja o, en todo caso, una caja engañosamente buena, y volvió sobre la siguiente respuesta. El alumno había respondido que, después de un incremento repentino en el número de asesinatos en los años setenta, la cifra se estabilizó en ese nuevo nivel más elevado. Que se cometían en torno a cincuenta asesinatos al año en Noruega; es decir, alrededor de uno a la semana.

Harry notó que el aire se volvía más denso. Que debería abrir la ventana.

El alumno recordaba que el porcentaje de esclarecimientos estaba en torno al noventa y cinco por ciento. Y sacaba la conclusión de que debía de haber unos cincuenta asesinatos sin resolver de los últimos veinte años. Y de los treinta últimos, setenta y cinco.

—Cincuenta y ocho. —Harry se sobresaltó en la silla. La voz le alcanzó el cerebro antes que el perfume. Según le había explicado el médico, el sentido del olfato —más específicamente, las células olfativas— se ven dañadas tras años de consumo de tabaco y alcohol. Pero aquel perfume, precisamente, era uno de los que él era capaz de situar inmediatamente y por razones naturales. Se llamaba Opium, era de Yves Saint Laurent y lo tenía en casa, en el cuarto de baño de Holmenkollveien. Se quitó los auriculares.

—Cincuenta y ocho en los últimos treinta años —dijo la joven. Se había maquillado. Llevaba un vestido rojo e iba sin medias—. Pero la estadística de Kripos no incluye a los ciudadanos noruegos asesinados en el extranjero, para ello hay que recurrir a la Central Nacional de Estadística. Y entonces la cifra es de setenta y dos. Lo que significa que el porcentaje de resolución de casos en Noruega es más elevado. Un dato que el jefe provincial no para de usar para promocionarse.

Harry apartó la silla.

—¿Cómo has entrado?

—Tengo un cargo de confianza, soy representante sindical, y por eso me han dado una llave de personal. —Silje Gravseng se sentó en el borde de la mesa—. Pero la cuestión es que la mayoría de los asesinatos cometidos en el extranjero son agresiones donde podemos suponer que el asesino no conoce a la víctima. —Harry registró las rodillas y los muslos bronceados cuando se le subió el vestido. Habría estado de vacaciones recientemente en algún lugar cálido—. Y cuando se trata de ese tipo de asesinatos, el porcentaje de resoluciones es más bajo que el de otros países con los que deberíamos poder compararnos. La verdad, asusta lo bajo que es… —Apoyó la cabeza en un hombro y un mechón de pelo rubio y húmedo le cayó en la cara.

—¿No me digas? —dijo Harry.

—Sí. Lo cierto es que en Noruega solo hay cuatro investigadores con un cien por cien de casos resueltos. Y tú eres uno de ellos…

—No estoy seguro de que eso sea verdad —dijo Harry.

—Pero yo sí estoy segura. —Le sonrió, entornando los ojos, como si el sol de la tarde le diera en la cara. Y balanceaba los pies descalzos igual que si estuviera sentada en un embarcadero. Le sostenía la mirada, como creyendo que así le sacaría los ojos de las cuencas.

—¿Qué estás haciendo aquí a estas horas? —preguntó Harry.

—He estado entrenando abajo, en la sala de lucha. —Señaló la mochila que tenía en el suelo y flexionó el brazo derecho. Un bíceps largo pero bien marcado apareció enseguida. Harry recordó que el instructor de lucha cuerpo a cuerpo le había comentado que la chica había tumbado a varios de los muchachos.

—¿Tan tarde y entrenando sola?

—Debo aprender todo lo que tengo que saber. Aunque tú quizá puedas enseñarme cómo tumbar a un sospechoso, ¿no?

—Pero oye, ¿no deberías…?

—¿Dormir? Pues no, Harry, no pienso dormir. Solo pienso…

La miró. Silje frunció la boca. Se selló los labios rosa fuerte con el dedo índice. Harry notó una irritación creciente.

—Es bueno que pienses, Silje. Sigue pensando. Así yo podré seguir… —Señaló el montón de ejercicios.

—No me has preguntado en *qué* pienso, Harry.

—Tres cosas, Silje. Soy tu profesor, no tu confesor. Tú no tienes nada que hacer en esta parte del edificio sin una cita. Y para ti, yo soy Hole, no Harry. ¿De acuerdo? —Sabía que había sonado más duro de lo necesario, y cuando levantó la vista, descubrió que la chica lo miraba atónita con los ojos como platos. Apartó el dedo del morrito fruncido. El morrito fruncido también desapareció. Y cuando volvió a hablar, sonó como un susurro:

—Estaba pensando en ti, Harry.

Luego se echó a reír con una risa alta y chillona.

—Te sugiero que lo dejemos aquí, Silje.

—Pero Harry, es que yo *te quiero*. —Más risa.

¿Estaría colocada? ¿Borracha? ¿Recién llegada de una fiesta, a lo mejor?

—Silje…

—Harry, ya sé que tienes obligaciones. Y sé que existen normas que regulan las relaciones entre profesores y alumnos. Pero también sé lo que podemos hacer. Podemos ir a Chicago. Donde hiciste el curso del FBI sobre asesinatos en serie, puedo solicitar un puesto y tú…

—¡Para!

Harry oyó el eco del grito en el pasillo. Silje se había encogido, como si la hubiera golpeado.

—Voy a acompañarte a la salida, Silje.

Ella parpadeó mirándolo sin comprender.

—¿Cuál es el problema, Harry? Soy la segunda más guapa del curso. Solo me he acostado con dos chicos. Podría salir con quien quisiera de toda la escuela. Incluidos los profesores. Pero me he reservado para ti.

—Vamos.

—¿Quieres saber lo que llevo debajo del vestido, Harry?

Puso el pie descalzo encima de la mesa y fue separando los muslos. Harry le bajó el pie tan rápido que ella no tuvo tiempo de reaccionar.

—Los únicos pies que se ponen encima de mi mesa son los míos, por favor.

Silje se encogió en el escritorio. Escondió la cara entre las manos. Se las pasó por la frente y la cabeza, como si tratara de crearse un escondite entre sus brazos largos y musculosos. Estaba llorando. Sollozando silenciosamente. Harry estuvo observándola hasta que dejó de temblar. Pensó en ponerle la mano en el hombro, pero se arrepintió.

—Mira, Silje —dijo—. Puede que te hayas imaginado cosas. Y vale, eso nos puede pasar a todos. Así que te propongo lo siguiente, tú te vas de aquí, hacemos como si nada de esto hubiera pasado y no se lo mencionamos a nadie.

—¿Es que tienes miedo de que alguien sepa lo nuestro, Harry?

—Silje, lo nuestro no existe. Y te estoy dando una oportunidad.

—Estás pensando que si alguien descubre que te follas a una alumna…

—Yo no me follo a nadie. Estoy pensando en tu bien, única y exclusivamente.

Silje había bajado el brazo y había levantado la cabeza. Harry se sobresaltó. El maquillaje le corría por la cara como si fuera sangre de color negro, tenía en los ojos un brillo salvaje y la mueca súbitamente ansiosa de animal salvaje le recordó a esos documentales sobre naturaleza.

—Estás mintiendo, Harry. Te follas a esa zorra, Rakel. Y no estás pensando en mí, no como dices que estás pensando en mí, hipócrita de mierda. Pero claro que piensas en mí. Como un trozo de carne al que follarte. Al que *vas a* follarte.

Se había bajado de la mesa y ya había dado un paso hacia él. Harry se quedó allí, hundido en la silla, con las piernas extendidas al frente, como siempre, mirándola con la sensación de encontrarse en una escena que iba a representarse, o no, joder, que ya se había representado. Ella se inclinó hacia delante, grácilmente, le rozó la rodilla con la mano, la deslizó hacia arriba, por encima del cinturón, la metió por dentro, por debajo de la camiseta. Y dijo con voz melosa:

—Mmm…, menuda tableta, profesor… —Harry le agarró la mano, le torció la muñeca hacia un lado y hacia atrás mientras se levantaba de la silla. Ella soltó un grito cuando él le dobló el brazo por la espalda y la obligó a agachar la cabeza hacia el suelo. Luego, la dirigió a la puerta, cogió la mochila, la sacó de la habitación y la llevó por el pasillo.

—¡Harry! —se lamentó ella.

—Esta llave se llama llave neutralizadora, también conocida como llave de policía —dijo Harry sin detenerse, y llevándola escaleras abajo—. Es bueno conocerla para el examen. Espero que comprendas que me has obligado a informar de esto, ¿verdad?

—¡Harry!

—Y no porque me lo haya tomado como una ofensa personal, sino porque aquí la cuestión es si cuentas con la estabilidad psíquica que exige la profesión de policía, Silje. Dejaré que la dirección se encargue de valorarlo. Mientras tanto, tú puedes tratar de convencerlos de que esto ha sido un mal paso y un error. ¿Te parece un buen arreglo?

Abrió la puerta con la mano libre y, cuando la echó fuera, ella se volvió y se lo quedó mirando. Con una expresión llena de una rabia tan pura y salvaje que confirmó lo que Harry llevaba un tiempo pensando de Silje Gravseng: que era una persona que no debería tener competencias policiales y andar suelta por ahí entre la gente normal.

Harry la vio cruzar la puerta y alejarse con paso vacilante por la plaza hacia el Chateau Neuf, donde un alumno se fumaba un cigarro y descansaba del aporreo de la música que resonaba dentro. Estaba apoyado en una farola, con una chaqueta militar estilo cubano de los años 60. Miró a Silje con indiferencia forzada hasta que ella hubo pasado de largo; luego se dio la vuelta y se la quedó mirando sin apartar la vista.

Harry se quedó en la entrada. Soltó un taco en voz alta. Una vez. Dos veces. Hasta que notó que se le calmaba el pulso. Cogió el teléfono, llamó a uno de los contactos de la lista, que era tan reducida que los tenía guardados por la primera letra.

—Arnold.

—Soy Harry. Silje Gravseng se ha presentado de pronto en mi despacho. Esta vez se ha pasado.

—¿No me digas? Cuenta.

Harry le hizo un resumen a su colega.

—Vaya, Harry, tiene mala pinta. Puede que peor de lo que crees.

—Puede que estuviera drogada, daba la impresión de venir de una fiesta. O a lo mejor simplemente le cuesta controlar sus impulsos y tiene una percepción errónea de la realidad. Pero necesito consejo, no sé qué hacer ahora. Sé que debería dar parte, pero…

—No lo entiendes. ¿Sigues abajo, en la puerta?

—Sí, ¿por? —dijo Harry sorprendido.

—Seguramente no esté el vigilante. ¿Hay alguien más por ahí?

—¿Alguien más?

—Quien sea.

—Pues, bueno, hay un chico delante del Chateau Neuf.

—¿Y la ha visto irse?

—Sí.

—¡Perfecto! Pues vete a verlo ahora mismo. Habla con él. Pídele el nombre y la dirección. Consigue que esté contigo y te tenga vigilado hasta que yo vaya a buscarte.

—¿Cómo?

—Luego te lo explico.

—Ya. ¿Tienes pensado llevarme en el portaequipajes de la bicicleta?

—Bueno, debo confesar que tengo algo parecido a un coche por aquí aparcado en alguna parte. Llego dentro de veinte minutos.

—Buenos… días… Mmm… ¿Son buenos? —murmuró Bjørn Holm, entornó los ojos hacia el reloj, pero no estaba seguro de si aún seguía en el país de los sueños.

—¿Estabas dormido?

—Qué va —dijo Bjørn Holm, apoyó la cabeza en el cabecero y se pegó el teléfono un poco más a la oreja. Como si así pudiera tenerla un poco más cerca.

—Solo quería decirte que tengo un fragmento del chicle que había debajo del asiento del coche de Mittet —dijo Katrine Bratt—. Creo que puede ser del asesino. Pero, claro, es un tanto rebuscado.

—Ya —dijo Bjørn.

—¿Quieres decir que, en tu opinión, es una pérdida de tiempo? —A Bjørn le pareció decepcionada.

—Aquí eres tú la investigadora operativa —respondió el técnico, y se arrepintió enseguida de no haber dicho algo más alentador.

Siguió un silencio y Bjørn Holm se preguntó dónde estaría. ¿En casa? ¿Estaría también ella en la cama?

—Bueno, en fin —dijo Katrine con un suspiro—. De todos modos allí había algo raro.

—¿Ah, sí? —dijo Bjørn con entusiasmo exagerado.

—Mientras estaba rebuscando en la caja, me pareció que alguien entraba y volvía a irse. Claro que puede que esté equivocada, pero al salir me dio la impresión de que alguien había estado revolviendo en las estanterías y que había movido una de las cajas con las pruebas. Miré la etiqueta…

Bjørn Holm creyó poder oír que estaba tumbada mientras hablaba: la voz tenía la suavidad indolente propia de esa postura.

—Era el caso de René Kalsnes.

Harry cerró la pesada puerta y dejó fuera la tenue luz matinal.

Recorrió la fría penumbra de la casa hasta llegar a la cocina. Se desplomó en una silla. Se desabotonó la camisa. La cosa le llevó su tiempo.

El chico de la chaqueta militar lo miró aterrado cuando él se le acercó y le dijo que lo esperase allí hasta que llegara otro colega.

—Pero ¡si es tabaco normal y corriente! —dijo el chico, y le dio el cigarro a Harry.

Cuando Arnold se presentó, recogieron del alumno una declaración firmada y luego se metieron en un Fiat polvoriento de vaya usted a saber qué año, y fueron directamente a la Científica, donde había personal trabajando en el último asesinato de un policía. Allí le quitaron a Harry la ropa y, mientras alguien se encargaba de la ropa de abrigo y la ropa interior, dos de los técnicos le revisaron los órganos sexuales y las manos con luz y papel adhesivo. Luego le dieron un recipiente de plástico.

—Hasta la última gota, Hole. Si es que cabe. Los servicios están al fondo de aquel pasillo. Piensa en algo agradable, ¿eh?

—Ya.

Harry notó más que oyó la risa contenida de sus colegas mientras se alejaba.

Piensa en algo agradable.

Harry hojeó la copia del informe que tenía encima de la mesa de la cocina. Le había pedido a Hagen que se la enviara. En privado. Con discreción. Prácticamente, solo contenía términos médicos en latín. Pero él comprendía algunos. Lo suficiente como para saber que Rudolf Asáiev había muerto tan misteriosa e inexplicablemente como había vivido. Y que, a falta de algo que indicara que se había cometido un delito, tuvieron que contentarse con un infarto de miocardio. Un ataque. Cosas que pasan.

Como investigador de asesinatos, Harry habría podido contarles que eso eran cosas que no pasaban. Que un testigo clave muera «por desgracia». ¿Qué era lo que le había dicho Arnold? En el noventa y cuatro por ciento de los casos, si alguien tenía algo que perder con la declaración del testigo, era asesinato.

Lo paradójico era, naturalmente, que el propio Harry era uno de los que tenían algo que perder con el testimonio de Asáiev. Mucho que perder. Así que, ¿por qué se preocupaba? ¿Por qué no alegrarse sin más, dar las gracias y seguir con su vida? Era facilísimo responder a esa pregunta. Tenía una disfunción.

Harry arrojó el informe al otro extremo de la gran mesa de roble. Lo destruiría al día siguiente. Ahora necesitaba dormir un poco.

Piensa en algo agradable.

Harry se levantó, se fue desvistiendo de camino al cuarto de baño. Se metió en la ducha, abrió el grifo del agua caliente. Notó cómo le pinchaba y le escocía la piel, lo castigaba.

Piensa en algo agradable.

Se secó, se tumbó sobre las sábanas limpias de la cama de matrimonio, cerró los ojos y trató de darse prisa. Pero el pensamiento lo alcanzó antes que el sueño.

Pensó en ella.

Cuando se vio en los servicios, tratando de concentrarse con los ojos cerrados, tratando de desplazarse a otro lugar, pensó en Silje Gravseng. Pensó en su cuerpo suave y bronceado, en sus labios, en su aliento, que notó ardiente en las mejillas, en la rabia salvaje de su mirada, en su figura musculosa, en sus formas, su firmeza, en toda esa belleza tan injusta que es propia de la juventud.

¡Mierda!

La mano de ella en el cinturón, en la barriga. El cuerpo de ella bajando hacia el suyo. La llave de policía. Su cabeza, casi en el suelo, el leve gemido de protesta, la espalda encorvada y el trasero levantado hacia él, esbelto como la cola de un pajarillo.

¡Mierda, mierda!

Se sentó en la cama. Rakel le sonreía cariñosamente desde la foto de la mesilla de noche. Cariñosa, sensata, inteligente. Pero ¿sabía ella la verdad? Si hubiera podido pasar cinco minutos en el interior de su cabeza, si hubiera podido ver quién es en realidad, ¿habría salido de allí corriendo horrorizada? ¿O estamos todos igual de mal de la cabeza, y la única diferencia se da entre quienes dejan suelto al monstruo y quienes no?

Harry había pensado en ella. Pensó que hacía exactamente lo que ella le había pedido, allí, encima del escritorio, pensó que apartaba el montón de ejercicios, que revolotearon por el despacho como mariposas amarillentas y se les pegaban a la piel sudorosa, papeles gruesos con letras pequeñas escritas en negro que se convertían en cifras sobre asesinatos, asesinatos por agresión, por delitos sexuales, por borrachera, por celos, por disputas familiares, por drogas, por enfrentamiento de bandas, por honor, por avaricia. Mientras estaba en los servicios, pensó en ella. Y llenó el recipiente de plástico hasta el borde.

21

Beate Lønn bostezó, parpadeó un poco y se quedó mirando por la ventanilla del tranvía. El sol de la mañana había empezado a despejar la niebla matinal que planeaba sobre el Frognerparken. Las pistas de tenis húmedas de rocío estaban desiertas. Solo se veía a un hombre mayor y escuálido en la grava de una de las pistas, donde aún no habían colgado la red con vistas a la temporada. Miraba el tranvía fijamente. Unos muslos delgados que sobresalían de unos pantalones de tenis anticuados, la camisa azul mal abrochada y la raqueta arrastrando por el suelo. Está esperando al compañero, que no se presenta, pensó Beate. Puede que porque la reserva fuera del año pasado, y además, el otro jugador ya está muerto. Ella sabía lo que le pasaba.

Atisbó la silueta del Monolito mientras cruzaban la puerta del parque y entraban en la parada.

Ella, por su parte, había buscado compañía para esa noche, después de que Katrine fuera a buscar la llave del archivo de pruebas. Por eso estaba en aquel tranvía y en aquella parte de la ciudad. Era un hombre amable. Así lo llamaba ella para sus adentros. No un hombre con el que una soñaba. Simplemente un hombre al que una necesitaba de vez en cuando. Sus hijos vivían con la madre, y cuando la hija de Beate se encontraba en Steinkjer con la abuela, tenían tiempo y motivos para verse un poco más. Aun así, Beate se daba cuenta de que ella lo limitaba un poco. De que, en el fondo, para ella era más importante saber que él existía como posibilidad que el hecho de que pasaran tiempo juntos. De todos modos, él no podía reemplazar a Jack, pero eso no importaba. Ella no quería un sustituto, quería aquello, exactamente. Algo distinto, algo que no fuera una obligación, algo que no le costara demasiado si se lo arrebataban.

Miró por la ventanilla el tranvía que se había deslizado acercándose hasta ellos. En el silencio pudo oír el zumbido sordo de los auriculares de la chica que estaba en el asiento de al lado, reconoció una irritante canción pop de los noventa. Por aquel entonces, ella era la chica más taciturna de toda la Escuela de Policía. Paliducha, con una triste tendencia a sonrojarse en cuanto alguien le dirigía la mirada. Aunque, por suerte, no eran muchos los que la miraban. Y los que lo hacían, se olvidaban de ella en el acto. Beate Lønn tenía el tipo de cara y de aspecto que la convertía en lo contrario a un acontecimiento, en un pez en un acuario, en teflón visual.

Pero ella sí los recordaba.

A todos y cada uno.

Y por eso ahora era capaz de observar las caras del tranvía de al lado y recordar a quién había visto con anterioridad, y dónde. A lo mejor en el mismo tranvía, el día anterior; a lo mejor en el patio de un colegio, veinte años atrás. O en la grabación de la cámara de vigilancia de un banco donde debía identificar a los ladrones; o en unas escaleras mecánicas de Steen & Strøm, donde había entrado a comprar unas medias. Y de nada servía que hubieran envejecido, que se hubieran cortado el pelo o se hubieran maquillado, que se hubieran dejado la barba, se hubieran inyectado botox o silicona, era como si la cara —su verdadera cara— se dejara traslucir, como si fuera una constante, algo único, un número de once cifras en una secuencia de ADN. Y aquella era su suerte y su desgracia, que algunos psiquiatras habían llamado síndrome de Asperger y otros, una lesión cerebral menor que su giro fusiforme —el centro de reconocimiento facial del cerebro— trataba de compensar. Y que otros, más sensatos, no habían llamado nada en absoluto. Simplemente, se dieron cuenta de que ella recordaba aquellas cifras, que ella los recordaba a todos.

De ahí que no fuera nada extraño para Beate Lønn que su cerebro estuviese ya tratando de situar la cara del hombre que había en el otro tranvía.

Lo único fuera de lo habitual era que no lo conseguía del todo.

Solo estaban a un metro y medio, y se había fijado en él porque iba escribiendo en el vaho de la ventanilla y tenía la cara vuelta directamente hacia ella. Lo había visto antes, pero se le ocultaba la cifra.

Quizá fuera por el reflejo en el cristal, o por la sombra que le cubría los ojos. Estaba a punto de rendirse cuando su tranvía empezó a moverse, la luz cambió de trayectoria y él levantó la vista, la miró a los ojos.

Beate Lønn sintió como si la atravesara un escalofrío.

Era la mirada de un reptil.

La mirada fría de un asesino cuya identidad ella conocía.

Valentin Gjertsen.

Y sabía por qué no lo había reconocido en el acto. Cómo había logrado mantenerse escondido.

Beate Lønn se levantó del asiento. Trató de salir, pero la chica del asiento de al lado iba con los ojos cerrados y asentía con la cabeza. Beate le dio un codazo y la chica la miró irritada.

—Fuera —dijo Beate.

La chica levantó la vista y enarcó una ceja tan fina como la raya de un lápiz, pero no se inmutó.

Beate le arrancó los auriculares.

—Policía. Me bajo aquí.

—Si estamos en marcha —dijo la chica.

—Que muevas el culo ahora mismo.

Todos los pasajeros se volvieron hacia Beate Lønn. Pero ella no se sonrojó. Ya no era la chica de antaño. Tenía la figura igual de ligera y ágil, la piel igual de pálida, casi transparente, el pelo descolorido y reseco, como los espaguetis crudos. Pero la Beate Lønn de antaño había dejado de existir.

—¡Parad el tranvía! ¡Policía! ¡Alto ahora mismo!

Se abrió camino hacia el conductor y la puerta de salida. Ya oía el chirriar de los frenos. Se acercó y le enseñó al conductor la identificación, esperó impaciente. Se detuvieron con un último tirón repentino, los pasajeros que había de pie dieron un paso al frente, colgados de las tiras mientras se abrían las puertas. Beate salió a la carrera, iba corriendo delante del tranvía, por las vías que dividían en dos la carretera. Notaba el rocío de la hierba calándole los zapatos de tela fina, vio cómo arrancaba el tranvía, oyó el chirrido bajo y ascendente en los raíles, corrió con todas sus fuerzas. No había razón para suponer que Valentin fuera armado, y no conseguiría escapar de un tranvía abarrotado de gente si ella sacaba la identificación policial y gritaba por qué lo detenía. Pero tenía que alcanzar el puto tranvía. La velocidad no era precisamente su lado fuerte. Eso fue lo que le dijo el médico que le diagnosticó Asperger, que la gente como ella era torpe físicamente.

Resbaló en la hierba húmeda, pero no llegó a caerse. Solo le quedaban unos metros. Alcanzó la parte trasera del tranvía. Le dio un manotazo. Gritó blandiendo la identificación policial en el aire, con la esperanza de que el conductor la viera por el espejo. Y quizá la vio. Vio a una trabajadora que se había quedado dormida y que le enseñaba desesperada el abono de transporte. El ruido de los raíles aumentó un cuarto de tono y el tranvía se alejó de ella.

Beate se detuvo, se quedó mirando el tranvía que desapareció en dirección a Majorstua. Se giró y vio su tranvía, que se alejaba hacia la plaza Frogner.

Maldijo para sus adentros, sacó el teléfono, cruzó la calle, se apoyó en la valla de las pistas de tenis y marcó un número.

—Holm.

—Soy yo. Acabo de ver a Valentin.

—¿Qué? ¿Estás segura?

—Bjørn...

—Perdona. ¿Dónde?

—En el tranvía que pasa por Frognerparken hacia Majorstua.

—¿Y qué haces tú allí a estas horas?

—Eso no es cosa tuya. ¿Estás en el trabajo?

—Sí.

—Es el tranvía 12. Averigua adónde lleva y acordónalo. No puede escapar.

—Vale, comprobaré las paradas y enviaré una descripción de Valentin a los coches patrulla.

—A eso iba.

—¿Cómo?

—Lo de la descripción. Está cambiado.

—¿Qué quieres decir?

—Cirugía plástica. Lo bastante como para poder moverse por Oslo sin llamar la atención. Avísame cuando hayáis detenido el tranvía, para que pueda ir y señalar quién es.

—De acuerdo.

Beate se guardó otra vez el teléfono en el bolsillo. Y solo entonces se dio cuenta de lo mucho que jadeaba. Apoyó la cabeza en la valla. Ante ella se deslizaba el tráfico matutino como si nada hubiera ocurrido. Como si el hecho de que un asesino acabara de quedar al descubierto no cambiara en nada las cosas.

—¿Dónde están?

Beate se apartó de la valla y se volvió hacia el origen de aquella voz temblorosa.

El anciano la miraba con extrañeza.

—¿Dónde están todos? —dijo.

Y cuando Beate vio el dolor que reflejaban sus ojos, tuvo que ahogar rápidamente el nudo que se le hizo en la garganta.

—¿Tú crees...? —dijo, y giró la raqueta como probándola—. ¿Tú crees que estarán en la otra pista?

Beate asintió despacio.

—Sí, seguro —dijo el hombre—. Yo no debería estar aquí. Están en la otra pista. Me están esperando allí.

Beate observó la espalda escuálida que se alejaba hacia la verja.

Luego echó a andar hacia Majorstua. Y a pesar de que no paraba de darle vueltas a la idea de adónde iría Valentin, de dónde venía y lo cerca que había estado de atraparlo, no logró deshacerse del eco de la voz susurrante del viejo:

—*Me están esperando allí.*

Mia Hartvigsen se quedó un buen rato mirando a Harry Hole.

Tenía los brazos cruzados y se había girado un poco, de modo que le daba parcialmente el hombro. Alrededor de la patóloga había grandes recipientes de plástico azul con partes del cuerpo seccionadas. Los alumnos habían salido de la sala del instituto forense, que se encontraba en la primera planta del Rikshospitalet, y luego, ese eco del pasado se materializó con el informe forense de la autopsia de Asáiev debajo del brazo.

El lenguaje corporal negativo no se debía a que a Mia Hartvigsen no le gustara Hole, sino a que lo que Hole le había llevado eran problemas. Como siempre. Cuando trabajaba como investigador, Hole siempre implicaba mucho trabajo, poco tiempo para hacer las cosas y un riesgo demasiado alto de verse en la picota por errores de los que uno no era responsable.

—Te digo que le he hecho la autopsia a Rudolf Asáiev —dijo Mia—. A conciencia.

—No lo bastante a conciencia —dijo Harry, y dejó el informe en una de las mesas metálicas en las que los alumnos acababan de cortar carne humana. De debajo de una sábana sobresalía un brazo musculoso, seccionado a la altura del hombro. Harry leyó las letras del tatuaje descolorido que se veía en el brazo. *Too young to die*. Bueno. A lo mejor alguno de los motoristas de Los Lobos que cayó durante la persecución a la que Asáiev sometió a los de la competencia.

—Ya, ¿y qué te hace pensar que no hemos sido lo bastante concienzudos, Hole?

—De entrada, que no habéis sido capaces de indicar la causa de la muerte.

—Sabes perfectamente que puede ocurrir, que, sencillamente, el cuerpo no nos facilite ningún dato. Eso no tiene por qué significar que no haya una causa de la muerte totalmente natural.

—Y la más natural, en este caso, sería que alguien lo hubiera matado.

–Sé que era un testigo potencial clave, pero las autopsias se realizan según una serie de procedimientos rutinarios establecidos que no son fáciles de someter a esas circunstancias. Encontramos lo que encontramos, y nada más; la patología es una ciencia, no una cuestión de fe.

–A propósito de ciencia –dijo Hole, y se sentó en el escritorio–. Se basa en la comprobación de hipótesis, ¿verdad? Uno formula una teoría y luego la pone a prueba, verdadera o falsa. ¿A que sí?

Mia Hartvigsen meneó la cabeza. No porque aquello no fuera verdad, sino porque no le gustaba el cariz que estaba tomando la conversación.

–Mi teoría –continuó Hole con una especie de sonrisa inocente que le daba el aspecto de un chiquillo que quisiera convencer a su madre de que le regalara una bomba atómica por Navidad–, es que a Asáiev lo mató una persona que sabe perfectamente cómo trabajáis y lo que hay que hacer para que no encontréis nada.

Mia cambió el peso del cuerpo al otro pie. Se giró y le dio el otro hombro.

–¿Y entonces?

–Y entonces ¿qué habrías hecho tú, Mia?

–¿Yo?

–Tú te sabes todos los trucos. ¿Qué harías para engañarte?

–¿Soy sospechosa?

–Hasta nueva orden.

Mia accedió al ver que sonreía. Menudo listillo.

–¿El arma del crimen? –preguntó.

–Una inyección –dijo Hole.

–¿No me digas? ¿Por qué?

–Algo que contuviera un anestésico.

–Ya. Somos capaces de rastrear prácticamente todas las sustancias, sobre todo cuando tenemos facilidad para acudir tan rápido como en este caso. La única posibilidad que se me ocurre es…

–¿Sí…? –Harry sonrió, como quien ya se ha salido con la suya.

Qué tipo más irritante. Uno de esos hombres al que una no sabe si darle un bofetón o un beso.

—Una inyección de aire.

—¿Y eso qué es?

—El truco más antiguo del libro que, hoy por hoy, sigue siendo el mejor. Le pones una inyección con el aire suficiente como para que se forme en la vena una burbuja de aire y la bloquee. Si el bloqueo se prolonga lo suficiente y la sangre deja de llegar a una parte vital del cuerpo como el corazón o el cerebro, te mueres. De forma rápida y sin dejar restos de ninguna sustancia que se pueda rastrear. Y una burbuja de aire no es algo que haya que inducir desde fuera, puede producirse en el cuerpo de forma espontánea. *Case closed*.

—Pero el pinchazo sí se veía.

—Si se practica con una de las agujas más finas que existen, el pinchazo solo se apreciaría después de un examen extraordinariamente exhaustivo de todas las zonas de la piel.

A Hole se le iluminó la cara. El niño había abierto el regalo y creía que dentro había una bomba atómica. Mia estaba contenta.

—Entonces tenéis que examinar…

—Y ya lo hemos hecho. —La bofetada—. Cada milímetro de la piel. Comprobamos incluso el tubo del gotero que le administraba la medicación intravenosa, porque por ahí también se pueden inocular burbujas de aire. No había ni una picadura de mosquito en ninguna parte. —Mia vio cómo se le extinguía en los ojos la llama febril—. Lo siento, Hole, pero sabíamos que era una muerte sospechosa. —Hizo hincapié en *sabíamos*—. Ahora tengo que preparar la próxima clase, así que…

—¿Y algún sitio que no sea piel? —dijo Hole.

—¿Qué?

—Imagínate que le ponen la inyección en algún sitio que no es piel. En una abertura corporal. En la boca, en el recto, en las fosas nasales, en las orejas…

—Interesante, pero ni en la nariz ni en las orejas hay venas lo bastante grandes. En el recto podría ser, pero la posibilidad de aislar órganos vitales es inferior en esa región, y además, hay que tener una puntería extraordinaria para encontrar una vena a ciegas. La boca es una idea, puesto que tiene venas de corto recorrido al cerebro, lo que implicaría una muerte rápida y segura, pero siempre comprobamos la boca. Y está llena de membranas donde el pinchazo de una aguja habría provocado una hinchazón fácil de detectar.

Mia lo observaba. Se figuraba cómo seguía buscando el cerebro por dentro, pero al final, Hole asintió resignado.

—Un placer volver a verte, Hole. No dejes de pasarte si necesitas cualquier cosa.

Mia se dio la vuelta y se encaminó a una de las cubetas para colocar un brazo tirando a gris que flotaba en el alcohol con los dedos tiesos.

—No dejes de... —oyó que decía Harry— pasarte. —Mia soltó un suspiro. *De lo más* irritante. Se giró.

—Puede que pusiera la inyección pasándose del sitio —dijo Hole.

—¿Pasándose de qué?

—Acabas de decir que hay muchas venas de corto recorrido al cerebro. Pues pasándose lo de delante. Por detrás. Pudo ocultar el pinchazo por detrás.

—¿Por detrás de qué...? —Y en ese momento guardó silencio. Vio la parte que Hole le estaba señalando. Cerró los ojos y volvió a suspirar.

—Lo siento —dijo Harry—. Pero la estadística del FBI demuestra que, en aquellos casos en que los cadáveres a los que se ha practicado la autopsia eran testigos potenciales, el porcentaje de asesinatos ascendía de setenta y ocho a noventa y cuatro al practicar la segunda autopsia.

Mia Hartvigsen meneó la cabeza. Harry Hole. Problemas. Trabajo de más. Alto riesgo de verse en la picota por errores que uno no había cometido.

—Aquí —dijo Beate Lønn, y el taxi se paró al borde de la acera. El tranvía estaba en la parada de la calle Welhaven. Delante había aparcado un coche de policía; detrás, otros dos. Bjørn Holm y Katrine Bratt estaban apoyados en el Amazon.

Beate pagó y salió del taxi.

—Bueno, ¿qué?

—Hay tres colegas dentro del tranvía, y han impedido que baje nadie. Estábamos esperándote.

—Este tranvía es el número 11, yo dije el 12…

—Cambia de número después de la parada del cruce de Majorstua, pero es el mismo tranvía.

Beate se apresuró hacia la puerta delantera, la aporreó y enseñó la identificación. La puerta se abrió con un suspiro y Beate entró. Saludó al policía uniformado que estaba allí. Tenía en la mano una Heckler & Koch P30L.

—Ven conmigo —dijo, y empezó a recorrer hacia atrás el tranvía, que estaba lleno de gente.

Fue paseando la mirada por todas las caras mientras se abría camino hacia el centro. Notó cómo se le aceleraba el corazón y reconoció lo que había escrito en el vaho en la parte interior de la ventanilla. Le hizo una señal al policía antes de dirigirse al hombre del asiento.

—Perdona. Tú, sí, tú.

La cara que se volvió hacia ella estaba plagada de granos rojos y era la viva expresión del miedo.

—No… yo no quería. Se me ha olvidado el bono, pero será la última vez, lo prometo.

Beate cerró los ojos y soltó un taco para sus adentros. Le hizo una señal al policía para que la acompañara. Cuando llegaron al final del vagón, sin resultado, le gritó al conductor que abriera la puerta trasera y salió.

—¿Qué? —dijo Katrine.

—Ni rastro. Interrogadlos a todos por si lo han visto. Dentro de una hora lo habrán olvidado, si no se les ha olvidado ya. Como sabemos, es un hombre de unos cuarenta años, de un metro ochenta y ojos azules. Solo que ahora los tiene un poco oblicuos, lleva el pelo castaño y corto, los pómulos altos y muy marcados y los labios finos. Y nadie puede tocar esa ventanilla. Sacad huellas y haced fotos. ¿Bjørn?

—¿Sí?

—Tú te encargas de todas las paradas que hay de aquí a Frognerparken, habla con los que trabajan en las tiendas que hay a pie de calle, pregunta si conocen a alguien que encaje con la descripción. Cuando uno coge un tranvía tan temprano, suele ser por algo muy concreto que se hace habitualmente. Ir al trabajo, al colegio, a entrenar, al café de siempre…

—En ese caso tendremos más posibilidades —dijo Katrine.

—Sí, así que debes tener cuidado, Bjørn. Procura que las personas con las que hables no puedan avisarle. Katrine, tú mira a ver si podemos contar con algunos hombres que viajen en el tranvía mañana temprano. Y un par de hombres más en el trayecto de aquí a Frognerparken el resto del día, por si Valentin recorre el mismo camino de vuelta. ¿Vale?

Mientras Katrine y Bjørn iban con los policías para hacer el reparto de tareas, Beate volvió al vagón donde lo había visto. Observó la ventanilla. Había chorreado un poco en las líneas donde él había escrito. Era un dibujo repetido. Una raya vertical seguida de un círculo. Después de completar una línea, volvía a empezar una nueva, hasta que conseguía formar una matriz cuadrangular.

No tenía por qué ser importante.

Pero, como Harry decía siempre «Puede que no sea importante ni relevante, pero todo significa *algo*. Y empezamos a buscar allí donde hay luz, allí donde vemos *algo*».

Beate cogió el móvil y le hizo una foto a la ventanilla. Se acordó de algo.

—¡Katrine, ven!

Katrine la oyó y le dejó a Bjørn el reparto de tareas.

—¿Cómo fue la cosa anoche?

—Bien —dijo Katrine—. He dejado el chicle en ADN esta mañana. Lo registré con el número correspondiente a un caso de violación ya archivado. Dan prioridad a los asesinatos de los policías, claro, pero me prometieron que lo mirarían cuanto antes.

251

Beate asintió pensativa. Se pasó la mano por la cara.

—¿Cuánto tardarán? No podemos permitir sin más que algo que puede ser el ADN del asesino vaya a parar al final de la cola solo para llevarnos el mérito y los aplausos.

Katrine apoyó la mano en la cadera y miró a Bjørn, que gesticulaba hablando con los policías:

—Conozco a una de las mujeres que trabajan allí —mintió—. La llamaré para meterle prisa.

Beate la miró. Dudó. Asintió.

—Y estás segura de que no es solo que *querías* que fuera Valentin Gjertsen, ¿verdad? —dijo Ståle Aune. Estaba al lado de la ventana, observando desde la oficina el ajetreo de la calle. Las personas que iban a toda prisa de un lado para otro. Las personas, alguna de las cuales podía ser Valentin Gjertsen—. Las alucinaciones son frecuentes cuando hay falta de sueño. ¿Cuánto has dormido en las últimas cuarenta y ocho horas?

—Espera, lo voy a calcular —respondió Beate Lønn, y Ståle comprendió que no necesitaba calcular nada—. Te llamo porque Valentin había escrito algo en la ventanilla. ¿Has recibido el mensaje con la imagen?

—Sí —dijo Aune. Acababa de empezar la sesión de terapia cuando el mensaje de Beate iluminó la pantalla del móvil que tenía en el cajón abierto del escritorio.

Mira el MMS. Urgente. Te llamo.

Y sintió un placer casi perverso al ver la sorpresa de Paul Stavnes cuando le dijo que *no tenía más remedio* que responder, y comprobó que su paciente había captado el mensaje subliminal: esta llamada es mucho más importante que tú, so plasta.

—Recuerdo que una vez me dijiste que los psicólogos podéis analizar los garabatos de los sociópatas, que pueden deciros algo de su subconsciente.

—Bueno, lo que creo que te dije fue que la Universidad de Granada, en España, ha desarrollado un método con el que se pueden evaluar los trastornos psicopatológicos de personalidad. Pero le dicen al individuo lo que tiene que dibujar. Y esto más que un dibujo parece una serie de letras —dijo Ståle.

—¿Ah, sí?

—Bueno, yo por lo menos veo íes y oes. Y, la verdad, como dibujo también resulta interesante.

—¿Por qué?

—Hombre, por la mañana temprano, en el tranvía, aún a medio camino entre el país de los sueños y la vigilia…, lo que uno escribe entonces lo rige el subconsciente. Y al subconsciente le gustan los códigos y los jeroglíficos. A veces son incomprensibles, otras veces son de lo más sencillos, en fin, banales, directamente. Una vez tuve una paciente que se pasaba la vida aterrada por que la violaran. Tenía un sueño recurrente en el que la despertaban cuando el cañón de un carro de combate entraba por la ventana del dormitorio y se detenía a los pies de la cama. Y delante del agujero del cañón colgaba un cartel donde había una pe y una ene. Puede parecer extraño que ella no comprendiera un código tan pueril, pero el cerebro suele camuflar aquello en lo que está pensando de verdad. Por comodidad, por sentimiento de culpa, por miedo…

—Y el que escriba íes y oes, ¿qué puede significar?

—Puede ser que sea porque se aburre en el tranvía. No me sobrevalores, Beate. Yo accedí a los estudios de psicología cuando era la materia que elegían los que eran demasiado torpes para ser médicos o ingenieros. Pero dame un poco de tiempo para mirarlo despacio, ahora tengo un paciente.

—De acuerdo.

Aune colgó y volvió a mirar a la calle. Al otro lado había un estudio de tatuaje, a cien metros, en dirección a la calle Bogstadveien. El tranvía 11 recorría esa calle, y Valentin tenía un tatuaje. Un tatuaje gracias al cual podrían identificarlo. Si es que no acudía a un profesional que se lo quitara. O que se lo modificara en un estudio de tatuaje… Lo que uno veía en un dibujo podía cambiar radicalmente si le añadía unos cuantos trazos aquí o allá. Como si dibujas un semicírculo al lado de una raya vertical, resulta que se convierte en una ð. O una raya sobre un círculo, y tienes una ø. Aune echó el aliento en la ventana.

Una tosecilla de irritación resonó a su espalda.

Dibujó en el vaho una raya vertical y un círculo como los que había visto en el mensaje.

—Me niego a pagar la hora completa a menos que…

—¿Sabes qué, Paul? —dijo Aune, acentuando la pronunciación del diptongo, y añadió el semicírculo y la raya en diagonal. DØ. O sea, «morir», en noruego. Lo tachó—. Esta sesión te la voy a dar gratis.

22

Rico Herrem sabía que iba a morir. Lo sabía desde siempre. La novedad era que ahora sabía que iba a morir en el transcurso de treinta y seis horas.

—*Anthrax* —repitió el médico. Sin la tendencia tailandesa a la erre muda y con acento americano. Aquel ojos achinados habría estudiado medicina allí, seguramente. Habría obtenido la titulación necesaria para trabajar en aquella clínica privada cuyos únicos pacientes serían, con toda seguridad, residentes extranjeros y turistas.

—*I'm so sorry.*

Rico respiraba con la mascarilla de oxígeno e incluso así le costaba trabajo. Treinta y seis horas. Eso le había dicho, treinta y seis horas. Le preguntó si quería que llamaran a algún familiar. Que quizá llegaría a tiempo si cogían un vuelo directo. O a un sacerdote cristiano. ¿O era católico?

El médico debió de comprender por la cara de Rico que necesitaba que le ampliara la información.

—*Anthrax is a bacteria. It's in your lungs. You probably inhaled it some days ago.*

Rico seguía sin comprender.

—*If you had digested it or got it on your skin, we might have been able to save you. But in the lungs…*

¿Una bacteria? ¿Iba a morirse por culpa de una bacteria? ¿Y la había respirado? Pero ¿dónde?

El médico repitió la idea como un eco:

—Any idea where? The police will want to know to prevent other people from catching the bacteria.

Rico Herrem cerró los ojos.

—Please, try to think back, mister Herrem. You might be able to save others…

Salvar a otros, pero no a sí mismo. Treinta y seis horas.

—Mister Herrem?

Rico quería asentir para que entendiera que lo había oído, pero no podía. Oyó la puerta. El repiqueteo de varios pares de zapatos. La voz ahogada de una mujer hablando bajito:

—Miss Kari Farstad from the Norwegian Embassy. We came as son as we could. Is he…?

—Blood circulation is stopping, miss. He is going into shock now.

¿Dónde? ¿En la comida que tomó cuando el taxi se paró en aquel restaurante de carretera inmundo entre Bangkok y Pattaya? ¿De aquel agujero apestoso que había en el suelo y que llamaban retrete? ¿O en el hotel? ¿No solían transmitirse las bacterias a través de las instalaciones de aire acondicionado? Pero el médico le había dicho que los primeros síntomas eran como los del resfriado, y ya se los había notado en el avión. Claro que si las bacterias en cuestión estaban en el aire del avión, habría más personas infectadas. Oyó la voz de la mujer, que hablaba susurrante en noruego.

—¿Bacterias de ántrax maligno? Madre mía, yo creía que eso solo existía en las armas químicas.

—Qué va. —Una voz de hombre—. He estado mirando en Google mientras venía hacia aquí. *Bacillus antharxis.* Puede pasarse años y años en la tierra, es un asesino duro de pelar. Se reproduce por esporas. Las mismas que había en el polvo de las cartas que empezaron a enviar a la gente en Estados Unidos hace años, ¿te acuerdas?

—¿Tú crees que alguien le ha enviado una carta con esa bacteria?

—Puede haberse contagiado en cualquier sitio, pero lo más normal es que haya sido en contacto con animales domésticos de gran tamaño. Lo más probable es que jamás lo sepamos.

Pero Rico lo sabía. De repente lo tuvo clarísimo. Logró llevarse una mano a la mascarilla.

—¿Has dado con algún pariente? —dijo la voz de mujer.

—Sí.

—¿Y?

—Me han dicho que podía pudrirse donde estuviera.

—Vaya. ¿Pederasta?

—No. Pero, por lo demás, la lista es de lo más completa. Eh, mira, se está moviendo.

Rico había conseguido quitarse la mascarilla de la boca y la nariz, y estaba intentando decir algo, pero solo emitía un silbido ronco. Lo repitió. Vio que la mujer tenía el pelo rizado y rubio, y lo miraba con una mezcla de preocupación y de desprecio.

—*Doctor, is it…?*

—*No, it is not contagious between humans.*

No era contagioso. Solo él.

La mujer acercó la cara. Y a pesar de que estaba moribundo —o a lo mejor precisamente por eso—, Rico Herrem aspiró su olor ansiosamente. Inhaló su perfume, igual que lo había inhalado aquel día, en la Pescadería. Aspiró el guante de lana, notó el olor a lana húmeda y algo sabía a cal. Polvo. El otro, que llevaba la nariz y la boca tapadas con un pañuelo. No para enmascararse. Esporas volátiles que flotaban en el aire. *Might have been able to save you, but in the lungs…*

Hizo un esfuerzo. Logró pronunciar las palabras como pudo. Dos palabras. Atinó a pensar que serían las últimas. Luego, como un telón que caía tras una representación miserable y dolorosa, de cuarenta y dos años de duración, una oscuridad absoluta cayó sobre Rico Herrem.

Aquella lluvia brutal y virulenta martilleaba el techo del coche y sonaba como si tratara de perforarlo y llegar hasta ellos, y Kari Farstad se estremeció instintivamente. Siempre tenía la piel cubierta de una capa de sudor, pero decían que las cosas mejorarían cuando pasara la estación de las lluvias, allá por noviembre. Tenía ganas de llegar a su casa de embajadora, aborrecía aquellos viajes a

Pattaya, aquel no era el primero. No había elegido aquella carrera para trabajar con basura humana. De hecho, era más bien lo contrario. Se había imaginado veladas de cóctel con personas interesantes, inteligentes; conversaciones vivas y elevadas sobre política y cultura. Se imaginó que habría podido desarrollarse como persona y desarrollar una mayor comprensión de las grandes cuestiones. En lugar de aquel desconcierto en torno a cuestiones menores como el modo de conseguirle un buen abogado a un delincuente noruego, quizá conseguir que lo extraditaran para poder enviarlo a una prisión noruega, con el estándar de un hotel.

La lluvia cesó tan rápido como había empezado, y siguieron avanzando con un zumbido entre las nubes y el vapor de agua que flotaba sobre el asfalto ardiente.

−¿Qué dices que dijo Herren, que no me acuerdo? −preguntó el secretario de la embajada.

−Valentin −dijo Kari.

−No, lo otro.

−Pues no hablaba con claridad, eran varias palabras y una sonaba más o menos como «komod».

−¿«Komod»?

−Algo así.

Kari iba con la vista clavada en los árboles del caucho que orillaban la autopista. Quería ir a casa. Quería irse a su hogar.

23

Harry pasó por delante del cuadro de Frans Widerberg mientras cruzaba a toda prisa el pasillo de la Escuela Superior de Policía.

Ella lo esperaba en la puerta del gimnasio. Lista para la pelea, con ropa deportiva muy ajustada. Con la espalda apoyada en el marco de la puerta y los brazos cruzados, lo seguía con la mirada. Harry pensó saludarla con un gesto, pero alguien gritó «¡Silje!», y la vio alejarse.

En el otro lado del edificio, Harry se asomó al despacho de Arnold.

—¿Qué tal la clase?

—Lo bastante bien, pero yo creo que echaron de menos tus ejemplos, por horrendos aunque no irrelevantes, sobre el llamado «mundo real» —dijo Arnold mientras trataba de darse un masaje en el pie dolorido.

—Bueno, de todos modos, gracias por sustituirme —dijo Harry sonriendo.

—Faltaría más. ¿Qué era tan importante?

—Tenía que ir al patólogo. El forense de guardia ha aprobado la exhumación del cadáver de Rudolf Asáiev para repetir la autopsia. He utilizado tu estadística del FBI sobre los testigos muertos.

—Me alegro de haber sido útil. Por cierto, vuelves a tener visita.

—No será…

—No, ni la señorita Gravseng ni ninguno de tus colegas de la otra vez. Le he dicho que podía esperarte en el despacho.

—¿A quién?

—Una persona a la que creo que conoces. Le he ofrecido un café.

Harry miró a Arnold a los ojos, se despidió con un gesto y se marchó.

El hombre que esperaba sentado en el despacho no había cambiado tanto. Estaba más entrado en carnes, tenía la cara un poco más redonda y el pelo un poco más gris. Pero aún conservaba aquel flequillo juvenil, más propio de otro colega más joven, un traje que parecía prestado y la mirada aguda y rauda, capaz de leer un documento en cuatro segundos y citarlo palabra por palabra si era preciso en el juicio. Johan Krohn era, en pocas palabras, el equivalente jurídico de Beate Lønn, el abogado que ganaba todos los juicios, aunque la otra parte fuera la ley noruega en persona.

—Harry Hole —dio con aquella voz clara y jovial, se levantó y le dio la mano—. Cuánto tiempo.

—Por suerte —dijo Harry, y le estrechó la mano. Le apretó el dorso con el dedo de titanio—. Tú siempre has traído malas noticias. ¿Te ha gustado el café, Krohn?

Krohn le devolvió el apretón. Fuerte. Esos kilos de más debían de ser músculos.

—El café al que invitas es bueno —dijo con una falsa sonrisa—. Las noticias que te traigo son malas, como siempre.

—¿No me digas?

—No tengo por costumbre acudir personalmente a las notificaciones, pero en este caso quería mantener una conversación cara a cara antes de poner nada por escrito, llegado el caso. Se trata de Silje Gravseng, a la que tú enseñas.

—A la que enseño.

—¿No es verdad?

—Hasta cierto punto. Según lo has dicho, parecía otra cosa.

—En fin, voy a hacer lo posible por expresarme con una precisión ejemplar —dijo Krohn, y sonrió mordaz—. Vino directamente a verme a mí en lugar de acudir a la policía. Por miedo de que os protejáis entre vosotros.

—¿Nosotros?

—La policía.

—Yo no soy…

—Has sido policía durante años y, como contratado en la Escuela Superior de Policía, eres parte del sistema. La cuestión es que tiene miedo de que la policía trate de convencerla de que no denuncie la violación. Y de que, a la larga, oponerse a ti perjudique su carrera en la policía.

—¿De qué me estás hablando, Krohn?

—¿Es que no me he explicado con claridad? Poco antes de la medianoche de ayer violaste a Silje Gravseng en este despacho.

Krohn observó a Harry durante la pausa que siguió a sus palabras.

—No es que pueda utilizarlo contra ti, Hole, pero la ausencia total de sorpresa por tu parte es del todo elocuente y refuerza la credibilidad de mi cliente.

—¿Es que necesita reforzarla?

Krohn juntó las yemas de los dedos.

—Espero que seas consciente de la gravedad del asunto, Hole. El simple hecho de que esta violación se denuncie y se haga pública pondrá tu vida patas arriba.

Harry trataba de imaginárselo con el atuendo de abogado. El modo de proceder. El dedo acusador dirigido contra él en el banquillo de los acusados. Y a Silje, secándose una lágrima con actitud valerosa. La expresión de indignación manifiesta en la cara de los miembros del jurado popular. El frente frío que constituiría el público en la sala. El raspar incesante del lápiz de los ilustradores periodísticos sobre el papel de dibujo.

—La única razón por la que he venido yo en lugar de dos policías dispuestos a sacarte de aquí con las esposas, delante de colegas y alumnos, es que tendría un alto coste también para mi cliente.

—¿Por qué?

—Seguro que lo comprendes. Siempre será la mujer que mandó a la cárcel a un colega. Una chivata, creo que se llama. Una figura no muy apreciada entre los policías, según tengo entendido.

—Krohn, tú has visto demasiado cine. Los policías aprecian que se esclarezcan las violaciones, con independencia de quién sea el sospechoso.

—Y el juicio supondría una presión atroz para una joven, naturalmente. Sobre todo, teniendo en cuenta que tiene unos exámenes decisivos a la vuelta de la esquina. Puesto que no se atrevió a ir directamente a la policía, sino que tuvo que pensárselo un rato antes de acudir a mí, muchas de las pruebas técnicas y biológicas ya habían desaparecido. Y eso significa que el juicio podría prolongarse más de lo que habría durado en caso contrario.

—Ya, ¿y qué pruebas *sí tenéis?*

—Los moretones. Los arañazos. Un vestido rasgado. Y si pido que peinen este despacho en busca de pruebas, seguro que encontramos restos textiles del mismo vestido.

—¿Y si no?

—Harry, no he venido solo a traerte malas noticias.

—¿Ah, no?

—También te traigo una oferta.

—Del Diablo en persona, estoy seguro.

—Tú eres un hombre inteligente. Sabes que no tenemos pruebas concluyentes. Es la situación típica en los casos de violación, ¿verdad? Es la palabra del uno contra la del otro, y el asunto se salda con dos perdedores, la víctima, que queda como sospechosa de conducta impropia y de falsa acusación, y el absuelto, del que todo el mundo piensa que menuda suerte ha tenido. Habida cuenta de que es posible que se dé esa situación, Silje Gravseng ha presentado una propuesta que no tengo ningún reparo en suscribir. Y, por esta vez, permíteme que abandone mi papel de abogado de la acusación, Hole. Te aconsejo que tú también la aceptes. Porque la alternativa es presentar una denuncia. Sobre ese punto ha sido totalmente clara.

—¿De verdad?

—Pues sí. En tanto que ciudadana cuya profesión consiste en velar por el cumplimiento de las leyes del país, Silje Gravseng entiende que es su deber claro e insoslayable procurar que los violadores reciban su castigo. Pero, por suerte para ti, no le parece necesario que los castigue un tribunal.

—Lo que se llama una joven de principios, ¿no?

—Si yo estuviera en tu lugar, procuraría mostrarme menos sarcástico y más agradecido, Hole. Piensa que yo *podría haber* defendido que presentara una denuncia a la policía.

—¿Qué es lo que queréis, Krohn?

—En resumen, que tú presentes tu dimisión como profesor de la Escuela Superior de Policía y que no trabajes nunca más con la policía. Y que Silje pueda seguir estudiando tranquilamente, sin que tú te inmiscuyas en nada. Y lo mismo cuando empiece su vida laboral. La menor descalificación por tu parte y denunciará la violación.

Harry plantó los codos en la mesa, inclinó la cabeza, se frotó la frente.

—Redactaré un documento de conciliación, tu renuncia por su silencio. Obviamente, ambas partes os comprometéis a mantener el acuerdo en secreto. En cualquier caso no podrías perjudicarla haciéndolo público, dado que todo el mundo comprendería su elección.

—Ya, claro. Mientras que a mí me verán como culpable, después de haber aceptado una conciliación en esos términos.

—Considéralo una reducción del daño, Hole. Un hombre con tu experiencia puede cambiar de sector con facilidad. Investigador de una compañía de seguros, por ejemplo. Ellos pagan mejor que la Escuela Superior de Policía, créeme.

—Te creo.

—Muy bien. —Krohn abrió la tapa del móvil—. ¿Cómo tienes la agenda los próximos días?

—Por mí, mañana.

—Estupendo. A las dos en mi despacho. ¿Recuerdas la dirección de la última vez?

Harry asintió.

—Extraordinario. Que lo pases bien, Hole.

Krohn se levantó de la silla como un resorte. Rodillas, barra y pesas, adivinó Harry.

Cuando el abogado se fue, miró el reloj. Era jueves, y Rakel volvía un día antes de lo habitual esta semana. Aterrizaba a las 17.30

y él se había ofrecido a ir a recogerla en el aeropuerto, ofrecimiento que ella aceptó encantada después del consabido «no, no, si no hace falta». Sabía que a ella le encantaban aquellos cuarenta y cinco minutos de trayecto en coche. La conversación. La tranquilidad. El preámbulo de una noche entrañable. Su voz ansiosa mientras le explicaba lo que de verdad significaba el hecho de que solo los estados pudieran formar parte del Tribunal Internacional de la Haya. Sobre el poder y la impotencia de la Organización de las Naciones Unidas. Todo ello mientras el paisaje pasaba a toda velocidad. Cuando no hablaban de Oleg, de cómo le iba, de lo mucho que mejoraba a diario. De sus planes. Los estudios, derecho, la Escuela de Policía. De la suerte que habían tenido. Y de lo frágil que era la felicidad.

Hablaban de todo lo que pensaban sin rodeos. De casi todo. Harry nunca decía una palabra del miedo que sentía. Miedo de prometer algo que no sabía si podría cumplir. Miedo de no poder ser el que quería y debía ser para ellos. De no saber si ellos podían serlo para él. De no saber cómo nadie podía hacerlo feliz.

El hecho de que ahora fuera feliz con ella y con Oleg era prácticamente un estado de excepción, algo en lo que creía solo a medias, un sueño sospechosamente bello del que esperaba despertarse en cualquier momento.

Harry se frotó la cara. Tal vez se acercara ya. El despertar. La hiriente y brutal luz del día. La realidad. En la que todo volvería a ser como antes. Frío, duro y solitario. Harry se encogió en la silla.

Katrine Bratt miró el reloj. Las 21.10. Fuera a lo mejor hacía una noche suave, súbitamente primaveral. Allí, en el sótano, hacía una noche fría y húmeda de invierno. Miró a Bjørn Holm, que se rascaba las patillas pelirrojas. A Ståle Aune, que escribía en un bloc. A Beate Lønn, que ahogaba un bostezo. Estaban sentados alrededor de un ordenador en cuya pantalla se veía la foto que Beate había tomado de la ventanilla del tranvía. Habían estado hablando de lo que allí decía y habían llegado a la conclusión de que, aunque comprendieran el significado, eso no les ayudaría a atrapar a Valentin.

Así que Katrine les habló otra vez de su sensación de que alguien estuvo en el archivo de pruebas al mismo tiempo que ella.

—Debía de ser alguien que trabaja allí —dijo Bjørn—. Pero claro, es un tanto extraño que no encendieran la luz.

—La llave del archivo es fácil de copiar —dijo Katrine.

—Puede que no sean letras —dijo Beate—. Puede que sean números.

Todos se volvieron hacia ella. Tenía aún la mirada fija en la pantalla.

—Unos y ceros. No íes y oes. Como en los códigos binarios. Los unos significan sí y los ceros, no, ¿no es eso, Katrine?

—Yo soy usuaria, no programadora —dijo Katrine—. Pero sí, es así. Según me han explicado, los unos permiten el paso del flujo, mientras que los ceros lo detienen.

—Uno significa acción, cero, no actuar —dijo Beate—. Lo hago. No lo hago. Lo hago. No lo hago. Uno. Cero. Línea tras línea.

—Como una margarita —dijo Bjørn Holm.

Se quedaron un rato en silencio, solo se oía el ventilador del ordenador.

—La matriz termina con un cero —dijo Aune—. No lo hago.

—Si es que la terminó —dijo Beate—. Tuvo que bajarse en su parada.

—A veces pasa que los asesinos en serie lo dejan y punto —dijo Katrine—. Se esfuman. Y no se vuelve a repetir.

—En casos excepcionales —dijo Beate—. Cero no es cero, ¿quién de vosotros cree que nuestro matarife ha pensado dejarlo? ¿Qué dices, Ståle?

—Katrine tiene razón, pero mucho me temo que este continúe.

Mucho se lo temía, pensó Katrine, y estuvo a punto de decir en voz alta lo que pensaba, que ella se temía lo contrario, que ahora que estaban tan cerca, lo dejara, que se esfumara. Que valía la pena correr el riesgo. Sí, que ella, en el peor de los casos, estaría dispuesta a sacrificar a un colega más a cambio de atrapar a Valentin. Era una idea demencial, pero se le había ocurrido. Otra vida de un policía perdida era algo que se podía resistir, de verdad que sí. Que Valentin se librara, eso no. Y movió los labios sin pronunciar en voz alta aquel deseo. Una sola vez más, so cabrón. Ataca una vez más.

A Katrine empezó a sonarle el móvil. Vio que era del forense y lo cogió.

—Hola. Hemos estado analizando el chicle del caso de violación.

—¿Ajá? —Katrine notó que la sangre empezaba a bombearle más rápido. A la mierda todas aquellas teorías de pacotilla, aquello sí que eran pruebas concluyentes.

—Por desgracia no hemos encontrado ningún rastro de ADN.

—¿Qué? —Aquello le cayó como un jarro de agua fría—. Pero... Pero ¡si estaba lleno de saliva!

—Bueno, estas cosas pasan a veces, lo siento. Por supuesto que podemos comprobarlo otra vez, pero con los asesinatos de nuestros colegas estamos...

Katrine colgó.

—No han encontrado nada en el chicle —dijo en voz baja.

Bjørn y Beate asintieron. Katrine creyó advertir cierto alivio en la expresión de Beate.

Llamaron a la puerta.

—¡Sí! —gritó Beate.

Katrine se quedó mirando la puerta metálica con la certeza repentina de que era él. Aquel hombre alto y rubio. Se había arrepentido. Había acudido para salvarlos de aquella miseria.

La puerta se abrió. Katrine soltó un taco para sus adentros. Gunnar Hagen entró en la sala.

—¿Cómo van las cosas?

Beate estiró los brazos por encima de la cabeza.

—Ni rastro de Valentin en el tranvía 11 ni en el 12, y ningún resultado después de preguntar a los pasajeros. Tenemos gente en el tranvía hasta esta noche, pero tenemos más esperanzas de que aparezca por la mañana temprano.

—El grupo de investigación me ha preguntado por el uso de agentes en la vigilancia del tranvía. Les gustaría saber qué está ocurriendo, si tiene que ver con los asesinatos de los policías.

—Vaya, los rumores van que vuelan —dijo Beate.

—Y no sabes cómo —dijo Hagen—. Esto llegará a oídos de Bellman.

Katrine se quedó mirando la pantalla. El dibujo. Aquello era su fuerte, así fue como atrapó en su día al Muñeco de Nieve. A ver. Uno y cero. Dos cifras formando una pareja. ¿Será diez? Un número de dos cifras repetido varias veces. Varias veces. Varias...

—Por eso pienso informar sobre Valentin esta misma noche.

—¿Eso qué consecuencias tiene para nuestro grupo? —preguntó Beate.

—Que Valentin aparezca de pronto en un tranvía no es culpa nuestra, tenemos que actuar. Pero al mismo tiempo, el grupo ha hecho su trabajo. Ha desvelado que Valentin está vivo, ya tenemos un sospechoso principal. Y si no conseguimos atraparlo ahora, aún existe la posibilidad de que aparezca en Berg. A partir de este momento, se encargan otros, amigos.

—¿Y lo de poli-diez? —dijo Katrine.

—¿Perdón? —dijo Hagen con suavidad.

—Ståle dice que los dedos escriben aquello con lo que está trabajando el subconsciente. Valentin escribió muchos dieces, uno tras otro. «Poli» significa muchos. Es decir, poli-diez. Diez policías. En ese caso puede significar que está planeando asesinar a más colegas.

—¿De qué está hablando? —preguntó Hagen mirando a Ståle.

Ståle Aune se encogió de hombros.

—Estamos tratando de interpretar lo que escribió en la ventanilla del tranvía. Yo llegué a la conclusión de que había escrito «dø», morir. Pero ¿y si, sencillamente, le gustan los ceros y los unos? El cerebro humano es un laberinto cuatridimensional. Todo el mundo ha estado allí, nadie conoce el camino.

Katrine no se daba ni cuenta del bullicio mientras recorría las calles de Oslo camino del despacho policial de Grünerløkka. Las personas sonrientes, estresadas, que se apresuraban a celebrar la breve primavera, el breve fin de semana, la vida, antes de que acabara.

Ahora lo sabía. Por qué habían estado tan ocupados con aquel «código» absurdo. Porque deseaban desesperadamente que las cosas encajaran en un contexto, que tuvieran sentido. Pero lo más importante, porque no habían hecho nada más. Así que trataban de sacarle a las piedras un contenido que las piedras no tenían.

Tenía la mirada fija en la acera, iba poniendo los talones rítmicamente en el asfalto al ritmo del conjuro que repetía sin cesar: una vez más, so cabrón. Ataca una sola vez más.

Harry tenía entre sus manos la larga melena, aún de un negro brillante y tan espesa y suave que tenía la sensación de estar agarrado a una cuerda gruesa. Tiró despacio y vio cómo Rakel doblaba la cabeza hacia atrás, observó la espalda fina y torneada y la espina dorsal que se encorvaba como una serpiente bajo la piel ardiente y sudorosa. Empujó otra vez. Los gemidos sonaban como un murmullo en baja frecuencia que surgiera de lo más hondo del pecho, un sonido iracundo, de frustración. A veces lo hacían despacio, tranquilos, perezosos, como en un baile lento. Otras era como una pelea, como esta noche. Como si el deseo de Rakel no hiciera más que engendrar más deseo; cuando estaba como ahora era como tratar de apagar el fuego con gasolina, iba a más, quedaba fuera de control y a veces Harry pensaba que no, que aquello no podía terminar bien.

El vestido estaba en el suelo, al lado de la cama. Rojo. Le sentaba tan bien el rojo que era casi una pena. Las piernas desnudas. No, cuando llegó no tenía las piernas desnudas. Harry se inclinó, aspiró su olor.

—No pares —gimió ella.

Opium. Rakel le había contado que ese olor con un punto amargo era el sudor de la corteza de un árbol árabe. No, no el sudor, las lágrimas, eso era. Las lágrimas de una princesa que huía a Arabia a causa de un amor prohibido. La princesa Esmirna. Mirra. Su vida había terminado en tragedia, pero Yves Saint Laurent pagó una fortuna por litro de lágrimas.

—No pares, aprieta…

Ella le cogió la mano y se la puso en la garganta, él apretó un poco con cuidado. Notó la vena y cómo se le tensaban los músculos de aquel cuello tan delicado.

—¡Más fuerte! Más…

Se le quebró la voz de pronto cuando él obedeció. Sabía que le había bloqueado la llegada de oxígeno al cerebro. Aquello había sido idea de ella, algo que él hacía y que lo ponía porque sabía que la ponía a ella. Pero ahora había algo diferente. La idea de que ella estaba en sus manos, de que podía hacer con ella lo que quisiera. Se quedó mirando el vestido. Aquel vestido rojo. Notó cómo crecía, que no podría contenerse. Cerró los ojos y la vio ante sí a cuatro patas mientras ella se volvía despacio, volvía la cara hacia él mientras el pelo cambiaba de color y entonces vio quién era. Tenía los ojos vueltos y, en el cuello, los cardenales que se veían entre los flashes de los técnicos criminalistas.

Harry la soltó y retiró la mano. Pero Rakel estaba allí. Se había quedado rígida y temblaba como un cervatillo el segundo antes de caer a tierra. Y entonces sucumbió. Se desplomó hasta que la frente dio en el colchón y se le escapó un sollozo. Y allí se quedó, de rodillas, como rezando.

Harry se salió. Ella protestó un poco, se volvió y lo miró acusadora. Por lo general, él no se salía hasta que ella estaba lista para la separación.

Harry la besó rápidamente en la nuca, se bajó de la cama, pescó de paso los calzoncillos Paul Smith que ella le había comprado en un aeropuerto entre Oslo y Ginebra. Encontró el paquete de Camel en los pantalones Wrangler, que había dejado en la silla. Salió y bajó la escalera hasta el salón. Se sentó y se puso a mirar por la ventana, donde la noche estaba oscurísima y, aun así, no tanto como para impedirle ver la silueta de Holmenkollåsen recortándose en el cielo. Encendió un cigarro. Pronto oiría sus pasos al acercarse. Sentiría las caricias de sus manos en el pelo y en el cuello.

—¿Te pasa algo?

—No.

Rakel se sentó en el brazo del sillón, le hundió la nariz en el cuello. Todavía tenía la piel caliente y le olía a Rakel y al amor. Y a las lágrimas de la princesa Mirra.

—Opium —dijo—. Qué nombre para un perfume.

—¿Es que no te gusta?

—Pues claro. —Harry echó el humo hacia el techo—. Pero es bastante... fuerte.

Ella se apartó y se lo quedó mirando.

—¿Y ahora me lo dices?

—Porque no había caído hasta ahora. Ni siquiera ahora, la verdad. Hasta que has preguntado.

—¿Es por el alcohol?

—¿Qué?

—El alcohol que hay en el perfume, ¿es eso lo que...?

Harry negó con un gesto.

—Pues algo te pasa —dijo ella—. Te conozco, Harry. Estás nervioso, inquieto. No hay más que ver cómo fumas, hombre, das las caladas como si el cigarro contuviera la última gota de agua que hubiera en el mundo.

Harry sonrió. Le acarició la espalda, con la piel de gallina. Ella le dio un beso fugaz en la mejilla.

—O sea, si no es la abstinencia del alcohol, es la otra.

—¿La otra?

—La abstinencia de la policía.

—Ah, esa —dijo Harry.

—Es por los asesinatos de los policías, ¿verdad?

—Beate estuvo aquí, vino a convencerme. Me dijo que antes había hablado contigo.

Rakel asintió.

—Y que le había dado la impresión de que a ti no te importaba —dijo Harry.

—Le dije que eso lo decidías tú.

—¿Es que se te ha olvidado la promesa que nos hicimos?

—No, pero no puedo obligarte a mantener una promesa, Harry.

—¿Y si yo hubiera aceptado y me hubiera involucrado en la investigación?

—Pues habrías roto la promesa.

—¿Y las consecuencias?

—¿Para ti y para mí, y también para Oleg? Una probabilidad mayor de que todo se fuera a la mierda. ¿Para la investigación de asesinato de los tres policías? Una probabilidad mayor de que se resuelva.

—Ya. Lo primero es seguro, Rakel. Lo segundo no es seguro para nada.

—Puede. Pero tú sabes muy bien que las cosas entre nosotros pueden irse a la mierda con independencia de que vuelvas o no a la policía. Estas aguas tienen escollos a distintas profundidades, Harry. Uno es que tú te subas por las paredes porque no puedes hacer aquello para lo que yo sé que tú piensas que has nacido. Sé de hombres que se divorcian justo antes de que empiece la temporada otoñal de caza.

—Entonces es la caza del alce. No es la perdiz nival, vamos.

—No, eso es verdad.

Harry tomó aire. Hablaban con voz pausada, tranquila, como si estuvieran hablando de la cesta de la compra. Así era como hablaban ellos, pensó. Así era ella. La atrajo hacia sí. Le susurró al oído:

—Tengo pensado conservarte, Rakel. Conservar lo que tenemos.

—¿Ah, sí?

—Sí. Porque está bien. Es lo mejor que he tenido nunca. Y ya sabes de qué pasta estoy hecho, recordarás el diagnóstico de Ståle, ¿verdad? Personalidad dependiente, rayana en el trastorno obsesivo compulsivo. El alcohol o la caza, lo mismo da, las ideas empiezan a dar vueltas y más vueltas por el mismo surco. Si abro la puerta, me quedo allí, Rakel. Y no quiero estar allí. Quiero estar *aquí*. Joder, ya casi estoy cayendo en eso, ¡solo con hablar del tema! No lo hago por ti y por Oleg, Rakel, lo hago por mí.

—Bueno, bueno. —Rakel le acarició el pelo–. Pues vamos a cambiar de tema, anda.

—Eso. Entonces ¿dicen que es posible que Oleg esté listo antes de lo pensado?

—Ha superado todos los síntomas de la abstinencia. Y parece más motivado que nunca. Harry…

—Sí.

—Oleg me ha contado lo que pasó aquella noche. —La mano de Rakel no paraba de acariciarlo. Harry no sabía todo lo que quería, pero sí sabía que quería que aquella mano siguiera allí.

—¿Qué noche?

—Ya sabes. La noche que el médico te recompuso.

—Así que eso fue lo que hizo, recomponerme, ¿no?

—Me dijiste que te había disparado uno de los camellos de Asáiev.

—En cierto modo, es verdad, puesto que Oleg era uno de sus camellos.

—Me gustaba más la versión antigua. La de que Oleg apareció después, comprendió que estabas muy malherido y salió corriendo por la orilla del Akerselva hasta llegar a urgencias.

—Pero tú nunca llegaste a creértela, ¿verdad?

—Me había contado que entró en una de las consultas y que utilizó la Odessa para conseguir que el médico se fuera con él.

—Y el médico lo perdonó cuando vio el estado en el que me encontraba.

Rakel meneó la cabeza.

—Quería contarme el resto también, pero dice que no se acuerda bien de aquellos meses.

—La heroína tiene ese efecto.

—Ya, pero yo estaba pensando que tú podrías rellenar esos huecos, ¿no?

Harry respiró hondo. Esperó un segundo. Soltó el humo.

—El mínimo, a ser posible.

Ella le tiró del pelo cariñosamente.

—En aquella ocasión os creí porque *quería* creeros. Pero por Dios, Harry, Oleg te disparó, debería estar en prisión.

Harry negó con la cabeza.

—Fue un accidente, Rakel. Y todo eso ya pasó, y mientras la policía no encuentre la Odessa, nadie puede relacionar a Oleg ni con el asesinato de Gusto Hanssen ni con nada más.

—¿Qué quieres decir? Oleg salió absuelto de ese asesinato. ¿Estás diciendo que sí tuvo que ver algo con él de todos modos?

—No, Rakel.

—Pero entonces ¿qué me estás ocultando, Harry?

—¿Seguro que quieres saberlo? ¿En serio?

Ella se lo quedó mirando un buen rato sin responder.

Harry esperaba. Miraba por la ventana. Vio la silueta de la colina que rodeaba aquella ciudad tranquila, segura, en la que nada ocurría. Que, en realidad, era el borde del cráter de un volcán durmiente sobre el que estaba construida la ciudad. Dependía del punto de vista. Dependía de lo que uno supiera.

—No —susurró Rakel en la penumbra. Le cogió la mano y se la llevó a la mejilla.

Era perfectamente posible ser feliz viviendo en la ignorancia, pensó Harry. Era solo cuestión de reprimir cosas. Reprimir la idea de una pistola Odessa que estaba —o no— guardada en un armario. Reprimir el asesinato de tres policías que no eran responsabilidad de uno. Reprimir la imagen del odio en la mirada de una alumna rechazada, con un vestido rojo subido por encima de la cintura. ¿No era eso, reprimir sin más?

Harry apagó el cigarro.

—¿Nos vamos a la cama?

A las tres de la madrugada, Harry se despertó sobresaltado.

Había soñado con ella otra vez. Había entrado en una habitación y la vio. Estaba tendida en un colchón sucio que había en el suelo, y cortaba el vestido rojo con unas tijeras enormes. A su lado había una tele portátil donde se la veía a ella y sus movimientos con un par de segundos de retraso. Harry miraba alrededor, pero no veía ninguna cámara. Luego, ella ponía la afilada punta de las tijeras en la parte interior de un muslo blanquísimo, la clavaba girándola y susurraba:

—No lo hagas.

Y Harry tanteaba a su espalda, encontraba el picaporte de la puerta que se abría despacio, pero estaba cerrada con llave. Luego se daba cuenta de que estaba desnudo y empezaba a caminar hacia ella.

—No lo hagas.

El sonido venía del televisor, con un eco de dos segundos de retraso.

—Lo único que quiero es la llave para salir de aquí —decía, pero tenía la sensación de estar hablando debajo del agua, y no sabía si ella lo había oído. Así que ella se metía entre las piernas dos dedos, tres, cuatro, y él veía que al final entraba toda la mano, tan delgada. Y él daba un paso hacia ella. Entonces ella sacaba la mano, pero llevaba una pistola. Y le apuntaba a él. Una pistola reluciente que goteaba y que tenía una goma que iba como un cordón umbilical hasta dentro de su cuerpo.

—No lo hagas —decía ella, pero él ya se había arrodillado delante de ella, se inclinaba y notaba la pistola fría, agradable en la frente. Y entonces él le respondió también en un susurro:

—Hazlo.

24

Las pistas de tenis estaban desiertas cuando el Volvo Amazon de Bjørn Holm giró delante del Frognerparken y del coche de policía que había aparcado en la entrada principal.

Beate salió de un salto, despabilada a pesar de lo poco que había dormido esa noche. La dificultad de dormir en una cama extraña. Pues sí, más de una vez pensaba en él como en un extraño. Conocía el cuerpo, pero su mentalidad, sus costumbres, sus ideas seguían siendo un misterio que no sabía si tendría la paciencia o el interés de explorar. Así que cada vez que se despertaba en su cama, se hacía la consabida pregunta de control: «¿Vas a seguir adelante?».

Dos agentes de paisano que estaban apoyados en el coche de policía se acercaron a ellos. Beate vio que en el interior del coche había dos personas uniformadas, y alguien más en el asiento trasero.

—¿Es él? —preguntó, y notó con agrado que el corazón se le aceleraba.

—Sí —dijo uno de los de paisano—. Menudo retrato fantasmagórico, no se parece ni una pizca.

—¿Y el tranvía?

—Lo hemos dejado ir, iba a rebosar. Pero hemos tomado el nombre de una mujer, porque la cosa se puso un tanto dramática.

—¿No me digas?

—Él trató de huir cuando le enseñamos la identificación y le pedimos que nos acompañara. Se lanzó al pasillo central, no te

imaginas con qué rapidez, interpuso entre él y nosotros un cochecito de niño. Y pidió a gritos que parasen el tranvía.

—¿Un coche de niño?

—Como lo oyes, tremendo, ¿no? Debería ser delito, vamos.

—Me temo que ha hecho cosas peores.

—No, si me refiero a llevarse el cochecito en el tranvía a la hora
punta de la mañana.

—Bueno. El caso es que lo habéis cogido.

—La dueña del cochecito no paraba de gritar y de tirarle del
brazo, así que le encajé un derechazo. —El policía le mostró con una
sonrisita el puño ensangrentado—. No tiene ningún sentido airear
la pipa cuando hay de sobra con esto, ¿no?

—Bien —dijo Beate, y trató de que sonara como si lo pensara de
verdad. Se agachó y miró al asiento trasero del coche, pero solo vio
una silueta bajo su reflejo a la luz del sol matinal—. ¿Podéis bajar la
ventanilla?

Trató de respirar con calma mientras la ventanilla se deslizaba
hacia abajo silenciosamente.

Lo reconoció enseguida. Él no la miraba, tenía la vista al frente,
fija en la mañana de Oslo, con los ojos entornados, como si siguiera en siete sueños y no quisiera despertarse.

—¿Lo habéis cacheado? —preguntó.

—Contacto físico de tercer grado —sonrió el agente de paisano—.
Y no, no llevaba encima ningún arma.

—Me refiero a si habéis buscado drogas, si le habéis registrado
los bolsillos.

—Ah. No. ¿Por qué?

—Porque es Chris Reddy, también conocido como Adidas, con
varias condenas por venta de espid. Puesto que trató de darse a la
fuga, podéis contar con que lleva material encima. Así que venga,
a registrarlo.

Beate Lønn se dio la vuelta y se encaminó al Amazon.

—Y yo que creía que ella se dedicaba a las huellas dactilares y
eso. —Oyó que le decía el de paisano a Bjørn Holm, que estaba a
su lado—. No sabía que conociera a los tíos de la droga.

—Conoce a todos los que han salido alguna vez en alguna foto de los archivos de la policía de Oslo —dijo Bjørn—. La próxima vez mira mejor, ¿vale?

Cuando se sentó en el coche, Bjørn arrancó el motor y la miró, ¿sabía Beate que así, con los brazos cruzados y mirando por la ventanilla con expresión furiosa, parecía una vieja cascarrabias?

—El domingo lo cogemos —dijo Bjørn.

—Ojalá que sí —dijo Beate—. ¿Todo listo en Bergslia?

—Los Delta han examinado la zona y han localizado los lugares donde quieren apostarse. Dicen que ha sido fácil gracias a la cantidad de bosque que hay alrededor. Pero también estarán entre las casas vecinas.

—Y todos los que participaron entonces en ese grupo de investigación están avisados, ¿no?

—Sí. Todos estarán atentos al teléfono todo el día y, si reciben la llamada, avisarán enseguida.

—Tú también, Bjørn.

—Y tú. Por cierto, ¿por qué no participó Harry en un caso de asesinato de aquella envergadura? Por aquel entonces era comisario de Delitos Violentos.

—Bueno, entonces estaba indispuesto.

—¿Borracho?

—Y Katrine, ¿en qué la tenemos ocupada?

—Tiene un puesto discreto en el bosque de Bergskogen, con buenas vistas de la casa.

—Muy bien. Quiero tener contacto permanente con ella a través del móvil mientras se encuentre allí.

—Se lo diré.

Beate miró el reloj. 9.16. Bajaron por la calle Thomas Heftyes y luego por el bulevar de Bygdøy. No porque fuera el camino más corto a la Comisaría General, sino porque era el más bonito. Y porque ayudaría a que pasara el tiempo. Beate miró el reloj otra vez. 9.22. Faltaba día y medio para el día D. El domingo.

A ella seguía latiéndole muy rápido el corazón.

Ya le latía muy rápido.

Johan Krohn dejó a Harry esperando en recepción los cuatro minutos de rigor después de la hora acordada, y luego salió a buscarlo. Le dio un par de instrucciones claramente superfluas a la recepcionista antes de volverse a las dos personas que aguardaban sentadas.

—Hole —dijo, y examinó la cara del policía como para establecer un diagnóstico de su humor y su actitud antes de estrecharle la mano—. Y se ha traído usted a su abogado, ¿no?

—Es Arnold Folkestad —dijo Harry—, colega mío. Le he pedido que me acompañe para contar con un testigo de lo que digamos y acordemos.

—De lo más sensato —dijo Johan Krohn sin que ningún detalle ni del tono de voz ni de la expresión indicara que lo pensaba de verdad—. Adelante, adelante.

Los precedió, echó un vistazo a un reloj de pulsera extraordinariamente fino y femenino, y Harry lo pilló al vuelo: «soy un abogado muy solicitado y no dispongo de mucho tiempo para esta minucia de caso». Era un despacho amplio con un olor a piel que Harry supuso procedía de los volúmenes encuadernados de *Norsk Rettstidende* que llenaban las estanterías. Y a un perfume que él sabía muy bien de dónde procedía. Silje Gravseng estaba sentada en una silla, mirando a medias hacia ellos y a medias hacia el robusto escritorio macizo de Johan Krohn.

—¿En peligro de extinción? —preguntó Harry, y pasó la mano por la mesa antes de sentarse.

—Teca normal y corriente —dijo Krohn, y ocupó el trono detrás del bosque tropical.

—Normal y corriente ayer, hoy en peligro de extinción —dijo Harry, y señaló a Silje Gravseng. Ella respondió cerrando los párpados lentamente y abriéndolos muy despacio otra vez, como si no pudiera mover la cabeza. Llevaba una cola de caballo tan tirante que le achinaba los ojos más de lo habitual. Vestía un traje que inducía a pensar que fuera una de las abogadas del despacho. Se la veía tranquila.

—¿Vamos derechos al asunto? —dijo Johan Krohn, que había adoptado su pose de siempre, juntando las yemas de los dedos—. En fin, la señorita Gravseng ha declarado que sufrió una violación en su despacho de la Escuela Superior de Policía hacia la medianoche de este día. Las pruebas son de momento arañazos, cardenales y un vestido destrozado. De todo ello hay fotografías que pueden utilizarse como prueba ante un tribunal.

Krohn miró a Silje como para comprobar que resistiría la presión antes de continuar.

—El examen médico de las urgencias de delitos sexuales no detectó, ciertamente, ni desgarros ni hematomas en ingles y muslos, pero eso rara vez ocurre. Incluso en agresiones brutales los encontramos tan solo entre el quince y el treinta por ciento de los casos. No hay rastros de esperma en la vagina puesto que fue usted lo bastante juicioso como para eyacular fuera, concretamente, en el vientre de la señorita Gravseng, antes de dejar que se vistiera, de arrastrarla a la salida y echarla a la calle. Lástima que ella no fuera igual de juiciosa y guardara parte de ese esperma como prueba, sino que se pasó horas llorando bajo la ducha e hizo lo posible por eliminar todo rastro de semejante mancha. Nada raro, seguramente, sino más bien harto comprensible, y una reacción razonable por parte de una joven.

A Krohn le salía la voz con un temblor de indignación, que Harry supuso no era auténtico, sino más bien para mostrarles lo eficaz que aquella parte podía resultar al exponerla en un posible juicio.

—Sin embargo, he pedido a todo el personal de las urgencias de delitos sexuales que describa la reacción psíquica de la víctima en unas líneas. Estamos hablando de profesionales con una experiencia dilatada en lo que al comportamiento de víctimas de violación se refiere y, por lo tanto, se trata de descripciones a las que un jurado concederá la máxima importancia. Y créanme, en este caso, las observaciones psíquicas apoyan la causa de mi cliente.

Una sonrisa casi de disculpa se plasmó en el semblante del abogado.

—Pero antes de que entremos en las pruebas con más detalle, podemos dejar claro si ha considerado mi oferta, Hole. Si ha llegado a la conclusión de que este ofrecimiento es el camino que debe seguir —y espero que así sea, por el bien de todas las partes—, sepa que tengo aquí el acuerdo por escrito. Que, naturalmente, será confidencial.

Krohn le alargó a Harry una carpeta de piel negra, mientras le dedicaba una mirada elocuente a Arnold Folkestad, que asintió despacio.

Harry abrió la carpeta y leyó el folio rápidamente.

—Ya. Yo renuncio al puesto en la Escuela Superior de Policía y a trabajar como policía o en ninguna actividad relacionada con el trabajo policial. Y no debo hablar nunca más con Silje Gravseng, ni de ella. Listo para firmar, por lo que veo.

—No tiene nada de complicado, así que si ya ha hecho sus cálculos y ha llegado a la conclusión de que la respuesta correcta es…

Harry asintió. Miró hacia Silje Gravseng, que estaba en la silla, más tiesa que un palo, y le devolvía una mirada pálida e inexpresiva.

Arnold Folkestad soltó una tosecilla y Krohn le dirigió una mirada amable mientras, como por casualidad, se colocaba bien el reloj de pulsera. Arnold sacó una carpeta de cartón amarillo.

—¿Qué es esto? —preguntó Krohn enarcando las cejas al tiempo que la cogía.

—El acuerdo que proponemos nosotros —dijo Folkestad—. Como verá, nuestra propuesta es que Silje Gravseng deje la Escuela con efecto inmediato y que nunca solicite ningún trabajo en la policía ni en ninguna actividad relacionada con el trabajo policial.

—Será una broma…

—Además, no debe tratar de ponerse en contacto con Harry Hole nunca más.

—Esto es indignante.

—A cambio, y por consideración a todas las partes, no seguiremos adelante por la vía penal con este intento de chantajear a un empleado de la Escuela Superior de Policía.

—En ese caso, está decidido, nos vemos en el juicio —dijo Krohn, que consiguió que el cliché no sonara como tal—. Y aunque usted, como una de las partes, se verá perjudicado, ardo en deseos de trabajar con este caso.

Folkestad se encogió de hombros.

–Pues me temo que sufrirá una leve decepción, Krohn.

–Ya veremos quién sufre la decepción. –Krohn ya se había levantado y se había abrochado un botón de la chaqueta para indicar que ya iba camino de su siguiente reunión, cuando su mirada se cruzó con la de Harry. Se detuvo a mitad de camino, dudó:

–¿Qué quiere decir?

–Si tiene tiempo –dijo Folkestad–, le sugiero que lea los documentos que acompañan a nuestra propuesta de acuerdo.

Krohn abrió la carpeta. Hojeó el contenido. Leyó.

–Como ve –continuó Folkestad–, en la Escuela Superior de Policía, su cliente ha asistido a clases donde, entre otras cosas, se explicaban las reacciones psíquicas habituales en las víctimas de violación.

–Eso no significa…

–Le ruego que espere al final antes de poner objeciones, y que pase a la página siguiente, Krohn. Ahí encontrará una declaración firmada y, por el momento, no oficial, del alumno universitario que se encontraba en la puerta de la Escuela Superior de Policía cuando vio a la señorita Gravseng a la hora en cuestión. Según asegura, la vio más enfadada que asustada. No menciona nada de que tuviera el vestido rasgado. Al contrario, declara que iba vestida e ilesa. Y reconoce que se la quedó mirando con atención. –Se volvió a Silje Gravseng–. Un piropo para usted, supongo…

Ella seguía inmóvil, pero se había sonrojado y parpadeaba con nerviosismo.

–Como puede leer ahí, Harry Hole llegó a donde se encontraba el alumno como máximo un minuto –es decir, sesenta segundos– después de que la señorita Gravseng hubiera pasado por delante de él. Es decir, es imposible que le diera tiempo a ducharse, por ejemplo. Hole se quedó con el testigo hasta que yo llegué y lo llevé al laboratorio de la Científica que está… –Folkestad señaló– en la página siguiente, ahí, eso es.

Krohn siguió leyendo y volvió a sentarse.

—Ahí puede leerse pormenorizado que Hole no presenta ninguna de las marcas de quien se supone que acaba de cometer una violación. Ni piel bajo las uñas, ni fluidos seminales ni vello púbico de otras personas, ni en las manos ni en los órganos sexuales. Lo que encaja mal con la versión de arañazos y penetración que ofrece la señorita Gravseng. Hole tampoco presentaba indicios de que ella se hubiera resistido de ninguna forma. El único rastro son dos cabellos que tenía en la ropa, que son lo mínimo que cabe esperar, puesto que la joven, literalmente, se tumbó encima de él, véase página tres.

Krohn hojeaba sin levantar la vista. Fue bajando con la mirada por la página; al cabo de tres segundos, los labios formaron silenciosamente una maldición, y Harry comprendió que la leyenda era verdad, que, en el mundo de la abogacía noruega, nadie era capaz de leer un folio más rápido que Johan Krohn.

—Finalmente —dijo Folkestad—, si comprueba el volumen del fluido seminal de Harry Hole tan solo media hora después de la supuesta violación, verá que es de cuatro mililitros. La primera eyaculación produce normalmente entre dos y cinco mililitros de esperma. Una segunda eyaculación en un plazo de treinta minutos produciría menos del diez por ciento de esa cantidad. En pocas palabras, a menos que Harry Hole tenga unos testículos de un material fuera de serie, no había eyaculado a la hora indicada por la señorita Gravseng.

En el silencio que siguió a aquellas palabras, Harry oyó el claxon de un coche en la calle, alguien que llamaba a gritos y luego unas risas y una retahíla de tacos. El tráfico no se movía.

—No tiene nada de complicado —dijo Folkestad, y sonrió ligeramente a través de la barba—. Así que si ya ha hecho sus cálculos y…

El resoplido hidráulico de los frenos al soltarse. Y, luego, el golpetazo de la silla cuando Silje Gravseng se levantó rápidamente y, acto seguido, el portazo que dio al salir.

Krohn se quedó un buen rato con la cabeza gacha. Cuando volvió a levantar la vista, se dirigió a Harry.

—Lo siento —dijo—. Como abogados de la defensa hemos de aceptar que nuestros clientes mienten para salvar el pellejo, pero esto… Debería haber interpretado mejor todo el contexto.

Harry se encogió de hombros.

—Es que no la conoces.

—No —dijo Krohn—. Pero te conozco a ti. O *debería* conocerte, Hole, después de tantos años. Haré que firme un acuerdo.

—¿Y si no quiere?

—Le explicaré las consecuencias que podría tener para ella una declaración falsa. Y una expulsión oficial de la Escuela Superior de Policía. No es tonta, ¿sabéis?

—Lo sé —dijo Harry, soltó un suspiro y se levantó—. Lo sé.

Fuera el tráfico volvía a circular como siempre.

Harry y Arnold Folkestad caminaban por la calle Karl Johan.

—Gracias —dijo Harry—. Pero todavía me pregunto cómo te diste cuenta tan rápido.

—Tengo cierta experiencia del OCD —sonrió Arnold.

—¿Perdona?

—*Obsessive Compulsive Disorder.* Cuando una persona que tiene esa inclinación se decide por algo, no repara en los medios. La acción en sí se le antoja mucho más importante que sus consecuencias.

—Sé lo que es el trastorno obsesivo compulsivo, tengo un amigo psicólogo que me acusa de que me falta poco para tenerlo… Lo que quería decir es cómo te diste cuenta tan rápido de que necesitábamos un testigo y de que había que enviar pruebas a la Científica.

Arnold Folkestad soltó una risita.

—Pues eso no sé si te lo puedo contar, Harry.

—¿Por qué no?

—Bueno, puedo decirte que viví algo parecido, un asunto en el que dos policías estuvieron a punto de ser objeto de una denuncia por parte de una persona a la que habían agredido seriamente. Pero ellos se adelantaron actuando de un modo parecido al nuestro. Desde luego, ellos manipularon las pruebas, uno de los dos quemó las pruebas técnicas que los incriminaban. Y lo que tenían era suficiente como para que el abogado del sujeto le aconsejara que retirase la denuncia, puesto que no sacarían nada de todos modos. Y conté con que en este caso ocurriría lo mismo.

—Bueno, pues tal y como lo has dicho, parece que es verdad que la violé, Arnold.

—Perdona —dijo Arnold entre risas—. Pensé que aquí podría pasar algo parecido. Esa chica es una bomba ambulante, los test psicológicos que hacemos deberían haberla descartado en la fase de admisión.

Cruzaron la plaza de Egertorget. Harry vio pasar mentalmente las imágenes. Una sonrisa de su novia en un mes de mayo de la juventud. El cadáver de un soldado del Ejército de Salvación delante de la marmita de la comida de Navidad para los pobres. Una ciudad llena de recuerdos.

—¿Quiénes eran los dos policías?

—Unos que estaban muy alto en el escalafón.

—¿Por eso no quieres contármelo? ¿Y tú formabas parte del asunto? ¿Remordimientos?

Arnold Folkestad se encogió de hombros.

—Todo aquel que no se atreve a sufrir un golpe por la justicia debería tener remordimientos.

—Ya. Policías con la combinación de violencia y destrucción de pruebas…, no hay muchos así. No estaremos hablando de un agente llamado Truls Berntsen, ¿verdad?

Arnold Folkestad no dijo nada, pero el estremecimiento que le recorrió aquel cuerpo redondo y de baja estatura fue respuesta más que suficiente para Harry.

—La sombra de Mikael Bellman. A eso te refieres cuando dices «alto en el escalafón», ¿no? —Harry escupió en el asfalto.

—¿Por qué no hablamos de otro tema, Harry?

—Sí, vamos a cambiar de tema. Comemos en el Schrøder.

—¿En el restaurante Schrøder? Pero ¿acaso tienen… almuerzos?

—Tienen bocadillos de filetes rusos. Y espacio.

284

—Vaya, me resulta familiar, Nina —le dijo Harry a la camarera, que acababa de plantarles delante dos filetes rusos muy hechos, cubiertos de cebolla semicruda sobre una rebanada de pan.

—Aquí todo está como siempre, ¿sabes? —le sonrió la camarera, y se alejó.

—Truls Berntsen, sí —dijo Harry, y miró hacia atrás, por encima del hombro. Él y Arnold estaban prácticamente solos en aquel establecimiento sencillo y cuadrangular que, a pesar de tantos años como habían pasado desde que se prohibió fumar, seguía teniendo incrustado el olor a humo—. Yo creo que se pasó años trabajando de quemador, destruyendo pruebas en el seno de la policía.

—¿Ah, sí? —Folkestad miraba escéptico la carne muerta de animal que tenía delante—. ¿Y qué me dices de Bellman?

—Él era responsable de estupefacientes por aquel entonces. Sé que tenía un acuerdo con un tal Rudolf Asáiev, que vendía violín, una droga parecida a la heroína —dijo Harry—. Bellman le concedió a Asáiev el monopolio en Oslo a cambio de que Asáiev colaborase a reducir el tráfico visible, el número de drogadictos que había por las calles y el índice de muertes por sobredosis. Lo que fortaleció la reputación de Bellman.

—¿Tanto como para hacerse con la jefatura de la policía?

Harry masticó indeciso el primer bocado del filete y se encogió de hombros como queriendo decir «puede».

—¿Y por qué no has seguido adelante con todo lo que sabes? —Arnold Folkestad cortó con cuidado lo que esperaba sinceramente que fuera carne. Se rindió y miró a Harry, que lo miraba inexpresivo sin dejar de masticar—. Para favorecer la justicia.

Harry tragó. Se limpió la comisura de los labios con la servilleta de papel.

—No tenía pruebas. Además, yo ya no era policía. No era mi negociado. Y ahora tampoco lo es, Arnold.

—No. —Folkestad ensartó un trozo con el tenedor, lo levantó y lo observó atentamente—. Harry, esto no es asunto mío, pero…, si esas cosas no son tu negociado, y si ya no eres policía, ¿por qué te ha enviado el forense un informe de la autopsia del tal Rudolf Asáiev?

—¿Lo has visto?

—Pero porque suelo bajarte el correo cuando subo a las taquillas. Porque la administración abre todo el correo. Y porque soy de natural curioso, por supuesto.

—¿Qué tal sabe?

—Todavía no lo he probado.

—Venga, lánzate. No muerde.

—Lo mismo te digo, Harry.

Harry sonrió.

—Examinaron la zona posterior del humor vítreo del ojo. Ahí encontraron lo que buscábamos. Un agujerito en la vena. O sea, alguien puede haber apartado el humor vítreo de Asáiev mientras estaba en coma, haberle clavado una inyección en la comisura del ojo para inocularle burbujas de aire. El resultado habría sido ceguera momentánea y, acto seguido, un trombo en el cerebro, que habría sido imposible de rastrear.

—Ahora sí que me han entrado ganas de comerme esto —dijo Arnold Folkestad, y dejó el tenedor con una mueca—. ¿Estás diciendo que has demostrado que Asáiev murió asesinado?

—Pues no. La causa de la muerte es imposible de determinar, ya te digo. Pero el pinchazo demuestra lo que *puede haber pasado*. El misterio es, naturalmente, cómo pudo entrar nadie en la habitación. El policía que vigilaba la puerta asegura que no vio pasar a nadie mientras se supone que le pusieron la inyección. A ningún médico ni a nadie ajeno al hospital.

—El misterio de la habitación cerrada.

—O algo más sencillo. Como que el policía dejara su puesto o se durmiera y, naturalmente, no quisiera reconocerlo. O que participara en el asesinato, directa o indirectamente.

—Si dejó el puesto o se durmió, el asesinato se basaría en circunstancias fortuitas, y eso no nos lo creemos ni tú ni yo, ¿o sí?

—No, Arnold, no nos lo creemos para nada. Pero puede que lo engañaran para que se apartara de su puesto. O que lo drogaran.

—O que lo sobornaran. ¡Tienes que interrogar a ese policía!

Harry negó con un gesto.

—Pero, por Dios bendito, ¿por qué no?

—En primer lugar, ya no soy policía. En segundo lugar, ese agente está muerto. Es el policía al que mataron en el coche, cerca de Drammen. —Harry asintió para sus adentros, cogió la taza de café y tomó un sorbo.

—¡Qué barbaridad! —Arnold se inclinó sobre la mesa—. ¿Y en tercer lugar?

Harry le indicó a Nina con un gesto que le trajera la cuenta.

—¿He dicho que habría un tercer lugar?

—Has dicho «en segundo lugar», y no «y en segundo lugar», como si estuvieras en mitad de una enumeración.

—Vaya, ya puedo ir afinando mi noruego.

Arnold ladeó aquella cabeza enorme y desgreñada. Y Harry le vio a su colega la pregunta en los ojos: «Si no piensas seguir con este caso, ¿por qué me lo cuentas?»

—Anda, termina de comer —dijo Harry—. Tengo clase.

El sol se deslizaba por un cielo pálido, aterrizó suavemente en el horizonte y tiñó de naranja las nubes.

Truls Berntsen estaba en el coche, escuchando a medias la radio de la policía mientras esperaba a que llegara la oscuridad. Esperaba a que encendieran las lámparas de la casa que tenía enfrente. Con la esperanza de poder verla. Solo atisbar brevemente a Ulla, con eso sería suficiente.

Algo se estaba cociendo. Lo notaba en las comunicaciones; algo que ocurría con independencia de lo de siempre, de lo habitual, de lo rutinario, de lo amortiguado. Mensajes breves e intensos que solo se producían de vez en cuando, como si hubieran acordado no usar la radio más de lo necesario. Y no era lo que decían, sino más bien lo que no decían. El modo en que lo decían. Frases concisas que parecían tratar de inspección y de transporte, pero que no contenían direcciones ni indicaciones horarias ni nombres. Decían que la radio de la policía era la cuarta radio más escuchada de Oslo, pero eso fue antes de que la encriptaran. Aun así, aquella noche estaban hablando como si les aterrara desvelar algo.

Allí estaba otra vez. Truls subió el volumen.

—Cero uno, Delta dos cero. Todo en orden.

La Unidad Nacional de Operaciones, el grupo Delta. Una intervención armada.

Truls cogió los prismáticos. Enfocó la ventana del salón. Era más difícil verla ahora que estaban en la casa nueva. La terraza era un obstáculo. En la antigua casa habría podido apostarse en el lindero del bosque y ver el salón entero. Verla sentada con las piernas encogidas en el sofá. Con las piernas desnudas. Verla apartarse de la cara un mechón rizado y rubio, como si supiera que la estaban viendo. Tan guapa que le daban ganas de llorar.

Sobre el fiordo de Oslo, el cielo pasaba de naranja a rojo y después a violeta.

La noche que aparcó justo al lado de la mezquita de la calle Åkebergsveien estaba todo negro. Se dirigió a la Comisaría General, se colgó la identificación, por si el vigilante lo veía, abrió y entró en el vestíbulo, bajó la escalera hasta el archivo de pruebas. Abrió con la copia de la llave que tenía desde hacía tres años. Se encajó los prismáticos de visión nocturna. Empezó a hacerlo el día que despertó las sospechas de un vigilante de Securitas cuando encendió la luz, cuando fue a hacer un trabajo de quemador para Asáiev. Fue rápido, encontró la caja de las pruebas por la fecha, abrió la bolsa con la bala de 9 mm que habían extraído de la cabeza de Kalsnes, la sustituyó por la que llevaba en el bolsillo.

Lo único extraño fue que tuvo la sensación de no estar solo.

Contempló a Ulla. ¿Lo notaría ella también? ¿Sería esa la razón por la que a veces levantaba la vista del libro y miraba hacia la ventana? Como si hubiera alguien ahí fuera. Alguien que la estuviera esperando.

Volvieron las voces de la radio.

Supo de qué estaban hablando.

Comprendió cuál era el plan.

25

El día D iba tocando a su fin.

Se oyó un leve carraspeo en el radiotransmisor.

Katrine Bratt se retorcía en la colchoneta. Volvió a coger los prismáticos y observó la casa de Bergslia. Oscuridad y silencio. Como desde hacía casi veinticuatro horas.

Tenía que suceder algo pronto. Dentro de tres horas sería otra fecha. La fecha que no era.

Se estremeció de frío. Pero podía haber sido peor. Casi diez grados durante el día y no había caído un solo copo de nieve. Aunque, después de la puesta de sol, bajó la temperatura y empezó a tener frío a pesar de que llevaba la camiseta de invierno y el anorak de plumas, que, según el vendedor, era «… de ochocientos, según la escala americana, no la europea». Tenía algo que ver con el calor según el peso. ¿O era la cantidad de plumas por volumen? Como fuera, en aquellos momentos le habría gustado llevar algo de más abrigo que de «ochocientos». Por ejemplo, un hombre al lado del cual acurrucarse…

En la casa no había nadie escondido, no quisieron arriesgarse a que los vieran entrar ni salir. Incluso durante la inspección, aparcaron lejos, se dedicaron a merodear a una buena distancia de la casa, nunca más de dos personas juntas y siempre vestidas de paisano.

El lugar que le habían asignado era una pequeña elevación del terreno en el bosque, a cierta distancia del lugar donde se habían dispersado los hombres del grupo Delta. Ella conocía sus posiciones, pero ni siquiera así, mirando directamente con los prismáticos, se veía a nadie. Sin embargo, ella sabía que eran cuatro tiradores certeros, que cubrían las cuatro fachadas de la casa, además de once personas que aguardaban listas para entrar y atacar en tromba, y que alcanzarían la casa en un máximo de ocho segundos desde donde se encontraban.

Volvió a mirar el reloj. Quedaban dos horas y cincuenta y ocho minutos.

Por lo que sabían, el asesinato original se produjo a final del día, pero les había resultado difícil establecer la hora de la muerte, dado que el cadáver estaba descuartizado en trozos de un máximo de dos kilos cada uno. Como quiera que fuese, la hora de los asesinatos «copia» habían coincidido hasta el momento con la de los originales, así que era de esperar que no hubiera ocurrido nada la noche anterior.

Unas nubes se acercaban por el oeste. Habían augurado que no llovería, pero habría más oscuridad y la visibilidad sería peor. Por otro lado, quizá se suavizara un poco la temperatura. Desde luego, debería haberse llevado un saco de dormir. El móvil empezó a vibrar. Katrine respondió.

—¿Qué tal va la cosa? —Era Beate.

—Nada que reseñar —dijo Katrine mientras se rascaba la nuca—. Aparte de que el calentamiento global es un hecho. Hay moscas negras. En marzo.

—Querrás decir mosquitos, ¿no?

—No, moscas negras. Son…, bueno, en Bergen tenemos montones. ¿Alguna llamada telefónica interesante?

—No. Aquí solo tengo gusanitos de queso, Pepsi Max y a Gabriel Byrne. Dime, ¿está bueno o *es un poco mayor*?

—Está bueno. ¿Estás viendo *En terapia*?

—La primera temporada. El tercer DVD.

—No creía que fueras proclive a las calorías y las series. ¿Y pantalón de chándal?

—Con la goma de la cinturilla superfloja. Tengo que aprovechar y entregarme a cierto hedonismo ahora que la peque no está.

—¿Cambiamos?

—De eso nada. Tengo que colgar, por si llama el príncipe. Mantenme al día.

Katrine dejó el teléfono al lado del radiotransmisor. Cogió los prismáticos y enfocó el camino que había delante de la casa. En principio podía aparecer por cualquier sitio. Aunque, seguramente, no saltando los setos que había a ambos lados de los raíles por los que, en aquellos momentos, chirriaba el metro al pasar, claro, pero si venía de Damplassen, podía cruzar el bosque por alguno de los numerosos senderos. Podía ir por los jardines vecinos de Bergslia, sobre todo si aumentaban la nubosidad y la oscuridad. Pero si se sentía seguro, no había razón para que no viniera por la carretera. Una persona venía pedaleando por la cuesta subida en una bicicleta no muy nueva, vacilando un poco hacia los lados, a lo mejor no estaba sobrio del todo.

¿Qué estaría haciendo Harry esta noche?

Nadie sabía con certeza qué hacía Harry, ni siquiera cuando lo tenías sentado enfrente. Harry el misterioso. No como otros. No como Bjørn Holm, al que todo se le veía a la legua. Y que ayer le contó que iba a escuchar todos los discos de Merle Haggard mientras esperaba al lado del teléfono. Que pensaba comer filetes de alce que se había traído de Skreia. Y cuando ella arrugó la nariz, le dijo que, cuando todo hubiera pasado, qué demonios, iba a invitarla a los filetes de alce con patatas de su madre y que la iniciaría en los secretos del sonido Bakersfield. Que, seguramente, sería la única música que tenía. No era de extrañar que el muchacho estuviera soltero. Cuando ella, educadamente, declinó la invitación, él pareció arrepentirse de habérselo propuesto.

Truls Berntsen iba en coche por Kvadraturen. Tal y como hacía todas las noches últimamente. Iba paseándose despacio de un lado a otro, de arriba abajo. La calle Dronningen, Kirkegata, Skippergata, Nedre Slottsgate, Tollbugata. Aquella ciudad le perteneció un día. Y volvería a pertenecerle otra vez.

Por la radio de la policía no paraban de hablar. Códigos dirigidos contra él, Truls Berntsen, él debía quedar fuera. Y esos imbéciles creían que lo estaban consiguiendo, que él no los entendía. Pero a él no lo habían engañado. Truls Berntsen se irguió ante el espejo, echó una ojeada a la pistola reglamentaria, que estaba encima del chaquetón, en el asiento delantero. Como de costumbre, sería al contrario, sería él quien los engañara a ellos.

Las mujeres de la acera no le decían nada, reconocían el coche, sabían que no era un comprador de sus servicios. Un joven maquillado con unos pantalones demasiado ajustados hizo un giro sujetándose del poste de una señal de PROHIBIDO APARCAR como si fuera una barra de *striptease*, sacó la cadera y, arrugando el morro, miró a Truls, que respondió poniéndole el dedo tieso.

La oscuridad se le antojaba un pelín más densa. Truls se inclinó hacia el parabrisas y miró hacia arriba. Una capa de nubes se acercaba por el oeste. Se detuvo ante el semáforo en rojo. Miró otra vez el asiento. Los había engañado una y otra vez, y estaba a punto de conseguirlo otra vez. Aquella era su ciudad, nadie iba a venir a arrebatársela.

Metió la pistola en la guantera. El arma del crimen. Hacía tanto tiempo… Pero aún podía ver su cara. René Kalsnes. Aquella cara endeble y femenina de marica. Truls dio un puñetazo en el volante. ¡Ponte verde de una vez, joder!

Primero le dio con la porra.

Luego cogió el arma reglamentaria.

A pesar de lo destrozada y ensangrentada que tenía la cara, Truls vio la súplica, lo oyó rogar silbando sin resuello, sin palabras, como una rueda de bicicleta pinchada. En vano.

Le encajó el disparo entre ceja y ceja, advirtió el leve estremecimiento, igual que en las películas. Luego echó a rodar el coche por el precipicio y se fue de allí en el suyo. Después de haberse alejado un trecho, limpió la porra y la arrojó al bosque. Tenía varias en casa, en el armario del dormitorio. Armas, gafas de visión nocturna, chalecos antibalas, incluso un rifle Märklin, que todos creían que seguía en el archivo de pruebas.

Truls entró en el túnel y llegó a las entrañas de Oslo. El Partido de la Derecha, que quería fomentar el transporte público, consideraba los túneles recién construidos las arterias de la ciudad, necesarias para la vida. Un representante del Partido Ecologista respondió diciendo que eran los intestinos, que serían necesarios, sí, pero lo que transportaban era mierda.

Maniobró por las salidas y las rotondas, señalizadas según la tradición de Oslo: uno tenía que estar familiarizado con la zona para no caer en los engaños de quienes habían puesto las señales. Y así llegó a la cima. El este de Oslo. Su barrio. En la radio seguía el parloteo. El chirrido de un metro ahogó una de las voces. Menudos idiotas. ¿Es que creían que él no era capaz de descifrar esos códigos tan pueriles? Estaban en Bergslia. Apostados delante de la casa amarilla.

Harry estaba boca arriba viendo cómo las volutas del humo del cigarro ascendían despacio hacia el techo del dormitorio. Formaban figuras y caras. Él sabía cuáles. Podía llamarlas por su nombre, una tras otra. El Club de los Policías Muertos. Sopló para que desaparecieran. Había tomado una decisión. No sabía exactamente cuándo, lo único que sabía era que lo cambiaría todo.

Por un momento, trató de convencerse de que a lo mejor no tenía por qué ser tan arriesgado, que estaba exagerando, pero había sido alcohólico durante demasiados años como para no reconocer la falsa desdramatización de un insensato. Decir lo que tenía pensado decir lo cambiaría todo en la relación que mantenía con la mujer que estaba acostada a su lado. Eso lo angustiaba. Saboreó las palabras. Tenía que formularlas ya.

Respiró hondo, pero ella se le adelantó.

—¿Me das una calada? —dijo Rakel bajito, y se acurrucó todavía más cerca de él. Su piel tenía ese calor propio de una estufa que Harry podía echar de menos en los momentos más inesperados. El edredón estaba caliente por debajo, frío por encima. Sábanas blancas, las sábanas siempre blancas, ninguna otra cosa tenía un frescor tan apropiado.

Le dio el Camel que estaba fumando. Vio cómo lo sujetaba con la torpeza de siempre, hundía las mejillas al dar la calada mientras se ponía bizca mirando el cigarro, como si lo más seguro fuera no perderlo de vista. Pensó en todo lo que tenía.

En todo lo que tenía que perder.

—¿Te llevo mañana al aeropuerto? —preguntó.

—No hace falta.

—Ya lo sé. Pero la primera clase empieza tarde.

—Llévame. —Lo besó en la mejilla.

—Con dos condiciones.

Rakel se tumbó de costado y le preguntó con la mirada.

—La primera es que nunca dejes de fumar como una niña de catorce años en una fiesta.

Rakel se rió bajito.

—Lo intentaré. ¿Y la otra?

A Harry se le llenó la boca de saliva. Sabía que cabía la posibilidad de que, en lo sucesivo, recordara la escena como el último instante feliz de su vida.

—Estoy esperando…

Mierda, mierda.

—He pensado que voy a romper una promesa —dijo—. Una promesa que, ante todo, me había hecho a mí mismo, pero que me temo que te afecta a ti también.

Más que oírlo, notó cómo cambiaba en la oscuridad la respiración de Rakel. Se volvía breve, rápida. Temerosa.

Katrine bostezó. Miró el reloj. El segundero verde fosforescente que iba restando segundos. Ninguno de los investigadores de aquel caso había avisado de que tenía una llamada.

Debería haber notado cómo aumentaba la tensión a medida que se acababa el tiempo, pero fue al revés, como si hubiera empezado a procesar la decepción haciendo un esfuerzo desesperado por pensar en algo positivo. En el baño caliente que se daría cuando llegara al piso. En la cama. En el café que se tomaría por la mañana temprano, otro día con otras oportunidades. Porque siempre había otras oportunidades, tenía que haberlas.

Podía ver los faros de los coches por la circunvalación Ring 3, la vida de la ciudad, que seguía su curso con una intensidad inexplicable. La oscuridad, que se había vuelto más densa después de que las nubes corrieran la cortina delante de la luna. Estaba a punto de cambiar un poco de postura cuando se quedó de piedra. Un sonido. Un crujido. Una rama. Allí mismo.

Contuvo la respiración y aguzó el oído. El lugar que le había correspondido estaba rodeado de denso follaje de arbustos y árboles, era importante que nadie la viera desde ninguno de los senderos por los que podía venir el asesino. Pero en los senderos no había ramas.

Otro crujido. Más cerca, en esta ocasión. Katrine abrió la boca automáticamente, como si la sangre le corriera ya más rápido por las venas y necesitara más oxígeno.

Alargó la mano para coger el radiotransmisor, pero no tuvo tiempo.

Debió de moverse rápido como un rayo y, aun así, el aliento que ella notó en la nuca respiraba con total tranquilidad, y la voz susurrante que le sonó al oído, impasible, casi animada:

—¿Alguna novedad?

Katrine se volvió hacia él, soltó el aire con un largo silbido.

—Nada.

Mikael Bellman cogió los prismáticos y los enfocó hacia la casa, allá abajo.

—Los Delta tienen dos puestos de vigilancia dentro del metro, allí, ¿no?

—Sí. ¿Cómo…?

—Me enviaron una copia del mapa de la operación —dijo Bellman—. Por eso he encontrado este puesto de observación. Bien escondido, debo decir. —Se dio una palmada en la frente—. Pero bueno, esto es increíble, mosquitos en el mes de marzo.

—Moscas negras —dijo Katrine.

—Estás equivocada —dijo Mikael Bellman, aún mirando por los prismáticos.

—No, pero los dos tenemos razón. Lo cierto es que las moscas negras también son mosquitos, solo que mucho más pequeños.

—Estás equivocada al decir que...

—Algunos, tan pequeños que no les chupan la sangre a los seres humanos, sino a otros insectos. O, bueno, fluidos, porque los insectos no tienen...

—... al decir que no hay novedad. Hay un coche aparcado delante de la casa.

—Imagínate, ser un mosquito en el pantano, que seguro que es un rollo, y encima, te pica otro mosquito. —Katrine sabía que hablaba de puro nerviosismo, aunque no sabía exactamente por qué estaba nerviosa. Porque era el jefe provincial de la policía, tal vez.

—Una persona ha salido del coche y se dirige a la casa —dijo Bellman.

—Menudo karma, ¿no? —Se oyó un carraspeo del radiotransmisor, pero, sencillamente, no podía dejar de hablar—. Y si una mosca negra... ¿Qué has dicho?

Le arrebató los prismáticos. Por muy jefe provincial que fuera, aquel puesto era el suyo. Y, efectivamente. Al resplandor de la farola vio a alguien que ya había cruzado la verja y se dirigía por el sendero de grava hacia la escalera que conducía a la puerta. Iba vestido de rojo y llevaba algo que Katrine no pudo distinguir con exactitud. Notó que se le secaba la boca. Era él. Estaba ocurriendo. Estaba ocurriendo *ya*. A tientas, echó mano del móvil.

—Y no te creas que es fácil para mí romper esa promesa —dijo Harry. Se quedó mirando el cigarro, que ella le había devuelto. Esperaba que aún quedara por lo menos media calada. Iba a necesitarla.

—¿Y a qué promesa te refieres? —La voz de Rakel suena débil, impotente. Sola.

—Es una promesa que me hice a mí mismo... —dijo Harry, y se llevó el filtro a los labios. Aspiró. Notó el humo, el final del cigarro que, por alguna razón, sabe tan distinto del principio—, de que nunca te pediría que te casaras conmigo.

En el silencio subsiguiente, Harry pudo oír una ráfaga de viento que atravesaba fuera las copas de los árboles, como un público alterado, impresionado, susurrante.

Luego llegó su respuesta. Como un breve mensaje del radiotransmisor.

—Dilo otra vez.

Harry se aclaró la garganta.

—Rakel, ¿quieres casarte conmigo?

El viento había seguido su camino y se había alejado. Y Harry pensó que lo único que quedaba era silencio, calma. Noche. Y en medio de la noche, Harry y Rakel.

—¿Estás de broma? —Ella se había retirado un poco.

Harry cerró los ojos. Se encontraba en caída libre.

—No, no estoy de broma.

—¿Seguro?

—¿Por qué iba a estar de broma? ¿Es que *quieres* que sea una broma?

—En primer lugar, es un hecho que tienes un sentido del humor terrible, Harry.

—Cierto.

—En segundo lugar, tengo que pensar en Oleg. Y tú también.

—Pero, mujer, ¿es que todavía no te has dado cuenta de que Oleg es el mayor plus a tu favor a la hora de considerarte como posible esposa?

—En tercer lugar, aunque quisiera, lo de casarse conlleva una serie de implicaciones jurídicas. Esta casa es mía y…

—Ya, había pensado en hacer separación de bienes. Joder, no te voy a servir mi fortuna en bandeja, como comprenderás. No prometo mucho, pero sí el divorcio menos doloroso de la historia de la humanidad.

Rakel se echó a reír.

—Pero si así estamos bien, ¿o no, Harry?

—Pues sí, la verdad, sí tenemos algo que perder: todo. ¿Y en cuarto lugar?

—En cuarto lugar, esta no es forma de declararse, en la cama, fumando…

—Ah, bueno. Pues si quieres que me arrodille, tendrás que dejar que me ponga los pantalones primero.

—Sí.

—Sí a que me ponga los pantalones o sí a que…

—Sí, tontorrón, ¡Sí! Quiero casarme contigo.

La reacción de Harry fue un puro reflejo, perfeccionado gracias a una larga vida como policía. Giró la cabeza y miró el reloj. Memorizó la hora: 23.11. Que debía figurar en el informe. Cuándo llegaron al lugar del crimen, cuándo se produjo la detención, cuándo se efectuó el disparo.

—Por Dios —oyó que decía Rakel—. ¿Qué es lo que acabo de decir?

—El derecho a cambiar de opinión termina dentro de cinco segundos —dijo Harry, y se volvió hacia ella.

Tenía la cara tan cerca de la suya que lo único que veía era cierto brillo en los ojos, abiertos de par en par.

—Se acabó el tiempo —dijo ella. Y luego—: Oye, ¿a qué viene esa sonrisita?

Y, entonces, Harry también lo sintió, aquella sonrisa que se le extendía por la cara como un huevo recién estrellado en una sartén.

Beate estaba tumbada con las piernas colgando del brazo del sofá mientras veía a Gabriel Byrne retorciéndose en la silla. Había caído en la cuenta de que tenían que ser las pestañas y el acento irlandés. Las pestañas de un Mikael Bellman, la pronunciación de un poeta. El hombre al que había conocido no tenía nada de aquello, pero no era ese el problema. Es que tenía algo raro. Para empezar, la intensidad; no había comprendido por qué no podía ir a su casa esta noche, puesto que estaba sola, que era lo que él quería, supuestamente. Y luego, su pasado. Le había contado cosas que, según ella había descubierto a posteriori, eran incoherentes.

O a lo mejor no era tan raro, uno quiere causar buena impresión y exagera un poco.

También podía ser al contrario, que fuera a ella a quien le pasara algo raro. De todos modos, Beate había intentado buscarlo en Google. Pero no había encontrado nada. Así que se puso a buscar a Gabriel Byrne. Con sumo interés, leyó que había trabajado cosiendo ojos de osos de peluche, hasta que encontró lo que realmente le interesaba en una tabla de datos de Wikipedia. Esposa: Ellen Barkin (1988-1999). Por un instante, creyó que a Gabriel también lo habían dejado atrás, como a ella, hasta que comprendió que tuvo que ser que la muerte acabó con el matrimonio. En ese caso, Gabriel llevaba solo más tiempo que ella. ¿O no estaría actualizada Wikipedia?

En la pantalla, la paciente coqueteaba sin reparos, pero Gabriel no se dejaba obnubilar. Le dedicó una sonrisa breve y atormentada y la miró con aquellos ojos dulces y le dijo algo trivial que, en sus labios, sonó como un poema de Yeats.

La mesa se iluminó y a Beate se le paró el corazón.

El teléfono. Estaba sonando. Podía ser él. Valentin.

Lo cogió y miró la pantalla. Soltó un suspiro.

—¿Sí, Katrine?

—Está aquí.

Por lo alterada que estaba su colega, Beate comprendió que era verdad, que había picado.

—Cuenta…

—Ha subido la escalera hasta la casa.

¡En la escalera! Aquello no era solo que lo hubieran atraído hasta allí, ¡había mordido el anzuelo, madre mía! Si tenían toda la casa rodeada…

—Está ahí, sin más. Parece que duda.

Oyó de fondo la actividad de los radiotransmisores. Cogedlo ya, cogedlo ya. Katrine respondió a su ruego:

—Han dado órdenes de actuar ya.

Beate oyó otra voz que decía algo. Era una voz conocida, pero no lograba identificarla.

—Están sitiando la casa —dijo Katrine.

—Detalles, por favor.

–Delta. Van de negro. Armas automáticas. Por Dios bendito, cómo arrasan…

–Menos ruido, más nueces.

–Cuatro hombres van corriendo por el sendero de grava. Lo han cegado con las linternas. Los demás supongo que esperan escondidos, supongo, para ver si tiene algún apoyo. Ha soltado lo que lleva en las manos…

–¿Ha sacado un arm…?

Un ruido chillón, muy alto. Beate soltó un lamento. El timbre de la puerta.

–No le ha dado tiempo, ya los tiene encima. Lo han abatido.

–*Yes!*

–Lo están cacheando. Sostienen algo en alto.

–¿Un arma?

El timbre de la puerta, otra vez. Duro, exigente.

–Parece un mando a distancia.

–¡Dios mío! ¿Una bomba?

–No lo sé. Pero, de todos modos, ahora lo tienen ellos. Nos indican mediante gestos que todo está bajo control. Espera…

–Tengo que abrir, te llamo luego.

Beate se levantó rápidamente del sofá. Fue medio corriendo hasta la puerta. Se preguntaba cómo iba a explicarle que no le parecía bien, que cuando le decía que quería estar sola, lo decía en serio.

Y cuando abrió la puerta, pensó en lo lejos que había llegado. De aquella chica taciturna, tímida y autodestructiva que cursó los mismos estudios que su padre en la Escuela Superior de Policía, hasta la mujer que no solo sabía lo que quería, sino que hacía lo que tenía que hacer para conseguirlo. Que había sido un camino largo y, a ratos, difícil, pero que la recompensa valía cada paso que había tenido que dar.

Miró al hombre que tenía delante. La luz que reflejaba la cara llegó a la retina, se tradujo en impresión visual mientras alimentaba con datos el giro fusiforme.

A su espalda oyó la voz tranquilizadora de Gabriel Byrne, le pareció que decía: *Don't panic.*

Hacía ya un buen rato que su cerebro había reconocido la cara que tenía delante.

Harry notó cómo llegaba el orgasmo. El suyo. Ese dolor tan agradable, la tensión en los músculos de la espalda y del abdomen. Cerró la puerta a lo que atraía su atención y abrió los ojos. Miró a Rakel, que le clavaba una mirada como de cristal. Se le hinchaba la vena de la frente. Cada vez que él embestía, una sacudida le recorría el cuerpo y se le veía en la cara. Parecía que quisiera decirle algo. Y Harry se dio cuenta de que aquella mirada no era simplemente esa expresión entre atormentada y ofendida que Rakel solía tener poco antes de correrse. Aquello era algo diferente, un miedo en la mirada que Harry solo recordaba haberle visto una vez con anterioridad, en la misma habitación. Se dio cuenta de que ella le estaba agarrando las muñecas, que trataba de apartar las manos que le atenazaban el cuello.

Harry esperó. No sabía por qué, pero no la soltaba. Notó la resistencia que ofrecía el cuerpo de Rakel, vio que los ojos casi se le salían de las órbitas. Y entonces, la soltó.

Oyó el sonido sibilante que emitía mientras trataba de tomar aire.

—Harry… —Tenía la voz ronca, irreconocible—. Pero… ¿qué haces?

Él se la quedó mirando fijamente. No sabía qué decirle.

—No… —Le dio un golpe de tos—. No puedes estar tanto rato…

—Perdona —dijo Harry—. Me he dejado llevar un poco…

Luego notó cómo le sobrevenía. No el orgasmo, pero sí algo por el estilo. Un dolor agradabilísimo en el pecho, que le subía por la garganta y se le extendía por detrás de los ojos.

Cayó tendido a su lado. Hundió la cara en el almohadón. Sintió que acudían las lágrimas. Se puso de costado, de espaldas a ella, respiró hondo, tratando de resistir. ¿Qué demonios le estaba ocurriendo?

—¿Harry?

Él no respondió. No podía.

—¿Te pasa algo, Harry?

Él negó con un gesto.

—No, cansancio y nada más —dijo con la cara pegada al almohadón.

Sintió que Rakel le acariciaba cariñosamente la nuca antes de ponerle la mano en el pecho y acurrucarse pegada a su espalda.

Y pensó que estaba seguro de que un día llegaría a preguntarse: ¿cómo pudo pedirle a alguien a quien tanto quería que compartiera su vida con alguien como él?

Katrine estaba tumbada con la boca abierta y escuchaba la comunicación febril a través del radiotransmisor. A su espalda, Mikael Bellman maldecía en voz baja. Lo que el hombre llevaba en la mano no era un mando a distancia.

—Es un lector de tarjetas de crédito —carraspeó en el aparato una voz sin aliento.

—¿Y qué lleva en la bolsa?

—Pizza.

—Repítelo.

—Parece que el tío es un simple mensajero de una pizzería. Dice que trabaja en Pizzaekspressen. Recibieron un pedido para esta dirección hará tres cuartos de hora.

—Vale, lo comprobaremos.

Mikael Bellman se inclinó, cogió el radiotransmisor.

—Soy Mikael Bellman. Ha enviado al repartidor como cebo para que nos descubramos. Lo que significa que anda por la zona y que está viendo lo que sucede. ¿Hemos traído perros?

Pausa. Interferencias.

—Aquí U05. No hay perros. Podemos tenerlos aquí dentro de quince minutos.

Bellman soltó un taco antes de pulsar otra vez el botón de salida del sonido.

—Tráelos. Y un helicóptero con focos y cámara térmica. Confirma.

—Recibido. Solicito helicóptero. Pero no creo que tenga cámara térmica.

Bellman cerró los ojos y susurró «idiota», antes de responder:

—Sí, les han instalado cámara térmica, así que si se encuentra en el bosque, lo encontraremos. Utiliza a todos los hombres para rodear el bosque por el norte y por el oeste. Si se larga, lo hará por ahí. ¿Cuál es tu número de móvil, U05?

Bellman soltó el botón y le indicó a Katrine que tuviera el teléfono listo. Fue tecleando las cifras según las iba diciendo U05. Y le dio el teléfono a Bellman.

—¿U05? ¿Falkeid? Atiende, estamos a punto de perder esta partida, y somos demasiado pocos para realizar una búsqueda eficaz por el bosque, así que, sencillamente, tendremos que probar suerte. Dado que es obvio que sospechaba que podríamos estar aquí, es posible que tenga acceso a nuestra frecuencia. Es verdad que no tenemos cámara térmica, pero si cree que es así y le cerramos el paso por el norte y el oeste… —Bellman escuchaba—. Exacto. Ordena a tus hombres que sitien la cara este. Pero mantén a algunos por si va a la casa a comprobar qué ha pasado.

Bellman cortó la comunicación, le devolvió el teléfono a Katrine.

—¿Tú qué crees? —dijo Katrine. La pantalla del teléfono se apagó, y era como si la luz de las rayas blancas sin pigmento de la cara de Bellman latiera en la oscuridad.

—Pues creo que nos la han jugado —dijo Michael Bellman.

26

Abandonaron la ciudad en coche a las siete.

El tráfico de la hora punta de la mañana estaba en el carril contrario, parado y malhumorado. Igual que en su coche, donde los dos cumplían el pacto al que llevaban años y años ateniéndose: nada de charlas superfluas antes de las nueve de la mañana.

Mientras cruzaban las estaciones de peaje camino de la autopista empezó a caer una lluvia fina que los limpiaparabrisas parecían absorber más que retirar.

Harry puso la radio, oyó un parte de noticias, pero tampoco ahora decían nada. De la noticia que debería haber llenado todas las páginas de internet esa mañana. La detención en Berg, la noticia de que habían detenido a un sospechoso del caso de los policías asesinados. Después del espacio de los deportes, que trató del partido de Noruega contra Albania, pusieron un dúo de Pavarotti y una estrella de rock, y Harry se apresuró a apagar la radio enseguida.

En la pendiente que subía a Karihaugen, Rakel puso la mano sobre la de Harry, que la tenía, como siempre, en la palanca de las marchas. Harry estaba esperando a que ella dijera algo.

Había conversaciones innecesarias. Y luego estaban las necesarias.

Pronto se despedirían y estarían separados una semana a causa del trabajo, y Rakel no había dicho ni una palabra sobre su petición de matrimonio de la noche anterior. ¿Se había arrepentido? Ella no era de las que decían cosas que no pensaban. A la altura de la salida de Lørenskog, cayó en la cuenta de que tal vez ella pensara que era él quien se había arrepentido. Que pensaba que, si hacían como si nada, no habría ocurrido, si lo ahogaban en un mar de silencio, no habría ocurrido. En el peor de los casos, lo recordarían como un sueño absurdo. Mierda, ¿lo habría soñado de verdad? Cuando fumaba opio había días en que hablaba con la gente de cosas que él estaba convencido de que habían ocurrido de verdad, pero no obtenía más que caras de extrañeza por toda respuesta.

En la salida de Lillestrøm, rompió uno de los pactos.

—¿Qué te parece junio? El 21 es un sábado.

Harry la miró fugazmente, pero ella tenía la cara vuelta hacia la ventanilla y contemplaba el paisaje ondulado de los campos de labranza. Silencio. Mierda, ha cambiado de idea. Ella…

—Junio está bien —dijo ella—. Pero estoy casi segura de que el 21 es viernes. —Harry le oyó la sonrisa en la voz.

—¿A lo grande o solo…?

—¿… o solo nosotros y los testigos?

—¿Tú crees?

—Decide tú, pero máximo diez personas. No tenemos más platos iguales. Y si invitamos a cinco cada uno, te da para toda la lista de contactos del móvil.

Harry se echó a reír. Aquello podía salir bien. Todavía podía producirse una crisis, pero, de todos modos, *podía* salir bien.

—Y si has pensado que Oleg sea uno de los testigos, ya tiene ese día comprometido —dijo Rakel.

—Comprendo.

Harry aparcó delante de la terminal de salidas y besó a Rakel mientras la puerta del maletero seguía abierta.

Por el camino de regreso, llamó a Øysten Eikeland. El taxista, hermano de borracheras de Harry y su único amigo de la infancia, parecía tener resaca. Por otro lado, Harry no sabía cómo hablaba cuando no tenía resaca.

—¿Testigo de boda? Joder, Harry, me conmueves. Mira que preguntarme *a mí*. Joder, vamos, me muero de risa.

—El 21 de junio. ¿Tienes algo en la agenda para ese día?

Øystein se rió satisfecho. La risa se convirtió en tos. Que a su vez se convirtió en el borboteo de una botella.

–Me conmueves, Harry. Pero tengo que decir que no. Necesitas a alguien que pueda mantenerse de pie en la iglesia y articular medianamente bien durante la cena. Y lo que yo necesito es una compañera de mesa elegante, bebida gratis y nada de responsabilidad. Te prometo que me pondré mi mejor traje para el acontecimiento.

–Mentira, tú nunca has llevado traje, Øystein.

–Claro, por eso los tengo en tan buen estado. Usados con mesura. Igual que tú a tus amigos, Harry. Ya podías llamar alguna vez, ¿no?

–Sí, supongo.

Terminaron la conversación y Harry enfiló el centro de la ciudad mientras repasaba la breve lista de los candidatos a testigo que le quedaban. En concreto, era uno solo. Marcó el número de Beate Lønn. Saltó el contestador al cabo de cinco tonos de llamada y le dejó un mensaje.

La caravana de coches avanzaba como un caracol.

Marcó el número de Bjørn Holm.

–Hombre, Harry.

–¿Está Beate en el trabajo?

–Hoy está enferma.

–¿Beate? Ella nunca está enferma. ¿Qué tiene, un resfriado?

–No lo sé. Anoche le mandó a Katrine un mensaje. Enferma. ¿Te has enterado de lo de Berg?

–Ah, se me había olvidado –mintió Harry–. ¿Qué pasó?

–No se presentó.

–Lástima. Tendréis que seguir intentándolo. Voy a ver si la localizo en casa.

Harry colgó y marcó el fijo de la casa de Beate.

Después de dos minutos llamando sin obtener respuesta, miró el reloj, vio que le quedaba tiempo de sobra antes de la clase. Oppsal estaba de camino y no perdería mucho tiempo si se pasaba por su casa. Así que tomó la salida de Helsfyr.

Beate se había quedado con la casa de su madre, que le recordaba a Harry a la casa de Oppsal en la que él se crió, la típica vivienda de madera construida en los años cincuenta con el consabido formato cajón para la creciente clase media que consideraba que tener un huerto había dejado de ser un privilegio exclusivo de la clase alta.

Aparte del zumbido de un camión de la basura que se abría paso de un contenedor a otro a lo largo de la calle, todo lo demás estaba en silencio. Todo el mundo estaba en el trabajo, en la escuela, en la guardería… Harry aparcó el coche, cruzó la verja, dejó atrás una bicicleta infantil, un contendor lleno de bolsas negras a rebosar de basura, un columpio; subió la escalera de un salto y se encontró con un par de zapatillas de deporte Nike que reconoció enseguida. Llamó al timbre apretando el botón que había debajo del letrero de porcelana con el nombre de Beate y de su hija.

Esperó.

Llamó otra vez.

En el segundo piso había una ventana abierta, seguramente de uno de los dormitorios, supuso. La llamó a voces. A lo mejor no lo oía con el ruido del camión de la basura, cuya trituradora machacaba y aplastaba los residuos mientras el camión se acercaba cada vez más.

Tanteó la puerta. No estaba cerrada con llave. Entró. Gritó su nombre mirando hacia el piso de arriba. Sin respuesta. Y ya no pudo seguir ignorando la preocupación que había sentido de alguna forma desde el primer momento.

Al ver que no lo llamaba para darle la noticia.

Al ver que no respondía al móvil.

Subió rápidamente, fue mirando de habitación en habitación. Vacío. Intacto.

Bajó corriendo la escalera y fue al salón. Se quedó en el umbral y miró alrededor. Sabía muy bien por qué no entraba, pero no quería expresar el pensamiento en voz alta.

No quería decirse a sí mismo que aquello que tenía delante era una posible escena del crimen.

Había estado allí con anterioridad, pero de pronto la habitación le parecía más desnuda. Quizá por la luz matinal, o quizá solo porque Beate no estaba allí. Su mirada se detuvo en la mesa. Un teléfono móvil.

Oyó el sonido sibilante del aire contenido al salir de los pulmones y comprendió el gran alivio que sentía. Beate había ido a la tienda, se había olvidado el teléfono en la mesa y no se había molestado ni en cerrar con llave. A la farmacia del centro comercial, a comprar unos analgésicos o algún antipirético. Sí, eso era. Harry pensó en las zapatillas Nike de la entrada. ¿Y qué? Cualquier mujer tenía más de un par de zapatos, ¿no? Solo tenía que esperar unos minutos, ella no tardaría en llegar.

Harry cambió el peso de un pie al otro. El sofá tenía un aspecto muy tentador, pero seguía sin entrar en el salón. Miró al suelo. Alrededor de la mesa que estaba enfrente del televisor había una zona más clara.

Al parecer, se había deshecho de la alfombra.

Recientemente.

Harry notó un picor por dentro de la camisa, como si acabara de estar rodando sudoroso y desnudo por un prado de césped. Se sentó en cuclillas. Percibió un ligero olor a cloruro de amonio procedente del parquet. Si no andaba muy equivocado, a ese tipo de suelo no le gustaba el amoniaco. Harry se levantó, enderezó la espalda. Fue por el pasillo hasta la cocina.

Vacía, limpia y ordenada.

Abrió el armario alto que había al lado del frigorífico. Era como si las casas que construyeron en los años cincuenta respondieran a una serie de leyes comunes no escritas sobre cómo conservar los alimentos no perecederos, dónde guardar las herramientas, los documentos importantes y los artículos de limpieza. En la parte de abajo del armario estaba el cubo, con el trapo colgado del borde; en la primera balda había tres bayetas para el polvo, un rollo sin empezar y otro empezado de bolsas de basura blancas. Una botella de detergente Krystal. Y una botella de plástico donde se leía «Bona Polish». Se agachó y leyó la etiqueta.

Para parquet. No contiene amoniaco.

Harry se levantó despacio. Se quedó totalmente inmóvil, escuchando. Olfateando el aire.

Estaba algo oxidado, pero trataba de identificar y de memorizar aquello que ya había visto. La primera impresión. Siempre subrayaba aquello en sus clases, una y otra vez, que para un investigador operativo, los primeros pensamientos que uno recordaba de una escena del crimen solían ser los más importantes y los más acertados, la recogida de datos mientras los sentidos aún seguían totalmente alerta, antes de que se relajaran, abrumados por la aridez de los datos de los técnicos.

Harry cerró los ojos, trató de escuchar lo que la casa tuviera que decirle, cuál era el detalle que había pasado por alto, el que le revelaría lo que necesitaba saber.

Pero si la casa le estaba diciendo algo, el estruendo del camión de la basura que había delante de la puerta abierta le impedía oírlo. Oía las voces de los hombres en el camión, la verja al abrirse, una risa alegre. Despreocupada. Como si nada hubiera ocurrido. A lo mejor no había ocurrido nada. A lo mejor Beate no tardaría en aparecer por la puerta, moqueando y abrigándose un poco más con el pañuelo alrededor del cuello, se le iluminaría la cara, de sorpresa, pero también de alegría al verlo. Y aún más sorprendida y más contenta se mostraría cuando él le preguntara si no quería ser testigo de su boda con Rakel. Luego se echaría a reír y se sonrojaría hasta la médula, tal y como solía hacer siempre que alguien la miraba siquiera. Aquella chica que antaño solía encerrarse en «House of Pain», la sala de vídeo de la Comisaría General, y pasarse allí doce horas seguidas identificando con habilidad infalible a los ladrones enmascarados que aparecían en las cámaras de vigilancia de los bancos. Que llegó a ser jefe de la Científica. Un jefe muy querido. Harry tragó saliva.

Sonaba como el borrador del discurso de un entierro.

Venga ya, está a punto de llegar. Respiró hondo. Oyó cómo se cerraba la verja, la trituradora se ponía en marcha.

Y entonces lo vio. El detalle. Ese que no encajaba.

Se quedó mirando dentro del armario. Un rollo empezado de bolsas de basura de color blanco.

Las bolsas de basura del contenedor eran negras.

Harry se puso en marcha.

Echó a correr por el pasillo, salió a la calle, llegó a la verja. Corría todo lo que podía, pero el corazón iba más acelerado todavía.

—¡Parad!

Uno de los hombres levantó la vista. Tenía una pierna en la plataforma del camión, que ya se movía en dirección a la próxima casa. A Harry le parecía como si el crujido del masticar de aquellas mandíbulas de acero le saliera directamente de la cabeza.

—¡Parad el puto cacharro!

Saltó la valla y aterrizó en el asfalto de la calle. El del camión de la basura reaccionó en el acto, apretó de golpe en el botón rojo para detener la trituradora al mismo tiempo que daba un puñetazo en el lateral del camión, que se detuvo dejando escapar un resoplido como de indignación.

La trituradora quedó en silencio.

El del camión tenía la vista clavada en ella.

Harry se le acercó despacio, mirando en la misma dirección, hacia aquella garganta de acero. Olía mucho, seguramente, pero Harry no lo notó. Lo único que veía eran aquellas bolsas medio aplastadas y reventadas, que no paraban de gotear y de chorrear mientras el metal se teñía de rojo.

—Joder, la gente está como una cabra —susurró el del camión de la basura.

—¿Qué pasa? —Era el conductor, que había sacado la cabeza y preguntaba a gritos.

—Pues se ve que otra vez han tirado al perro a la basura —le gritó el colega. Luego miró a Harry—. ¿Es tuyo?

Harry no respondió, dio unos pasos al frente, subió y entró en la boca medio abierta.

—¡Eh, oye, eso no lo puedes hacer! Es peligrosí...

Harry se soltó del puño del hombre que lo sujetaba. Se deslizó en aquel amasijo rojo, se golpeó el codo y la mejilla al resbalar en el acero embadurnado, notó aquel sabor que tan bien reconocía y el olor a una sangre de hacía veinticuatro horas. Se arrodilló y abrió una de las bolsas.

El contenido se salió y se deslizó por el plano inclinado de la plataforma de carga.

—¡Joder! —jadeó el hombre de la basura a su espalda.

Harry abrió la segunda bolsa. Y la tercera.

Oyó cómo el hombre de la basura se bajaba de un salto y la vomitona se estampaba contra el asfalto.

En la cuarta bolsa encontró lo que buscaba. Las demás partes del cuerpo habrían podido pertenecer a cualquiera, pero esta no. No aquel pelo rubio, no aquella cara pálida, que ya nunca volvería a sonrojarse. Ni aquella mirada vacía y desorbitada, que antes reconocía a todo aquel al que hubiera visto una sola vez. Tenía la cara destrozada, pero a Harry no le cabía duda. Rozó con el dedo uno de los pendientes, hecho con el botón de una guerrera del uniforme.

Sentía una pena tan grande, tan inconmensurable que no podía respirar, tanta pena que tuvo que agacharse encogido, como una abeja moribunda que hubiera perdido el aguijón.

Y oyó un sonido que le salía de los labios, lo oyó como si fuera el de un extraño, un aullido prolongado que retumbó en la placidez del vecindario.

Cuarta parte

27

A Beate Lønn la enterraron en el cementerio de Gamlebyen, al lado de su padre. A él no lo habían enterrado allí porque fuera el cementerio que le correspondía por domicilio, sino porque era el camino más corto a la comisaría.

Mikael Bellman se ajustó la corbata. Le dio la mano a Ulla. Lo de que ella lo acompañara fue una sugerencia del asesor de prensa. La situación para él, como jefe responsable, resultaba tan precaria después de aquel último asesinato que necesitaba ayuda. Lo primero que le explicó el asesor de prensa fue que era importante que, en calidad de jefe provincial, mostrara una implicación más personal, empatía. Que hasta el momento había actuado de un modo demasiado profesional. Ulla dijo que sí. Naturalmente que dijo que sí. Extraordinariamente guapa con aquel traje de luto que con tanto esmero había elegido. Era una buena esposa, Ulla. Y él no pensaba olvidarlo otra vez. Por una temporada.

El pastor hablaba sin parar de lo que él llamaba las preguntas cruciales, de lo que ocurre cuando morimos. Pero, lógicamente, esas no eran las preguntas cruciales, sino qué había ocurrido antes de que Beate Lønn muriera y quién la había asesinado. A ella y a otros tres policías, en los últimos seis meses.

Esas eran las preguntas cruciales para la prensa, que había dedicado los últimos días a alabar al brillante jefe de la policía judicial y a criticar al nuevo jefe provincial de la policía, que tan poca experiencia tenía, a todas luces.

Esas eran las preguntas cruciales para el presidente del consejo municipal, que lo había convocado a una reunión en la que ya le habían adelantado que le harían preguntas clave en relación con su manera de gestionar el asunto de los asesinatos.

Y esas eran las preguntas cruciales para el grupo de investigación, tanto el grande como el pequeño, que Hagen había organizado sin informarlo, pero que Bellman había aceptado, dado que, después de todo, ese grupo tenía una pista concreta con la que trabajar, Valentin Gjertsen. El punto débil de aquello era que la teoría de que aquel fantasma estaba detrás de los asesinatos se basaba en el testimonio de una sola persona que aseguraba haberlo visto con vida. Y esa persona se encontraba ahora en el ataúd que se veía delante del altar.

Ni el informe del equipo de la Científica que examinó el escenario del crimen ni el de la investigación operativa ni el del forense contenían una cantidad suficiente de detalles como para forjarse una idea clara y completa de lo ocurrido, pero lo que sabían coincidía en lo esencial con los antiguos informes del asesinato de Bergslia.

Si partían de la base de que el resto también se asemejaba, podían tener la certeza de que Beate Lønn había sufrido todo lo peor que se pudiera imaginar.

No había ni rastro de anestésicos en las partes del cuerpo que habían examinado. El informe del forense lo expresaba así: «Lesiones de tipo inflamatorio, hemorragias infiltrantes masivas en el tejido celular subcutáneo y en el tejido muscular», que, traducido, quería decir que Beate Lønn estaba con vida no solo en el momento en que le seccionaron los miembros del cuerpo, sino, lo que era mucho peor, también un instante después.

La superficie de las heridas indicaba que el descuartizamiento se había efectuado con una sierra de bayoneta, no con una caladora. Los técnicos de la Científica suponían que había utilizado una hoja de lo que llaman bimetal, es decir, una hoja dentada de catorce centímetros con la que se podían cortar huesos. Bjørn Holm informó de que era la hoja que los cazadores de su región llamaban «hoja para alces».

A Beate Lønn la habían descuartizado seguramente en la mesa del salón, puesto que era de cristal y podía limpiarse bien. El asesino se habría llevado jabón y unas bolsas de basura negras, nada de lo cual se encontró en el lugar del crimen.

En el camión de la basura se habían encontrado también los restos de una alfombra empapada de sangre.

Sin embargo, no encontraron huellas dactilares, pisadas, fibras, pelos ni ningún otro material que pudiera ser fuente de ADN y que no perteneciera a los habitantes de la casa.

Ni tampoco señales de que entrara con violencia.

Katrine Bratt dijo que Beate Lønn había terminado la conversación telefónica con ella porque llamaban al timbre.

Y no resulta verosímil que Beate Lønn dejara entrar a un desconocido voluntariamente y, desde luego, no en medio de una operación. Así que la teoría con la que trabajaban era que el asesino consiguió entrar amenazándola con un arma.

Y luego estaba, naturalmente, la otra teoría. Que no fuera un desconocido. Porque Beate Lønn tenía una cerradura de seguridad en la puerta, que era bien robusta. Y estaba llena de marcas, lo que indicaba que había usado mucho la cerradura.

Bellman repasó las filas de asistentes. Gunnar Hagen, Bjørn Holm y Katrine Bratt. Una mujer mayor y una niña, que supuso que sería la hija de Lønn. En todo caso, el parecido era asombroso.

Otro fantasma, Harry Hole. Rakel Fauke. Morena, con esa mirada negra y brillante, casi tan guapa como Ulla. Inexplicable que un tío como Hole hubiera conseguido echarle el guante.

Y algo más al fondo, Isabelle Skøyen. Naturalmente, la presidencia del consejo municipal tenía que enviar a un representante. De lo contrario, la prensa lo haría notar. Antes de entrar en la iglesia, lo llamó aparte, obvió el hecho de que Ulla esperaba allí dando pasitos impacientes y le preguntó que cuánto tiempo pensaba seguir sin cogerle el teléfono. Y él le repitió que lo suyo había terminado. Entonces ella se lo quedó mirando como se mira a un insecto antes de aplastarlo y le dijo que ella era de los que abandonaban, no de los abandonados. Y que ya se daría cuenta en su momento.

Él notó su mirada clavada en la espalda cuando se encaminó a Ulla y le ofreció su brazo.

Por lo demás, los bancos estaban llenos de lo que supuso sería una mezcla de familia, amigos y colegas, la mayoría de uniforme. Los había oído decirse las pocas palabras de consuelo que podían, que no había señales de tortura y que la hemorragia seguramente le hizo perder la conciencia muy pronto.

Por una décima de segundo, su mirada se encontró con la de otra persona. Enseguida dejó que continuara, como si no lo hubiera visto. Truls Berntsen. ¿Qué demonios estaría haciendo aquí? No puede decirse que figurase en la lista de amigos de Beate. Ulla le apretó la mano ligeramente, lo miró extrañada y él le respondió con una sonrisa. En fin, en la muerte, todos eran colegas, seguramente.

Katrine estaba equivocada. No había terminado de llorar.

Eso había pensado varias veces durante los primeros días después del hallazgo del cadáver de Beate, que ya no le quedaban más lágrimas. Pero sí que le quedaban más. Y las expulsaba un cuerpo que ya estaba entumecido después de tantos y tan prolongados ataques de llanto.

Lloraba hasta que el cuerpo claudicaba, y terminaba vomitando. Lloraba hasta que se dormía de pura extenuación. Y lloraba desde el despertar. Y ahora estaba llorando otra vez.

Y durante las horas de sueño tenía pesadillas, la perseguía la pesadilla de su pacto con el diablo. El pacto según el cual estaba dispuesta a sacrificar a un colega más, con tal de poder atrapar a Valentin. El pacto que había sellado con aquellas palabras: «Una sola vez más, so cabrón. Ataca una vez más».

Katrine chilló entre sollozos.

Aquellos sollozos hicieron que Truls Berntsen se pusiera derecho. Estaba quedándose dormido. Mierda, aquel traje barato tenía un tejido tan resbaladizo que corría el riesgo de caerse del pulido banco de la iglesia.

Clavó la vista en el cuadro del altar. Jesús con la cabeza rodeada de un puñado de rayos. Una cabeza iluminada. El perdón de los pecados. Desde luego, esa era una medida digna de un genio. La religión cada vez tenía menos tirón, era más que difícil cumplir todos los mandamientos a medida que la gente podía permitirse caer cada vez en más tentaciones... Así que se les ocurrió aquello de que con tener fe era suficiente. Una idea comercial tan eficaz para la facturación como las compras a crédito, uno casi tenía la sensación de que la salvación le había salido gratis. Pero, exactamente igual que con las compras a crédito, la gente perdía el control, no se preocupaba, pecaba a base de bien, porque, claro, con creer un poco era suficiente. Así que, allá por la Edad Media, hubo que endurecer las cosas, aplicar la recaudación ejecutiva. Y entonces se inventaron el infierno, donde ardería el alma. Y ¡chas!, recurriendo al miedo, consiguieron que la gente volviera a la iglesia y, esta vez, la gente cumplió. La iglesia acabó amasando una fortuna, y bien merecida, porque había hecho un trabajo excelente. Esa era la idea que Truls tenía de aquel asunto, a pesar de que lo que él creía de verdad era que moriría y punto, sin perdón de los pecados y sin infierno. Claro que lo tenía mal si estaba equivocado. Algún límite tenía que haber para los pecados que podían obtener el perdón, y la imaginación de Jesús no bastaría para intuir siquiera lo que Truls había hecho.

Harry miraba fijamente al vacío. Se encontraba en otro lugar. En «House of Pain», donde Beate iba señalando y explicándole... Volvió a la realidad cuando oyó que Rakel le susurraba:

—Harry, tienes que ayudar a Gunnar y a los demás.

Se estremeció. La miró extrañado.

Ella señaló el altar, donde sus colegas se habían colocado alrededor del ataúd. Gunnar Hagen, Bjørn Holm, Katrine Bratt, Ståle Aune y el hermano de Jack Halvorsen. Hagen le había dicho que debía llevar el ataúd con él de compañero, porque era el más alto después de Harry.

Este se levantó y recorrió la nave central con pasos rápidos.

«Tienes que ayudar a Gunnar y a los demás.»

Era como un eco de lo que ella le había dicho la noche anterior.

Harry intercambió con sus compañeros una seña imperceptible. Ocupó el sitio libre.

—A la de tres —dijo Hagen en voz baja.

Las notas del órgano fueron creciendo, inundándolo todo.

Y entre todos llevaron a Beate Lønn hacia la luz del exterior.

El bar Justisen estaba lleno de gente del entierro.

Por los altavoces retumbaba una canción que Harry había oído con anterioridad. «I Fought the Law», de Bobby Fuller Four. Con aquella continuación tan optimista: ... *and the law won.*

Había acompañado a Rakel hasta el tren del aeropuerto y, entre tanto, varios de sus colegas habían tenido tiempo de emborracharse. En calidad de espectador sobrio, Harry pudo apreciar su forma de beber casi presas del terror, como si fueran a bordo de un buque que se estuviera hundiendo. En varias de las mesas coreaban a gritos cuando Bobby Fuller cantaba que «vencía la ley».

Harry hizo una señal hacia la mesa en la que estaban Katrine Bratt y los demás porteadores del ataúd para indicarles que volvía enseguida, y fue a los servicios. Estaba orinando cuando un hombre se le plantó al lado. Oyó que se bajaba la cremallera.

—Este sitio es para los que somos policías —dijo una voz entre sollozos—. Así que, ¿qué coño haces tú aquí?

—Mear —dijo Harry sin levantar la vista—. ¿Y tú? ¿Destruyendo pruebas?

—Ni lo intentes, Hole.

—Si lo hubiera intentado, tú no andarías por ahí suelto, Berntsen.

—Ten cuidado —dijo Truls Berntsen con un lamento, y se apoyó con la mano libre en la pared, sobre el urinario—. Puedo colgarte un asesinato y lo sabes. El ruso del bar Come As You Are. Todos los policías lo saben, pero yo soy el único que puede probarlo. Y por eso no te atreves a intentarlo.

–Lo que yo sé, Berntsen, es que el ruso era un camello que quería darme el pasaporte. Pero si tú crees que tienes más posibilidades que él, pues adelante. No sería la primera vez que agredes a un policía.

–¿Qué?

–Tú y Bellman. Un marica, ¿no?

Harry oyó cómo el chorro que tanto trabajo le había costado echar a Berntsen se agotaba rápidamente.

–¿Has vuelto a beber, Hole?

–Ya... –dijo Harry, y se abrochó el pantalón–. Está claro que es temporada alta para los que odian a los policías. –Se dirigió al lavabo. Vio en el espejo que Berntsen seguía con el grifo atascado. Harry se lavó las manos, se las secó. Se encaminó a la puerta. Oyó que Berntsen mascullaba bajito:

–Ni lo intentes, no te digo más. Si me coges, te arrastraré conmigo.

Harry salió de los servicios. Bobby Fuller estaba a punto de terminar. Y, de pronto, le dio por pensar. En las coincidencias de la vida. En que, cuando encontraron muerto a Bobby Fuller en 1966, empapado de gasolina, y hubo quien pensó que lo había matado la policía, el cantante tenía veintitrés años. Exactamente igual que René Kalsnes.

Empezó otra canción. Supergrass y «Caught by the Fuzz». Harry sonrió. Gaz Coombes canta algo sobre que te trinque la pasma, *the fuzz,* que quiere que le dé un soplo, y veinte años después, los policías ponen esa canción como si fuera una alabanza en su honor. *Sorry,* Gaz.

Harry echó una ojeada alrededor. Pensó en la larga conversación que había mantenido ayer con Rakel. Acerca de todo lo que uno podía sortear, evitar, eludir en la vida. Y de todo aquello de lo que no podíamos huir. Porque eso *era* la vida, el sentido de la existencia. Que todo lo demás, el amor, la tranquilidad, la felicidad, todo eso venía después y que tenía como premisa lo otro. Prácticamente solo habló ella. Fue ella quien le explicó que no le quedaba más remedio. Que las sombras de la muerte de Beate eran ya tan alargadas que se extendían sobre ese día de junio, por chillón que brillara el sol para entonces. Que era su obligación. Por ellos dos. Por todos ellos.

Harry se dirigió a la mesa de los porteadores del ataúd.

Hagen se levantó y sacó la silla que le habían estado guardando.

—¿Qué dices? —preguntó.

—Contad conmigo —dijo Harry.

Truls estaba en el meadero. Todavía paralizado por las palabras de Harry: «Está claro que es temporada alta para los que odian a los policías». ¿Sabría algo? ¡Qué va! Harry no sabía nada. ¡Era imposible! Si lo supiera, no lo habría soltado así, como una provocación. Pero sabía lo del montanalgas de Kripos al que habían maltratado. ¿Y cómo era posible que nadie lo supiera?

El tío se había abalanzado sobre Mikael, había intentado darle un beso en los servicios, y Mikael creía que alguien podía haberlo visto. Así que le pusieron una capucha en el garaje. Truls le pegaba, Mikael se limitaba a mirar. Como siempre. Solo intervino justo antes de que fuera demasiado tarde y le dijo que tenía que dejarlo ya. No. Ya era demasiado tarde. El tío seguía allí tirado cuando se fueron.

Mikael se asustó. Pensó que se habían pasado, que al chico podían quedarle secuelas, que podía denunciarlos. Y ese fue el primer trabajo de Truls como quemador. Pusieron los luminosos para poder ir a toda pastilla hasta el Justisen, donde se abrieron paso saltándose la cola para pedirle al camarero que les cobrara las dos Munkholmen que habían pedido hacía media hora. El camarero asintió, dijo que qué bien que hubiera gente honrada, y Truls le dio tanta propina que estaba seguro de que el camarero no lo olvidaría. Se llevó el recibo con la fecha y la hora, se fue con Mikael a la Científica, donde trabajaba un novato que estaba deseando acceder a una plaza de investigador operativo. Le dijo que era posible que alguien quisiera colgarles una agresión, que tenía que comprobar que estaban limpios. El novato hizo un examen rápido y superficial de la ropa de ambos y no encontró ni ADN ni sangre, según dijo. Luego Truls llevó a Mikael a casa y, acto seguido, volvió al garaje. El montanalgas ya no estaba allí, pero el rastro de sangre indicaba que había conseguido salir arrastrándose él solito. En ese caso, a lo mejor no era tan grave. Pero Truls limpió el lugar de todos modos para eliminar cualquier rastro y luego cogió el coche y fue a la zona del Havnelageret y tiró la porra al mar.

Al día siguiente, un colega llamó a Mikael y dijo que el montanalgas se había puesto en contacto con ellos desde el hospital, y que estuvo hablando de poner una denuncia por agresión. Así que Truls se fue al hospital, esperó a que terminara la visita, y entonces le planteó cuál era la situación con las pruebas y cuál sería su situación si un día tenía la ocurrencia de decir una palabra de aquello o si volvía al trabajo siquiera.

En Kripos nunca más volvieron a ver al chico ni a oír hablar de él. Gracias a él, Truls Berntsen. Así que maldito Mikael Bellman. Truls había salvado de la quema a ese cerdo. Al menos, hasta ahora. Porque ahora resultaba que Harry Hole estaba al corriente del asunto. Y ese hombre era impredecible. Hole podía llegar a ser peligroso. Demasiado peligroso.

Truls Berntsen se miró al espejo. El terrorista. Pues claro que sí, eso es lo que era.

Y eso que apenas había hecho más que empezar.

Salió de los servicios, con los demás. Justo a tiempo de oír las últimas palabras del discurso de Mikael Bellman:

—… que Beate Lønn estaba hecha del material del que esperamos que esté hecho este cuerpo de policía. Y de vosotros depende demostrar que así es. Solo de ese modo podemos honrar su memoria tal y como ella quería que la honremos. ¡Vamos a coger a ese tío! ¡Salud!

Truls le clavó la mirada a su amigo de la infancia mientras todos alzaban los vasos hacia el techo. Vio cómo se les iluminaba la cara, grave y apesadumbrada. Vio a Bellman, que asentía como si hubiera llegado a algún acuerdo, vio que estaba conmovido, conmovido por el instante, por sus propias palabras, por lo que era capaz de conseguir, por el poder que tenía sobre todos los que había en el local.

Truls volvió al pasillo de los servicios, se colocó al lado de la máquina de juego, echó una moneda en el teléfono público y cogió el auricular. Marcó el número de la central de operaciones.

—Policía.

—Un soplo anónimo. Por la bala que encontraron en el caso René. Se dirpa… se dispa…

Truls trataba de hablar con rapidez, sabía que esas llamadas se grababan y que podían escucharlas después. Pero la lengua no parecía dispuesta a obedecer al cerebro.

—Pues en ese caso deberías hablar con los investigadores de Delitos Violentos o con Kripos —lo interrumpió la central—. Pero hoy están de entierro.

—¡Ya lo sé! —dijo Truls, y oyó que estaba gritando más de la cuenta—. Es que quería dejaros el soplo a vosotros.

—¿Así que lo sabes?

—Sí, mira…

—Veo que estás llamando desde el Justisen. Ahí los encontrarás a todos.

Truls se quedó mirando el teléfono perplejo. Cayó en la cuenta de que estaba borracho. De que había cometido un gravísimo error de cálculo. Que si investigaban, y si sabían que la llamada procedía del Justisen, podían coger a la gente que había allí, ponerles la cinta y preguntarles si reconocían la voz de alguno de los que habían estado en el bar. Y eso sería correr un riesgo demasiado alto.

—Nada, solo quería gastar una broma —dijo Truls—. Perdona, es que me parece que hemos bebido unas cervezas de más…

Colgó y se fue. Cruzó el local sin mirar ni a la derecha ni a la izquierda. Pero cuando abrió la puerta y sintió el aire frío de aquellos días de lluvia se detuvo. Se giró. Vio a Mikael, con la mano en el hombro de un colega. Vio a un grupo alrededor de Harry Hole, ese borrachín. Uno de ellos, una mujer, estaba incluso abrazándolo. Truls contempló la lluvia desde la puerta.

Suspendido. Expulsado.

Notó una mano en el hombro. Levantó la vista. La cara se desdibujaba, como si la estuviera viendo a través del agua. ¿Tan borracho estaba?

—No pasa nada —dijo la cara con una voz suave, mientras le agarraba el hombro con la mano—. Tranquilízate, hoy todos estamos igual.

Truls reaccionó instintivamente, apartó la mano y salió a la calle. Fue caminando por la acera mientras notaba cómo la lluvia le calaba los hombros del chaquetón. A la mierda todos. A la mierda todos y cada uno. Él mismo se encargaría del transporte.

28

Alguien había pegado una nota en la puerta de metal gris. EL HORNO.

Una vez dentro, Gunnar Hagen constató que acababan de dar las siete de la mañana y que los cuatro estaban allí. El quinto no iba a acudir, y su silla estaba vacía. El nuevo se había llevado una silla de la sala de reuniones de la Comisaría General.

Gunnar Hagen fue paseando la mirada de uno a otro.

Bjørn Holm parecía destrozado por el día anterior, y otro tanto podía decirse de Katrine Bratt. Ståle Aune iba impecablemente vestido como de costumbre, con americana de tweed y pajarita. Gunnar Hagen examinó al nuevo con suma atención. El jefe de grupo se había ido del Justisen antes que Harry Hole y, entonces, Harry seguía en la tónica del agua y el café. Pero al verlo hundido en la silla, con mala cara, sin afeitar y con los ojos cerrados, Hagen no estaba tan seguro de que hubiera sabido mantenerse ahí. El investigador Harry Hole sería de utilidad al grupo. El alcohólico no sería útil para nadie.

Hagen dirigió la vista a la pizarra, donde le habían hecho a Harry un resumen del caso. Los nombres de las víctimas en una línea temporal, los escenarios del crimen, el nombre de Valentin Gjertsen, flechas hacia los asesinatos antiguos con la fecha completa.

—Entonces —dijo Hagen—, Maridalen, Tryvann, Drammen y, el último, en casa de la víctima. Cuatro policías que participaron en la investigación de casos de asesinato no resueltos, en la misma fecha y, en tres de los casos, en el mismo lugar. Tres de los asesinatos antiguos eran delitos sexuales típicos y, aunque están alejados entre sí en el tiempo, también entonces se estableció entre ellos una relación. La excepción es Drammen, donde la víctima era un hombre, René Kalsnes, y no había indicios de agresión sexual. ¿Katrine?

—Si suponemos que Valentin Gjertsen estaba detrás de los cuatro asesinatos antiguos y también de los asesinatos de los policías, el caso de Kalsnes resulta una excepción interesante. Era homosexual, y las personas del club de Drammen con las que hemos hablado Bjørn y yo lo describen como un intrigante y un promiscuo, dicen que no solo se agenciaba compañeros de más edad que caían víctimas del flechazo y de los que se aprovechaba como si fueran *padrinos con derecho a roce,* sino que además vendía sus servicios sexuales en el club siempre que se le presentaba la ocasión. Que estaba dispuesto a cualquier cosa siempre que hubiera dinero de por medio.

—Es decir, una persona con una conducta y una profesión que lo colocan en la zona de riesgo de morir asesinado —dijo Bjørn Holm.

—Exacto —dijo Hagen—. Pero eso implica seguramente que el asesino era homosexual. O bisexual. ¿Ståle?

Ståle Aune soltó una tosecilla.

—Los agresores como Valentin Gjertsen suelen tener una sexualidad compleja. Lo que excita a una persona como él suele estar relacionado por lo general con la necesidad de control, el sadismo y la transgresión de límites, más que el sexo o la edad de la víctima. Pero también es posible que el asesinato de René Kalsnes fuera un crimen puramente pasional, por celos. El hecho de que no hubiera el menor indicio de agresión podría apoyar esa teoría. Y la rabia. Él es la única víctima de los casos antiguos a la que golpearon con un objeto romo, como los policías asesinados.

Se hizo el silencio y todos miraron a Harry Hole, que se había deslizado en la silla y estaba medio tumbado, aún con los ojos cerrados y las manos cruzadas sobre la barriga. Katrine Bratt creyó por un momento que se había dormido, cuando lo oyó carraspear.

—¿Se ha encontrado algún vínculo entre Valentin y Kalsnes?

—Por ahora, no —dijo Katrine—. Ni contacto telefónico, ni tarjetas de crédito usadas en el club ni en Drammen, ni ninguna huella electrónica que indique que Valentin se encontrara cerca de René Kalsnes. Y ninguno de los que conocían a René había oído hablar de Valentin ni había visto nunca a nadie que se le pareciera. Eso no significa que no…

—No —dijo Harry, y cerró los ojos—. Era por curiosidad.

El silencio inundó el Horno mientras todos miraban a Harry. Abrió un ojo.

—¿Qué?

Nadie dijo nada.

—Que no voy a levantarme y a andar sobre las aguas o a convertir el agua en vino, ¿eh? —dijo.

—No —dijo Katrine—. Es suficiente con que les devuelvas la vista a estos cuatro ciegos.

—No creo que pueda hacer eso tampoco.

—Pues yo creía que un buen jefe tiene que conseguir que sus subordinados crean que todo es posible —dijo Bjørn Holm.

—¿Has dicho jefe? —Harry sonrió, se estiró en la silla—. ¿No les has contado mi estatus, Hagen?

Gunnar Hagen se aclaró la garganta.

—Harry ya no tiene ni estatus ni autorización de policía, así que está aquí como mero asesor, exactamente igual que Ståle. Lo que significa que no puede pedir una orden de registro, por ejemplo, ni llevar armas ni efectuar una detención. Y, naturalmente, significa que no puede dirigir una unidad operativa de la policía. Ojo, que es muy importante que lo tengamos presente. Imaginad que pillamos a Valentin, que tenemos los bolsillos a rebosar de pruebas, pero el abogado defensor descubre que no hemos seguido el reglamento…

—Esos asesores… —dijo Ståle Aune mientras cargaba la pipa con una mueca—. Tengo entendido que cobran por hora tales honorarios que los psicólogos parecemos idiotas. Así que vamos a aprovechar el tiempo. Di algo inteligente, Harry.

Harry se encogió de hombros.

—Bueno —dijo Ståle Aune con una sonrisa mordaz, antes de meterse en la boca la pipa sin encender—. Es que nosotros ya hemos dicho lo más inteligente que teníamos que decir. Y así llevamos un tiempo.

Harry se quedó un rato mirándose las manos. Al final, respiró hondo.

—No sé lo inteligente que es, son unas ideas un poco disparatadas, pero he pensado… —Levantó la vista y se encontró con cuatro pares de claraboyas abiertas de par en par.

—Ya sé que Valentin Gjertsen es sospechoso. El problema es que no damos con él. Por eso os propongo que encontremos a otro sospechoso.

Katrine Bratt no daba crédito.

—¿Cómo? ¿Quieres que sospechemos de alguien en cuya culpabilidad *no creemos?*

—Nosotros no creemos —dijo Harry—. Nosotros sospechamos, con distinto grado de probabilidad. Y sopesamos los recursos que exige desestimar o confirmar la sospecha. Calculamos que es menos verosímil que haya vida en la luna que en Gliese 581 D, que está a una distancia perfecta de su sol, de modo que el agua ni hierve ni se congela. Aun así, comprobamos la luna primero.

—El cuarto mandamiento de Harry Hole —dijo Bjørn Holm—. *Empezar a buscar allí donde hay más luz.* ¿O era el quinto?

Hagen soltó una tosecilla.

—Tenemos órdenes de encontrar a Valentin, todo lo demás es competencia del grupo de investigación más numeroso, Bellman no ha dado permiso para nada más.

—Con todos mis respetos —dijo Harry—, Bellman puede irse a la mierda. Yo no soy más listo que ninguno de vosotros, pero soy nuevo en el caso, y eso nos da la oportunidad de verlo con nuevos ojos.

Katrine resopló y dijo:

—Como que me voy a creer que has dicho en serio lo de que no eres más listo.

—No, pero por ahora, podemos hacer como que sí —dijo Harry sin pestañear—. Así que vamos a empezar de nuevo. Móvil. ¿Quién quiere matar a unos policías que no han conseguido resolver sus casos? Porque ese es el denominador común, ¿no? ¿Qué decís?

Harry se cruzó de brazos, se deslizó hasta quedar otra vez medio tumbado y cerró los ojos. Esperó.

Bjørn Holm fue el primero en romper el silencio.

—Los familiares de las víctimas.

Katrine lo amplió.

—Víctimas de violación a las que la policía no creyó o cuyo caso no se investigó a fondo. El asesino castiga a los policías que deberían haber esclarecido ese caso en concreto, no a todos los demás.

—Seguid haciendo propuestas, así podremos descartarlas luego —dijo Harry—. ¿Ståle?

—Inocentes condenados —dijo Aune—. Han estado en la cárcel, están estigmatizados, han perdido su posición, la seguridad en sí mismos y el respeto de los demás. Los leones expulsados de la manada son los más peligrosos. No tienen ningún sentido de la responsabilidad, solo odio y amargura. Y están dispuestos a correr riesgos para vengarse, puesto que su vida se ha devaluado de todos modos. Como animales de manada, sienten que no tienen mucho que perder. Atacar a quienes les han causado sufrimiento es lo que les permite levantarse por las mañanas.

—Terroristas vengadores, vamos —dijo Bjørn Holm.

—Vale —dijo Harry—. Anota que debemos comprobar todos los casos de violación en que no tengamos la confesión del condenado y que no estuviera claro. Y en que el condenado haya cumplido la condena y esté libre.

—O puede que no sea el condenado —dijo Katrine—. Puede ser que siga cumpliendo condena o que se haya suicidado, presa de la desesperación. Y que sea su pareja, su hermano o su padre quien se haya impuesto la tarea de vengarse.

—Amor —dijo Harry—. Vale.

—No hablarás en serio, ¿no? —Era Bjørn.

—¿Cómo? —dijo Harry.

—¿Amor? —Hablaba con voz metálica, con la cara distorsionada por una mueca rarísima–. No estarás diciendo en serio que este baño de sangre tiene algo que ver con *el amor*, ¿verdad?

–Sí, lo digo en serio –dijo Harry, y cerró los ojos.

Bjørn se levantó, tenía la cara roja.

–Un psicópata, un asesino en serie que, por amor, hace… –Se le quebró la voz y señaló la silla vacía– eso.

–Mírate –dijo Harry, y abrió un ojo.

–¿Qué?

–Que te mires y me digas. Estás colérico, lleno de odio, quieres ver al culpable colgando, muerto, sufriendo, ¿no? Porque, exactamente igual que nosotros, tú también querías a la mujer que ocupaba esa silla. Así que la madre de tu odio es el amor, Bjørn. Y el amor, y no el odio, te predispone a hacer cualquier cosa, con cualesquiera medios, para ponerle las zarpas encima al culpable. Siéntate.

Bjørn se sentó. Y Harry se puso de pie.

–Eso también me llama la atención de estos asesinatos. El esfuerzo por reconstruir los originales. Los riesgos que el asesino está dispuesto a correr. El trabajo que implica. Todo eso me confirma que lo que lo mueve es el ansia de sangre o el odio. El que está sediento de sangre mata prostitutas, niños u otras víctimas fáciles. El que odia sin amor nunca resulta tan extremo en sus esfuerzos. O sea, en mi opinión, debemos buscar a alguien que sienta más amor que odio. Y entonces la cuestión es, por lo que sabemos de Valentin Gjertsen, ¿de verdad creéis que tiene tanta capacidad de amar?

–Puede –dijo Gunnar Hagen–. No puede decirse que lo sepamos todo de Valentin Gjertsen.

–Ya. ¿Cuál es la fecha del próximo asesinato sin resolver?

–Ahora hay un salto –dijo Katrine–. Mayo. Un caso de hace diecinueve años.

–Queda más de un mes –dijo Harry.

–Sí, y tampoco fue un delito sexual, parecía más bien una venganza familiar. Así que me he tomado la libertad de echarle un vistazo a una desaparición que parece un asesinato. Una chica desapareció aquí, en Oslo. Cuando lo denunciaron, llevaban más de dos semanas sin verla. La razón de que nadie reaccionara antes era que les había enviado un mensaje a varios amigos diciéndoles que había cogido un vuelo de última hora al Mediterráneo, que necesitaba un respiro. Algunos de los amigos respondieron al mensaje, pero no supieron más de ella, y supusieron que el respiro afectaba también al teléfono. Cuando presentaron la denuncia de su desaparición, la policía comprobó todas las compañías aéreas, pero la joven no había viajado con ninguna. En pocas palabras, no había ni rastro de ella.

—¿Y el teléfono? —preguntó Bjørn Holm

—La última señal a una estación base se detectó en el centro de Oslo, luego se interrumpió. Pudo ser que se le acabara la batería.

—Ya —dijo Harry—. Y ese mensaje. Lo de que sus conocidos recibierais un mensaje diciendo que estaba enferma…

Bjørn y Katrine asintieron despacio.

Ståle Aune soltó un suspiro.

—¿No podríais explicarlo con más detalle?

—Quiere decir que lo mismo ocurrió con Beate —dijo Katrine—. Yo recibí un mensaje de móvil en el que me decía que estaba enferma.

—Ah, sí, joder —dijo Hagen.

Harry asintió pensativo.

—Por ejemplo, podríamos suponer que controla la memoria del móvil y que sabe a quién le ha enviado mensajes recientemente, y entonces él envía un mensaje, gracias al cual se retrasa el inicio de la cacería.

—Lo que implica que las pruebas técnicas resulten mucho más difíciles de encontrar en el escenario del crimen —añadió Bjørn—. El tío se conoce bien el juego.

—¿En qué fecha enviaron el mensaje?

—El veintiséis de marzo —dijo Katrine.

—Eso es hoy —dijo Bjørn.

Harry se frotó la barbilla.

—Tenemos un posible delito sexual y una fecha, pero ningún lugar. ¿Qué investigadores participaron en aquel caso?

—No se creó ningún grupo de investigación, dado que se archivó como desaparición, nunca se clasificó como asesinato. —Katrine miró las notas–. Pero finalmente lo pasaron a Delitos Violentos y fue a parar a la lista de uno de los comisarios. La tuya, por cierto.

–¿La mía? –Harry frunció el ceño–. Pues yo suelo acordarme de mis casos.

–Este te llegó justo después del Muñeco de Nieve. Te habías largado a Hong Kong y no volviste. Tú también estuviste a punto de ir a parar a la lista de desaparecidos.

Harry se encogió de hombros.

–Bueno. Bjørn, tú habla con el grupo de Personas Desaparecidas, a ver qué tienen sobre este caso. Y que estén alerta, por si alguien llama a su puerta o reciben un mensaje misterioso durante el día, ¿de acuerdo? Aun sin cadáver ni escenario, yo creo que debemos continuar. –Harry dio una palmada–. Entonces, ¿quién se encarga aquí del café?

–Mmm… –dijo Katrine, poniendo la voz exageradamente grave y ronca, se tumbó a medias en la silla, estiró las piernas, cerró los ojos y se frotó la barbilla–. Pues yo creo que puede hacerlo nuestro flamante asesor.

Harry apretó los labios, asintió, se levantó de un salto y, por primera vez desde que encontraron a Beate, se oyeron risas en el Horno.

La gravedad de la situación inundaba la sala de reuniones del ayuntamiento.

Mikael Bellman estaba sentado en una cabecera, el presidente del consejo municipal en la otra. Mikael conocía los nombres de la mayoría, fue de lo primero que hizo cuando lo nombraron jefe provincial de la policía, aprenderse los nombres. Y las caras. «No puedes jugar al ajedrez sin conocer las piezas», le había dicho el anterior jefe. «Tienes que saber cómo se llaman y lo que no pueden hacer.»

Fue un buen consejo de un jefe provincial bien intencionado. Pero ¿qué hacía ahora ese jefe provincial ya jubilado allí, en aquella sala de reuniones? ¿Lo habían llamado como una especie de asesor? Por mucha experiencia que tuviera a la hora de jugar al ajedrez, seguramente no tuvo que jugar nunca con una pieza como aquella tan alta y tan rubia que se había sentado a dos puestos del presidente y que estaba haciendo uso de la palabra en aquellos momentos. La reina. La jefa de Asuntos Sociales. Isabelle Skøyen. *La abandonada*. Hablaba con ese tono frío y burocrático de quien sabe que se está levantando acta.

—Estamos viendo, con preocupación creciente, cómo el distrito policial de Oslo parece incapaz de poner fin a los asesinatos de sus propios agentes. Naturalmente, los medios llevan mucho tiempo presionándonos para que hagamos algo drástico, pero lo más importante es que hasta los ciudadanos han perdido la paciencia. Sencillamente, no podemos vivir con esa falta creciente de confianza en nuestras instituciones, es decir, en la policía y el consejo municipal. Y dado que este entra en el ámbito de mis responsabilidades, he tomado la iniciativa de convocar esta reunión para que el consejo pueda adoptar una postura ante el plan del jefe provincial para hallar una solución que, queremos suponer, existe, y poder sopesar después las alternativas.

Mikael Bellman estaba sudando. Detestaba sudar cuando llevaba puesto el uniforme. En vano había tratado de captar la mirada de su predecesor. ¿Qué demonios estaría haciendo aquí?

—Y, en mi opinión, debemos ser tan abiertos e innovadores como sea posible a la hora de encontrar alternativas —siguió salmodiando la voz de Isabelle Skøyen—. Comprendemos que es posible que este caso sea demasiado arduo para un joven jefe provincial recién nombrado. Es lamentable que una situación que requiere experiencia y práctica se haya presentado tan pronto en la carrera del jefe provincial. Lo mejor habría sido que le hubiera correspondido al anterior jefe provincial, teniendo en cuenta su prolongada experiencia y sus méritos. Estoy convencida de que todos los aquí presentes lo habrían preferido, incluidos los dos jefes provinciales.

Mikael Bellman se preguntaba si de verdad estaba oyendo lo que creía que acababa de oír. ¿Estaba diciendo…? ¿Estaba intentando…?

–¿No es así, Bellman?

Mikael Bellman se aclaró la garganta.

–Perdona que te interrumpa, Bellman –dijo Isabelle Skøyen, se plantó en la punta de la nariz unas gafas de Prada y entornó los ojos para leer el papel que tenía delante–. Voy a leer el acta de la última reunión que tuvimos sobre este caso, donde dices que, y cito: «Garantizo ante el consejo que el caso está controlado y que tenemos la esperanza fundada de que lo resolveremos a no mucho tardar». –Se quitó las gafas–. Para ahorrarnos tiempo, tanto a ti como a nosotros, un tiempo que parece que no tenemos, quizá podrías obviar las repeticiones y decirnos qué te parece a ti que ha cambiado y que ha mejorado desde la última vez.

Bellman echó hacia atrás los omoplatos, con la esperanza de que así se le despegara la camisa de la espalda. Qué asco de sudor. Qué asco de bruja.

Eran las ocho de la tarde y Harry notó el cansancio cuando cerró la puerta al entrar en la Escuela Superior de Policía. Era obvio que estaba desentrenado a la hora de pensar tanto tiempo seguido con tal nivel de concentración. Y no es que hubieran avanzado mucho que digamos. Leyeron informes ya leídos, pensaron cosas ya pensadas docenas de veces, iban en círculos, se daban cabezazos contra la pared con la esperanza de que esta cediera tarde o temprano.

El antiguo comisario saludó al limpiador y echó a correr escaleras arriba.

Cansado y, aun así, curiosamente despierto. Animado. Listo para más.

Oyó que gritaban su nombre cuando pasó por el despacho de Arnold, volvió atrás y asomó la cabeza. Su colega cruzó las manos en la nuca, detrás de aquella cabellera revuelta.

–Solo quería saber cómo te sientes siendo otra vez policía de verdad.

–Bien –dijo Harry–. Lo único que me queda es terminar de corregir los exámenes de Investigación operativa.

—Bah, no te preocupes de eso, los tengo aquí —dijo Arnold, y dio unos golpecitos con el dedo en la montaña de papeles que tenía delante—. Vosotros procurad coger a ese tío, anda.

—De acuerdo, Arnold, gracias.

—Por cierto, han entrado a robar.

—¿Que han entrado a robar?

—En la sala de entrenamiento. Habían forzado el armario del equipamiento, pero lo único que han cogido son dos porras.

—Mierda. ¿Y la puerta de entrada?

—No hay señales de que la hayan forzado. Así que podría ser alguien que trabaje aquí. O que alguien que trabaja aquí haya facilitado el acceso o haya prestado su pase.

—¿No hay forma de averiguarlo?

Arnold se encogió de hombros.

—En la Escuela no tenemos muchas cosas de valor que puedan robar, así que no empleamos ni una mínima parte del presupuesto a ningún complejo sistema de registro de entradas y salidas, ni a poner cámaras de vigilancia ni vigilancia las veinticuatro horas.

—Puede que no tengamos armas de fuego, drogas o dinero, pero tenemos cosas más rentables que una simple porra, ¿no?

Arnold sonrió maliciosamente.

—Mira a ver si tu ordenador sigue en su sitio.

Harry continuó hasta su despacho, concluyó que todo parecía intacto. Se preguntaba qué iba a hacer, tenía pensado dedicar la tarde a corregir exámenes, y en casa solo lo esperaban sombras. Y, como respuesta a su pregunta, empezó a vibrarle el móvil.

—¿Katrine?

—Hola. Se me ha ocurrido una cosa. —Parecía exaltada—. ¿Recuerdas que te dije que Beate y yo estuvimos hablando con Irja, la que le alquilaba un sótano a Valentin?

—¿La que le proporcionó la coartada falsa?

—La misma. Pues nos dijo que había encontrado unas fotos que él había hecho. Fotos de violaciones y agresiones. En una de ellas, reconoció los zapatos de Valentin y el papel pintado de la pared del semisótano.

−¿Quieres decir que…?

−… que no es muy verosímil, pero sí es *posible* que sea un escenario del crimen. He localizado a los nuevos propietarios y resulta que, mientras les reforman la casa, están viviendo con los padres del marido. Pero no tenían nada en contra de prestarnos las llaves para que vayamos a echar un vistazo.

−Yo creía que habíamos acordado dejar de buscar a Valentin por ahora…

−Yo creía que habíamos acordado buscar allí donde hubiera alguna luz.

−*Touché,* Bratt. El barrio de Vinderen queda prácticamente en esta manzana. ¿Tienes la dirección?

Katrine se la dio.

−Está a un paseo, voy para allá inmediatamente. ¿Tú vas a venir?

−Sí. Pero estaba tan entusiasmada que se me ha olvidado comer.

−De acuerdo, pues ven cuando termines.

Eran las nueve menos cuarto cuando Harry subía el camino empedrado que desembocaba en la casa desierta. Delante de la fachada había cubos de pintura vacíos, rollos de plástico protector y bancos de trabajo que asomaban por debajo de una lona. Bajó por la escalerilla de piedra que los dueños le habían descrito y continuó por el empedrado hasta la parte trasera de la casa. Abrió la puerta del apartamento del semisótano y el olor a pegamento y a pintura le dio en la cara de inmediato. Pero también el otro olor, aquel del que habían hablado los dueños y que era una de las razones de que hubieran tomado la decisión de renovarlo todo. Decían que no eran capaces de determinar de dónde procedía, que el olor se encontraba en todos los rincones de la casa. Habían llamado a un técnico experto en plagas, que les dijo que un olor tan intenso no podía proceder de un roedor muerto, y que iban a tener que levantar el suelo y las paredes para averiguarlo.

Harry encendió la luz. El suelo de la entrada estaba cubierto de plástico transparente, con pisadas grises de botas de suelas muy gruesas, y de cajas con herramientas, martillos, pies de cabra, taladros manchados de pintura… Ya habían retirado varios de los listones de las paredes, de modo que se veía perfectamente el aislamiento que había detrás. Aparte de la entrada, el semisótano constaba de una cocina no muy grande, un cuarto de baño y una sala de estar con una cortina que daba al dormitorio. Por lo que se veía, el proyecto de reforma no había alcanzado aún el dormitorio, que estaban utilizando para guardar los muebles de las demás habitaciones. Para protegerlos del polvo de las obras de la sala de estar habían echado a un lado la cortina de perlas y la habían sustituido por un grueso plástico mate que le recordó a Harry a un matadero, una cámara frigorífica y, en general, a lugares cerrados.

Aspiró el olor a disolvente y podredumbre. Y llegó a la misma conclusión que el experto en plagas, aquello no era un simple roedor muerto.

Habían apartado la cama en un rincón, para que quedara más espacio para los muebles, y aquello estaba atestado, así que resultaba difícil hacerse una idea de cómo se habían llevado a cabo las violaciones y de cómo habían fotografiado a la chica. Katrine decía que pensaba ir en busca de Irja para ver si era posible dar con las fotografías, pero si el tal Valentin era su matarife, había algo de lo que Harry estaba seguro: no habría ninguna prueba fotográfica que lo incriminara. O bien había destruido las fotografías o bien las habría escondido en otro lugar cuando se mudó.

Harry paseó la mirada por la habitación, del suelo al techo pasando por las paredes, y volvió a la imagen que de sí mismo le devolvía el cristal de la ventana que daba a la oscuridad de la noche y al jardín. Aquella habitación tenía algo de claustrofóbico, pero nada le decía si de verdad había sido el escenario de un crimen. De todos modos, había transcurrido demasiado tiempo, y habían pasado muchas cosas, lo único que quedaba era el papel pintado. Y el olor.

Harry abrió los ojos otra vez, paseó la mirada de nuevo hacia el techo. La mantuvo allí fija. Claustrofobia. ¿Por qué tenía esa sensación en el dormitorio, pero no en la sala de estar? Alargó el brazo, además de su metro noventa y tres, hacia el techo. Las yemas de los dedos alcanzaban a rozarlo. Planchas de escayola. Luego fue a la sala de estar otra vez e hizo lo mismo. Pero no alcanzaba el techo.

En otras palabras, el techo del dormitorio tenía que ser más bajo. Era algo que se hacía sobre todo en los años setenta, para ahorrar en calefacción. Y en el hueco entre el techo antiguo y el nuevo había un espacio. Un escondite.

Harry fue a la entrada. Cogió un pie de cabra de una de las cajas de herramientas y volvió al dormitorio. Dirigió la vista a la ventana y se quedó de piedra. Sabía que los ojos reaccionaban instintivamente ante cualquier movimiento. Se quedó parado dos segundos, mirando y escuchando. Nada.

Harry volvió a concentrarse en el techo. No había ningún indicio, pero con las planchas de escayola resultaba fácil, uno podía recortar un buen agujero y luego taparlo otra vez con masilla y pintarlo todo después. Supuso que podía hacerse en media jornada, si uno trabajaba bien.

Harry se plantó encima del sillón. Se colocó con un pie en cada brazo y apuntó al techo con el extremo del pie de cabra. Hagen tenía razón, si un investigador sin una orden echaba abajo un techo sin el permiso del dueño, el tribunal no aceptaría las pruebas que pudieran conseguirse.

Harry arremetió. El pie de cabra se deslizó a través del techo con un golpe sordo y un polvo blanco de cal le nevó a Harry en la cara.

Porque Harry no era policía, solo un asesor civil, no parte de la investigación, sino un particular al que habría que acusar y juzgar por vandalismo. Y él estaba dispuesto a pagar el precio.

Cerró los ojos y tiró del pie de cabra hacia atrás. Notó los trozos de escayola que le caían en los hombros y en la frente. Y el olor. Ahora era más fuerte todavía. Volvió a arremeter con el pie de cabra, agrandando el agujero. Miró alrededor en busca de algo que poner encima del sillón, para así poder meter la cabeza en el agujero.

Y allí estaba otra vez. El mismo movimiento al lado de la ventana. Harry bajó de un salto y se acercó, se hizo sombra con la mano para proteger los ojos de la luz y pegó la cara al cristal. Pero lo único que veía en la oscuridad eran las siluetas de los manzanos.

Unas ramas se mecían levemente. ¿Habría empezado a soplar el viento?

Se volvió hacia la habitación, encontró una caja de plástico grande de Ikea, la puso encima del sillón y, estaba a punto de subirse, cuando oyó un ruido en la entrada. Un crujido. Se detuvo y esperó atento. Pero no se oyó nada más. Harry desechó la idea, no era más que el crujido que se produce en una vieja casa de madera cuando sopla el viento. Haciendo equilibrios encima de la caja, se empinó con cuidado, apoyó la palma de las manos en el techo y metió la cabeza por el agujero que había hecho en la plancha de escayola.

El hedor era tan intenso que enseguida se le llenaron los ojos de lágrimas, y tuvo que concentrarse en contener la respiración. Era un hedor conocido. El de la carne en esa fase del proceso de descomposición en que respirar el gas emitido resulta directamente peligroso para la salud. Solo había sentido un olor así en una ocasión anterior, el día en que encontró un cadáver que llevaba dos años en un oscuro sótano y le hizo un agujero al plástico en el que estaba envuelto. No, aquello no era un roedor, ni siquiera una familia de roedores. Allí dentro estaba oscuro y, con su cabeza, tapaba la luz, pero podía distinguir algo que estaba allí mismo, delante de él. Esperó mientras se le dilataban las pupilas poco a poco para aprovechar la escasa luz que había. Y entonces lo vio. Era un taladro. No, una caladora. Pero al fondo había algo más, algo que no podía ver, aunque intuía una presencia física. Algo… notó que se le hacía un nudo en la garganta. Un ruido. De pasos. Debajo de él.

Trató de sacar la cabeza, pero era como si el agujero se hubiera estrechado, como si estuviera cerrándose alrededor de su garganta, como si lo estuviera encerrando allí, con aquella cosa muerta. Notó que le entraba un miedo atroz, metió los dedos entre el cuello y el borde irregular de la plancha de escayola y arrancó unos trozos. Consiguió sacar la cabeza.

Los pasos habían cesado.

Harry se notaba el pulso en el cuello. Aguardó hasta haberse tranquilizado por completo. Cogió el encendedor que tenía en el bolsillo, metió la mano en el agujero y lo encendió. Estaba a punto de meter la cabeza cuando divisó algo. La cortina de plástico que cubría la abertura que daba a la sala de estar. Allí se veía algo. Una figura. Detrás del plástico había alguien que lo miraba.

Harry carraspeó un poco.

—¿Katrine?

Sin respuesta.

Buscó con la mirada el pie de cabra que había dejado en el suelo. Lo encontró, se agachó tan en silencio como pudo. Puso un pie en el suelo, oyó que retiraban la cortina de plástico y comprendió que no le daría tiempo. La voz sonó casi alegre:

—Vaya, volvemos a vernos.

Levantó la vista. Al contraluz, le llevó unos segundos reconocer aquella cara. Soltó una maldición para sus adentros. Recreó mentalmente los diversos escenarios posibles para los próximos segundos, pero no se le ocurrió ninguno. Simplemente, se estrellaba con la pregunta: ¿qué demonios va a pasar ahora?

29

Llevaba una bolsa al hombro y la dejó que se deslizara. La bolsa cayó al suelo con un golpe más sonoro de lo que cabía esperar.

—¿Qué haces tú aquí? —preguntó Harry con voz ronca, y cayó en la cuenta de que era una repetición, exactamente igual que su respuesta:

—He estado entrenando. Artes marciales.

—Eso no responde a mi pregunta, Silje.

—Por supuesto que sí —respondió Silje Gravseng, y se apoyó en la cadera. Llevaba una sudadera fina, unos leggings negros, zapatillas de deporte y una cola de caballo, y tenía en la cara una sonrisa pícara.

—He estado entrenando y te he visto salir de la Escuela. Y te he seguido.

—¿Por qué?

Ella se encogió de hombros.

—Para darte otra oportunidad, quizá.

—¿Una oportunidad para qué?

—Para que hagas lo que quieres hacer.

—¿Que es…?

—No creo que tenga que decírtelo. —Ladeó la cabeza—. Te lo vi en la cara cuando estábamos en el despacho de Krohn. No puede decirse que tengas cara de jugador de póquer, Harry. Tú quiere follarme.

Harry señaló la bolsa.

—¿Entrenas artes de esas de ninja, con nunchacos y todo? —Tenía la voz ronca por lo seca que tenía la boca.

Silje Gravseng paseó la mirada por la habitación.

–Algo así. Si hasta tenemos una cama. –Cogió la bolsa, pasó por delante de él, apartó una silla. Puso la bolsa en la cama y trató de empujar un sofá grande que le estorbaba, pero estaba atascado. Se inclinó, agarró el respaldo y tiró. Harry la vio por detrás, se le había subido un poco la sudadera, se le marcaban los músculos de los muslos, la oyó quejarse en voz baja.

–¿No me vas a ayudar?

Harry tragó saliva.

Mierda, mierda.

Observó aquella cola de caballo rubia que le bailaba en la espalda. Como si fuera una puta asa. La tela se le había metido entre las nalgas. Había dejado de moverse, se quedó así, como si hubiera notado algo. Como si hubiera notado eso. Lo que estaba pensando.

–Bueno –dijo Silje–. ¿Me quieres follar así?

Él no respondió, simplemente notó cómo se producía la erección, como el dolor diferido de un golpe en el estómago, se extendía desde algún punto del bajo vientre. Empezó a sentir un burbujeo en la cabeza, las burbujas subían y estallaban con un murmullo cada vez más alto. Dio un paso al frente. Se paró.

Ella giró la cabeza, pero bajó la vista, miró al suelo.

–¿A qué estás esperando? –susurró–. ¿Quieres… quieres que oponga resistencia?

Harry tragó saliva. No iba con el piloto automático. Sabía lo que estaba haciendo. Y aquel era él. Así es como era. Aunque se lo dijera a sí mismo en voz alta, era lo que iba a hacer. ¿No era lo que quería?

–Sí –se oyó decir–. Impídemelo.

Vio cómo levantaba un poco el trasero, pensó que era como un ritual del mundo animal, que quizá estaba programada para aquello, después de todo. Le puso una mano en la columna, más o menos por la cintura, notó el sudor, la piel desnuda allí donde terminaban los leggings. Dos dedos bajo la cinturilla. No tenía más que tirar hacia abajo. Una mano se apoyaba en el respaldo del sofá; la otra, en la cama, en la bolsa. Dentro de la bolsa, que estaba abierta.

—Voy a intentarlo —susurraba ella—. Voy a intentarlo.

Harry respiró hondo, temblando.

Percibió un movimiento. Ocurrió tan rápido que no tuvo tiempo de reaccionar.

—¿Qué es lo que pasa? —preguntó Ulla, mientras colgaba en el armario el abrigo de Mikael.

—¿Pasa algo? —preguntó él, y se frotó la cara con la palma de las manos.

—Ven —dio ella, y lo llevó al salón. Lo sentó en el sofá. Se colocó detrás. Le puso las manos entre los hombros y el cuello, buscó con las yemas de los dedos el centro del trapecio y apretó. Él soltó un lamento.

—¿Qué me dices? —preguntó ella.

Mikael suspiró.

—Isabelle Skøyen. Ha propuesto que nos apoye el antiguo jefe provincial hasta que hayamos resuelto el caso de los asesinatos de los policías.

—Ya. ¿Y eso es tan malo? Tú mismo has dicho que necesitabais más recursos.

—Eso implicará que, en la práctica, él es el jefe provincial y yo, el que prepara el café. Sería una declaración de falta de confianza que no podría soportar, como comprenderás.

—Pero es solo temporal, ¿no?

—Ya, ¿y luego? ¿Cuando el caso se resuelva siendo él el jefe y no yo? Entonces, el consejo municipal dirá que ya no hay peligro, que ya puedo encargarme yo, ¿no? ¡Ay!

—Perdona, pero es que está justo aquí. Trata de relajarte, querido.

—Esa es su venganza, claro. Las mujeres rechazadas… ¡Ay!

—Vaya, ¿he presionado otra vez el punto doloroso?

Mikael se liberó de sus manos.

—Lo peor es que no puedo hacer nada de nada. Ella domina este juego, yo solo soy un principiante. Si hubiera tenido la oportunidad de ponerme en marcha, de trabajarme algunas alianzas, de saber quién le rasca la espalda a quién…

—Pues utiliza las alianzas que sí tienes —dijo Ulla.

—Las importantes están en su mitad del campo —dijo Mikael—. Mierda de políticos, ellos no piensan en términos de resultados, igual que nosotros, ellos todo lo cuentan en votos, en cómo *presentan* las cosas para esos imbéciles con derecho al voto.

Mikael bajó la cabeza. Y allí estaban otra vez las manos de Ulla. Pero ya más suaves. Le dio un masaje, le acarició el pelo… Y justo cuando iba a dejar volar libre el pensamiento, este hizo un alto, retrocedió a lo que le había dicho Ulla. *Utiliza las alianzas que sí tienes.*

Harry quedó cegado. Cuando notó el movimiento a su espalda, soltó a Silje de inmediato y se dio la vuelta. Habían apartado el plástico a un lado y se encontró con un chorro de luz blanca. Harry levantó la mano para protegerse los ojos.

—*Sorry* —dijo una voz que le resultaba familiar, antes de bajar la linterna—. Me he traído la linterna. No pensaba que…

Harry soltó el aire con un gruñido.

—Joder, Katrine, ¡me has asustado! Bueno… a los dos.

—Ah, mira, pero si es… la estudiante. Te he visto por la Escuela.

—Lo he dejado. —Silje respondió con voz indiferente, casi como si se estuviera aburriendo.

—¿No me digas? ¿Y qué estáis…?

—Estamos moviendo muebles —dijo Harry, se sorbió la nariz nerviosamente y señaló el agujero del techo—. Trataba de encontrar algo más sólido a lo que subirme.

—Pues en la puerta hay una escalerilla plegable —dijo Katrine.

—¿De verdad? Pues voy a buscarla. —Harry pasó por delante de Katrine y cruzó la sala de estar. Mierda, mierda.

La escalerilla estaba apoyada en la fachada, entre los cubos de pintura.

Cuando volvió reinaba un silencio absoluto, apartó el sillón y colocó la escalera de aluminio debajo del agujero. Nada indicaba que se hubiera producido conversación alguna entre ellas. Dos mujeres con los brazos cruzados y cara inexpresiva.

—¿Qué hedor es ese? —preguntó Katrine.

—Dame la linterna —dijo Harry, la cogió y subió por la escalera. Arrancó un trozo de escayola del techo, introdujo la linterna por el agujero y luego metió la cabeza. Cogió la caladora de color verde. Tenía la hoja partida. La sujetó con dos dedos y se la dio a Katrine—. Cuidado, puede que tenga huellas dactilares.

Enfocó el interior con la linterna. Se quedó mirando. Aquel cadáver que yacía de costado, aprisionado entre el techo antiguo y el nuevo. Pensó que desde luego que se merecía estar allí tragándose ese hedor apestoso a muerte y a carne en estado de putrefacción; no, mejor, que se merecía que la carne en estado de putrefacción fuera la suya. Porque él, Harry Hole, era un hombre enfermo, muy enfermo. Y si no iban a pegarle un tiro allí mismo, necesitaba ayuda. Porque había estado a punto de hacerlo, ¿no? ¿O habría podido parar? ¿O sería aquello —la idea de que *seguramente* habría podido parar— algo que construía a posteriori para sembrar la duda?

—¿Ves algo? —preguntó Katrine.

—Sí —dijo Harry.

—¿Necesitamos al equipo de la Científica?

—Depende.

—¿De qué?

—De si el equipo de Delitos Violentos se encarga de investigar esta muerte.

30

—Es que es dificilísimo hablar del tema —dijo Harry, apagó el cigarro en el alféizar de la ventana, dejó abierta la que daba a la calle Sporveisgata y volvió a la silla. Cuando Harry lo llamó a las seis y le dijo que otra vez tenía dificultades, Ståle Aune le respondió que podía ir a verlo antes de las ocho, hora a la que llegaría el primer paciente.

—Bueno, tú has estado aquí antes hablando de temas difíciles —dijo Ståle. Hasta donde le alcanzaba la memoria, él había sido el psicólogo al que los policías de Delitos Violentos y de Kripos acudían cuando estaban agobiados. No solo porque tuvieran su número de teléfono, sino porque Ståle Aune era uno de los pocos psicólogos que sabía en qué consistía su vida diaria. Y porque ellos sabían que podían confiar en que mantendría la boca cerrada.

—Sí, pero entonces era la bebida —dijo Harry—. Esto es algo… totalmente distinto.

—¿Seguro?

—¿No lo crees?

—Pues se me ocurre que podría ser algo parecido, dado que lo primero que has hecho ha sido llamarme.

Harry soltó un suspiro, se inclinó hacia delante en la silla y apoyó la frente en las manos, que tenía entrelazadas.

—Puede que lo sea. Siempre he tenido la sensación de que elegía el peor momento posible para beber. De que siempre caía cuando se trataba de estar lo más alerta posible. Como si hubiera dentro de mí un demonio que quisiera que todo se fuera a la mierda. Que quisiera que *yo* me fuera a la mierda.

—Sí, ese es el trabajo de los demonios. —Ståle ahogó un bostezo.

—Pues entonces este ha hecho un buen trabajo. He estado a punto de violar a una chica.

Ståle dejó de bostezar.

—¿Qué dices? ¿Cuándo ha sido eso?

—Ayer por la noche. La chica es una antigua alumna de la Escuela, se presentó mientras examinaba el apartamento donde había vivido Valentin.

—¿Ajá? —Ståle se puso las gafas—. ¿Encontraste algo?

—Una caladora con la hoja partida. Debía de llevar años allí. Claro que puede que se la dejaran allí olvidada los albañiles que bajaron el techo, pero ahora están comprobando la hoja con la que encontraron en Bergslia.

—¿Algo más?

—No. Bueno, sí. Un tejón muerto.

—Un tejón.

—Sí, se ve que se había construido una madriguera en el techo.

—Je, je, ¿igual que en la canción de «Tenemos un tejón en el techo»? Nosotros teníamos uno en casa, pero se mantenía en el jardín, por suerte. Los mordiscos del tejón son terribles. Entonces, murió mientras hibernaba, ¿no?

Harry dijo con media sonrisa:

—Si te interesa, puedo enviar al forense a que lo investigue.

—Perdona, es que... —Ståle meneó la cabeza y se puso las gafas otra vez—. Bueno, la chica se presentó allí y te sentiste tentado de violarla, ¿no es eso?

Harry levantó las manos por encima de la cabeza.

—Acabo de pedir matrimonio a la mujer que quiero más que a nadie en el mundo. No hay nada que desee más que compartir con ella una vida llena de satisfacciones. Y es como si, nada más pensarlo, aparece el demonio y... y... —Bajó las manos otra vez.

—¿Por qué paras?

—Porque aquí estoy, inventándome un demonio, y yo sé lo que vas a decir. Que eludo mi responsabilidad.

—¿Y no es eso?

—Pues claro, coño, claro que es eso. Es el mismo tipejo, con otra indumentaria. Yo creía que se llamaba Jim Beam. Creía que se llamaba una madre que murió antes de tiempo, o la presión del trabajo. O la testosterona, o los genes de alcohólico. Y puede que todo eso también sea verdad, pero, si le quitas la indumentaria, te quedas con Harry Hole y nada más.

—Y lo que dices es que Harry Hole estuvo a punto de violar a esa muchacha ayer noche, ¿no?

—Llevo tiempo soñando con eso.

—¿Con violar? ¿Así, en general?

—No, a esta chica. Ella me pidió que lo hiciera.

—¿Que la violaras? Bueno, entonces, en rigor, no es violación, ¿verdad?

—La primera vez me pidió que me la follara solamente. Me provocó, pero no pude, era alumna de la Escuela Superior de Policía. Y entonces empecé a tener fantasías de que la violaba. Yo... —Harry se pasó una mano por la cara—. No creía que tuviera esa faceta. La de violador. ¿Qué me está pasando, Ståle?

—Quieres decir que tenías ganas y razones para violarla, pero que decidiste no hacerlo, ¿no es cierto?

—Vino una persona y nos interrumpió. Y bueno, violar, lo que se dice violar... Ella me invitó a un juego de rol. Pero yo estaba listo para mi rol, Ståle. Más que listo.

—Ya, bueno, pero yo sigo sin ver la violación.

—Bueno, puede que no en sentido jurídico, pero...

—Pero ¿qué?

—Si hubiéramos empezado y ella me hubiera pedido que lo dejara, no sé si lo habría hecho.

—¿No lo sabes?

Harry se encogió de hombros.

—¿Tienes algún diagnóstico, doctor?

Ståle miró el reloj.

—Pues voy a necesitar que me cuentes un poco más, pero mi primer paciente me está esperando.

—No tengo tiempo de hacer terapia, Ståle, tenemos un asesino que atrapar.

—Bueno, en ese caso… —dijo Aune, meciendo aquel cuerpo tan robusto adelante y atrás en la silla— tendrás que conformarte con una suposición mía. Vienes y me dices que sientes algo que no eres capaz de identificar, y la razón por la que no puedes identificarlo es que esa sensación está intentando camuflarse como otra cosa distinta. Puesto que es una sensación que, en realidad, *no quieres* sentir. Es un caso clásico de negación, exactamente igual que les ocurre a los hombres que se niegan a aceptar que son homosexuales.

—Pero ¡si no estoy negando que sea un violador en potencia! Te lo he preguntado abiertamente.

—Harry, tú no eres ningún violador, nadie se vuelve un violador de la noche a la mañana. Yo creo que aquí puede darse una de dos opciones. O quizá incluso las dos. Una, que albergues cierto tipo de agresividad hacia esa chica. Que se trate de ejercer el control. O, por utilizar la expresión que usan los legos, follar para castigar. ¿He acertado?

—Puede. ¿Y la otra?

—Rakel.

—¿Perdona?

—Lo que te atrae no es ni la violación ni la chica de la que hablas, sino el hecho de ser infiel. De serle infiel a Rakel.

—Ståle, estás…

—Tranquilo. Has acudido a mí porque necesitas que alguien te diga algo que tú ya has comprendido. Que te lo diga alto y claro. Y dado que tú no eres capaz de hacerlo solo, no quieres sentirte así.

—¿Sentir qué?

—Que estás aterrado ante la idea de atarte a ella. Que la idea del matrimonio te ha abocado al límite del pánico.

—¿No me digas? ¿Por qué?

—Como me atrevo a decir que te conozco un poquito después de todos estos años, creo que en tu caso se trata más bien del miedo a la responsabilidad por otras personas. No has tenido buenas experiencias y…

Harry tragó saliva. Notó que algo se le hinchaba en el pecho, como un tumor que creciera a toda velocidad.

—… empiezas a beber cuando el entorno depende de ti, puesto que no puedes soportar la responsabilidad, *quieres* que todo se vaya a la mierda, es como cuando el castillo de naipes está casi listo y la presión aumenta tanto que no lo soportas, así que en lugar de continuar y ver si funciona, haces que se caiga. Para que la caída se produzca cuanto antes. Y yo creo que ahora estás haciendo lo mismo. Lo que deseas es defraudar a Rakel lo más rápido posible, puesto que estás convencido de que sucederá de todos modos. No soportas un tormento tan prolongado, así que buscas activamente el final y derribas el maldito castillo de naipes que sientes que es tu relación con Rakel.

Harry quería decirle algo. Pero el nudo le había llegado a la garganta e impedía que salieran las palabras, así que se contentó con decir:

—Destructivo.

—La base de tu actitud *es* constructiva, Harry. Solo que tienes miedo. Miedo de que duela demasiado. A ti y a ella.

—Soy un cobarde, eso es lo que estás diciendo, ¿verdad?

Ståle se quedó mirando a Harry un buen rato, tomó aire como para ir a corregirlo, pero pareció arrepentirse.

—Sí, eres un cobarde. Eres un cobarde, porque creo que eso es lo que quieres. *Quieres* estar con Rakel, quieres estar en el mismo barco, quieres atarte al mástil, llegar a puerto o hundirte en ese barco. Así ha sido siempre, cada vez que has hecho una promesa, Harry. ¿Cómo era aquella canción?

Harry murmuró la letra: *No retreat, baby, no surrender*.

—Ahí está, ese eres tú.

—Ahí estoy —repitió Harry en voz baja.

—Piénsalo, y ya hablaremos después de la reunión de esta tarde en el Horno.

Harry asintió y se puso de pie.

En el pasillo había un hombre sentado en chándal que sudaba mientras daba patadas en el suelo. Echó un vistazo al reloj con un gesto elocuente y miró a Harry con acritud.

Él continuó por Sporveisgata. No había dormido esa noche, y tampoco había desayunado. Necesitaba algo. Pensó. Necesitaba una copa. Desechó la idea y entró en el café de la calle Bogstadveien. Pidió un expreso triple. Se lo bebió en la barra y pidió otro. Oyó aquella risa leve a su espalda, pero no se giró. El segundo se lo tomó despacio. Abrió el periódico que tenía delante. Vio las referencias en la primera página y fue pasando las páginas.

Roger Gjendem reflexionaba sobre el hecho de que, al ver que no lograban resolver los asesinatos de los policías, el consejo municipal hiciera enroques en la Comisaría General.

Después de abrirle a Paul Stavnes, Ståle volvió a ocupar su puesto detrás del escritorio mientras el paciente, en un rincón, se cambiaba la camiseta por otra seca que llevaba en la mochila. Ståle aprovechó para bostezar sin trabas, abrir el primer cajón y colocar en él el teléfono para poder verlo más o menos. Luego levantó la vista. Vio la espalda desnuda de su paciente. Desde que Stavnes empezó a ir a las sesiones en bicicleta, era normal que se cambiara de camiseta en la consulta. Por lo general, siempre de espaldas. La única anomalía era que la ventana junto a la cual había estado fumando Harry seguía abierta. La luz incidía de tal manera que Ståle Aune podía ver el reflejo del pecho desnudo de Paul Stavnes en el cristal.

Stavnes se puso la camiseta con un movimiento rápido y se dio la vuelta.

—Lo del horario hay que…

—… mejorarlo, sí —dijo Ståle—. Estoy de acuerdo. No se volverá a repetir.

Stavnes levantó la vista.

—¿Pasa algo?

—No, qué va, es solo que me he levantado un poco antes que de costumbre. ¿No podrías dejar abierta la ventana? Hay poco aire aquí dentro.

—Lo que hay es *mucho* aire.

—Como quieras.

Stavnes iba a cerrar la ventana. Pero se detuvo. Se la quedó mirando un buen rato. Se volvió despacio hacia Ståle. Una sonrisita fue aflorándole a la cara poco a poco.

—¿Te cuesta respirar, Aune?

Ståle Aune notó el dolor en el pecho y en el brazo. Los dos eran síntomas conocidos del infarto de miocardio. Solo que aquello no era ningún infarto. Era miedo puro y duro.

Ståle Aune se obligó a hablar con tranquilidad, a bajar el tono de voz:

—La última vez hablamos de que tú estabas escuchando «Dark Side of the Moon». Tu padre entraba en la habitación y apagaba el equipo de música, y tú veías cómo la luz roja terminaba por morir, luego, también moría la chica en la que estabas pensando.

—Bueno, yo dije que se quedaba muda —dijo Paul Stavnes irritado—. No que se moría, eso es distinto.

—Sí, sí lo es —dijo Ståle Aune, y alargó discretamente la mano hacia el teléfono que tenía en el cajón—. ¿Y querrías que pudiera hablar?

—No lo sé. Estás sudando, ¿es que estás enfermo, doctor?

Otra vez aquel tonito socarrón, aquella sonrisita desagradable.

—Estoy bien, gracias.

Los dedos de Ståle descansaban sobre las teclas del teléfono. Tenía que conseguir que el paciente hablara, para que así no oyera que estaba tecleando.

—No hemos hablado de tu matrimonio. ¿Qué me dices de tu mujer?

—No mucho. ¿Por qué quieres hablar de ella?

—Una relación estrecha. Y a ti parece que te disgustan las personas que tienes cerca. O que las «desprecias», según el término que tú mismo utilizaste.

—Vaya, veo que me has seguido *más o menos,* a pesar de todo. —Una sonrisa breve y agria—. Yo desprecio a la mayoría de las personas porque son débiles, torpes, y tienen mala suerte. —Otra risotada—. Tres fallos de tres posibles. Dime, ¿conseguiste arreglar a X?

—¿Qué?

—El policía. El marica que trató de besar a otro policía en los servicios. ¿Se puso bien?

—Qué va. —Ståle Aune escribía, maldiciendo aquellas salchichas grasientas que parecían haberse hinchado más aún con la excitación.

—Entonces, si crees que soy como él, ¿qué te hace pensar que podrás arreglarme a mí?

—X era esquizofrénico, oía voces.

—¿Y tú crees que lo mío es mejor? —El paciente se rió con amargura, mientras Ståle escribía. Trataba de trabajar mientras el paciente seguía hablando, trataba de camuflar el clic rozando los zapatos contra el suelo. Una letra. Otra más. Puñeta con los dedos. Eso es. Comprendió que el paciente había dejado de hablar. El paciente Paul Stavnes. A saber de dónde había sacado aquel nombre. Uno siempre podía hacerse con un nombre nuevo. O deshacerse del viejo. Lo de los tatuajes era peor. Sobre todo, si eran grandes y te cubrían el pecho.

—Sé por qué estás sudando, Aune —dijo el paciente—. Has visto la imagen del cristal cuando me estaba cambiando, ¿verdad?

Ståle Aune notó cómo aumentaba el dolor del pecho, como si el corazón no pudiera decidir si iba a latir más rápido o si iba a pararse por completo; confiaba en que la expresión de la cara lo hiciera parecer tan extrañado como deseaba parecer.

—¿Qué? —dijo en voz alta, para disimular el clic cuando le dio a «Enviar».

El paciente se subió la camiseta hasta el cuello.

Desde el pecho, una cara con un grito mudo en la boca miraba fijamente a Ståle Aune.

La cara de un demonio.

—A ver —dijo Harry, pegándose el teléfono a la oreja mientras apuraba la segunda taza de café.

—La caladora tiene las huellas dactilares de Valentin Gjertsen —dijo Bjørn Holm—. Y las superficies de corte de la cuchilla coinciden, es la misma hoja que se utilizó en Bergslia.

—Entonces, Valentin Gjertsen era el Aserrador —dijo Harry.

Harry notó una vibración rápida del teléfono. Un mensaje. El remitente era S, es decir, Ståle Aune. Harry lo leyó. Lo leyó una vez más.

valentin está aquí sos

—Bjørn, envía una patrulla a la consulta de Ståle, en la calle Sporveisgata. Valentin está allí.

—¿Hola? ¿Harry? ¿Hola?

Pero Harry ya había echado a correr.

31

—Siempre es una cuestión delicada que te descubran —dijo el paciente—. Pero algunas veces es peor ser el que descubre.

—¿Descubrir el qué? —dijo Ståle, y tragó saliva—. Es un tatuaje, ¿y qué? Eso no es ningún delito. Mucha gente tiene… —Señaló con la cabeza la cara demoníaca— cosas así.

—¿No me digas? —dijo el paciente, y se bajó la camiseta—. ¿Y por eso parecía que iba a darte un síncope cuando lo has visto?

—No sé a qué te refieres —dijo Ståle con la voz ahogada—. ¿Seguimos hablando de tu padre?

El paciente soltó una risotada.

—¿Sabes qué, Aune? La primera vez que estuve aquí no sabía si sentirme orgulloso o decepcionado al ver que no me reconocías.

—¿Que no te reconocía?

—Tú y yo nos hemos visto antes. Estuve acusado en un caso de agresión. Y tú participaste para dictaminar si yo estaba en pleno uso de mis facultades. Habrás tenido cientos de casos así. En fin, invertiste no más de tres cuartos de hora en hablar conmigo. Y aun así, en cierto modo, me habría gustado causar en ti mayor impresión.

Ståle se lo quedó mirando. ¿De verdad que había hecho una valoración psicológica del hombre que tenía delante? Resultaba imposible recordarlos a todos, pero aun así, él solía recordar las caras por lo menos.

Lo miró bien. Aquellas dos cicatrices no muy grandes debajo de la barbilla. Naturalmente. Dio por hecho que se debían al lifting, pero Beate había advertido que Valentin Gjertsen debió de someterse a una operación de cirugía plástica de envergadura.

–Pero tú sí que me causaste impresión, Aune. Tú *me comprendiste*. No te dejaste amedrentar por los detalles, seguiste hurgando. Hacías preguntas sobre las cosas adecuadas. Sobre las cosas desagradables. Como un buen masajista, que nota exactamente dónde está el nudo. Encontraste el dolor, Aune. Y por eso he vuelto. Esperaba que pudieras encontrarlo otra vez, encontrar el maldito forúnculo, sajarlo, sacar la mierda. ¿Puedes hacerlo? ¿O has perdido la chispa, Aune?

Ståle carraspeó un poco.

–No puedo hacerlo si me mientes, Paul. –Pronunció el nombre prolongando la «o», como él quería.

–Ah, pero es que yo no miento, Aune. Solo acerca del trabajo y de mi mujer. Todo lo demás es cierto. Bueno, sí, y el nombre. Por lo demás…

–¿Pink Floyd? ¿La muchacha?

El hombre que tenía delante hizo con los brazos un gesto como de resignación y sonrió.

–¿Y por qué me cuentas esto, Paul? Poool.

–No tienes por qué seguir llamándome así. Puedes llamarme Valentin si quieres.

–¿Vale… qué?

El paciente se echó a reír.

–Perdona, Aune, pero eres demasiado mal actor. Sabes perfectamente quién soy. Lo has sabido en el momento en que has visto el tatuaje reflejado en la ventana.

–¿Y por qué iba yo a saber tal cosa?

–Porque yo soy el hombre al que estáis buscando. Valentin Gjertsen.

–¿Buscar? ¿Quiénes?

–Olvidas que tuve que escuchar aquí sentado mientras tú hablabas con un madero sobre los garabatos que Valentin Gjertsen había dejado en la ventanilla de un tranvía. Me quejé y me diste la sesión gratis, ¿te acuerdas?

Ståle mantuvo los ojos cerrados unos segundos. Se aisló de todo. Trató de convencerse de que Harry no tardaría en llegar, que no podía haber llegado tan lejos.

—Por cierto que esa fue la razón por la que empecé a venir en bicicleta, contaba con que el tranvía estaría vigilado.

—Pero seguiste viniendo.

Valentin se encogió de hombros y metió la mano en la mochila.

—Ir en bicicleta, con el casco y las gafas protectoras…, es casi imposible que puedan identificarte, ¿verdad? Y tú no te enterabas de nada. Te habías conformado con que yo era Paul Stavnes y punto. Y yo necesitaba estas sesiones, Aune. De verdad que siento muchísimo que tengan que terminar…

Aune ahogó un jadeo cuando vio que Valentin Gjertsen sacaba la mano de la mochila. La luz le arrancó un destello al acero.

—¿Sabías que lo llaman *survival knife*? —dijo Valentin—. Un tanto engañoso en tu caso. Pero puede utilizarse para muchísimas cosas. Para esto, por ejemplo… —Pasó la yema del dedo por la parte dentada de la parte superior de la hoja—. Es algo cuya utilidad ignora la mayoría de la gente, simplemente piensan que es aterrador. ¿Y sabes qué? —Sonrió otra vez con aquella sonrisa suya fina y fea—. Tienen razón. Cuando pasas el cuchillo por una garganta, así… —Le mostró lo que decía— va picoteando la piel, arrancándola. Y el siguiente corte arranca lo que hay debajo. La fina membrana que rodea una vena, por ejemplo. Si lo que estás presionando es la arteria principal… Eso sí que es un espectáculo, te lo aseguro. Pero no tengas miedo. No tendrás tiempo de notarlo siquiera, te lo prometo.

Ståle se sentía mareado. Casi deseaba que llegara el infarto.

—Bueno, pues, en realidad, solo queda una cosa, Ståle. ¿Vale que te llame Ståle, ya que es el final? O sea, ¿cuál es el diagnóstico?

—El dia… dia…

—El diagnóstico. Del griego, «mediante el conocimiento», ¿no? ¿Qué es lo que me pasa, Ståle?

—Pues… no sé, yo…

Siguió un movimiento tan rápido que Ståle Aune no habría tenido tiempo de levantar un dedo ni aunque lo hubiera intentado.

No había ni rastro de Valentin y, cuando volvió a oír su voz, le resonó justo detrás de la oreja.

—Pues claro que lo sabes, Ståle. Has tratado con gente como yo a lo largo de toda tu carrera profesional. Bueno, no exactamente como yo, claro, pero parecidos. Mercancía defectuosa.

Ståle ya no veía el cuchillo. Lo sentía. En la papada temblorosa, mientras respiraba afanosamente por la nariz. Se le antojaba sobrenatural que una persona pudiera desplazarse con tanta rapidez. Él no quería morir. Quería vivir. No le quedaba sitio para ningún otro pensamiento.

—A ti… a ti no te pasa nada malo, Paul.

—Valentin. Un poco de respeto. A ver, estoy aquí para sacarte hasta la última gota de sangre mientras a mí se me llena de sangre la polla, ¿y tú dices que no me pasa nada? —Se le rió a Aune directamente en la oreja—. Venga. El diagnóstico.

—Loco de atar.

Los dos miraron hacia arriba. Hacia la puerta, el lugar del que procedía la voz.

—Se acabó el tiempo. Puedes pagar en la caja al salir, Valentin.

Aquella figura alta y corpulenta que llenaba el umbral entró en la consulta. Iba arrastrando algo tras de sí, y a Ståle le llevó un instante comprender qué era. La barra de la máquina de pesas que había sobre el sofá de la sala de espera.

—Apártate, madero —masculló Valentin, y Ståle notó la presión del cuchillo en la piel.

—Los patrulleros están en camino, Valentin. Se acabó la carrera. Deja que el doctor se vaya.

Valentin señaló la ventana abierta que daba a la calle.

—No oigo ni rastro de sirenas. Lárgate o mato a nuestro querido doctor aquí mismo.

—No lo creo —dijo Harry, y levantó la barra de hierro—. Sin él te quedas sin escudo.

—En ese caso —dijo Valentin, y Ståle sintió que le retorcía el brazo por detrás de modo que tuvo que levantarse—. Dejaré que el doctor se vaya. Conmigo.

—Mejor cógeme a mí —dijo Harry Hole.

—¿Y eso por qué?

—Soy mejor rehén. Con él te arriesgas a que le dé un ataque de pánico y se desmaye. Además, no tendrás que pensar en lo que estaré haciendo mientras tanto.

Silencio. Desde la ventana a duras penas podían oír algún ruido. Quizá una sirena a lo lejos, quizá no. Ståle notó que aflojaba la presión del filo del cuchillo. Y entonces, cuando pensaba volver a respirar, sintió un pinchazo, oyó el sonido veloz de algo que había cortado. Que caía al suelo. La pajarita.

—Si te mueves… —le masculló la voz al oído antes de volverse hacia Harry—. Como quieras, madero, pero primero suelta esa barra. Luego te colocas de cara a la pared, con las piernas separadas y…

—Me sé la película —dijo Harry, soltó la barra, se volvió, puso las palmas de las manos arriba, en la pared, y separó las piernas.

Ståle notó que le soltaba el brazo y, un segundo después, vio a Valentin detrás de Harry, doblándole el brazo a él y con el cuchillo pegado a su cuello.

—Pues nos vamos, *handsome* —dijo Valentin.

Y salieron por la puerta.

Ståle pudo respirar por fin.

Desde la ventana se oía el ir y venir del ruido de las sirenas con el viento.

Harry vio la expresión de terror de la recepcionista cuando él y Valentin se acercaron a ella como un trol de un solo cuerpo y dos cabezas que pasó de largo sin decirle una palabra. En el rellano, Harry trató de caminar más despacio, pero notó enseguida un escozor en el costado.

—Si tratas de retrasarme, el cuchillo sigue y llega hasta el riñón.

Harry apremió el paso. Todavía no notaba la sangre, puesto que tenía la misma temperatura que la piel, pero sabía que le estaba chorreando por dentro de la camisa.

Por fin llegaron abajo y Valentin abrió la puerta de una patada y empujó a Harry para que fuera por delante, pero sin que el cuchillo perdiera el contacto con él.

Llegaron a Sporveisgata. Harry oyó las sirenas. Un hombre con gafas de sol apareció caminando hacia ellos con un perro. Pasó de largo sin dedicarles ni una mirada mientras la vara de color blanco repiqueteaba en la acera como una castañuela.

–Párate aquí –le dijo Valentin, y le indicó una señal de PROHIBIDO APARCAR a cuyo poste había encadenada una bicicleta de montaña.

Harry se colocó al lado del poste. Notó cómo se le empezaba a pegar la camisa, y el dolor que le bombeaba en el costado con un pulso propio. El cuchillo, que le presionaba la espina dorsal. Oyó el tintineo de unas llaves y el candado de una bici. Las sirenas, que se acercaban. Y de pronto, desapareció el cuchillo. Pero antes de que Harry tuviera tiempo de reaccionar y apartarse de un salto, algo le rodeó el cuello y le tiró de la cabeza hacia atrás. Se le nubló la vista cuando se le estrelló la nuca contra el poste y empezó a jadear en busca de aire. Oyó un nuevo tintineo de llaves. Luego, la presión del cuello cedió y Harry levantó la mano instintivamente y pudo meter dos dedos entre el cuello y lo que lo tenía allí sujeto. Se dio cuenta de lo que era. Mierda.

Valentin apareció delante de él en la bicicleta. Se puso las gafas de montar, le hizo el saludo con dos dedos en el casco y se fue pedaleando.

Harry vio cómo se alejaba por la calle la mochila negra. Las sirenas no podían estar a más de un par de manzanas de allí. Un ciclista pasó delante de él. Casco, mochila negra. Otro. Sin casco, pero una mochila negra. Otro. Mierda, mierda. Las sirenas sonaban como si las tuviera dentro de la cabeza cuando Harry cerró los ojos mientras pensaba en la antigua paradoja de la lógica griega de algo que se está acercando: un kilómetro, medio kilómetro, un tercio de kilómetro, un cuarto, una centésima parte…, y que si es verdad que la sucesión de los números es infinita, ese algo nunca jamás llega a su destino.

—¿Así que allí estabas, sujeto a un poste con un candado de bicicleta alrededor del cuello?

—Un poste de una puta señal de PROHIBIDO APARCAR —dijo Harry, y bajó la vista hacia el fondo de la taza de café vacía.

—Irónico —dijo Katrine.

—Tuvieron que llamar a una patrulla que trajera unos alicates bien grandes para liberarme.

Se abrió la puerta del Horno y en él irrumpió Gunnar Hagen.

—Acabo de enterarme. ¿Cómo va la cosa?

—Naturalmente, todas las patrullas están buscándolo por la zona —dijo Katrine—. Están deteniendo y comprobando la identidad de todos los ciclistas.

—A pesar de que él se ha deshecho de la bicicleta hace ya rato y de que ahora se encuentra en un taxi o en un medio de transporte público —dijo Harry—. Valentin Gjertsen será muchas cosas, pero tonto no es.

El jefe de grupo se desplomó sin resuello en una silla.

—¿Ha dejado algún rastro?

Silencio.

Gunnar Hagen miró sorprendido el muro de caras censoras.

—¿Qué pasa?

Harry carraspeó un poco.

—Estás sentado en la silla de Beate Lønn.

—¿De verdad? —Hagen se levantó de un salto.

—Se dejó la sudadera —dijo Harry—. Bjørn la ha llevado a la Científica.

—Sudor, pelo, de todo —dijo Bjørn—. En el plazo de un día o dos tendremos confirmado que Paul Stavnes y Valentin Gjertsen son la misma persona, digo yo.

—¿Alguna otra cosa en la sudadera? —preguntó Hagen.

—Ni cartera ni teléfono ni bloc de notas ni agenda con los planes de los próximos asesinatos —dijo Harry—. Solo esto.

Hagen cogió al vuelo lo que Harry acababa de lanzarle y se quedó observándolo. Una bolsita de plástico sin abrir con tres bastoncillos.

—¿Y qué iría a hacer con ellos?

—¿Matar a alguien? —sugirió Harry lacónico.

—Bueno, se supone que son para limpiarse los oídos —dijo Bjørn Holm—. Pero en realidad son para rascarse, ¿verdad? La piel se irrita, nos rascamos más todavía, aumenta la producción de cera y, de pronto, *necesitamos* los bastoncillos. Heroína para los oídos, eso es lo que son.

—O para maquillarse —dijo Harry.

—¿Ah, sí? —dijo Hagen, examinando la bolsita—. ¿Quieres decir que es uno de esos que… que se maquillan?

—Exacto. Se enmascara. Ya se ha hecho la cirugía plástica. Ståle, tú lo has visto de cerca.

—No he pensado en ello, pero puede que tengas razón.

—No hace falta mucho rímel y lápiz de ojos para conseguir ese toque diferente —dijo Katrine.

—Vale —dijo Hagen—. ¿Tenemos algo de Paul Stavnes?

—Un poco —dijo Katrine—. En el registro civil no hay ningún Paul Stavnes con la fecha de nacimiento que él le dio a Aune. A las dos únicas personas con el mismo nombre ya las hemos comprobado y están descartadas por los policías del área en cuestión. Y la pareja mayor que vive en la dirección que le dio a Aune no ha oído hablar nunca ni de Paul Stavnes ni de Valentin Gjertsen.

—Por lo general no comprobamos la información que nos dan los pacientes —dijo Aune—. Y pagaba religiosamente después de cada sesión.

—Hoteles —dijo Harry—. Pensiones, albergues. Hoy por hoy, todos guardan las listas de huéspedes en un disco duro.

—Lo miro. –Katrine giró la silla y empezó a teclear en el ordenador.

—Pero ¿esas cosas están en la red? –preguntó Hagen con tono escéptico.

—No –dijo Harry–. Pero Katrine utiliza unos motores de búsqueda que uno quisiera que no existieran.

—Vaya, ¿y por qué?

—Porque disponen de un nivel de seguridad en el que incluso los mejores cortafuegos del mundo son inútiles –dijo Bjørn Holm, y miró por encima del hombro de Katrine mientras se oía su teclear acelerado, como patas de cucaracha sobre una mesa de cristal.

—¿Cómo es eso posible? –preguntó Hagen.

—Porque se encuentran en el mismo nivel de seguridad que esos cortafuegos –dijo Bjørn–. Esos motores de búsqueda *son* cortafuegos.

—Esto tiene mala pinta –dijo Katrine–. Ni rastro de ningún Paul Stavnes.

—Pero en algún sitio tiene que vivir –dijo Hagen–. Si alquila una vivienda a nombre de Paul Stavnes, ¿puede comprobarse?

—Dudo de que sea un inquilino normal –dijo Katrine–. La mayoría de las personas que alquilan hoy en día investigan a sus inquilinos. Los buscan en Google, comprueban por lo menos la lista de morosos. Y Valentin sabe que sospecharían si no lo encontraran por ninguna parte.

—Hoteles –dijo Harry, que se había levantado y se había acercado a la pizarra, donde había escrito algo que para Hagen parecía al principio un mapa de ideas con flechas y palabras de apoyo, hasta que reconoció los nombres de las víctimas. Uno de ellos solo tenía la letra B.

—Hoteles, sí, ya lo has dicho antes, encanto –dijo Katrine.

—Tres bastoncillos –continuó Harry, se inclinó hacia Hagen y cogió la bolsita cerrada–. Esto no lo compras en una tienda. Lo tienen en el baño de un hotel, con las miniaturas de champú y crema. Katrine, prueba otra vez. Ahora, con Judas Johansen.

La búsqueda terminó en menos de quince segundos.

—Nada —dijo Katrine.

—Mierda —dijo Hagen.

—Todavía no está todo perdido —dijo Harry, que examinaba la bolsita—. Aquí no veo el nombre del fabricante, pero, por lo general, las varillas de los bastoncillos son de plástico, y estas son de madera. Deberíamos poder rastrear quién las distribuye y a qué hoteles de Oslo.

—*Hotel supplies* —dijo Katrine, y aquellos dedos de insecto empezaron a moverse otra vez.

—Tengo que largarme —dijo Ståle, y se levantó.

—Te acompaño a la salida —dijo Harry.

—No lo vais a encontrar —dijo Ståle ya delante de la Comisaría General, mientras contemplaban allá abajo el Botsparken, que aparecía bañado en una luz primaveral fría y clara.

—Querrás decir que no lo «vamos» a encontrar, ¿no?

—Puede —suspiró Ståle—. Aunque no tengo la sensación de estar contribuyendo mucho.

—¿Contribuir, dices? —preguntó Harry—. Has estado a punto de servirnos a Valentin en bandeja tú solito.

—Se escapó.

—Pero hemos descubierto su alias, nos estamos acercando. Pero ¿por qué no crees que vayamos a cogerlo?

—Tú mismo lo has visto. ¿Tú qué crees?

Harry asintió.

—Entonces, te dijo que fue a verte a ti porque tú le habías hecho una valoración psicológica con anterioridad. Y llegaste a la conclusión de que, en sentido jurídico, era responsable de sus actos, ¿no?

—Sí, pero ya sabes que se puede juzgar a personas con graves trastornos de personalidad.

—Tú buscabas esquizofrenia grave con psicosis en el momento de cometer el delito y esas cosas, ¿verdad?

—Sí.

—Pero podía ser maníaco-depresivo o psicópata. O más bien, bipolar dos o sociópata.

—En estos momentos, el término correcto es trastorno de personalidad disocial. —Ståle aceptó el cigarro que Harry le ofrecía.

Harry encendió el del doctor y el suyo.

—Vale que vaya a verte a ti aun sabiendo que trabajas para la pasma. Pero ¿que continúe incluso al enterarse de que estás involucrado en su búsqueda?

Ståle dio una calada y se encogió de hombros.

—Supongo que soy un terapeuta tan brillante que estaba dispuesto a correr ese riesgo.

—¿Otras teorías?

—Bueno. Será de los que disfrutan con la tensión, a lo mejor. Muchos asesinos en serie han buscado el contacto con los investigadores con los pretextos más variados con el fin de tener contacto con la cacería, para experimentar la sensación de triunfo al engañar a la policía.

—Valentin se quitó la camiseta a pesar de que tenía que saber que tú estabas al corriente del tatuaje. Un gran riesgo de una vez, cuando te buscan por los asesinatos que has cometido.

—¿Qué quieres decir?

—Exacto, ¿qué quiero decir?

—Quieres decir que tiene el deseo inconsciente de que lo atrapen. Que vino a mí para que lo reconociera. Y, como no lo conseguí, me ayudó inconscientemente enseñándome el tatuaje. Que no fue ninguna casualidad, que él sabía que yo vería la imagen reflejada en el cristal.

—¿Y, cuando lo consigue, emprende una huida desesperada?

—Bueno, ahí tomó el mando el consciente. Lo cual puede llevarnos a considerar los asesinatos de los policías bajo otro prisma, Harry. Los asesinatos de Valentin son acciones compulsivas a las que, inconscientemente, quiere poner fin, quiere que lo castiguen, o que lo exorcicen, que alguien le saque el demonio que lleva dentro, ¿verdad? Así que, al ver que no habíamos conseguido atraparlo por los primeros asesinatos, hace lo que tantos otros asesinos en serie, aumentan el riesgo. En su caso, empleándose con los policías que no lo atraparon la primera vez, puesto que sabe que, cuando se trata del asesinato de un policía, se utilizan todos los recursos. Y, finalmente, va y le muestra el tatuaje a una persona que trabaja en la investigación. Harry, que me aspen si no tienes razón.

—Ya, bueno, pero no sé si puedo llevarme el mérito. ¿Qué me dices de una explicación más sencilla? Valentin no es tan cuidadoso como debería porque no tiene tanto que temer como nosotros creemos.

—No te entiendo, Harry.

Harry dio una calada al cigarro. Dejó escapar el humo por la boca al mismo tiempo que lo aspiraba por la nariz. Era un truco que había aprendido de un alemán blanco como la leche que tocaba el didyeridú en Hong Kong: *Exhale and inhale at the same fucking time, mate, and you can smoke your cigarettes twice.*

—Vete a casa a descansar —dijo Harry—. Ha sido un mal trago.

—Gracias, pero, oye, recuerda que aquí el psicólogo soy yo, Harry.

—¿Con asesinos que te amenazan con un cuchillo afiladísimo en la garganta? *Sorry,* doctor, pero no vas a librarte de eso racionalizándolo sin más. Las pesadillas harán cola, créeme, yo he pasado por lo mismo. Así que trátalo con un colega. Y es una orden.

—¿Una orden? —Un leve movimiento en la cara de Ståle indicó el amago de una sonrisa—. ¿Es que ahora eres el jefe, Harry?

—¿Es que lo dudabas? —Harry rebuscó en el bolsillo. Sacó el teléfono—. ¿Sí? —Dejó caer al suelo el cigarro a medio fumar—. ¿Me lo tendrás listo? Han encontrado algo.

Ståle Aune se quedó mirando a Harry mientras este entraba por la puerta y se alejaba. Luego observó el cigarro que seguía humeante en el asfalto. Le puso encima el zapato cuidadosamente. Aumentó la presión. Lo giró un poco a un lado y a otro. Notó cómo aplastaba el cigarro bajo la fina suela de material. Notó cómo lo invadía la rabia. Giró más, aplastó contra el asfalto el filtro, el papel y los restos de tabaco, más blandos. Tiró también su cigarro, repitió los movimientos. Le resultaba placentero y doloroso al mismo tiempo. Sentía deseos de gritar, de golpear, de reír, de llorar. Había saboreado cada matiz de aquel cigarrillo. Estaba vivo. Estaba vivo y coleando.

—El hotel Casbah, en la calle Gange-Rolv —dijo Katrine antes de que Harry hubiera cerrado la puerta al entrar—. Es un hotel que usan sobre todo las embajadas para alojar a sus empleados mientras les encuentran una vivienda. Habitaciones relativamente baratas, no muy grandes.

—¿Por qué ese hotel precisamente?

—Es el único hotel donde han comprado esos bastoncillos y que se encuentra en el lado que nos interesa en relación con el tranvía número 12 —dijo Bjørn—. Los he llamado por teléfono. No tienen a ningún Stavnes, ni Gjertsen ni Johansen en el registro de huéspedes, pero les he enviado por fax el retrato fantasmagórico de Beate.

—¿Y?

—El recepcionista dice que tienen a un inquilino que se parece, un tal Savitski, que ha declarado que trabaja en la embajada de Bielorrusia. Solía ir al trabajo con traje, pero ahora ha empezado a ir en chándal. Y en bicicleta.

Harry ya tenía el auricular en la mano.

—¿Hagen? Necesitamos a los Delta. Y los necesitamos ya.

33

—Así que eso quieres que haga, ¿no? —dijo Truls mientras le daba vueltas al vaso de cerveza que tenía en la mano. Estaban en el Kampen Bistro. Mikael le había dicho que era un buen sitio para comer. Que era moderno para los parámetros de la zona este, frecuentado por la gente *que cuenta,* la que tiene más capital cultural que dinero, la gente de moda, con unos ingresos anuales lo bastante bajos como para poder mantener el estilo de vida estudiantil sin parecer patéticos.

Truls llevaba toda su vida viviendo en la zona este y no había oído hablar de aquel sitio jamás.

—¿Y por qué iba a hacer tal cosa?

—La suspensión —dijo Mikael, y se sirvió en el vaso el resto del agua mineral—. Haré que la retiren.

—¿Ah, sí? —Truls miraba a Mikael suspicaz.

—Sí.

Truls tomó un trago. Se pasó el reverso de la mano por la boca, a pesar de que hacía rato que ya no había espuma. Se tomó su tiempo.

—Y si es tan sencillo, ¿por qué no lo has hecho antes?

Mikael cerró los ojos, suspiró.

—Porque no es tan sencillo, pero quiero hacerlo de todos modos.

—¿Porque…?

—Porque si no me ayudas, estoy perdido.

Truls soltó una risita.

—Es curioso lo rápido que pueden dar un giro las cosas, ¿verdad, Mikael?

Mikael Bellman miró alrededor. El establecimiento estaba lleno, pero lo había elegido porque no era un lugar que frecuentaran los policías, y no podía dejarse ver en compañía de Truls. Y tenía la sensación de que Truls lo sabía. ¿Y qué?

—¿Qué me dices? Puedo recurrir a otros.

Truls rompió a reír.

—¡Y una mierda!

Mikael volvió a mirar alrededor. No quería mandar callar a Truls, pero… Antes podía predecir prácticamente cómo podía reaccionar Truls, habría podido manipularlo y llevarlo a donde él quería. Se había producido en él una transformación, ahora detectaba algo oscuro, ominoso e impredecible en su amigo de la infancia.

—Necesito una respuesta. Hay prisa.

—De acuerdo —dijo Truls, y apuró el vaso—. Lo de la suspensión está bien. Pero necesito una cosa más.

—¿El qué?

—Un par de bragas usadas de Ulla.

Mikael se quedó atónito mirando a Truls. ¿Estaría borracho? ¿O habría estado siempre presente aquella ira que se apreciaba en el brillo de sus ojos?

Truls se echó a reír más alto aún, dejó el vaso en la mesa de golpe. Algunos de «los que cuentan» se volvieron hacia ellos.

—Yo… —comenzó Mikael—. Voy a ver qué…

—¡Estaba de broma, hombre!

Mikael se rió.

—Sí, yo también. ¿Quieres decir que sí…?

—Qué coño, ¿somos amigos de toda la vida o no?

—Por supuesto que sí. No te imaginas cuánto te lo agradezco, Truls. —Mikael se esforzaba por sonreír.

Truls alargó una mano por encima de la mesa. La dejó caer con fuerza sobre el hombro de Mikael.

—Sí, claro que lo sé.

Con *demasiada* fuerza, en opinión de Mikael.

No se hizo ningún reconocimiento, ningún estudio de los planos de los pasillos, las salidas y las posibles vías de escape, ni se cercó el lugar con coches patrulla que cerraran el paso. El minibús Geländewagen del grupo Delta hizo su entrada. Tras un breve reparto de tareas, mientras Sivert Falkeid rugía sus órdenes y los hombres, fuertemente armados, mantenían la boca cerrada en la parte trasera del vehículo, lo que significaba que lo habían entendido.

Era una cuestión de tiempo, y el mejor plan del mundo quedaría inutilizado si el pájaro ya había volado.

Sentado al fondo del minibús, Harry escuchaba consciente de que tampoco era que tuvieran el segundo mejor plan del mundo, ni el tercero mejor.

Lo primero que Falkeid le preguntó a Harry fue si creía que Valentin estaría armado. Harry le respondió que había utilizado armas de fuego en el asesinato de René Kalsnes. Y que, además, creía que a Beate Lønn la había amenazado con un arma.

Observó a los hombres que tenía enfrente. Policías que se habían ofrecido voluntarios para participar en operaciones de asalto. Sabía que cobraban un plus, que no era mucho. Y también sabía lo que los contribuyentes pensaban que podían exigirle a cualquier integrante del grupo Delta, que era demasiado. Cuántas veces no habría oído a la gente, con los resultados en la mano, criticar al grupo Delta por no exponerse más al peligro, por no tener algo así como un sexto sentido que les dijera exactamente qué había detrás de una puerta cerrada, en un avión secuestrado, en una orilla cubierta de bosque, y por no lanzarse de cabeza sin más. Para un hombre del grupo Delta, con una media de cuatro asaltos a lo largo de un año, o lo que es lo mismo, unas cien de esas misiones a lo largo de una carrera de veinticinco años, sería como pedir que se dejara matar en el trabajo. Pero lo más importante de todo: que te mataran en una misión era la forma más segura de conseguir que dicha misión se fuera a la mierda, y de poner en peligro al resto del grupo.

—Solo hay un ascensor —gritó Falkeid—. Dos y tres, es vuestro. Cuatro, cinco y seis os vais por la escalera principal. Hole, tú y yo cubrimos el área exterior, por si saliera por alguna de las ventanas.

—Yo no voy armado —dijo Harry.

—Toma —dijo Falkeid, y le pasó hacia atrás una Glock 17.

Harry la cogió, sintió el peso macizo, el equilibrio.

Nunca había entendido a los frikis de las armas, igual que tampoco entendía a los frikis de los coches o a la gente que construía la casa a medida de su equipo de música de alta fidelidad. Pero nunca había sentido aversión por sostener un arma. Hasta el año anterior. Harry pensó en la última vez que tuvo un arma en las manos. En la Odessa que tenía en el armario. Desechó la idea.

—Hemos llegado —dijo Falkeid. Se detuvieron en una calle con mucho tráfico, delante de la verja de un edificio de piedra de cuatro plantas que parecía una casa señorial y que, para variar, se parecía a los demás edificios de la zona. Harry sabía que en una parte de ellos vivían antiguas fortunas, en otros, fortunas recientes que querían parecer antiguas, mientras que otros eran sedes de embajadas, residencias de embajadores, agencias de publicidad, discográficas y pequeñas navieras. Solo una discreta placa de latón en la verja les indicó que habían llegado al sitio que buscaban.

Falkeid sostuvo el reloj en alto.

—Comunicación por radio —dijo.

Los Delta dijeron en orden su número, el mismo que llevaban grabado en blanco en la parte delantera del casco. Se bajaron el pasamontañas. Tensaron las correas del subfusil MP5.

—Cuenta atrás desde cinco y entramos. Cinco, cuatro…

Harry no estaba seguro de si era su adrenalina o la de los demás, pero tenía un olor y un sabor muy evidente, amargo, salado, como cuando se dispara una pistola de petardos.

La puerta se abrió y Harry observó el muro de espaldas negras que cruzaba la verja corriendo y los diez metros que los separaban de la entrada, por donde desaparecieron.

Él entró detrás, se ajustó el chaleco antibalas. Debajo, la piel ya estaba empapada de sudor. Falkeid dejó el asiento del copiloto después de haber quitado las llaves. Harry recordaba vagamente un episodio en el que el objetivo de una detención relámpago consiguió escapar en un coche de policía que tenía las llaves puestas. Harry le dio la Glock a Falkeid.

—Es que no estoy autorizado a disparar.

—Ahora mismo te expido un permiso transitorio —dijo Falkeid—. Forzado por las circunstancias. Artículo no sé qué del reglamento policial. Supongo.

Harry le quitó el seguro a la pistola y echó a andar por el camino de grava cuando un joven con el cuello arqueado de un pelícano salía corriendo del edificio. El bocado de Adán le subía y le bajaba por el cuello como si fuera algo que acabara de comer. Harry vio que el nombre que se leía en la tarjeta que llevaba en el cuello de la americana negra coincidía con el del recepcionista con el que había hablado por teléfono.

El joven no había podido decirles si el huésped se encontraba en su habitación o en algún otro lugar del hotel, pero se ofreció a comprobarlo. Algo que Harry le ordenó expresamente que no hiciera; le dijo que siguiera simplemente con sus tareas como si nada, porque así nadie saldría herido, ni él mismo ni ninguna otra persona. Se ve que el espectáculo de aquellos siete hombres vestidos de negro armados hasta los dientes le dificultó el cumplimiento de la parte que decía que hiciera «como si nada».

—Les he dado la llave maestra —dijo el recepcionista con un marcado acento de algún país del este de Europa—. Me han dicho que saliera y…

—Ponte detrás de nuestro coche —le susurró Falkeid, y señaló hacia atrás con el pulgar por encima del hombro. Harry los dejó, avanzó pistola en ristre, continuó rodeando la casa hasta la parte trasera, donde un jardín umbrío con un huerto de manzanos se extendía hasta la valla del edificio colindante. Un hombre mayor que estaba sentado en la terraza leyendo el *Daily Telegraph* bajó el periódico y lo miró por encima de las gafas. Harry señaló las letras amarillas que formaban la palabra POLICÍA en la parte delantera del chaleco antibalas, se llevó el índice a los labios, registró la señal de que el hombre había entendido y se concentró en las ventanas del cuarto piso. El recepcionista les había señalado dónde estaba la habitación con el supuesto bielorruso, y les explicó que un único pasillo conducía hasta allí, que era un callejón sin salida, y que la ventana de la habitación daba a la parte trasera.

Harry se colocó bien el auricular, esperó.

Al cabo de unos segundos, lo oyó. El ruido sordo y contenido de una granada aturdidora seguida del tintineo de los cristales al caer.

Harry sabía que el único efecto de la presión del aire sería que quienes estuvieran en la habitación perdieran momentáneamente el oído. Pero el estallido, combinado con el destello y el asalto repentino, paralizaba incluso a objetivos bien entrenados al menos los tres primeros segundos. Y esos tres segundos eran lo único que necesitaban los Delta.

Harry aguardó. De pronto oyó una voz discreta en el auricular. Con las palabras esperadas.

−La habitación 406 está despejada. Aquí no hay nadie.

Pero la continuación hizo que Harry soltara un taco en voz alta:

−Se ve que ha estado aquí, y se ha llevado sus cosas.

Cuando se presentaron Katrine y Bjørn, Harry estaba con los brazos cruzados en el pasillo, delante de la habitación 406.

−¿En el larguero? −preguntó Katrine.

−Y a puerta vacía −dijo Harry, y meneó la cabeza con expresión resignada.

Todos fueron tras él hasta la habitación.

−Se vino aquí directamente, lo recogió todo y se largó.

−¿Todo? −preguntó Bjørn.

−Todo menos dos bastoncillos y dos billetes de tranvía que hemos encontrado en la papelera. Más los restos de la entrada de un partido de fútbol que tengo la vaga idea de que ganamos.

−¿Ganamos *nosotros*? −preguntó Bjørn, y echó un vistazo a aquella habitación de hotel, estándar en todos los sentidos−. ¿Te refieres al equipo de Vålerenga?

—La selección nacional. Contra Eslovenia, según la entrada.

—Ganamos —dijo Bjørn—. Riise marcó un gol en el descuento.

—No estáis bien de la cabeza, mira que recordar ese tipo de cosas… —dijo Katrine meneando la cabeza—. Yo ni siquiera recuerdo si Brann ganó la liga o si bajó de división el año pasado.

—Yo no soy de esos —dijo Bjørn—. Lo recuerdo solamente porque me llamaron para trabajar cuando todavía iban empatados y Riise…

—Te habrías acordado de todos modos, Rain Man. Tú…

—¡Eh! —Todos se volvieron hacia Harry, que estaba observando la entrada—. ¿Te acuerdas también de para qué era?

—¿El qué?

—Para qué te llamaron.

Bjørn Holm se rascó las patillas.

—Vamos, era por la tarde, a última hora…

—No tienes que responder —dijo Harry—. Era el asesinato de Erlend Vennesla, en Maridalen.

—¿Seguro?

—Fue la misma tarde que la selección jugó en Ullevaal Stadion. La fecha está aquí. A las siete.

—Vaya —dijo Katrine.

Bjørn Holm puso cara de sufrimiento.

—No me digas eso, Harry. Por favor, no me digas que Valentin Gjertsen estuvo en ese partido. Si estuvo allí…

—… no puede ser el asesino —continuó Katrine—. Y nosotros lo que queremos por encima de todo es que lo sea, Harry. Así, venga, dinos algo alentador de verdad.

—De acuerdo —dijo Harry—. ¿Por qué no estaba la entrada en la papelera, junto con los bastoncillos y los billetes de tranvía? ¿Por qué la ha plantado encima de la mesa, cuando ha quitado de en medio todo lo demás? ¿Y la ha dejado ahí para que la encontremos?

—Nos ha colocado una coartada —dijo Katrine.

—Nos la ha dejado ahí para que nos quedemos como estamos ahora mismo —dijo Harry—. Dudando, sin saber qué hacer. Pero esto es solo parte de la entrada, no demuestra que estuviera allí. Al contrario, llama la atención que no solo estuviera en un partido de fútbol, en un lugar donde nadie puede recordar a una persona en concreto, sino que además, por alguna razón inexplicable, guardó la entrada.

—Las entradas tienen números de serie —dijo Katrine—. Puede que quienes estaban sentados a su lado y justo detrás recuerden a quien ocupaba ese asiento. O si el asiento estaba vacío. Puedo buscarlo, puede que encuentre…

—Desde luego que sí, adelante —dijo Harry—. Pero ya hemos comprobado en otras ocasiones supuestas coartadas en el teatro o el cine. Y resulta que, cuando han pasado tres o cuatro días, uno ya no recuerda nada del extraño que tenía al lado.

—Tienes razón —dijo Katrine resignada.

—Un partido internacional —dijo Bjørn.

—¿Y qué? —dijo Harry antes de entrar en el cuarto de baño, y a punto de desabrocharse.

—Los partidos internacionales se rigen por unas normas que establece la Federación Internacional de Fútbol —dijo Bjørn—. Hinchas.

—¡Claro! —gritó Harry desde detrás de la puerta—. Estupendo, Bjørn. —Y cerró la puerta de golpe.

—¡Qué bien, sí! —exclamó Katrine—. ¿Se puede saber de qué estáis hablando?

—Cámaras —dijo Bjørn—. La FIFA exige que el organizador filme al público por si hay incidentes durante el partido. Es una norma que se implantó durante la oleada de *hooliganismo* de los noventa, para que la policía pudiera identificar a los alborotadores y se los pudiera condenar. Sencillamente, van filmando las gradas durante todo el partido con tal alta resolución que todas las caras pueden ampliarse e identificarse. Y tenemos la sección, la fila y el número de asiento que ocupaba Valentin.

—¡Que *no* ocupaba! —gritó Katrine—. Simplemente *no puede* aparecer en esa imagen, ¿comprendes? O tendremos que partir de cero.

—Claro que cabe la posibilidad de que hayan borrado las imágenes —dijo Bjørn—. No hubo ningún altercado durante ese partido, y lo más seguro es que la directiva de archivo de datos establezca cuánto tiempo les está permitido tenerlos almacenados…

—Si las grabaciones se guardan en un ordenador, hace falta algo más que pulsar la tecla de «Delete» para que desparezcan del disco duro.

—La directiva de archivo de datos…

—Borrar de forma permanente un archivo de un ordenador es como tratar de eliminar una mierda de perro de la suela de una zapatilla de deporte. ¿Cómo crees que encontramos la pornografía infantil en los ordenadores que los pederastas nos dejan mirar voluntariamente, porque están seguros de que no ha quedado ni rastro? Créeme, si Valentin Gjertsen estuvo en Ullevaal aquella tarde, lo encontraré. ¿Cuál era la hora estimada de la muerte de Vennesla?

Oyeron el agua de la cisterna.

—Entre las siete y las siete y media —dijo Bjørn—. En otras palabras, justo al principio del partido, después de que Henriksen empatara. Vennesla tuvo que oír los gritos de júbilo desde Maridalen. No queda lejos de Ullevaal.

En ese momento se abrió la puerta del cuarto de baño.

—Lo que significa que no pudo irse directamente al partido después del asesinato en Maridalen —dijo Harry mientras se abrochaba el último botón—. Una vez en Ullevaal, puede que hiciera algo para asegurarse de que quienes lo vieran no lo olvidaran. La coartada.

—O sea que Valentin *no estuvo* en el partido —dijo Katrine—. Pero por si estuvo, pienso ver ese vídeo de principio a fin y controlar con el cronómetro si levanta el culo del asiento un milímetro siquiera. La coartada, y una mierda.

Reinaba la calma entre aquellos chalets tan grandes.

La calma que precede a la tormenta de Volvos y Audis que vuelven a casa del trabajo en AS Norge, pensó Truls.

Truls Berntsen llamó al timbre y echó un vistazo alrededor.

Un jardín bien organizado. Cuidado. Cosas a las que uno tenía tiempo de dedicarse cuando se jubilaba como jefe provincial.

Se abrió la puerta. Se lo veía mayor. Tenía la misma mirada azul despierta de siempre, pero la piel del cuello aparecía algo más flácida y no se mantenía tan erguido como siempre. En otras palabras, no era tan impresionante como Truls lo recordaba. Tal vez fuera por la ropa cómoda y desgastada que llevaba para estar en casa, simplemente; tal vez nos volvamos así cuando el trabajo no nos mantiene alerta.

—Berentzen, de OrgKrim. —Truls le enseñó tranquilamente la identificación, a sabiendas de que si aquel hombre entrado en años conseguía leer Berntsen, creería que eso era lo que había oído. Una mentira con posibilidad de retirada. Pero el jefe provincial asintió sin mirarla siquiera—. Yo creo que te he visto antes, sí. ¿En qué puedo ayudarte, Berentzen?

No hizo amago de invitarlo a pasar, y a Truls le parecía estupendo. Nadie los veía, y apenas había ruido de fondo.

—Se trata de vuestro hijo, Sondre.

—¿Qué le pasa?

—Tenemos en marcha una operación para atrapar a algunos de los chulos albanos que trabajan en el mercado de la prostitución, y con motivo de esa operación hemos estado vigilando el tráfico y tomando algunas fotografías de Kvadraturen. Hemos identificado algunos de los coches que han recogido a prostitutas y hemos pensado llamar a los propietarios para interrogarlos. Queremos ofrecerles reducción de condena a cambio de que nos permitan utilizar lo que nos digan contra los proxenetas. Y uno de los coches que hemos fotografiado está registrado a nombre de tu hijo.

El jefe provincial enarcó unas cejas pobladas e indómitas.

—¿Qué es lo que estás diciendo? ¿Sondre? Totalmente descartado.

—Sí, eso mismo pienso yo. Pero quería pedirte opinión. Si a ti parece que es un malentendido y que la mujer a la que recogió en la calle ni siquiera es una prostituta, destruimos la fotografía.

—Sondre está felizmente casado. Lo eduqué yo, sabe la diferencia entre lo que está bien y lo que no, créeme.

—Por supuesto, solo quería cerciorarme de que tú también piensas así.

—Pero, por Dios, ¿por qué iba él a comprar... —El hombre que

Truls tenía delante puso cara de haberse comido una uva podrida– servicios sexuales en la calle? El riesgo de contagios. Los niños. Qué va.

–Pues entonces parece que estamos de acuerdo en que no tiene ningún sentido seguir adelante con esto. Aunque tenemos razones para sospechar que la mujer en cuestión es una prostituta, pudo ser otra persona y no su hijo quien conducía, del conductor no tenemos fotos.

–Entonces ni siquiera tenéis caso. En fin, yo creo que lo que tenéis que hacer es olvidarlo.

–Gracias, haremos lo que dices.

El jefe provincial asintió despacio mientras examinaba a Truls con más atención.

–Berentzen, de OrgKrim, ¿verdad?

–Correcto.

–Gracias, Berentzen. Hacéis un buen trabajo.

Truls sonrió abiertamente.

–Hacemos lo que podemos. Que te vaya bien. Que tengas un buen día.

–Repítelo, ¿qué es lo que has dicho? –dijo Katrine sin apartar la vista de la pantalla negra que tenía delante. Era media tarde en el mundo, fuera del Horno, donde el aire estaba cargado por la condensación de seres humanos.

–He dicho que la directiva de almacenamiento de datos seguramente ha obligado a retirar las fotos del público que había en las gradas –dijo Bjørn–. Y como ves, yo tenía razón.

–¿Y qué he dicho *yo*?

–Tú has dicho que los archivos son como una mierda de perro en la suela de una zapatilla –dijo Harry–. Imposibles de eliminar.

–Yo no he dicho *imposibles* –dijo Katrine.

Los cuatro policías allí presentes se habían sentado muy juntos alrededor del ordenador de Katrine. Cuando Harry llamó a Ståle y le pidió que se reuniera con ellos, se sentía sobre todo aliviado.

—He dicho que era difícil —dijo Katrine—. Pero, por lo general, existe una copia especular de ellos en alguna parte. Una copia que un chico habilidoso con la informática puede encontrar.

—O una chica —apostilló Ståle.

—Pues no —dijo Katrine—. Las mujeres no saben aparcar en línea, no recuerdan los resultados de los partidos de fútbol y no son capaces de aprender el truco definitivo de los ordenadores. Para eso tienes que contar con uno de esos tíos raros que llevan camisetas de grupos de música y que no tienen vida sexual, y así han sido las cosas desde la Edad de Piedra.

—O sea, que no puedes…

—Ya he tratado de explicaros en varias ocasiones que yo no soy ninguna experta en informática, Ståle. Mis motores de búsqueda revisaron todo el sistema de archivos de la Federación Noruega de Fútbol, pero habían borrado todos los archivos de vídeo. Y a partir de ahí, sintiéndolo mucho, soy inútil.

—Habríamos podido ahorrar algo de tiempo si hubiéramos escuchado mis palabras —dijo Bjørn—. Bueno, ¿y qué hacemos ahora?

—Bueno, no quiero decir que sea inútil para todo en general —dijo Katrine, aún mirando a Ståle—. De hecho, vengo equipada con un par de cualidades bastante buenas, en comparación. Como por ejemplo encanto femenino, persistencia nada femenina y ni un gramo de vergüenza. Y eso vale para agenciarse unas cuantas ventajas en el país de los frikis. O sea, aquello que, en su momento, me facilitó el acceso a esos motores de búsqueda, me ha agenciado ahora la buena voluntad de un informático indio cuyo nombre artístico es Side Cut. Y hace una hora he llamado a Hyderabad y lo he puesto a buscar.

—¿Y?

—Y el vídeo está —dijo Katrine, y pulsó el botón de retroceso.

La pantalla se iluminó.

Todos se quedaron mirando.

—Es él —dijo Ståle—. Se lo ve muy solo.

Valentin Gjertsen, alias Paul Stavnes, estaba allí, sentado, con los brazos cruzados. Seguía el partido sin implicarse mucho.

—Joder —dijo Bjørn en voz baja.

Harry le pidió a Katrine que pasara el vídeo un poco hacia delante.

Ella pulsó un botón y la gente que había alrededor de Valentin Gjertsen empezó a hacer movimientos extraños, entrecortados, mientras que el reloj y el contador de la esquina inferior derecha avanzaban a toda velocidad. Valentin Gjertsen era el único que seguía inmóvil, como una estatua muerta en medio de aquella vida en ebullición.

—Más rápido —dijo Harry.

Katrine pulsó otra vez el botón y esas mismas personas empezaron a moverse más rápido todavía, se inclinaban adelante y atrás, se levantaban, alzaban los brazos en el aire, desaparecían, volvían con un perrito o un café en la mano. Y entonces, varios de los asientos de color azul aparecieron en la pantalla.

—Empate a uno y pausa —dijo Bjørn.

Las gradas se llenaron de nuevo. Más movimiento aún entre el público. El reloj de la esquina avanzaba a toda velocidad. Movimientos de cabeza y frustración manifiesta. Y de repente, arriba los brazos. En unos segundos, la imagen parecía haberse congelado. Luego, la gente volvió a levantarse de los asientos, gritaba, saltaba, se abrazaban unos a otros. Todos, menos uno.

—Riise de penalti en el descuento —dijo Bjørn.

Y se acabó.

La gente fue abandonando sus asientos. Valentin siguió sentado hasta que todos se hubieron ido. Entonces se levantó rápidamente y desapareció.

—Será que no le gusta hacer cola —dijo Bjørn. La pantalla se puso negra otra vez.

—Ajá —dijo Harry—. ¿Qué es lo que hemos visto?

—Hemos visto a mi paciente en un partido de fútbol —dijo Ståle—. Más bien diré mi antiguo paciente, a menos que se presente a la próxima sesión de terapia. En todo caso, es obvio que fue un partido muy entretenido para todos menos para él. Dado que conozco bien su lenguaje gestual, puedo decir con un alto grado de seguridad que aquello no le interesaba. Lo que, naturalmente, justifica la pregunta: ¿por qué, entonces, ir a ver el partido?

—Además, ni comió ni bebió ni fue a los servicios en todo el partido —dijo Katrine—. Se quedó allí sentado como una estatua de sal. Qué raro, ¿no? Como si supiera que íbamos a comprobar esta grabación y no quisiera darnos ni un hueco de diez segundos en la puta coartada que se ha buscado.

—Si por lo menos hubiera hecho alguna llamada… —dijo Bjørn—. Entonces habríamos podido ampliar la imagen y ver el número que marcaba. O la hora que era en el momento de llamar, para contrastarla con la hora de la llamada en las estaciones base que cubren Ullevaal Stadion y…

—No hizo ninguna llamada —dijo Harry.

—Pero si…

—Pero no llamó, Bjørn. Y, con independencia de los motivos que Valentin Gjertsen tuviera para ver un partido de fútbol en el Ullevaal Stadion, el hecho es que estaba allí cuando asesinaron a Erlend Vennesla en Maridalen. Y el otro hecho… —Harry miró por encima de sus cabezas, a la pared de piedra desnuda y blanca— es que hemos vuelto a la casilla de salida.

34

Aurora estaba sentada en el columpio viendo cómo el sol se filtraba por entre las hojas del peral. O por lo menos eso se empeñaba en decir su padre, que era un peral, aunque nadie había visto nunca una pera en sus ramas. Aurora tenía doce años y era demasiado pequeña para acordarse y demasiado mayor para creerse todo lo que decía su padre.

Había vuelto a casa del colegio, había hecho los deberes y salió al jardín mientras su madre iba un momento a la compra. Su padre no cenaría en casa, había empezado a trabajar hasta muy tarde otra vez. A pesar de que les había prometido a ella y a su madre que, a partir de ahora, volvería a casa para cenar, como otros papás, que no trabajaría por las noches para la policía, que se dedicaría a la terapia psicológica en la consulta y luego volvería a casa. Pero ahora resultaba que había empezado a trabajar otra vez para la policía de todos modos. Ni su madre ni su padre habían querido decirle de qué se trataba.

Encontró la canción que estaba buscando en el iPod, Rihanna, que decía que quien la quisiera que fuera a buscarla. Aurora estiró aquellas piernas largas para darse impulso. Aquel año le habían crecido tanto que tenía que flexionarlas o estirarlas por completo para no dar con ellas en el suelo, debajo del columpio. Pronto sería tan alta como su madre. Echó la cabeza hacia atrás, notó el peso del pelo largo y abundante que le producía una tensión agradable en el cuero cabelludo, cerró los ojos al sol, que brillaba allá arriba por encima de los árboles y de la cuerda del columpio, oía cantar a Rihanna, oía el leve crujido de las ramas cada vez que el columpio estaba en el punto más bajo. Y oyó otro ruido también, la verja, que se abría, y unos pasos en la grava.

—¿Mamá? —dijo en voz alta. No quería abrir los ojos, quería seguir mirando al sol y sentir en la cara aquel calor tan agradable. Pero nadie respondió, y entonces cayó en la cuenta de que no había oído llegar el coche, el zumbido acelerado y ronroneante que producía el coche azul de su madre, que parecía una caseta de perro.

Entonces clavó los talones en el suelo, frenó el columpio hasta que se paró, aún con los ojos cerrados, resistiéndose a salir de aquella agradable burbuja de música, sol y ensoñaciones.

Notó que sobre ella se extendía una sombra y enseguida sintió frío, como cuando una nube tapa el sol en un día gélido. Abrió los ojos y vio a un ser que se alzaba por encima de ella, solo veía una silueta recortada contra el cielo, con un halo alrededor de la cabeza justo en el sitio donde estaba el sol. Y, por unos instantes, no hizo otra cosa que parpadear, desconcertada ante la idea que acababa de pasársele por la cabeza.

Que Jesús había vuelto. Que estaba aquí, ahora mismo. Lo que significaba que sus padres estaban equivocados, que Dios sí existía y que existía el perdón de todos los pecados.

—Hola, niña —dijo la voz—. ¿Cómo te llamas?

Como fuera, pero Jesús hablaba noruego.

—Aurora —dijo ella, y guiñó un ojo para poder verle mejor la cara. Ni barba ni pelo largo, desde luego.

—¿Está tu padre en casa?

—Está trabajando.

—Vaya. Entonces, estás sola en casa, ¿verdad, Aurora?

Aurora iba a contestar, pero algo se lo impidió, no sabía muy bien qué.

—¿Quién eres? —preguntó la niña.

—Alguien que necesita hablar con tu padre, pero tú y yo podemos hablar. Dado que los dos estamos solos, ¿no?

Aurora no respondió.

–¿Qué música estás escuchando? –dijo el hombre, y señaló el iPod.

–Rihanna –dijo Aurora, y echó un poco el columpio hacia atrás. No para quedar fuera de la sombra del hombre, sino para poder verlo un poco mejor.

–Ajá –dijo el hombre–. Yo tengo varios discos suyos en casa. A lo mejor te gustaría que te diera alguno, ¿no?

–Las canciones que no tengo las escucho en Spotify –dijo Aurora, y pensó que el hombre tenía un aspecto bastante normal, o por lo menos no se parecía en nada a Jesús.

–Ah, sí, Spotify –dijo el hombre, y se sentó en cuclillas de modo que quedaba no ya a la misma altura que ella, sino por debajo. Mucho mejor así–. Así puedes escuchar toda la música que quieras.

–Casi –dijo Aurora–. Pero yo solo tengo la versión gratuita, y entonces te ponen anuncios entre una canción y otra.

–Ya, y a ti eso no te gusta, ¿no?

–No me gusta que hablen, estropea el ambiente.

–¿Sabías que hay discos en los que hablan y que eso es precisamente lo mejor del disco?

–No –dijo Aurora, y ladeó la cabeza. Se preguntaba por qué hablaría aquel hombre con un tono de voz tan suave; la verdad, no sonaba como si fuera su voz. Era el mismo tono de voz al que recurría su amiga Emilie cuando iba a pedirle un favor, que le prestara su ropa favorita o algo que a Aurora no le apetecía nada porque era un rollo.

–Pues tienes que escuchar algún disco de Pink Floyd.

–¿Quién es?

El hombre miró alrededor.

–Podemos ir al ordenador y te lo enseño mientras esperamos a tu padre.

–Puedes deletreármelo, no se me va a olvidar.

–Es mejor que te lo enseñe. Y así me das un vaso de agua.

Aurora se lo quedó mirando. Ahora que estaba más bajo que ella, volvía a darle el sol en la cara, pero ya no la caldeaba. Curioso. Se echó hacia atrás en el columpio. El hombre sonrió. Ella vio que algo le brillaba entre los dientes, como la punta de la lengua, que estaba allí y que desapareció de pronto.

—Vamos —dijo, y se puso de pie, cogió la cuerda de un lado del columpio, a la altura de la cabeza.

Aurora se bajó deslizándose y se escabulló por debajo del brazo. Echó a andar hacia la casa. Oía sus pasos detrás. Su voz.

—Te va a gustar, Aurora, te lo aseguro.

Suave como el pastor ante los confirmandos. Eso decía siempre su padre. ¿Y si era Jesús, después de todo? Pero fuera o no fuera Jesús, ella no quería que entrara en la casa. Y, a pesar de todo, siguió andando. Porque, ¿qué iba a decirle a su padre? ¿Que se había negado a darle agua a un conocido suyo? No, claro, eso no lo podía hacer. Empezó a andar más despacio con la idea de darse algo de tiempo para pensar, para que se le ocurriera una excusa y que el hombre no tuviera que entrar en casa. Pero no se le ocurría nada. Y, como caminaba cada vez más despacio, él estaba cada vez más cerca, y Aurora podía oírlo respirar. Trabajosamente, como si se hubiera quedado sin aliento con los pocos pasos que habían dado desde el columpio. Y de la boca del hombre salía un olor extraño que le recordaba a quitaesmalte de uñas.

Cinco pasos hasta la escalera. Una excusa. Dos pasos. La escalera. Venga. No. Ya estaban delante de la puerta.

Aurora tragó saliva.

—Creo que está cerrada con llave —dijo—. Tendremos que esperar fuera.

—¿No me digas? —dijo el hombre, y miró a su alrededor, como buscando al padre de Aurora por allí, detrás de los arbustos. O a los vecinos. Notó el calor de su brazo cuando lo alargó para ponérselo encima del hombro, agarró el picaporte, lo bajó. Abrió.

—Vaya —dijo, y empezó a respirar más rápido todavía, y se le oyó en la voz algo así como un temblor mínimo—: Qué suerte que hemos tenido.

Aurora se volvió hacia la puerta abierta. Se quedó con la vista clavada en la penumbra de la entrada. Solo un vaso de agua. Y aquella música de voces que a ella no le interesaban. Se oía de fondo el ruido de un cortacésped. Chillón, agresivo, agobiante. Cruzó el umbral.

—Tengo que… comenzó, se paró en seco y, en ese momento, notó la mano del hombre en el hombro, como si se le metiera dentro del cuerpo. Notó el calor de su piel allí donde terminaba el escote y empezaba la suya. Notó que su corazoncito empezaba a latir más rápido. Oyó otro cortacésped. Que no era un cortacésped, sino el zumbido acelerado y ronroneante del motor de un coche pequeño.

—¡Mamá! —gritó Aurora, y se zafó de la mano del hombre, agachó la cabeza para salir, bajó de un salto los cuatro escalones, aterrizó en la grava y salió corriendo. Y gritó mirando atrás por encima del hombro:

—¡Tengo que ayudarle con la compra!

Echó a correr hacia la verja, prestó atención por si oía pasos a su espalda, pero el ruido de sus zapatillas de deporte al pisar la arena era casi ensordecedor. Y llegó a la verja, la abrió de un tirón y vio a su madre apearse del coche azul, delante del garaje.

—¡Hola, hija! —dijo la madre, y la miró con una sonrisa de extrañeza—. ¡Menuda carrera!

—Mamá, ha venido un hombre que pregunta por papá —dijo Aurora, y se dio cuenta de que el sendero de grava era más largo de lo que creía. O, por lo menos, ella estaba sin aliento después de recorrerlo—. Está en la escalera.

—¿Ah, sí? —dijo la madre, y le dio una de las bolsas que había dejado en el asiento trasero. Cerró la puerta y cruzó la verja junto con su hija.

La escalera estaba vacía, pero la puerta de la casa seguía abierta.

—¿Ha entrado en casa? —preguntó la madre.

—No lo sé —dijo Aurora.

Una vez dentro, Aurora se quedó en el vestíbulo y se mantuvo cerca de la puerta abierta mientras su madre dejaba atrás el salón y continuaba hacia la cocina.

—¿Hola? —oía Aurora que decía su madre—. ¿Hola?

Al cabo de unos minutos volvió sin las bolsas.

—Aquí no hay nadie, Aurora.

—Pues estaba aquí, te lo juro.

Su madre se la quedó mirando llena de asombro.

—Pues claro que sí, cariño, ¿por qué no iba a creerte?

Aurora no respondió. No sabía qué decir. Cómo iba a explicar que igual había sido Jesús. O el Espíritu Santo. O, en todo caso, alguien a quien no todo el mundo podía ver.

—Ya volverá, si era importante —dijo la madre, y volvió a la cocina.

Aurora se quedó en la entrada. El olor, ese olor dulzón y rancio seguía allí.

35

—Dime, ¿es que tú no tienes vida?

Arnold Folkestad levantó la vista de sus documentos. Sonrió al ver a aquel hombre alto que le hablaba apoyado en el quicio de la puerta.

—No, Harry, yo tampoco.

—Son más de las nueve, y todavía sigues aquí.

Arnold soltó una risita y juntó los papeles en un solo montón.

—Por lo menos yo estoy yéndome a casa, pero tú acabas de llegar y te vas a quedar… ¿cuánto?

—No mucho. —Harry dio una zancada hacia la silla y se sentó—. Y yo por lo menos tengo una mujer con la que puedo pasar el fin de semana.

—¿No me digas? Pues yo tengo una ex mujer con la que *no tengo que* pasar el fin de semana.

—¿Ah, sí? No lo sabía.

—Pues sí, vivíamos juntos.

—¿Un café? ¿Y qué pasó?

—El café se ha terminado. Uno de los dos tuvo la malísima idea de creer que había llegado el momento de proponer matrimonio. Y a partir de ese momento, todo fue cuesta abajo. Yo lo aplacé cuando ya habíamos enviado las invitaciones y entonces ella se fue de casa. Era incapaz de superarlo, decía. Lo mejor que me ha pasado, Harry.

—Ya. —Harry se frotó los párpados con el pulgar y el índice.

Arnold se levantó, cogió la cazadora de la percha de la pared.

—¿Van mal las cosas con lo vuestro?

—Bueno, hoy hemos tenido un revés. Valentin Gjertsen…

—¿Sí?

—Pues creemos que es el Aserrador. Pero él no ha matado a los compañeros.

—¿Seguro?

—O por lo menos, no en solitario.

—¿Crees que son varios?

—Fue idea de Katrine. Pero el hecho es que en el noventa y ocho con seis por ciento de los casos de asesinatos por motivos sexuales el autor trabaja solo.

—Y entonces…

—Ella no se rindió. Señaló que lo más probable es que fueran dos los hombres que asesinaron a la niña de Tryvann.

—¿Donde encontraron las partes del cadáver dispersas y a kilómetros unas de otras?

—Exacto. Según ella, Valentin podía estar colaborando con alguien. Quizá para desconcertar a la policía.

—¿Se turnan para matar y así se preparan una coartada?

—Sí. Y no sería la primera vez, dos violadores convictos de Michigan hicieron buenas migas allá por los años sesenta. Y consiguieron que parecieran los clásicos asesinatos en serie creando un modo de proceder común que utilizaban siempre. Los asesinatos eran copias, se parecían a otros que habían cometido con anterioridad, cada uno de ellos tenía sus preferencias morbosas y cayeron bajo los focos del FBI. Pero como los dos, primero el uno y luego el otro, presentaron coartadas sólidas para varios de los asesinatos, no los consideraron sospechosos, naturalmente.

—Muy listos. Entonces ¿por qué no crees que haya podido ocurrir algo parecido en este caso?

—El noventa y ocho…

—… coma seis por ciento. Ya. ¿No es una forma de pensar un tanto cuadriculada?

—Fueron tus porcentajes de las causas de la muerte de testigos clave lo que me ayudó a comprender que Asáiev no murió de muerte natural.

—Pero con ese caso todavía no has hecho nada, ¿no?

—No, Arnold, y es mejor que lo dejes por ahora, esto es más importante. —Harry apoyó la cabeza en la pared que tenía detrás. Cerró los ojos—. Tú y yo estamos los dos igual de pirados, Arnold, y yo estoy hecho polvo. O sea, venía sencillamente a pedirte que me ayudes a pensar.

—¿Yo?

—Hemos vuelto al principio y partimos de cero, Arnold. Y tú tienes un par de circunvoluciones cerebrales que a mí me faltan, está claro.

Folkestad se quitó otra vez la cazadora, la colgó pulcramente en el respaldo y se sentó.

—¿Harry?

—¿Sí?

—No te haces una idea de lo bien que me ha sentado lo que acabas de decirme.

Harry le respondió con una sonrisa torcida.

—Vale. Móvil.

—Móvil. Sí, desde luego, eso es partir de cero.

—Pues es donde estamos. ¿Qué móvil puede tener el asesino?

—Mira, creo que voy a ir a ver si encuentro algo de café a pesar de todo, Harry.

Harry estuvo hablando durante toda la primera taza de café e incluso hasta mediada la segunda, antes de que Arnold tomara la palabra.

—En mi opinión, el asesinato de René Kalsnes es crucial, porque es la excepción, porque no encaja. O sea, no encaja y, al mismo tiempo, encaja. No encaja con los asesinatos originales con agresión sexual, sadismo y el uso de armas punzantes. Encaja con los asesinatos de los compañeros, porque se apreciaba traumatismo cerrado en la cara y la cabeza.

—Continúa —dijo Harry, y dejó la taza en la mesa.

—Recuerdo bien el caso Kalsnes —dijo Arnold—. Yo estaba en

San Francisco haciendo un curso cuando ocurrió, vivía en un hotel cuyos huéspedes recibíamos *The Gayzette.*

—¿El periódico de los maricas?

—Sacaron en primera página la noticia del asesinato en la insignificante Noruega, y lo llamaban «otro asesinato por homofobia». Lo interesante fue que ninguno de los diarios noruegos que leí después mencionaba nada de que fuera un homosexual. Me preguntaba cómo podía aquella publicación americana haber llegado a esa conclusión con tanta certeza y rapidez, así que leí el artículo entero. El periodista de *The Gayzette* decía que aquel asesinato presentaba las características clásicas: eligen a un homosexual que muestra su inclinación al mundo de un modo provocador, lo llevan a un lugar apartado, donde lo someten a una violencia extrema ritual. El asesino lleva armas de fuego, pero no es suficiente para él pegarle un tiro a Kalsnes directamente, primero tiene que destrozarle la cara. Dar rienda suelta a la homofobia destrozando a golpes aquella cara hermosa y femenina de marica, ¿verdad? Es premeditado, lo tenía planeado, y fue un asesinato por odio a los maricas, esa era la conclusión del periodista. ¿Y sabes qué, Harry? Yo creo que no era una conclusión descabellada.

—Si es así, el asesinato de un marica, como dices, no encaja. No hay nada que indique que alguna de las otras víctimas fuera homosexual, ni entre las primeras ni entre los policías.

—Puede que no. Pero aquí hay otro elemento interesante. Has dicho que el único caso donde todos los policías asesinados estuvieron implicados en la investigación de una forma u otra fue, precisamente, el de Kalsnes, ¿verdad?

—Con un círculo de investigadores tan reducido suelen coincidir los mismos compañeros, Arnold, así que eso no es ninguna coincidencia.

—Pues yo tengo la sensación de que tiene su importancia.

—Venga, Arnold, no te hagas el interesante.

El hombre de la barba rojiza puso cara de ofendido:

—¿Qué he dicho ahora?

—«La sensación de que». Cuando hayamos llegado tan lejos que las sensaciones puedan constituir un argumento, ya te lo diré.

—¿Por qué? ¿Es que son muy pocos los que han alcanzado ese punto?

—Solo algunos de nosotros. Venga, continúa, pero no te desvíes, ¿vale?

—Como quieras. Aunque puede que sí esté permitido decir que tengo la sensación de que estás de acuerdo conmigo, ¿no?

—Puede.

—Entonces me aventuro a decir que debéis emplear todos los recursos en averiguar quién mató a ese marica. Lo peor que puede ocurrir es que resolváis por lo menos ese asesinato. En el mejor de los casos, resolveréis también los asesinatos de los compañeros.

—Ya. –Harry apuró el café y se levantó–. Gracias, Arnold.

—Soy yo quien tiene que darte las gracias. A los policías viejos como yo nos encanta que nos escuchen, te lo aseguro. A propósito de gente que fue y que ya no es, hoy me he tropezado con Silje Gravseng en la conserjería. Iba a dejar la llave de personal, parece que era… en fin, no sé.

—Representante sindical.

—Eso. Bueno, el caso es que ha preguntado por ti. No le he contestado. Entonces me ha dicho que eras un bluf. Que tu jefe le había contado que no es verdad que tengas el cien por cien de casos resueltos. Mencionó a Gusto Hansen. ¿Es verdad?

—En cierto modo.

—¿En cierto modo? ¿Qué significa eso?

—Que lo investigué, y que no pude detener a nadie. ¿Cómo la viste?

Arnold Folkestad guiñó un ojo, miró a Harry como si le estuviera apuntando, como si estuviera buscando algo en su cara.

—Verla no sé cómo la vi. Es una chica extraña, esta Silje Gravseng. Me invitó a hacer prácticas de tiro en Økern. Así, sin más.

—¿Y qué le dijiste?

—Pues le dije que con la lesión ocular y los temblores no podía, y le dije la verdad, que me tienen que poner la diana a medio metro si quiero tener alguna oportunidad de dar en el blanco. Y ella aceptó la excusa, pero lo que yo me quedé pensando es que para qué querrá ella hacer prácticas de tiro ahora que no tiene que superar la prueba de tiro de la policía.

—Bueno —dijo Harry—. Hay gente que practica porque le gusta disparar y punto.

—Será eso —dijo Arnold, y se levantó—. Pero, en todo caso, debo decir que tenía buen aspecto.

Harry se quedó mirando a su colega, que salió cojeando al pasillo. Se lo pensó un rato y al final encontró el número de la policía de Nedre Eiker y llamó. Luego se quedó un rato sentado reflexionando sobre lo que le había dicho la agente. Era verdad que Bertil Nilsen no había participado en la investigación del caso de René Kalsnes en el municipio vecino de Drammen. Por otro lado, tenía guardia cuando recibieron el aviso de que había un coche en el río, por Eikersaga, y acudieron porque no estaba claro en qué lado del límite municipal se encontraba el vehículo. Además, le contó que la policía de Drammen y Kripos les echaron la bronca, porque Nilsen recorrió con el coche la tierra mojada, donde podrían haber encontrado rodadas.

—Así que puede decirse que, de forma indirecta, sí influyó en la investigación.

Eran cerca de las diez y el sol ya hacía un buen rato que se había puesto por el oeste, detrás de la cresta de la colina cubierta de abetos, cuando Ståle Aune aparcó el coche en el garaje y subió el sendero hasta la casa. Tomó nota de que no había luces encendidas, ni en la cocina ni en el salón. Nada raro, a veces ella se iba a la cama temprano.

Notó el peso de su cuerpo en las articulaciones de las rodillas. Por Dios, qué cansado estaba. Abrió la puerta. Había sido un día muy largo, pero pensaba que iba a esperarlo despierta. Así podían hablar. Así él podía hablar y relajarse. Había hecho lo que le había dicho Harry, se había puesto en contacto con un colega que lo recibió en la consulta de su casa. Y le habló de la agresión con el cuchillo. De que estaba seguro de que iba a morir. Lo había hecho. Y ahora se trataba de dormir. De *conciliar el sueño*.

Empujó la puerta. Vio el chaquetón de Aurora colgado en la percha. Uno nuevo, otra vez. Madre mía, cómo crecía aquella niña. Se quitó los zapatos. Se enderezó un poco y escuchó el silencio que reinaba en la casa. No sabía exactamente qué era, pero todo estaba más silencioso de lo normal. Algún sonido que faltaba, pero que, al parecer, él no era consciente de oír cuando sí sonaba.

Subió a la primera planta. Cada paso un poco más lento, como una motocicleta sobrecargada subiendo una cuesta. Tenía que empezar a hacer ejercicio, perder diez kilos, o por ahí. Era bueno para el sueño, para su bienestar, para las largas jornadas laborales, para la esperanza de vida, para la vida sexual, para la autoestima, en resumen, para todo. Y, claro, cómo iba a hacer él algo así…

Pasó de puntillas por delante del dormitorio de Aurora.

Se detuvo, dudó un poco. Volvió. Abrió la puerta.

Solo quería verla dormir, tal y como solía hacer antaño. Pronto no podría hacerlo con tanta naturalidad, había notado que su hija se había vuelto más consciente de esas cosas, las cosas de ámbito privado. No era que no pudiera estar desnuda en su presencia, pero ya no se paseaba tranquilamente como antes. Y cuando él notara que ya no era una cosa natural para ella, dejaría de serlo también para él, naturalmente. A pesar de todo, quería disfrutar de aquel momento como un ladrón, quería ver a su hija durmiendo tranquilamente, protegida de todo lo que él había tenido que afrontar ahí fuera durante el día.

Pero no lo hizo. Ya la vería por la mañana en el desayuno.

Dejó escapar un suspiro, cerró y entró en el cuarto de baño. Se cepilló los dientes, se lavó la cara. Se quitó la ropa y la llevó al dormitorio, la dejó en la silla y volvió a pensar en ello. El silencio. ¿Qué era lo que faltaba? ¿El zumbido del frigorífico? ¿El rumor de una válvula de ventilación que solían tener abierta?

Se dijo que no tenía fuerzas para darle vueltas y se metió en la cama. Vio los mechones de Ingrid que sobresalían de debajo del edredón. Quería acercar la mano, acariciarle el pelo, la espalda, sentir que *estaba allí*. Pero tenía un sueño tan ligero, y le gustaba tan poco que la despertaran… Bien lo sabía él. Estaba a punto de cerrar los ojos, pero se arrepintió.

—¿Ingrid?

No respondía.

—¿Ingrid?

Silencio.

Podía esperar. Cerró los ojos.

—¿Sí? —Sintió que se había vuelto hacia él.

—Nada —murmuró—. Es solo… este caso…

—Pues di que no quieres.

—Alguien tiene que hacerlo. —Y sonó como el cliché que era.

—Pues entonces no encontrarán a nadie mejor que tú.

Ståle abrió los ojos. Se quedó contemplándola, le acarició la mejilla redondeada y cálida. A veces —no, más que a veces—, no había nadie mejor que ella.

Ståle Aune cerró los ojos. Y entonces apareció. El sueño. La inconsciencia. Las pesadillas *de verdad*.

36

Los tejados húmedos de las casas resplandecían al sol de la mañana después de una lluvia breve pero intensa.

Un jardín en condiciones. Ya tendría tiempo para eso cuando se jubilara.

—¡Mikael! ¡Qué sorpresa!

Parecía mayor. La misma agudeza azul en la mirada, pero mayor.

—Pasa.

Mikael se limpió en la alfombra los zapatos mojados y entró. Allí dentro olía a algo que recordaba de su infancia, pero que no podía aislar ni identificar.

Se sentaron en el salón.

—Estás solo —dijo Mikael.

—Mi mujer está en casa de nuestro hijo mayor. Necesitaba que la abuela les echara una mano, y ella no se hace de rogar. —El hombre sonrió satisfecho—. La verdad, había pensado ponerme en contacto contigo. Claro que el gobierno municipal no ha tomado ninguna decisión definitiva, pero tú y yo sabemos lo que quieren, y sería más que raro que no nos sentáramos a hablar de cómo hacerlo. Me refiero al reparto de tareas y esas cosas.

—Sí – dijo Mikael—. ¿No vas a poner un café?

—¿Perdona? —El hombre enarcó las cejas de asombro.

—Bueno, si vamos a pasar un rato aquí sentados charlando, no vendría mal una taza de café, ¿no?

El hombre escrutó la cara de Mikael.

—Sí, claro, por supuesto. Ven, vamos a la cocina.

Mikael echó a andar detrás de él. Recorrieron el bosque de retratos familiares que adornaban mesas y armarios, le recordaron a las barricadas que levantaron en las playas para esperar el día D, un mecanismo de defensa inútil ante los ataques del exterior.

Habían modernizado la cocina a medias y medio sin ganas, parecía una encrucijada entre la insistencia de una nuera sobre cuáles eran los mínimos que debían exigirse a una cocina, y el deseo de los dueños, que, en principio, era el de cambiar el frigorífico estropeado y punto.

Mientras el hombre sacaba un paquete de café de un armario con las puertas de vidrio esmerilado, retiraba la goma para abrirlo y ponía el café con una medida amarilla, Mikael Bellman se sentó, puso el mp3 en la mesa y pulsó el botón de «Reproducir». Entonces se oyó la voz metálica y débil de Truls Berntsen: «Aunque tenemos razones para sospechar que la mujer en cuestión es una prostituta, pudo ser otra persona y no su hijo quien conducía, del conductor no tenemos fotos».

La voz del antiguo jefe provincial se oyó lejana, pero no había ruido de fondo, de modo que era fácil distinguir las palabras: «Entonces ni siquiera tenéis caso. En fin, yo creo que lo que tenéis que hacer es olvidarlo».

Mikael vio que el hombre se sobresaltaba, y el café se le cayó de la medida; se puso muy derecho y muy tieso, como si le estuvieran encañonando la espina dorsal con una pistola.

La voz de Truls:

«Gracias, haremos lo que dices.

—Berentzen, de OrgKrim, ¿verdad?

—Correcto.

—Gracias, Berentzen. Hacéis un buen trabajo».

Mikael paró el reproductor.

El hombre se volvió despacio. Se había quedado blanco. Como un cadáver, pensó Mikael. Y pensó que, en el fondo, ese es el color que mejor sienta a aquellos cuya muerte se ha certificado. El hombre movió la boca varias veces.

—Lo que quieres decir —dijo Mikael— es «Pero ¿qué es esto?».

Y la respuesta es que se trataba de una grabación en la que el jefe provincial jubilado presiona a un funcionario para que evite que a su hijo lo investiguen y lo sancionen exactamente igual que a los demás habitantes de este país.

La voz del hombre sonó como un viento en el desierto:

—Mi hijo ni siquiera estaba allí. Estuve hablando con Sondre. Su coche lleva en el taller desde el mes de mayo, porque se le quemó el motor. Es *imposible* que estuviera allí.

—¿Y no es una pena? —dijo Mikael—. ¿Que luego, cuando la prensa y el gobierno municipal sepan cómo trataste de corromper a un policía, se vea que ni siquiera era necesario para salvar a tu hijo?

—No hay ninguna foto del coche con la prostituta, ¿verdad?

—Ya no, puesto que ordenaste que se borraran. Y quién sabe, si no ocurrió antes del mes de mayo. —Mikael sonrió. No quería, pero no pudo aguantarse.

Las mejillas del hombre recobraron el color, y la voz volvió a sonar firme:

—No te habrás creído que esto se va a quedar así, ¿verdad, Bellman?

—No lo sé. Lo único que sé es que al gobierno municipal no le apetece tener en activo a un jefe provincial que es a todas luces un corrupto.

—¿Qué es lo que quieres, Bellman?

—Pregunta más bien que es *lo que quieres tú*. Vivir una vida en paz y tranquilidad con tu fama de buen policía, de haber sido un policía honrado, ¿no? Y ya verás que tú y yo no somos tan diferentes, porque eso precisamente es lo que quiero yo. Quiero poder hacer mi trabajo en paz y tranquilidad; quiero resolver los asesinatos de los compañeros sin que se entrometa ninguna consejera de asuntos sociales; y también quiero tener fama de buen policía. Así que, dime, ¿cómo lo conseguimos?

Bellman esperó hasta estar seguro de que el viejo se había serenado lo suficiente como para entender la situación.

—Quiero que le cuentes al gobierno municipal que has estudiado el caso a fondo y que estás tan impresionado de la profesionalidad con la que lo estamos llevando que, en tu opinión, no tiene ningún sentido que tú intervengas y cojas el timón, todo lo contrario, que contigo se reducirían las posibilidades de resolver el caso. Que te ves en la obligación de cuestionar la valoración de la consejera de Asuntos Sociales en este asunto, que esa mujer debería saber que el trabajo policial debe ser metódico y a largo plazo, y que parece que ha sufrido un ataque de pánico. Que todos estamos sometidos a mucha presión por culpa de este caso, pero hay que ser exigentes con los responsables políticos y con los responsables dentro de la policía. Que no podemos perder la cabeza en las situaciones en que más la vamos a necesitar. Por ese motivo insistes en que el actual jefe provincial debe continuar con su trabajo sin interferencias, puesto que eso será, a tu juicio, lo que garantizará mayores posibilidades de obtener resultados. Y que por esa razón retiras tu candidatura.

Bellman cogió un sobre del bolsillo y se lo alargó por encima de la mesa.

—Eso es, en resumen, lo que dice esta carta, dirigida al presidente del consejo municipal. No tienes más que firmarla y enviarla. Como ves, tiene hasta el franqueo. Por lo demás, te daré el mp3 para que hagas con él lo que quieras en cuanto reciba del consejo un mensaje satisfactorio sobre el acuerdo. —Bellman señaló la cafetera—. Bueno, ¿cómo va eso? ¿Hay café o no hay café?

Harry tomó un sorbo de café mientras contemplaba su ciudad.

La cafetería de la Comisaría General estaba en el último piso y tenía vistas a Ekeberg, al fiordo y a aquel barrio nuevo que estaba cobrando forma en Bjørvika. Pero lo que él buscaba por encima de todo eran los viejos lugares emblemáticos. Cuántas veces no había tratado de ver el caso desde otro ángulo mientras comía allí sentado; de verlo con otros ojos, desde una perspectiva nueva y diferente, mientras las ganas de fumar y las ganas de beber lo espoleaban por dentro y él se decía que no saldría al balcón a fumarse ese cigarro sin tener por lo menos otra hipótesis que poner a prueba.

Creía que añoraba aquella época.

Una sola hipótesis. Que no fueran figuraciones, sino con un anclaje a un punto que se pudiera someter a prueba, que se pudiera verificar.

Levantó la taza. La dejó otra vez. Ni un sorbo hasta que el cerebro no consiga algo. Un móvil. Llevaban tanto tiempo dándose cabezazos contra la pared que tal vez hubiera llegado el momento de empezar por otro lado. Por el lado de la luz.

Oyó el ruido de una silla al arrastrarse. Levantó la vista. Bjørn Holm. Dejó la taza de café en la mesa sin salpicar nada, se quitó el gorro de rastafari y se revolvió la melena pelirroja. Harry miró el movimiento con expresión ausente. ¿Sería para airear el cuero cabelludo? ¿O para evitar ese look de pelo pegado a la cabeza que su generación tanto temía, mientras que parecía gustar a la de Oleg? Los pelos del flequillo pegados a la frente sudorosa por encima de unas gafas de pasta. El friki erudito, el obseso de internet, el urbanita seguro de sí mismo que abraza la imagen de perdedor, el papel de falso marginado. ¿Sería ese el aspecto del hombre que buscaban? ¿O por el contrario, sería un chico de campo de mejillas sonrosadas que vivía en la ciudad, con vaqueros claros, zapatos prácticos, corte de pelo de la peluquería más próxima? Uno de esos que fregaba el rellano de la escalera cuando le tocaba el turno, que era educado y solícito y del que nadie tenía una palabra que decir. Ninguna hipótesis verificable. No hay sorbo de café.

—¿Qué tal? —dijo Bjørn, que sí se concedió un buen trago.

—Bueno… —dijo Harry. Nunca le había preguntado a Bjørn por qué él, un amante del country, llevaba indumentaria de estilo reggae en lugar de un sombrero de vaquero—. Yo creo que debemos examinar más de cerca el asesinato de René Kalsnes. Y que debemos olvidarnos del móvil y concentrarnos exclusivamente en las pruebas. Es decir, tenemos la bala con la que al final lo mataron. Nueve milímetros. El calibre más común en todo el mundo. ¿Quién lo usa?

—Todos. Todo el mundo. Incluso nosotros.

—Ajá. ¿Sabías que, en tiempos de paz, los policías son los responsables del cuatro por ciento de todos los homicidios que se cometen en el mundo? ¿Y que en el tercer mundo, esa cifra asciende al nueve por ciento? ¿Y que eso nos convierte en el grupo profesional más homicida del mundo?

—Madre mía —dijo Bjørn.

—Está de broma —dijo Katrine. Acercó una silla a la mesa, en la que plantó una taza enorme de té humeante—. En el setenta y dos por ciento de los casos en los que la gente recurre a la estadística utiliza algo que se inventaron para la ocasión.

Harry se echó a reír.

—¿Te parece gracioso? —preguntó Bjørn.

—Sí, tiene su gracia —dijo Harry.

—¿Por qué? —dijo Bjørn.

—Pregúntale a ella.

Bjørn miró a Katrine. Ella le sonreía mientras removía el té.

—¡No lo comprendo! —Bjørn miraba a Harry con expresión acusadora—. Es un chiste que se autoexplica. Y lo del setenta y dos por ciento se lo acaba de inventar, ¿verdad?

Bjørn no comprendía nada.

—Como una paradoja —dijo Harry—. Como el griego que dice que todos los griegos mienten.

—Pero eso no tiene por qué significar que no sea verdad —dijo Katrine—. Me refiero a lo del setenta y dos por ciento. O sea que tú crees que el asesino es un policía, ¿no, Harry?

—Yo no he dicho eso —rió Harry, y se cruzó las manos en la nuca—. Yo solo he dicho que…

Guardó silencio. Notó que se le erizaba el pelo. La hipótesis. Observó la taza de café. De verdad que tenía muchas ganas de tomar un sorbo.

—Policías —repitió, levantó la vista y se dio cuenta de que los otros dos lo miraban extrañados—. A René Kalsnes lo mató un policía.

—¿Qué? —dijo Katrine.

—Esa es nuestra hipótesis. La bala de nueve milímetros, la misma que usan las Heckler & Kochs, las pistolas reglamentarias. Encontraron una porra de policía no muy lejos del lugar. Y eso es lo único de los antiguos asesinatos que tiene similitud con los asesinatos de los compañeros. Les golpearon la cara. La mayoría de los asesinatos antiguos fueron crímenes sexuales, estos son por odio. ¿Por qué odiamos?

—Ya estás otra vez con el móvil, Harry —objetó Bjørn.

—Rápido, ¿por qué?

—Celos —dijo Katrine—. Venganza por haber sufrido una humillación, un rechazo, un desprecio, una burla, por haber perdido a la mujer, a los hijos, a un hermano, a una hermana, unas posibilidades de futuro, el orgullo…

—Ya vale —dijo Harry—. Nuestra hipótesis es que el asesino tiene alguna relación con la policía. Y, con ese punto de partida, hemos de rebuscar en el caso de René Kalsnes otra vez, y averiguar quién lo mató.

—Bueno —dijo Katrine—. Pero aunque haya indicios, a mí no me queda muy claro por qué, de repente, está más claro que el agua que debemos buscar a un policía.

—A menos que haya alguien que pueda ofrecerme una hipótesis mejor, claro. Cuenta atrás desde cinco… —Harry los miró provocativo.

Bjørn soltó un suspiro.

—No digas que vamos a meternos en eso, Harry.

—¿Qué?

—Si el resto de la Comisaría se entera de que hemos emprendido una cacería entre nuestras propias filas…

—Habrá que aguantar —dijo Harry—. En estos momentos estamos totalmente atascados, y por algún lado tenemos que empezar. En el peor de los casos, resolvemos un asesinato antiguo. En el mejor, encontraremos…

Katrine terminó la frase por él:

—… al que mató a Beate.

Bjørn se mordía el labio. Al final se encogió de hombros y les indicó que estaba de acuerdo.

—Bien —dijo Harry—. Katrine, tú controlas los registros de las armas reglamentarias cuya desaparición por pérdida o robo se ha denunciado, y compruebas si René tenía contacto con alguien de la policía. Bjørn, tú revisas las pruebas a la luz de esta hipótesis para ver si surge algo nuevo.

Bjørn y Katrine se levantaron.

—Ya voy —dijo Harry. Se los quedó mirando mientras cruzaban el comedor camino de la puerta, vio las miradas que intercambiaron en una mesa cercana un grupo de policías que él sabía que pertenecían al otro grupo de investigación, el más nutrido. Uno de ellos dijo algo y todos se echaron a reír.

Harry cerró los ojos, tanteando. Buscando. Qué podía ser, qué sería lo que había ocurrido. Formuló la misma pregunta que Katrine: ¿por qué, de repente, era tan obvio que tenían que buscar a un policía? Porque algo se lo había inspirado. Se concentró, se aisló de todo lo demás, sabía que era como un sueño, debía darse prisa antes de que desapareciera. Muy despacio, fue sumergiéndose en sí mismo, sumergiéndose como un buzo de aguas profundas sin linterna, que debe sondear la oscuridad del subconsciente. Encontró algo, lo tanteó. El metachiste de Katrine tenía algo. Meta. Autoexplicativo. ¿Y el asesino? ¿Era autoexplicativo? No lo consiguió y, en ese mismo momento, la fuerza de empuje lo arrastró hasta la superficie. Abrió los ojos y volvieron los ruidos. El tintineo de los platos, las conversaciones, las risas. Mierda, mierda. Casi lo tenía, pero ya era tarde. Lo único que sabía era que aquel chiste señalaba directamente a algo, que había funcionado como catalizador de algo allá, en lo más profundo. Algo que no había podido aprehender, pero esperaba que emergiera a la superficie espontáneamente. La reacción les había proporcionado algo, pese a todo; una dirección, un punto de partida. Una hipótesis verificable. Harry tomó un buen sorbo de café, se levantó y se dirigió al balcón, con la idea de fumarse aquel cigarro.

A Bjørn Holm le plantaron dos cajas de plástico en el mostrador del depósito de pruebas de convicción y firmó la hoja de cadena de custodia con la lista de objetos.

Se llevó las dos cajas a las dependencias de la Científica en Bryn, en el edificio contiguo al de Kripos, y empezó con el material del asesinato antiguo.

Lo primero que le sorprendió fue el proyectil que encontraron en la cabeza de René. Para empezar, el alto grado de deformación de impacto que presentaba después de haber atravesado carne, cartílago y hueso, que, en realidad, son materiales bastante blandos y flexibles. Para continuar, la escasa decoloración, después de tantos años como llevaba en aquella caja. Claro que la edad no dejaba una huella tan profunda en el plomo, pero le pareció que aquella bala parecía de una juventud extraordinaria.

Echó un vistazo a las fotos del muerto en el lugar del crimen. Se paró en un primer plano que mostraba el lado de la cara donde la bala había perforado la piel, y por el agujero sobresalía el pómulo roto. Cogió la lupa. Parecía uno de esos agujeros que nos salen en los dientes, pero no en la mandíbula. ¿Una mancha de grasa del coche accidentado? ¿Un fragmento de una hoja podrida o de barro reseco del río? Cogió el informe del forense.

Estuvo buscando hasta que encontró lo siguiente: «Hay un residuo de laca negra adherido al maxilar. Origen, desconocido».

Pintura en la mandíbula. Los patólogos forenses no escribían por lo general más de lo que podían demostrar; más bien escribían menos.

Bjørn hojeó las fotos, hasta que encontró el coche. Rojo. O sea, no era pintura del coche.

Bjørn llamó sin moverse de la silla:

—¡Kim Erik!

Seis segundos después asomó una cabeza por la puerta.

—¿Me has llamado?

—Sí. Tú formabas parte del equipo técnico que acudió al lugar del crimen en el caso Mittet, en Drammen. ¿Encontrasteis algún rastro de pintura negra?

—¿Pintura?

—Algo que pudiera proceder de un objeto contundente con el que golpeas así… —Bjørn le hizo una demostración, levantó el puño y luego dio con él en el aire como cuando se juega a piedra, papel, tijera—, hasta que penetras la piel y se fractura el pómulo, pero tú sigues golpeando contra los extremos afilados de las canillas del hueso, y al objeto con el que golpeas se le va la pintura.

—No.

—Vale, gracias.

Bjørn Holm quitó la tapa de la otra caja, la del material del caso Mittet, y se dio cuenta de que el joven técnico criminalista seguía en la puerta.

—¿Sí? —dijo Bjørn sin levantar la vista.

—Era azul marino.

—¿El qué?

—La pintura. Y no la hallamos en el pómulo. Estaba en la mandíbula, en el interior de la fractura. La hemos analizado. Es una pintura muy corriente, se usa para las herramientas de hierro. Se adhiere bien e impide la oxidación.

—¿Alguna sugerencia del tipo de herramienta del que podría tratarse?

Bjørn vio literalmente cómo Kim Erik crecía en el umbral de la puerta. Lo había formado personalmente, y ahora era el maestro quien pregunta al aprendiz si tenía «alguna sugerencia».

—Es imposible decirlo, se utiliza en todo lo habido y por haber.

—De acuerdo, pues eso es todo.

—Pero sí tengo una sugerencia.

Bjørn observó al colega, que estaba a punto de estallar de orgullo. Podía llegar a ser bueno.

—Suéltalo.

—El gato. Todos los coches los venden con un gato, pero en el maletero de este no había ninguno.

Bjørn asintió. Casi no tenía corazón para decírselo.

—Era un Volkswagen Sharan, un modelo de 2010, Kim Erik. Si lo compruebas verás que es uno de los pocos coches que no lleva gato de fábrica.

—Vaya. —Al joven se le demudó la cara, que se le vino abajo como una pelota de playa pinchada.

—Pero muchas gracias, Kim Erik.

Sí que podía llegar a ser bueno. Aunque dentro de unos años, claro.

Bjørn revisó de forma sistemática la caja del caso Mittet.

No encontró nada más que le llamara la atención.

Le puso la tapa y fue a la oficina del fondo del pasillo. Llamó a la puerta, que estaba abierta. Parpadeó un instante un tanto desconcertado al ver la parte trasera de aquella calva reluciente, hasta que cayó en la cuenta. Era Roar Midtstuen, el más antiguo y el más experto de todos los técnicos criminalistas. Era uno de los que, en su día, no aceptaron muy bien que le pusieran un jefe no solo mucho más joven, sino, además, mujer. Sin embargo, lo fue olvidando a medida que se fue dando cuenta de que Beate Lønn era una de las mejores cosas que le habían ocurrido a su sección.

Midtstuen acababa de reincorporarse después de unos meses de baja, dado que su hija había muerto en un accidente de tráfico cuando volvía de practicar escalada en una pared de una montaña al este de la ciudad. A la joven la encontraron en la cuneta, junto con la bici. Al conductor todavía no lo había encontrado.

–Dime, Midtstuen.

–Dime, Holm –Midtstuen giró la silla, subió los hombros y los relajó otra vez, sonrió, trató de enviar todas las señales de unas fuerzas que no tenía. A Bjørn le había costado reconocer aquella cara redonda e hinchada cuando apareció otra vez por el trabajo. Al parecer, era un efecto secundario habitual de los antidepresivos.

–Las porras de la policía, ¿han sido siempre negras?

Como técnico criminalista estaban acostumbrados a todo tipo de preguntas raras que buscaban el detalle, así que Midtstuen ni siquiera enarcó las cejas.

–Bueno, por lo menos, siempre han sido oscuras. –Midtstuen se había criado como Bjørn Holm en Østre Toten, pero solo cuando hablaban el uno con el otro afloraban los restos del dialecto de la infancia–. Quiero decir que hubo una temporada, en los noventa, en que las fabricaban azul oscuro. De lo más irritante, oye.

–¿El qué?

–Que siempre tengamos que cambiar de color, que no podamos atenernos a una cosa fija. Primero los coches son blancos y negros; luego, blancos con rayas rojas y azules; y ahora los van a hacer blancos con rayas negras y amarillas. Tanta indecisión mina la confianza. Como las cintas del cordón policial de Drammen.

—¿Qué cintas?

—Kim Erik estuvo en el escenario del caso Mittet y encontró fragmentos de la cinta policial. Según dijo, debían de ser del asesinato anterior, él… bueno, y yo, los dos participamos en ese caso, pero a mí siempre se me olvida el nombre del marica…

—René Kalsnes.

—Los jóvenes, como Kim Erik, no se acuerdan de que en aquel entonces las cintas policiales eran blancas y azules. —Como si le hubiera pisado algún callo, Midtstuen se apresuró a añadir—: Pero Kim Erik puede llegar a ser bueno también.

—Sí, yo también lo creo.

—Vale. —Midtstuen puso a trabajar a los músculos de las mandíbulas mientras masticaba—. Pues entonces estamos de acuerdo.

Bjørn llamó a Katrine en cuanto llegó a su despacho, le pidió que se pasara por la segunda planta de la comisaría, que raspara un poco de pintura de una de las porras y que la mandara a Bryn por mensajero.

Luego se sentó a pensar en cómo se había dirigido al despacho del fondo del pasillo, adonde siempre acudía para obtener respuestas. Y que estaba tan inmerso en el trabajo que, sencillamente, se le había olvidado que ella ya no estaba allí. Que ahora lo ocupaba Midtstuen. Y, por un instante, pensó que entendía a Roar Midtstuen, que echar tanto de menos a una persona te robara la chispa, te impidiera hacer nada, hiciera que levantarse siquiera resultara absurdo. Desechó la imagen de la cara redonda e inflamada de Midtstuen. Porque allí tenían algo. Lo presentía.

Harry, Katrine y Bjørn estaban sentados en el tejado de la Ópera, contemplando las islas de Hovedøya y Gressholmen.

Fue Harry quien lo propuso, pensó que les vendría bien un poco de aire fresco.

Hacía una tarde cálida y nubosa, los turistas habían desaparecido hacía ya mucho y tenían para ellos solos todo aquel tejado de mármol que descendía en abrupta pendiente para ir a morir en el fiordo de Oslo, cuyas aguas espejaban por las luces de la colina de Ekebergåsen y del centro comercial de Havnelageret, así como del barco danés que había atracado por Vippetangen.

–He revisado otra vez todos los asesinatos de compañeros –dijo Bjørn–. Y, salvo el de Mittet, tanto en Vennesla como en Nilsen detectaron fragmentos de pintura. Es un tipo de pintura muy común que se utiliza para muchas cosas. Entre otras, para las porras policiales.

–Estupendo, Bjørn –dijo Harry.

–Y luego están los restos de la cinta policial que encontraron en el escenario del asesinato de Mittet. No podía ser de la investigación del caso Kalsnes porque entonces la cinta era de otro color.

–Era la cinta policial del día anterior –dijo Harry–. El asesino llama a Mittet, le pide que acuda a lo que Mittet cree que es el asesinato de un policía, un asesinato que ya se ha producido, y en el mismo lugar del antiguo asesinato. Así que cuando Mittet se presenta allí y ve la cinta del cordón policial, no sospecha nada. Puede que el asesino lleve incluso el uniforme.

–Joder –dijo Katrine–. A mí me ha llevado todo el día comprobar la posible relación de Kalsnes con algún policía y no he encontrado nada, pero está claro que aquí tenemos algo.

Miró animada a Harry, que encendió un cigarro.

–Bueno, entonces ¿qué hacemos ahora? –preguntó Bjørn.

–Ahora –dijo Harry– vamos a pedir que traigan las armas reglamentarias para que en balística las comparen con nuestra bala.

–¿Qué armas reglamentarias?

–Todas.

Se quedaron mirando a Harry atónitos.

Katrine fue la primera en preguntar.

–¿A qué te refieres cuando dices «todas»?

—Todas las armas reglamentarias de todos los policías. Primero de Oslo, luego de Østlandet y, si fuera preciso, de todo el país.

Nuevo silencio, con los graznidos de una gaviota de fondo en la oscuridad.

—Estás de broma, ¿no? —dijo Bjørn indeciso.

El cigarro dio un salto entre los labios de Harry cuando este respondió:

—Para nada.

—Eso es imposible, ya puedes ir olvidándote —dijo Bjørn—. La gente cree que hacer las pruebas de balística a una pistola lleva cinco minutos, porque es lo que han visto en el CSI. Hay hasta policías que se lo creen. Pero lo cierto es que lleva casi un día entero. ¿Todas las armas? Solo en el distrito policial de Oslo habrá… ¿cuántos policías?

—Mil ochocientos setenta y dos —dijo Katrine.

Todos se la quedaron mirando.

Ella se encogió de hombros.

—Lo leí en la memoria anual del distrito policial de Oslo.

Ninguno apartaba la vista de ella.

—Se me había estropeado la tele, y no podía conciliar el sueño, ¿vale?

—Bueno, en resumidas cuentas —dijo Bjørn—. No tenemos capacidad. No se puede llevar a cabo.

—Lo más importante de todo lo que has dicho es que incluso los policías creen que la prueba está lista en cinco minutos —dijo Harry, y echó el humo del cigarro al cielo de la noche.

—¿Ah, sí?

—Claro, el que crean que es posible llevar a cabo una operación así. ¿Qué pasará cuando el asesino se entere de que van a comprobar su arma reglamentaria?

—Menudo canalla, qué listo es —dijo Katrine.

—¿Qué? —dijo Bjørn.

—Pues correrá a denunciar que la ha perdido o que se la han robado —dijo Katrine.

—Y ahí es donde tenemos que buscar —dijo Harry—. Pero puede

pasar que se nos adelante, así que empezaremos por sacar una lista de las armas reglamentarias cuya pérdida denunciaran después del asesinato de Kalsnes.

—Solo hay un problema —dijo Katrine.

—Sí —dijo Harry—. ¿Accederá el jefe provincial a dar una orden que, en principio, pone bajo sospecha a todos sus agentes? Naturalmente, se imaginará los titulares de los periódicos. —Harry dibujó en el aire un rectángulo con el pulgar y el índice—: «El jefe provincial sospecha de sus hombres». «La dirección está perdiendo el control.»

—No parece muy verosímil —dijo Katrine.

—Bueno —dijo Harry—. Tú dirás lo que quieras de Bellman, pero desde luego, tonto no es, y sabe lo que le conviene. Si conseguimos que resulte verosímil que el asesino puede ser un policía al que atraparemos tarde o temprano, con o sin su colaboración, sabe que causará peor impresión aún si, como jefe provincial, retrasa la investigación por pura cobardía. Así que lo que debemos dejarle claro es que el hecho de que investigue a los suyos le demuestra al entorno que la policía está dispuesta a buscar debajo de las piedras para resolver este caso, con independencia de quién sea el malo que trata de esconderse. Que eso es una muestra de valor, de liderazgo, de sensatez, todo eso.

—¿Y crees que *tú* vas a conseguir convencerlo de eso? —resopló Katrine—. Si no recuerdo mal, Harry Hole es el primero de su lista de aborrecidos.

Harry meneó la cabeza y apagó el cigarro.

—Ya se lo he encargado a Gunnar Hagen.

—¿Y cuándo va a ser eso? —preguntó Bjørn Holm.

—*As we speak* —dijo Harry, y miró la colilla. Ya casi había llegado al filtro. Sintió la necesidad de lanzarla al aire, de ver cómo la estela de chispas dibujaba una parábola en la oscuridad mientras caía sobre el mármol inclinado que resplandecía suavemente. Hasta que se estrellara contra las negras aguas y se apagara rápidamente. ¿Qué se lo impedía? ¿La idea de que así ensuciaría la ciudad o el reproche de los testigos al ver que ensuciaba la ciudad? ¿La acción en sí, o el castigo? Lo del ruso que había matado en el Come As You Are era

411

sencillo, fue defensa propia, era el uno o el otro. Pero el presunto asesinato sin resolver de Gusto Hansen, eso fue fruto de una elección. Y aun así, entre todos los fantasmas que lo visitaban con regularidad, nunca vio a aquel joven guapísimo de dientes de vampiro. Caso sin resolver, y una mierda.

Harry lanzó con el dedo la punta ardiente del cigarro. Los hilos de tabaco incandescentes surcaron la oscuridad antes de desaparecer.

37

La luz de la mañana se filtraba por las persianas de aquellas ventanas extrañamente diminutas del Ayuntamiento de Oslo, donde el presidente municipal carraspeó para indicar que la reunión había empezado.

Alrededor de la mesa estaban los consejeros responsables de las distintas áreas, además del antiguo jefe provincial de la policía, al que habían convocado para que hiciera una breve exposición de cómo pensaba encargarse de los asesinatos de los compañeros, o del «matarife de policías», como lo llamaba la prensa sistemáticamente. Ventilaron las formalidades en cuestión de segundos, con varias intervenciones y otros tantos gestos elocuentes que el secretario, que iba levantando acta, entendió y anotó pulcramente.

El presidente siguió dando el turno de palabra.

El antiguo jefe provincial de la policía levantó la vista, se encontró con la expresión entusiasta y alentadora de Isabelle Skøyen, y comenzó:

—Gracias, señor presidente. Seré breve y no le robaré al consejo mucho tiempo.

Miró de reojo a Skøyen, que parecía algo menos entusiasta ante aquella apertura un tanto solemne.

—Tal y como se me pidió, he revisado el caso. Me he informado a fondo acerca del trabajo y la iniciativa de la policía, en cómo han conducido el asunto, qué estrategia se ha utilizado y cómo se ha aplicado. O, por utilizar las palabras de la consejera Skøyen, qué clase de estrategia se suponía que habían utilizado pero, en tal caso, no habían aplicado.

La risa de Isabelle Skøyen resonó profunda y satisfecha, pero calló enseguida, seguramente porque se dio cuenta de que era la única que se reía.

—He puesto toda mi competencia y mi dilatada experiencia al servicio de la tarea y he llegado a una conclusión muy clara de lo que debe hacerse.

Vio que Skøyen asentía, el modo en que le brillaban los ojos le otorgaba el aspecto de un animal, solo que no se le ocurría cuál.

—Como sabemos, el esclarecimiento de un caso en particular no significa necesariamente que la policía tenga una buena dirección; de la misma manera que una investigación deficiente no tiene por qué indicar que la jefatura sea débil. Y, después de haber comprobado lo que la jefatura actual y, muy en particular, Mikael Bellman, han llevado a cabo, no veo qué habría podido hacer yo de un modo diferente. O, para ser claros, no creo que yo lo hubiera hecho igual de bien.

Tomó nota de que la potente mandíbula de Skøyen empezaba a bajar y continuó, ahora y para su sorpresa, con cierta sádica alegría:

—La profesión del investigador está en vías de desarrollo, como todo lo demás en la sociedad y, por lo que he podido ver, Bellman y sus hombres dominan y utilizan los nuevos métodos y los avances tecnológicos de un modo que yo y los hombres de mi generación no habríamos sabido utilizar. Sus hombres confían en él, es extraordinario a la hora de motivarlos y ha organizado el trabajo de un modo ejemplar, a decir de los colegas de otros países escandinavos. No sé si la consejera Skøyen está al corriente, pero la Interpol acaba de pedirle a Mikael Bellman que pronuncie en Lyon, en su congreso anual, una conferencia sobre investigación y jefatura, con este caso precisamente como trasfondo. Skøyen insinuó que Bellman era demasiado joven para el puesto, y sí, Mikael Bellman es un jefe muy joven. Pero no es solo un hombre que lo hará bien en el futuro, sino que es el hombre del momento. En pocas palabras, es exactamente el hombre que necesitamos en esta situación, señor presidente. Con lo que mi presencia aquí resulta superflua. Esa es mi conclusión.

El jefe provincial se irguió en la silla, juntó los dos folios con notas que tenía delante y se abrochó el primer botón de la americana, una chaqueta amplia, que había elegido cuidadosamente, una chaqueta de tweed de las que llevan los jubilados. Echó la silla hacia atrás, como si necesitara el espacio para levantarse. Vio que Skøyen estaba boquiabierta y lo miraba con incredulidad. Esperó hasta que oyó que el presidente respiraba hondo para decir algo, antes de que él abordara el último acto. El colofón. La estocada.

—Y si se me permite añadir algo, dado que también se trata de la competencia y la capacidad de liderazgo de la consejera de Asuntos Sociales en casos serios como el de los asesinatos de los policías, señor presidente.

Las cejas pobladas del presidente, por lo general arqueadas sobre unos ojos risueños, se veían ahora fruncidas, y sobresalían como toldillos en gris y blanco por encima de las chispas que echaba por los ojos. El jefe provincial aguardó hasta que el presidente le indicó que continuara.

—Comprendo que, con este caso, la consejera de Asuntos Sociales ha sentido una gran presión sobre su persona, después de todo, entra dentro de sus competencias, y el caso ha contado con una cobertura extraordinaria por parte de los medios de comunicación. Pero cuando una consejera de Asuntos Sociales cede de ese modo ante la prensa, actúa presa del pánico y trata de cortarle la cabeza a su jefe provincial, cabe preguntarse si no será la consejera quien no está madura para la tarea. Desde luego, es perfectamente comprensible que un caso así puede ser arduo para un jefe inexperto. Y es mala suerte que una situación que exige experiencia y rutina se presente tan pronto en su carrera.

Vio que el presidente echaba la cabeza un poco hacia atrás y un poco hacia un lado, y que reconocía las palabras:

—Lo mejor habría sido que le hubiera correspondido al anterior consejero de Asuntos Sociales, teniendo en cuenta su prolongada experiencia y sus méritos.

Vio en la palidez repentina de Skøyen que también ella había reconocido lo que dijo sobre Bellman en la reunión anterior. Y tuvo que reconocer que, bueno, que hacía mucho que no se divertía tanto.

–Estoy convencido de que es lo que desean todos los aquí presentes, incluida la que, por el momento, es la consejera.

–Gracias por haber sido tan directo y tan sincero –dijo el presidente–. Doy por sentado que esto significa que no has elaborado ningún plan de acción alternativo, ¿verdad?

El hombre asintió.

–Así es. Pero ahí fuera hay un hombre al que me he permitido pedir que me sustituya. Él os dará lo que habéis pedido.

Se levantó, saludó brevemente y se dirigió a la puerta. Le pareció sentir la mirada de Isabelle Skøyen quemándole la chaqueta de tweed más o menos entre los omoplatos. Pero no le importaba, no iba a ir a ningún lugar donde ella pudiera ponerle palos en las ruedas. Y sabía que lo que más satisfacción le produciría esa noche, mientras disfrutaba de la copa de vino, eran aquellas dos expresiones que había logrado encajar en el discurso la noche anterior. Contenían todo el texto subliminal que necesitaba el consejo. Una de las palabras era «tratar de», en la frase «tratar de cortarle la cabeza a su jefe provincial». La otra era «por el momento», en «por el momento, es la consejera».

Mikael Bellman se levantó de la silla en cuanto se abrió la puerta.

–Tu turno –dijo el hombre de la americana de tweed, y continuó camino del ascensor sin dignarse mirarlo siquiera.

Bellman supuso que se habría equivocado, porque creyó haber visto una sonrisita en los labios del hombre.

Luego tragó saliva, respiró hondo y entró en la misma sala de reuniones en la que, no hacía mucho, lo habían sacrificado y despiezado.

La mesa estaba rodeada de once caras. Diez de ellas, extrañamente expectantes, más o menos como el público de un teatro al comienzo del segundo acto, después de un primer acto muy logrado. Y una, extrañamente pálida. Tanto que, por un momento, no la reconoció. El matarife.

Catorce minutos después había terminado. Les presentó su plan. Les explicó que la paciencia daba su fruto, que lo sistemático de su trabajo había conducido a un giro copernicano en la investigación. Que dicho giro era fuente de alegría y de dolor al mismo tiempo, porque indicaba que el culpable era uno de sus hombres. Pero que no por ello debían arredrarse. Que debían mostrarle a la ciudadanía que estaban dispuestos a mirar debajo de las piedras, por desagradable que fuera lo que los aguardara allí. Demostrar que no eran cobardes. Que él estaba preparado para la tormenta, pero que, en situaciones así, se trataba de demostrar valor, verdadera capacidad de liderazgo y sensatez. No solo por parte de la Comisaría General, sino también del Ayuntamiento. Que él estaba dispuesto a llevar el timón, pero que necesitaba la confianza del consejo para afrontar la batalla.

Se dio cuenta de que sus palabras sonaron algo grandilocuentes al final; más grandilocuentes de lo que parecían cuando Gunnar Hagen las pronunció en el salón de su casa ayer noche. Pero sabía que varios de los presentes habían mordido el anzuelo, un par de mujeres incluso se habían sonrojado, en particular, cuando clavó la jugada final: que, cuando anunciaran que pensaban comprobar todas las armas reglamentarias del país y compararlas con la bala, como el príncipe con el zapatito en busca de Cenicienta, él mismo sería el primero en dejar la suya para las pruebas de balística.

Pero lo decisivo no era el apoyo femenino, sino lo que opinara el presidente. Y él tenía más bien cara de póquer.

Truls Berntsen se guardó el teléfono en el bolsillo y le indicó a la mujer tailandesa que le trajera otro café.

Ella le sonrió y se esfumó.

Son serviciales estas tailandesas. A diferencia de los pocos noruegos que todavía trabajaban sirviendo mesas. Eran perezosos y antipáticos, y tenían cara de pensar que era una vergüenza dedicarse a un trabajo honrado. No como la familia tailandesa que llevaba aquel restaurante modesto en Torshov: acudían en cuanto lo veían levantar una ceja. Y cuando pagaba por unos míseros rollitos de primavera o por un café, le sonreían de oreja a oreja y se inclinaban juntando las manos como si él fuera el gran dios blanco que hubiera descendido hasta ellos de las alturas. Había acariciado la idea de irse a Tailandia, pero ya no podría. Iba a volver al trabajo.

Mikael acababa de llamarlo para contarle que su plan había funcionado. Que pronto anularían la suspensión. No quiso especificarle con exactitud qué significaba «pronto», pero lo repitió, «pronto».

Llegó el café y Truls tomó un sorbito. No estaba muy bueno que digamos, pero había llegado a la conclusión de que, en realidad, a él no le gustaba lo que los demás llamaban buen café. Tenía que saber como aquel, a café hervido en una cafetera requemada. El café debía tener un regusto al papel del filtro, a plástico y a la grasa seca y revenida de todos los cafés anteriores. Pero claro, por eso él era el único cliente que tenían, porque la gente se tomaba el café en otro sitio, y acudía allí más tarde, para tomarse una cena barata o comprar un menú para llevar.

La tailandesa se sentó a la mesa de la esquina, donde se encontraba el resto de la familia enfrascada en lo que supuso que serían las cuentas. Truls escuchó el rumor de aquella lengua tan extraña. No comprendía una palabra, pero le gustaba. Le gustaba estar cerca de ellos. Responder con un gesto ridículo cuando le sonreían. Sentir que casi formaba parte de aquella comunidad. ¿Sería esa la razón por la que frecuentaba aquel restaurante? Se concentró otra vez en el problema.

El otro tema que había mencionado Mikael.

El arma reglamentaria; que debía entregarla.

Le dijo que iban a comprobarlas en relación con los asesinatos de los compañeros, y que él mismo –para demostrar que la orden afectaba a todos, a grandes y a pequeños por igual– la entregó esta mañana para el examen de balística. Y que Truls tenía que hacer lo mismo cuanto antes, a pesar de que estaba suspendido.

Tenía que ser por la bala hallada en el cadáver de René Kalsnes. Habían caído en la cuenta de que tenía que proceder de un arma policial.

Claro que él se sentía seguro. No solo había cambiado la bala, sino que hacía mucho que había denunciado el robo de la pistola. Naturalmente, dejó pasar un tiempo —un año entero, nada menos—, para asegurarse de que nadie relacionaba el arma con el asesinato de Kalsnes. Luego reventó la puerta de su piso con una palanqueta, para que se viera bien, y denunció el allanamiento. Hizo una lista de un montón de cosas que habían desaparecido, le dieron más de cuarenta mil coronas del seguro. Y un arma reglamentaria.

No era ese el problema.

El problema era la bala que ahora estaba en la caja con las demás pruebas. En ese momento…, cómo decirlo… se le antojó una buena idea. Pero ahora resultaba que Mikael Bellman iba a serle útil. Si cesaban a Mikael de su puesto de jefe provincial, no podría revocar su suspensión. De todos modos, ya era tarde para remediarlo.

Suspendido.

Truls sonrió con malicia ante la idea y levantó la taza como brindando consigo mismo en el cristal de las gafas de sol que tenía delante, encima de la mesa. Supuso que se habría reído en voz alta, porque los tailandeses lo miraban raro.

—No sé si podré recogerte en el aeropuerto —dijo Harry mientras pasaba por delante de un lugar donde debería haber habido un parque, pero donde el consejo municipal, en un rapto de relajación cerebral colectiva, reconstruyó un polideportivo que parecía una prisión, en el cual se organizaba una convención internacional al año y, por lo demás, no ocurría casi nada.

A causa del ruido de la tarde, tuvo que pegarse el teléfono a la oreja para enterarse de lo que ella le decía.

—Te prohíbo que vengas a buscarme —dijo Rakel—. Tienes cosas más importantes que hacer. Lo que te decía es todo lo contrario, si no estaría bien que me quedara aquí este fin de semana. Así te dejaría algo de espacio.

—¿Espacio para qué?

—Espacio para ser el comisario Hole. Eres muy amable al fingir que no sería un estorbo, pero los dos sabemos el estado en que caes cuando te pones a investigar un delito.

—Yo quiero que estés aquí, pero si no te apetece…

—Yo quiero estar contigo *todo el rato*, Harry. Quiero sentarme en tus piernas para que no puedas irte a ninguna parte, eso es lo que quiero. Pero me parece que el Harry con el que yo quiero estar no se encuentra en casa estos días.

—Me gusta que te sientes encima. Y no pienso ir a ninguna parte.

—Precisamente. No vamos a ninguna parte, tenemos todo el tiempo del mundo, ¿de acuerdo?

—De acuerdo.

—Muy bien.

—¿Estás segura? Porque si te hace feliz que insista un poco más, me pongo a ello de mil amores.

Su risa. Solo eso…

Rakel no paraba de hablar. Harry sonreía de vez en cuando. Y se rió una vez por lo menos.

—Bueno, tengo que colgar —dijo Harry cuando llegó a la puerta del restaurante Schrøder.

—Ya. ¿Qué reunión es esa a la que vas, por cierto?

—Rakel…

—Ya, ya sé que no debo preguntar, pero es que esto es tan aburrido… Oye.

—Sí.

—¿Me quieres?

—Te quiero.

—Oigo el tráfico, lo que significa que estás en un lugar público, ¿y acabas de decir en voz alta que me quieres?

—Sí.

—¿Y la gente se vuelve a mirarte?

—No me he fijado.

—¿Te parecerá pueril que te pida que me lo digas otra vez?

—Sí.

Más risas. Madre mía, Harry haría cualquier cosa por oírla reír.

—Te quiero, Rakel Fauke.

—Y yo te quiero a ti, Harry Hole. Te llamo mañana.

—Dale recuerdos a Oleg.

Después de colgar, Harry abrió la puerta y entró.

Silje Gravseng estaba sola en la mesa que había al fondo, al lado de la ventana. La antigua mesa de Harry. La falda y la blusa, las dos de color rojo, eran como sangre recién derramada en contraste con los viejos frescos de la capital que adornaba la pared que había detrás de la joven. Lo único que se veía más rojo era la boca.

Harry se sentó enfrente de ella.

—Hola —dijo él.

—Hola —dijo ella.

38

—Gracias por venir con tan poco tiempo de reacción —dijo Harry.

—Llegué hace media hora —dijo Silje, y señaló el vaso vacío que tenía delante.

—¿He llegado…? —comenzó Harry, y miró el reloj.

—No. Es que no podía esperar.

—¿Harry?

Él levantó la vista.

—Hola, Nina. No, hoy no tomo nada.

La camarera se fue.

—¿Vas con prisa? —preguntó Silje. Estaba sentada muy derecha en la silla, con los brazos desnudos cruzados debajo de los pechos vestidos de rojo. Los enmarcaba con aquella piel desnuda, y ponía una cara que alternaba entre la belleza de una muñeca y otra cosa, algo casi feo. Lo único constante era la intensidad de la mirada. Harry tenía la sensación de que debería ser posible apreciar la menor alteración en el tono y los sentimientos de una mirada así. Que él debía de estar ciego. Porque lo único que veía era el fuego, nada más. El deseo de algo que él no sabía qué era. Porque no se trataba solamente de lo que ella quería, una sola noche, una sola hora, un polvo de diez minutos simulando una violación, no era tan sencillo.

—Quería hablar contigo porque estuviste de guardia en el Riks-hospitalet.

—Ya hablé de ello con el grupo de investigación.

—¿De qué?

–De si Anton Mittet me contó algo antes de que lo mataran. Si discutió con alguien o si mantenía alguna relación con alguien del hospital. Pero ya les dije que aquello no era un asesinato aislado de un marido celoso, que se trataba del matarife de policías. Todo encajaba, ¿no? He leído mucho sobre asesinatos en serie, lo habrías notado durante las clases cuando hubiera tocado el tema.

–No habrá clases sobre asesinatos en serie, Silje. Lo que yo quería saber es si viste a alguien entrar y salir mientras estuviste allí, si viste a alguien o algo que no cuadrara con las rutinas, algo que te sorprendiera, en resumidas cuentas, algo que…

–¿Que no debiera estar allí? –La joven sonrió. Dientes blancos, jóvenes. Dos de ellos, desiguales–. Es de tus clases. –La espalda más arqueada de lo necesario.

–¿Y? –dijo Harry.

–Tú crees que al paciente lo mataron, y que Mittet era cómplice, ¿no? –Había ladeado la cabeza, y Harry se preguntó si estaba fingiendo o si de verdad se sentía tan segura de sí misma. O si no sería más que una persona extremadamente perturbada, que trataba de imitar lo que creía que era un comportamiento normal, aunque fracasaba ligeramente todo el rato.

–Sí, eso es –dijo–. Y también crees que a Mittet lo mataron porque sabía demasiado. Y que el asesino lo camufló como uno de los asesinatos de los policías.

–No –dijo Harry–. Si lo hubieran matado esas personas, habrían arrojado el cadáver al agua con algún contrapeso en los bolsillos. Te ruego que lo pienses detenidamente, Silje. Concéntrate.

La joven respiró hondo y Harry procuró no mirar cuando se le hinchó el pecho. Ella trataba de captar su mirada, pero él agachó la cabeza y se rascó la nuca para evitarlo. Esperó.

–No, no vi a nadie –dijo al fin–. Todo estuvo igual todo el rato. Vino un enfermero anestesista que era nuevo, pero solo se presentó una o dos veces.

–De acuerdo –dijo Harry, y se metió la mano en el bolsillo–. ¿Y este, el hombre de la izquierda?

Puso sobre la mesa una foto impresa que había encontrado en

Google. En ella se veía a un joven Truls Berntsen a la izquierda de Mikael Bellman, delante de la comisaría de Stovner.

Silje observó la foto.

—No, a él no lo vi en el hospital. Pero el de la derecha…

—¿Lo viste allí? —la interrumpió Harry.

—No, no, pero estaba pensando si no es…

—Sí, el jefe provincial de la policía —dijo Harry, y fue a retirar la foto, pero Silje puso la mano en el dorso de la suya.

—¿Harry?

Él notaba el calor de aquella mano suave. Aguardó unos instantes.

—Los he visto antes. Juntos. ¿Cómo se llama el otro?

—Truls Berntsen. ¿Dónde?

—Estuvieron juntos no hace mucho en la galería de tiro de Økern.

—Gracias —dijo Harry, y apartó la mano con la foto—. Pues no voy a robarte más tiempo.

—Tiempo es precisamente lo que me sobra, gracias a ti, Harry.

Él no respondió.

Ella se rió. Se inclinó un poco.

—Pero tú no me has citado aquí solo para eso, ¿verdad? —La luz de la lamparita de mesa le bailaba en los ojos—. ¿Sabes lo que se me ha ocurrido, Harry? Que hiciste que me echaran de la Escuela porque así puedes estar conmigo sin tener problemas con la directiva. Así que, ¿por qué no me cuentas lo que querías *en realidad*?

—Lo que en realidad quería, Silje…

—Lástima que tu colega se presentara tan de repente la última vez que nos vimos, justo cuando…

—… era preguntarte lo del hospital…

—Vivo en la calle Josefine, pero seguro que ya lo has mirado en Google.

—… y decirte que lo de la última vez fue un grandísimo error, que me puse en ridículo, que…

—No se tardan más de once minutos y veintitrés segundos en llegar desde aquí. Ni uno más. Lo he comprobado cuando venía.

—… no puedo. No quiero. Que…

—¿Vamos a…? —hizo amago de ir a levantarse.

—… voy a casarme en junio.

Ella volvió a sentarse. Se lo quedó mirando atónita.

—¿Vas a casarte…? —Su voz apenas se oía con el ruido del local.

—Sí —dijo Harry.

A la joven se le contrajeron las pupilas. Como una estrella de mar cuando le clavas un palo, pensó Harry.

—¿Con ella? —susurró—. ¿Con Rakel Fauke?

—Sí, así es como se llama. Pero me case o no, seas alumna o no, entre nosotros nunca pasará nada. Así que siento mucho la… situación que se produjo el otro día.

—Vas a casarte… —Repitió aquellas palabras con voz sonámbula, y lo miraba como sin verlo.

Harry asintió. Notó que algo le vibraba en el pecho. Creyó por un momento que era el corazón, hasta que comprendió que se trataba del teléfono, que llevaba en el bolsillo interior.

Lo cogió.

—Harry.

Escuchó lo que le decían. Luego se quedó mirando el teléfono como si le pasara algo.

—Repítelo —dijo, y se llevó otra vez el aparato a la oreja.

—Digo que hemos encontrado la pistola —repitió Bjørn Holm—. Y sí, es la suya.

—¿Cuántas personas lo saben?

—Nadie.

—Pues mira a ver cuánto tiempo puedes mantenerlo en secreto.

Harry colgó y marcó otro número.

—Tengo que irme —le dijo a Silje, y coló un billete por debajo del vaso. Vio que la joven abría la boca pintada de rojo, pero él se levantó y se fue antes de que le diera tiempo a decir nada.

Ya en la puerta, oyó a Katrine al otro lado del hilo telefónico. Repitió lo que le había dicho Bjørn.

—Estás de broma —dijo Katrine.

—Y entonces ¿por qué no te ríes?

—Pero… es increíble.

—Seguro que por eso no nos lo creemos —dijo Harry—. Averígualo. Encuentra el fallo.

Y por el auricular oyó el repiqueteo de los dedos sobre el teclado.

Aurora caminaba con Emilie hacia la parada del autobús. Estaba oscureciendo, y era un día de esos en que uno cree todo el rato que va a empezar a llover, pero no llueve, y como que te irrita muchísimo, pensó.

Se lo dijo a Emilie. Ella respondió «ya…» pero Aurora se dio cuenta de que no la había entendido.

—¿No puede empezar a llover de una vez y así nos lo quitamos de encima? —dijo Aurora—. Es mejor que llueva de verdad que andar pensando si no va a llover.

—A mí me gusta la lluvia —dio Emilie.

—Y a mí. Bueno, si no llueve mucho. Pero… —Aurora decidió dejarlo.

—¿Qué es lo que te ha pasado en el entrenamiento?

—¿Que ha pasado el qué?

—Pues que Arne te ha reñido porque no te has hecho a un lado.

—He estado un poco lenta, sí, pero ya está.

—No, estabas totalmente inmóvil mirando a las gradas. Arne dice que la defensa es lo más importante en balonmano. Y que el desplazamiento lateral es lo más importante para la defensa. Y que, por lo tanto, el desplazamiento lateral es lo más importante del balonmano.

Arne siempre está diciendo muchas tonterías, pensó Aurora. No lo dijo en voz alta. Sabía que Emilie no iba a comprenderla ahora tampoco.

Aurora había perdido la concentración porque estaba segura de haberlo visto en las gradas. No resultaba tan difícil de distinguir, porque los únicos que estaban en las gradas aparte de él eran los componentes del equipo de los chicos, que esperaban impacientes a poder utilizar el campo después del entrenamiento de las chicas. Pero era él, estaba casi segura del todo. El hombre que se presentó en su jardín. El que fue preguntando por su padre. El que quería que ella escuchara un grupo cuyo nombre ya había olvidado. El que quería que le diera agua. Se ve que ella se paró un momento, el equipo contrario marcó un gol y Arne, el entrenador, paró el juego y le llamó la atención. Y como de costumbre, ella se entristeció. Llevaba tiempo intentando cambiar, detestaba cuando no podía evitar ponerse triste por ese tipo de tonterías, pero no servía de nada. Se le llenaron los ojos de lágrimas, que se secó con la muñequera; se la pasó por toda la frente al mismo tiempo para que pareciera que se estaba limpiando el sudor. Y cuando Arne terminó y ella miró otra vez a las gradas, el hombre ya no estaba. Exactamente igual que la vez anterior. Solo que en esta ocasión ocurrió tan deprisa que no estaba segura de si lo había visto de verdad o si se lo había imaginado.

—Jo… —Dijo Emilie después de leer el horario en la parada de autobús—. El 149 va a tardar más de veinte minutos. Mi madre ha hecho pizza para esta noche. Se nos va a quedar helada.

—Qué rollo —dijo Aurora, y siguió leyendo. No le gustaba ni la pizza ni quedarse a dormir en casa de nadie. Pero es que era una cosa que todo el mundo hacía. Todo el mundo dormía en casa de todo el mundo, era como un baile en el que había que participar. Era eso o quedarse fuera. Y Aurora no quería quedarse fuera. O por lo menos no del todo.

—Oye —dijo mirando el reloj—. Aquí dice que el 131 llega dentro de un minuto, y acabo de darme cuenta de que se me ha olvidado el cepillo de dientes. Ese autobús pasa por delante de mi casa, así que puedo cogerlo e ir luego a tu casa en bicicleta.

Le vio a Emilie en la cara que no le gustaba la idea. No le apetecía nada esperar en la oscuridad de la noche en ese tiempo de casi lluvia que no terminaba de llover, ni coger el autobús sola. Y seguramente ya se maliciaba que Aurora la llamaría con una excusa cuando llegara a casa y que al final no se quedaría a dormir.

—Bueno —dijo Emilie de mala gana, y tironeando de la bolsa de deporte—. Pero esperamos con la pizza, ¿vale?

Aurora vio que el autobús giraba al final de la cuesta. El 131.

—Y te puedo prestar mi cepillo —dijo Emilie—. Después de todo somos amigas.

Tú y yo *no somos* amigas, pensó Aurora. *Tú eres* Emilie, la amiga de todas las niñas de la clase; Emilie, la que siempre lleva la ropa que hay que llevar; la que tiene el nombre más guay de Noruega, y la que nunca se enfada con nadie porque eres superabierta y nunca criticas a nadie, por lo menos mientras están delante. Mientras que yo soy Aurora, la que hace lo que tiene que hacer —pero no más— para poder estar con vosotras, porque no se atreve a estar sola. Y que os parece un poco rara, pero tan lista y tan chula que no os atrevéis a meteros con ella.

—Voy a llegar a tu casa antes que tú —dijo Aurora—. Te lo aseguro.

Harry estaba sentado en aquellas gradas tan sencillas, mirando el campo con la cabeza apoyada en las manos. La lluvia flotaba en el aire, podía empezar a caer en cualquier momento y en Valle Hovin no había techo.

Tenía aquel polideportivo tan feo y tan pequeño para él solo. Sabía que iba a ser así, últimamente pasaba mucho tiempo entre un concierto y otro, y aún faltaba más para que empezara la temporada de patinaje, cuando cubrían la pista de hielo y todo el que quería podía ir a entrenar. Fue allí donde vio a Oleg dar sus primeros pasos en falso con los patines y, lento pero seguro, evolucionar hasta convertirse en una promesa del patinaje de su categoría. Esperaba ver de nuevo aquí a Oleg muy pronto. Cronometrarle las vueltas sin que él lo supiera. Tomar nota de cuándo progresaba y cuándo se estancaba. Animarlo cuando le fuera mal, mentirle diciendo que las circunstancias habían sido adversas o que los patines estaban mal, y ser objetivo cuando le iba bien, no dejar que la alegría que sentía por dentro se le notara demasiado. Ser una especie de compresor y ayudarle a equilibrar los valles y los picos. Era lo que Oleg necesitaba; de lo contrario se dejaba llevar sin freno por sus sentimientos. Harry no sabía mucho de patines, pero de lo otro sí que sabía bastante. Control de los sentimientos, así lo llamaba Ståle. La capacidad de consolarse uno mismo. Era una de las cosas más importantes en el desarrollo de un niño, pero no todos lo desarrollaban en el mismo grado. Por ejemplo, Ståle consideraba que Harry necesitaba controlar más sus sentimientos. Que carecía de la capacidad que el hombre corriente tenía para huir de aquello que era negativo, de olvidar, de concentrarse en algo bueno, en algo más llevadero. Que para eso, él había utilizado el alcohol. El padre de Oleg también era alcohólico, dilapidaba su vida y la fortuna familiar bebiendo allá en Moscú, según le había contado Rakel. A lo mejor esa era una de las razones por las que el muchacho le inspiraba tanta ternura, porque tenían en común eso, el no saber controlar los sentimientos.

Harry oyó pasos en el asfalto. Alguien se acercaba cruzando la oscuridad desde el otro lado de la pista. Dio una buena calada al cigarro para que el ascua indicara dónde se encontraba.

El hombre saltó la barandilla y subió con pasos ágiles y ligeros los escalones de cemento de las gradas.

—Harry Hole —dijo el hombre, y se detuvo dos peldaños por debajo de él.

—Mikael Bellman —dijo Harry. Las líneas sin pigmento de color rosáceo que cubrían la cara de Bellman parecían relucir en la oscuridad.

—Dos cosas, Harry. Tiene que ser por algo importante, mi mujer y yo teníamos pensado pasar la noche tan a gusto en casa.

—¿Y la segunda?

—Que deberías apagar eso. El humo del tabaco es malo para la salud.

—Gracias por preocuparte.

—Estaba pensando en mí, no en ti. Apágalo, hazme el favor.

Harry restregó el cigarro contra el hormigón y guardó lo que quedaba de él en el paquete de Camel, mientras Bellman se sentaba a su lado.

—Curioso punto de encuentro, Hole.

—Mi único entretenimiento aparte del Schrøder. Y no hay tanta gente.

—Menos que poca, por lo que veo. Por un momento se me pasó por la cabeza si no serías tú el matarife, que me traías aquí engañado. Seguimos partiendo de la base de que él es un policía, ¿verdad?

–Por supuesto –Dijo Harry, y sintió que ya tenía ganas de sacar otra vez el cigarro–. Tenemos una coincidencia con una pistola.

–¿Tan pronto? Pues sí que ha sido rápido, ni siquiera sabía que habíais empezado a reunir…

–No hace falta. Obtuvimos la coincidencia con la primera pistola.

–¿Cómo?

–Con tu pistola, Bellman. Hicieron una prueba y el resultado coincide a la perfección con la bala del caso Kalsnes.

Bellman soltó una carcajada. El eco rebotó entre las gradas.

–¿Es una inocentada, Harry?

–A esa pregunta tendrás que responder tú, Mikael.

–Para ti yo soy el señor jefe provincial o Bellman, Harry. Bueno, el «señor» te lo puedes saltar. Y yo a ti no «tengo que» decirte nada de nada. ¿Qué es lo que pasa?

–Eso tendrás qu…, perdona, ¿«deberías» te parece mejor? Deberías decírmelo tú, señor jefe provincial. O de lo contrario tendremos que llevarte a comisaría para someterte a un interrogatorio oficial; y en este caso debo decir «tenemos que». Y eso es algo que tanto tú como nosotros queremos evitar tanto como sea posible. ¿De acuerdo?

–Ve al grano, Harry. ¿Cómo puede haber pasado?

–Yo veo dos explicaciones posibles –dijo Harry–. La primera y la más obvia es que tú, señor jefe provincial, le pegaste un tiro a René Kalsnes.

–Pero… Yo…

Harry vio cómo Mikael Bellman movía la boca mientras la luz parecía latir en las líneas sin pigmento, como si se tratara de algún animal exótico de las profundidades marinas.

–Tienes coartada –dijo Harry terminando la frase por él.

–¿Ah, sí?

–Cuando nos llegaron los resultados puse a Katrine Bratt a trabajar en el asunto. La noche en que mataron a René Kalsnes tú estabas en París.

Bellman cerró por fin la boca.

—¿Ah, sí?

—Buscó tu nombre por la fecha. Y apareció en la lista de pasajeros de Air France de Oslo a París y en el registro de huéspedes del Hotel Golden Oriole esa misma noche. ¿Viste a alguien que pueda confirmar que estabas allí?

Mikael Bellman parpadeaba muy concentrado, como si quisiera ver mejor. La aurora boreal que se le extendía por la piel se apagó. Asintió despacio.

—El caso Kalsnes, sí. Fue el día en que acudí a una entrevista de trabajo de la Interpol en París. Desde luego que puedo encontrar algún testigo, incluso salimos a cenar por la noche.

—Entonces solo queda saber dónde se encontraba tu pistola el día de autos.

—En casa —dijo Mikael Bellman sin asomo de duda—. Bajo llave. Una llave que tengo en mi llavero.

—¿Hay alguna prueba de eso?

—No lo creo. Decías que ves dos explicaciones posibles. Permíteme que adivine que la segunda es que el chico de balística…

—Hoy por hoy la mayoría son chicas, la verdad.

—… se ha equivocado, que se las haya arreglado para confundir la bala asesina por una de mis balas de prácticas o algo así.

—No. El proyectil de plomo que había en la caja del depósito de pruebas de convicción procede de tu pistola, Bellman.

—¿Qué quieres decir?

—¿Con qué?

—Con lo de «la bala que estaba en el depósito de pruebas», y no «la bala hallada en la cabeza de Kalsnes».

Harry asintió.

—Nos vamos acercando, Bellman.

—¿Que nos acercamos a qué?

—La otra posibilidad que veo es que alguien haya sustituido la bala del depósito de pruebas por una de tu pistola. Porque resulta que solo hay una cosa que no encaja con esa bala: la forma en que se deformó indica que el impacto se produjo contra algo mucho más duro que una persona de carne y hueso.

—Ajá. ¿Y contra qué crees tú que impactó?

—La placa de acero que hay detrás de la diana de la galería de tiro de Økern.

—¿Y qué demonios te hace creer que sea así?

—Pues casi diría que no lo creo, sino que lo sé, Bellman. Le pedí a la chica de balística que fuera allí e hiciera otra prueba con tu pistola. ¿Y sabes qué? Que esa bala se parece tanto a la de la caja de pruebas que se confunden.

—¿Y por qué se te ocurrió lo de la galería de tiro?

—¿No te parece lógico? Allí es donde la mayoría de los policías efectúan la mayoría de los disparos que no están destinados a alcanzar a una persona.

Mikael Bellman negó despacio con la cabeza.

—Hay algo más. ¿Qué es?

—Pues sí —dijo Harry, sacó el paquete de Camel y se lo mostró a Bellman, que rechazó el ofrecimiento—. Estaba pensando en cuántos quemadores conozco en la policía. ¿Y sabes qué? Sólo se me ocurre uno. —Harry sacó el cigarro a medio fumar, lo encendió y dio una calada larga. —Truls Berntsen. Y ha querido la casualidad que yo haya estado hablando con un testigo que os vio practicando no hace mucho en la galería de tiro. Las balas caen en una caja después de impactar en la placa de acero. Cualquiera podría coger de allí una bala usada después de que te hubieras ido.

Bellman apoyó la palma de la mano en la rodilla y se giró hacia Harry:

—¿Es que sospechas que nuestro compañero Truls Berntsen ha colocado pruebas falsas contra mí, Harry?

—¿Y tú no lo sospechas?

Pareció que Bellman iba a decir algo, pero se arrepintió. Se encogió de hombros.

—Yo no sé en qué está metido Berntsen, Hole. Y, sinceramente, creo que tú tampoco.

—Bueno, yo no sé si estás siendo sincero, pero sé alguna que otra cosa de Berntsen. Y Berntsen sabe alguna que otra cosa de ti, ¿me equivoco?

—Comprendo que estás insinuando algo, pero no sé lo que es, Harry.

—Sí, yo creo que sí. Lo que pasa es que no se puede probar, supongo, así que vamos a dejarlo. Lo que me gustaría saber es qué quiere Berntsen.

—Hole, resulta que tu trabajo consiste en investigar los asesinatos de los compañeros, no utilizar esta situación para una caza de brujas personal contra mí o contra Truls Berntsen.

—Ah, pero ¿eso es lo que estoy haciendo?

—No es ningún secreto que tú y yo hemos tenido nuestros enfrentamientos, Harry. Y esto te parecerá una oportunidad de revancha.

—¿Y tú y Berntsen? ¿Algún enfrentamiento por ese lado? Fuiste tú quien lo suspendió por sospecha de corrupción.

—No, fue el consejo de Recursos Humanos. Y es un malentendido que estamos aclarando en estos momentos.

—¿No me digas?

—Pues sí, porque fue culpa mía. El dinero que recibió en su cuenta se lo había pagado yo.

—¿Tú?

—Él construyó la terraza de mi casa, y yo le pagué al contado una cantidad que él ingresó directamente en la cuenta. Pero le reclamé que me lo devolviera porque el fraguado era defectuoso. Por eso no declaró ese dinero a las autoridades fiscales; lógicamente, no quería pagar impuestos por un dinero que no iba a ser suyo. Ayer envié toda la información a Delitos Económicos.

—¿El fraguado era defectuoso?

—Sí, humedad o qué sé yo. El caso es que no huele nada bien. Cuando Delitos Económicos empezó a indagar por aquella suma desconocida, Truls se forjó la idea infundada de que, si decía de dónde procedía el dinero, me colocaría en una situación delicada. En todo caso, ya está arreglado.

Bellman se subió la manga de la cazadora y la esfera de un reloj Tag Heuer resplandeció en la oscuridad.

—Si no tienes más preguntas sobre el proyectil de mi pistola…, yo tengo otras cosas que hacer, Harry. Y supongo que tú también. Clases que preparar, por ejemplo.

—Bueno. La verdad es que ahora dedico a esto todo el tiempo.

—No, *dedicabas* a esto todo el tiempo.

—¿Y eso qué quiere decir?

—Nada, que tenemos que ahorrar donde podamos, por esa razón pienso ordenar que el grupito de investigación alternativo de Hagen deje de contratar a asesores, con efecto inmediato.

—A Ståle Aune y a mí. Eso es la mitad del equipo.

—El cincuenta por ciento de los costes de personal. Ya me alegro de la decisión. Pero, dado que el grupo está tan perdido, me estoy planteando parar todo el proyecto.

—¿Tanto tienes que temer, Bellman?

—Cuando eres el animal más grande de la selva no tienes nada que temer, Harry. Y, después de todo, yo soy…

—… el jefe provincial. Desde luego que sí. El Jefe.

Bellman se levantó.

—Me alegro de que lo hayas asimilado. Y sé que, cuando empezáis a involucrar a colaboradores de confianza como Berntsen, ya no es una investigación objetiva, sino una *vendetta* personal, dirigida por un antiguo policía alcoholizado y amargado. Y, como jefe provincial, es mi obligación proteger el buen nombre del cuerpo. Así que, ¿sabes lo que respondo cuando me preguntan por qué hemos archivado la investigación del asesinato de aquel ruso al que le clavaron un sacacorchos en el cuello en el bar Come As You Are? Respondo que las investigaciones son una cuestión de prioridades, que ese caso no está archivado, solo que en estos momentos no es prioritario. Y aunque todo aquel que tiene algo que ver con la policía ha oído quién es el responsable, yo hago como que no lo sé. Porque soy el jefe provincial.

—¿Eso es una amenaza, Bellman?

—¿Es que tengo que amenazar a un profesor de la Escuela Superior de Policía? Que lo pases bien, Harry.

Harry vio a Bellman caminar de lado hasta la barandilla mientras se abrochaba la cazadora. Sabía que debería cerrar el pico. Había una carta que había decidido guardarse en la manga, por si le resultaba útil en algún momento. Pero acababan de eliminarlo del caso, así que ya no había nada que perder. Esperó a que Bellman hubiera pasado un pie al otro lado de la barandilla.

—¿Te viste alguna vez con René Kalsnes, Bellman?

El jefe provincial se quedó helado. Katrine había cruzado el nombre de Bellman con el de Kalsnes, y no había encontrado nada de nada. Y si hubieran compartido la cuenta del restaurante, si hubieran comprado por internet entradas para la misma película, si hubieran viajado en asientos próximos en el mismo avión o el mismo tren, Katrine lo habría descubierto. Pero, de todos modos, Bellman se quedó helado. Se quedó allí plantado, con un pie a cada lado de la barandilla.

—¿A qué viene una pregunta tan absurda, Harry?

Él dio una calada.

—Era más o menos del dominio público que, llegado el caso, Kalsnes se acostaba con hombres por dinero. Y tú has estado viendo películas de pornografía gay en la red.

Bellman seguía inmóvil. Al parecer, había metido el pie donde no debía. Harry no podía verle la expresión de la cara en la oscuridad, solo las líneas sin pigmento, que relucían igual que la esfera del reloj.

—Kalsnes era famoso por su codicia y su cinismo, un tipo sin un gramo de moral en el cuerpo —dijo Harry examinando el ascua del cigarro—. Imagínate a un hombre casado, conocido, que se ve chantajeado por alguien como René. Que a lo mejor tiene unas fotos de cuando están en la cama. A mí me parece un móvil de asesinato, ¿tú qué dices? Pero René puede haber hablado con otros de ese hombre casado, de modo que, luego, alguien podría aparecer y desvelar que ahí hay un móvil. Así que el hombre casado tiene que buscarse a otro para que lleve a cabo el asesinato. Alguien a quien conoce tan bien y de quien ya sabe tantas cosas —y viceversa—, que reina entre los dos la confianza mutua. El asesinato se comete, naturalmente, cuando el hombre casado tiene una coartada perfecta, una cena en París, por ejemplo. Pero luego las cosas se tuercen entre los dos amigos de la infancia. Al asesino a sueldo lo suspenden de su empleo y el hombre casado se niega a ayudarle, a pesar de que, como jefe que es, podría hacerlo sin problemas. Así que el asesino a sueldo se hace con una bala de la pistola del hombre casado y la pone en la caja de las pruebas de convicción del depósito. O bien por pura venganza, o como base para el chantaje, para que el hombre casado le devuelva el trabajo. Y es que, claro, no es tan fácil hacer desaparecer esa bala para quien no domina el arte de quemar pruebas. Por cierto, ¿sabías que Truls Berntsen denunció la pérdida de su arma reglamentaria un año después de que le pegaran un tiro a Kalsnes? Encontré su nombre en una lista que Katrine Bratt me envió hace unas horas. —Harry respiró. Cerró los ojos, para que la luz del cigarro no le anulara la visión nocturna—. ¿Qué me dices de eso, señor jefe provincial de la policía?

—Pues te digo que gracias, Harry. Gracias por ayudarme a tomar la decisión de eliminar al grupo entero. Se hará a primera hora de la mañana.

—¿Quiere eso decir que sostienes que nunca te viste con René Kalsnes?

—No me vengas con esas técnicas de interrogatorio, Harry, yo mismo las importé de la Interpol y las introduje en Noruega. Todo el mundo puede tropezarse por casualidad con unas fotos de homosexuales en la red, están por todas partes. Y a la policía no le sirven los grupos de investigación que se sirven de esas casualidades como si fueran pruebas válidas para una investigación seria.

—No te tropezaste con nada, Bellman, pagaste con tu tarjeta de crédito por unas películas y te las descargaste.

—Pero hombre, ¿es que no me has oído? ¿Es que tú no tienes curiosidad por lo que es tabú? Descargarse una foto de un asesinato no es lo mismo que ser un asesino. Que a una mujer le atraiga pensar en una violación no significa que quiera que la violen. —Bellman ya había pasado el otro pie. Ya estaba al otro lado. Libre. Se alisó la cazadora—. Un último consejo, Harry. No me acoses. Si sabes lo que te conviene. A ti y a tu mujer.

Harry vio la espalda de Bellman alejándose en la oscuridad de la pista. El eco de aquellos pasos duros amortiguado entre las gradas era lo único que oía. Harry soltó la colilla y la pisó. Con fuerza. Como si quisiera atravesar con ella el hormigón.

39

Harry encontró el Mercedes ruinoso de Øystein Eikeland en la parada de autobús que hay al norte de la Estación Central de Oslo. Los taxis estaban aparcados en círculo, y parecían una caravana que, para pasar la noche, creara así una defensa de los apaches, el fisco, la competencia de bajo coste y otros que aparecían para llevarse lo que ellos consideraban que les pertenecía por derecho.

Harry se sentó en el asiento del copiloto.

—¿Mucho trabajo esta noche?

—No he levantado el pie del acelerador ni un segundo —dijo Øystein, apretó los labios alrededor de un cigarro de liar microscópico y echó el humo hacia el retrovisor, en el que veía la cola que iba creciendo detrás.

—¿Cuántas horas puedes decir que tienes pasajeros que pagan al cabo de una jornada? —preguntó Harry, y sacó el paquete de tabaco.

—Tan pocos que estoy pensando en poner el taxímetro ahora mismo. Eh, oye, ¿es que no sabes leer? —Øystein señaló el letrero de PROHIBIDO FUMAR que tenía en la guantera.

—Øystein, necesito consejo.

—Pues es no, no te cases. Una mujer estupenda, Rakel, pero el matrimonio trae más problemas que diversión. Escucha a un viejo zorro de los casorios.

—Pero, Øystein, tú nunca has estado casado.

—Pues por eso lo digo. —Unos dientes amarillos aparecieron en la cara escuálida de su amigo de la infancia, que dio un latigazo en el reposacabezas con la finísima cola de caballo.

Harry encendió el cigarro.

—Cuando pienso que te pedí que fueras nuestro testigo…

—Los testigos tienen que ser personas en condiciones, Harry, y una boda sin borrachera es tan absurda como una tónica sin ginebra.

—De acuerdo, pero no te pensaba pedir consejo matrimonial.

—Bueno, pues suéltalo, Eikeland es todo oídos.

El humo le ardía a Harry en la garganta. Ya no tenía las mucosas acostumbradas a dos paquetes de tabaco al día. Sabía perfectamente que Øystein no podía darle consejo en este caso. Tampoco. Por lo menos, ninguno bueno. Su lógica y sus principios de fabricación casera habían enmarcado una vida tan disfuncional que solo podía atraer a personas muy interesadas. Los pilares del hogar eikenlandés eran el alcohol, la soltería, las mujeres de baja estofa, un intelecto interesante, pero también cierto orgullo y un instinto de supervivencia que, después de todo, lo llevaban a más taxi y menos bebida, y una capacidad de reírse en la cara de la vida y del diablo mismo que incluso Harry admiraba.

Respiró hondo.

—Sospecho que el que está detrás de los asesinatos de los policías es un policía.

—Pues métalo entre rejas —dijo Øystein, y se quitó una brizna de tabaco de la punta de la lengua. Se paró de pronto—. Espera, ¿has dicho los asesinatos de los policías? O sea, ¿los asesinatos de los policías?

—Sí. El problema es que si detengo a ese hombre, él me arrastrará consigo.

—¿Cómo?

—Puede demostrar que fui yo quien mató al ruso del Come As You Are.

Øystein se quedó mirando el retrovisor con perplejidad.

—¿Te cargaste a un ruso?

—Entonces, dime, ¿qué hago? ¿Lo cojo y caigo con él? En ese caso, ni Rakel tendrá marido ni Oleg tendrá padre.

—De acuerdo.

—¿Con qué?

–Que los pongas a ellos por delante. En realidad es tope inteligente tener a mano ese tipo de excusas filantrópicas, así se duerme mucho mejor. Yo siempre he apostado por eso. ¿Recuerdas cuando me escabullí el día que estuvimos robando manzanas y dejé allí tirado a Tresko? Él no era capaz de correr tan rápido con tantos kilos y con aquellos zapatos. Me dije que Tresko necesitaba los palos más que yo, orgullo moral, que le señalaran el camino. Porque allí era donde él quería llegar, al país del burgués medio, ¿no? Mientras que yo…, yo lo que quería era ser delincuente, ¿de qué me iba a servir a mí que me flagelaran un poco por una tristes manzanas?

–No pienso permitir que nadie cargue con la culpa, Øystein.

–Pero ¿y si ese tío coge a más maderos y tú supieras que podrías haberlo detenido?

–Pues eso es, precisamente –dijo Harry, y echó el humo sobre el letrero de PROHIBIDO FUMAR.

Øystein se quedó un buen rato mirando a su amigo.

–No, Harry, eso no.

–¿No a qué?

–No… –Øystein bajó la ventanilla que había a su lado y lanzó lo que quedaba del cigarro, dos centímetros de papel Rizzla empapado en saliva–. En fin, no quiero ni oírlo, tú no lo hagas y punto.

–Ya. Pues lo más cobarde que puedo hacer es no hacer nada, ¿no? Decirme que no tengo pruebas concluyentes, lo cual es verdad, por otro lado. Dejar que todo siga su curso. Pero dime, Øystein, ¿puede un hombre vivir así?

–Pues claro que puede, coño. Pero mira, precisamente en eso tú eres raro, Harry. O sea, ¿podrías *tú* vivir así?

–En condiciones normales, no. Ahora tengo otras consideraciones que tener en cuenta.

–¿Y no te las puedes arreglar para que parezca que son otros los que lo cogen?

–Utilizará todo lo que sabe de otros policías para negociar una reducción de la condena. Ha trabajado como quemador y como investigador de homicidios, se sabe todos los trucos del reglamento. Además, le salvará el pellejo el jefe provincial, esos dos saben demasiado el uno del otro.

Øystein echó mano del paquete de Harry.

—¿Sabes qué, Harry? Me da la impresión de que has venido para que te dé la bendición por haber matado. ¿Alguien más sabe qué estás haciendo?

Harry negó con un gesto.

—Ni siquiera mi grupo de investigación.

Øystein cogió un cigarro y lo encendió con su mechero.

—¿Harry?

—Sí.

—Tú eres el tío más jodido y más aislado que conozco.

Harry miró el reloj, pronto sería medianoche, entornó los ojos y miró por la ventanilla.

—Querrás decir solo.

—No, aislado. Elegido por ti, y raro.

—En fin —dijo Harry, y abrió la puerta—. Gracias por el consejo.

—¿Qué consejo?

La puerta se cerró.

—¿Qué consejo ni qué mierda? —gritó Øystein en dirección a la puerta y a la figura encogida que enseguida engulló la noche de Oslo—. ¿Y el taxi a casa qué, so tacaño?

La casa estaba a oscuras y en silencio.

Harry miraba el armario sentado en el sofá.

No le había contado a nadie sus sospechas acerca de Truls Berntsen.

Había llamado a Bjørn y a Katrine para decirles que había mantenido una breve conversación con Mikael Bellman. Y, dado que el jefe provincial tenía coartada para la noche del asesinato (o se había producido un error o la prueba era falsa), lo mejor era que, por el momento, no dijeran que la bala de la caja de las pruebas procedía de la pistola de Bellman. Vamos, que ni una palabra de lo que habían hablado.

Ni una palabra sobre Truls Berntsen.

Ni una palabra de lo que había que hacer.

Así debía ser, era una de esas cosas que uno tiene que hacer solo.

La llave estaba escondida en la estantería de los discos.

Harry cerró los ojos. Trató de tomarse una pausa, de no prestar atención al diálogo al que daba vueltas en la cabeza. Pero era imposible, las voces empezaban a gritar en cuanto se relajaba. Que Truls Berntsen estaba loco. Que no era una suposición, sino un hecho. Una persona en sus cabales no pone en marcha semejante campaña de asesinatos contra sus compañeros.

No es que no tuviera parangón, solo había que ver en Estados Unidos, cuántos casos se daban de personas que, tras ser víctimas de un despido o de cualquier otro tipo de humillación, volvían al trabajo y disparaban a sus colegas. Omar Thornton mató a ocho de las personas que trabajaban con él en la distribuidora de cerveza, después de que lo despidieran por haber robado mercancía; Wesley Neal Higdon mató a cinco, después de que su jefe le echara una bronca; Jennifer San Marco efectuó seis disparos mortales contra sus colegas después de que su jefe la despidiera –precisamente– por estar loca.

La diferencia en este caso era el grado de planificación y la capacidad de ejecución. Así que, ¿cómo de loco estaba Truls Berntsen? ¿Lo bastante como para que la policía desoyera su acusación de que Harry Hole había matado a una persona en un bar?

No.

No, si tenía pruebas. Las pruebas no podían explicar una enfermedad mental.

Truls Berntsen.

Harry reflexionó.

Todo encajaba. Pero ¿encajaba lo más importante? El móvil. ¿Qué fue lo que dijo Mikael Bellman? ¿Que el que una mujer tenga fantasías de violaciones no significa que quiera que la violen? Que el que un hombre tenga fantasías de violaciones no significa que…

¡Mierda! ¡Mierda! ¡Ya está bien!

Pero no estaba bien. No iba a darle ningún respiro mientras no hubiera resuelto el problema. Y eso solo podía ocurrir de dos maneras. Una, la de toda la vida. La que todo su cuerpo le pedía a gritos en aquellos momentos. Una copa. Esa copa que se extendía, camuflaba, anestesiaba. Era la forma transitoria. La forma inadecuada. La otra era la definitiva. La necesaria. La que eliminaba el problema. La alternativa del diablo.

Harry se puso en pie. No había ni una gota de alcohol en casa, no desde que se mudó. Empezó a andar de un lado a otro. Se detuvo. Se quedó mirando la vieja vitrina. Le recordaba a algo. Un mueble bar que una vez estuvo mirando exactamente igual que ahora. ¿Qué era lo que lo detenía? ¿En cuántas ocasiones anteriores no había vendido su alma por mucho menos compensación? ¿Sería eso, precisamente? ¿Que las otras veces había sido por calderilla, y justificado por una rabia moral? Pero en esta ocasión era… sucio. Quería salvar su pellejo también.

Ahora podía oírlo allí dentro, cómo le susurraba. «Sácame, úsame. Úsame para aquello para lo que debes usarme. Y, esta vez, sí haré el trabajo. No dejaré que un chaleco antibalas me lo estropee.»

Le llevaría media hora ir en coche a casa de Truls Berntsen, en Manglerud. Con ese arsenal que tiene en el dormitorio, y que él mismo vio. Todo tipo de armas, esposas, máscaras antigás. Porras. Entonces, ¿por qué lo retrasaba? Él sabía lo que había que hacer.

Pero ¿era verdad? ¿De verdad que Truls Berntsen había matado a René Kalsnes por orden de Mikael Bellman? Truls estaba loco, de eso no cabía ninguna duda, pero y Mikael Bellman, ¿estaría loco él también?

¿O sería una construcción que su cerebro había compuesto con los fragmentos que tenía a su disposición, forzándolos porque quería, deseaba, *ansiaba* una imagen, la que fuera, que otorgara, si no sentido, al menos una respuesta, una sensación de que se habían unido los puntos.

Harry sacó el teléfono del bolsillo y marcó la A.

Diez segundos más tarde oyó que alguien gruñía un «¿Sí?».

—Hola, Arnold, soy yo.

—¿Harry?

—Sí. ¿Estás en el trabajo?

—Es la una de la noche, Harry. Soy más o menos normal, así que estoy en la cama.

—*Sorry.* ¿Quieres seguir durmiendo?

—Ya que lo preguntas, pues sí.

—De acuerdo, pero ya que estás despierto... —Oyó un lamento al otro lado del hilo telefónico—. Estaba pensando en Mikael Bellman. Tú trabajabas en Kripos al mismo tiempo que él. ¿Notaste algo que indicara que le atraían sexualmente los hombres?

Siguió un largo silencio durante el cual Harry oyó la respiración pausada de Arnold y el traqueteo de un tren al deslizarse por las vías. Por la acústica, Harry se dio cuenta de que Arnold dormía con la ventana de par en par, se oía más el exterior que el interior. Seguramente, estaba acostumbrado a los ruidos, no penetraban sus sueños. Y de pronto comprendió, no como una revelación sino más bien como una idea perdida, que quizá eso mismo pasara con el caso. Que a esos ruidos, a los sonidos de siempre, que ya ni oían y que, por esa razón, no los despertaban, era a los que debían prestar atención.

—¿Te has dormido, Arnold?

—No, pero es una idea tan novedosa para mí que tengo que dejar que se asiente bien. O sea. Ahora, cuando lo pienso y pongo las cosas en otro contexto... Y ni así puedo... Pero está claro, sí.

—¿Qué es lo que está claro?

—No, bueno, que era Bellman, y su perrito faldero, de una fidelidad infinita.

—Truls Berntsen.

—Exacto. Ellos dos... —Otro silencio. Otro tren—. No, Harry, no me los puedo imaginar como pareja, no sé si me comprendes.

—Te comprendo. Perdona que te haya despertado. Buenas noches.

—Buenas noches. Por cierto, un momento...

—¿Sí?

—En Kripos había un tío. Lo había olvidado por completo, pero una vez entré en los servicios y entonces los vi a él y a Bellman delante del lavabo, y los dos tenían la cara roja. Como si hubiera pasado algo, ya me entiendes. Recuerdo que lo pensé, pero no le di más importancia. El caso es que el tío desapareció de Kripos poco después.

—¿Cómo se llamaba?

—No lo recuerdo. A lo mejor puedo averiguarlo, pero ahora no.

—Gracias, Arnold. Y que descanses.

—Claro, gracias. ¿Cómo va la cosa?

—De ninguna manera, Arnold —dijo Harry, cortó la comunicación y se guardó el teléfono en el bolsillo.

Abrió la otra mano.

Se quedó mirando la estantería de los discos. La llave estaba en la uve doble.

—De ninguna manera —repitió.

Se quitó la camiseta de camino al cuarto de baño. Sabía que las sábanas eran blancas, estaban limpias y frías. Que el silencio al otro lado de la ventana abierta sería absoluto, y el aire nocturno refrescaría lo justo, ni más ni menos. Que no podría dormir ni un segundo.

Y cuando se acostó, se quedó oyendo el viento. Silbaba. Silbaba desde el ojo de la cerradura de una vitrina negra muy antigua.

El oficial de guardia de la central de operaciones recibió el aviso del incendio a las 4.06. Cuando oyó la voz alarmada del bombero supuso inmediatamente que debía tratarse de un incendio de grandes proporciones, algo que exigiera quizá redirigir el tráfico, garantizar la seguridad de los edificios del entorno, heridos o muertos… De ahí que al principio se sorprendiera un poco cuando el bombero dijo que era una formación de humo lo que había activado la alarma de incendios de un bar de Oslo que estaba cerrado durante la noche, y que el incendio se había apagado solo antes de que ellos llegaran. Más se asombró cuando el bombero le dijo que acudieran en el acto. Y oyó que lo que ella había interpretado en principio

444

como alarma era miedo. Le temblaba la voz, como a quien seguro que ha tenido que ver muchas cosas en el trabajo, pero nada que pudiera haberlo preparado para algo como aquello que trataba de contar:

—Es una niña. La han debido empapar de algo, hay botellas vacías de alcohol en la barra.

—¿Dónde es?

—Está carbonizada. Y atada a la tubería del agua.

—¿Dónde es?

—Tiene algo alrededor del cuello. Parece el candado de una bicicleta. De verdad, tenéis que venir.

—Sí, pero ¿dónde…?

—En Kvadraturen. El bar se llama Come As You Are. Por Dios santo, es solo una niña…

40

Ståle Aune se despertó a las 6.28 de la mañana al oír el timbre. Por alguna razón, creyó que era el teléfono, hasta que comprendió que se trataba del despertador. Sería algo que había soñado. Sin embargo, dado que no creía en la interpretación de los sueños más que en la psicoterapia, no hizo ningún intento de seguir hacia atrás el hilo de los pensamientos, sino que le dio un manotazo al despertador y cerró los ojos para disfrutar de los dos minutos que le quedaban antes de que dieran las siete y media y empezara a sonar el otro despertador. Por lo general, era entonces cuando oía los pies descalzos de Aurora tocar el suelo y salir corriendo al cuarto de baño para ser la primera en ocuparlo.

No oyó nada.

—¿Dónde está Aurora?

—Dormía en casa de Emilie —murmuró Ingrid adormilada.

Ståle Aune se levantó. Se duchó, se afeitó, desayunó con su mujer en medio de un silencio compartido mientras ella leía el periódico. Ståle había adquirido una gran habilidad a la hora de leerlo del revés. Se saltó lo de los asesinatos de los policías, no había ninguna novedad, solo nuevas especulaciones.

—¿No pasa por casa antes de ir al colegio? —dijo Ståle.

—Se llevó los libros.

—Vale. ¿Y está bien eso de irse a dormir con una amiga cuando hay clase al día siguiente?

—No, es nocivo, deberías intervenir. —Ingrid hojeó el periódico.

—¿Tú sabes lo que la falta de sueño le hace al cerebro, Ingrid?

–El Estado noruego ha financiado seis años de estudios para que tú lo sepas, Ståle; lo interpretaría como un despilfarro del dinero de los contribuyentes si yo también lo supiera.

Ståle siempre había sentido una mezcla de disgusto y admiración ante la capacidad de Ingrid de estar tan cognitivamente despierta tan temprano por la mañana. Lo dejaba fuera de combate antes de que hubieran dado las diez. Ståle empezaba a salir airoso de alguna ronda allá por la hora de la cena. En realidad, hasta las seis de la tarde no podía abrigar la esperanza de ganar algún que otro asalto verbal.

Iba pensando un poco en eso mientras sacaba el coche del garaje marcha atrás y echó a rodar por la calle Sporveisgata. En que no sabía si habría aguantado a una mujer que no le diera una paliza diaria. Y que, si no supiera tanto sobre genética, le habría parecido un misterio el que ellos dos hubieran creado a una niña tan adorable y tan sensible como Aurora. Luego dejó el tema. El tráfico iba lento, pero no más de lo normal. Lo más importante era la predictibilidad, no el tiempo que tardara. Tenían reunión a las doce en el Horno, y antes debía atender a tres pacientes.

Puso la radio.

Oyó la noticia al mismo tiempo que sonaba el teléfono y supo por instinto que los dos hechos estaban relacionados.

Era Harry.

–Tenemos que aplazar la reunión, se ha producido otro asesinato.

–¿La niña de la que hablan en la radio?

–Sí. Bueno, estamos bastante seguros de que es una niña.

–¿No sabéis quién es?

–No, no hay ninguna denuncia de desaparición.

–¿Cuántos años tendrá?

–Imposible decirlo con certeza, pero por el tamaño y la constitución, diría que entre diez y catorce años.

–¿Y creéis que tiene algo que ver con nuestro caso?

–Sí.

–¿Por qué?

–Porque la encontraron en el escenario de un caso de asesinato sin resolver. Un bar que se llama Come As You Are. Y porque…

—Harry tosió— estaba atada a una tubería de agua con un candado de bicicleta alrededor del cuello.

—¡Por Dios bendito!

Oyó que Harry volvía a toser.

—¿Harry?

—¿Sí?

—¿Estás bien?

—No.

—¿Pasa… pasa algo?

—Sí.

—¿Aparte de lo del candado? Comprendo que hay…

—La ha empapado en alcohol antes de prender fuego. Las botellas vacías siguen en la barra. Tres botellas, todas de la misma marca. A pesar de que hay muchas otras entre las que podía haber elegido.

—Es…

—Sí, Jim Beam.

—… tu marca.

Ståle oyó que Harry le decía a alguien que no tocara nada. Luego volvió al teléfono:

—¿Quieres venir y ver el lugar?

—Ahora tengo varios pacientes. Quizá más tarde.

—De acuerdo, como quieras. Nosotros estaremos aquí un buen rato.

Colgaron.

Ståle trataba de concentrarse en la conducción. Notó que empezaba a respirar con dificultad, que se le ensanchaban las aletas de la nariz, que se le hinchaba el pecho. Sabía que hoy sería aún peor terapeuta que de costumbre.

Harry salió por la puerta que conducía directamente al estrés de la calle donde la gente, las bicicletas, los coches y los tranvías iban y venían a toda velocidad. Parpadeó al encontrarse con la luz después de la oscuridad que reinaba en el local, observó el absurdo bullicioso de la vida que ignoraba que, a unos metros a su espalda, se encontraba el absurdo de la muerte, sentada en una silla de acero con el asiento de plástico derretido, bajo la forma del cadáver calcinado de una niña cuya identidad ignoraban. Es decir, Harry *intuía* quién era, pero no era capaz de terminar de pensarlo. Respiró hondo varias veces y lo pensó, a pesar de todo. Luego llamó a Katrine, a la que había enviado al Horno para que se quedara en espera delante de sus máquinas.

—¿Siguen sin denunciar ninguna desaparición?

—Sí.

—De acuerdo. Entonces, averigua qué investigadores tienen una hija de entre ocho y dieciséis años. Empieza por los que participaron en el caso Kalsnes. Si hay alguno, los llamas y les preguntas si hoy han visto a su hija. Con miramiento.

—Enseguida.

Harry colgó.

Bjørn salió a la calle y se plantó a su lado. Le habló en voz baja, susurrante, como si estuvieran en una iglesia.

—¿Harry?

—Sí.

—Esto es lo más jodido que he visto en la vida.

Harry asintió. Conocía parte de lo que Bjørn había visto en su carrera, pero sabía que lo que acababa de decir era verdad.

—Quien haya hecho esto… —dijo Bjørn. Levantó las manos, empezó a respirar muy rápido y las bajó otra vez—. Se merece un tiro, joder.

Harry cerró los puños dentro de los bolsillos. Sabía que eso también era verdad. Se merecía un tiro. Uno o tres, de una Odessa que se encontraba en un armario, en Holmenkollveien. Ahora no, pero ayer noche. Cuando un antiguo policía asquerosamente cobarde fue y se acostó sin más, porque había decidido que no sería verdugo mientras no tuviera claro cuál era su móvil, si lo hacía por las posibles víctimas futuras, por Rakel y Oleg o solo por sí mismo. En fin. La niña que había dentro no iba a preguntarle por el móvil, para ella y para sus padres ya era tarde. Mierda, ¡mierda!

Miró el reloj.

Truls Berntsen sabía que Harry iba tras él, y estaría preparado. Lo había invitado, lo había llevado a donde quería matando en aquel lugar, lo había humillado utilizando el veneno habitual del borracho, Jim Beam, y aquel candado de bicicleta que conocía la mitad del cuerpo de policía. Que el gran Harry Hole estuvo amarrado con aquel collar de perro a una señal de PROHIBIDO APARCAR en la calle Sporveisgata.

Harry respiró hondo. Podía enseñar sus cartas, contarlo todo, acerca de Gusto, de Oleg y de los rusos muertos y luego hacer que los Delta asalten la casa de Berntsen, y si conseguía escapar, podría pedir que lanzaran una orden de búsqueda de ámbito internacional, desde la Interpol hasta la última comisaría local del país. O también...

Harry empezó a sacar el paquete de Camel arrugado. Lo guardó otra vez. Estaba harto de fumar.

... también podía hacer exactamente lo que aquel cabrón le estaba pidiendo.

Solo en la pausa que se tomó después del segundo paciente culminó Ståle el razonamiento.

O los razonamientos, eran dos.

El primero era que nadie había denunciado la desaparición de la chica. Niñas de entre diez y catorce años. Los padres deberían haberla echado de menos al ver que no se presentaba al anochecer. Deberían haberlo denunciado.

El otro era que la víctima podía guardar relación con los asesinatos de los policías. Que el asesino había matado hasta el momento solamente a investigadores, y que ahora quizá se hallaban ante esa necesidad de escalada que experimentan los asesinos en serie: ¿qué era lo peor que se le podía hacer a una persona, aparte de arrebatarle la vida? Muy sencillo, arrebatarle la descendencia. A los hijos. En ese caso, la cuestión era ¿a quién le tocaba ahora? Obviamente, a Harry no, él no tenía hijos.

Y entonces fue cuando el corpachón de Ståle Aune empezó a

empaparse de un sudor frío que emanaba de todos los poros. Echó mano del teléfono, que tenía en el cajón abierto, localizó el nombre de Aurora y llamó.

Ocho tonos resonaron antes de que saltara el contestador.

Naturalmente, no respondió, estaba en el colegio, donde no le permitían tener el teléfono encendido, una medida muy sensata.

¿Cómo se llamaba de apellido aquella niña, Emilie? Lo había oído más de una vez, pero aquellos eran los dominios de Ingrid. Sopesó si llamarla, pero decidió no inquietarla sin necesidad y buscó en el ordenador la palabra «campamento». Efectivamente, aparecieron un montón de mensajes del año anterior con las direcciones de todos los padres de la clase de Aurora. Leyó los nombres, con la esperanza de caer en la cuenta. Lo que no tardó en ocurrir. Torunn Einersen. Emilie Einersen, si hasta era fácil recordarlo. Y lo mejor de todo, también figuraban los teléfonos de todos los padres. Fue marcando las cifras en el teléfono, notó que el dedo le temblaba un poco, que casi le costaba atinar: habría bebido demasiado café. O demasiado poco.

–Torunn Einersen.

–Hola, soy Ståle Aune, el padre de Aurora. Quería…, bueno, quería saber si ha ido bien la cosa esta noche.

Pausa. Demasiado larga.

–Lo de que Aurora se quedara a dormir y eso –añadió. Y, para estar totalmente seguro–: Con Emilie.

–Ah, sí. No, Aurora no ha dormido aquí. Ya sé que estuvieron hablando del tema, pero…

–Ya, pues me habré equivocado –dijo Ståle, y oyó que se le debilitaba la voz.

–Ya, no es fácil saber quién duerme en casa de quién hoy por hoy –dijo Torunn Einersen entre risas, aunque parecía preocupada por él, un padre que no sabía dónde pasaba la noche su hija.

Ståle colgó. Ya casi tenía la camisa empapada.

Llamó a Ingrid. Le saltó el contestador. Dejó un mensaje diciéndole que lo llamara cuanto antes. Luego se levantó y dirigió sus pasos hacia la puerta. La paciente que lo esperaba, una mujer de mediana edad que iba a terapia por razones para Ståle por completo incomprensibles, levantó la vista.

–Tenemos que suspender la sesión de hoy… –Pensaba decir su nombre, pero no lo recordó hasta que no hubo salvado la escalera, se vio en la calle y echó a correr por Sporveisgata en dirección al coche.

Harry se dio cuenta de que estaba apretando el vaso de papel lleno de café con demasiada fuerza mientras llevaban a la ambulancia la camilla cubierta. Miró retador al grupo de curiosos que empezaban a agolparse.

Katrine había llamado. Todavía no habían denunciado ninguna desaparición, y nadie del grupo de investigación del caso Kalsnes tenía una hija de entre ocho y dieciséis años. Así que Harry le pidió que continuara la búsqueda con el resto del cuerpo de policía.

Bjørn salió del bar. Se quitó los guantes de látex y la capucha del mono blanco que lo cubría por completo.

–¿Seguimos sin noticias de los de ADN? –preguntó Harry.

–Sí.

Lo primero que hizo Harry cuando llegó al lugar de los hechos fue tomar una muestra de tejido que envió en un coche con prioritarios a medicina legal. Un análisis completo de ADN llevaba su tiempo, pero en conseguir las primeras cifras no se tardaba tanto. Y eso era cuanto necesitaban. Todos los investigadores, tanto los operativos como los técnicos, tenían registrado su perfil de ADN, por si contaminaban un escenario. El último año, además, habían registrado también a los agentes que acudían en primer lugar al lugar del crimen y a los que acordonaban la zona, e incluso a civiles cuya presencia pudiera ser precisa. Se trataba de un sencillo cálculo de probabilidades: tan solo con las tres o cuatro primeras cifras de un total de once habrían podido descartar a la mayoría de entre los policías. Con cinco o seis, a todos. O sea, si él tenía razón, a todos menos uno.

Harry miró el reloj. No sabía por qué, no sabía a qué tenían que llegar a tiempo, solo sabía que andaban mal de tiempo. Que él andaba mal de tiempo.

Ståle Aune aparcó el coche delante de la puerta del colegio, puso las luces de emergencia. Oía el eco de sus pasos nerviosos entre los edificios que rodeaban el patio. El sonido solitario de la niñez. El sonido de cuando llegas tarde a clase. O el sonido de las vacaciones de verano, cuando todos se han ido de la ciudad, cuando te han dejado solo. Abrió de un tirón la pesada puerta, cruzó corriendo el pasillo, sin eco ya, solamente su respiración agitada zumbándole en los oídos. Aquella era la puerta de su aula, ¿no? ¿El grupo o el aula? Qué poco sabía de sus días. Qué poco había hablado con ella los últimos seis meses. Y cuántas cosas querría saber. Cuánto tiempo pensaba pasar con ella a partir de ahora. Con tal de que, con tal de que...

Harry miró a su alrededor en el bar.

—La cerradura de la puerta trasera la han forzado con una ganzúa —dijo el policía que estaba detrás de él.

Harry asintió. Había visto las marcas.

Una ganzúa. Artesanía policial. Por eso no saltó la alarma.

Harry no había visto señales de resistencia, ni objetos volcados en el suelo, ni sillas ni mesas en una posición fuera de lo común cuando se cierra el local por la noche. Al propietario lo estaban interrogando. Harry había dicho que no le hacía falta hablar con él. No había dicho que no *quería*. No dio ninguna razón. Como, por ejemplo, que no quería arriesgarse a que lo reconociera.

Observó el taburete que había delante de la barra, reconstruyó la escena, él sentado allí aquella noche con un vaso intacto de Jim Beam. El ruso, que se acercó por detrás, que intentó clavarle el cuchillo siberiano en la arteria. La yema del dedo de titanio, que se interpuso. El propietario, que estaba aterrado detrás de la barra y que se limitó a mirar mientras Harry agarraba el sacacorchos de la barra. La sangre, que teñía el suelo como una botella de vino tinto recién abierta que se hubiera volcado.

453

—Ni una huella, por el momento —dijo Bjørn.

Harry asintió otra vez. Por supuesto que no. Berntsen estaba solo en el local, pudo tomarse su tiempo. Limpiar las huellas antes de mojarla, de empaparla... La palabra le vino a la cabeza sin querer: antes de marinarla.

Luego encendió el mechero.

Se oyeron las primeras notas de «She», de Graham Parson, y Bjørn se llevó el teléfono al oído:

—¿Sí? ¿Una coincidencia? Espera...

Sacó un lápiz y el cuaderno Moleskin de siempre. Harry sospechaba que a Bjørn le gustaba tanto la pátina que borraba las notas cuando se le terminaba para poder usarlo otra vez.

—Sin antecedentes, sí, pero ha trabajado como investigador de asesinatos. Sí, ya contábamos con ello, por desgracia. ¿Y el nombre?

Bjørn había puesto el cuaderno en la barra, preparado para escribir. Pero la punta del lápiz se detuvo:

—¿Y el nombre del padre cuál dices que es?

Harry oyó por la voz del compañero que algo iba mal. Que iba fatal.

Cuando Ståle Aune abrió la puerta del aula, iba dándole vueltas en la cabeza a lo siguiente: que había sido un mal padre.

Que no estaba seguro de si el grupo de Aurora tenía un aula propia.

Y, en caso de que la tuviera, si seguía siendo aquella.

Habían pasado dos años desde la última vez que estuvo allí, en una jornada de puertas abiertas en la que todos los cursos exponían dibujos, maquetas hechas con mondadientes, figuras de arcilla y otras porquerías que no le causaron mayor impresión. Otro padre algo mejor habría quedado impresionado, naturalmente.

Callaron las voces y todas las miradas se volvieron hacia él.

Y, en el silencio, fue escaneando aquellas caras jóvenes y frágiles. Unas caras intactas, inmaculadas, que aún no habían vivido tanto como deberían poder vivir, unas caras que deberían poder formarse del todo, adquirir carácter y, con los años, fijarse bajo la forma de la máscara que cada uno llevaba dentro. La máscara que él llevaba dentro. Su niña.

Sus ojos detectaban rostros que habían visto en fotos de grupo, en fiestas de cumpleaños, en partidos de balonmano, demasiado pocos, en fiestas de fin de curso. A algunos les ponía nombre, a la mayoría, no. Continuó buscando el único que le interesaba mientras su nombre cobraba forma y le crecía en la garganta como un sollozo: Aurora. Aurora. Aurora.

Bjørn se guardó el teléfono en el bolsillo. Se quedó petrificado delante de la barra, de espaldas a Harry. Meneó despacio la cabeza. Luego se giró. Tenía la cara como si se hubiera desangrado. Pálida, exangüe.

—Es alguien a quien conoces bien —dijo Harry.

Bjørn asintió despacio, como un sonámbulo. Tragó saliva.

—Joder, no es posible…

—Aurora.

Aquella pared de caras miraba atónita a Ståle Aune. El nombre había surgido de sus labios como un sollozo. Como una plegaria.

—Aurora —repitió.

En los límites del campo de visión distinguió a la profesora, que se le acercaba.

—¿Qué no es posible? —dijo Harry.

—Su hija —dijo Bjørn—. No… No cuadra, sencillamente.

Los ojos de Ståle se inundaron de lágrimas. Notó una mano en el hombro. Vio luego una figura que se levantaba allí mismo, se dirigía hacia él, el contorno se desdibujaba como en un espejo deformante. Aun así, creyó ver que la figura se parecía a ella. Se parecía a Aurora. Como psicólogo, sabía perfectamente que no era más que un subterfugio del cerebro, que así, mintiendo, era como el ser humano se enfrentaba a lo incomprensible. Que veía lo que quería ver. Aun así, susurró su nombre.

—Aurora.

E incluso habría podido jurar que era su voz:

—¿Pasa algo…

Oyó también la última palabra a la pregunta, pero no estaba seguro de si había sido ella o si fue su cerebro el que la añadió:

—… papá?

—¿Por qué no cuadra?

—Porque… —dijo Bjørn, y se quedó mirando a Harry como si no estuviera allí.

—¿Ajá?

—Porque ya estaba muerta.

41

En el columbario de Vestre reinaba el silencio propio de la mañana. Lo único que se oía era el rumor lejano de los coches de Sør-
kedalsveien y el traqueteo del metro que transportaba a la gente
hasta el centro.

—Roar Midtstuen, sí —dijo Harry, y echó a andar entre las lápi-
das dando zancadas—. ¿Cuántos años lleva con vosotros, en realidad?

—Eso no lo sabe nadie —dijo Bjørn tratando de seguirle el ritmo—. Desde el origen de los tiempos.

—¿Y su hija murió en un accidente de tráfico?

—El verano pasado. No tiene ningún sentido. No puede ser,
coño. Solo es el principio del código del ADN, todavía tenemos el
diez o el quince por ciento de probabilidades de que sea el ADN
de otra persona, puede que sea de alguien... —Estuvo a punto de
estrellarse con Harry, que se había parado de golpe.

—Pues no sé —dijo Harry, se agachó y clavó los dedos en la tierra que había delante de la lápida en la que se leía el nombre de Fia
Midtstuen—. Esas probabilidades acaban de reducirse a cero.

Levantó la mano y la tierra recién removida cayó al suelo entre
sus dedos.

—Desenterró el cadáver, lo llevó al Come As You Are y le
prendió fuego.

—Joder...

Harry oyó el llanto en la voz de su compañero. Procuraba no
mirarlo. Lo dejó en paz. Esperó. Cerró los ojos, prestó atención.
Un pájaro cantaba un canto absurdo para los vivos. El viento em-

pujaba las nubes silbando despreocupado. Un metro pasó chirriando rumbo al oeste. El tiempo pasaba, pero ¿seguía teniendo adónde ir? Harry volvió a abrir los ojos. Carraspeó un poco.

—Tendremos que pedir que desentierren el ataúd y nos lo confirmen antes de avisar al padre.

—Eso lo hago yo.

—Bjørn —dijo Harry—. Esto es mejor. No quemó viva a ninguna niña, ¿vale?

—Perdón, es que estoy cansado. Y Roar ya está bastante destrozado, así que yo... —Hizo un gesto de resignación con las manos.

—No pasa nada —dijo Harry, y se puso de pie.

—¿Adónde vas?

Harry entornó los ojos hacia el norte, hacia la carretera y el metro. Las nubes se le acercaban deslizándose por el cielo. Viento del norte. Y ahí estaba otra vez. La sensación de que sabía algo que aún no sabía, algo que estaba allí, en las oscuras aguas que eran él mismo, pero que no quería emerger a la superficie.

—Tengo que hacer una cosa.

—¿El qué?

—Algo que llevo retrasando demasiado tiempo.

—Ah, bueno. Por cierto, me estaba preguntando...

Harry miró el reloj y asintió animándolo.

—Cuando hablaste con Bellman ayer, ¿qué creía él que había pasado con la bala?

—No lo sabía.

—¿Y tú? Tú al menos siempre tienes una hipótesis.

—Ya. Tengo que irme.

—¿Harry?

—¿Sí?

—Oye... —comenzó Bjørn con una sonrisa bobalicona—. No hagas ninguna tontería.

Katrine Bratt estaba retrepada en la silla mirando la pantalla. Bjørn Holm acababa de llamarla para decirle que habían encontrado al padre, un tal Midtstuen, que había participado en la investigación del caso Kalsnes, pero que su hija ya estaba muerta, que por eso no lo había localizado entre los padres con hijas de esas edades. Y puesto que eso la dejaba ociosa, estuvo mirando la búsqueda combinatoria del día anterior. La de Mikael Bellman y René Kalsnes no dio ningún resultado. Cuando pidió una lista de las tres personas con las que Mikael Bellman tenía más resultados combinatorios, destacaban tres nombres. El primero, el de Ulla Bellman. Luego, Truls Berntsen. Y en tercer lugar, el de Isabelle Skøyen. Que su mujer fuera la primera de la lista era una obviedad; y que la consejera de asuntos sociales, que era su superior, fuera la tercera, no resultaba tan llamativo.

Pero Katrine reaccionó al ver a Truls Berntsen.

Por la sencilla razón de que le apareció un enlace a una notificación interna enviada desde EcoCrim al jefe provincial de la policía; es decir, una notificación redactada allí mismo, en la Comisaría, donde, en razón de las cantidades de cuya procedencia no quería dar cuenta Truls Berntsen, solicitaban permiso para poner en marcha una investigación de un posible caso de corrupción.

No encontró ninguna respuesta, así que supuso que Bellman había respondido de palabra.

Lo que le extrañaba era que el jefe provincial de la policía y un policía en apariencia corrupto se llamaran y se enviaran mensajes con tanta frecuencia, utilizaran la tarjeta de crédito en el mismo lugar y a la misma hora, viajaran en avión y en tren al mismo tiempo, se registraran en la misma fecha en el mismo hotel, acudieran a la misma galería de tiro. Cuando Harry le pidió que realizara un control exhaustivo de Bellman, descubrió que el jefe provincial había estado viendo páginas web de porno homosexual. ¿Sería Truls Berntsen su amante?

Katrine se quedó un rato mirando la pantalla.

¿Y qué? Eso no tenía por qué significar nada.

Sabía que Harry se había reunido con Bellman la noche anterior en Valle Hovin. Lo enfrentó al hallazgo de la bala de su pistola. Antes de marcharse, Harry le dejó caer algo acerca de quién podría haber toqueteado la bala del depósito de pruebas. Cuando Katrine le preguntó, él respondió: «La Sombra».

Katrine amplió la búsqueda retrotrayéndose en el tiempo.

Leyó los resultados.

Bellman y Berntsen habían sido uña y carne a lo largo de toda la carrera profesional, que, al parecer, empezó en la comisaría de Stovner, después de que ambos terminaran en la Escuela Superior de Policía.

Consiguió una lista de quiénes fueron los demás empleados durante el mismo período.

Fue bajando en la pantalla y se detuvo en un nombre. Marcó un número, que empezaba por 55.

—¡Ya era hora, señorita Bratt! —canturreó la voz, y Katrine se dio cuenta de lo liberador que era oír otra vez el auténtico dialecto de Bergen—. Tendría usted que haberse pasado por aquí para la revisión hace mucho.

—Hans…

—Doctor Hans, por favor. Tenga la bondad de quitarse la ropa de cintura para arriba, Bratt.

—Para ya —le dijo Katrine, y se dio cuenta de que estaba sonriendo.

—Tengo que pedirle que no confunda la práctica de la medicina con atención sexual no deseada en el puesto de trabajo, Bratt.

—Me han dicho que has vuelto a Seguridad Ciudadana.

—Sí. ¿Y dónde estás tú ahora?

—En Oslo. Por cierto, veo aquí en una lista que estuviste trabajando en la comisaría de Stovner al mismo tiempo que Mikael Bellman y Truls Berntsen.

—Sí, recién salidos de la Escuela, y todo por culpa de una mujer, Bratt. La pesadilla con tetas, ¿te he hablado de ella alguna vez?

—Seguramente.

—Pero cuando la historia con ella terminó, yo terminé con Oslo. —Empezó a cantar con la música del himno alemán—: *Vestland, Vestland über alles*…

—¡Hans! Cuando trabajabas con…

—Nadie trabajaba *con* esos dos tíos, Katrine. O trabajabas para ellos, o contra ellos.

—A Truls Berntsen lo han suspendido.

—Pues ya era hora. Habrá agredido a alguien otra vez, supongo.

—¿Agredir? ¿Es que maltrataba a los detenidos?

—Peor aún, maltrataba a los policías.

Katrine notó que se le ponía la piel de gallina.

—¿No me digas? ¿A quién?

—A todos los que trataban de ligarse a la mujer de Bellman. Beavis Berntsen estaba loco por los dos.

—¿Qué utilizaba?

—¿Qué quieres decir?

—Cuando les agredía.

—¿Y cómo iba a saberlo yo? Algo duro, seguramente. Al menos, eso parecía por el aspecto de aquel joven de Nordland tan insensato que al bailar se pegó demasiado a la señora Bellman en la cena de Navidad.

—¿Qué joven de Nordland?

—Se llamaba… espera, empezaba por erre. Rune. No, Runar. Runar, seguro. Runar…, a ver, Runar…

Vamos, vamos, pensó Katrine mientras los dedos volaban solos por el teclado.

—Perdona, Katrine, pero ha pasado mucho tiempo. A lo mejor si te quitas la parte de arriba…

—Muy tentador —dijo Katrine—. Pero acabo de encontrarlo yo solita, por aquel entonces solo había un Runar en Stovner. Que lo pases bien, Hans…

—¡Espera! Una mamografía aunque sea, no tiene por qué…

—Tengo que pirarme, y estás como una cabra.

Y Katrine colgó. Dos sencillos golpes de tecla en el nombre. Dejó que los motores de búsqueda hicieran su trabajo mientras ella se concentraba en el apellido. Había algo que le resultaba familiar. ¿Dónde lo había visto antes? Cerró los ojos, murmuró el nombre para sus adentros. Era tan poco común que no podía ser una coincidencia. Abrió los ojos. El resultado ya estaba en la pantalla. Era mucho. Suficiente. Historias clínicas. Internado por desintoxicación de drogas. Correspondencia por correo electrónico entre el jefe de una de las clínicas de desintoxicación de Oslo y el jefe provincial. Sobredosis. Pero lo primero que la sorprendió fue la foto. Aquellos ojos limpios, inocentes, que la miraban. De repente, supo dónde los había visto antes.

Harry abrió la puerta de la casa, entró sin quitarse los zapatos, se dirigió a la estantería de los discos. Introdujo los dedos entre Waits «Bad as Me» y «A Pagan Place», que, después de ciertas dudas, colocó en primer lugar en la fila de los discos de los Waterboys, puesto que, en realidad, se trataba de una edición remasterizada de 2002. En todo caso, era el lugar más seguro de la casa, ni Rakel ni Oleg habrían cogido nunca voluntariamente un disco en el que cantaran Tom Waits o Mike Scott.

Sacó la llave. De latón, pequeña y con agujeros, no pesaba casi nada. Y aun así, para él pesaba tanto que le empujaba la mano hacia el suelo mientras caminaba hacia el mueble del rincón. Metió la llave en la cerradura y la giró. Esperó. Sabía que, una vez abierta, no habría vuelta atrás, que habría roto la promesa.

Tuvo que recurrir a la fuerza para abrir la puerta, que se había hinchado. Sabía que no era más que madera vieja, que iba liberando el marco, pero sonaba como un hondo suspiro procedente de la oscuridad del interior. Como si comprendiera que por fin era libre. Libre para crear el infierno en la tierra.

Olía a metal y a aceite.

Harry aspiró el aire. Fue como meter la mano en un nido de serpientes. Los dedos fueron tanteando hasta encontrar la piel fría y escamosa del acero. Dio con la cabeza del reptil y la sacó.

Era un arma fea. De una fealdad fascinante. Ingeniería soviética de la eficacia más brutal, aguantaba tantos golpes como un Kalashnikov.

Harry sopesó la pistola en la mano.

Sabía que era pesada, y aún así, la sentía ligera. Ligera, ahora que había tomado la decisión. Volvió a soltar el aire. El demonio era libre.

—Hola —dijo Ståle, y cerró a su espalda la puerta del Horno—. ¿Estás solo?

—Sí —dijo Bjørn, que estaba en su puesto, mirando el teléfono.

Ståle se sentó.

—¿Dónde…?

—Harry iba a hacer algo que tenía pendiente. Katrine se había ido cuando llegué.

—Por la cara que traes, diría que has tenido un mal día.

Bjørn sonrió desganado.

—Pues tú también, doctor Aune.

Ståle se pasó la mano por la calva.

—Bueno, acabo de salir de un aula. He estado abrazando a mi hija y llorando mientras me miraba toda la clase. Aurora dice que ha sido una experiencia que la marcará para toda la vida. Yo he tratado de explicarle que, por suerte, la mayoría de los niños nacen con la fuerza suficiente para soportar la carga que supone el amor exagerado de sus padres; y que, desde un punto de vista darwinista, debería por tanto sobrevivir a eso también. Y todo porque ha pasado la noche en casa de Emilie. Hay dos Emilies en su clase, y yo llamé a la madre de la Emilie que no era.

—¿No te habías enterado de que habíamos suspendido la reunión de hoy? Han encontrado un cadáver. Una niña.

—Sí, lo sé. Un mal asunto, por lo que he oído.

Bjørn asintió despacio. Señaló el teléfono.

—Ahora iba a llamar al padre.

—Y te angustia, ¿verdad?

—Naturalmente.

—Te preguntarás por qué ese hombre debe sufrir ese castigo por dos veces, ¿verdad? Por qué debe perder a su hija dos veces, por qué no es suficiente con una vez.

—Más o menos.

—La respuesta es que el asesino se ve como el divino vengador, Bjørn.

—¿Ah, sí? —dijo Bjørn, mirando ausente al psicólogo.

—Ya conoces el pasaje de la Biblia, ¿no? «Dios celoso y vengador es el Señor; vengador es el Señor, y Señor de ira; el Señor, que se venga de sus adversarios, y que guarda su enojo para sus enemigos.» Una traducción antigua, sí, pero la sigues, ¿verdad?

—Yo soy un chico sencillo de Østre Toten, aunque es verdad que hice la primera comunión y…

—He estado pensando, y por eso he venido. —Ståle se inclinó en la silla—. El asesino es un vengador, y Harry tiene razón, mata por amor, no por odio, por sacar beneficio o por placer sádico. Alguien le ha arrebatado algo que él amaba, y ahora le arrebata a las víctimas aquello que ellos aman por encima de todo. Puede ser su vida. O algo que valoren: sus hijos.

Bjørn asintió.

—Pues sí, Roar Midtstuen habría renunciado de mil amores a la vida que lleva ahora a cambio de que su hija siguiera con vida.

—Así que lo que tenemos que buscar es a una persona que haya perdido a un ser amado. Un vengador del amor. Porque ese… —Ståle Aune cerró el puño derecho— ese es el único móvil que tiene la fuerza suficiente, Bjørn. ¿Entiendes?

Bjørn asintió.

—Creo que sí. Pero yo diría que tengo que llamar a Midtstuen cuanto antes.

—Llámalo, yo salgo un rato para que puedas hablar tranquilamente.

Bjørn esperó hasta que Ståle hubo salido, luego marcó aquel número que le parecía tener grabado en la retina de tanto como llevaba mirándolo. Respiró hondo mientras contaba las señales. Se preguntó cuántas veces debía dejarlo sonar antes de poder colgar.

Cuando de pronto, oyó la voz de su compañero.

—Bjørn, ¿eres tú?

—Sí. Así que tienes mi número entre tus contactos, ¿eh?

—Pues claro.

—Ah. Bueno, mira, pues es que hay una cosa que quería contarte…

Pausa.

Bjørn tragó saliva.

—Se trata de tu hija, es que…

—Bjørn —lo interrumpió la voz con determinación—. Antes de
que sigas. No sé de qué se trata, pero, por tu tono de voz, comprendo que es grave. Y no resistiré más noticias sobre Fia por teléfono,
es lo mismo que pasó la otra vez. Nadie se atrevía a mirarme a los
ojos, todo el mundo llamaba por teléfono. Así era más fácil, más o
menos. Pero, Bjørn, ¿serías tan amable de venir aquí? Solo para poder mirarme a los ojos mientras me lo cuentas.

—Por supuesto —dijo Bjørn sorprendido. Nunca había oído a
Roar Midtstuen hablar de forma tan abierta y sincera sobre su
vulnerabilidad—. ¿Dónde estás?

—Hoy hace exactamente nueve meses, así que da la casualidad
de que voy camino del lugar donde la mataron. A poner unas flores, a pensar un rato…

—Pues dime exactamente dónde es y salgo ahora mismo.

Katrine Bratt desistió de encontrar un aparcamiento. Había sido
más fácil dar con el teléfono y la dirección, estaban en internet.
Pero, después de haber llamado cuatro veces y no obtener respuesta ni llegar a ningún contestador, cogió un coche policial y fue a
la calle Industrigata, en el barrio de Majorstua, una calle unidirec-
cional con una tienda de especias, un par de galerías, un restaurante, por lo menos, una cristalería donde ponían marcos de cuadros,
pero, obviamente, ningún aparcamiento libre.

Katrine tomó una decisión, subió a la acera un par de metros
con las ruedas delanteras giradas, apagó el motor, puso una nota en
la ventanilla diciendo que era policía y que, según sabía, valía muy
poco para el personal que ponía las multas a las órdenes del jefe de
tráfico; el cual, según Harry, era lo único que se interponía entre la
civilización y el caos absoluto.

Fue por el mismo camino por el que había llegado, en dirección a la estilizada histeria comercial de la calle Bogstadveien. Se paró delante de un edificio de la calle Josefine, donde, mientras estudiaba en la Escuela Superior de Policía, recaló alguna que otra vez en un *afterhours*. Supuesto *afterhours*. Presunto *afterhours*. No es que ella tuviera nada en contra. El propietario del edificio era el distrito policial de Oslo, que alquilaba algunas habitaciones a estudiantes de la Escuela. Katrine encontró el nombre que buscaba en el cuadro de timbres del portero automático, llamó y esperó mientras observaba la sencilla fachada de cuatro plantas. Llamó otra vez. Esperó.

–¿No hay nadie en casa?

Se dio la vuelta. Sonrió instintivamente. Calculó que el hombre rondaría los cuarenta, quizá los cincuenta bien llevados. Alto, conservaba el pelo, camisa de franela y un Levis 501.

–Soy el conserje.

–Y yo soy Katrine Bratt, inspectora de Delitos Violentos. Estoy buscando a Silje Gravseng.

Observó la identificación que Katrine le enseñaba y examinó a la propia Katrine de pies a cabeza sin cortarse.

–Silje Gravseng, sí –dijo el conserje–. Tengo entendido que ha dejado la Escuela, así que no seguirá viviendo aquí mucho más tiempo.

–No, pero sigue viviendo aquí por ahora, ¿no?

–Sí. La 412. ¿Le dejo algún mensaje?

–Sí, gracias. Dile por favor que llame a este número. Quiero hablar con ella de su hermano, Runar Gravseng.

–¿Ha hecho alguna tontería?

–No, qué va. Está encerrado en un psiquiátrico, y siempre en el centro de la habitación, porque cree que las paredes son personas que quieren matarlo.

–Pues vaya.

Katrine sacó el bloc de notas y empezó a escribir su nombre y su número.

–Puedes decirle que tiene que ver con los asesinatos de los policías.

—Sí, ya sé que le interesa.

Katrine dejó de escribir.

—¿A qué te refieres?

—Los tiene de papel pintado en su habitación. Recortes de periódicos con todos los policías muertos, quiero decir. No es asunto mío, claro, los alumnos pueden colgar en las paredes lo que quieran, pero es un poco… desagradable, ¿no?

Katrine se lo quedó mirando.

—¿Cómo decías que te llamas?

—Leif Rødbekk.

—Vamos a ver, Leif. ¿Tú crees que yo podría echarle un vistazo a su habitación? Me gustaría ver esos recortes.

—¿Por qué?

—¿Puedo?

—Claro. Solo tienes que enseñarme la orden.

—No tengo…

—Estoy de broma —sonrió el conserje—. Ven por aquí.

Un minuto después estaban en el ascensor, camino del cuarto piso.

—En el contrato de alquiler dice que puedo abrir todas las habitaciones, siempre que haya avisado con antelación. Y estos días estamos comprobando todos los radiadores en busca de polvo quemado, uno de ellos empezó a arder la semana pasada. Y puesto que Silje no responde al teléfono, intentamos decírselo antes de abrir. ¿De acuerdo, inspectora Bratt? —Otra sonrisita. Sonrisita de lobo, pensó Katrine. No sin encanto. Si se hubiera tomado la libertad de utilizar su nombre de pila habría sido adiós y gracias, pero era obvio que tenía cierta sensibilidad.

Katrine buscó la alianza con la mirada. El oro estaba liso y sin brillo. La puerta del ascensor se deslizó y Katrine lo siguió por el estrecho pasillo hasta que se detuvo delante de una de las puertas pintadas de azul.

El conserje llamó a la puerta, esperó. Volvió a llamar. Esperó.

—Bueno, pues entramos —dijo, y giró la llave en la cerradura.

—Estás siendo de gran ayuda, Rødbekk.

–Leif. Y es un placer ayudar, no todos los días se ve uno tan cerca de un…

Abrió la puerta, pero se quedó en el vano de modo que Katrine tuviera que pasar muy cerca de él si quería entrar. Ella se lo recriminó con la mirada.

–… caso tan grave –dijo con la risa en la mirada, y se apartó a un lado.

Katrine entró. En las habitaciones de los estudiantes no habían cambiado tantas cosas en los últimos años. La habitación tenía un rincón cocina y la puerta del cuarto de baño en un lado, y una cortina en el otro, detrás de la cual Katrine recordaba que se encontraba la cama. Pero lo primero que le llamó la atención fue la certeza de que había entrado en la habitación de una chica, que allí no podía vivir una mujer adulta. Que tenía que haber algo a lo que Silje Gravseng sentía un deseo muy hondo de regresar. El sofá de la esquina estaba lleno de ositos, muñecas y otros peluches de procedencia desconocida. La ropa, que se veía esparcida por mesas y sillas, era de colores alegres, sobre todo rosa. En las paredes había fotos de personas, un zoo humano de chicos y chicas ultramodernos de origen diverso, pero Katrine suponía que se trataba de jóvenes grupos musicales o famosos del Disney Channel.

El otro detalle que le llamó la atención fueron los recortes de periódico en blanco y negro que colgaban entre las alegres fotos de jóvenes glamurosos. Los había por toda la habitación, pero eran más densos en la pared que quedaba detrás de la pantalla del iMac que había encima del escritorio.

Katrine se acercó, pero ya había reconocido la mayoría de las imágenes de los recortes, eran los mismos que ellos tenían en las paredes del Horno.

Los recortes estaban colgados con chinchetas, no tenían otras notas que la fecha, escrita con bolígrafo.

Desechó la primera idea y probó otra, que no era tan extraño que a una estudiante de policía le interesara un caso de asesinato con tantas víctimas y tan actual.

Al lado del teclado que había en la mesa estaban los periódicos de los que había sacado los recortes. Y entre ellos, una postal con la foto de la cumbre de una montaña del norte de Noruega que Katrine reconoció enseguida, Svolværgeita, en Lofoten. Cogió la postal, le dio la vuelta, pero no tenía ni sello ni destinatario ni firma. Ya había dejado la postal en la mesa cuando el cerebro le hizo notar algo que la vista había registrado allí donde había buscado una firma. Una palabra escrita con mayúsculas al final del texto. POLICÍA. Cogió de nuevo la postal, esta vez, sujetándola por los bordes, y leyó desde el principio.

Creen que han matado a los policías porque hay por ahí alguien que los odia. Todavía no han comprendido que es al contrario, que los ha matado alguien que quiere a la policía lo que constituye su sagrada misión: capturar y castigar a los anarquistas, a los nihilistas, a los ateos, los infieles y los sin fe, todas las fuerzas destructivas. No saben que la persona a la que persiguen es un apóstol de la justicia, que debe castigar no solo a los vándalos, sino también a quienes incumplen su responsabilidad, quienes por pereza e indiferencia no satisfacen el estándar, quienes no merecen el nombre de POLICÍA.

—¿Sabes qué, Leif? —dijo Katrine sin apartar la vista de aquella letra microscópica, sinuosa, casi infantil, escrita a lápiz—. Me encantaría de verdad tener esa orden de registro.

—¿Ah, sí?

—Sí, y seguro que me la dan, pero ya sabes cómo son estas cosas, llevan tiempo. Y durante ese tiempo, lo que estoy pensado puede esfumarse.

Katrine dirigió la mirada a Leif Rødbekk. Y él le correspondió. No como coqueteando con ella, sino buscando una confirmación. De que aquello era importante.

—¿Pues sabes qué, Bratt? —dijo—. Acabo de acordarme de que tengo que bajar al sótano un momento, el electricista está cambiando los armarios. ¿Te las arreglarás sola unos minutos?

Ella le sonrió. Y cuando él le correspondió con otra sonrisa, Katrine ya no estaba tan segura de la clase de sonrisa que era.

—Te juro que lo voy a intentar —dijo Katrine.

Pulsó la tecla de espacio del iMac el mismo instante en que oyó que Rødbekk cerraba la puerta. La pantalla se encendió. Dirigió el cursor al icono de Finder y escribió «Mittet». Ninguna coincidencia. Lo intentó con otros nombres de la investigación, con los escenarios del crimen y con la frase «asesinatos de policías», pero sin resultado.

En otras palabras, Silje Gravseng no había utilizado el iMac. Chica lista.

Intentó abrir los cajones del escritorio. Cerrados con llave. Qué raro. ¿Qué chica de veinte años cierra con llave los cajones de su habitación?

Se levantó y se dirigió a la cortina, la apartó.

Efectivamente, era un dormitorio.

Con dos fotografías enormes en la pared, encima de una cama estrecha.

Una era de un joven al que Katrine no reconoció, aunque podía adivinar quién era. Solo había visto a Silje Gravseng dos veces; una, en la Escuela, cuando Katrine fue a visitar a Harry. Pero el parecido entre la rubia Silje Gravseng y la persona de la foto era tan llamativo que estaba bastante segura.

Sobre la identidad del hombre de la otra fotografía no le cabía ninguna duda.

Silje debió de localizar en la red alguna foto de alta resolución, y la había ampliado. Cada cicatriz, cada arruga y cada poro de la piel de aquella cara destrozada se veía perfectamente. Pero era como si, al mismo tiempo, no se viera, como si desapareciera en el resplandor de aquellos ojos azules y en la furia de aquella mirada que acababa de descubrir al fotógrafo y le decía que esa cámara no tenía nada que hacer en su lugar del crimen. Harry Hole. Aquella era la foto de la que hablaban las chicas que había sentadas delante de ella en el aula.

Katrine dividió la habitación en cuadrículas imaginarias y empezó por la esquina superior izquierda, deslizó la mirada hasta el suelo, luego otra vez arriba, a la siguiente hilera de cuadrículas, tal y como había aprendido de Harry. Y recordó su doctrina: «No vayas buscando *algo,* busca, simplemente. Si buscas algo, el resto de las cosas enmudecerá. Deja que te hablen todas las cosas».

Después de terminar con la habitación, se sentó otra vez delante del ordenador. Pensó, con su voz aún susurrándole al oído: «Y cuando termines y creas que no has encontrado nada, piensa en sentido contrario, y deja que te hablen las otras cosas, las que *no* estaban pero deberían haber estado. El cuchillo del pan. Las llaves del coche. La americana compañera de un pantalón».

Fue el último ejemplo el que la hizo comprender qué estaba haciendo Silje Gravseng en aquellos momentos. Había revisado toda la ropa del armario, el cesto de la ropa sucia que había en el cuarto de baño y las perchas de la entrada, pero no encontró la ropa que Silje Gravseng llevaba la última vez que Katrine la vio con Harry en el semisótano donde vivía Valentin. Ropa deportiva, todo negro de pies a cabeza. A Katrine le recordó a un submarinista especial del ejército en una misión nocturna.

Silje estaba en la calle, corriendo. Entrenándose. Igual que se había entrenado para las pruebas de acceso a la Escuela Superior de Policía. Para poder entrar y hacer lo que tenía que hacer. Harry le había dicho que el móvil del asesinato era el amor, no el odio. El amor a un hermano, por ejemplo.

Lo que le llamó la atención fue el nombre. Runar Gravseng. Y cuando profundizó un poco, fue mucho lo que salió a relucir. Entre otras cosas, los nombres de Bellman y Berntsen. En una conversación con el director de la clínica de desintoxicación, Runar Gravseng declaró que un enmascarado lo había maltratado cuando trabajaba en la comisaría de Stovner, que esa fue la causa de la baja por enfermedad, el despido y el abuso creciente de drogas. Gravseng aseguraba que el agresor fue un tal Truls Berntsen, y que el móvil de la agresión había sido un baile más cariñoso de la cuenta con la mujer de Mikael Bellman durante la cena de Navidad que celebraron en la comisaría. El jefe de policía decidió no seguir adelante con tan infundadas acusaciones, vertidas por un drogadicto chiflado. Y el director de la clínica lo respaldó, él solo quería informar, dijo.

Katrine oyó el zumbido del ascensor fuera, en el pasillo, cuando reparó de pronto en un objeto que sobresalía por debajo de los cajones del escritorio, algo que había pasado por alto. Se agachó. Una porra de color negro.

La puerta se abrió.

—¿Y el electricista? ¿Está haciendo su trabajo?

—Sí —dijo Leif Rødbekk—. Parece que piensas utilizarla.

Katrine se dio con la porra en la palma de la mano.

—Vaya sitio para tener una porra, ¿no crees?

—Pues sí, yo también le pregunté cuando vine a cambiar las juntas del grifo la semana pasada. Me dijo que era para entrenar para el examen. Y por si el matarife de policías se presentaba aquí. —Leif Rødbekk entró y cerró la puerta—. ¿Has encontrado algo?

—Esto. ¿La has visto salir con ella alguna vez?

—Sí, unas cuantas veces.

—¿En serio? —Katrine corrió la silla hacia atrás—. ¿A qué hora del día?

—De noche, naturalmente. De punta en blanco, con los tacones, el pelo recién lavado y la porra.

Leif se echó a reír.

—¿Por qué iba a…?

—Me dijo que era para usarlo contra los violadores.

—¿Y por eso sales al centro con una porra? —Katrine la sopesó en la mano. Le recordaba al extremo de una percha de Ikea—. Habría sido más fácil no ir a ningún parque.

—Al contrario. Eso era lo que hacía, *ir a los parques*. A eso se dedicaba.

—¿Cómo?

—Iba al Vaterlandsparken. Quería entrenar artes marciales.

—Quería que los violadores lo intentaran para…

—Para darles una buena tunda, sí. —Leif Rødbekk enseñó la sonrisa de lobo mirando tan abiertamente a Katrine que esta no estaba muy segura de a quién se refería cuando añadió—: Desde luego, una chica que tener en cuenta.

—Sí —dijo Katrine, y se levantó de la silla—. Y ahora tengo que encontrarla.

—¿Hay prisa?

Puede que Katrine sintiera algún tipo de malestar ante aquella pregunta, pero pasó por delante de Rødbekk y salió por la puerta antes de que le diera tiempo de tomar conciencia de ello. Sin embargo, mientras bajaba la escalera se dijo que no, que tan desesperada no estaba. Ni aun cuando el zoquete al que espera no se cayera del guindo nunca.

Harry iba cruzando el túnel de Svartdal. Las luces se deslizaban sobre la carrocería y el parabrisas. No iba más rápido de lo prescrito, no tenía que llegar antes de lo necesario. Tenía la pistola en el asiento del copiloto. Estaba cargada con doce proyectiles Makarov de 9 x 18 mm. Más que suficiente para lo que iba a hacer. Solo era una cuestión de nervios.

Corazón sí tenía.

Hasta ahora nunca había disparado a nadie con premeditación. Pero era un trabajo que había que hacer. Así de sencillo.

Cambió la posición de las manos en el volante. Redujo la marcha al salir del túnel, a la luz diurna que ya se estaba esfumando en la loma que subía al cruce de Ryen. Notó que sonaba el teléfono, lo sacó con una mano. Echó una ojeada a la pantalla. Era Rakel. Una hora del día poco usual para ella. Tenían un acuerdo tácito según el cual hablaban poco después de las diez de la noche. Ahora no podía hablar con ella. Estaba demasiado alterado, ella lo notaría, le haría preguntas. Y él no quería mentir. No quería mentir más.

Dejó que se cortara la llamada y luego apagó el móvil y lo dejó al lado de la pistola. Porque ya no había nada más en lo que pensar, estaba más que pensado, dar ahora cabida a la duda significaría simplemente empezar de nuevo desde el principio para recorrer el mismo camino, igual de largo, y para terminar en el mismo punto en el que ahora se encontraba. La decisión estaba tomada, la duda era comprensible, no defendible. ¡Mierda, mierda! Dio un puñetazo al volante. Pensó en Oleg. Pensó en Rakel. Y eso le ayudaba.

Pasó la rotonda y tomó la salida de Manglerud. Rumbo a la casa de Truls Berntsen. Sintió que llegaba la calma. Al fin. Siempre llegaba cuando sabía que había cruzado el umbral del momento en que era demasiado tarde, en que se encontraba en esa maravillosa caída libre en que cesaba el pensamiento consciente y todo se reducía a movimientos programados de antemano, acciones eficaces y rutina bien engrasada. Pero hacía mucho tiempo, y ahora se daba cuenta. De que hubo un momento en que dudó de si aún lo llevaba dentro. Bueno. Pues lo llevaba dentro.

Harry dirigía el coche tranquilamente por la calle. Se inclinó y miró al cielo, que surcaban unas nubes de un gris plomizo, como una armada imprevista con intenciones desconocidas. Se acomodó en el asiento. Contempló los bloques de edificios que sobresalían por encima de los tejados de las casas.

No tenía que mirar la pistola para cerciorarse de que estaba allí.

No tenía que repasar el orden de lo que iba a hacer para estar seguro de que se acordaba.

No tenía que contar los latidos para saber que estaba en su ritmo basal de siempre.

Y por un instante cerró los ojos y lo vio. Y entonces lo sintió. Esa sensación que había experimentado otras veces en su vida de policía. El miedo. El mismo miedo que en ocasiones podía apreciar en las personas a las que perseguía. El miedo del asesino a su propia imagen en el espejo.

42

Truls Berntsen elevó las caderas y echó la cabeza hacia atrás contra el almohadón. Cerró los ojos, soltó un gemido sordo y se corrió. Notó los espasmos que le recorrían todo el cuerpo. Luego se quedó allí sin moverse mientras se deslizaba entrando y saliendo del país de los sueños. A lo lejos —calculaba que en el aparcamiento grande— había empezado a sonar la alarma de un coche. Por lo demás, reinaba fuera un silencio atronador. Bastante extraño, en realidad, que en un lugar tan tranquilo, donde tantos mamíferos habitaban tan cerca unos de otros, reinara una calma mayor aun que en los bosques más peligrosos, donde el menor ruido podía convertirte en una presa. Levantó la cabeza y se encontró con la mirada de Megan Fox.

—¿A ti también te ha gustado? —susurró.

Ella no le respondió. Pero no apartó la mirada, ni se le marchitó la sonrisa, el lenguaje corporal seguía transmitiendo la misma invitación. Megan Fox, lo único en su vida que era constante, fiel, con lo que podía contar.

Se inclinó hacia la mesilla de noche, encontró el rollo de papel higiénico. Se limpió y cogió el mando del DVD. Apuntó con él a Megan, que tembló un poco en la imagen congelada de la pantalla plana de cincuenta pulgadas, un televisor Pioneer de una serie que habían tenido que dejar de fabricar porque era demasiado caro, demasiado bueno para el precio que podían pedir. Truls se llevó el último, lo compró con el dinero que le dieron por quemar las pruebas que incriminaban a un capitán de vuelo que traficaba con heroína para Asáiev. Ingresar el resto del dinero en la cuenta fue, naturalmente, una estupidez. Asáiev era un peligro para Truls. Y lo primero que Truls pensó cuando oyó que había muerto fue que ya era un hombre libre. Que podía partir de cero, nadie podía cogerlo.

Los ojos verdes de Megan Fox brillaban en la pantalla. Verde esmeralda.

Lo estuvo pensando un tiempo, pensó que iba a comprarle esmeraldas. Que a Ulla le sentaba bien el verde. Como el jersey verde que llevaba a veces en casa cuando se sentaba a leer en el sofá. La cosa llegó tan lejos que incluso había ido a una joyería. El propietario lo evaluó rápidamente, le propuso los quilates y el valor y acto seguido le explicó que las esmeraldas con una talla de calidad eran más caras que los diamantes, que quizá debería pensar en otra cosa, tal vez un ópalo, si es que tenía que ser verde a toda costa. Quizá una piedra con cromo, era el cromo lo que le otorgaba a la esmeralda ese color verde, ese era todo el misterio.

Ese era todo el misterio.

Truls dejó el comercio no sin antes hacerse una promesa: que la próxima vez que lo llamaran para un trabajo de quemador, les propondría que su próximo atraco fuera precisamente en aquella joyería. Y tenían que quemarla, literalmente. Tenía que arder como la niña del Come As You Are. Lo había oído en la emisora de la policía mientras recorría en coche la ciudad, pensó en aparecer por allí a preguntar si necesitaban su ayuda. Después de todo, ya habían revocado su suspensión. Mikael le había dicho que solo faltaban unas formalidades y que enseguida podría volver al trabajo. El plan terrorista contra Mikael Bellman quedaba congelado por el momento, ya se las arreglarían para restablecer la amistad, y todo volvería a ser como antes. Sí, ahora, por fin, podría participar de todo, colaborar, contribuir. Coger al puto matarife. Si le daban la oportunidad, él mismo… En fin. Miró la puerta del armario que había junto a la cama. Allí dentro tenía armas suficientes como para liquidar a cincuenta tipos como ese.

Resonó el timbre.

Truls soltó un suspiro.

Allí abajo había alguien que lo buscaba. La experiencia le decía que existían cuatro alternativas. Que querían que se convirtiera en testigo de Jehová y así aumentar enormemente sus posibilidades de acabar en el Paraíso. Que querían que diera dinero para alguna campaña para un presidente africano que utilizaba el dinero recaudado para consumo propio. Que un grupo de adolescentes había olvidado la llave y quería que les abriera, pero lo único que querían era colarse en los trasteros del sótano. O que alguno de los jetas de la comunidad de vecinos quería que bajara para colaborar en otra tarea colectiva no remunerada que había olvidado. Ninguna de las opciones le daba una razón para levantarse de la cama.

Llamaron por tercera vez.

Hasta los testigos de Jehová se contentaban con dos.

Claro que podía ser Mikael. Que quisiera hablar de cosas nada apropiadas para una línea telefónica normal. Cómo ajustarían sus versiones por si había más interrogatorios sobre el dinero de su cuenta.

Truls pensó en aquello un momento.

Luego bajó de la cama.

—Soy Aronsen, del bloque C. Tú tienes un Suzuki Vitara de color gris plateado, ¿no?

—Sí —dijo Truls en el portero automático. Tenía que haber sido un Audi Q5 2.0 de seis marchas, manual. Esa habría sido su recompensa por la última misión que le hizo a Asáiev. El último pago después de que les sirviera en bandeja aquel investigador tan molesto, Harry Hole. En cambio, tenía un coche japonés con el que la gente hacía juegos de palabras. Suzuki Viagra.

—¿No oyes la alarma?

Truls la oía más claramente ahora, a través del portero.

—Mierda —dijo—. Voy a ver si la llave puede apagarla desde el balcón.

—Yo en tu lugar bajaría ahora mismo. Han roto el cristal y estaban llevándose la radio y el reproductor de CD cuando he llegado. Seguro que se han quedado por ahí para ver qué pasa.

—¡Mierda! —repitió Truls.

—No me des las gracias, no las merece —dijo Aronsen.

Truls se puso unos pantalones de chándal, comprobó que llevaba las llaves del coche, pensó. Luego volvió al dormitorio, abrió la puerta del armario y cogió una de las pistolas, una Jericho 941, se la encajó en la cintura del pantalón. Se detuvo. Sabía que la imagen congelada de la pantalla terminaría grabándose a fuego en el plasma si la dejaba puesta demasiado. Claro que no iba a estar fuera mucho tiempo. Y entonces se apresuró hasta el pasillo. Allí reinaba el mismo silencio.

El ascensor estaba en su planta, así que entró a toda prisa, pulsó el botón de la primera, recordó que no había cerrado con llave, pero aquello no le llevaría más de unos minutos.

Medio minuto después salió corriendo hacia el aparcamiento en la noche clara y fría del mes de marzo. Estaba en medio de los edificios y, aun así, se producían robos en los coches con mucha frecuencia. Deberían poner más farolas, la oscuridad del asfalto engullía toda la luz, era demasiado fácil merodear entre los coches después de que cayera la noche. Cuando lo suspendieron, Truls empezó a tener problemas para dormir. Normal, cuando uno tiene todo el día para dormir, masturbarse, dormir, masturbarse, comer, masturbarse. Y algunas noches se sentaba en el balcón con las gafas de visión nocturna y el rifle Märklin con la esperanza de echarle el ojo a alguno de ellos allá abajo, en el aparcamiento. Por desgracia no apareció ninguno. O por suerte. No, por suerte no, joder, que él no era ningún asesino.

Bueno, estaba aquel motero de Los Lobos cuya cabeza taladró, pero eso fue un accidente. Y el tío descansaba ahora transformado en terraza allá en Høyenhall.

Y luego estaba el viajecito que había hecho a la prisión de Ila, donde difundió el rumor de que Valentin Gjertsen estaba detrás de los asesinatos de aquellas niñas de Maridalen y Tryvann. No porque estuvieran archiseguros de que hubiera sido él, pero si no era así, había sin duda otras razones para que a ese cerdo le cayera tanta condena como fuera posible. Pero claro, él no podía saber que esos chiflados iban a cargárselo. Si es que fue él al que cogieron. Lo que oyó el otro día por la emisora indicaba otra cosa.

Lo más cerca que Truls había estado del asesinato era, naturalmente, aquel sarasa maquillado de Drammen. Pero es que aquello había que hacerlo y punto, lo estaba pidiendo a gritos. Desde luego que sí. Fue Mikael el que acudió a Truls para contarle la conversación que acababa de mantener por teléfono. Un tío decía que él y un colega habían agredido al marica que trabajaba en Kripos. Que tenía pruebas. Y ahora quería que le dejaran el dinero en un lugar desierto a las afueras de Drammen. Mikael dijo que Truls tenía que arreglarlo, que fue él el que se pasó esa vez, que él era el responsable. Y cuando Truls se sentó en el coche para ir a ver al tipo, supo que estaba solo para hacer aquel trabajo. Más solo que la una. Y que así había estado siempre.

Siguió los indicadores a través de carreteras de los bosques solitarios que rodeaban Drammen y se detuvo en un cambio de sentido, delante de una pendiente que desembocaba directamente en un río. Estuvo esperando cinco minutos. Luego llegó el coche. Se paró, pero sin apagar el motor. Y Truls hizo lo que habían acordado, se llevó el sobre marrón con el dinero y se acercó con él al coche, cuya ventanilla se había abierto. El tipo llevaba capucha y la boca tapada con un pañuelo de seda. Truls pensó si no sería medio tonto: estaba claro que el coche no era robado y la matrícula se veía perfectamente. Además, Mikael ya había rastreado la llamada, que procedía de un club de Drammen donde, seguramente, no había muchos empleados.

El tipo abrió el sobre, contó el dinero. Al parecer perdió la cuenta, volvió a empezar, frunció el ceño con un gesto irritado, levantó la vista:

—Aquí no hay cien...

El golpe le dio en la boca, y Truls notó cómo se hundía la porra cuando le rompió los dientes. El segundo golpe le dio en la nariz. Fácil. Cartílago y huesecillos. Se oyó un crujido cuando el tercer golpe le dio en la frente, encima de las cejas.

Luego, Truls fue y se sentó en el asiento del copiloto. Esperó un rato a que el chico volviera en sí. Y cuando lo hizo, siguió una breve conversación.

−¿Quién…?

−Uno de los dos. ¿Cuáles son las pruebas que tienes?

−Pues… yo…

−Esto es una Heckler & Koch, y está deseando hablar. Así que, ¿quién de los dos lo hará primero, tú o ella?

−No…

−Anda, venga.

−El tío al que apaleasteis. Él me lo contó. Por favor, es que necesitaba…

−¿Te dijo nuestros nombres?

−¿Qué? No.

−Entonces ¿cómo sabes quiénes somos?

−Él solo me contó la historia. Y luego comprobé la descripción con algunos de los de Kripos. Y teníais que ser vosotros dos. −Cuando el tío miró el retrovisor, sonó como cuando se pone en marcha una aspiradora.

−¡Madre mía! ¡Si me has destrozado la cara!

−Cierra el pico y no te muevas. El tío que dice que lo apaleamos, ¿sabe que nos estás chantajeando?

−¿Él? No, qué va, él nunca…

−¿Tú eres su novio?

−¡No! Puede que él lo crea, pero…

−¿Alguien más lo sabe?

−¡No! Lo prometo. Deja que me vaya, te prometo que no…

−Entonces, tampoco hay nadie que sepa que estás aquí en estos momentos.

Truls disfrutó al ver la sorpresa del tipo mientras las consecuencias de lo que acababa de decirle se iban abriendo camino trabajosamente en su cerebro.

−¡Bueno, sí, sí! Hay varias personas que…

−No mientes muy mal que digamos −dijo Truls, y le encañonó la frente con el arma. Le sorprendió lo ligera que le parecía−. Pero tampoco eres tan bueno.

Y Truls disparó. No fue una elección difícil. Porque no había elección. Solo era una cosa que había que hacer. Pura supervivencia.

El tío sabía algo de ellos dos. Algo que, tarde o temprano, le sería de utilidad. Porque así son las hienas como él, cobardes y sumisas cara a cara, pero avariciosos y pacientes, se dejan humillar, inclinan la cabeza y esperan, pero se arrojan sobre uno en cuanto se les da la espalda.

Después limpió el asiento y todos los lugares donde había dejado sus huellas, se envolvió la mano con el pañuelo para soltar el freno de mano y echó a rodar el coche. Lo echó a rodar por el precipicio. Prestó atención al extraño silencio mientras el coche caía. Seguido de un estruendo sordo y del sonido del metal al deformarse. Miró al coche allá abajo, en el río.

Se deshizo de la porra de un modo tan rápido y eficaz como le fue posible. Después de haberse alejado un buen trecho por la carretera del bosque, bajó la ventanilla y la arrojó entre los árboles. Seguramente, no la encontrarían, pero si daban con ella, no hallarían ni huellas ni ADN que les permitiera relacionarla con el asesinato ni con él.

Peor era el asunto de la pistola, la bala podría relacionarse con el arma y luego, con él.

Así que esperó hasta haber cruzado el puente de Drammen. Fue conduciendo despacio, siguió la pistola con la vista mientras caía por encima de la barandilla y justo al punto en el que el río Drammenselva se encuentra con el fiordo. Un lugar en el que nunca la encontrarían, a diez o veinte metros de profundidad. En agua salobre. Agua dudosa. Ni dulce ni salada. Ni del todo mala ni del todo buena. La muerte en la zona limítrofe. Pero había leído en alguna parte que algunas especies animales se habían especializado en sobrevivir en aquellas aguas bastardas. Especies tan degeneradas que no soportaban el agua que las formas normales de vida necesitaban.

Truls pulsó el botón antes de llegar al aparcamiento y la alarma enmudeció de inmediato. No se veía a nadie ni allí ni en los balcones de alrededor, pero a Truls le dio la impresión de oír un suspiro unísono procedente de los edificios, llenos de gente, lo más seguro: «ya era hora, joder, vigila mejor el coche, ya podrías haberle puesto una alarma con límite de duración de llamada, so imbécil».

La ventanilla estaba rota, efectivamente. Truls asomó la cabeza. No vio nada que indicara que hubieran tocado la radio. ¿Qué había dicho Aronsen de que…? ¿Y quién era Aronsen? El bloque C, podía ser cualquiera. Cualquiera…

La conclusión alcanzó el cerebro de Truls un nanosegundo antes de notar el acero en la nuca. Supo instintivamente que era acero. El acero del cañón de una pistola. Sabía que no existía ningún Aronsen. Ni ninguna pandilla de jóvenes que hubieran salido de *tournée* a atracar coches.

La voz le susurró al oído:

—No te des la vuelta, Berntsen. Y cuando te meta la mano en los bolsillos, no te muevas. ¡Vaya! Fíjate, qué abdominales más tensos y estupendos…

Truls sabía que estaba en peligro, solo que no sabía qué tipo de peligro. La voz de aquel Aronsen le resultaba un tanto familiar.

—Eh, ¿has empezado a sudar, Berntsen? ¿O es que te gusta? Pero yo solo quería esto. ¿Una Jericho? ¿Para qué habías pensado usarla? ¿Para pegarle a alguien un tiro en la cara? ¿Como hiciste con René?

Y entonces supo Truls Berntsen qué tipo de peligro era.

Peligro de muerte.

43

Rakel estaba delante de la ventana de la cocina, agarrada al teléfono y mirando otra vez el atardecer. Podía haberse equivocado, pero creía haber visto un movimiento entre los abetos, al otro lado del camino de subida a la casa.

Claro que ella siempre veía movimientos en la oscuridad.

En eso consistía su trauma. No pienses en ello. Ten miedo, pero no pienses en ello. Deja que el cuerpo siga con su juego absurdo, pero ignóralo igual que ignoramos a un niño díscolo.

Por lo demás, ella estaba en la cocina bañada por la luz, de modo que si de verdad había alguien allí fuera, la persona en cuestión podía examinarla detenidamente. Pero se quedó allí sin moverse. Tenía que practicar, no dejar que el miedo decidiera lo que tenía que hacer, dónde debía estar. ¡Aquella era su casa, su hogar, qué demonios!

Se oía la música del piso de arriba. Él había puesto uno de los viejos discos de Harry. Uno que también le gustaba a ella. Talking Heads, «Little Creatures».

Miró otra vez el teléfono como queriendo hacer que sonara. Por dos veces había llamado a Harry, pero él seguía sin responder. Pensaron que sería una sorpresa estupenda. Habían recibido la noticia de la clínica el día anterior. Un poco antes de tiempo, pero habían decidido que estaba listo. Oleg no cabía en sí de gozo, y fue idea suya no avisarle de antemano de su llegada. Simplemente, irían a Oslo y, cuando Harry llegara a casa del trabajo, aparecerían y dirían *oh la là*.

Esa fue la expresión que utilizó: *Oh la là*.

Rakel albergó sus dudas, a Harry no le gustaban las sorpresas. Pero Oleg insistió, Harry tendría que soportar el sentirse feliz de repente. Así que al final, ella aceptó.

Pero ahora se arrepentía.

Se apartó de la ventana, dejó el teléfono en la mesa de la cocina, al lado de la taza de café de Harry. Por lo general, era extremadamente cuidadoso y lo recogía todo antes de salir: debía de estar muy estresado con el caso de los asesinatos de los policías. Últimamente no había mencionado a Beate Lønn en sus conversaciones nocturnas, un indicio más que claro de que pensaba en ella.

Rakel se giró. No eran figuraciones suyas esta vez, había oído algo. El crujir de unos zapatos en la grava. Volvió a la ventana. Se quedó mirando fijamente la oscuridad, que se adensaba por momentos.

Se quedó de una pieza.

Allí había una figura. Acababa de alejarse del tronco junto al que estaba apostada. Y se estaba acercando. Una persona vestida de negro. ¿Cuánto tiempo llevaba allí?

—¡Oleg! —gritó Rakel, y notó que el corazón se le desbocaba en el pecho—. ¡Oleg!

Bajó el volumen de la música del piso de arriba.

—¿Sí?

—¡Ven aquí! ¡Ahora mismo!

—¿Ha llegado ya?

Sí, pensó Rakel, ya ha llegado.

La figura que se acercaba era más menuda de lo que ella creyó en un principio. Se dirigía a la puerta de entrada y, cuando quedó bajo las luces de la calle, vio con sorpresa y alivio que se trataba de una mujer. No, una chica. En ropa de deporte, o eso le pareció. Tres segundos después, oyó el timbre.

Rakel dudó. Levantó la vista hacia Oleg, que se había quedado a medio camino escaleras abajo y la miraba extrañado.

—No es Harry —dijo Rakel con una sonrisa fugaz—. Voy a abrir. Puedes volver arriba.

A Rakel se le relajó un poco más el ritmo cardíaco al ver a la chica que esperaba en la escalera.

—Tú eres Rakel —dijo—, la pareja de Harry.

Rakel se dijo que aquella introducción tal vez debería inquietarla. Una mujer joven, guapa que, con un ligero temblor en la voz, se dirigía a ella refiriéndose al que iba a ser su marido. Y que seguramente debería comprobar si debajo de aquel pantalón tan ajustado no asomaba una protuberancia en la barriga.

Pero no estaba preocupada por eso y no lo comprobó. Simplemente, asintió.

—Sí, soy yo.

—Pues yo soy Silje Gravseng.

La joven miraba a Rakel alerta, como si esperase una reacción, consideraba que el nombre debería decirle algo. Rakel se dio cuenta de que mantenía las dos manos a la espalda. Un psicólogo le dijo una vez que la gente que escondía las manos, tenía algo que esconder. Pues sí, eso pensó. Las manos.

Rakel sonrió:

—¿Qué puedo hacer por ti, Silje?

—Harry es… Bueno, era mi profesor.

—¿Sí?

—Hay algo sobre él que debo contarte. Y sobre mí.

Rakel frunció el ceño.

—¿Ah, sí?

—¿Puedo pasar?

Rakel dudaba. No le apetecía nada que hubiera en casa otras personas. Iban a estar ellos tres, Oleg y ella, y Harry, cuando llegara a casa. Los tres. Nadie más. Desde luego, nadie que tuviera algo que decirle sobre él. Y sobre sí misma. Pero eso era lo que estaba pasando de todos modos. Sin darse cuenta, dirigió la mirada a la barriga de la joven.

—No me llevará mucho tiempo, señora Fauke.

Señora. ¿Qué le habría contado Harry? Valoró la situación. Oyó que Oleg había subido el volumen otra vez. Y abrió la puerta.

La chica entró, se agachó para desatarse los cordones de las zapatillas.

—No hace falta —dijo Rakel—. Que sea breve, ¿de acuerdo? Estoy algo ocupada.

—Ah —dijo la chica, y sonrió. Y entonces, a la luz clara del recibidor, Rakel vio que tenía la cara cubierta de una fina capa brillante de sudor. Fue con Rakel a la cocina.

—Esa música… —dijo la chica—. ¿Está Harry en casa?

Entonces lo sintió. La preocupación. La joven había relacionado directamente la música con Harry. ¿Acaso sabía que aquella era la música que él escuchaba? Y luego, una idea que le vino tan rápido que no tuvo tiempo de pararla: ¿una música que él y aquella joven habían escuchado juntos?

La chica se sentó a la mesa de la cocina, una mesa grande. Posó las palmas sobre la superficie y la acarició. Rakel vigilaba sus movimientos. La acariciaba como si supiera la sensación que producía en la piel aquella superficie rugosa y sin tratar, que era agradable, viva. Tenía la mirada fija en la taza de Harry. ¿La habría…?

—¿Qué era lo que querías contarme, Silje?

La chica respondió con una sonrisa tristona, casi de dolor, sin apartar la vista de la taza.

—¿De verdad que no te ha hablado de mí, señora Fauke?

Rakel cerró los ojos un instante. Aquello no estaba ocurriendo. Y lo que tampoco ocurría era que ella creyera que estuviera ocurriendo. Ella confiaba en Harry. Abrió los ojos otra vez.

—Cuéntame lo que has venido a decirme como si no lo hubiera hecho, Silje.

—Como quieras, señora Fauke. —La chica apartó la vista de la taza y la miró. Tenía una mirada de un azul casi antinatural, inocente e inconsciente, como la de un niño. Y terrible, pensó Rakel, como la de un niño.

—Quiero hablarte de la violación —dijo Silje.

Rakel notó de pronto que le costaba respirar, como si alguien hubiera absorbido el aire de la habitación con una aspiradora, igual que se hace con las bolsas donde se guardan los edredones al vacío.

—¿Qué violación? —atinó a preguntar.

Estaba cayendo la noche cuando Bjørn Holm descubrió el coche por fin.

Había tomado el desvío hacia Klemetsrud y continuó hacia el este por la carretera comarcal 155, pero, al parecer, se había dejado atrás el letrero de Fjell. Lo descubrió a la vuelta, después de comprender que se había pasado y que tenía que volver atrás. Aquella carretera estaba menos transitada aún que la comarcal, y ahora que había oscurecido parecía simplemente desierta. El denso bosque que la flanqueaba estaba como arrimándose cuando atisbó las luces traseras del coche a un lado de la carretera.

Fue reduciendo y miró por el retrovisor. Solo oscuridad, solo un par de luces de un rojo tristón allí delante. Bjørn se colocó detrás del coche y se detuvo. Salió. Un pájaro lanzó un chillido hueco y melancólico en algún punto del corazón del bosque. Roar Midtstuen estaba acuclillado a un lado de la cuneta, a la luz de sus faros delanteros.

—Has venido —dijo Roar Midtstuen.

Bjørn se cogió el cinturón y se tiró hacia arriba de los pantalones. Era algo que había empezado a hacer, no sabía de dónde le venía. O bueno, sí, sí que lo sabía. Su padre había empezado a subirse así los pantalones como una introducción, como un prefijo de algo importante que debía decir, expresar o hacer. Así que Bjørn empezaba a parecerse a su padre. Salvo que él rara vez tenía algo importante que decir.

—Así que aquí fue donde ocurrió —dijo Bjørn.

Roar asintió. Bajó la vista hacia el ramo de flores que había dejado en el asfalto.

—Había estado escalando con unos amigos. De camino a casa, paró aquí para hacer pis en el bosque. Les dijo a los otros que se adelantaran con las bicis. Creen que debió de ocurrir cuando salió corriendo del bosque y se subió a toda prisa en la bicicleta. En su afán de alcanzar a los demás, ¿verdad? Era una chica muy afanosa, ¿sabes...? —Ya tenía que luchar por controlar la voz—. Así que seguramente salió a la carretera, no iba del todo equilibrada y por eso... —Roar levantó la vista, como para indicar por dónde vino el coche–. No había huellas de frenado. Nadie que recordara cómo era el coche, a pesar de que, poco después, tuvo que adelantar al resto del grupo. Pero iban distraídos hablando de la escalada, y dijeron que seguramente los adelantaron varios coches, habían recorrido un buen trecho camino de Klemetsrud cuando cayeron en la cuenta de que Fia ya debería haberlos alcanzado, de que tenía que haberle ocurrido algo.

Bjørn asintió. Carraspeó. Quería acabar cuanto antes. Pero Roar no lo dejaba hablar.

–No me permitieron participar en la investigación, Bjørn. Por ser el padre, me dijeron. Así que pusieron a unos principiantes al frente del caso. Y cuando por fin comprendieron que aquello no era un juego, que el conductor ni se entregaría ni se daría a conocer por ninguna otra vía, ya era demasiado tarde para desplegar los cañones, las pistas se habían enfriado, el recuerdo de la gente había palidecido.

–Roar...

–Trabajo policial puro y duro, Bjørn. Ni más ni menos. Te pasas la vida dejándote la piel por este cuerpo, le das todo lo que tienes y luego, cuando pierdes lo que más quieres en la vida, ¿qué te dan a cambio? Nada. Es una traición de mierda, Bjørn. –Bjørn vio las mandíbulas de su colega, que no paraban de moverse más y más, describiendo una elipse mientras los músculos se tensaban y se relajaban, se tensaban y se relajaban, pensó que aquel chicle se estaba llevando un buen repaso, joder–. Hace que me avergüence de ser policía –dijo Midtstuen–. Igual que con aquel caso, el caso Kalsnes. Un trabajo mal hecho de principio a fin, dejamos que el asesino se libre y luego nadie asume la responsabilidad. Y nadie *exige responsabilidades.* La zorra a guardar gallinas, ya sabes.

–La niña a la que encontraron carbonizada en el Come As You Are esta mañana...

–Anarquía. Eso es lo que es. Alguien tiene que asumir la responsabilidad. Alguien...

–Era Fia.

En el silencio que siguió, Bjørn oyó otra vez el chillido del pájaro, pero, en esta ocasión, desde otro punto. Se habría cambiado de sitio. De pronto tuvo una idea. Que era otro pájaro. Que podía haber dos iguales. Dos de la misma naturaleza. Que se chillaban el uno al otro en medio del bosque.

—La violación a la que me sometió Harry. —Silje miró a Rakel con la misma tranquilidad que si acabara de comunicarle el pronóstico del tiempo.

—¿Harry te ha violado?

Silje sonrió. Una sonrisa breve, apenas un movimiento muscular, una expresión que no había llegado a reflejarse en los ojos cuando desapareció. Junto con todo lo demás, la confianza, la indiferencia. Y, en lugar de la sonrisa, afloraron a los ojos lentamente las lágrimas.

Por Dios, pensó Rakel. No está mintiendo. Abrió la boca para respirar y lo supo sin asomo de duda: pudiera ser que la muchacha estuviera loca, pero no mentía.

—Yo estaba tan enamorada de él, señora Fauke… Creía que estábamos hechos el uno para el otro. Y fui a su despacho. Me había arreglado. Y él me malinterpretó.

Rakel vio cómo la primera lágrima se descolgaba de las pestañas y caía al aire antes de quedar atrapada en aquella mejilla joven y suave. Rodó un poco. La absorbió la piel, que enrojeció. Rakel sabía que había un rollo de papel de cocina en la encimera, detrás de ella, pero no lo cogió. Y una mierda iba a cogerlo.

—Harry no malinterpreta —dijo Rakel, sorprendida de la calma que le resonó en la voz—. Y tampoco viola. —Calma y convicción. A saber cuánto le durarían.

—Te equivocas —dijo Silje, y sonrió entre las lágrimas.

—¿No me digas? —Rakel tenía ganas de darle un puñetazo en aquella cara autosuficiente y violada.

—Pues sí, señora Fauke, la que malinterpreta ahora eres tú.

—Vamos, di lo que has venido a decir y vete.

—Harry…

Rakel aborrecía a más no poder oír su nombre pronunciado

por ella que, instintivamente, buscó algo con lo que pararla. Una sartén, un cuchillo del pan, un rollo de cinta adhesiva, lo que fuera.

—Él creía que yo había ido a verlo para preguntarle por el trabajo de clase, pero me malinterpretó. Había ido a verlo para seducirlo.

—¿Sabes qué, monina? Ya he captado que fue eso lo que hiciste. Y ahora me estás diciendo que te dio lo que querías, pero que, a pesar de todo, fue una violación, ¿no? Pero dime, ¿qué pasó? ¿Le soltaste ese «no, no» cachondo y medio casto, hasta que se convirtió en un «no» que, cuando pasó todo, te pareció que él debería haber comprendido antes que tú?

Rakel oyó cómo su retórica sonaba de repente como la cantinela del abogado defensor de todos aquellos casos de violación a los que había asistido en los tribunales, esa cantinela que tanto detestaba como la mujer que era, pero que, como jurista, comprendía y aceptaba que hubiera que recitar. Pero no era solo retórica, era lo que sentía, tenía que ser así, *no podía* ser de otro modo.

—No —dijo Silje—. Lo que quería contarte es que Harry *no me violó*.

Rakel parpadeó. Tuvo que rebobinar el sonido para estar segura de que lo había entendido bien. *No la violó.*

—Y que amenacé con denunciarlo por violación porque… —Utilizó el dedo índice para secarse las lágrimas de los ojos, que enseguida se le anegaban otra vez— porque él quería denunciar a la dirección de la Escuela que yo me había portado en su presencia de un modo reprobable. Y tenía toda la razón. Pero yo estaba desesperada, traté de adelantarme acusándolo de violación. Y he pensado en decirle que me arrepiento de lo que hice. Que es…, bueno, un delito. Acusación en falso. Párrafo 168 de la Ley Penal. Pena máxima, ocho años.

—Exacto —dijo Rakel.

—Ah, claro —sonrió Silje con la cara llena de lágrimas—. Se me olvidaba que eres jurista.

—¿Y tú cómo lo sabes?

—Bueno —dijo Silje, sorbiéndose los mocos—. Yo sé mucho de la vida de Harry. Puede decirse que lo he estudiado a fondo. Él era mi ídolo, y yo era la joven idiota. Incluso investigué los asesinatos de los policías para él, pensaba que podía ayudarle. Incluso empecé una breve exposición con el que pretendía explicarle cómo encajaba todo. Yo, una estudiante que no sabe nada, quería decirle a Harry Hole cómo tenía que atrapar al matarife de policías. —Silje se obligó a esbozar otra sonrisa, mientras meneaba la cabeza.

Rakel cogió el rollo de papel de cocina que tenía detrás y se lo dio.

—¿Y has venido aquí para decirle todo eso?

Silje asintió despacio.

—Sé que no coge el teléfono cuando ve que soy yo. Así que decidí hacer el entrenamiento corriendo hasta aquí para ver si estaba en casa. Como el coche no estaba, pensaba irme, pero entonces te he visto en la ventana. Y se me ocurrió que, en realidad, era mejor decírtelo a ti directamente. Que sería la mejor prueba de que decía la verdad, de que no tenía ninguna intención oculta viniendo aquí.

—Antes te he visto ahí fuera —dijo Rakel.

—Sí. Necesitaba pensar unos minutos. Y armarme de valor.

Rakel sintió que su rabia cambiaba de objetivo y, de aquella joven confusa y enamorada de mirada demasiado sincera, pasaba a Harry. No le había dicho una palabra sobre el asunto. ¿Por qué?

—Ha estado bien que vinieras, Silje, pero a lo mejor deberías irte ya.

Silje asintió. Se levantó.

—En mi familia hay casos de esquizofrenia.

—¿Ajá? —dijo Rakel.

—Sí. Creo que puede que yo no sea normal del todo. —Y, con un tono de persona mayor, añadió—: Pero bueno, no pasa nada.

Rakel la acompañó a la puerta.

—No volveréis a verme —dijo, ya fuera, en la escalera.

—Que tengas suerte, Silje.

Rakel se quedó allí cruzada de brazos viendo cómo se alejaba corriendo por la explanada. ¿Habría dejado Harry de mencionárselo porque pensaba que ella no lo creería? ¿Porque, a pesar de todo, podría existir una sombra de duda?

Y entonces vino el siguiente paso en el razonamiento. ¿Sería eso lo que habría, una sombra de duda? ¿Hasta qué punto se conocían bien? ¿Hasta qué punto *podía* un ser humano conocer a otro?

La figura vestida de negro con la cola de caballo al viento desapareció de su vista mucho antes que el ruido de las zapatillas en la grava.

La había desenterrado –dijo Bjørn Holm.

Roar Midtstuen estaba acuclillado, con la cabeza gacha. Se rascó la nuca, donde sobresalía el pelo cortísimo, como un cepillo. Cayó la oscuridad, la noche se deslizaba silenciosa sobre ellos, que seguían a la luz de los faros del coche de Midtstuen. Cuando este habló por fin, Bjørn tuvo que agacharse para oírlo.

–Mi unigénita. –Luego, un breve gesto de asentimiento–. Supongo que él ha hecho solo lo que tenía que hacer.

Bjørn creyó al principio que había oído mal. Después comprendió que Midtstuen tenía que haberse *equivocado*, que no era eso lo que quería decir, que había dicho una palabra por otra, que la habría omitido por error, que la habría dicho en el lugar de la frase que no era. Y, a pesar de todo, era una frase tan transparente y tan clara que sonaba obvia. Que sonaba verdadera. Que el matarife de policías hacía ni más ni menos lo que tenía que hacer.

–Voy a buscar el resto de las flores –dijo Midtstuen, y se levantó.

–Claro –dijo Bjørn, y miró el ramo que ya había allí mientras el compañero desaparecía del haz de luz y rodeaba el coche. Oyó cómo abría el maletero, mientras pensaba en la frase que había utilizado Midtstuen. «Mi unigénita». Le recordó la ceremonia de confirmación, y también aquello que Aune dijo de que el asesino era Dios. Que se estaba vengando. Pero Dios también había hecho sacrificios. Había sacrificado a su hijo. Permitió que lo clavaran en la cruz. Lo expuso allí donde todos pudieran verlo. Y pudieran imaginarse su sufrimiento. El del hijo, y el del padre.

Bjørn se imaginaba a Fia Midtstuen allí delante, en la silla. «Mi unigénita». Los dos. O los tres. Eran tres. ¿Cómo los llamaba el pastor?

Bjørn oyó un tintineo en el maletero, pensó que las flores se encontrarían bajo algo metálico.

La Trinidad. Eso era. El tercero era el Espíritu Santo. El espectro. El demonio. Aquel al que nunca veíamos, que solo aparecía aquí y allá en la Biblia y desaparecía otra vez enseguida. Fia Midststuen tenía la cabeza encadenada a la tubería para que no se le cayera. Para que el cadáver pudiera exponerse a la contemplación del público. Como el crucificado.

Bjørn Holm oyó pasos a su espalda.

El sacrificado, crucificado por su propio padre. Porque así era como lo exigía la historia. ¿Cómo fueron las palabras?

«Él ha hecho solo lo que tenía que hacer.»

Harry miraba a Megan Fox, cuyo precioso contorno color piel temblaba levemente, aunque le sostenía la mirada. La sonrisa no decaía. El cuerpo conservaba la actitud de invitar. Cogió el mando a distancia y apagó el televisor. Megan Fox desapareció y se quedó, las dos cosas al mismo tiempo. La silueta de la estrella del cine se había quedado grabada a fuego en la pantalla de plasma.

Lejos y allí mismo a un tiempo.

Harry echó una ojeada al apartamento de Truls Berntsen. Luego se dirigió al armario donde sabía que Berntsen guardaba sus juguetes favoritos. En teoría, allí podía caber una persona. Harry tenía la Odessa lista. Se deslizó hacia el armario, pegado a la pared, y abrió la puerta con la mano izquierda. Vio que dentro se encendía la luz automáticamente.

Por lo demás, no pasó nada.

Harry asomó la cabeza y la sacó otra vez rápidamente. Pero había tenido tiempo de ver lo que quería. Allí no había nadie. Así que se plantó en el umbral.

Truls había sustituido lo que Harry se llevó la última vez que estuvo allí, el chaleco antibalas, la máscara de gas, la MP-5, el fusil antidisturbios. Y, por lo que veía, conservaba las mismas pistolas.

Salvo en el centro del cuadro, donde se veía el contorno de una de las armas alrededor de uno de los ganchos.

¿Habría intuido Truls Berntsen que Harry iba de camino, se habría figurado cuál era su objetivo, y por eso cogió una pistola y huyó del apartamento? ¿Sin tomarse el tiempo de cerrar con llave o de apagar la tele? En ese caso, ¿por qué no se había agazapado para acecharlo allí dentro?

Harry ya había revisado el piso y sabía que allí no había ni un alma viviente. Después de inspeccionar la cocina y el salón, cerró la puerta como si se hubiera ido y se sentó en el sofá de piel, con la Odessa sin asegurar y apuntando a la puerta del dormitorio, pero de modo que no pudieran verlo por el agujero de la cerradura.

Si Truls estaba allí dentro, el primero de los dos que se dejara ver sería el que lo tendría peor. Estaba listo para esperar un duelo. Y eso hizo, esperar. Inmóvil, respiró tranquila y profundamente, de un modo inaudible, con la paciencia de un leopardo.

Y no entró en el dormitorio hasta después de transcurridos cuarenta y cinco minutos.

Se sentó en la cama. ¿Y si llamaba a Berntsen? Eso lo pondría sobre aviso, pero, según parecía, él ya se había dado cuenta de que Harry le iba detrás.

Cogió el teléfono, lo encendió. Esperó hasta que el aparato encontró la red y marcó un número que había memorizado hacía casi dos horas, antes de salir de Holmenkollen.

Después de llamar tres veces sin obtener respuesta, se rindió.

Entonces llamó a Thorkild, que trabajaba en la compañía telefónica. Y que le respondió a los dos segundos.

–¿Qué quieres, Hole?

–Una localización de una estación base. Un tal Truls Berntsen. Tiene un teléfono de trabajo de la policía, así que seguro que es abonado vuestro.

–No podemos seguir teniendo este tipo de contacto.

–Es una misión policial oficial.

–Pues sigue el procedimiento. Contacta al fiscal, procura que lo manden al jefe de grupo y llámanos cuando tengas la orden.

—Corre prisa.

—Escúchame, no puedo seguir dándote…

—Thorkild, se trata de los asesinatos de los compañeros.

—En ese caso, no debería llevarte más de unos segundos conseguir esa orden del jefe de grupo, Harry.

Harry soltó un taco para sus adentros.

—Perdona, Harry, pero tengo que pensar en mi puesto de trabajo. Si llegara a descubrirse que vigilo los movimientos de miembros de la policía sin permiso… ¿Por qué tienes problemas a la hora de conseguir la orden?

—Ya hablaremos. —Harry colgó. Tenía dos llamadas perdidas y tres mensajes. Los habrían enviado mientras tenía el teléfono apagado. Los abrió por orden. El primero era de Rakel.

He estado llamando. En casa. Preparo algo rico si me puedes decir cuándo llegas. Tengo una sorpresa. Alguien que está deseando darte una paliza al Tetris.

Harry volvió a leer el mensaje. Rakel había llegado. Con Oleg. Su primer pensamiento fue el de abalanzarse sobre el coche directamente. Abandonar aquel proyecto. Que se había equivocado, que no debía estar allí en aquellos momentos. Al mismo tiempo que sabía que era eso y nada más, el primer pensamiento. Un intento de huir de lo inevitable. El segundo mensaje era de un número que no reconocía.

Tengo que hablar contigo. ¿Estás en casa? Silje G.

Borró el mensaje. El número del tercer mensaje sí lo reconoció enseguida.

Creo que quieres localizarme. He encontrado la solución a nuestro problema. Ven a verme al lugar de G. tan pronto como puedas. Truls Berntsen.

44

Cuando Harry cruzó el aparcamiento reparó en un coche que tenía rota la ventanilla. El resplandor de la farola arrancaba destellos a los cristales sobre el asfalto. Era un Suzuki Vitara. Berntsen tenía uno como ese. Harry marcó el número de la judicial de guardia.

–Harry Hole. Necesito que me comprobéis el propietario de una matrícula.

–Hoy por hoy eso puede hacerlo cualquiera en la red directamente, Hole.

–Ya, pero tú lo vas a hacer por mí, ¿verdad?

Oyó un gruñido por respuesta y leyó en voz alta el número de matrícula. Tres segundos después, oyó que le decían:

–Un tal Truls Berntsen. Dirección…

–Con eso me vale.

–¿Algo que denunciar?

–¿Qué?

–¿Está implicado en algo? ¿Parece robado o víctima de robo, por ejemplo?

Pausa.

–¿Hola?

–No, todo está en orden. Un malentendido, nada más.

–¿Un malen…?

Harry colgó. ¿Por qué no se había ido Truls Berntsen en su coche? Nadie que tuviera el sueldo de un policía cogía ya un taxi para ir a Oslo. Harry trataba de recrear mentalmente la red de metro de Oslo. Había una línea a tan solo cien metros de allí. Estación de Ryen. No había oído ningún tren, sería subterráneo. Harry parpadeó en la oscuridad. Acababa de oír otro ruido.

El chisporroteo de los pelos de la nuca al erizarse.

Sabía que era imposible oírlo, aun así, no percibía otra cosa. Cogió otra vez el teléfono. Pulsó la «k» y luego la tecla de llamada.

—Por fin —respondió Katrine.

—¿Por fin?

—Habrás visto que te he estado llamando, ¿no?

—¿Ah, sí? Te noto sin aliento.

—Porque venía corriendo, Harry. Silje Gravseng.

—¿Qué pasa?

—Tiene recortes de todos los asesinatos colgados en las paredes de su habitación. Tiene una porra que, según el conserje, usa para atacar a los violadores. Y tiene un hermano que está en un psiquiátrico después de que lo apalearan dos policías. Y está loca, Harry. Como una cabra.

—¿Dónde estás?

—En el Vaterlandsparken. No está aquí. Creo que hay que dar una orden de búsqueda.

—No.

—¿No?

—Ella no es la persona que buscamos.

—¿Qué dices? El móvil, los motivos, la planificación, allí está todo, Harry.

—Olvídate de Silje Gravseng. Quiero que me compruebes unas estadísticas.

—¿Estadísticas? —Katrine gritó tan alto que le temblaron las cuerdas vocales—. ¿Tengo a la mitad de los fichados por delitos sexuales babeándome encima aquí en el parque mientras busco a una posible asesina de policías, y tú me pides que mire unas *estadísticas*? ¡Vete a la mierda, Hole!

—Tienes que comprobar las estadísticas del FBI de testigos que han muerto en el período entre la fecha en que les comunicaron que iban a ser testigos y la del comienzo del juicio.

—¿Y eso qué tiene que ver con nada?

—Tú dame los números, ¿vale?

—¡No, no vale!

—Bueno. Pues tómatelo como una orden, Bratt.

—Ya, bueno, pero… ¡oye! ¿Quién de los dos es aquí el jefe?

—Ya que lo preguntas, tú no, desde luego.

Harry oyó unos cuantos tacos más con la erre gutural del dialecto de Bergen antes de colgar.

Mikael Bellman estaba sentado en el sofá, con la tele puesta. Era el final de las noticias, habían llegado a los deportes, así que la mirada de Mikael se desplazó de la pantalla a la ventana. A la ciudad que se hallaba en aquella marmita negra allá abajo, a sus pies. La intervención del presidente municipal duró exactamente diez segundos. Dijo que los cambios en el consejo municipal eran normales, y que en esta ocasión se debían a una increíble carga de trabajo precisamente en ese puesto, así que era lógico que hubieran dado el relevo. Y que Isabelle Skøyen volvería a su puesto en la secretaría de la consejería de asuntos sociales, que el consejo municipal contaba con que su competencia sería allí de suma utilidad. Añadieron que Skøyen no se encontraba disponible para hacer ningún comentario.

Brillaba como una joya, su ciudad.

Oyó unos pasos suaves en la puerta del dormitorio de uno de los niños y, poco después, ella se acurrucó a su lado en el sofá.

—¿Están dormidos?

—Como troncos —dijo Ulla, y Mikael notó su aliento en el cuello—. ¿Te apetece ver la tele? —Le mordisqueó el lóbulo de la oreja—. ¿O mejor…?

Él sonrió, pero sin inmutarse. Disfrutaba de cada segundo, consciente de lo perfecto que era. Estar allí, en ese momento. En la cima de la colina. El macho alfa, con las mujeres a sus pies. La una, colgada de su brazo. La otra, neutralizada y anulada. Y con los hombres, otro tanto. Asáiev estaba muerto. Truls, de nuevo colocado como lacayo suyo, el anterior jefe provincial involucrado en sus pecados conjuntos, de modo que estaría presto si Mikael lo necesitaba otra vez. Y Mikael sabía que ahora contaba con la confianza del consejo municipal aunque les llevaría tiempo encontrar al matarife.

Hacía mucho que no se sentía tan bien, tan relajado. Notó las manos de Ulla. Sabía lo que querían hacer antes de que ella misma lo supiera. Ella sabía encenderlo. No incendiarlo, como le ocurría con otras parejas. Con la mujer a la que había derribado. Con aquel que murió en la calle Hausmann. Pero sí podía ponerlo lo bastante cachondo como para que él se la follara en breve. El matrimonio era eso. Y estaba bien. Era más que suficiente, y había cosas más importantes en la vida.

La atrajo hacia sí, le metió la mano por debajo del jersey de color verde. La piel desnuda, como poner la palma de la mano sobre el fogón tibio de una encimera. Ella suspiró suavemente. Se apoyó en él. En realidad, a él no le gustaba besarla a fondo. Puede que le gustara antes, pero ya no. Era algo que nunca le había contado a Ulla; ¿para qué, mientras fuera algo que ella quisiera y que él pudiera soportar? El matrimonio. Aun así, sintió cierto alivio cuando el teléfono inalámbrico empezó a gorjear en la mesa que había delante del sofá.

Mikael lo cogió.

—¿Sí?

—Hola, Mikael.

Aquella voz dijo su nombre de pila de un modo tan convincente que, en un primer momento, tuvo la certeza de haberla reconocido, de que le bastarían unos segundos para saber de quién se trataba.

—Hola —respondió él, y se levantó del sofá. Se dirigió a la terraza. Apartado del ruido del televisor. Apartado de Ulla. Era un acto reflejo, practicado a lo largo de los años. En parte, por consideración a ella. En parte, por consideración a los secretos que él mismo guardaba.

La voz al otro lado del hilo telefónico soltó una risita.

—Relájate, Mikael, no me conoces.

—Gracias, me relajo —dijo Mikael—. Estoy en casa. Y por eso estaría bien que fueras al grano.

—Soy enfermero del Rikshospitalet.

No era una idea que se le hubiera ocurrido antes, por lo menos, no que él recordara. Aun así, era como si ya supiera perfectamente cómo iba a continuar. Abrió la puerta de la terraza y salió al frío suelo de piedra sin retirar el teléfono de la oreja.

—Cuidaba de Rudolf Asáiev. Lo recuerdas, ¿verdad, Mikael? Sí, claro que sí. Él y tú hacíais negocios juntos. Se sinceró conmigo durante las horas en que estuvo despierto del coma. Me habló de a qué os dedicabais.

El cielo se había cubierto de nubes, la temperatura había bajado y la piedra estaba tan fría que le escocían los pies a través de los calcetines. Aun así, Mikael Bellman sentía que las glándulas sudoríparas le trabajaban a toda máquina.

—A propósito de negocios —dijo la voz—. A lo mejor es algo de lo que tú y yo debiéramos hablar un poco, ¿no?

—¿Qué quieres?

—A menos que prefieras las perífrasis, te diré que lo que quiero es que me des parte de tu dinero para que no hable.

Tenía que ser él, el enfermero de Enebakk. El hombre al que Isabelle había contratado para liquidar a Asáiev. Según ella, el enfermero quiso cobrar en especie, pero se ve que no fue suficiente.

—¿Cuánto? —preguntó Bellman tratando de demostrar resolución, pero se dio cuenta de que no conseguía sonar tan frío como deseaba.

—No mucho. Soy un hombre de costumbres sencillas. Diez mil.

—Demasiado poco.

—¿Demasiado poco?

—Parece un primer plazo.

—Pues entonces digamos cien mil.

—Y entonces ¿por qué no lo has pedido a la primera?

—Porque necesito el dinero esta misma noche, el banco está cerrado y en el cajero no puedes sacar más de diez mil.

Desesperado. Buenas noticias. ¿O no? Mikael se acercó al borde de la terraza, contempló la ciudad allá abajo, intentando concentrarse. Aquella era una de las situaciones en las que él, por lo general, lo bordaba, cuando la cosa estaba al límite y el menor paso en falso resultaba fatídico.

—¿Cómo te llamas?

—Bah, tú llámame Dan, como la abreviatura de Danuvius.

—Muy bien, Dan. Comprenderás que el que yo haga tratos contigo no significa que esté reconociendo nada, ¿verdad? Que puede ser que esté intentando engañarte y conducirte a una trampa, y luego detenerte por chantajista.

—La única razón por la que estás diciendo eso es que temes que yo sea un periodista que ha oído algún rumor, y que trato de engañarte para que te descubras.

Mierda.

—¿Dónde?

—Estoy en el trabajo, así que tendrás que venir aquí. Pero en un sitio discreto. Ven a la sección que está cerrada, allí no hay nadie en estos momentos. Dentro de tres cuartos de hora en la habitación de Asáiev.

Tres cuartos de hora. Tenía prisa. Claro que podía ser precaución, que no quisiera darle a Mikael tiempo de tenderle una trampa. Pero Mikael creía en las explicaciones sencillas. Como que se encontraba ante un enfermero anestesista que consumía y al que, de repente, le faltaban suministros propios. Y eso podía hacer que las cosas fueran más sencillas. Incluso podía existir la posibilidad de rematar bien la partida. Otra vez.

—Vale —dijo Mikael, y colgó. Aspiró el olor extraño y casi denso que parecía emanar de la terraza. Luego entró en el salón y cerró otra vez la puerta.

—Tengo que salir un rato —dijo.

—¿Ahora? —dijo Ulla con aquella mirada herida que, por lo general, lo hacía soltar un comentario irritado.

—Ahora. —Pensó en la pistola que guardaba en el maletero del coche. Una Glock 22, regalo de un colega americano. Sin usar. Sin registrar.

—¿Cuándo volverás?

—No lo sé. No me esperes levantada.

Se dirigió a la entrada con la mirada de ella clavada en la espalda. No se detuvo. Hasta que llegó a la puerta.

—No, *no* voy a verla a ella, ¿vale?

Ulla no respondió. Simplemente, se volvió hacia la tele e hizo como que le interesaba el pronóstico del tiempo.

Katrine maldecía y sudaba en el calor del Horno, pero seguía tecleando.

¿Dónde demonios se escondía la estadística del FBI sobre los testigos muertos? ¿Y para qué demonios la quería Harry?

Miró el reloj. Suspiró y marcó su número.

Ninguna respuesta. Claro que no.

Le mandó un mensaje diciéndole que necesitaba más tiempo, que estaba en el rincón más sacrosanto del FBI, pero que aquella estadística tenía que ser supersecreta, joder, o si no, que él había malinterpretado algo. Soltó el móvil en la mesa. Pensó que tenía ganas de llamar a Leif Rødbekk. No, a él no. A algún otro idiota que pudiera plantearse la tarea de follarla esta noche. Con la primera persona que le vino a la cabeza, arrugó la frente. ¿De dónde había salido él? Mono, pero… pero ¿qué? ¿Sería algo en lo que llevaba un tiempo pensando sin darse cuenta?

Desechó la idea y se concentró otra vez en la pantalla.

¿Y si no era el FBI, sino la CIA?

Escribió otras palabras de búsqueda. *Central Intelligence Agency, witness, trial, death.* Intro. La máquina empezó a trabajar. Aparecieron los primeros resultados.

La puerta se abrió a su espalda, y notó la corriente del túnel.

—¿Bjørn? —dijo sin apartar la vista de la pantalla.

Harry aparcó el coche delante de la iglesia de San Jacobo y fue a pie hasta el número 92 de la calle Hausmann.

Se paró delante del portal y se quedó mirando la fachada.

Se veía una luz débil en la tercera planta, cuyas ventanas tenían rejas. El nuevo propietario se habría hartado de que entraran a robar por la escalera de incendios de la parte trasera.

Harry creyó que le provocaría más sentimientos. Después de todo, fue allí donde Gusto murió asesinado. Donde él mismo casi tuvo que pagar con su vida.

Tanteó la puerta. Estaba como antes, abierta, vía libre.

Al fondo de la escalera sacó la Odessa, le quitó el seguro, miró por el hueco del rellano y prestó atención mientras aspiraba el olor a orina y a madera marinada en vómito. Silencio absoluto.

Empezó a subir. Caminaba tan silenciosamente como podía sobre periódicos húmedos, cartones de leche y jeringuillas usadas. Cuando llegó a la tercera planta, se paró delante de la puerta. También era nueva. De metal. Cerradura de seguridad. Solo unos ladrones interesados de verdad se animarían a forzar aquello. Harry no vio razón para llamar. No vio razón para renunciar a aquel momento de sorpresa. Así que cuando bajó el picaporte y notó que la puerta ejercía presión con los muelles en tensión, pero no estaba cerrada con llave, cogió la Odessa con las dos manos, empujó la puerta con el pie derecho.

Entró rápidamente y se apartó a la izquierda, para no estar en el umbral. Los muelles tiraron de la puerta metálica, que se cerró a su espalda con un golpe contundente.

Luego se hizo el silencio, solo se oía un leve tictac.

Harry parpadeó sorprendido.

Aparte de un televisor portátil en *standby* con unas cifras de color blanco que indicaban una hora que no era en una pantalla negra, allí dentro no había cambiado nada. Era el mismo agujero de drogadictos con los colchones en el suelo y un montón de basura. Y uno de los montones de basura estaba sentado en una silla y lo miraba.

Era Truls Berntsen.

O al menos, él creía que era Truls Berntsen.

Fue en su día Truls Berntsen.

45

La silla de despacho estaba colocada en el centro de la habitación, debajo de la única luz, procedente de una lámpara de papel de arroz rasgado que colgaba del techo.

Harry advirtió que tanto la lámpara como la silla y el televisor, con ese ruidito irregular de un producto electrónico moribundo, tenían que ser objetos de los setenta, pero no estaba seguro.

Lo mismo podía aplicarse al contenido de la silla.

Porque no era fácil decir si se trataba de Truls Berntsen, nacido en algún momento de la década de los setenta, muerto este año, el que estaba amarrado a la silla con cinta adhesiva. Porque el hombre no tenía cara. Donde esta estuvo un día había ahora un amasijo de sangre reciente y roja mezclada con sangre negra coagulada y astillas blancas de huesos. Aquel amasijo habría chorreado de no estar sujeto por la capa de plástico transparente con la que habían envuelto la cabeza. Uno de los huesos había atravesado el plástico. Film transparente, pensó Harry. Carne picada recién empaquetada como la que se encuentra en el supermercado.

Harry se obligó a apartar la vista e intentó contener la respiración para oír mejor mientras pegaba el cuerpo a la pared. Empuñando la pistola, levantada a medias, escaneó la habitación de izquierda a derecha.

Se fijó en el ángulo que conducía a la cocina, vio parte del mismo frigorífico viejo, y de la encimera, pero podía haber alguien en la penumbra.

Ni un sonido. Ni un movimiento.

Harry esperaba. Reflexionaba. Si aquello era una trampa a la que alguien lo había conducido, ya debería estar muerto.

Respiró hondo. Tenía la ventaja de que había estado allí antes, así que sabía que no existía más escondite que la cocina y el cuarto de baño. La desventaja era que, para comprobar aquella, tenía que darle la espalda a este.

Tomó una decisión, avanzó hacia la cocina, asomó la cabeza por la esquina, la retiró con la misma rapidez con que se había asomado, dejó que el cerebro procesara la información que acababa de recibir. Cocina, cajas de pizza apiladas y frigorífico. Allí no había nadie.

Se dirigió al cuarto de baño. Por alguna razón, la puerta había desaparecido y la luz estaba apagada. Se colocó al lado del vano y pulsó el interruptor. Contó hasta siete. Asomó otra vez la cabeza y la retiró corriendo. Vacío.

Se relajó con la espalda apoyada en la pared. Y se dio cuenta de que el corazón le latía con tanta fuerza que le aporreaba las costillas.

Se quedó sentado unos segundos. Se serenó.

Luego se acercó al cadáver de la silla. Se agachó a su lado y observó el amasijo rojo que había detrás del plástico. Sin cara, pero la frente salediza, la mandíbula inferior y aquel corte de pelo barato no dejaban lugar a dudas, era Truls Berntsen.

El cerebro de Harry ya estaba asimilando el hecho de que se había equivocado, de que Truls Berntsen no era el matarife.

La siguiente idea le vino rodada: por lo menos, no el único.

¿Sería eso lo que tenía delante? ¿El asesinato de un cómplice, un asesino que limpiaba sus huellas? ¿Era posible que Truls «Beavis» Berntsen hubiera colaborado con un alma tan enferma como la suya para ejecutar aquello? ¿Era posible que Valentin se hubiera plantado intencionadamente delante de las cámaras del Ullevaal Stadion mientras Berntsen perpetraba el asesinato de Maridalen? Y, en ese caso, ¿cómo se habían repartido los asesinatos, para cuáles tenía Berntsen coartada?

Harry se irguió y echó una ojeada alrededor. ¿Y por qué le habían pedido que fuera allí? No habrían tardado en descubrir el cadáver de todos modos. Y había varias cosas que no encajaban. Truls Berntsen nunca estuvo involucrado en la investigación del asesinato de Gusto. Fue un grupo de investigación reducido, formado por Beate, algún que otro técnico y un par de investigadores operativos que no tenía mucho que hacer, puesto que a Oleg lo detuvieron como posible autor de los hechos minutos después de que llegaran al lugar del crimen y las pruebas técnicas apoyasen las acusaciones. Aparte de ellos, el único…

En aquel silencio, Harry seguía oyendo el tenue clic. Regular e inmutable, como la maquinaria de un reloj. Y terminó el razonamiento.

Aparte de ellos, el único que se había preocupado de investigar aquel caso insignificante entre docenas de casos de asesinato del mundo de la droga se encontraba ahora en aquella habitación. Era él mismo.

Y por eso —como a los demás policías— lo habían hecho venir para morir en el escenario del asesinato que no había logrado resolver.

Un segundo después estaba delante de la puerta y presionaba el picaporte. Y fue como se temía, el picaporte bajó sin oponer resistencia. Tiró de él sin que la puerta se moviera. Y no tenía pestillo, era como la parte externa de la puerta de un hotel. Y él no tenía la tarjeta para abrir.

Recorrió la habitación con la mirada.

Los gruesos cristales de las ventanas, con rejas por dentro. La puerta metálica, que se había cerrado sola. Había caído derecho en la trampa como el idiota embriagado por la cacería que siempre había sido.

El clic no sonaba más alto, pero lo parecía.

Harry se quedó mirando el televisor. Los segundos que iban pasando. No era que tuviera mal la hora. Es que no estaba indicando la hora, los relojes no iban hacia atrás.

Cuando él llegó indicaba 00.06.10. Ahora, 00.03.51.

Era una cuenta atrás.

Harry se apartó, cogió el televisor y trató de levantarlo. En vano. Debía de estar atornillado al suelo. Dirigió una buena patada a la parte superior del aparato y el marco de plástico se rompió con un estruendo. Observó el interior. Tubos metálicos, tubos de cristal, cables. Harry no era ningún experto, desde luego, pero había visto por dentro bastantes televisores como para saber que aquel contenía demasiadas cosas. Y había visto bastantes explosiones improvisadas como para reconocer una bomba de tubo.

Pensó en los cables y desechó la idea en el acto. Uno de los artificieros del grupo Delta le había explicado que eso de cortar el cable azul o el rojo y luego estar *home safe* era cosa del pasado, que ahora era la abuela digital del diablo, con señales sin hilos a través de *bluetooth,* contraseñas y cortafuegos, la que hacía que el cronómetro fuera contando hasta cero si trasteabas algo.

Harry cogió impulso y se abalanzó hacia la puerta. Podía haber algún punto débil en el marco.

Pero no.

Tampoco en las rejas de las ventanas.

Cuando se levantó otra vez, le dolían el hombro y las costillas. Soltó un grito hacia la ventana.

No entraba ni un sonido, tampoco salía ninguno.

Harry cogió el móvil. La central de emergencias. Delta. Ellos podían irrumpir allí dentro. Miró el reloj del televisor. Tres minutos y cuatro segundos. No les daría tiempo ni de enviar la dirección. Dos minutos y cincuenta y nueve segundos. Se quedó mirando la lista de contactos. R.

Rakel.

Llamar a Rakel. Despedirse. De ella y de Oleg. Decirles que los quería. Que ellos dos tenían que vivir. Mejor de lo que había vivido él. Estar con ellos los dos últimos minutos. No morir solo. Tener compañía, compartir con ellos una última vivencia traumática, hacer que probaran la muerte, proporcionarles una última pesadilla con la que vivir.

—¡Mierda, mierda!

Harry se guardó otra vez el teléfono en el bolsillo. Miró a su alrededor. La puerta no estaba. Para que no hubiera ningún lugar en el que esconderse.

Dos minutos y cuarenta segundos.

Harry fue a la cocina, que constituía el lado más corto de aquel apartamento en forma de ele. No era lo bastante ancha, una bomba de ese tamaño lo destruiría todo, también lo que hubiera allí dentro.

Miró el frigorífico. Lo abrió. Un cartón de leche. Dos botellas de cerveza. Un paquete de paté. Por un instante, sopesó las alternativas, cerveza o pánico, y al final eligió pánico y sacó los estantes de rejilla, la balda de cristal y los cajones de plástico. Resonaban al caer en el suelo, a su espalda. Se encogió y trató de meterse allí. Soltó un lamento. No podía doblar el cuello lo suficiente para que le cupiera la cabeza. Lo intentó otra vez. Maldijo al pensar en lo largas que tenía las piernas mientras se esforzaba por colocarlas como para ahorrar el máximo de volumen.

¡Qué coño, aquello no funcionaba!

Miró el reloj del televisor. Dos minutos y seis segundos.

Harry metió la cabeza, encogió las rodillas, pero ahora era la espalda la que no podía encogerse lo suficiente. ¡Mierda, mierda! Soltó una risotada. La oferta de yoga gratis que había rechazado en Hong Kong, ¿sería esa su ruina?

Houdini. Recordó no sé qué sobre inspiración y espiración.

Soltó el aire, trató de no pensar en nada, se concentró en relajarse. No pensar en los segundos, solo en sentir cómo los músculos y las articulaciones se iban volviendo más dóciles, más flexibles. Sentir cómo iba comprimiéndose palmo a palmo.

Funcionó.

¡Qué demonios, vaya si funcionaba! Allí estaba, metido entero en el frigorífico. Un frigorífico con la cantidad suficiente de metal y de material aislante como para salvarlo. Quizá. A menos que fuera una bomba de tubo del infierno.

Agarró la puerta con la mano, echó un último vistazo al televisor antes de cerrar. Un minuto y cuarenta y siete segundos.

Iba a cerrar, pero la mano no obedecía. Y no obedecía porque su cerebro se negaba a rechazar lo que habían visto sus ojos, pero que la parte del cerebro que gobernaba la razón trataba de obviar. Y trataba de obviarlo porque no era relevante para lo único que importaba en aquellos momentos, sobrevivir, salvar el pellejo él. Obviarlo porque no podía permitírselo, no tenía tiempo, no tenía compasión.

La carne picada de la silla.

Tenía dos manchas blancas.

Blancas como el blanco de los ojos.

Y lo miraban a través del plástico.

El tío estaba vivo.

Harry soltó un grito, salió como pudo otra vez del frigorífico. Se acercó a la silla sin perder de vista el televisor con el rabillo del ojo. Un minuto y treinta y un segundos. Apartó el plástico de la cara. Los ojos parpadearon en medio de la carne picada, y Harry oyó la débil respiración. Debía de entrarle un poco de aire por el agujero que el hueso que había hecho en el plástico.

—¿Quién te ha hecho esto? —preguntó Harry.

Solo recibió unos jadeos por respuesta. La máscara de carne que tenía delante empezó a chorrear como la cera derretida.

—¿Quién es? ¿Quién es el matarife?

Seguía oyendo solo la respiración.

Harry miró el reloj. Un minuto y veintiséis segundos. Le llevaría un tiempo meterse otra vez allí dentro.

—¡Venga, Truls! ¡Puedo cogerlo!

Una burbuja de sangre empezó a crecer allí donde Harry intuía que debería estar la boca. Cuando estalló, se oyó un susurro casi imperceptible.

—Llevaba máscara. No hablaba.

—¿Qué clase de máscara?

—Verde. Todo verde.

—¿Verde?

—Cir…uj…

—¿Una mascarilla de cirujano?

Un leve movimiento de la cabeza, luego se cerraron los ojos otra vez.

Un minuto y cinco segundos.

No había nada más que hacer. Volvió al frigorífico. Esta vez fue más rápido. Cerró la puerta y la luz se apagó.

Tiritaba en la oscuridad, contaba los segundos. Cuarenta y nueve.

El tío habría muerto de todos modos.

Cuarenta y ocho.

Más valía que alguien hiciera el trabajo.

Cuarenta y siete.

Una mascarilla verde. Truls Berntsen le había dado a Harry lo que sabía sin pedir nada a cambio. Eso quería decir que algo le quedaba de su condición de policía.

Cuarenta y seis.

No valía la pena pensarlo, de todos modos, allí no había sitio más que para uno.

Cuarenta y cinco.

Además, no tenía tiempo de desatarlo de la silla.

Cuarenta y cuatro.

Aunque hubiera querido, ya no había tiempo.

Cuarenta y tres.

Hacía ya mucho que no había tiempo.

Cuarenta y dos.

¡Mierda!

Cuarenta y uno.

¡Mierda, mierda!

Cuarenta.

Harry abrió la puerta con un pie y salió con el otro. Tiró del cajón del mueble de la cocina, cogió algo que parecía un cuchillo del pan, se abalanzó sobre la silla y empezó a cortar la cinta de los brazos.

No miraba el televisor, pero oía el tictac.

—¡Joder, Berntsen!

Además el cabrón pesaba plomo.

Harry tiraba y maldecía, lo arrastraba y maldecía, ya no oía qué palabras surgían de su boca, solo esperaba que provocaran al cielo y al infierno lo suficiente como para que uno de los dos interviniera y cambiara aquel desenlace absurdo pero inevitable.

Apuntó al frigorífico abierto, aumentó la velocidad y empotró a Truls Berntsen allí dentro. Su cuerpo ensangrentado se hundió y resbaló hacia fuera.

Harry trató de empujarlo, pero no podía. Apartó a Berntsen del frigorífico, iba dejando líneas de sangre en el suelo de linóleo, lo arrastró, apartó el frigorífico de la pared, oyó cómo se salía el enchufe, volcó el frigorífico boca arriba entre la encimera y la cocina. Cogió a Berntsen y lo metió dentro. Se encogió encima. Utilizó las dos piernas para empujarlo lo más posible hacia la pared trasera del frigorífico, donde se encontraba el pesado radiador. Se tumbó encima de Berntsen, aspiró el olor a sudor, a sangre y a orines, que uno se hace encima cuando está atado a una silla y sabe que lo van a liquidar.

Harry esperaba que hubiera sitio para los dos, puesto que el principal problema era la altura y la anchura del frigorífico, no la profundidad.

Pero ahora sí era la profundidad.

Porque no podía cerrar la puerta, joder.

Harry trataba de tirar, pero era imposible. Faltaban más de veinte centímetros, y si no se encerraban herméticamente, estarían perdidos. La onda de choque, que reventaría el hígado y el bazo, el calor, que les achicharraría los ojos, cualquier objeto suelto se convertiría en una bala perdida, una ametralladora que lo destruiría todo.

Ni siquiera necesitaba tomar una decisión, era demasiado tarde.

Lo que también significaba que era tarde para tener algo que perder.

Harry dio una patada a la puerta, salió de un salto, se colocó detrás del frigorífico, volvió a ponerlo de pie. Vio por el borde que Truls Berntsen resbalaba y caía al suelo. No pudo evitar seguir con la mirada hacia la pantalla del televisor. El reloj indicaba 00.00.12. Doce segundos.

—*Sorry*, Berntsen —dijo Harry.

Luego, cogió a Truls Berntsen rodeándole el pecho, lo puso de pie y entró andando hacia atrás en el frigorífico. Sacó la mano y tiró de la puerta hasta la mitad, y empezó a balancearse. El refrigerador, un agregado muy pesado, se encontraba en lo alto de la parte trasera del frigorífico, con lo que había un centro de gravedad que esperaba que le fuera de ayuda.

El frigorífico basculó hacia atrás. Se detuvo en el centro de gravedad. El cuerpo de Truls presionó a Harry.

No podían caer hacia ese lado.

Harry hizo palanca, trató de empujar a Truls otra vez hacia la puerta.

Luego, el frigorífico se decidió y cayó otra vez. Basculó hacia el otro lado. Harry distinguió un último atisbo de la pantalla cuando el frigorífico volcó y cayó hacia delante, sobre la puerta.

Se quedó sin aire cuando cayeron al suelo, sintió pánico al ver que le faltaba oxígeno. Pero estaba oscuro. Totalmente oscuro. El peso del refrigerador y el frigorífico habían hecho lo que él esperaba, habían cerrado la puerta al presionarla contra el suelo.

Y entonces se oyó la explosión de la bomba.

El cerebro de Harry implosionó, se apagó.

Harry parpadeó en la oscuridad.

Debió de estar inconsciente unos segundos.

Un zumbido frenético le atormentaba los oídos y sentía como si le hubieran vertido ácido en la cara. Pero estaba vivo.

Por el momento.

Necesitaba aire. Metió las manos entre él y Truls, que estaba tumbado debajo de él, pegado a la puerta del frigorífico, empujó con la espalda la pared del frigorífico que tenía encima y presionó con todas sus fuerzas. El frigorífico se volcó sobre las bisagras de la puerta y cayó sobre un costado.

Harry salió rodando. Se puso de pie.

La habitación parecía sacada de un sombrío relato futurista, un infierno gris de polvo y de humo, sin un solo objeto identificable, hasta lo que un día fue un frigorífico parecía otra cosa. La puerta metálica había volado por los aires.

Harry dejó a Berntsen tumbado. Esperaba que el muy gilipollas estuviera muerto. Bajó las escaleras tambaleándose, salió a la calle.

Se quedó allí observando la calle Hausmann. Vio los luminosos de los coches de la policía, pero lo único que oía era aquel zumbido en los oídos, como una impresora sin papel, una alarma que alguien debería apresurarse a apagar.

Y mientras se encontraba allí, observando los coches mudos, pensó lo mismo que cuando trataba de oír el tren del metro en Manglerud. Que no oía. Que no había oído lo que debería haber oído. Puesto que no había reflexionado. No hasta que se vio en Manglerud y recordó cómo era la red de metro de Oslo. Y por fin se dio cuenta de qué era, qué era lo que estaba allí oculto en la oscuridad, queriendo salir a la superficie. El bosque. No hay metro en el bosque.

46

Mikael Bellman se había parado.

Escuchaba y miraba hacia el fondo del pasillo vacío.

Como un desierto, pensó. Nada en lo que fijar la vista, solo una luz blanca y vibrante que borraba todos los contornos.

Y aquel sonido, la vibración ronroneante de los tubos de neón ardientes como el desierto, como un preludio de algo que de todos modos nunca termina de suceder. Solo un pasillo de hospital vacío con nada al final. Quizá aquello era una fatamorgana, la solución de Isabelle Skøyen al problema de Asáiev. La conversación telefónica de hacía una hora, los billetes de mil que acababa de sacar de un cajero del centro, aquel pasillo desierto del ala vacía de un hospital...

Quizá sea un espejismo, un sueño, pensó Mikael, y echó a andar. Pero comprobó con la mano que le había quitado el seguro a la Glock 22 que llevaba en el bolsillo del abrigo. En el otro bolsillo tenía el fajo de billetes. Si es que la situación se ponía para que tuviera que pagar. Si eran varios, por ejemplo. Pero él no lo creía. Era una cantidad demasiado pequeña para repartirla. El secreto, en cambio, demasiado grande.

Pasó por delante de una máquina de café, dobló una esquina y vio que el pasillo continuaba blanco y liso. Pero también vio una silla. La silla en la que se sentaba el policía que estuvo vigilando a Asáiev, no la habían retirado.

Se volvió para asegurarse de que no había nadie detrás antes de continuar.

Caminaba con paso largo, pero ponía los pies en el suelo con cuidado, casi sin hacer ruido. Iba tanteando las puertas al pasar. Todas estaban cerradas.

Y al final llegó a la puerta al lado de la cual estaba la silla. Un impulso lo movió a poner la mano en el asiento. Frío.

Tomó aire y sacó la pistola. Se miró la mano. No le temblaba, ¿o sí?

Era la mejor en los momentos decisivos.

Volvió a guardar la pistola en el bolsillo, bajó el picaporte, que no estaba cerrado con llave.

No había razón para renunciar al momento de sorpresa, pensó Mikael, empujó la puerta y entró.

La luz inundaba la habitación, pero estaba vacía y fría, aparte de la cama en la que estuvo Asáiev, que se encontraba en el centro y tenía encima una lámpara. En una mesa metálica con ruedas que había junto a la cama brillaba una serie de afilados instrumentos. Tal vez la hubieran reconvertido en un quirófano sencillo.

Mikael vio un movimiento al otro lado de una de las ventanas, aferró la mano alrededor de la pistola, aún en el bolsillo, y entornó los ojos. ¿Necesitaría gafas?

Cuando enfocó la vista y comprendió que se trataba de un reflejo, de que el movimiento se había producido *detrás de él*, ya era demasiado tarde.

Notó una mano en el hombro y reaccionó enseguida, pero era como si el pinchazo en el cuello hubiera cortado instantáneamente la conexión con la mano de la pistola. Y antes de que la oscuridad se adueñara de él, vio muy cerca de la suya la cara del hombre en el espejo negro de la ventana. Llevaba un gorro verde y, en la boca, una mascarilla también verde. Como de cirujano. Un cirujano dispuesto a operar.

Katrine estaba demasiado ocupada con la pantalla del ordenador que tenía delante para reaccionar ante el hecho de que la persona que acababa de entrar detrás de ella no había respondido. Pero repitió la pregunta cuando la puerta se cerró y dejó fuera el ruido del túnel.

—¿Dónde has estado, Bjørn?

Notó una mano en el hombro y en la nuca. Y el primer pensamiento fue que no era para nada desagradable sentir una mano caliente en la piel desnuda del cuello, la mano amable de un hombre.

—He estado poniendo flores en el escenario de un crimen —dijo la voz a su espalda.

Katrine frunció el ceño sorprendida.

No files found, se leía en la pantalla. ¿Seguro? ¿No había en ninguna parte archivos con la estadística de la cantidad de testigos clave muertos? Pulsó en el teléfono el nombre de Harry. La mano había empezado a darle un masaje en el músculo del cuello. Katrine gimió un poco, más que nada para dar a entender que le gustaba, cerró los ojos e inclinó la cabeza. Oyó que el teléfono estaba llamando.

—Un poco más abajo. ¿Qué escenario?

—Una carretera comarcal. Una chica a la que atropellaron. Nunca se resolvió.

Harry no respondía. Katrine se quitó el teléfono de la oreja y tecleó un mensaje. «No había estadísticas.» Pulsó «Enviar».

—Pues sí que te ha llevado tiempo —dijo Katrine—. ¿Y qué hiciste luego?

—Atendí al otro que estaba allí —dijo la voz—. Se puede decir que se vino abajo.

Katrine tenía claro lo que debía hacer, y era como si los demás objetos de la habitación por fin tuvieran acceso a sus sentidos. La voz, la mano, el olor. Se giró despacio en la silla. Levantó la vista.

—¿Quién eres tú? —preguntó.

—¿Que quién soy?

—Sí. Tú no eres Bjørn Holm.

—¿Ah, no?

—No, Bjørn Holm es huellas, balística y sangre, no un masaje tan agradable. Así que, ¿qué quieres?

Katrine vio cómo afloraba el color a aquella cara pálida y redonda. Los ojos de bacalao sobresalían más de lo habitual, y Bjørn retiró la mano y empezó a rascarse nervioso una de las patillas.

—No, no, en fin, perdona, no quería… solamente… es que… —Cada vez se sonrojaba y tartamudeaba más, hasta que bajó la mano y la miró resignado con desesperación—. Joder, Katrine, no ha estado bien.

Katrine se lo quedó mirando. Estuvo a punto de echarse a reír. Madre mía, qué mono estaba cuando se ponía así.

—¿Tienes coche? —le preguntó a Bjørn.

Truls Berntsen se despertó.

Se quedó mirando al frente. Todo a su alrededor era blanco y luminoso. Y ya no le dolía nada. Al contrario, era muy agradable. Blanco y agradable. Tenía que estar muerto. Naturalmente, estaba muerto. Qué raro. Y más raro era que lo hubieran enviado al sitio que no era. Al sitio bueno.

Notó que el cuerpo se movía. A lo mejor se había precipitado con lo del sitio bueno, todavía lo estaban transportando. Y ahora podía oír sonidos, además. El lamento lejano de una sirena que subía y bajaba. La sirena del barquero.

Algo apareció ante su vista, algo que le tapó la luz.

Una cara.

Una voz:

—Está despierto.

Otra cara.

—Si empieza a gritar, le damos más morfina.

Y entonces sintió que volvían. Los dolores. Le dolía todo el cuerpo y notaba como si estuviera a punto de reventarle la cabeza.

Otro movimiento. Una ambulancia. Se encontraba en una ambulancia que iba con las sirenas a todo gas.

—Soy Ulsrud, de la judicial —dijo la cara que se inclinaba sobre él—. Según tu identificación, eres el inspector Truls Berntsen.

—¿Qué ha pasado? —susurró Truls.

—Ha explotado una bomba. Reventó los cristales de todo el barrio. Te encontramos en un frigorífico, dentro del apartamento. ¿Qué pasó?

Truls cerró los ojos y oyó cómo le repetían la pregunta. Oyó al otro, seguramente un enfermero, decirle al policía que no presionara al paciente. Al que, además, habían administrado morfina, así que podía inventarse cualquier cosa.

—¿Dónde está Hole? —susurró Truls.

Notó que volvían a taparle la luz.

—¿Qué has dicho, Berntsen?

Truls trató de humedecer los labios, notó que no tenía.

—El otro. ¿También estaba en el frigorífico?

—En el frigorífico solo estabas tú, Berntsen.

—Pues él estaba allí. Él… me salvó.

—Si había alguien más en ese apartamento, me temo que la persona en cuestión se ha convertido en papel pintado y pintura. Todo lo que había allí dentro ha quedado hecho añicos. Incluso el frigorífico en el que estabas tú salió mal parado, así que puedes estar contento de haber sobrevivido. ¿Podrías contarme quién es el responsable de la bomba, para que podamos empezar a buscarlo?

Truls negó con la cabeza. O por lo menos, creía que estaba negando con la cabeza. No lo había visto, el hombre estuvo detrás de él todo el tiempo, desde que lo llevó del robo ficticio en el coche hasta otro coche, y se sentó detrás con el cañón de una pistola en la nuca de Truls mientras él conducía hasta el número 92 de la calle Hausmann. Una dirección tan relacionada con delitos vinculados con la droga que casi se le había olvidado que era el escenario de un crimen. Gusto. Naturalmente. Y en ese momento supo lo que había logrado inhibir hasta ese momento. Que iba a morir. Que era el matarife quien subía detrás de él escaleras arriba, entraba luego por aquella puerta nueva de metal y lo ataba a la silla con cinta adhesiva mientras lo miraba desde detrás de la mascarilla verde de cirujano. Truls lo vio ponerse detrás del televisor con un destornillador, y vio que las cifras empezaban a correr en la pantalla cuando la puerta se cerró tras ellos, se detuvieron y volvieron a marcar seis minutos. Una bomba. Luego, el de la ropa verde sacó aquella porra negra y empezó a pegarle a Truls en la cara. Concentrado, sin disfrute visible, sin implicación sentimental. Golpes ligeros, no lo bastante fuertes como para romper huesos, solo para reventar las venas y los capilares, y la cara se le inflamó por el líquido que manaba y se extendía bajo la piel. Luego empezó a pegar con más ímpetu. Truls había perdido la sensibilidad en la piel, solo notaba que se le rasgaba, notaba la sangre corriéndole por la garganta y el pecho, el dolor sordo en la cabeza, en el cerebro –no, más profundo que el cerebro– cada vez que la porra le aterrizaba encima. Y vio al de verde, era un campanero que, convencido de la importancia de su trabajo, daba aldabonazos en el interior del bronce, mientras las salpicaduras de sangre diminutas y breves le plasmaban en la bata verde un dibujo de Rorschach. Oyó el crujido de los huesos y cartílagos de la nariz al romperse, notó cómo le arrancaba los dientes, que le llenaron la boca, notó cómo se le soltaban las mandíbulas, que le colgaban de los hilillos de los nervios… Y luego –por fin– se hizo la oscuridad.

Hasta que se despertó en aquel infierno de dolor, y lo vio sin la ropa de cirujano. Harry Hole, que estaba delante de un frigorífico.

Primero se quedó desconcertado.

Luego le pareció lógico que Hole quisiera deshacerse de alguien que tan a fondo conocía el capítulo de sus pecados, y que quisiera camuflarlo como uno de los asesinatos de los policías.

Pero Hole era más alto que el otro. Tenía otra mirada. Y Hole estaba intentando meterse en un puto frigorífico. Hacía todo lo posible por entrar. Estaban en el mismo barco. Eran solamente dos policías en el mismo escenario del crimen. Iban a morir juntos. Ellos dos, ¡qué ironía! Si no le doliera tanto, se habría reído.

Luego, Hole salió del frigorífico, le soltó las ataduras y lo metió en el frigorífico. Más o menos ahí, perdió el conocimiento.

–¿Me pueden dar más morfina? –susurró Truls, con la esperanza de que lo oyeran a pesar de aquella sirena infernal, esperó impaciente la oleada de bienestar que sabía que le recorrería todo el cuerpo, que eliminaría aquel dolor terrible. Y pensó que debían de ser las drogas las que lo hacían pensar lo que estaba pensando. Porque a él le convenía una barbaridad. Pero lo pensó de todos modos.

Que menuda mierda que Harry Hole tuviera que morir de aquel modo.

Como un puto héroe.

Dejar sitio libre, sacrificarse por un enemigo.

Y con ello tenía que vivir el enemigo: con el hecho de que estaba vivo porque un hombre que era mejor que él decidió morir en su lugar.

Truls notó que le subía por la espina dorsal: el frío que impulsaba el dolor. Morir por algo, lo que fuera, menos algo tan mezquino como uno mismo. Quizá en eso consistiera todo, a fin de cuentas. Pues a la mierda contigo, Hole.

Buscó al enfermero con la mirada, vio que la ventanilla estaba húmeda, seguro que había empezado a llover.

—¡Más morfina, joder!

47

El policía cuyo nombre era una trampa fonética –Karsten Kaspersen– estaba sentado en la sala de vigilancia de la Escuela Superior de Policía y contemplaba la lluvia. Caía en línea recta atravesando la oscuridad, repiqueteaba contra el negro reluciente del asfalto, goteaba de la puerta de entrada.

Había apagado las luces, de modo que nadie sabía que en la sala había un agente a una hora tan tardía, al decir «nadie» se refería a aquellos que robaban porras y otro material. También habían desaparecido algunos rollos de las antiguas cintas de acordonamiento que utilizaban para las prácticas de los alumnos. Y dado que se trataba de alguien con pase, la cuestión no eran las porras y las cintas, sino el hecho de que tenían los ladrones dentro de casa. Unos ladrones que, dentro de un tiempo, quizá fueran por ahí como policías. Y eso a ellos no podía pasarles, qué demonios, no en su cuerpo profesional.

Vio que alguien se acercaba bajo la lluvia. La figura salió de la oscuridad en la calle Slemdalsveien, pasó bajo la farola que hay delante del Chateau Neuf, en dirección a la puerta de entrada. No era una forma de andar que reconociera enseguida. Iba más bien haciendo eses. Y es que el tío estaba torcido todo él, como si fuera con fuerte viento por babor.

Pero metió un pase en el lector y, un segundo después, estaba en el interior de la Escuela. Kaspersen –que se sabía la forma de andar de todos los que trabajaban en aquella parte del edificio– se levantó de un salto. Porque aquello no era nada que se pudiera explicar de cualquier forma, o tenías acceso o no lo tenías, no existía ningún término medio.

—¡Eh, oye! —gritó Kaspersen, y salió de la sala de vigilancia, ya se había hinchado, una actitud propia del reino animal, la de parecer lo más grande posible, no lo sabía, solo sabía que parecía funcionar—. ¿Tú quién coño eres? ¿Qué haces aquí? ¿Cómo has conseguido esa tarjeta?

El individuo encogido y empapado que tenía delante se volvió, dio la impresión de querer enderezarse. La capucha le dejaba la cara a la sombra, pero allí debajo se atisbaba un par de ojos, y Kaspersen pensó que la mirada era tan intensa que podía sentir el calor que irradiaba. Instintivamente, respiró hondo y, por primera vez, pensó que no iba armado. Que vaya puñeta, no haberlo pensado antes, que debería haber tenido con qué controlar al ladrón.

El individuo se encajó la capucha en la cabeza.

Olvidemos lo de *controlar*. Necesito algo con lo que defenderme.

Porque el individuo que tenía delante no era de este mundo. Tenía el abrigo destrozado y lleno de agujeros, y lo mismo le pasaba a la cara.

Kaspersen empezó a retroceder hacia la sala de vigilancia. Se preguntaba si la llave de la puerta estaría puesta por dentro en la cerradura.

—Kaspersen.

Aquella voz.

—Soy yo, Kaspersen.

Kaspersen se paró, ladeó la cabeza. ¿De verdad que era…?

—Por Dios, Harry, ¿qué te ha pasado?

—Nada, una explosión. Parece peor de lo que es.

—¿Peor? Pareces una naranja con clavo de olor, como las de Navidad.

—Es que…

—Me refiero a las naranjas de sangre, Harry. Estás sangrando. Espera, voy a buscar el botiquín.

—¿Puedes subir al despacho de Arnold? Tengo que arreglar una cosa un poco urgente.

—Arnold no está.

—Ya lo sé.

Karsten Kaspersen echó a andar pesadamente hacia el botiquín, que se encontraba en la sala de vigilancia. Y mientras cogía apósitos, vendas y tijeras, fue como si el subconsciente repasara la conversación, pero siempre se detenía en la última frase. En la forma en que Harry la había pronunciado. *Ya lo sé.* Como si no se lo estuviera diciendo a él, a Karsten Kaspersen, sino a sí mismo.

Mikael Bellman se despertó y abrió los ojos.

Y los cerró otra vez cuando la luz atravesó las membranas y el cristalino; aun así, era como si incidiera directamente en un nervio desnudo.

No podía moverse. Giró la cabeza y entornó los ojos. Seguía en la misma sala. Miró hacia abajo. Vio la cinta adhesiva blanca que habían utilizado para atarlo a la camilla. Para envolverlo con los brazos pegados al cuerpo y con las piernas juntas. Era una momia.

Ya.

Oyó un tintineo metálico a su espalda, y giró la cabeza hacia el otro lado. La persona que había a su lado y trasteaba con los instrumentos iba vestida de verde y llevaba una mascarilla en la boca.

—Anda —dijo el de verde—. ¿Ya se ha pasado el efecto de la anestesia? Bueno, bueno, la verdad es que no soy ningún especialista en la materia, que digamos. Si he de ser sincero, no soy especialista en nada que tenga que ver con cosas de hospitales.

Mikael pensaba, trataba de abrirse un camino para salir del desconcierto. ¿Qué coño era lo que estaba pasando?

—Por cierto, he encontrado el dinero que traías. Un detalle por tu parte, pero no lo necesito. Y, de todos modos, no es posible resarcir a nadie por lo que hiciste, Mikael.

Si no era el enfermero anestesista, ¿cómo conocía la relación de Mikael con Asáiev?

El de verde sostuvo un instrumento bajo la luz.

Mikael oía la llamada del miedo. Todavía no lo sentía, aún persistían unos jirones nebulosos en el cerebro, residuo de los efectos de la anestesia, pero cuando el velo se disipara por completo, se descubriría lo que se ocultaba detrás, dolor y miedo. Y muerte.

Porque Mikael ya se había dado cuenta. Era tan evidente que debería haberlo comprendido antes de salir de casa. Aquel era el escenario de un asesinato sin resolver.

—Tú y Truls Berntsen.

¿Truls? ¿Acaso creía que Truls tenía algo que ver con el asesinato de Asáiev?

—Pero él ya tiene su merecido. ¿Tú qué crees que es mejor utilizar para recortar una cara? El mango tres con la hoja número diez es para piel y músculos. O este, es el mango siete con la hoja número quince. —El de verde sostenía dos bisturís aparentemente idénticos. La luz se reflejaba en el filo de uno de los dos, de modo que un hilo de luz cruzaba la cara y un ojo del hombre. Y en ese ojo, Mikael vio algo que reconoció.

—Es que el proveedor no me ha dicho nada de cuál era mejor para esta tarea precisamente.

Y también había algo familiar en la voz, ¿verdad?

—Bueno, bueno, tendremos que arreglarnos con lo que hay. Mikael, ahora tengo que sujetarte la cabeza con cinta adhesiva.

La niebla se había disipado por completo, y entonces lo vio. El miedo.

Y el miedo lo miró y le bajó directo por la garganta.

Mikael empezó a jadear cuando notó que le pegaban la cabeza al colchón y la cinta adhesiva alrededor de la frente. Luego, la cara del hombre del revés sobre la suya. La mascarilla se le había deslizado hacia la barbilla. Pero el cerebro de Mikael le dio la vuelta despacio a la impresión visual, lo que estaba del revés se puso del derecho. Y lo reconoció. Y comprendió por qué.

—¿Me recuerdas, Mikael? —preguntó.

Era él. El marica. El que trató de besar a Mikael cuando trabajaba en Kripos. En los servicios. Alguien entró. Truls le pegó una paliza en el garaje, y él nunca volvió. Sabía lo que le esperaba si lo hacía. Exactamente igual que Mikael lo sabía ahora.

—Te lo ruego. —Mikael notó cómo se le llenaban los ojos de lágrimas—. Fui yo quien detuvo a Truls. Él te habría matado a golpes si yo no…

—… lo hubieras parado para así poder salvar tu carrera y llegar a jefe provincial.

—Escúchame, estoy dispuesto a pagar lo que…

—Oh, sí, y vas a pagar, Mikael. Vas a pagar a base de bien por lo que me arrebatasteis.

—¿Te arrebatamos, dices? ¿Qué te arrebatamos?

—Me arrebatasteis la venganza, Mikael. El castigo a quien mató a René Kalsnes. Dejasteis que el asesino se librara.

—No todos los casos pueden resolverse. Eso lo sabes tú que…

Risa. Fría, breve, con parada en seco.

—Sé que no lo intentasteis, lo sé, Mikael. Pasasteis por completo por dos razones. Para empezar, encontrasteis una porra cerca del lugar del crimen, por eso temíais buscar a fondo y encontraros con que era uno de los vuestros el que le había quitado la vida a aquel desgraciado, a aquel marica asqueroso. ¿Y cuál era la otra razón, Mikael? René no era tan hetero como los policías queréis que seamos. ¿O tú qué dices, Mikael? Pero yo quería a René. Lo quería. ¿Me oyes, Mikael? Lo digo en voz alta, yo, un hombre, quería a ese chico, quería besarlo, acariciarle el pelo, susurrarle al oído palabras de amor. ¿Te parece asqueroso? Pero en tu fuero interno lo sabes, ¿verdad? Tú sabes que es un regalo poder querer a otro hombre. Es algo que deberías haberte dicho a ti mismo, Mikael. Porque ahora ya es tarde, nunca podrás tener esa experiencia, lo que te ofrecí cuando trabajábamos en Kripos. Te asustaste tanto por tu otro yo que te enfadaste, y tuviste que apartarlo a golpes. Y que apartarme *a mí*.

Había ido levantando la voz, pero ahora la bajó y dijo en un susurro:

—Pero fue solo por un miedo tonto, Mikael. Yo mismo lo he sentido, y nunca te habría castigado tan duramente solo por eso. La razón por la que tú y todos los demás mal llamados policías del

caso Kalsnes habéis sido condenados a muerte es que habéis man-
cillado a la única persona a la que he querido. Habéis humillado su
valor como ser humano. Habéis dicho que la víctima no valía siquiera el trabajo por el que cobráis. El juramento que hicisteis de
que serviríais a la sociedad y a la justicia. Lo que significa que nos
engañáis a todos, profanáis a la manada, Mikael. La manada, que es
lo único sagrado. Eso, y el amor. *Ergo,* tenéis que desaparecer. Igual
que vosotros hicisteis desaparecer a la niña de mis ojos. Pero ya está
bien de charla, tengo que concentrarme un poco si queremos que
esto nos salga bien. Por suerte para ti y para mí, en la red hay vídeos
con instrucciones. ¿Qué te parece este?

Sostuvo en alto una imagen delante de Mikael.

—Debe de ser una cirugía sencilla, ¿no crees? ¡Cállate, Mikael!
Nadie puede oírte, pero si vas a gritar de ese modo, tendré que ta-
parte la boca con la cinta.

Harry se sentó en la silla de Arnold Folkestad, que emitió un silbido hidráulico y prolongado bajo su peso, encendió el ordenador y
la pantalla se iluminó en la oscuridad. Y mientras se cargaba con
un traqueteo, activaba programas y se preparaba para trabajar, Harry leyó el mensaje de Katrine una vez más: «No había estadísticas».

Arnold le había contado que el FBI llevaba unas estadísticas
según las cuales el noventa y cuatro por ciento de todos los casos
en que moría el testigo principal del fiscal, dicha muerte provocaba sospechas. Esas eran las estadísticas que habían movido a Harry
a investigar más a fondo el asesinato de Asáiev. Pero no existían
esas estadísticas. Era como en el chiste de Katrine, que había estado
royéndole a Harry la corteza cerebral, aunque Harry no entendía
por qué se había acordado de él.

«En el setenta y dos por ciento de los casos en los que la gente
recurre a la estadística utiliza algo que se inventaron para la ocasión.»

Harry debía de llevar mucho tiempo pensando en ello. Teniendo la sospecha. De que esa estadística era algo que Arnold
debió de inventarse para la ocasión.

¿Por qué?

La respuesta era sencilla. Para que Harry investigara un poco más el caso de Asáiev. Porque Arnold sabía algo, pero no podía decir abiertamente ni qué era ni cómo lo había averiguado. Porque eso lo delataría. Pero, como el policía cumplidor que era, con la obsesión patológica de que los asesinatos había que resolverlos, estaba dispuesto a arriesgarse poniendo a Harry sobre la pista indirectamente.

Porque Arnold Folkestad sabía que esa pista no solo conduciría a Harry al hecho de que Rudolf Asáiev murió asesinado, y a su posible asesino.

Sino que también lo conduciría hasta él, hasta Arnold Folkestad, y a otro asesinato. Porque el único que podía saberlo y también tener necesidad de contar lo que ocurrió en el hospital era Anton Mittet. El vigilante drogado y avergonzado. Y solo había una razón para que Arnold Folkestad y Anton Mittet –dos personas totalmente desvinculadas– tuvieran contacto de repente.

Harry se estremeció.

Asesinato.

El ordenador estaba listo para la búsqueda.

48

Harry miraba la pantalla. Volvió a llamar a Katrine. Estaba a punto de interrumpir la llamada cuando oyó su voz.

—¿Sí?

Estaba sin resuello, como si hubiera llegado corriendo. Pero la acústica indicaba que se encontraba bajo techo. Y pensó que debería haberlo oído aquella vez que llamó a Arnold Folkestad de noche. La acústica. Arnold estaba fuera, no dentro.

—¿Estás en el gimnasio o algo así?

—¿En el gimnasio? —Katrine preguntó como si no conociera el concepto.

—Pensaba que por eso no contestarías.

—No, estoy en casa. ¿Qué ocurre?

—De acuerdo, pues relaja el pulso. Estoy en la Escuela Superior de Policía. Acabo de ver el historial de internet de una persona. Y no sé cómo seguir.

—¿Qué quieres decir?

—Arnold Folkestad ha estado visitando páginas de proveedores de material médico. Quiero saber por qué.

—¿Arnold Folkestad? ¿Qué pasa con él?

—Creo que es nuestro hombre.

—¿Arnold Folkestad es el matarife?

Al mismo tiempo que la pregunta de Katrine, Harry oyó un sonido en el que reconoció la tos de fumador de Bjørn Holm. Y algo que podía ser el crujido de una cama.

—¿Estáis Bjørn y tú en el Horno?

–No, ya te he dicho que… Sí, bueno, estamos en el Horno.

Harry reflexionó un instante. Y llegó a la conclusión de que no, en todos los años que llevaba en la policía, no había oído una mentira peor.

–Si donde te encuentras ahora tienes acceso a un ordenador, cruza el nombre de Folkestad con este material médico. Y con los escenarios y los asesinatos. Y luego me llamas. Y ahora quiero hablar con Bjørn.

Harry oyó que tapaba el teléfono con la mano y decía algo, y luego resonó la voz pastosa de Bjørn:

–¿Sí?

–Ponte los calzoncillos y sal pitando para el Horno. Busca a un fiscal que te dé una orden para determinar la posición del móvil de Arnold Folkestad. Y compruebas qué números han llamado esta noche a Truls Berntsen, ¿vale? Entre tanto, yo le pediré a Bellman que me permita utilizar al grupo Delta, ¿de acuerdo?

–Sí. Yo… estábamos… O sea, compréndelo…

–¿Es importante, Bjørn?

–No.

–Vale.

Harry colgó y, en ese momento, entró Karsten Kaspersen por la puerta.

–He encontrado yodo y algodón. Y unas pinzas. Así podré extraer esos fragmentos.

–Gracias, Kaspersen, pero los fragmentos me mantienen más o menos taponado, así que tú deja todo eso en la mesa.

–Pero, por Dios, estás…

Harry acalló con la mano sus protestas mientras marcaba el número de móvil de Bellman. Al cabo de seis tonos, saltó el contestador. Soltó un taco. Buscó en el ordenador a Ulla Bellman, encontró el número fijo de Høyenhall. Y, poco después, oía una voz suave y melódica que decía el apellido.

–Hola, soy Harry Hole, ¿está tu marido en casa?

–No, ha salido hace un momento.

–Es muy importante, ¿sabes dónde está?

—No me lo ha dicho.

—¿Cuándo…?

—No me lo ha dicho.

—Si…

—… vuelve le digo que llame a Harry Hole.

—Gracias.

Colgó.

Se obligó a esperar. A esperar sentado con los codos en la mesa y la cabeza en las manos, escuchando cómo goteaba la sangre sobre los exámenes sin corregir. Iba contando las gotas como si fueran segundos.

El bosque. El bosque. En el bosque no hay tranvía.

Y la acústica, sonaba como si Arnold estuviera en la calle, no bajo techo.

Cuando Harry llamó a Arnold Folkestad aquella noche, él dijo que estaba en casa.

Pero Harry Hole había oído el metro de fondo.

Naturalmente, la razón por la que Arnold Folkestad mintió acerca del lugar en el que se encontraba podía ser relativamente inocente. La visita de una mujer que quisiera mantener en el plano de lo privado, por ejemplo. Y pudo ser pura casualidad que la hora a la que Harry llamó coincidiera más o menos con el momento en que desenterraron a la chica en el cementerio de Vestre Gravlund. Muy cerca del cual pasa el metro. Casualidades. Pero lo cierto es que otras cosas habían salido a la luz. Las estadísticas.

Harry volvió a mirar el reloj.

Pensó en Rakel y Oleg. Estaban en casa.

En casa. Donde debería haber estado él. Donde *debería* estar. Donde no estaría nunca. No del todo, no por completo, no como él quería. Porque era verdad, no lo llevaba dentro. Lo que sí llevaba dentro era lo otro, como una enfermedad de una bacteria carnívora que devoraba todo lo demás en su vida, que el alcohol no conseguía apartar del todo y que todavía, después de tantos años, no sabía qué era con exactitud. Solo que, de una forma u otra, se parecía a lo que también llevaba dentro Arnold Folkestad. Un imperativo tan fuerte y de tanto alcance que de ninguna manera podía defender todo aquello que destruía. Y entonces –por fin– llamó Katrine.

–Compró varios instrumentos quirúrgicos y ropa de cirujano hace unas semanas. No hace falta ningún permiso.

–¿Algo más?

–No, no parece que haya entrado mucho en internet. Casi diría que ha ido con cierta precaución.

–¿Y qué más?

–Estuve cruzando su nombre con algún caso de lesiones para ver si había alguna vinculación con algo de eso. Encontré un informe hospitalario de hace muchos años, pero resultó que era suyo.

–¿Ah, sí?

–Sí. Ingresó con algo que, según el facultativo que firma el informe, parecen lesiones por agresión, pero que el paciente asegura se deben a una caída por las escaleras. El médico rechaza tal explicación y remite a las graves lesiones que presentaba por todo el cuerpo, pero anota que el paciente es policía, y que él debe decidir sobre una posible denuncia. También dice que duda de que recupere nunca por completo la movilidad de la rodilla.

–Es decir, él ha sido víctima de agresión. ¿Y los escenarios del matarife?

–Pues ahí no encontré ninguna conexión, la verdad. O sea, no parece que trabajara con ninguno de los casos antiguos cuando estuvo en Kripos. En cambio, sí que he encontrado una conexión con una de las víctimas.

–¿No me digas?

–René Kalsnes. Primero apareció de pronto, así que hice una búsqueda combinatoria. Tenían mucha relación. Viajes de avión al extranjero, donde Folkestad pagaba por los dos, habitación doble y suite en diversas capitales europeas… Joyas que seguro que Folkestad no llevó nunca, y que compró en Barcelona y en Roma… En resumen, parece que ellos dos…

–… eran pareja –dijo Harry.

–Yo diría más bien amantes secretos –dijo Katrine–. Cuando salían de viaje, siempre iban en asientos separados, y a veces en vuelos distintos. Y cuando se alojaban en un hotel noruego, siempre pedían habitaciones sencillas.

—Arnold era policía —dijo Harry—. Pensaría que el armario era lo más seguro.

—Pero él no era el único que agasajaba al tal René con viajes y regalos.

—Seguro que no. Y seguro que los investigadores deberían haber comprobado todo esto mucho antes.

—No seas duro, Harry. Ellos no disponían de mis motores de búsqueda.

Harry se pasó una mano por la cara con sumo cuidado.

—Puede que no. Puede que tengas razón. Puede que yo sea injusto cuando pienso que el asesinato de un marica que se prostituye no despierta ningún ansia de investigación entre los implicados.

—Pues sí, yo creo que sí eres injusto.

—Vale. ¿Algo más?

—Por ahora, no.

—Vale.

Se guardó el teléfono en el bolsillo. Miró el reloj.

Una frase le vino a la cabeza. De Arnold Folkestad. «Todo aquel que no se atreve a sufrir un golpe por la justicia debería tener remordimientos.»

¿Era eso lo que estaba haciendo Folkestad al vengarse con esos asesinatos? ¿Sufriendo un golpe?

Y lo que le dijo cuando hablaron del posible trastorno obsesivo compulsivo de Silje Gravseng, un trastorno típico de las personas que no reparan ni en los medios ni en las consecuencias: «Tengo cierta experiencia del OCD».

Aquel hombre le estaba hablando a Harry de sí mismo totalmente a las claras.

Siete minutos después llamó Bjørn.

—Han comprobado el historial de llamadas de Truls Berntsen y esta noche no lo ha llamado nadie.

—O sea que Folkestad fue directamente a su casa. ¿Y el teléfono de Folkestad?

—Según las señales de las estaciones base está conectado y puede rastrearse por la zona de Slemdalsveien, Chateau Neuf y…

—Mierda —dijo Harry—. Cuelga y marca su número.

Harry aguardó unos segundos. Luego oyó un zumbido en alguna parte de la habitación. Procedía de los cajones que había debajo del escritorio. Harry intentó abrirlos. Cerrados con llave. Salvo el último, el de más profundidad. Una pantalla lanzaba su luz desde el fondo. Harry cogió el teléfono y le dio a responder.

—Lo he encontrado —dijo.

—¿Hola?

—Soy Harry, Bjørn. Folkestad es listo, ha dejado aquí el teléfono que hay registrado a su nombre. Supongo que lo ha tenido aquí durante todos los asesinatos.

—Para que la teleoperadora no pueda reconstruir dónde estuvo entonces.

—Y como indicio de que, como de costumbre, estaba aquí trabajando, si necesitaba una coartada. Puesto que ni siquiera está bajo llave, doy por hecho que no vamos a encontrar en ese teléfono nada que lo delate.

—Quieres decir que tiene otro teléfono, ¿verdad?

—Uno de prepago comprado al contado, seguramente con otro nombre. Es el número desde el que ha ido llamando a las víctimas.

—Y puesto que el teléfono está ahí esta noche…

—Exacto, eso quiere decir que está actuando.

—Pero, si quiere usar el teléfono como coartada, es raro que no se lo haya llevado para dejarlo en casa. Si las señales de la teleoperadora indican que el aparato ha estado en la Escuela toda la noche…

—Ya, entonces no funcionaría como coartada plausible. Existe otra posibilidad.

—¿Cuál?

—Que todavía no haya terminado el trabajo de esta noche.

—Ay, mierda. ¿Tú crees…?

—Yo no creo nada. No consigo localizar a Bellman. ¿Puedes llamar a Hagen, explicarle la situación y preguntarle si nos puede dar una orden para movilizar al grupo Delta? Asalto en el domicilio de Folkestad.

—¿Crees que estará en casa?

—No, pero…

—… empezamos a buscar donde hay luz —remató Bjørn.

Harry volvió a colgar. Cerró los ojos. Ya casi no notaba el pitido en los oídos. Pero en su lugar se había manifestado otro sonido. El tictac. Los segundos, la cuenta atrás. ¡Mierda, mierda! Se frotó fuertemente los ojos con los nudillos.

¿Habría recibido alguien más una llamada anónima hoy? ¿Quién? ¿Y de dónde? De un móvil de prepago. O de un teléfono público. O de una gran centralita donde el número desde el que se efectuaba la llamada ni aparecía ni quedaba registrado.

Harry se quedó así unos segundos.

Luego se quitó las manos de los ojos.

Miró el gran teléfono negro que había encima de la mesa. Vaciló un instante. Luego cogió el auricular. Oyó el tono de conexión de la centralita. Pulsó el botón de rellamada y, con pitidos cortos y estresantes, el teléfono empezó a marcar el último número marcado. Oyó que empezaba a sonar. Que levantaban el auricular.

—Bellman.

—Perdón, me he equivocado de número —dijo Harry, y colgó. Cerró los ojos. ¡Mierda, mierda!

49

Ni cómo ni por qué.

El cerebro de Harry trataba de eliminar lo inútil. Y de concentrarse en lo único que era importante ahora. Dónde.

¿Dónde demonios podía encontrarse Arnold Folkestad?

En el escenario de un crimen.

Con material quirúrgico.

Cuando Harry cayó en la cuenta de dónde, lo desconcertó ante todo una cosa: que no se le hubiera ocurrido antes. Era tan obvio que hasta un alumno de primero con una imaginación medio regular habría podido combinar la información y seguir el razonamiento del autor de los hechos. Escenario del crimen. Un escenario donde un hombre disfrazado de cirujano con mascarilla incluida no llamaría demasiado la atención.

Desde la Escuela Superior de Policía al Rikshospitalet se tardaban dos minutos en coche.

Él podía llegar. Los Delta no.

Harry se tomó veinticinco segundos para salir del edificio.

Treinta para llegar al coche, ponerlo en marcha y salir a la calle Slemdalsveien, que lo conduciría casi directamente a donde iba.

Un minuto y cuarenta y cinco segundos después, se paraba delante de la entrada del Rikshospitalet.

Diez segundos más tarde, había forzado las puertas de vaivén y había dejado atrás la recepción. Oyó un «¡Eh, alto ahí!», pero siguió adelante. Sus pasos resonaban entre las paredes y el techo del pasillo. Mientras corría, se llevó la mano a la espalda. Encontró la

Odessa, que se había metido por dentro del cinturón. Notó cómo se le aceleraba el pulso, cada vez más rápido.

Pasó por delante de la máquina de café. Aminoró la marcha para no hace demasiado ruido. Se detuvo a la altura de la silla que había delante de la puerta que, bien lo sabía él, conducía al escenario del crimen. Muchos eran los que sabían que un barón ruso de la droga había muerto allí dentro, pero solo unos pocos sabían que había muerto asesinado. Que la habitación era el escenario de un asesinato sin resolver. Entre ellos se encontraba Arnold Folkestad.

Harry se acercó a la puerta. Prestó atención.

Comprobó que le había quitado el seguro a la pistola.

Se le había normalizado el pulso.

Unos metros más allá, en el pasillo, oyó los pasos de alguien que corría. Acudían para detenerlo. Y, antes de abrir la puerta y entrar silenciosamente, atinó a pensar una sola cosa: que vaya mierda de pesadilla era aquella en la que todo se repetía, una repetición tras otra, que aquello tenía que terminar allí. Que tenía que despertarse. Parpadear en medio de una mañana soleada, rodeado de una capa fría y blanca, envuelto en el abrazo de ella. Se negaba a dejarlo escapar, se negaba a permitir que estuviera en ningún otro lugar, solo con ella.

Harry cerró la puerta con sigilo. Se quedó mirando una espalda vestida de verde que estaba encorvada sobre una cama en la que había una persona cuya identidad él conocía. Mikael Bellman.

Harry levantó la pistola. Presionó el gatillo. Ya veía cómo la ráfaga destrozaría el material verde, destrozaría los nervios, machacaría la médula, la sacudida que se apreciaría en la espalda antes de que esta cayera hacia delante. Pero Harry no quería. No quería matar a aquel hombre disparándole en la espalda. Quería matarlo disparándole en la cara.

—Arnold —dijo Harry con la voz pastosa—. Date la vuelta.

Se oyó un tintineo en la mesa metálica cuando el de verde soltó un objeto reluciente, un bisturí. Se volvió despacio. Se quitó la mascarilla verde. Miró a Harry.

Harry le sostuvo la mirada. Tensó los dedos alrededor del gatillo.

En el pasillo se acercaban los pasos. Eran varias personas. Tenía que darse prisa si quería hacer aquello sin testigos. Notó que desaparecía la resistencia que oponía el gatillo, había llegado al ojo del huracán de su recorrido, el punto en el que todo es calma y tranquilidad. La calma que precede a la explosión. Ahora. Ahora no. Había aflojado un poco el dedo otra vez. No era él. No era Arnold Folkestad. ¿Se había equivocado? ¿Se había equivocado otra vez? Era una cara bien afeitada, tenía la boca abierta y los ojos negros de un desconocido. ¿Sería aquel el matarife? Se lo veía tan… desconcertado. El hombre vestido de verde se apartó a un lado y entonces pudo ver Harry a la persona a la que estaba tapando el de verde: una mujer, también con el uniforme verde.

En ese momento se abrió la puerta a su espalda y otras dos personas con uniforme de cirujano lo apartaron de un empujón.

—¿Qué aspecto tiene? —dijo uno de los recién llegados en voz alta e imperiosa.

—Está inconsciente —respondió la mujer—. Tiene el pulso bajo.

—¿Pérdida de sangre?

—Hay mucha sangre en el suelo, pero puede haberle inundado también el ventrículo gástrico.

—Determina el grupo sanguíneo y pide tres bolsas.

Harry bajó la pistola.

—Soy de la policía —dijo—. ¿Qué ha pasado?

—Fuera ahora mismo, aquí estamos tratando de salvar vidas —dijo el de la voz imperiosa.

—Lo mismo digo —respondió Harry, y levantó la pistola otra vez. El hombre se lo quedó mirando—. Yo estoy tratando de detener a un asesino, cirujano. Y no sabemos si ha terminado su jornada laboral, ¿vale?

El de la voz imperiosa apartó la vista de Harry.

—Si solo tiene esa herida, no habrá perdido mucha sangre y no tendrá lesiones en los órganos internos. ¿Está conmocionado? Karen, ayuda al policía.

La mujer habló a través de la mascarilla sin apartarse de la mesa de operaciones.

—Un empleado de recepción vio a un hombre que venía del ala vacía del edificio, llevaba un uniforme de cirujano ensangrentado y una mascarilla, y se fue derecho a la calle. Le pareció tan extraño que mandó a alguien para que echara un vistazo. El paciente estaba a punto de morir desangrado cuando lo encontraron.

—¿Alguien sabe hacia dónde se fue el hombre? —preguntó Harry.

—Dicen que desapareció sin más.

—¿Cuándo recuperará el paciente la conciencia?

—Ni siquiera sabemos si sobrevivirá. Por cierto que tú mismo necesitarías cuidados médicos, por lo que veo.

—Bueno, lo único que se puede hacer es poner una venda —dijo el de la voz imperiosa.

Harry no conseguiría allí más información. Aun así, se quedó un rato. Dio unos pasos hacia delante. Se detuvo. Observó la cara blanca de Mikael Bellman. ¿Estaría consciente? Era difícil de decir.

Un ojo lo miraba fijamente.

El otro no estaba.

Solo había un agujero negro con tendones ensangrentados y unos hilos blancos que colgaban por fuera.

Harry se dio media vuelta y salió. Cogió el teléfono mientras cruzaba el pasillo en busca de aire fresco.

—¿Sí?

—¿Ståle?

—Harry, te noto muy alterado.

—El matarife ha cogido a Bellman.

—¿Lo ha cogido?

—Lo ha operado.

—¿Qué dices?

—Le ha extirpado un ojo. Y lo ha dejado para que se desangre. Y es el matarife el que está detrás de la explosión de esta noche, seguro que lo has oído en las noticias. Pretendía matar a dos policías, uno de ellos era yo. Tengo que saber qué piensa, porque ya no me quedan ideas.

Se hizo el silencio. Harry esperaba. Oía la respiración sofocada de Ståle Aune. Y por fin, otra vez su voz.

—De verdad que no lo sé…

—No es eso lo que necesito oír, Ståle. *Finge* que lo sabes, ¿vale?

—De acuerdo, de acuerdo. Lo que te puedo decir es que es incontrolable, Harry. La presión emocional se ha incrementado, en estos momentos está a punto de estallar, así que ya ha dejado de seguir el patrón. A partir de ahora puede hacer cualquier cosa.

—O sea, lo que me estás diciendo es que no tienes ni idea de cuál será su siguiente movimiento, ¿no?

Otro silencio.

—Gracias —dijo Harry, y colgó. El teléfono empezó a sonar otra vez. B de Bjørn.

—¿Sí?

—El grupo Delta va camino del domicilio de Folkestad.

—¡Estupendo! Diles que es posible que él esté en camino también. Y que tienen una hora antes de que enviemos una orden de búsqueda general, para que no lo sepa con antelación a través de la emisora de la policía, por ejemplo. Llama a Katrine y dile que vaya al Horno, yo salgo para allá ahora mismo.

Harry llegó a la recepción, vio cómo la gente se lo quedaba mirando y se apartaba a su paso. Una mujer soltó un grito, y otra persona se agachó y se escondió debajo de un mostrador. Harry se vio en el espejo que había detrás.

Un hombre de cerca de dos metros, todo agujereado y con la pistola automática más horrible del mundo en la mano.

—*Sorry* —murmuró Harry, y salió por las puertas de vaivén.

—¿Qué pasa? —preguntó Bjørn.

—Poca cosa —dijo Harry, y volvió la cara hacia la lluvia que, por unos instantes, enfrió el incendio que le arrasaba la piel—. Oye, estoy a cinco minutos de mi casa, me paso por allí, me ducho, me pongo unas tiritas y otra ropa que esté entera antes de ir.

Interrumpieron la conversación y Harry descubrió al vigilante del parquímetro delante de su coche bloc en mano.

—¿Estabas pensando multarme? —dijo Harry.

—Estás obstaculizando la entrada a un hospital, así que puedes jurar que sí —dijo el vigilante sin levantar la vista.

—Mejor será que te apartes, así puedo quitar el coche —dijo Harry.

—No creo que debas hablarme como… —comenzó el vigilante, levantó la vista y se quedó de piedra cuando vio a Harry y la Odessa. Y siguió helado en el asfalto mientras Harry se sentaba en el coche, se guardaba la pistola en la espalda, por dentro de la cinturilla del pantalón, giraba la llave y soltaba el embrague antes de alejarse por la calle.

Harry giró, entro en la calle Slemdalsveien, aceleró, pasó un tren del metro que iba en dirección contraria. Rogó para sus adentros que Arnold Folkestad estuviera, como él, camino a casa.

Entró en la calle Holmenkollveien. Esperaba que Rakel no se echara a temblar al verlo. Esperaba que Oleg…

Madre mía, cómo se alegraba de poder verlos. Incluso ahora, así. Sobre todo ahora.

Fue aminorando antes de entrar en la subida hasta la casa.

Luego frenó en seco.

Retrocedió despacio.

Observó los coches aparcados en la acera, delante de los cuales acababa de pasar. Se detuvo. Respiró por la nariz.

Efectivamente, Arnold Folkestad iba camino a casa. Igual que él.

Porque allí, entre dos coches más típicos de Holmenkollen —un Audi y un Mercedes— había un Fiat de antigüedad imposible de determinar.

50

Harry se paró unos segundos bajo los abetos y examinó la casa.

Desde donde estaba no se veían signos de asalto, ni por la puerta, que tenía tres cerraduras, ni por las rejas que protegían las ventanas.

Naturalmente, no era seguro que el Fiat que había aparcado en la calle fuera de Folkestad. Había mucha gente que tenía un Fiat. Harry pasó la mano por la carrocería del coche. Todavía estaba caliente. Él había dejado su coche hacia la mitad de la calle.

Siguió corriendo bajo los abetos hasta que llegó a la parte trasera de la casa.

Esperó, aguzó el oído. Nada.

Se acercó sigilosamente a la fachada. Se empinó, miró por la ventana, pero nada, solo habitaciones a oscuras.

Rodeó la casa hasta que llegó a las ventanas iluminadas de la cocina y el salón.

Se puso de puntillas y miró dentro. Se agachó otra vez. Pegó la espalda a la madera rugosa y se concentró en respirar. Porque ahora tenía que respirar. Tenía que procurar que llegara al cerebro una cantidad de oxígeno suficiente para poder pensar con rapidez.

Una fortaleza. ¿Y de qué valía ahora?

Él los tenía.

Estaban allí.

Arnold Folkestad. Rakel. Y Oleg.

Harry se concentró en memorizar lo que había visto.

Estaban sentados al otro lado de la puerta de entrada.

Oleg, en una de las sillas que había en el centro de la habitación, y Rakel detrás, muy cerca. Él llevaba una mordaza blanca en la boca, y ella lo estaba atando al respaldo de la silla.

Y unos metros detrás de los dos, hundido en una butaca, se veía a Arnold Folkestad con una pistola en la mano y, según parecía, le estaba diciendo algo a Rakel.

Los detalles. La pistola de Folkestad era una Heckler & Koch, el modelo estándar de la policía. Fiable, no fallaría. El móvil de Rakel estaba encima de la mesa del salón. Ninguno de los dos parecía herido por ahora. Todavía.

¿Por qué…?

Harry suspendió el razonamiento. No había tiempo para porqués, solo para cómo iba a detener a Folkestad.

Harry ya había visto que el ángulo no le permitía disparar a Arnold Folkestad sin correr el riesgo de darles a Oleg y a Rakel.

Harry miró por encima del alféizar de la ventana y se agachó otra vez.

Rakel pronto habría terminado.

Folkestad empezaría pronto.

Había visto la porra, estaba apoyada en la estantería que había al lado de la butaca. Folkestad no tardaría en destrozarle la cara a Oleg, igual que había hecho con los demás. Un muchacho joven que ni siquiera era policía. Y Folkestad debía de suponer que Harry ya estaba muerto, luego la venganza era vana. ¿Por qué…? ¡Alto!

Tenía que llamar a Bjørn. Redirigir allí al grupo Delta. Estaban en el bosque, pero en el lado opuesto de la ciudad. Podía llevarles tres cuartos de hora. ¡Mierda, mierda! Tenía que hacerlo solo.

Harry se convenció de que tenía tiempo.

De que aún tenía varios segundos, quizá un minuto.

Pero no cabía esperar que contara con el factor sorpresa si trataba de irrumpir allí, sobre todo con aquellas tres cerraduras que había que abrir… Folkestad lo oiría y estaría preparado mucho antes de que él entrara. Encañonando con la pistola a alguno de los dos.

¡Rápido, rápido! Algo, lo que sea, Harry.

Cogió el móvil. Pensaba enviar un mensaje a Bjørn. Pero los dedos no obedecían, se le habían quedado rígidos, sin sensibilidad, como si se le hubiera cortado la circulación sanguínea.

Ahora no, Harry, no te conviertas en hielo ahora. Este es un trabajo normal, no son ellos; son… víctimas. Víctimas sin rostro. Son… la mujer con la que vas a casarte, y el chico que te llamaba papá de niño y que llegó a sentir tal hastío que se olvidó de sí mismo, el chico al que nunca querías decepcionar, pero cuyo cumpleaños olvidabas de todos modos y eso —algo tan simple— podía hacerte llorar y era tal la desesperación que te embargaba que eras capaz de hacer trampas. Siempre haciendo trampas.

Harry parpadeó en la oscuridad.

Menudo tramposo de mierda.

El móvil que había en la mesa del salón. ¿Y si llamaba al móvil de Rakel, para ver si conseguía que Folkestad se levantara de la silla, se apartara de la línea de tiro que atravesaba a Rakel y a Oleg? Y le disparaba cuando fuera a cogerlo.

¿Y si no iba? ¿Y si se quedaba allí?

Harry miró una vez más. Se agachó con la esperanza de que Folkestad no hubiera visto el movimiento. Porque ya se había levantado, con la porra en la mano, y había apartado a Rakel, que, sin embargo, seguía en la línea de tiro. Y, con independencia de que consiguiera tener despejada la línea de tiro, no era muy probable que tuviera tanta suerte que, a casi diez metros de distancia, lograra encajar un disparo que detuviera a Folkestad siquiera momentáneamente. Para ello necesitaba un arma de mayor precisión que aquella Odessa rusa y de más calibre que el de 9 x 18 milímetros que tenía. Debía acercarse más, preferiblemente a unos dos metros.

Oyó la voz de Rakel a través de la ventana.

—Cógeme a mí, por favor…

Harry apoyó la nuca en la pared, cerró fuertemente los ojos. Actuar, actuar. Pero ¿cómo? Dios santo, ¿cómo? Inspírale a este pecador tramposo una idea y él te lo pagará con… con lo que quieras. Harry tomó aire, susurró una promesa.

Rakel no apartaba la vista de aquel hombre de barba roja. Estaba detrás de la silla de Oleg y tenía la mano con la porra apoyada en su hombro. En la otra mano sostenía la pistola, que apuntaba a Rakel.

—Lo siento muchísimo, Rakel, pero no puedo perdonar al chico. Él es el verdadero objetivo, de hecho.

—Pero ¿por qué? —Rakel no era consciente del llanto, solo de las lágrimas que rodaban tibias por las mejillas, como una reacción física independiente de lo que sentía. O de lo que no sentía. Paralizada. —¿Por qué haces esto, Arnold? Es una... es una...

—¿Locura? —A Arnold Folkestad se le dibujó una sonrisita casi de disculpa—. Eso es lo que vosotros queréis creer, claro. Que todos somos capaces de disfrutar de sueños de venganza fabulosos, pero que ninguno está dispuesto ni en condiciones de hacerlos realidad.

—Pero ¿por qué?

—Como soy capaz de amar, también soy capaz de odiar. O bueno, ahora ya no puedo amar. Así que lo he sustituido por... —Levantó ligeramente la porra— esto. Honro a mi amor. Porque René era más que un amante pasajero. Era...

Apoyó la porra en el respaldo de la silla y se metió la mano en el bolsillo, pero sin bajar un milímetro el cañón de la pistola.

—... la niña de mis ojos. Y me la arrebataron. Sin que nadie hiciera nada.

Rakel clavó la vista en aquello que sostenía en la mano. Sabía que debería quedarse impresionada, paralizada, aterrada. Pero no experimentaba ningún sentimiento, el corazón se le había quedado helado hacía mucho.

—Tenía unos ojos muy bonitos, Mikael Bellman. Así que le he arrebatado lo que él me arrebató a mí. Lo mejor que tenía.

—La niña de los ojos. Pero ¿por qué Oleg?

—¿De verdad que no lo entiendes, Rakel? Él es una semilla. Harry me contó que quiere ser policía. Y ya ha incumplido su deber, lo que lo convierte en uno de ellos.

–¿Deber? ¿Qué deber?

–El deber de capturar asesinos y condenarlos. Él sabe quién mató a Gusto Hanssen. Pareces sorprendida. He estado repasando el caso. Y es obvio que, si Oleg no lo mató, sabe quién es el culpable. Cualquier otra cosa es por lógica imposible. ¿Es que Harry no te lo ha contado? Rakel, Oleg estaba allí, en el piso, cuando mataron a Gusto. ¿Y sabes lo que pensé cuando vi a Gusto en las fotos del escenario del crimen? Lo guapo que era. Que él y René eran hombres guapos y jóvenes con toda la vida por delante.

–¡Igual que mi hijo! Por favor, Arnold, no tienes por qué hacer esto.

Cuando Rakel dio un paso adelante, él levantó la pistola. No hacia ella, sino hacia Oleg.

–No estés triste, Rakel, tú también vas a morir. Tú no eres un objetivo propiamente dicho, sino un testigo del que me tengo que deshacer.

–Harry te descubrirá. Y te matará.

–Es una pena que tenga que causarte un dolor tan hondo, Rakel, porque te aprecio de verdad. Pero me parecía que debías saberlo. Verás, es que Harry no va a descubrir nada, porque él ya está muerto, me temo.

Rakel lo miró incrédula a la cara. *Estaba triste* de verdad. El teléfono que había encima de la mesa se iluminó de pronto y emitió un leve zumbido. Ella desvió la vista hacia él.

–Parece que te has equivocado –dijo.

Arnold Folkestad frunció el ceño.

–Dame el teléfono.

Rakel lo cogió y se lo lanzó. Él le apuntó a Oleg en la nuca con la pistola mientras lo cogía. Leyó rápidamente. Atravesó a Rakel con la mirada.

–*No dejes que Oleg vea el regalo.*

–¿Qué quiere decir eso?

Rakel se encogió de hombros.

–Por lo pronto quiere decir que está vivo.

–Imposible. La radio ha dicho que mi bomba estalló.

—¿Por qué no te vas ahora, Arnold? Antes de que sea tarde…

Folkestad parpadeó mientras la miraba pensativo. La miraba a ella o más allá de ella.

—Ya sé. Alguien habrá llegado antes que Harry. Habrá entrado en el apartamento. Pumba. Claro. —Soltó una risotada—. Harry está en camino, viene de allí, ¿verdad? Cree que todo está en orden. Bueno, puedo mataros primero y luego esperar a que llegue.

Pareció que revisaba mentalmente el plan una vez más, y asintió como si hubiera llegado a la misma conclusión. Y apuntó a Rakel con la pistola.

Oleg empezaba a retorcerse en la silla, trataba de dar saltos, se lamentaba desesperado bajo la mordaza. Rakel no apartaba la vista del cañón de la pistola. Sintió que se le paraba el corazón. Como si el cerebro ya hubiera aceptado lo inevitable y empezara a apagarse. Ya no tenía miedo. Quería morir. Morir por Oleg. Tal vez Harry llegara antes… Tal vez pudiera salvar a Oleg. Porque ahora tenía la certeza. Cerró los ojos. A la espera de algo, no sabía qué. Un golpe, un pinchazo, dolor. Oscuridad. No tenía dioses a los que rezar.

Oyó un tintineo en la cerradura.

Abrió los ojos.

Arnold había bajado la pistola y se había vuelto hacia la puerta.

Una pausa breve. Y empezó a tintinear de nuevo.

Arnold retrocedió un paso, cogió de un tirón la manta de la butaca y la arrojó sobre Oleg, que quedó debajo, junto con la silla.

—Haz como si nada —susurró—. Una palabra y le meto una bala en la nuca a tu hijo.

Hubo un tercer tintineo. Rakel vio que Arnold se colocaba detrás de la silla camuflada donde estaba Oleg, de modo que la pistola no se viera desde la puerta.

Que se abrió al fin.

Y allí estaba él. Alto, con una gran sonrisa, el abrigo abierto y la cara destrozada.

—¡Arnold! —gritó lleno de alegría—. ¡Qué sorpresa más agradable!

Arnold se rió también.

—Pero qué maltrecho vienes, Harry, ¿qué ha pasado?

—El matarife. Una bomba.

—¿De verdad?

—Nada grave. ¿Y cómo es que has venido a casa?

—Nada, pasaba por aquí. Y me acordé de que quería comentarte unos detalles del horario. Mira, acércate a verlo, haz el favor.

—No antes de abrazar a esta mujer como es debido —dijo, y abrió los brazos hacia Rakel, que se abalanzó hacia él—. ¿Qué tal el vuelo, cariño?

Arnold carraspeó un poco.

—Suéltalo ya, Rakel, me tiene que dar tiempo de hacer una serie de cosas esta noche.

—Vaya, qué duro, Arnold —dijo Harry riendo, soltó a Rakel, la apartó y se quitó el abrigo.

—Bueno, pues ven aquí —dijo Arnold.

—Aquí hay más luz, Arnold.

—Me duele la rodilla, ven tú.

Harry se inclinó y se desató los zapatos.

—Verás, me he visto en medio de una explosión, así que tendrás que disculparme si antes me quito los zapatos. Y con esa rodilla tendrás que salir de aquí cuando te vayas, así que trae aquí ese horario, si tanta prisa tienes.

Harry se miraba los zapatos. Desde donde él estaba sentado hasta Arnold y la silla cubierta por la manta había una distancia de seis o siete metros. Demasiado para alguien que, precisamente, le había dicho a Harry que, a causa de la vista y los temblores, necesitaba tener el objetivo a medio metro para dar en el blanco. Y, por si fuera poco, en estos momentos el blanco se había encogido y había reducido mucho más el área de la diana al agachar la cabeza e inclinar hacia abajo el tronco, que quedaba protegido por los hombros.

Tiró de los cordones, fingió que se resistían.

Consiguió atraer la atención de Arnold. Y tenía que conseguir que se acercara.

Porque solo había una forma. Y quizá fue eso lo que lo tran-quilizó y lo relajó hasta ese punto. *All-in*. Vamos allá. Ya estaba hecho. El resto quedaba en manos del destino.

Y tal vez fuera esa calma la que notó Arnold.

—Como quieras, Harry.

Oyó que Arnold se acercaba. Se concentró un poco más en los cordones. Sabía que Arnold había dejado atrás la silla de Oleg, que se había quedado totalmente inmóvil, como si supiera lo que iba a ocurrir.

Entonces, Arnold dejó atrás a Rakel.

Y entonces llegó el momento.

Harry levantó la vista. Se encontró con el ojo negro de la boca del cañón que lo observaba a veinte, treinta centímetros.

Sabía que Arnold habría empezado a disparar al menor movi-miento acelerado que hubiera hecho desde que entró en la casa. Primero, contra el que tenía más cerca. Oleg. ¿Sabría Arnold que Harry iba armado? ¿Sospechaba que Harry se habría llevado un arma a la reunión ficticia con Truls Berntsen?

Puede que sí. Puede que no.

Lo mismo daba. A Harry no le daría tiempo de sacar ningún arma ahora, por accesible que la tuviera.

—Arnold, ¿por qué…?

—Adiós, amigo.

Harry vio que Arnold Folkestad cerraba el dedo alrededor del gatillo.

Y supo que nunca llegaría. La explicación, la que creemos que vamos a entrever al final del viaje. Ni la gran explicación, el porqué nacemos y morimos y cuál es el sentido de lo uno y de lo otro, además de lo que hay en medio. Ni tampoco la explicación menor, qué hace que una persona como Folkestad esté dispuesta a sacrifi-car su vida solo para destrozar la de otros. Solo habría aquella fu-sión, aquella ejecución rápida, aquella repetición banal pero lógica de dos palabras: ¿por qué?

La pólvora se quemaba a la velocidad de una explosión, literal-mente, y lanzaba el proyectil fuera del casquillo de cobre a unos trescientos sesenta metros por segundo. El plomo se deformaba amoldándose a la acanaladura helicoidal del ánima del cañón, la cual haría rotar la bala de modo que esta surcara el aire con más estabilidad. Pero en este caso no fue necesario, porque después de atravesar tan solo unos centímetros de aire, el trozo de plomo perforó la piel hasta que lo frenó el encuentro con el cráneo. Y cuando la bala alcanzó el cerebro, la velocidad se había reducido a trescientos kilómetros por hora. El proyectil lo atravesó todo y destrozó en primer lugar la corteza motora, y paralizó todos los movimientos; luego, atravesó el lóbulo temporal, colapsó las funciones de los lóbulos derecho y frontal, cortó el nervio óptico y dio en la cara interna del cráneo por el lado opuesto. El ángulo de impacto y la escasa velocidad hicieron que, en lugar de abrir un agujero de salida, la bala rebotara, impactara en otras partes del interior del cráneo cada vez a menos velocidad hasta que se detuvo. Pero para entonces había causado tantas lesiones que el corazón había dejado de latir.

51

Katrine tiritaba de frío y se acurrucó bajo el brazo de Bjørn. Hacía frío en aquella iglesia enorme. Frío dentro, y frío fuera. Debería haberse abrigado más.

Estaban esperando. Todos esperaban en la iglesia de Oppsal. Tosían. ¿Por qué empezaba a toser la gente en cuanto entraba en una iglesia? ¿Habría algo en el espacio mismo que irritara gargantas y faringes? ¿Incluso en iglesias más modernas de cristal y cemento como aquella? ¿Era su miedo a hacer ruido, que sabían que reforzaría la acústica del lugar, lo que lo convertía en una compulsión? ¿O sería solo el modo en que los seres humanos exteriorizaban otros sentimientos reprimidos, escupiéndolos en lugar de estallando en risa o en llanto?

Katrine giró la cabeza. No había mucha gente, solo los más allegados. Había tan pocos porque la mayoría solo tenían una letra en la lista de contactos de Harry. Vio a Ståle Aune. Por una vez, con corbata. A su mujer. Gunnar Hagen, también con su mujer.

Suspiró. Debería haberse abrigado más. A pesar de que Bjørn no parecía tener frío. Traje oscuro. No sabía que estuviera tan guapo con traje. Le pasó la mano por el cuello de la americana. No porque hubiera nada que retirar, era solo un gesto. Un gesto íntimo de amor. Monos que se despiojan el pelaje mutuamente.

El caso estaba resuelto.

Llegaron a pensar que lo habían perdido, que Arnold Folkestad –ahora conocido como el Matarife de Policías–, había logrado librarse, que se había ido al extranjero o que había encontrado un lugar en el que esconderse en Noruega. Tenía que ser un lugar profundo y oscuro, porque durante veinticuatro horas después de la orden de búsqueda y captura, los medios de comunicación anunciaron tan exhaustivamente la descripción y los datos personales de Arnold Folkestad que toda persona hecha y derecha sabía quién era y cómo era. Y Katrine pensó en lo cerca que habían estado de esclarecer el caso cuando Harry le pidió que comprobara si había alguna conexión entre René Kalsnes y algún policía. Que si hubiera ampliado la búsqueda a *antiguos policías,* habría descubierto la relación de Arnold Folkestad con aquel joven.

Dejó de sacudir el cuello de la americana de Bjørn, y él le sonrió agradecido. Una sonrisa fugaz, casi un espasmo. Un leve temblor en la barbilla. Estaba a punto de llorar. Ahora lo veía, hoy vería llorar a Bjørn Holm por primera vez. Katrine tosió.

Mikael Bellman se acomodó en el último asiento del banco. Miró el reloj.

Tenía otra entrevista dentro de tres horas. *Stern.* Un millón de lectores. Otro periodista extranjero que quería la historia de cómo un joven jefe provincial de la policía trabajó sin descanso semana tras semana, un mes tras otro, para atrapar a aquel asesino; cómo él mismo casi llegó a convertirse en víctima del Matarife. Y Mikael haría una vez más la típica pausa antes de decir que había sacrificado un ojo, pero que era un precio insignificante en comparación con lo que había conseguido: impedir que un loco asesino siguiera cobrándose la vida de sus hombres.

Mikael Bellman retiró el puño de la camisa que le tapaba el reloj. Deberían haber empezado ya, ¿a qué esperaban? Había estado pensando en la elección del traje para hoy. ¿Negro, en consonancia con la situación y el parche del ojo? El parche era un acierto, contaba su historia de un modo tan dramático y eficaz que, según el *Aftenposten,* era el noruego más fotografiado del año en la prensa extranjera. ¿O debía elegir un color oscuro más neutro, que resultara aceptable pero no tan llamativo luego en la entrevista? Porque, después de la entrevista, tenía que ir directamente a la reunión con el presidente del consejo municipal, así que Ulla votó por el oscuro neutro.

Mierda, si no empezaban pronto, llegaría con retraso.

Se preguntó qué sentía. ¿Sentía algo? No. ¿Qué iba a sentir, en realidad? Después de todo, solo era Harry Hole, no un amigo cercano, precisamente, y tampoco era ninguno de sus empleados del distrito policial de Oslo. Pero existía la posibilidad de que algunos medios esperasen a la salida y, lógicamente, desde el punto de vista publicitario, era importante presentarse en la iglesia. Porque no era posible obviar el hecho de que Hole fue el primero en señalar a Folkestad y, dadas las dimensiones que había adquirido el caso, era un vínculo entre Bellman y Harry. Y la publicidad iba a cobrar mucha más importancia que antes. Él ya sabía de qué iba a tratar la reunión con el presidente. El partido había perdido una figura de carácter al quedarse sin Isabelle Skøyen, y ahora buscaba un sustituto. Una persona respetada y querida entre la opinión pública con la que les gustaría contar en el equipo, con la que les gustaría contar para gobernar aquella ciudad. Cuando el presidente del consejo lo llamó, empezó por cubrirlo de elogios por la impresión tan agradable y reflexiva que había dado en el reportaje de *Magasinet*. Y luego le preguntó si el programa de su partido armonizaba en alguna medida con las ideas políticas de Mikael Bellman.

Armonizaban, sí.

Gobernar la ciudad.

La ciudad de Mikael Bellman.

Pero ¡empezad ya con el órgano, hombre!

Bjørn Holm notó en el brazo cómo temblaba Katrine, notó el sudor frío bajo los pantalones del traje y pensó que iba a ser un día muy largo. Un largo día, antes de que él y Katrine pudieran quitarse la ropa y acurrucarse en el nido. Juntos. Dejar que la vida continuara. Igual que continuaría para todos aquellos que seguían vivos, quisieran o no. Y al pasear la mirada por las hileras de bancos, pensó en todos los que *no* estaban allí. En Beate Lønn. En Erlend Vennesla. Anton Mittet. La hija de Roar Midtstuen. Y en Rakel Fauke y Oleg Fauke, que tampoco estaban allí. Que habían pagado el precio por tener una relación con el hombre al que ahora habían puesto en el altar. Harry Hole.

Y, por raro que pareciera, era como si el hombre de allí arriba siguiera siendo el que siempre había sido, un agujero negro que absorbía todo lo que hubiera a su alrededor, que consumía todo el amor que le daban y también el que no le daban.

Katrine se lo dijo ayer, cuando se fueron a la cama, que ella también había estado enamorada de Harry. Y no porque se lo mereciera, sino porque era imposible no quererlo. Tan imposible como atraparlo, retenerlo, vivir con él. Por supuesto que lo había querido. El enamoramiento había pasado, el deseo se había enfriado; al menos, ella lo había intentado. Pero le quedaría para siempre esa cicatriz pequeña y hermosa del breve duelo amoroso que compartía con otras mujeres. Él había sido algo que tuvieron prestado un tiempo. Pero ya se había terminado. Bjørn le había pedido que lo dejara ahí.

El órgano empezó a tocar. Bjørn siempre había sentido debilidad por ese instrumento. El armonio de su madre, en el salón de su casa de Skreia, un Greg Allman B-3, uno de esos armonios rechinantes que, cuando les arrancabas un salmo antiguo, sonaban como si estuvieras en un baño de tonos cálidos, con la esperanza de que no se apodere de ti el llanto.

Ellos no atraparon a Arnold Folkestad: él se atrapó a sí mismo.

Seguramente, Folkestad había dado por cumplida su misión. Y con ella, su vida. Así que hizo lo único lógico. Transcurrieron tres días hasta que lo encontraron. Tres días de búsqueda desesperada, Bjørn tenía la sensación de que el país entero estaba en pie. Y quizá por eso se vivió como una especie de anticlímax cuando lo encontraron en el bosque de Maridalen, a tan solo unos cientos de metros de donde hallaron a Erlend Vennesla. Fue el coche lo que los puso sobre su pista, lo habían visto en un aparcamiento, cerca del lugar donde arrancaban los senderos, un viejo Fiat, sobre el que también había una orden de búsqueda.

El propio Bjørn dirigió el equipo de investigación del escenario del crimen. Arnold Folkestad parecía tan inocente allí tumbado en el brezo, como un enanito con su barba roja. Estaba tendido bajo una porción de cielo abierto, sin la protección de los árboles que lo rodeaban. En los bolsillos encontraron llaves, entre otras, las del Fiat, pero también las de la cerradura de la puerta que arrancó en el número 92 de la calle Hausmann, una Glock 17 normal, aparte de la que tenía en la mano, así como una billetera que, entre otras cosas, contenía una foto arrugada de un joven en el que Bjørn reconoció enseguida a René Kalsnes.

Dado que había estado lloviendo a mares al menos un día entero, y que el cadáver se había pasado tres a la intemperie, no había muchas huellas que registrar. Pero tampoco importaba mucho, ya tenían lo que necesitaban. La piel que rodeaba el agujero de la sien derecha presentaba quemaduras de la llama del cañón, y restos de pólvora quemada, y el examen de balística demostró que la bala de la cabeza procedía de la pistola que tenía en la mano.

De ahí que no centraran en ello la investigación, que comenzó cuando entraron en su casa. Allí encontraron la mayoría de lo que necesitaban para resolver los asesinatos de todos los policías. Las porras con sangre y cabellos de las víctimas, una hoja de sierra de bayoneta con el ADN de Beate Lønn, una pala con restos de tierra y barro que encajaban con la tierra del cementerio de Vestre, bridas, una cinta de acordonamiento policial idéntica a la hallada en Drammen, botas cuya suela tenía un perfil que coincidía con las huellas de pisadas que se encontraron en Tryvann. Lo tenían todo. Ni un solo cabo suelto. Y luego se presentó. Aquello de lo que tantas veces les había hablado Harry, pero que Bjørn Holm nunca había sentido: el vacío.

Porque, de repente, ya no había continuación.

No era como llegar a la cinta de la meta ni como llegar a puerto o a un andén.

Sino como si los raíles, el asfalto, el puente se esfumaran de pronto. Como si el camino se acabara y empezara el abismo del vacío.

Cerrado. Detestaba aquella palabra.

Así que, casi en un rapto de desesperación, siguió empecinándose en investigar los asesinatos antiguos. Y encontró lo que buscaba, un vínculo entre el asesinato de la niña de Tryvann, Judas Johansen y Valentin Gjertsen. Con un fragmento de una cuarta parte de una huella dactilar no encontraban ninguna coincidencia, pero el treinta por ciento de probabilidades no era un resultado desdeñable. No, no estaba cerrado. Nunca llegaba a estar cerrado.

—Ya empieza.

Era Katrine. Casi le rozó el lóbulo de la oreja con los labios. Los acordes del órgano resonaron y crecieron hasta formar una música; una música que él reconoció. Bjørn tragó saliva.

Gunnar Hagen cerró los ojos un instante y se limitó a escuchar la música, no quería pensar. Pero los pensamientos acudieron de todos modos. Que el caso había terminado. Que todo había terminado. Que ya habían enterrado lo que había que enterrar. Pero que estaba aquello, lo único que no conseguía enterrar, lo que nunca conseguía dejar bajo tierra. Y que todavía no le había mencionado a nadie. No lo había mencionado porque ya no era posible usarlo para nada. Las palabras que Asáiev le susurró con voz ronca durante los escasos segundos que pudo estar con él aquel día en el hospital: «¿Qué me ofreces si yo te ofrezco testificar contra Isabelle Skøyen?». Y también: «No sé con quién, pero sí sé que hasta colaboraba con algún alto cargo de la policía».

Aquellas palabras eran el eco muerto de un hombre muerto. Afirmaciones imposibles de probar, cuyo seguimiento sería más perjudicial que beneficioso ahora que Isabelle Skøyen estaba fuera de juego de todos modos.

Así que se lo guardó.

Y seguiría guardándoselo.

Igual que Anton Mittet se guardó lo de la dichosa porra.

La decisión estaba tomada, pero el asunto seguía quitándole el sueño por las noches.

«Pero sí sé que hasta colaboraba con algún alto cargo de la policía.»

Gunnar Hagen abrió los ojos.

Paseó la mirada por la concurrencia.

Truls Berntsen estaba sentado con la ventanilla del Suzuki Vitara bajada, de modo que podía oír el órgano de la pequeña iglesia. El sol brillaba en un cielo sin nubes. Cálido y agobiante. A él nunca le había gustado Oppsal. Solo había gentuza. Dio muchos palos. Recibió muchos palos. No tantos como en la calle Hausmann, claro. Por suerte, parecía peor de lo que en realidad era. Y en el hospital, Mikael le dijo que lo de la cara no era tan grave, teniendo en cuenta lo feo que era y ¿cómo va a ser grave una conmoción cerebral en una persona sin cerebro?

Él pretendía hacer un chiste, y Truls trató de reírse con ese gruñido suyo característico para demostrarle que le hacía gracia, pero le dolían demasiado la mandíbula y la nariz rota.

Todavía tenía que tomar analgésicos muy potentes, llevaba una venda enorme en la cabeza y, naturalmente, le tenían prohibido conducir, pero ¿qué iba a hacer? No podía limitarse a estar en casa esperando a que se le pasaran los mareos y el dolor. Incluso Megan Fox había empezado a aburrirlo y, además, según el médico, tampoco debía ver la tele, en realidad. Así que bien podía estar allí, en el coche, delante de una iglesia para… ¿para qué? ¿Para mostrar su respeto por un hombre al que nunca había respetado? ¿Un gesto vacío por un imbécil que no sabía lo que le convenía, sino que le salvó la vida a la única persona que solo le servía muerta, muerta y bien muerta? Truls Berntsen no lo sabía. Lo único que sabía era que volvería al trabajo en cuanto se hubiera recuperado. Y entonces aquella ciudad volvería a ser suya.

Rakel respiraba para serenarse. Le sudaba la mano con la que sostenía el ramo. Tenía la vista clavada en la puerta. Pensaba en la gente que había allí dentro. Amigos, familiares, conocidos. El pastor. No eran muchos, no, pero estaban esperando. No podían empezar sin ella.

—¿Me prometes que no vas a llorar? —preguntó Oleg.

—No —dijo ella, sonrió brevemente y le acarició la mejilla: estaba muy alto. Y muy guapo. A ella le sacaba bastante. Había tenido que ir a comprarle un traje oscuro y, allí en la tienda, cuando le estaban tomando las medidas, se dio cuenta de que su hijo se acercaba al metro noventa y tres de Harry. Dejó escapar un suspiro.

—Vamos a entrar —dijo, y lo cogió del brazo.

Oleg abrió la puerta, el mayordomo de la iglesia, que estaba a la entrada, le hizo una señal, y él y Rakel empezaron a recorrer el pasillo hacia el altar. Y al ver todas las caras vueltas hacia ella, Rakel notó que desaparecía el nerviosismo. Aquello no era idea suya, ella estaba en contra, pero al final, Oleg la convenció. Según él, aquello era lo suyo, debía culminar así. Esa fue la palabra que utilizó, culminar. Pero ¿no era, sobre todo, un principio? El inicio de un nuevo capítulo en sus vidas. Al menos, esa era la sensación que ella tenía. Y, de repente, aquello era lo que tenía que ser. Estar aquí, ahora.

Y notó que le afloraba a la cara una sonrisa. Les sonreía a todas aquellas caras sonrientes. Y se le pasó por la cabeza que si aquellas personas o ella misma estirasen la boca sonriendo más y más, podrían tener un final espantoso. Y la sola idea, el pensar en el sonido de las caras al rajarse de tanto sonreír —algo que debería haberle provocado escalofríos—, le produjo un cosquilleo en el estómago. Nada de reírse, se dijo. Ahora no. Se dio cuenta de que Oleg, que estaba concentrado en caminar al ritmo de los acordes del órgano, sentía sus vibraciones, y Rakel lo miró. Se encontró con su mirada de sorpresa y de advertencia. Pero enseguida tuvo que apartar la vista. Lo había comprendido. Que su madre estaba a punto de romper a reír. Aquí, ahora. Y que a él le parecía tan inapropiado que poco faltaba para que empezara a reír él también.

Para pensar en otra cosa, en lo que iba a ocurrir, en lo serio del asunto, fijó la vista en el hombre que esperaba allí, en el altar. Harry. De negro.

Estaba allí vuelto hacia ellos con una sonrisa bobalicona en aquella cara hermosa y fea. Alto y orgulloso como un gallo. En la sastrería de Gunnar Øye, al verlos juntos y después de medirlos, el dependiente aseguró que solo había una diferencia de tres centímetros a favor de Harry. Y aquellos dos niños grandes se dieron una palmada como si se tratara de una competición con cuyo resultado ambos estaban satisfechos.

Pero en estos momentos Harry tenía un aspecto de lo más adulto. Los rayos del sol de junio que se filtraban por las vidrieras lo rodeaban con una especie de luz celestial, y parecía más alto que nunca. Y tan sereno como se había mostrado en todo momento. Al principio, ella no lo comprendía, no se explicaba cómo podía estar tan tranquilo después de lo ocurrido. Pero, poco a poco, se le fue contagiando esa calma, esa fe inquebrantable en que todo se había arreglado. Al principio, las primeras semanas posteriores al suceso con Arnold Folkestad, Rakel no podía dormir, a pesar de que Harry estaba a su lado y le susurraba que todo había terminado. Que todo había salido bien. Que estaban fuera de peligro. Le repetía las mismas palabras noche tras noche, como una letanía adormecedora que, sin embargo, no era suficiente. Pero con el tiempo empezó a creérsela. Y al cabo de algunas semanas más, empezó a saberlo. Que las cosas *se habían arreglado*. Y empezó a dormir con normalidad. Profundamente y sin ensoñaciones que recordara al día siguiente; dormía hasta que se despertaba cuando él salía de la cama al clarear el día y, como siempre, pensaba que ella no se había dado cuenta; y, como siempre, ella hacía como que no se había dado cuenta, porque sabía lo orgulloso y lo contento que se pondría pensando que ella no se despertaba hasta que él llegaba y carraspeaba un poco con la bandeja del desayuno en las manos.

Oleg había renunciado a seguir el ritmo de Mendelssohn y del organista, y a Rakel no le importaba mucho, porque, de todos modos, ella tenía que dar dos pasos por cada uno de los suyos. Habían decidido que Oleg cumpliría una doble función. Le pareció de lo más natural en cuanto se le ocurrió. Que Oleg la acompañaría al altar y la entregaría a Harry, pero también sería el testigo de su boda.

Harry no llevaba ningún testigo. Es decir, llevaba a la persona en la que pensó en su momento. La silla del testigo que había a su lado en el altar estaba vacía, pero en el asiento había una fotografía de Beate Lønn.

Ya habían llegado. Harry no había apartado la vista de ella ni un segundo.

Nunca logró entenderlo, cómo un hombre con un pulso basal tan bajo, que podía pasar días en su mundo sin hablar apenas y sin que tuviera que ocurrir nada, era capaz de darle a un interruptor y, de repente, todo —cada segundo que daba el reloj— tenía un subapartado, décimas vibrantes, y centésimas. Con esa voz serena y bronca que con muy pocas palabras podía expresar más sentimientos, información, asombro, locura y cordura de lo que ninguno de los charlatanes a los que había conocido conseguía expresar en una cena de siete platos.

Y, además, estaba la mirada. Que miraba de aquel modo suyo tan cálido y, a pesar de todo, tenía esa capacidad de retenerte, de obligarte a *estar ahí*.

Rakel Fauke iba a casarse con el hombre al que quería.

Harry la contemplaba. Era tan guapa que se le llenaban los ojos de lágrimas. Sencillamente, no se lo esperaba. No que no fuera a estar guapa. Estaba más que claro que Rakel Fauke iba a estar preciosa vestida de novia. Sino que él fuera a reaccionar así. En lo que más había pensado era en que ojalá no se prolongara demasiado y que el pastor no se pusiera demasiado espiritual o inspirado. Que, tal y como solía en situaciones en las que entraban en juego sentimientos intensos, él se comportaría como si fuera inmune, como si estuviera anestesiado, como un observador frío y un tanto decepcionado por las tormentas sentimentales de los demás y por su propia carencia de sentimientos. Pero, en todo caso, había decidido representar el papel tan bien como pudiera. No en vano fue él quien insistió en que se casaran por la iglesia, y allí estaba ahora con los ojos llenos de *lágrimas,* grandes gotas auténticas de un líquido salado en la comisura de los ojos. Harry parpadeó y Rakel levantó la vista. Sus miradas se cruzaron. No con esa mirada de «te estoy mirando y todos los invitados ven que te estoy mirando y yo trato de parecer todo lo feliz que puedo».

Era la mirada de un compañero de equipo.

Del que dice «esto lo arreglamos tú y yo». *Let's put on a show*.

Rakel sonrió. Y Harry se dio cuenta de que él también sonreía sin saber quién de los dos había empezado. Que ella temblaba un poco ya. Que por dentro estaba riendo, que la risa la colmaba ya con tal rapidez que solo era cuestión de tiempo que saliera de sus labios como un torrente. Las cosas serias solían surtir ese efecto en ella. Y en él. Así que para no romper a reír, Harry miró a Oleg. Pero allí no encontró ninguna ayuda, porque el chico parecía a punto de estallar de risa también. Se libró a duras penas bajando la cabeza y cerrando fuertemente los ojos.

Menudo equipo, pensó Harry orgulloso, y dirigió la vista al pastor.

El equipo que había atrapado al Matarife de Policías.

Rakel había captado el mensaje. *No dejes que Oleg vea el regalo*. Lo bastante verosímil como para que Arnold Folkestad no abrigara sospechas. Lo bastante claro como para que Rakel comprendiera lo que quería. El viejo truco del cumpleaños.

Así que cuando entró en la casa, ella lo abrazó, cogió lo que él llevaba a la espalda, metido por dentro del cinturón, y luego retrocedió con las manos por delante, de modo que la persona que tenía detrás no viera que llevaba algo. Que llevaba una Odessa cargada, sin el seguro.

Lo más inquietante era que incluso Oleg lo había comprendido. Guardó silencio, sabía que no podía estropear lo que estaba pasando. Lo que solo podía significar que nunca se había creído el truco del cumpleaños, pero se lo calló. Menudo equipo.

Menudo equipo, que logró que Arnold Folkestad se acercara a Harry de modo que Rakel quedara detrás y pudiera adelantarse y efectuar el disparo de cerca y meterle a Folkestad una bala en la sien cuando él se disponía a liquidar a Harry.

Un equipo de campeones, invencible y cojonudo, eso es lo que eran.

Harry se sorbió los mocos mientras se preguntaba si aquellas gotas gigantescas serían lo bastante sensatas para mantenerse en la comisura de los ojos o si, sencillamente, tendría que secárselas antes de que se dieran una vuelta por sus mejillas.

Apostó por lo segundo.

Ella le preguntó por qué había insistido en que se casaran en una iglesia. Por lo que ella sabía, él era tan cristiano como una fórmula química. Y lo mismo le ocurría a ella, a pesar de su educación católica. Pero cuando Harry le respondió que era una promesa que le había hecho a un dios ficticio delante de la casa, que si la cosa salía bien, a cambio accedería a aquel ritual absurdo y dejaría que lo casaran en presencia de aquel supuesto dios. Y entonces Rakel se echó a reír y le dijo que aquello no era fe en ningún dios, sino una partida de póquer de «el que pierde cobra», cosas de críos, que lo quería y que por supuesto que iban a casarse en una iglesia.

Después de soltar a Oleg, se fundieron en algo así como un abrazo de grupo. Un largo minuto de silencio en el que no hicieron otra cosa, solo abrazarse, tocarse como para comprobar que de verdad estaban enteros. Era como si el olor a pólvora siguiera en las paredes y tuvieran que esperar a que desapareciera para poder moverse. Luego Harry les pidió que se sentaran a la mesa de la cocina y sirvió café de la cafetera, que aún seguía encendida. Y, en contra de su voluntad, se le pasó por la cabeza la idea de que si Arnold Folkestad hubiera logrado matarlos a los tres…, ¿habría apagado la cafetera antes de irse?

Se sentó con ellos, tomó un sorbo de café, echó un vistazo al cadáver, que yacía en el suelo a unos metros de donde se encontraban. Y cuando se volvió, vio la pregunta en la mirada de Rakel: ¿por qué no había llamado ya a la policía?

Harry tomó otro sorbo de café, señaló la Odessa que tenían delante, sobre la mesa, y miró a Rakel. Ella era una mujer inteligente. Así que no tenía más que darle algo de tiempo. Y llegaría a la misma conclusión. Que hacer esa llamada era tanto como enviar a Oleg a la cárcel.

Y Rakel asintió despacio. Que lo había comprendido. Que cuando los técnicos de criminalística examinaran la Odessa para comprobar que se correspondía con el proyectil que el forense le extrajera a Folkestad de la cabeza, no tardarían en relacionarla con el viejo asesinato de Gusto Hanssen, donde nunca encontraron el arma homicida. Y es que no todos los días —ni todos los años— mataban a alguien con una bala 9 x 18 mm Makarov. Y cuando vieran que coincidía con un arma que podían relacionar con Oleg, volverían a detenerlo. Y esta vez lo acusarían y lo condenarían por lo que para todos los presentes en el juicio tenía que ser una prueba irrefutable y concluyente.

—Haced lo que tengáis que hacer —dijo Oleg, que había comprendido la situación más que de sobra.

Harry asintió, pero sin apartar la vista de Rakel. Tenía que ser una decisión unánime. Tenían que decidirlo los tres. Como ahora.

El pastor estaba preparado para hacer la lectura de la Biblia, los presentes se sentaron y el pastor carraspeó. Harry le había pedido que fuera breve. Veía cómo se movían los labios, luego la calma que se reflejaba en su cara, que le recordó la calma de la cara de Rakel aquella noche. La calma, después de cerrar los ojos muy fuerte y abrirlos otra vez. Como si primero quisiera asegurarse de que aquello no era una pesadilla de la que podía despertar. Luego, dijo con un suspiro:

—¿Qué podemos hacer? —preguntó.

—Quemar —dijo Harry.

—¿Quemar?

Harry asintió. Quemar. Como hacía Truls Berntsen. La diferencia era que un tipo como Berntsen lo hacía por dinero. Eso era todo. Por lo demás, no era muy distinto.

Y luego empezaron.

Él hizo lo que tenía que hacer. *Los tres* hicieron lo que tenían que hacer. Oleg retiró el coche de Harry de la calle y lo metió en el garaje, mientras Rakel empaquetaba y embalaba el cadáver en bolsas de basura, y Harry improvisó una camilla con una lona, cuerdas y dos tubos de aluminio. Después de colocar el cadáver en el maletero, Harry cogió las llaves del Fiat, y él y Oleg llevaron los dos coches a Maridalen, mientras que Rakel se ponía manos a la obra con la limpieza para eliminar pruebas.

Tal y como suponían, Grefsenkollen estaba desierto en aquella noche de lluvia. Aun así, tomaron uno de los senderos para estar seguros de que no se cruzarían con nadie.

El terreno estaba resbaladizo por la lluvia, pero, por otro lado, Harry sabía que lavaría las huellas que dejaran. Y esperaba que también borrara las huellas del cadáver, que, de lo contrario, podrían indicar que lo habían trasladado hasta allí.

Les llevó más de una hora encontrar un lugar adecuado, un lugar donde la gente no se tropezara con el cadáver, pero al que sus perros pudieran llegar olisqueando antes de que pasara demasiado tiempo. Entonces habría pasado tanto tiempo que las pruebas técnicas se habrían destruido o, al menos, no serían muy seguras. Pero tan poco que no se gastarían demasiados recursos de los contribuyentes en la caza del sujeto. Harry casi tuvo que reírse para sus adentros cuando cayó en la cuenta de que lo segundo era, de hecho, un factor importante. Que, después de todo, él también era un producto de su educación, y un socialdemócrata miembro de una manada sometido a un lavado de cerebro que sentía dolor físico cuando se dejaba la luz encendida por la noche o cuando arrojaba en el campo un objeto de plástico.

El pastor había terminado y una chica —una amiga de Oleg— empezó a cantar desde el banco. «Boots of Spanish Leather», de Dylan. Un deseo de Harry, con la bendición de Rakel. La homilía del pastor había versado sobre la importancia de la colaboración en el matrimonio y, aunque menos, de la presencia de Dios. Y Harry pensó en cómo le habían quitado a Arnold las bolsas de basura, lo habían tumbado en una posición que pareciera lógica en un hombre que se ha plantado allí, en el bosque, y se ha metido una bala en la sien. Y Harry supo que nunca se lo preguntaría a Rakel, que nunca le preguntaría por qué le había puesto el cañón en la sien derecha de Arnold Folkestad antes de disparar, en lugar de hacer lo que habrían hecho nueve de cada diez personas, habrían disparado en la nuca o en la espalda.

Podía ser que temiera que la bala lo atravesara y alcanzara a Harry, que seguía sentado.

Pero también podía ser porque su cerebro, raudo como un rayo y de un pragmatismo casi aterrador, hubiera atinado a pensar un paso más allá, en lo que tendría que suceder después. En que, para poder salvarse los tres, sería preciso recurrir al camuflaje. A reescribir la verdad. Al suicidio. *Podía ser* que la mujer que estaba al lado de Harry hubiera atinado a pensar que un suicida no se dispara en la nuca a medio metro de distancia. Sino que —si es diestro, como Arnold Folkestad— se dispara en la sien derecha.

Qué mujer. Todo lo que sabía de ella. Todo lo que no sabía de ella. Porque esa era la pregunta que se había visto obligado a hacerse después de verla en acción. Después de haber pasado meses con Arnold Folkestad. Y después de haber pasado más de cuarenta años consigo mismo. ¿Hasta qué punto *es posible* conocer a una persona?

La canción había terminado y el pastor empezó con los votos, «¿… la amarás y la respetarás…?», pero él y Rakel se habían olvidado de la dirección teatral y seguían mirándose, y Harry sabía que no la dejaría ir nunca, por mucho que él le mintiera, por imposible que fuera prometer que ibas a querer a otra persona hasta la muerte. Esperaba que el pastor cerrase el pico cuanto antes, así podría dar el sí que ya le saltaba de júbilo en el pecho.

Ståle Aune sacó el pañuelo que llevaba en el bolsillo de la pechera y se lo dio a su mujer.

Harry acababa de pronunciar el sí, y el eco de su voz aún flotaba en la iglesia.

—¿Qué? —susurró Ingrid.

—Estás llorando, cariño —le dijo susurrando él también.

—No, eres tú el que está llorando.

—¿Ah, sí?

Ståle Aune se tocó la cara. Sí, qué disparate, estaba llorando. No mucho, pero lo bastante para que quedaran unas manchas húmedas en el pañuelo. Él no lloraba con lágrimas de verdad, solía decirle Aurora. No era más que agua escasa e invisible que, sin previo aviso, le corría por la nariz y por las mejillas, sin que nadie más a su alrededor hubiera percibido como especialmente conmovedora la situación, la película o la conversación. Era como si se le resquebrajara algún embalaje por allí dentro y, de repente, hubiera una fuga de agua, o algo así. A él le habría gustado que Aurora hubiera estado con ellos, pero jugaba un campeonato en el polideportivo de Nadderud y acababa de mandarle un mensaje para decirle que habían ganado el primer partido.

Ingrid le ajustó la corbata y le puso la mano en el hombro. Él la apretó con la suya y supo que ella estaba pensando en lo mismo que él, en su boda.

El caso estaba cerrado y él había escrito un informe psicológico, en el cual especulaba en torno al hecho de que el arma con la que Arnold Folkestad se había suicidado era la misma que se había utilizado en el asesinato de Gusto Hanssen. Que existían similitudes entre Gusto Hanssen y René Kalsnes, que los dos eran chicos jóvenes y muy bien parecidos que no tenía nada en contra de vender favores sexuales a hombres de cualquier edad, que Folkestad presentaba, al parecer, cierta tendencia a enamorarse de ese tipo de jóvenes. Y que no era inverosímil que alguien con los rasgos de esquizofrenia paranoide de Folkestad hubiera asesinado a Gusto por celos o por una serie de otras razones basadas en ciertas falsas ideas consecuencia de una psicosis profunda, aunque no forzosamente perceptible para el entorno. En ese punto, Ståle aportó las notas de cuando Arnold Folkestad trabajaba en Kripos y acudió a él quejándose de que oía voces en la cabeza. A pesar de que hacía ya mucho tiempo que los psicólogos estaban de acuerdo en que oír voces en la cabeza no era lo mismo que ser esquizofrénico, Aune se inclinaba por esa opinión en el caso de Folkestad, y empezó a preparar un diagnóstico que debería haber puesto fin a la carrera de Folkestad como investigador de asesinatos. Sin embargo, nunca fue necesario enviar dicho informe, puesto que el propio Folkestad decidió presentar su despido después de hablarle a Aune sobre las insinuaciones que le hizo a un colega cuyo nombre no reveló. Con ello puso además fin a la terapia, con lo que desapareció del radar de Aune. Sin embargo, era evidente que existían un par de sucesos que bien podrían haber obrado como desencadenantes del empeoramiento. Uno, las lesiones que él mismo se provocó en la cabeza y que tuvieron como consecuencia una estancia hospitalaria más bien prolongada. Había abundantes investigaciones que apoyaban la tesis de que incluso un golpe leve en la cabeza podía conllevar alteraciones de la conducta, como mayor agresividad y peor control de los impulsos. Por lo demás, las lesiones se asemejaban a las que él empezó a causar después en sus víctimas. Y el otro, la pérdida de René Kalsnes, del que, según los testimonios, estaba enamorado de un modo incontrolado y casi obsesivo. El hecho de que Folkestad hubiera culminado lo que consideraba su misión quitándose la vida no era de extrañar. Solo que no había dejado ningún mensaje ni oral ni escrito, nada que motivase lo que había hecho. Era habitual que la megalomanía llevara aparejada la necesidad de ser recordado, comprendido, declarado como un genio y admirado por todos; la necesidad de conseguir un lugar merecidamente destacado en la historia.

El informe psicológico fue bien recibido. Era la última pieza que necesitaban para que todo tuviera sentido, según dijo Mikael Bellman.

Pero Ståle Aune sospechaba que había otros aspectos más importantes para ellos. Que con ese diagnóstico ponía fin a lo que, de lo contrario, habría podido convertirse en una discusión aburrida y problemática: ¿cómo era posible que el autor de la masacre fuera uno de los suyos, un policía? Claro que Folkestad había dejado la policía, pero aun así, ¿qué decía aquello de la policía como grupo profesional y de la cultura policial?

Ahora ya podían archivar el debate, puesto que un psicólogo había llegado a la conclusión de que Arnold Folkestad estaba loco. La locura no tiene motivos. La locura es, sin más, una especie de catástrofe natural que surge de ninguna parte, cosas que pasan.

Y después no queda otra que seguir adelante, porque, ¿qué podemos hacer?

Así pensaban Bellman y los demás.

Así no pensaba Ståle Aune.

Pero ya estaba zanjado. Ståle había vuelto a la consulta con jornada completa, pero Gunnar Hagen aseguró que le gustaría contar con el equipo del Horno como un grupo permanente de movilización, casi como el grupo Delta. A Katrine le habían ofrecido un puesto fijo de investigadora en Delitos Violentos, y ella había aceptado. Según dijo, tenía varias razones de peso para cambiar su ciudad de Bergen, tan hermosa como impresionante, por la triste capital.

El organista le daba a los pedales. Ståle oía los crujidos que precedían a los acordes. Luego aparecieron los novios. Ya marido y mujer. No tenían que ir mirando a derecha e izquierda, no había tanta gente y a todos los captaban con una sola mirada.

La fiesta iba a celebrarse en el Schrøder. Lógicamente, el bar fijo de Harry no era lo que uno asocia a un banquete de boda, pero según Harry, lo había elegido Rakel, no él.

Los presentes fueron siguiendo con la mirada a Rakel y a Harry, que continuaron dejando atrás los bancos vacíos del final, caminando hacia la puerta. Hacia el sol de junio, pensó Ståle. Hacia el día. Hacia el futuro. Los tres: Oleg, Rakel y Harry.

—Ståle, hombre… —dijo Ingrid, cogió el pañuelo que tenía su marido en el bolsillo de la americana y se lo dio.

Aurora estaba sentada en el banco, escuchando los gritos de alegría de las compañeras de su equipo, que acababan de marcar otra vez.

Era el segundo partido que iban a ganar hoy, y se dijo que tenía que acordarse de mandarle un mensaje a su padre. A ella no le parecía tan importante si ganaban o perdían, y a su madre le daba lo mismo. Pero su padre reaccionaba siempre como si se hubiera convertido en la nueva campeona del mundo cada vez que informaba de otra victoria del equipo de la serie junior femenina.

Puesto que Emilie y Aurora habían jugado casi todo el primer partido, ahora les tocaba descansar la mayor parte de este. Aurora había empezado a contar a los espectadores de las gradas de enfrente y solo le faltaban dos hileras de asientos. Lógicamente, la mayor parte eran padres y jugadoras de los otros equipos que participaban en el torneo, pero le pareció reconocer una cara familiar allá arriba.

Emilie le dio un codazo.

—Oye, ¿no sigues el partido o qué?

—Ah, sí, es que... ¿Ves a ese hombre de ahí arriba, en la tercera fila? El que está sentado un poco aparte del resto. ¿Lo has visto antes?

—No sé, está demasiado lejos. ¿Te gustaría haber estado en la boda?

—Pues no, son cosas de mayores. Voy a hacer pis, ¿me acompañas?

—¿En mitad del partido? ¿Y si nos llaman a sustituir?

—Es el turno de Charlotte y de Katinka. Vamos, ven conmigo.

Emilie la miró. Y Aurora supo lo que estaba pensando. Que Aurora no le pedía a nadie que la acompañara a los servicios. No solía pedir que la acompañaran a ningún sitio.

Emilie dudó un instante. Miró el campo. Miró al entrenador, que estaba en el lateral con los brazos cruzados. Negó con un gesto.

Aurora se planteó si esperar hasta que terminara el partido y todo el mundo fuera corriendo a los vestuarios y los servicios.

—No tardo —le susurró. Se levantó y fue medio corriendo hasta la puerta que conducía al piso de abajo. Ya en la puerta se volvió hacia las gradas. Buscó aquella cara que creía haber reconocido, pero no la encontró. Y corrió escaleras abajo.

Mona Gamlem estaba sola en el cementerio de la iglesia de Bragerne. Y tuvo que preguntar para encontrar la lápida. Había ido conduciendo desde Oslo hasta Drammen, se tomó el tiempo necesario para localizar la iglesia. La luz del sol hacía brillar el cristal de la piedra que rodeaba su nombre. Anton Mittet. Brillaba más ahora que cuando estaba vivo, pensó. Pero él la quiso. La quiso, de eso estaba segura. Y por eso lo quiso ella. Cogió un chicle de menta. Pensó en lo que le había dicho cuando la llevó a casa después de la guardia en el Rikshospitalet aquella primera vez, cuando se besaron, que le gustaba que la lengua le supiera a menta. Y aquella tercera vez, cuando aparcaron delante de su casa y ella se inclinó sobre él, le desabrochó la bragueta y –antes de empezar– se sacó discretamente el chicle de la boca y lo pegó debajo del asiento del conductor. Y directamente después, antes de besarlo de nuevo, se metió otro chicle en la boca. Porque ella tenía que saber a menta, ese era el sabor que él quería. Lo echaba de menos. Sin tener derecho a echarlo de menos, lo que empeoraba la situación. Mona Gamlem oyó el crujir de pasos en el sendero de grava que tenía a su espalda. A lo mejor era ella. La otra. Laura. Mona Gamlem echó a andar al frente sin volverse a mirar, tratando de eliminar parpadeando las lágrimas de los ojos, tratando de no salirse del sendero de grava.

La puerta de la iglesia se abrió, pero Truls no pudo ver que nadie saliera todavía.

Miró la revista que tenía en el asiento del copiloto. *Magasinet*. Reportaje con Mikael Bellman. El feliz padre de familia, retratado con su mujer y sus tres hijos. Aquel jefe provincial humilde e inteligente, que asegura que la resolución del caso del Matarife de Policías no habría sido posible sin el apoyo de Ulla, su mujer, en el frente doméstico. Sin todos esos buenos colaboradores que tiene en la Comisaría General. Y gracias a que habían descubierto a Folkestad, habían resuelto también otro caso. En efecto, el informe de balística demostraba que la Odessa con la que Arnold Folkestad se quitó la vida era la misma arma con la que habían asesinado a Gusto Hanssen.

Truls sonrió al pensarlo. Y una mierda. Fijo que Harry Hole había metido mano y apañado las cosas. Truls no sabía cómo ni por qué, pero, en todo caso, eso quería decir que, a partir de ahora, Oleg Fauke no era sospechoso y no tenía nada que temer en lo sucesivo. No le sorprendería que Harry consiguiera meterlo en la Escuela Superior de Policía.

Bueno, Truls no pensaba interponerse en su camino, un trabajo de quemador como ese le infundía respeto. En todo caso, no había guardado la revista por Harry, ni por Oleg ni tampoco por Mikael.

Fue por la foto en la que salía Ulla.

Una recaída transitoria, nada más, ya se desharía de la revista después. Ya se desharía de ella.

Pensó en la mujer a la que había conocido en un café el día anterior. Una cita por internet. Como es lógico, no estaba a la altura de Ulla ni de Megan Fox. Un pelín más vieja, un pelín más culona y un pelín más habladora de la cuenta. Aparte de eso, le gustó. Sí, claro que se planteó lo buena que podía ser una mujer cuando fallaban la edad, la jeta, el pandero y la capacidad de mantener el pico cerrado.

No lo sabía con certeza. Solo sabía que le había gustado.

O más bien, le había gustado el hecho de que pareció que a ella *le gustaba él.*

Quizá porque tenía la cara destrozada, porque le dio pena de él. O quizá Mikael tuviera razón y tenía una cara tan poco atractiva que no había perdido gran cosa cambiando un poco los muebles de sitio.

O quizá él hubiera cambiado por dentro. No sabía con exactitud ni el qué ni el porqué, pero había días en que se despertaba y se sentía nuevo. Pensaba de una forma nueva. Podía incluso hablar con la gente que lo rodeaba de una forma más o menos nueva. Y era como si la gente lo notara. Como si ellos también lo trataran a él de una forma nueva. De una forma mejor. Y eso le infundió valor para dar un paso pequeñísimo en esa nueva dirección, aunque no sabía adónde lo conduciría. No era que se hubiera redimido ni nada por el estilo. La diferencia era mínima. Y habría días en que no sería nuevo en absoluto.

Como fuera, el caso es que pensaba llamarla otra vez.

Se oyó un carraspeo en la emisora de la policía. Y, más por la voz que por las palabras, se notaba que era algo importante, algo distinto de las retenciones del tráfico, los robos en los sótanos de las casas, las disputas familiares y los alcohólicos iracundos. Un cadáver.

—¿Dirías que es un asesinato? —preguntó el jefe de la central de operaciones.

—Yo diría que sí. —La intención era responder con ese tono lacónico y duro al que recurría la generación más joven. No porque no tuvieran sus modelos entre los mayores. Aunque Hole ya no se contara entre ellos, sus frases célebres pervivían y gozaban de una salud inmejorable—. La lengua… Creo que es la lengua. Se la han cortado y se la han introducido por… —El joven policía no aguantó el tirón, se le quebró la voz.

Truls notó la euforia. El corazón, que daba sus latidos vivificantes un poco más rápido.

Aquello sonaba mal. Junio. Tenía los ojos bonitos. Y, según suponía Truls, unas buenas tetas debajo de toda aquella ropa. Sí, sí, podía resultar un buen verano.

—¿Tenemos la dirección?

—Plaza de Alexander Kielland, número veintidós. Mierda, aquí hay un montón de tiburones.

—¿Tiburones?

—Sí, de los que llevan impresas esas tablas de surf pequeñas o qué sé yo, el salón está atestado.

Truls puso en marcha el Suzuki. Se encajó bien las gafas, pisó el acelerador y soltó el embrague. Algunos días, nuevo. Otros, no.

Los servicios de las chicas estaban al fondo del pasillo. Cuando Aurora entró y se cerró la puerta, pensó primero en lo silencioso que se había quedado todo. Desaparecieron los sonidos de todas las personas que había allá arriba, y solo quedó ella.

Se apresuró a cerrar uno de los aseos, se bajó el pantalón corto y las bragas y se sentó en el frío aro de plástico.

Pensaba en la boda. En que, en realidad, habría preferido estar allí. Nunca había visto casarse a nadie, no de verdad. Se preguntaba si ella llegaría a casarse un día. Trataba de imaginárselo, se vio delante de una iglesia, sonriendo mientras se agachaba para evitar los granos de arroz, vestida de blanco, una casa y un trabajo que le gustara. Un chico con el que tener hijos. Trataba de imaginarse al chico.

Se oyó la puerta y alguien entró en los servicios.

Aurora estaba en un columpio del jardín, y el sol le daba directamente en los ojos, así que no podía ver al chico. Esperaba que fuera bueno. Un chico que comprendiera a las chicas como ella. Un poco como papá, aunque no tan chiflado. Bueno, sí, así, *justo así* de chiflado.

Eran unos pasos muy fuertes para pertenecer a una mujer.

Aurora alargó la mano en busca del papel higiénico, pero se paró a medio camino. Quería respirar, pero no había nada. Nada de aire. Notó que se le cerraba la garganta.

Pasos *demasiado* fuertes para pertenecer a una mujer.

Se habían detenido.

Bajó la vista. En el alto hueco que quedaba entre la puerta y el suelo vio una sombra. Y la punta aguda y larga de unos zapatos. Como un par de botas de vaquero.

Aurora no sabía si eran campanas de boda o su corazón que batía y le repicaba en la cabeza.

Harry salió a la escalera. Cerró los ojos al fuerte sol estival. Se quedó así unos instantes mientras escuchaba las campanas cuyo repicar surcaba el aire de Oppsal. Sintió que todo estaba en armonía, en equilibrio, en orden. Sabía que debía terminar ahí, de ese modo.

El papel utilizado para la impresión de este libro ha sido fabricado a partir de madera procedente
de bosques y plantaciones gestionadas con los más altos estándares ambientales, garantizando
una explotación de los recursos sostenible con el medio ambiente y beneficiosa para las personas.
Por este motivo, Greenpeace acredita que este libro cumple los requisitos ambientales y sociales
necesarios para ser considerado un libro «amigo de los bosques». El proyecto «Libros amigos
de los bosques» promueve la conservación y el uso sostenible de los bosques,
en especial de los Bosques Primarios, los últimos bosques vírgenes del planeta.

Papel certificado por el Forest Stewardship Council®

Título original: *Politi*
Segunda edición: abril de 2016

Esta traducción ha sido publicada con el apoyo financiero de NORLA,
Norwegian Literature Abroad

© 2013, Jo Nesbø
Publicado por acuerdo con Salomonsson Agency
© 2016, de la presente edición en castellano para todo el mundo:
Penguin Random House Grupo Editorial, S. A. U.
Travessera de Gràcia, 47-49. 08021 Barcelona
© 2016, Carmen Montes Cano, por la traducción

Printed in Spain – Impreso en España

ISBN: 978-84-16195-59-6
Depósito legal: B-2.030-2016

Compuesto en M. I. Maquetación, S. L.

Impreso en Liberdúplex
(Sant Llorenç d'Hortons, Barcelona)

RK 9 5 5 9 6

Penguin
Random House
Grupo Editorial